Nach einer behüteten Kindheit bei ihren »kleinen, ziemlich blassen« Tanten in Richmond bricht Rachel Vinrace auf dem Schiff ihres Vaters, der ›Euphrosyne‹, nach Südamerika auf. Während dieser *Fahrt hinaus* erfährt sie zum erstenmal eine »Offenbarung ihrer eigenen Persönlichkeit, eine Offenbarung von sich selbst als wirklichem, dauerhaftem Ding, verschieden von allem anderen, unverschmelzbar, wie das Meer oder der Wind«. In Santa Marina wird Rachel in den privilegierten englischen Zirkel aufgenommen, aber sie ist abgestoßen von der sterilen Selbstzufriedenheit der Menschen, denen sie dort begegnet. Selbst die Liebe und das Glück, die sie mit dem jungen Schriftsteller Terence Hewett findet, kann sie nicht völlig befriedigen, denn »sie wollte viel mehr als die Liebe eines einzigen Menschen«. Rachels plötzlicher Tod unterstreicht die Hoffnungslosigkeit und zugleich die Schönheit ihres romantischen Idealismus.

Virginia Woolf wurde 1882 als Tochter des Biographen und Literaten Sir Leslie Stephen in London geboren. Bereits mit 22 Jahren bildete sie gemeinsam mit ihrem Bruder den Mittelpunkt der intellektuellen ›Bloomsbury Group‹. Zusammen mit ihrem Mann, dem Kritiker Leonard Woolf, gründete sie 1917 den Verlag ›The Hogarth Press‹. Ihre Romane, die zur Weltliteratur gehören, stellen sie als Schriftstellerin neben James Joyce und Marcel Proust.
Im Jahre 1941 schied Virginia Woolf freiwillig aus dem Leben.
Im Fischer Taschenbuch Verlag erschienen im Rahmen der von Klaus Reichert herausgegebenen neuen Virginia-Woolf-Edition die Erzählungsbände ›Ein verwunschenes Haus‹ (Bd. 9464), ›Phyllis und Rosamond‹ (Bd. 10170) und ›Blau & Grün‹ (Bd. 10553).

Elvira Bach, die das Motiv für den Umschlag gestaltete, wurde 1951 in Neuenhain/Taunus geboren, besuchte 1967–1970 die Staatliche Glasfachschule in Hadamar und studierte 1972–1979 bei Hann Trier an der Hochschule der Künste Berlin. 1982 Artist in Residence, Santo Domingo. Einzelausstellungen seit 1979. Elvira Bach lebt und arbeitet in Berlin.

Virginia Woolf
Die Fahrt hinaus
Roman

Aus dem Englischen von
Karin Kersten

Fischer
Taschenbuch
Verlag

Umschlagabbildung: Elvira Bach

Einmalige Sonderausgabe
Veröffentlicht im Fischer Taschenbuch Verlag GmbH,
Frankfurt am Main, Mai 1991

Lizenzausgabe mit freundlicher Genehmigung des
S. Fischer Verlags GmbH, Frankfurt am Main
Die englische Ausgabe erschien 1915
unter dem Titel ›The Voyage Out‹ im Verlag Duckworth, London

Umschlaggestaltung: Manfred Walch
Druck und Bindung: Clausen & Bosse, Leck
Printed in Germany
ISBN 3-596-10824-1

Die Fahrt hinaus

1. Kapitel

Da die Straßen, die vom Strand zum Embankment hinabführen, sehr schmal sind, geht man dort besser nicht Arm in Arm entlang. Tut man es dennoch, werden Kanzleischreiber mit hastigen Sprüngen in den schmutzigen Rinnstein ausweichen müssen, junge Schreibfräulein genötigt sein, hinter einem den Schritt zu verhalten. In den Straßen von London, wo die Schönheit unbemerkt geht, muß die Exzentrik die Zeche bezahlen, und man tut gut daran, nicht sehr groß zu sein, kein langes blaues Cape zu tragen und nicht mit der Linken in der Luft herumzufuchteln.

Eines Nachmittags Anfang Oktober, als der Verkehr lebhaft wurde, schritt ein großer Mann mit einer Dame am Arm am Rand des Trottoirs entlang. Wütende Blicke trafen beider Rücken. Die kleinen, aufgebrachten Gestalten – denn im Vergleich mit diesem Paar sahen die meisten Menschen klein aus –, die mit Füllfederhaltern geschmückt und mit Aktenkoffern beladen waren, hatten Termine einzuhalten und bezogen Wochenlöhne, so daß der unfreundliche bohrende Blick, mit dem Mr Ambroses Länge und Mrs Ambroses Cape bedacht wurden, nicht ganz unbegründet war. Irgendein Zauber hatte jedoch Mann wie Frau unerreichbar für Boshaftigkeit und Abneigung gemacht. In seinem Fall ließen die Lippenbewegungen ahnen, daß es Gedanken waren; und in ihrem die Augen, die versteinert oberhalb der durchschnittlichen Blickhöhe vor sich hin starrten, daß es Kummer war. Nur indem sie alle, denen sie begegnete, mit Verachtung strafte, gelang es ihr, die Tränen zurückzuhalten, und die Berührung mit denen, die sie im Vorübergehen streiften, war ihr sichtlich unangenehm. Nachdem sie den Verkehr am Embankment ein Weilchen mit stoischem Blick betrachtet hatte, zupfte sie ihren Gatten am Ärmel, und sie überquerten die Straße mitten im lebhaften Fluß der Automobile. Als sie wohlbehalten auf der anderen Straßenseite angelangt waren, löste sie sanft ihren Arm aus seinem und ließ es zugleich geschehen, daß ihr Mund sich entspannte und zu zittern anfing; dann rollten Tränen herab, und die Ellbogen auf die Balustrade gestützt, schützte sie ihr Gesicht vor den Blicken Neugieriger. Mr Ambrose unternahm einen Versuch, sie zu trösten; er tätschelte ihr die Schulter; doch sie gab durch nichts zu verstehen, daß solches erwünscht sei, und da es ihn mit Unbehagen erfüllte, neben einem Kummer zu stehen, der größer war als sein eigener, verschränkte er die Arme hinter dem Rücken, wandte sich ab und schritt das Trottoir entlang.

Das Embankment weist in Abständen Vorsprünge auf, die an Kanzeln denken lassen; statt von Predigern werden sie jedoch von kleinen Jungen in Beschlag genommen, die von dort Schnüre hinabbaumeln lassen, Kiesel werfen oder zusammengeknülltes Papier auf Kreuzfahrt schicken. Ihr geschultes Auge machte in Mr Ambrose sofort den Exzentriker aus, und sie neigten zu der Schlußfolgerung, daß er furchteinflößend sei; der Aufgeweckteste schrie dennoch »Blaubart!«, als er vorüberging. Für den Fall, daß sie als nächstes seine Frau aufs Korn nehmen sollten, drohte Mr Ambrose ihnen mit dem Stock, woraufhin sie zu dem Schluß gelangten, daß er lediglich wunderlich sei, und statt des einen schrien nun vier »Blaubart!« im Chor.

Obwohl Mrs Ambrose völlig reglos stand und dies viel länger, als natürlich ist, ließen die kleinen Jungen sie in Ruhe. Irgend jemand schaut immer in der Nähe der Waterloo Bridge ins Wasser; da steht an einem schönen Nachmittag ein Paar eine halbe Stunde ins Gespräch vertieft; die meisten Menschen, die dort zu ihrem Vergnügen entlanglaufen, schauen drei Minuten lang nachdenklich hinab und gehen dann weiter, wenn sie diesen Anlaß mit anderen Anlässen verglichen haben oder ihre Lebensweisheit einen Schlußpunkt gesetzt hat. Zuweilen sehen die Wohnhäuser und Kirchen und Hotels von Westminster aus wie das Weichbild eines dunstverhangenen Konstantinopel; zuweilen ist der Fluß von sattem Purpurrot, zuweilen schmutzfarben, zuweilen glitzernd blau wie das Meer. Es lohnt sich stets, hinabzublicken und zu verfolgen, was gerade geschieht. Diese Dame schaute jedoch weder nach unten noch nach oben; das einzige, was sie gesehen hatte, seit sie dort stand, war ein kreisrunder schillernder Fleck, der, einen Strohhalm in der Mitte, langsam vorbeitrieb. Der Strohhalm und der Fleck schwammen wieder und wieder hinter dem zitternden Medium einer dicken aufsteigenden Träne vorbei, und die Träne quoll über den Lidrand und löste sich und fiel in den Fluß. Dann drangen ihr von ganz nah die Worte ins Ohr –

> Lars Porsena of Clusium
> By the nine Gods he swore –

und, schwächer werdend, so als wäre der Sprechende auf seinem Spazierweg an ihr vorübergegangen –

> That the Great House of Tarquin
> Should suffer wrong no more.[1]

Ja, sie wußte, sie mußte zu all diesen Dingen zurückkehren, doch zuerst einmal mußte sie weinen. Sie schirmte ihr Gesicht ab und schluchzte stetiger, als sie es bis dahin getan hatte, so daß ihre Schultern sich ganz gleichmäßig hoben und senkten. Diese Gestalt erblickte ihr Gatte, als er sich, bei der polierten Sphinx angekommen, umwandte, nachdem er zunächst in die Fänge eines Ansichtskartenverkäufers geraten war; die Strophe riß unvermittelt ab. Er trat zu ihr, legte ihr die Hand auf die Schulter und sagte: »Liebste.« Seine Stimme klang flehend. Doch sie wandte das Gesicht ab, als wollte sie sagen: »Das kannst du eben einfach nicht verstehen.«

Da er sich jedoch nicht wegrührte, mußte sie sich die Augen wischen und den Blick zu den Fabrikschloten am anderen Ufer heben. Außerdem sah sie die Bögen der Waterloo Bridge und die Karren, die in einer Reihe über sie hinwegzogen wie die vorbeirückenden Tiere in einer Schießbude. Sie wurden zwar blicklos wahrgenommen, aber daß überhaupt etwas gesehen wurde, bewirkte natürlich, daß sie zu weinen aufhörte und sich in Bewegung setzte.

»Ich würde lieber laufen«, sagte sie, als ihr Gatte einer Droschke gewinkt hatte, die bereits mit zwei Geschäftsleuten besetzt war.

Die bloße Fortbewegung hatte zur Folge, daß sie sich ein wenig aus ihrer düsteren Stimmung löste. Die hin und her schießenden Automobile, Spinnentieren auf dem Mond ähnlicher als irdischen Objekten, die donnernden Rollwagen, die schellenklingelnden Hansoms und die kleinen schwarzen Broughams ließen sie an die Welt denken, in der sie lebte. Irgendwo dort oben über den Fialen, wo der

Rauch als spitzer Hügel aufstieg, fragten in diesem Augenblick ihre Kinder nach ihr und erhielten eine beschwichtigende Antwort. Was die Masse der Straßen, Plätze und öffentlichen Gebäude anging, die sie voneinander trennten, so fiel ihr dazu in diesem Augenblick nur ein, wie wenig London getan hatte, um ihre Liebe zu gewinnen, obwohl sie doch dreißig ihrer vierzig Jahre in ein und derselben Straße verbracht hatte. Sie verstand es, die Menschen einzuschätzen, die an ihr vorübergingen; da waren die Reichen, die um diese Stunde zwischen den einschlägigen Häusern hin und her eilten; da waren die bigotten Arbeiter, die geradenwegs in ihre Gottesdienste strebten; da waren die Armen, die ungücklich und berechtigtermaßen übelwollend waren. Schon jetzt dösten, obwohl der Dunst noch von Sonnenlicht durchdrungen war, zerlumpte alte Männer und Frauen auf den Bänken dem Schlaf entgegen. Wenn man darauf verzichtete, die Schönheit zu sehen, die die Dinge umhüllte, dann hatte man es mit dem Skelett darunter zu tun.

Ein feiner Regen setzte ein und stimmte sie noch trübsinniger; Kastenwagen mit den seltsamen Namen der Angehörigen seltsamer Gewerbe – Sprules, Sägemehlhersteller; Grabb, dem kein Stück Altpapier entgeht – verfehlten ihre Wirkung wie ein schlechter Witz; kühne Liebende, die hinter nur einem Cape Zuflucht suchten, kamen ihr gemein vor, ihre Leidenschaft schal; die Blumenfrauen, ein vergnügtes Trüppchen, dem sich immer zuzuhören lohnte, waren durchnäßte Hexen; die roten, gelben und blauen Blumen mit ihren zusammengepreßten Köpfen wollten nicht leuchten. Und zu allem Überfluß war ihr Gatte, der rasch und rhythmisch ausschritt und gelegentlich mit der freien Hand eine schwungvolle Geste vollführte, entweder gerade ein Wikinger oder ein leidgeprüfter Nelson; die Möwen hatten ihn entsprechend eingestimmt.

»Ridley, wollen wir fahren? Wollen wir fahren, Ridley?«

Mrs Ambrose mußte einige Schärfe in ihre Stimme legen; er war mittlerweile weit weg.

Die Droschke führte sie in gleichmäßigem Trab auf immer derselben Straße alsbald aus dem West End heraus und mitten nach London hinein. Wenn letzteres den Eindruck einer gewaltigen Manufaktur erweckte, in der die Menschen mit der Fertigung von Dingen beschäftigt waren, so stellte das West End mit seinen elektrischen Straßenlaternen, seinen großen Tafelglasfenstern, die durchweg gelb erstrahlten, seinen gediegen gebauten Häusern und den winzigen lebendigen Figuren, die auf dem Trottoir vor sich hin trabten oder auf Rädern die Straßen entlangrollten, das fertige Werkstück dar. Für eine so riesenhafte Fabrik schien ihr das ein sehr schmales Ergebnis zu sein. Aus irgendeinem Grund wirkte es auf sie wie eine kleine goldene Quaste am Saum eines weiten schwarzen Umhangs.

Als sie bemerkte, daß sie an keinem schmucken Hansom mehr vorbeikamen, sondern nur noch an Kastenwagen und Fuhrwerken, und daß nicht einer der tausend Männer und Frauen, die sie sah, ein Herr oder eine Dame war, wurde Mrs Ambrose klar, daß die Armut letztlich die Regel war und daß London die Stadt unzähliger Armer ist. Diese Entdeckung verstörte sie ebenso wie der Gedanke, daß sie sich jeden Tag ihres Lebens im Kreis um Piccadilly Circus herumbewegte, so daß sie höchst erleichtert war, als sie an einem Gebäude vorbeikamen, das vom London County Council für Abendschulen errichtet worden war.

»Mein Gott, wie düster das ist!« stöhnte ihr Gatte. »Arme Geschöpfe!«

Dies alles, der Kummer wegen ihrer Kinder, die Armen und der Regen, bewirkte, daß ihre Seele bloß lag wie eine Wunde, die der Luft zum Trocknen ausgesetzt ist.

An diesem Punkt hielt die Droschke an, denn sie war in Gefahr, zerdrückt zu werden wie eine Eierschale. Das breite Embankment, das Kanonenkugeln und Schwadronen Raum bot, hatte sich mittlerweile zu einer kopfsteingepflasterten Gasse verengt, die von einem Brodem aus Malz und Öl erfüllt war und in der sich die Fuhrwerke stauten. Während ihr Gatte die Plakate las, die an die Ziegelmauern gekleistert waren und auf denen die Abfahrtszeiten geschrieben standen, zu denen bestimmte Schiffe nach Schottland ausliefen, tat Mrs Ambrose ihr Bestes, um sich zurechtzufinden. Von einer Welt, die ausschließlich damit beschäftigt war, Fuhrwerke mit Säcken zu füttern, und die obendrein halb hinter einem feinen gelben Nebel verschwunden war, wurde ihnen weder Hilfe noch Aufmerksamkeit zuteil. Es erschien wie ein Wunder, als ein alter Mann auf sie zukam, der sich denken konnte, in welcher Verlegenheit sie sich befanden, und ihnen anbot, sie in dem kleinen Boot, das er am Fuß einer Treppe vertäut hatte, zu ihrem Schiff hinauszurudern. Nach einigem Zögern vertrauten sie sich ihm an, nahmen ihre Plätze ein und schwankten bald schon auf dem Wasser auf und ab, während London auf beiden Seiten zu zwei Gebäudezeilen geschrumpft war, quadratischen Gebäuden und langgestreckten Gebäuden, die nebeneinander aufgereiht waren wie die Bauklotzallee eines Kindes.

Der Fluß, der ein gewisses Maß an trübgelbem Licht barg, strömte äußerst kraftvoll; ungeschlachte Lastkähne trieben rasch flußabwärts, von Schleppkähnen eskortiert; Polizeiboote schossen allenthalben vorbei; der Wind hielt es mit der Strömung. Das offene Ruderboot, in dem sie saßen, hüpfte und knickste sich durch den Verkehrsfluß. In der Flußmitte hielt der alte Mann inne, die Hände auf den Rudern, und bemerkte, während das Wasser an ihnen vorbeieilte, früher habe er viele Passagiere hinübergebracht, während es jetzt kaum mehr welche gebe. Er schien an eine Zeit zurückzudenken, als sein Boot, das in den Binsen vertäut lag, zarte Füßchen nach den Auen von Rotherhithe übersetzte.

»Sie wollen jetzt Brücken«, sagte er und wies auf die monströse Silhouette der Tower Bridge. Trauervoll betrachtete Helen den Mann, der Wasser zwischen sie und ihre Kinder legte. Trauervoll ruhte ihr Blick auf dem Schiff, das in der Flußmitte ankerte und auf das sie zuhielten; verschwommen wurde sein Name lesbar – *Euphrosyne*.

Nur undeutlich konnten sie in der hereinbrechenden Dunkelheit die Umrisse der Takelage, die Masten und die dunkle Flagge erkennen, die steif über dem Heck in der Brise stand.

Als das kleine Boot sich an den Dampfer heranstahl und der alte Mann die Ruder einzog, bemerkte er als letztes, indem er nach oben wies, überall auf der Welt hißten die Schiffe am Tag, an dem sie in See stachen, jene Flagge. Beide Passagiere empfanden die blaue Flagge als unheilvolles Vorzeichen, und dieser Augenblick schien den Vorahnungen zu gehören, doch desungeachtet erhoben sie sich, nahmen ihre Sachen an sich und kletterten an Bord.

Unten im Salon von ihres Vaters Schiff stand Miss Rachel Vinrace, vierundzwanzig Jahre alt, und wartete nervös auf ihren Onkel und ihre Tante. Zum einen schon deshalb, weil sie sich trotz ihrer engen Verwandtschaft kaum an sie erinnerte; hinzu kam, daß es ältere Leute waren, und schließlich war sie, als Tochter ihres Vaters, gewissermaßen für ihr Wohlergehen verantwortlich. Sie blickte ihrem Eintreffen in der Weise erwartungsvoll entgegen, wie zivilisierte Menschen ganz allgemein der ersten Begegnung mit anderen zivilisierten Menschen entgegenblicken, als seien sie einem zu erwartenden körperlichen Unbehagen vergleichbar – einem drückenden Schuh oder einem zugigen Fenster. Sie war bereits in übertriebener Weise für ihren Empfang gerüstet. Während sie sich damit beschäftigte, Gabeln peinlich genau nach Messern auszurichten, hörte sie eine düstere Männerstimme sagen:

»In einer finsteren Nacht fällt man dann kopfüber diese Treppe hinunter«, und eine Frauenstimme setzte hinzu: »Und stürzt sich zu Tode.«

Mit diesen Worten stand die Frau in der Tür. Hochgewachsen, großäugig, in violette Schultertücher drapiert, war Mrs Ambrose von romantischer Schönheit; wenn auch vielleicht nicht eben wohlwollend, denn ihr Blick war unverhohlen abwägend. Ihr Gesicht war viel wärmer als ein griechisches Gesicht; andererseits war es viel kühner als das Gesicht der gewöhnlichen hübschen Engländerin.

»Oh, Rachel, guten Tag«, sagte sie und reichte ihr die Hand.

»Guten Tag, mein Kind«, sagte Mr Ambrose und senkte die Stirn, um sich küssen zu lassen. Seiner Nichte gefielen dieser schlanke, eckige Körper und der große Kopf mit den temperamentvollen Zügen und den klugen, arglosen Augen instinktiv.

»Sagen Sie Mr Pepper Bescheid«, trug sie dem Dienstboten auf. Das Ehepaar nahm sodann auf der einen Seite des Tisches Platz, so daß sie ihrer Nichte gegenübersaßen.

»Mein Vater hat mich gebeten, ihn anfangs zu vertreten«, erklärte sie. »Er hat soviel mit der Mannschaft zu tun ... Ihr kennt doch Mr Pepper?«

Ein kleiner Mann, gebeugt wie ein Bäumchen im Sturmwind, war lautlos hereingekommen. Er nickte Mr Ambrose zu und drückte Helen die Hand.

»Zug«, sagte er, während er den Kragen seines Rocks hochschlug.

»Sie haben immer noch Rheuma?« fragte Helen. Ihre Stimme war leise und verführerisch, obwohl sie ziemlich geistesabwesend war, da ihr der Anblick von Stadt und Fluß noch immer vor Augen stand.

»Einmal Rheuma, immer Rheuma, fürchte ich«, erwiderte er. »In gewissem Maße hängt es vom Wetter ab, wenn auch nicht in dem Maße, wie die Menschen anzunehmen geneigt sind.«

»Jedenfalls stirbt man nicht daran«, sagte Helen.

»Im allgemeinen nicht – nein«, sagte Mr Pepper.

»Suppe, Onkel Ridley?« fragte Rachel.

»Danke, mein Kind«, sagte er, und während er ihr den Teller hinhielt, seufzte er vernehmlich: »Ach! Sie ist so gar nicht wie ihre Mutter.« Helen beeilte sich vergebens, ihr Wasserglas geräuschvoll abzusetzen, um zu verhindern, daß Rachel es hörte und vor Verlegenheit rot anlief.

»Wie die Dienstboten mit Blumen umgehen!« sagte sie hastig. Sie zog eine grüne Vase mit welligem Rand zu sich heran und begann, die strammen kleinen Winterastern herauszuziehen, die sie wählerisch nebeneinander auf dem Tischtuch arrangierte.

Niemand sagte etwas.

»Sie kannten doch Jenkinson, Ambrose?« fragte Mr Pepper über den Tisch hinweg.

»Jenkinson vom Peterhouse?«

»Er ist tot«, sagte Mr. Pepper.

»Ach nein! – Den habe ich gekannt – vor ewigen Zeiten«, sagte Ridley. »Das war doch der Held des Puntunfalls – wissen Sie noch? Ein ulkiger Vogel. Heiratete eine junge Frau aus einem Tabakladen und lebte in den Fens – keine Ahnung, was aus ihm geworden ist.«

»Alkohol . . . Medikamente«, sagte Mr. Pepper ebenso düster wie bündig. »Er hat einen Kommentar hinterlassen. Soll ein hoffnungsloses Durcheinander sein.«

»Der Mann besaß wirklich große Fähigkeiten«, sagte Ridley.

»Seine Einführung in Jellaby hat immer noch Gültigkeit«, fuhr Mr Pepper fort, »was überraschen muß, wenn man bedenkt, wie schnell Lehrbücher veralten.«

»Da gab es doch so eine Theorie über die Planeten, nicht wahr?« fragte Ridley.

»Zweifellos war eine Schraube bei ihm locker«, meinte Mr Pepper kopfschüttelnd.

Ein Beben durchlief auf einmal den Tisch, und draußen schwenkte ein Licht vorbei. Gleichzeitig läutete wieder und wieder eine schrille elektrische Glocke.

»Wir fahren«, sagte Ridley.

Eine schwache, aber doch wahrnehmbare Welle schien unter dem Boden hinwegzurollen; dann verebbte sie; dann kam eine weitere, stärker spürbare. Lichtkegel glitten unmittelbar über das vorhanglose Fenster. Das Schiff ließ ein lautes melancholisches Stöhnen hören.

»Wir fahren!« sagte Mr Pepper. Andere Schiffe, nicht minder traurige, antworteten draußen auf dem Fluß. Das Glucksen und Zischen von Wasser war deutlich zu hören, und das Schiff hob sich, so daß der Steward, der gerade Teller brachte, für einen Augenblick aus dem Gleichgewicht zu geraten drohte, als er den Vorhang zuzog. Es herrschte Schweigen.

»Jenkinson vom Cats – haben Sie mit dem noch Verbindung?« fragte Ambrose.

»Wie alle anderen auch«, sagte Mr Pepper. »Wir treffen uns einmal jährlich. Dies Jahr hat er traurigerweise seine Frau verloren, so daß das natürlich nur schmerzlich sein konnte.«

»Sehr schmerzlich«, stimmte Ridley zu.

»Es gibt da zwar eine unverheiratete Tochter, die ihm das Haus führt, glaube ich, doch das ist ja nie dasselbe, nicht in seinem Alter.«

Beide Herren nickten weise, während sie ihre Äpfel schälten.

»Gab es da nicht ein Buch?« wollte Ridley wissen.

»Es *gab* zwar ein Buch, doch es *wird* nie ein Buch geben«, sagte Mr Pepper mit solchem Ingrimm, daß beide Damen den Blick zu ihm hoben.

»Es wird nie ein Buch geben, weil ein anderer es für ihn geschrieben hat«, sagte Mr Pepper mit beträchtlicher Schärfe. »Das kommt dabei heraus, wenn man die Dinge vor sich herschiebt und Fossilien sammelt und sich normannische Bögen an die Schweineställe pappt.«

»Ich gebe zu, daß ich dafür Verständnis habe«, sagte Ridley mit einem melancholischen Seufzer. »Ich habe eine Schwäche für Menschen, die nicht anfangen können.«

»...Die Ansammlungen eines vergeudeten Lebens«, fuhr Mr Pepper fort. »Er hatte Zeug angesammelt, um eine Scheune damit zu füllen.«

»Das ist ein Laster, dem einige von uns entgehen«, sagte Ridley. »Unser Freund Miles hat gerade wieder ein Werk herausgebracht.«

Mr Pepper ließ ein ätzendes Lachen hören. »Meinen Berechnungen zufolge hat er jährlich zweieinhalb Bände produziert, was, wenn man die Zeit abzieht, die er in der Wiege verbracht hat usw., von löblichem Fleiß zeugt.«

»Ja, was unser guter alter Rektor über ihn gesagt hat, hat sich durchaus bewahrheitet«, sagte Ridley.

»Die kamen gut miteinander zurecht«, sagte Mr Pepper. »Sie kennen doch die Bruce-Sammlung – die natürlich für eine Veröffentlichung nicht in Frage kam.«

»Das will ich meinen«, sagte Ridley mit bedeutungsvollem Unterton. »Für einen Geistlichen war er – bemerkenswert frei.«

»Die Pumpe in der Neville's Row beispielsweise?« wollte Mr Pepper wissen.

»Genau die«, sagte Ambrose.

Jede der beiden Damen, die, wie bei ihrem Geschlecht üblich, bestens darin geschult waren, Männergesprächen förderlich zu sein, ohne ihnen zuzuhören, konnte ihren Gedanken nachhängen – über die Kindererziehung, den Gebrauch von Nebelhörnern in einer Oper –, ohne sich zu verraten. Helen fiel lediglich auf, daß Rachel für eine Gastgeberin vielleicht allzu still war und daß sie irgend etwas mit ihren Händen hätte anstellen können.

»Vielleicht...?« sagte sie schließlich, woraufhin sie sich erhoben und hinausgingen, was die Herren vage überraschte, die in ihnen entweder aufmerksame Zuhörerinnen gewähnt oder ihre Anwesenheit vergessen hatten.

»Ach ja, aus der Zeit gäbe es seltsame Geschichten zu erzählen«, hörten sie Ridley sagen, als der wieder auf seinen Stuhl zurücksank. Als sie von der Tür aus flüchtig zurückblickten, sahen sie einen Mr Pepper, der aussah, als hätte er auf einmal seine Kleidung gelockert und wäre zu einem ebenso munteren wie boshaften alten Menschenaffen geworden.

Die Frauen wanden sich Schleier um die Köpfe und gingen an Deck spazieren. Sie fuhren inzwischen ruhig den Fluß hinab, vorbei an den dunklen Umrissen ankernder Schiffe, und London war ein Lichterschwarm, über den ein schlaffer blaßgelber Baldachin hinabhing. Da waren die Lichter der großen Theater, die Lichter der langen Straßen, Lichter, die riesige Quader häuslicher Behaglichkeit anzeigten, Lichter, die hoch oben in der Luft hingen. Niemals würde sich Finsternis über diese Lampen senken, wie sich seit Hunderten von Jahren keine Dunkelheit darüber gesenkt hatte. Es schien schrecklich, daß die Stadt auf alle Zeiten an derselben Stelle funkeln sollte; schrecklich zumindest für Menschen, die auf dem Meer ins Abenteuer aufbrachen und sie als umgrenzten Hügel gewahrten, auf ewig verbrannt, auf ewig narbig. Vom Deck des Schiffes aus erschien die große Stadt als feige hingeduckte Gestalt, ein kauernder Geizhals.

Als sie nebeneinander über die Reling gelehnt standen, sagte Helen: »Wird dir auch nicht kalt?« Rachel antwortete: »Nein ... Wie schön!« setzte sie einen Augenblick später hinzu. Es war sehr wenig zu sehen – ein paar Masten, ein Uferschatten da, eine Reihe erleuchteter Fenster dort. Sie stemmten sich gegen den Wind.

»Das weht ... das weht!« keuchte Rachel, der die Worte in die Kehle zurückgedrückt wurden. Helen, die sich neben ihr vorwärtskämpfte, war plötzlich vom Bewegungsrausch gepackt und schob sich, beide Hände am Haar, während die Röcke sich ihr um die Knie wickelten, Schritt für Schritt voran. Der Rausch erstarb jedoch mit der Zeit, und der Wind wurde rauh und kühl. Sie schauten durch einen Spalt der Jalousie und stellten fest, daß im Speisezimmer lange Zigarren geraucht wurden. Sie sahen, wie Mr Ambrose sich ausgelassen gegen die Lehne zurückwarf, während Mr Peppers Wangen sich in Falten legten, als wären sie holzgeschnitzt. Geisterhaft schwach drang brüllendes Gelächter an ihr Ohr und verlor sich sofort im Wind. In dem trockenen, gelbbeleuchteten Raum bekamen Mr Pepper und Mr Ambrose von dem ganzen Aufruhr nichts mit; sie waren in Cambridge, und man schrieb wahrscheinlich ungefähr das Jahr 1875.

»Sie sind alte Freunde«, sagte Helen angesichts dieser Szene lächelnd. »Haben wir denn auch einen Platz, wo wir sitzen können?«

Rachel öffnete eine Tür.

»Es ist eher ein Treppenabsatz als ein richtiger Raum«, sagte sie. Tatsächlich hatte er nichts von der Abgeschlossenheit und Unverrückbarkeit eines Raumes an Land. In der Mitte war ein Tisch verankert, und Stühle waren an seine Seiten geklemmt. Passenderweise hatte die Tropensonne die Tapete zu einem verwaschenen Blaugrün gebleicht, und der Spiegel mit seinem Muschelrahmen, Werk der Liebe des Stewards aus Tagen, da die Zeit in der Südsee stillzustehen schien, war eher kurios als häßlich. Gedrehte Muscheln mit rotem Saum wie Einhornhörner verzierten den Kaminsims, der mit einem Pallium aus violettem Plüschsamt drapiert war, von dem eine ganze Anzahl Bommeln herabhing. Zwei Fenster gingen aufs Deck hinaus, und das starke Licht, das durch sie hereingefallen war, als das Schiff auf dem Amazonas von der Sonne gedörrt wurde, hatte die Drucke an der Wand gegenüber so sehr vergilben lassen, daß »Das Kolosseum« kaum von der mit ihren Spaniels spielenden Königin Alexandra zu unterscheiden war. Ein Paar Schaukelstühle am Kamin lud dazu ein, sich die Hände an einem Kaminrost voller goldener Späne zu wärmen; eine große Lampe schwang über dem Tisch – die Art Lampe, die für einen Spaziergänger auf dem Lande über dunklen Feldern das Licht der Zivilisation bedeutet.

»Das ist schon seltsam, daß jeder ein alter Freund von Mr Pepper sein soll.« Rachel machte nervös den Anfang, denn die Situation war schwierig, der Raum kalt und Helen merkwürdig schweigsam.

»Du kannst wohl nichts mit ihm anfangen?« sagte ihre Tante.

»Er ist wie dies hier«, sagte Rachel, die in einer Schale einen versteinerten Fisch entdeckte und ihn herausnahm.

»Ich würde meinen, du bist zu streng«, bemerkte Helen.

Rachel versuchte sofort, näher zu erklären, was sie gegen ihre eigene Überzeugung behauptet hatte.

»Ich kenne ihn nicht wirklich«, sagte sie und suchte Zuflucht bei den Tatsachen, da sie glaubte, ältere Menschen zögen solche den Gefühlen vor. Sie gab zum besten, was sie über William Pepper wußte. Sie erzählte Helen, daß er immer sonntags zu Besuch kam, wenn sie zu Hause waren; er wußte über ungeheuer viele Dinge Bescheid – über Mathematik, Geschichte, Griechisch, Zoologie,

Ökonomie und die isländischen Sagas. Er hatte persische Poesie in englische Prosa übertragen und englische Prosa in griechische Jamben; er war eine Autorität auf dem Gebiet der Münzkunde und noch auf einem anderen – ach ja, sie glaubte, es handle sich um das Beförderungswesen.

Er war mit von der Partie, entweder um Dinge aus dem Meer zu holen, oder um über den mutmaßlichen Kurs von Odysseus zu schreiben, denn Griechisch war schließlich sein Steckenpferd.

»Ich habe all seine Broschüren«, sagte sie. »Kleine Broschüren. Kleine gelbe Büchlein.« Es hörte sich nicht so an, als habe sie sie gelesen.

»Ist er je verliebt gewesen?« fragte Helen, die einen Platz gewählt hatte.

Die unumwundene Frage kam für Rachel unerwartet.

»Sein Herz ist ein altes Stück Schuhleder«, erklärte Rachel und ließ den Fisch fallen. Doch auf genaueres Befragen mußte sie einräumen, daß sie ihn nie danach gefragt hatte.

»Ich werde ihn fragen«, sagte Helen.

»Letztes Mal, als ich dich gesehen habe, kauftest du gerade ein Klavier«, fuhr sie fort. »Erinnerst du dich – das Klavier, das Zimmer im Dachgeschoß und die großen Pflanzen mit den Stacheln?«

»Ja, und meine Tanten, meinten die nicht, das Klavier würde durch den Fußboden brechen, doch in ihrem Alter hätten sie nichts dagegen, nachts erschlagen zu werden?« fragte sie zurück.

»Ich habe vor gar nicht langer Zeit von Tante Bessie gehört«, erzählte Helen. »Sie befürchtet, daß du dir die Arme verdirbst, wenn du weiter so hartnäckig übst.«

»Die Unterarmmuskeln – und dann bleibt man unverheiratet?«

»Ganz so hat sie es nicht ausgedrückt«, antwortete Mrs Ambrose.

»Nein, nein – selbstverständlich täte sie das nicht«, sagte Rachel mit einem Seufzer.

Helen betrachtete sie. Ihre Züge waren eher schwach ausgebildet als ausgeprägt, wurden jedoch durch die großen, forschend blickenden Augen vor Geistlosigkeit bewahrt; Schönheit war ihnen versagt, jetzt da sie sich im schützenden Innern befand, durch den Mangel an Farbe und ausgeprägten Linien. Hinzu kam ihre zögernde Art zu sprechen oder vielmehr die Neigung, die falschen Worte zu wählen, die sie für ihr Alter überdurchschnittlich unbeholfen erscheinen ließ. Mrs Ambrose, die bislang zumeist nur gesagt hatte, was ihr gerade in den Sinn kam, war nun bei der Überlegung angelangt, daß die Aussicht auf drei oder vier Wochen drohender Intimität an Bord nicht eben erfreulich war. Da gewöhnlich schon Frauen ihres Alters sie langweilten, nahm sie an, daß es mit jungen Mädchen noch schlimmer werden mußte. Wieder warf sie Rachel einen flüchtigen Blick zu. Ja! Es war nur allzu deutlich, daß sie wankelmütig, gefühlsbetont sein würde, und wenn man etwas zu ihr sagte, würde das keinen nachhaltigeren Eindruck hinterlassen als ein Stockschlag ins Wasser. Mädchen hatten so gar nichts Greifbares an sich – nichts Festes, Dauerhaftes, Ergiebiges. Hatte Willoughby gesagt, drei Wochen, oder hatte er vier gesagt? Sie versuchte, sich zu erinnern.

In diesem Augenblick öffnete sich jedoch die Tür, und ein großer kräftiger Mann kam herein, trat auf sie zu, und aus dem herzlichen Händedruck, mit dem er Helen begrüßte, sprach eine gewisse Rührung – Willoughby selbst, Rachels Vater, Helens Schwager. Da es, so breit, wie er gebaut war, einer erheblichen Menge Fleischs bedurft hätte, um aus ihm einen dicken Mann zu machen, war er nicht dick; sein Gesicht war ebenfalls breit und schien so, wie es sich darbot, mit den unbedeutenden Zügen und dem kräftigen Ton der Wangen –, eher geeignet, den Unbilden der Witterung zu trotzen als Gefühlsregungen auszudrücken oder auf die anderer Menschen zu reagieren.

»Es ist wirklich schön, daß ihr gekommen seid«, sagte er, »wir freuen uns beide sehr.«

Rachel murmelte auf den Blick des Vaters hin folgsam.

»Wir werden unser Bestes tun, um es dir angenehm zu machen. Und Ridley. Es ist uns eine Ehre, ihn in unserer Obhut zu haben. Pepper wird jemanden finden, der ihm widerspricht – was ich nicht zu tun wage. Findest du nicht, daß dies Kind hier groß geworden ist? Eine junge Frau, hm?«

Er hielt immer noch Helens Hand und legte nun Rachel den Arm um die Schulter, so daß sie peinlich dicht beieinander standen, doch Helen weigerte sich hinzuschauen.

»Findest du, daß sie uns Ehre macht?« fragte er.

»Oh ja«, sagte Helen.

»Wir erwarten nämlich Großes von ihr«, fuhr er fort, drückte den Arm seiner Tochter und ließ sie dann los. »Doch nun zu dir.« Sie setzten sich nebeneinander auf das kleine Sofa. »Hast du die Kinder unbesorgt zurücklassen können? Die werden schon bald zur Schule gehen, wie? Geraten sie nach dir oder nach Ambrose? Ich möchte wetten, daß sie Köpfchen haben, hm?«

Daraufhin hellte sich Helens Miene schlagartig zum erstenmal richtig auf, und sie erklärte, ihr Sohn sei sechs und ihre Tochter zehn. Alle seien der Meinung, der Junge komme nach ihr und das Mädchen nach Ridley. Was ihren Kopf angehe, so glaube sie schon, daß sie aufgeweckte Dinger seien, und sie ging so weit, in bescheidenem Ton eine kleine Geschichte über ihren Sohn zum besten zu geben – wie der einmal, eine Minute lang unbeaufsichtigt, seine Butterportion mit den Fingern genommen habe, damit durchs Zimmer gelaufen sei und sie ins Feuer getan habe – einfach nur so zum Spaß, eine Regung, für die sie durchaus Verständnis habe.

»Und da mußtest du dem kleinen Strolch klarmachen, daß man ihm solche Streiche nicht durchgehen läßt, wie?«

»Einem sechsjährigen Kind? Ich glaube nicht, daß man so etwas ernstnehmen muß.«

»Ich bin ein altmodischer Vater.«

»Unsinn, Willoughby; Rachel weiß das besser.«

Willoughby hätte zweifellos gern gehört, daß seine Tochter etwas zu seinem Lob gesagt hätte, doch sie tat es nicht; ihre Augen blickten so ausdruckslos wie Wasser, ihre Finger spielten immer noch mit dem versteinerten Fisch, sie war geistesabwesend. Die beiden Älteren wandten sich nun den Vorkehrungen zu, die sich zu Ridleys Bequemlichkeit treffen ließen – ein Tisch sollte so aufgestellt werden, daß er gar nicht anders konnte, als auf die See zu blicken, weit weg von den Kesseln und doch so, daß er gegen die Blicke Vorübergehender geschützt wäre. Wenn er nicht jetzt Ferien machte, wo alle Bücher eingepackt waren, würde er niemals welche machen; denn einmal drüben in Santa Marina, das wußte Helen aus Erfahrung, würde er den ganzen Tag lang arbeiten; seine Schiffskoffer, sagte sie, seien vollgepackt mit Büchern.

»Überlaß das ruhig mir – überlaß das ruhig mir!« sagte Willoughby, der offenkundig bestrebt war, weit mehr zu tun als das von ihm Verlangte. Doch nun waren Ridley und Mr Pepper zu hören, die sich an der Tür zu schaffen machten.

»Guten Abend, Vinrace«, sagte Ridley und streckte ihm eine schlaffe Hand entgegen, als sei ihre Begegnung zwar für beide von Melancholie erfüllt, mehr jedoch für ihn selbst.

Willoughby blieb bei seinem herzlichen Tonfall, der allerdings durch Respekt gemäßigt wurde. Einen Augenblick lang sagte niemand etwas.

»Wir haben hineingeschaut und euch lachen sehen«, bemerkte Helen. »Mr Pepper hatte gerade eine sehr gute Geschichte erzählt.«

»Iwo. Keine war gut«, sagte ihr Gatte grämlich.

»Immer noch so ein gestrenger Richter, Ridley?« versetzte Mr Vinrace.

»Wir haben euch so gelangweilt, daß ihr gegangen seid«, sagte Ridley, unmittelbar an seine Frau gewandt.

Da das stimmte, versuchte Helen auch nicht zu widersprechen, und ihre nächste Bemerkung – »Aber sind die denn nicht besser geworden, nachdem wir gegangen waren?« – war unglücklich gewählt, denn ihr Gatte antwortete darauf mit einem Achselzucken: »Sie sind womöglich noch schlechter geworden.«

Die Situation bereitete allen Beteiligten beträchtliches Unbehagen, wie das lange, beklommene Schweigen bewies, das nun eintrat. So war es denn auch eher ein Ablenkungsmanöver, daß Mr Pepper, mit der Hurtigkeit einer alten Jungfer beim Anblick einer Maus, in seinen Sessel sprang, als er Zugluft um die Knöchel spürte, und sich im Schneidersitz darin niederließ. In dieser Stellung, an seiner Zigarre saugend und die Arme um die Knie geschlungen, sah er wie das Ebenbild Buddhas aus, und kraft solcher Erhabenheit begann er, eine Rede über die unauslotbaren Tiefen des Ozeans zu halten, die an niemanden gerichtet war, denn es hatte niemand danach verlangt. Er äußerte, es habe ihn überrascht zu erfahren, daß nicht eins von Mr Vinraces zehn Schiffen, die doch regelmäßig zwischen London und Buenos Aires verkehrten, den Auftrag habe, die großen weißen Ungeheuer der Tiefsee zu erforschen.

»Nein, nein«, Willoughby lachte, »die Ungeheuer zu Lande sind schon zu zahlreich für meinen Geschmack!«

Von Rachel war der Seufzer zu hören: »Arme kleine Ziegen!«

»Ohne Ziegen gäb's auch keine Musik, mein Kind; die Musik ist auf die Ziegen angewiesen«, sagte ihr Vater in ziemlich scharfem Ton, und Mr Pepper verlegte sich nun darauf, die weißen haarlosen, blinden Ungeheuer zu beschreiben, die am Meeresboden zusammengerollt auf den Sandkämmen lägen und die explodieren würden, wenn man sie an die Wasseroberfläche brächte – ihre Flanken würden zerplatzen und ihre Eingeweide in alle Himmelsrichtungen fliegen, sowie der Druck aufhörte –, und er tat das mit ungeheurer Ausführlichkeit und unter Aufbietung seiner gesamten Kenntnisse, so daß Ridley sich abgestoßen fühlte und ihn aufzuhören bat.

Aus all diesem zog Helen für sich ihre Schlußfolgerungen, und die waren düster genug. Pepper war ein Langweiler; Rachel war ein unbedarftes Mädchen, zweifellos ein Born der Geständnisfreude, und der erste Beweis dafür wären die Worte: »Ich verstehe mich nämlich nicht mit meinem Vater.« Willoughby war gewöhnlich mit dem Herzen bei seinem Geschäft und hatte mit der Errichtung seines Imperiums zu tun, und sie würde sich in dieser Umgebung ungeheuer langweilen. Da sie jedoch eine tatkräftige Frau war, stand sie auf und erklärte, sie für ihren Teil gehe jetzt schlafen. An der Tür wandte sie sich instinktiv nach Rachel um, da sie annahm, als Angehörige desselben Geschlechts würden sie den Raum gemeinsam verlassen. Rachel stand auf, schaute Helen mit einem unbestimmten Ausdruck ins Gesicht und erklärte mit ihrem leichten Stottern: »Ich werde jetzt dem W-w-wind trotzen.«

Mrs Ambrose sah ihre schlimmsten Befürchtungen bestätigt; sie ging, von Wand zu Wand taumelnd, den Flur entlang, und indem sie sich mal mit dem rechten, mal mit dem linken Arm abstützte, rief sie bei jeder schlingernden Bewegung nachdrücklich: »Verdammt!«

2. Kapitel

Ungemütlich, wie die Nacht mit ihrem Geschaukel und ihren Salzgerüchen gewesen sein mochte, und in einem Fall war sie es bestimmt gewesen, denn Mr Pepper hatte unzureichendes Bettzeug gehabt, das Frühstück am nächsten Morgen war in gewisser Hinsicht ein schöner Augenblick. Die Reise hatte begonnen und dies dankenswerterweise bei sanftblauem Himmel und ruhiger See. Die Ahnung noch unerschlossener Quellen, des noch Ungesagten, das gesagt werden wollte, verlieh der Stunde Bedeutung in dem Sinne, daß in künftigen Jahren vielleicht die ganze Reise in dieser einen Szene präsent bliebe, in die sich, wie auch immer, der Klang der Schiffssirenen mischen würde, die in der Nacht zuvor auf dem Fluß getutet hatten.

Der Tisch bot mit seinen Äpfeln, dem Brot und den Eiern einen heiteren Anblick. Helen reichte Willoughby die Butter, ließ, während sie das tat, den Blick auf ihm ruhen und dachte: »Und sie hat dich geheiratet und war wohl glücklich.«

Sie verlor sich in einem vertrauten Gedankengang, der zu allen möglichen wohlbekannten Überlegungen führte und von der alten Verwunderung ihren Ausgang nahm, weshalb Theresa bloß Willoughby geheiratet hatte.

»Das liegt natürlich auf der Hand«, befand sie und meinte damit, daß er groß und kräftig war und eine volle dröhnende Stimme und Durchsetzungsvermögen und eine ungeheure Willenskraft besaß; »doch –«, und an diesem Punkt glitt sie in eine feinsinnige Analyse seiner Person über, die in dem einen Wort »sentimental« gipfelte, worunter sie verstand, daß er, was seine Gefühle betraf, niemals schlicht und aufrichtig war. So sprach er zwar beispielsweise selten von den Toten, machte jedoch um Gedenktage viel Gewese. Sie verdächtigte ihn namenloser Grausamkeiten gegenüber seiner Tochter, wie sie ihn im Grunde auch stets im Verdacht gehabt hatte, seine Frau zu schikanieren. Natürlich lag es nahe, daß sie ihr eigenes Schicksal mit dem Schicksal ihrer Freundin verglich, denn Willoughbys Frau war vielleicht die einzige Frau gewesen, die Helen je als Freundin bezeichnet hatte, und dieser Vergleich war häufig der Hauptgegenstand ihres Gesprächs gewesen. Ridley war ein Gelehrter, und Willoughby ein Geschäftsmann. Ridley brachte den dritten Band Pindar heraus, als Willoughby sein erstes Schiff vom Stapel laufen ließ. Sie bauten eine neue Werft in dem Jahr, als der Aristoteles-Kommentar – der war es doch gewesen? – in der University Press erschien. »Und Rachel«, sie schaute sie an, zweifellos in der Absicht, nach allem Für und Wider, das ein allzu ausgeglichenes Bild ergeben hatte, auf die Weise zu einer Entscheidung zu gelangen, daß sie befand, Rachel halte den Vergleich mit ihren eigenen Kindern nicht aus. »Sie könnte wirklich sechs Jahre alt sein«, war allerdings alles, was sie dazu äußerte, und ihr Urteil bezog sich auf das glatte, unausgeprägte Gesicht des Mädchens und verurteilte sie sonst in keiner Weise, denn falls Rachel jemals denken, fühlen, lachen oder sich äußern sollte, statt nur die Milch aus einigem Abstand herabtropfen zu lassen, als wollte sie sehen, was für Tropfen das ergab, dann würde sie vielleicht interessant sein können, wenn auch niemals richtig schön. Sie ähnelte ihrer Mutter, wie das Spiegelbild in einem Teich an einem stillen Sommertag dem erhitzten und geröteten Gesicht ähnelt, das sich darüber beugt.

Unterdessen wurde Helen selbst einer Prüfung unterzogen, wenn auch nicht seitens eines ihrer Opfer. Mr Pepper war mit ihr beschäftigt; und die Überlegungen, die er anstellte, während er seinen Toast in Streifen schnitt und sie sorgfältig mit Butter bestrich, führten ihn ein ordentliches Stück in seine Autobiographie hinein. Einer seiner durchdringenden Blicke versicherte ihm, daß er am Vorabend zu Recht zu dem Urteil gelangt war, Helen sei schön. Höflich reichte er ihr die Marmelade. Sie redete Unsinn, doch keinen schlimmeren, als die Menschen beim Frühstück gemeinhin redeten, da die Hirndurchblutung, wie er aus eigener Erfahrung wußte, zu dieser Stunde gern Sperenzchen machte. Er blieb dabei, ihr Paroli zu bieten, schon aus Prinzip, denn er war Frauen gegenüber niemals aus Rücksicht gegen ihr Geschlecht nachgiebig. Und an diesem Punkt senkte er den Blick auf den Teller und wurde autobiographisch. Er hatte aus dem hinreichenden Grunde nicht geheiratet, daß er niemals der Frau begegnet war, die ihm Respekt abgenötigt hätte. Da er dazu verdammt gewesen war, die empfänglichen Jahre der Jugend auf einem Bahnhof in Bombay zu verbringen, hatte er nur farbige Frauen, Offiziersfrauen und Beamtenfrauen kennengelernt; und sein Ideal war eine Frau, die Griechisch, wenn nicht gar Persisch lesen konnte, von makellos heller Gesichtshaut und imstande war, die beiläufigen Bemerkungen zu verstehen, die er beim Ausziehen fallen ließ. Er hatte sich über die Jahre einige Gewohnheiten zugelegt, deren er sich nicht im geringsten schämte. Bestimmte freie Minuten widmete er täglich dem Auswendiglernen; er kaufte nie eine Fahrkarte, ohne die Nummer zu notieren; er weihte den Januar Petronius, den Februar Catull, den März, sagen wir: den etruskischen Vasen; davon einmal abgesehen, hatte er in Indien gute Arbeit geleistet, und es gab in seinem Leben nichts Bedauerliches außer den grundlegenden Unzulänglichkeiten, die kein weiser Mann bedauert, solange die Gegenwart noch ihm gehört. Bei diesem Schluß angelangt, blickte er plötzlich auf und lächelte. Rachels Blick begegnete dem seinen.

»Nun hast du wohl gerade irgend etwas siebenunddreißigmal gekaut?« dachte sie, doch laut sagte sie höflich: »Machen Ihre Beine Ihnen heute zu schaffen, Mr Pepper?«

»Meine Schulterblätter?« fragte er und bewegte sie unter Schmerzen. »Schönheit hat keinen spürbaren Einfluß auf die Harnsäure, soviel mir bekannt ist«, sagte er seufzend und ließ den Blick auf der runden Fensterscheibe ihm gegenüber ruhen, durch die Himmel und See blau hereinsahen. Gleichzeitig zog er einen kleinen Pergamentband aus der Tasche und legte ihn auf den Tisch. Da das offensichtlich als Aufforderung gemeint war, fragte Helen ihn nach dem Titel. Sie bekam ihn; doch darüber hinaus eine ausführliche Abhandlung über die richtige Methode, eine Straße zu bauen. Er begann bei den Griechen, die, wie er sagte, mit vielen Schwierigkeiten zu kämpfen hatten, fuhr fort mit den Römern, ging dann zu England und der richtigen Methode über, aus der rasch die falsche wurde, und steigerte sich in einen solchen Furor der Anschuldigungen, die gegen die Straßenbauer der Gegenwart im allgemeinen und die Straßenbauer von Richmond Park, wo Mr Pepper jeden Morgen vor dem Frühstück radzufahren pflegte, im besonderen gerichtet waren, daß die

Löffel vernehmlich gegen die Kaffeetassen klirrten und sich das Innere von wenigstens vier Brötchen neben Mr Peppers Teller türmte.

»Kies!« schloß er und ließ böse ein weiteres Brotkügelchen auf den Haufen fallen. »Die Straßen Englands werden mit Kies ausgebessert! ›Beim ersten starken Regen‹, habe ich denen gesagt, ›wird aus eurer Straße ein Sumpf.‹ Wieder und wieder haben sich meine Worte bewahrheitet. Doch meinen Sie etwa, die hörten auf mich, wenn ich ihnen das klarmache, wenn ich auf die Konsequenzen hinweise, die Konsequenzen für die öffentlichen Mittel, wenn ich ihnen empfehle, Coryphaeus zu lesen? Aber nicht doch; die haben ganz andere Interessen im Auge. Nein, Mrs Ambrose, Sie machen sich einfach keine Vorstellung von der menschlichen Dummheit, ehe Sie nicht in einem Stadtrat gesessen haben!« Der kleine Mann fixierte sie mit grimmiger Energie.

»Ich habe Dienstboten gehabt«, sagte Mrs Ambrose und blickte konzentriert. »Gegenwärtig habe ich ein Kindermädchen. Das ist alles in allem eine brave Frau, nur ist sie entschlossen, meinen Kindern das Beten beizubringen. Bislang stellten sie sich dank meinen umsichtigen Vorkehrungen unter Gott so eine Art Walroß vor; doch jetzt, wo ich den Rücken gekehrt habe – Ridley«, sie fuhr zu ihrem Gatten herum und fragte ihn: »Was sollen wir denn machen, wenn wir wieder nach Hause kommen und feststellen müssen, daß sie das Vaterunser aufsagen?«

Ridley gab das Geräusch von sich, das am besten mit »Pah!« umschrieben wird.

Willoughby hingegen, dessen Unbehagen sich, während er zuhörte, darin ausgedrückt hatte, daß er leicht den Oberkörper vor- und zurückbewegte, sagte peinlich berührt: »Ach, Helen, ein bißchen Religion schadet niemandem.«

»Lieber sollen meine Kinder lügen«, erwiderte sie, und während Willoughby befand, daß seine Schwägerin ja noch exzentrischer sei, als er in Erinnerung hatte, schob sie ihren Stuhl zurück und stürmte nach oben. Eine Sekunde später hörten sie sie zu ihnen herunterrufen: »Oh, seht nur! Wir sind auf dem Meer!«

Sie folgten ihr an Deck. Der ganze Rauch und alle Häuser waren verschwunden, und das Schiff befand sich draußen auf dem weiten

Meer, das sehr frisch und klar, wenn auch bleich im Licht des frühen Morgens lag. Sie hatten London auf seinem morastigen Grund sitzen lassen. Eine sehr schmale Schattenlinie verlief sich am Horizont; sie wirkte nicht, als könnte sie die Bürde Paris aushalten, die gleichwohl darauf ruhte. Sie waren die Straßen los, die Menschheit los, und angesichts solcher Freiheit wurden sie alle von derselben Aufregung gepackt. Das Schiff schnitt in gleichmäßigem Tempo durch kleine Wellen, die dagegen klatschten und dann wie Sprudel zischten und auf beiden Seiten einen schmalen Saum aus Blasen und Schaum zurückließen. Der farblose Oktoberhimmel über ihnen war dünn bewölkt wie von Holzfeuerrauchschwaden, und die Luft war wunderbar salzig und frisch. Eigentlich war es zu kalt, um an einem Fleck stehenzubleiben. Mrs Ambrose schob den Arm in den ihres Gatten, und während sie sich entfernten, konnte man an der Art, wie sie ihre sanft abfallende Wange seiner entgegenhob, erkennen, daß sie ihm etwas Privates mitzuteilen hatte. Sie gingen noch ein paar Schritte weiter, und dann sah Rachel, wie sie sich küßten.

Sie blickte in die Tiefe des Meeres hinab. Während es an der Oberfläche durch die hindurchfahrende *Euphrosyne* leicht getrübt war, war es darunter grün und dämmrig, und es wurde dämmriger und dämmriger, bis der Sand an seinem Grund nur noch ein bleicher Fleck war. Kaum konnte man die schwarzen Rippen der Schiffswracks erkennen oder die spiralförmigen Türme, die gewaltige Aale aufgeworfen hatten, oder die glatten, grünflankigen Ungeheuer, die auf ihrem Zickzackkurs vorbeikamen.

»... und Rachel, falls irgend jemand nach mir verlangt, ich bin bis eins beschäftigt«, sagte ihr Vater und verlieh seinen Worten, wie er es häufig tat, wenn er mit seiner Tochter sprach, Nachdruck durch einen raschen Klaps auf die Schulter.

»Bis eins«, wiederholte er. »Und du suchst dir auch irgendeine Beschäftigung, hm? Tonleitern, Französisch, ein wenig Deutsch, hm? Wir haben ja Mr Pepper, der mehr über die Trennbarkeit von Verben weiß als sonst irgendein Mensch in Europa, hm?« und er entfernte sich lachend. Rachel lachte ebenfalls, wie sie eben immer schon gelacht hatte, solange sie zurückdenken konnte, nicht weil sie etwas komisch fand, sondern weil sie ihren Vater bewunderte.

Doch als sie sich in der Absicht umwandte, sich vielleicht irgend etwas vorzunehmen, wurde sie von einer Frau aufgehalten, die so breit und so dick war, daß man durch sie einfach aufgehalten werden mußte. Die unauffällige, zögernde Art, wie sie sich bewegte, und dazu ihr schlichtes schwarzes Kleid, verrieten, daß sie einer niedrigen sozialen Schicht angehörte; trotzdem baute sie sich auf wie ein Fels und blickte umher, ob auch niemand von den Herrschaften in der Nähe war, ehe sie mit ihrem Anliegen herausrückte, das mit dem Zustand der Bettwäsche zu tun hatte und von größter Wichtigkeit war.

»Wie wir diese Reise überstehen sollen, Miss Rachel, ist mir völlig schleierhaft«, begann sie kopfschüttelnd. »Die Bettücher, die da sind, reichen man gerade eben so, und das Laken vom Herrn hat eine zerschlissene Stelle, da kann man die Finger durchstecken. Und die Bettdecken. Haben Sie sich die Bettdecken mal angesehen? Ich hab mir gedacht, 'n Armer würde sich schämen für so was. Die, die ich Mr Pepper gegeben habe, taugt kaum mehr als Zudecke für 'n Hund. ... Nein, Miss Rachel, die lassen sich *nicht* flicken; die taugen nur noch als Putzlappen. Selbst wenn einer sich die Finger wund nähen täte, beim nächsten Mal, wo die in die Wäsche gehen, ist alles für die Katz gewesen.«

Ihre Stimme schwankte vor Entrüstung, und sie schien den Tränen nahe.

Da half nichts, als daß sie mit ihr hinunterging und einen großen Berg Bettwäsche inspizierte, der auf einem Tisch gestapelt lag. Mrs Chailey ging mit den Laken um, als kenne sie von jedem den Namen, den Charakter und den Gesundheitszustand. Manche hatten gelbe Flecken, andere Stellen, wo das Gewebe von Leitern durchzogen war; doch für den normalen Betrachter sahen sie aus, wie solche Laken üblicherweise aussehen, sehr frisch, weiß, kühl und makellos rein.

Auf einmal wandte sich Mrs Chailey vom Thema Bettwäsche ab, gönnte ihr keinen Blick mehr, ballte die Fäuste oben auf dem Stapel und verkündete: »Und das kann man keiner lebenden Seele zumuten, wie ich untergebracht bin!«

Mrs Chailey war eine Kabine zugedacht, die zwar groß genug war, doch zu nahe beim Kesselraum lag, so daß sie nach fünf Minuten ihr Herz »gehen« hören konnte, so klagte sie, und legte die Hand darauf, ein Zustand, den Mrs Vinrace, Rachels Mutter, ihr im Traum nicht zugemutet hätte – Mrs Vinrace, die jedes Stück Bettwäsche im Haus gekannt und von jedermann zwar erwartet hatte, daß er sein Bestes tat, mehr aber auch nicht.

Nichts war einfacher, als ihr eine andere Kabine zu gewähren, und gleichzeitig löste das Lakenproblem sich wunderbarerweise von selbst, da es am Ende doch nicht völlig aussichtslos war, etwas gegen die Flecken und Leitern zu unternehmen, aber . . .

»Lügen! Lügen! Lügen!« rief die junge Herrin empört, als sie zum Deck hinaufeilte. »Weshalb erzählt man mir Lügen?«

In ihrem Zorn darüber, daß eine Frau von fünfzig sich wie ein Kind benahm und katzbuckelnd zu einem Mädchen kam, weil sie sich dort aufhalten wollte, wo es ihr verwehrt war, dachte sie nicht weiter über die besonderen Umstände des Falles nach, sondern packte ihre Noten aus und vergaß bald die alte Frau und ihre Bettwäsche.

Mrs Chailey faltete zwar ihre Bettücher, doch die Lustlosigkeit zeigte sich auf ihrem Gesicht. Die Welt kümmerte sich nicht mehr um sie, und ein Schiff war kein Zuhause. Als gestern die Lampen angezündet worden waren und die Seeleute über ihrem Kopf herumpolterten, hatte sie geweint; sie würde diesen Abend weinen und würde morgen weinen. Es war nicht wie zu Hause. Mittlerweile baute sie ihren Krimskrams in dem Zimmer auf, das sie allzu mühelos erobert hatte. Seltsame Dinge hatte sie da auf die Seereise mitgenommen – Porzellanmöpse, Miniaturteegeschirre, Tassen, die üppig mit dem Wappen der Stadt Bristol bedruckt waren, Haarnadelschachteln, die mit Kleeblättern beklebt waren, Antilopenköpfe aus bemaltem Gips, dazu eine Menge winziger Photographien, die ehrliche Arbeiter im Sonntagsstaat und Frauen mit weißen Babys auf dem Arm zeigten. Doch gab es auch ein einziges Porträt in vergoldetem Rahmen, wofür ein Nagel benötigt wurde, und ehe sie den holen ging, setzte Mrs Chailey ihre Brille auf und las, was auf einem Papierstreifen auf der Rückseite stand:

»Dies Bild ihrer Herrin erhält Emma Chailey von Willoughby Vinrace in dankbarer Anerkennung für 30 Jahre treuer Dienste.«

Tränen ließen die Worte und den Kopf des Nagels verschwimmen.

»Solange ich irgend etwas für Ihre Familie tun kann«, sagte sie, während sie hämmerte, und in diesem Augenblick ertönte im Gang eine melodiöse Stimme.

»Mrs Chailey! Mrs Chailey!«

Chailey zupfte sofort ihr Kleid zurecht, setzte eine gefaßte Miene auf und öffnete die Tür.

»Ich befinde mich in einer schwierigen Lage«, sagte Mrs Ambrose mit gerötetem Gesicht und außer Atem. »Sie wissen ja, wie die Herren so sind. Die Stühle sind zu hoch – die Tische zu niedrig – zwischen Tür und Boden kann man die Hand durchstecken. Was ich möchte, ist ein Hammer, ein altes Federbett, und haben Sie so etwas wie einen Küchentisch? Jedenfalls, unter uns gesagt...« sie riß die Tür zum Wohnraum ihres Mannes jetzt auf und gab den Blick auf Ridley frei, der mit gerunzelter Stirn und hochgeschlagenem Kragen auf und ab ging.

»Das ist ja, als legten alle es nur darauf an, mich zu quälen!« rief er und blieb ruckartig stehen. »Unternehme ich diese Reise etwa, um mir Rheuma und Lungenentzündung zu holen? Man sollte doch meinen, daß Vinrace etwas mehr Verstand besitzt. Liebes«, Helen lag unter einem Tisch auf den Knien, »du machst dich doch nur schmutzig, und wir täten besser daran, der Tatsache ins Auge zu sehen, daß wir zu sechs Wochen unaussprechlichen Elends verdammt sind. Daß wir uns überhaupt auf dies Schiff begeben haben, war der Gipfel der Torheit, doch wo wir nun mal da sind, werde ich es zu tragen wissen wie ein Mann. Meine Leiden werden sich allerdings verschlimmern – mir geht es jetzt bereits schlechter als gestern, doch das haben wir nur uns selbst zu verdanken, und die Kinder zum Glück...«

»Weg! Weg! Weg!« rief Helen und jagte ihn mit einem Stuhl von einer Ecke in die andere, als wäre er ein verirrtes Huhn. »Du gehst mir jetzt aus dem Weg, Ridley, und in einer halben Stunde findest du alles fertig vor.«

Sie schob ihn aus dem Zimmer, und sie konnten ihn stöhnen und fluchen hören, als er den Gang entlangging.

»Er ist wohl nicht sehr stark«, sagte Mrs Chailey und schaute Mrs Ambrose mitfühlend an, während sie ihr beim Möbelrücken und Tragen behilflich war.

»Das sind Bücher«, seufzte Helen und hob einen Armvoll trister Bände vom Boden hoch zum Regal. »Griechisch von morgens bis abends. Falls Miss Rachel jemals heiratet, Chailey, dann beten Sie, daß sie einen Mann nimmt, der nicht lesen und schreiben kann.«

Nachdem die anfänglichen Unbequemlichkeiten und Widrigkeiten, die die ersten Tage einer Seereise im allgemeinen so freudlos machen und die Nerven auf eine harte Probe stellen, irgendwie überstanden waren, vergingen die nächsten auf ziemlich angenehme Weise. Der Oktober war schon weit fortgeschritten, strahlte jedoch mit einer stetigen Wärme, die die frühen Sommermonate sehr unreif und launenhaft erscheinen ließen. Weite Gebiete der Erde lagen jetzt unter der Herbstsonne, und ganz England war, von den kahlen Mooren bis zu den Felsen Cornwalls, vom Morgengrauen bis zum Sonnenuntergang erleuchtet und prangte in Streifen von Gelb, Grün und Violett. Unter solcher Beleuchtung funkelten selbst die Dächer der großen Städte. In Tausenden von Gärtchen blühten Millionen dunkelroter Blumen, bis die alten Damen, die sie so sorgsam gehegt hatten, mit ihren Scheren die Gartenwege herabkamen, ihre saftigen Stengel durchschnitten und sie in der Dorfkirche auf kalte steinerne Simse legten. Unzählige Picknickgesellschaften kehrten bei Sonnenuntergang nach Hause zurück und riefen: »Hat man schon einmal einen solchen Tag erlebt?« »Daran bist du schuld«, flüsterten die jungen Männer; »Ach nein, daran bist du schuld«, antworteten die jungen Frauen. Alle alten Leute und viele Kranke zog es, und sei es auch nur für ein, zwei Schritte, ins Freie hinaus, und sie sagten Erfreuliches im Hinblick auf den Lauf der Welt voraus. Die Vertraulichkeiten und Liebesbeweise, nicht nur in Kornfeldern, sondern auch in vom Lampenschein erleuchteten Zimmern, deren Fenster auf den Garten hinausgingen und in denen Männer mit Zigarren grauhaarige Frauen küßten, waren gar nicht mehr zu zählen. Manche sagten, der Himmel sei ein Emblem des Lebens, das sie gelebt hatten; andere, er sei die Verheißung des künftigen. Langschwänzige Vögel klapperten und kreischten und kreuzten zwischen den Gehölzen hin und her, und aus ihrem Gefieder blickten goldene Augen.

Doch während sich dies alles an Land abspielte, dachten nur sehr wenige Menschen über das Meer nach. Sie hielten es für selbstverständlich, daß das Meer ruhig war; und es erübrigte sich, anders als sonst in vielen Häusern, wenn der Efeu an die Schlafzimmerfenster pocht, daß die Paare, ehe sie sich küßten, murmelten: »Denk doch nur an die Schiffe heut nacht!« oder »Dem Himmel sei Dank, daß ich nicht der Mann auf dem Leuchtturm bin!« Denn sie alle stellten sich vor, daß die Schiffe sich, wenn sie am Horizont verschwanden, auflösten wie Schnee im Wasser. Die Vorstellung der Erwachsenen war eigentlich nicht viel klarer als die der kleinen Geschöpfe in Badehosen, die überall entlang den Küsten Englands in den Schaum trabten und mit Eimern Wasser schöpften. Sie erblickten weiße Segel oder Rauchfahnen am Horizont, und wenn man behauptet hätte, das seien Wasserhosen oder Blütenblätter von weißen Seerosen, hätten sie zugestimmt.

Die Menschen auf den Schiffen gewannen jedoch eine gleichermaßen eigenartige Vorstellung von England. Es erschien ihnen nicht etwa nur als Insel, und zwar als sehr kleine Insel, sondern es war vielmehr eine schrumpfende Insel, auf der die Menschen gefangensaßen. Erst stellte man sie sich als ziellos umherschwärmende Ameisen vor, die einander fast über den Rand hinausdrängten; und dann, während das Schiff sich immer weiter entfernte, stellte man sich vor, daß sie vergeblich Lärm schlugen, der, als er ungehört blieb, entweder aufhörte oder sich zu lautstarkem Gezanke steigerte. Schließlich, als das Land außer Sicht war, wurde offenkundig, daß die Menschen in England völlig stumm waren. Die Krankheit befiel auch andere Teile der Erde; Europa schrumpfte, Asien schrumpfte, Afrika und Amerika schrumpften, bis es zweifelhaft erschien, ob das Schiff jemals wieder auf einen jener faltigen kleinen Felsen zufahren würde. Andererseits aber hatte sich eine ungeheure Würde über die *Euphrosyne* gesenkt; sie war ein Bewohner der riesigen Welt, die so wenige Bewohner hatte, und fuhr den ganzen Tag durch ein leeres Universum, vorn und hinten von Schleiern verhangen. Sie war einsamer als die Karawane, die die Wüste durchquert; sie war unendlich viel geheimnisvoller, wie sie sich da aus eigener Kraft und mit Hilfe ihrer eigenen Mittel vorwärtsbewegte. Die See mochte ihr den Tod oder auch eine nie gekannte Freude schenken, und niemand würde je davon erfahren. Sie war eine Braut, die auf ihren Bräutigam zuging, eine Jungfrau, die kein Mann je gekannt hatte; in all ihrer Kraft und Reinheit war sie allen schönen Dingen ebenbürtig, denn sie hatte als Schiff ein eigenes Leben.

Tatsächlich hätte Mrs Ambrose, wären sie nicht vom Wetter gesegnet gewesen, so daß ein blauer Tag nach dem anderen sich rund und makellos über sie stülpte, es sehr langweilig gefunden. Doch nun hatte sie ihren Stickrahmen an Deck aufgestellt und neben sich ein Tischchen stehen, auf dem ein schwarzer Band Philosophie aufgeschlagen lag. Sie wählte einen Faden aus dem vielfarbigen Gewirr, das in ihrem Schoß lag, und stickte Rot in die Borke eines Baumes oder Gelb in den reißenden Fluß. Sie arbeitete an einem prächtigen Entwurf eines tropischen Flusses, der durch einen Tropenwald floß, wo am Ende dann geflecktes Wild Unmengen von Früchten, Bananen, Orangen und riesigen Granatäpfeln äsen würde, während eine Schar nackter Wilder Pfeile durch die Luft schwirren ließe. Zwischen den Stichen blickte sie zur Seite und las einen Satz über die Wirklichkeit der Materie oder das Wesen des Guten. Um sie herum knieten Männer in blauen Pullovern und scheuerten die Planken oder lehnten sich über die Reling und pfiffen, und nicht weit weg saß Mr Pepper und schnitzte mit einem Federmesser an Wurzeln herum. Der Rest war in anderen Ecken des Schiffes beschäftigt: Ridley mit seinem Griechisch – noch nie war er so zufriedenstellend untergebracht gewesen; Willoughby saß über seinen Papieren, denn Reisen nutzte er dazu, Liegengebliebenes aufzuarbeiten; und Rachel – zwischen zwei Sätzen Philosophie fragte Helen sich manchmal, *was* Rachel eigentlich mit sich anfangen mochte? Sie nahm sich vage vor, das herauszufinden. Seit jenem ersten Abend hatten sie kaum zwei Worte miteinander gesprochen; sie waren höflich, wenn sie einander begegneten, doch es war zu keinerlei Vertraulichkeit gekommen. Rachel schien mit ihrem Vater sehr gut auszukommen – viel besser, dachte Helen, als sie sollte – und war ebenso bereit, Helen in Frieden zu lassen, wie Helen sie in Frieden ließ.

In diesem Augenblick saß Rachel in ihrem Zimmer und tat absolut nichts. Wenn das Schiff voll war, trug dies Logis einen prächtigen Namen und war die Zuflucht älterer seekranker Damen, die das Deck den Jüngeren überließen. Aufgrund des Klaviers und der am Boden herumliegenden Bücher betrachtete Rachel den Raum als ihren und saß dort stundenlang und spielte sehr schwierige Musik, las ein wenig Deutsch oder ein wenig Englisch, wenn ihr danach war, oder tat – wie in diesem Augenblick – absolut gar nichts.

Der Grund dafür war natürlich teilweise in der Art ihrer Erziehung zu suchen, die sich mit einer angeborenen vornehmen Trägheit verband, denn sie war erzogen worden, wie die Mehrzahl der Mädchen aus wohlhabendem Hause in der zweiten Hälfte des 19. Jahrhunderts eben erzogen wurde. Freundliche Gelehrte und sanftmütige alte Professoren hatten sie die Grundlagen von etwa zehn verschiedenen Wissenszweigen gelehrt, doch die hätten sie ebensowenig gezwungen, sich gründlich mit einer dornigen Materie auseinanderzusetzen, wie sie ihr gesagt hätten, sie habe schmutzige Hände. Die ein oder zwei Stunden wöchentlich vergingen auf das angenehmste, teils wegen der anderen Schülerinnen, teils, weil das Fenster auf die Hinterfront eines Ladens hinausging, wo im Winter hinter den roten Fenstern Gestalten auftauchten, und teils dank der Zwischenfälle, wie sie unausbleiblich sind, wenn mehr als zwei Menschen in einem Raum zusammen kommen. Es gab jedoch keinen Gegenstand auf der Welt, über den sie genau Bescheid wußte. Ihr Geist befand sich in demselben Zustand wie der eines intelligenten Mannes zu Beginn der Herrschaft Königin Elisabeths; sie glaubte praktisch alles, was man ihr erzählte, und erfand Begründungen für alles, was sie selbst sagte. Die Beschaffenheit des Erdballs, die Weltgeschichte, wie die Züge funktionierten oder Geld angelegt wurde, welche Gesetze in Kraft waren, welche Menschen was wollten, und warum sie es wollten, die elementarsten Vorstellungen von den Zusammenhängen des modernen Lebens – das alles war ihr von ihren Professoren oder Lehrerinnen nicht beigebracht worden. Dies Erziehungssystem hatte jedoch einen großen Vorzug. Es lehrte nichts, doch stellte es einer echten Begabung, die eine Schülerin besitzen mochte, auch kein Hindernis in den Weg. Rachel, die musikalisch war, durfte ausschließlich Musik lernen; sie wurde zur Fanatikerin auf diesem Gebiet. Sämtliche Energien, die in Sprachen, Naturwissenschaft oder Literatur hätten gehen, die ihr Freunde gewinnen oder ihr die Welt hätten zeigen können, flossen ungehemmt in die Musik. Da sie ihre Lehrer als unzulänglich empfand, hatte sie sich praktisch selbst unterrichtet. Mit vierundzwanzig Jahren wußte sie soviel über Musik wie die meisten Menschen, wenn sie dreißig sind; und konnte so gut spielen, wie ihre natürliche Begabung es zuließ, und die war, wie mit jedem Tage deutlicher wurde, wahrhaftig großzügig bemessen. Wenn diese einzige eindeutige Begabung von Träumen und Vorstellungen der ausgefallensten und törichtsten Art umsponnen war, so tat das doch niemandem weh.

Wenn ihre Erziehung also die übliche gewesen war, so waren ihre Lebensumstände auch nicht ungewöhnlicher gewesen. Sie war ein Einzelkind und damit niemals von Brüdern und Schwestern schikaniert und ausgelacht worden. Da ihre Mutter gestorben war, als sie elf war, zogen zwei Tanten, die Schwestern ihres Vaters, sie groß, und sie lebten um der guten Luft willen in einem behaglichen Haus in Richmond. Sie wurde natürlich mit übertriebener Fürsorglichkeit aufgezogen, die während ihrer Kindheit ihrer Gesundheit galt, und als sie dann ein junges Mädchen und schließlich eine junge Frau war, dem, wofür das Wort Tugendhaftigkeit fast schon zu grob erscheint. Bis noch vor ganz kurzer Zeit hatte sie nicht die geringste Ahnung gehabt, daß derartige Dinge für Frauen überhaupt existierten. Sie tastete in alten Büchern nach dem entsprechenden Wissen und fand es in Form abstoßender Brocken, doch eigentlich hatte sie keinen Hang zu Büchern und zerbrach sich folglich nicht groß den Kopf über die Zensur, die erst von ihren Tanten, später dann von ihrem Vater geübt wurde. Freundinnen hätten ihr Dinge erzählen können, doch sie hatte wenige im gleichen Alter – Richmond war unbequem zu erreichen –, und es traf sich, daß das einzige Mädchen, das sie gut kannte, eine religiöse Eiferin war, die die Vertraulichkeit befeuerte, von Gott und den geeignetsten Möglichkeiten zu sprechen, sein Kreuz auf sich zu laden, ein Gesprächsthema, das für jemanden, dessen geistige Entwicklung einen ganz anderen Verlauf nahm, nur von sporadischem Interesse sein konnte.

Doch wenn sie so, zurückgelehnt, in ihrem Sessel ruhte, die eine Hand hinter dem Kopf, die andere um den Knauf der Lehne gelegt, war erkennbar, daß sie eifrig mit ihren Gedanken beschäftigt war. Ihre Erziehung ließ ihr reichlich Zeit zum Nachdenken. Ihr Blick heftete sich mit solcher Unbeirrbarkeit auf eine Kugel an der Reling des Schiffes, daß sie ärgerlich zusammengezuckt wäre, wenn irgend etwas sie zufällig für eine Sekunde verdeckt hätte. Sie hatte ihre Meditationen mit einem lauten Auflachen begonnen, das durch folgende Übersetzung einer Stelle aus dem *Tristan* ausgelöst worden war:

In shrinking trepidation
His shame he seems to hide
While to the king his relation
He brings the corpse-like Bride.
Seems it so senseless what I say?[2]

Allerdings! hatte sie ausgerufen und das Buch zu Boden geworfen. Als nächstes hatte sie *Cowper's Letters* zur Hand genommen, den Klassiker, den ihr Vater ihr verordnet und der sie gelangweilt hatte, so daß der eine Satz, in dem nebenher etwas über den Ginsterduft in seinem Garten vorkam, die Erinnerung an die kleine Diele in Richmond ausgelöst hatte, die am Tag der Beerdigung ihrer Mutter mit Blumen überladen gewesen war, und der Duft war so stark gewesen, daß ihr jetzt jeder Blumenduft die süßlich grauenvolle Sinneswahrnehmung vergegenwärtigte; so wechselte sie, halb hörend, halb sehend, von dieser zu einer anderen Szene über. Sie sah ihre Tante Lucy im Wohnzimmer Blumen arrangieren.

»Tante Lucy«, sagte sie mutig, »ich mag den Duft von Ginster nicht; er erinnert mich an Beerdigungen.«

»Unsinn, Rachel«, erwiderte Tante Lucy; »sag doch nicht solche albernen Dinge, Kind. Ich habe ihn immer als eine besonders fröhliche Pflanze empfunden.«

Während sie so in der heißen Sonne lag, kreisten ihre Gedanken um ihre Tanten, ihren Charakter, ihre Ansichten und ihre Lebensweise. Das war tatsächlich ein Thema, das Hunderte von Morgenspaziergängen durch den Richmond Park vorhielt und die Bäume und die Menschen und das Wild auslöschte. Warum taten sie die Dinge, die sie taten, und was empfanden sie, und was bedeutete das denn alles? Wieder hörte sie Tante Lucy mit Tante Eleanor sprechen. Sie hatte sich an jenem Morgen mit dem Charakter eines Dienstmädchens befaßt. »Und selbstverständlich erwartet man um halb elf Uhr morgens, das Hausmädchen beim Treppenscheuern anzutreffen.« Wie seltsam! Wie unsäglich seltsam! Doch sie vermochte sich nicht zu erklären, warum ihr plötzlich, während ihre Tante sprach, das ganze System, innerhalb dessen sie lebten, als etwas völlig Unvertrautes und Unerklärliches vor Augen getreten war und die Personen selbst als Stühle oder Regenschirme, die hier und dort ohne irgendeinen Grund fallen gelassen worden waren. Sie hatte bloß mit ihrem leichten Stottern sagen können: »Hast du T-t-tante Eleanor gern, Tante Lucy?«, worauf ihre Tante mit ihrem nervösen, an Hühnergackern erinnernden Lachen geantwortet hatte: »Mein liebes Kind, was für Fragen du stellst!«

»Wie gern? Sehr gern?« Rachel ließ nicht locker.

»Also ›wie gern‹, das habe ich mich nun wirklich nie gefragt«, sagte Miss Vinrace. »Wenn man jemanden liebhat, dann fragt man sich nicht, ›wie sehr‹, Rachel«, was gegen die Nichte gemünzt war, die bislang niemals mit solcher Wärme auf die Tanten »zugegangen« war, wie die es sich wünschten.

»Doch daß ich dich lieb habe, das weißt du doch, nicht wahr, mein Herz, allein schon, weil du die Tochter deiner Mutter bist, wenn sonst aus keinem anderen Grund, und es gibt noch viele andere Gründe –« und sie beugte sich vor und küßte sie einigermaßen bewegt, und ihr eigentliches Thema ging unwiederbringlich verloren wie ein Eimer verschütteter Milch.

Auf diesem Weg also erreichte Rachel jene Stufe des Nachdenkens, wenn man es so nennen kann, wo der Blick auf eine Kugel oder einen Knauf gerichtet ist und die Lippen sich zu bewegen aufhören. Ihre Bemühungen, hinter die Dinge zu kommen, hatten bloß die Gefühle ihrer Tante verletzt, und daraus ließ sich nur folgern, daß es besser sei, es gar nicht erst zu versuchen. Eine starke Empfindung mußte eine Kluft zwischen einem selbst und den anderen aufreißen, die vielleicht genauso stark empfanden, doch eben anders. Viel besser war es, Klavier zu spielen und alles übrige auf sich beruhen zu lassen. Diese Schlußfolgerung war ihr durchaus angenehm. Sollten diese seltsamen Männer und Frauen – ihre Tanten, die Hunts, Ridley, Helen, Mr Pepper und alle anderen – doch Symbole bleiben – gesichtslose, doch würdige Symbole des Alters, der Jugend, der Mutterschaft, der Gelehrsamkeit, und dabei oft schön, wie Menschen auf der Bühne schön sind. Anscheinend sagte niemand je irgend etwas, das er auch meinte, oder sprach niemand je von einem Gefühl, das er wirklich empfand, doch dafür war ja die Musik da. Da die Wirklichkeit auf dem beruhte, was man sah und empfand, worüber man jedoch nicht sprach, konnte man ein System akzeptieren, innerhalb dessen die Dinge auf für andere Menschen völlig zufriedenstellende Weise in sich kreisten, ohne sich immer wieder der Mühe zu unterziehen, darüber nachzudenken, davon einmal abgesehen, daß es einem bei oberflächlicher Betrachtung seltsam vorkommen mußte. Von ihrer Musik gefangengenommen, fand sie sich selbstgenügsam mit ihrem Los ab, wurde vielleicht alle vierzehn Tage von flammender Empörung gepackt, und die verebbte dann wieder, wie sie jetzt verebbte. In den Wirrwarr ihrer träumerischen Gedankengänge verstrickt, schien ihre Seele eine Kommunion einzugehen, sich auf das angenehmste zu weiten und mit dem Geist der weißlichen Planken an Deck zu verbinden, eine Kommunion mit dem Geist des Meeres, dem Geist von Beethovens Op. 112[3], selbst mit dem Geist des armen William Cowper in seinem Olney. Wie ein Knäuel Distelwolle küßte sie das Meer, schwebte empor, küßte es erneut und schwand auf diese Weise, küssend und emporschwebend, schließlich außer Sicht. Das schwebende Auf und Ab des Distelwollknäuels fand seine Entsprechung im plötzlichen Vornübersinken ihres Kopfes, und als es außer Sicht war, war sie eingeschlafen.

Zehn Minuten später öffnete Mrs Ambrose die Tür und betrachtete sie. Die Erkenntnis, daß dies Rachels Art war, die Vormittage herumzubringen, überraschte sie nicht. Sie schaute sich im Zimmer mit dem Klavier, den Büchern, dem allgemeinen Durcheinander um. Zunächst betrachtete sie Rachel aus einem ästhetischen Blickwinkel; schutzlos wie sie da lag, sah sie ein bißchen wie ein Opfer aus, das aus den Klauen eines Raubvogels gefallen war, doch wenn man sie als Frau betrachtete, als junge Frau von vierundzwanzig, gab der Anblick Anlaß zu gewissen Überlegungen. Mrs Ambrose stand wenigstens zwei Minuten so und dachte nach. Dann lächelte sie, wandte sich lautlos ab und ging, damit die Schlafende nicht aufwachte und sie sich in der Verlegenheit befänden, miteinander reden zu müssen.

3. Kapitel

Früh am nächsten Morgen war das Geräusch von Ketten zu hören, die rumpelnd über ihre Köpfe hinweggezogen wurden; der gleichmäßige Herzschlag der *Euphrosyne* kam allmählich zum Stillstand; und Helen, die ihre Nase zum Deck hinaufreckte, sah ein regloses Schloß auf einem reglosen Hügel. Sie waren in der Mündung des Tejo vor Anker gegangen, und statt daß sie selbst immerfort neue Wellen durchschnitten, kehrten jetzt immer dieselben Wellen zu ihnen zurück und schlugen gegen die Flanken des Schiffes.

Sobald sie mit dem Frühstück fertig waren, verschwand Willoughby mit einer braunledernen Aktentasche über die Schiffswand und rief ihnen über die Schulter zu, sie sollten nur alle schön auf sich aufpassen und sich anständig benehmen, denn er habe bis fünf Uhr nachmittags geschäftlich in Lissabon zu tun.

Um diese Stunde etwa tauchte er mit seiner Aktentasche wieder auf und erklärte, er sei müde, verärgert, hungrig, durstig, durchgefroren und brauche auf der Stelle seinen Tee. Händereibend erzählte er ihnen die Abenteuer des Tages: Wie er den armen Jackson vor dem Spiegel im Büro angetroffen habe, als der sich gerade den Schnurrbart kämmte – sein Auftauchen habe ihn doch einigermaßen überrascht –, wie er ihm dann einen strammen Arbeitsvormittag bereitet habe, der ihm wohl nur selten beschert werde; ihn dann zu einem Mittagessen mit Seeigeln und Champagner eingeladen und danach bei Mrs Jackson vorbeigeschaut habe, die dicker sei als je zuvor, die arme Frau, doch habe sie sich freundlich nach Rachel erkundigt – und, Herrgott, der kleine Jackson habe gebeichtet, aus einer verflixten Schwäche heraus eine Dummheit begangen zu haben – schön, schön, es sei wohl nichts wirklich Schlimmes passiert, doch wozu taugten eigentlich Anordnungen, wenn sie dann prompt mißachtet würden? Er habe klipp und klar gesagt, daß er auf dieser Fahrt keine Passagiere an Bord nähme. An diesem Punkt fing er an, seine Taschen zu durchsuchen, und stieß schließlich auf eine Visitenkarte, die er vor Rachel auf den Tisch knallte. Darauf las sie: »Mr und Mrs Dalloway, 23 Browne Street, Mayfair«.

»Mr Richard Dalloway«, fuhr Vinrace fort, »scheint ein Herr zu sein, der aufgrund der Tatsache, daß er früher Parlamentsmitglied war und seine Frau die Tochter eines Peers ist, meint, sie könnten so mir nichts dir nichts alles haben, was sie wollen. Jedenfalls haben sie den armen kleinen Jackson herumgekriegt. Haben erklärt, sie brauchten unbedingt Schiffspassagen – haben einen Brief von Lord Glenaway gezückt, worin der mich persönlich bittet, ihm diesen Gefallen zu tun –, haben sich über sämtliche Einwände Jacksons hinweggesetzt (ich glaube allerdings nicht, daß die sehr beeindruckend waren), und so bleibt einem wohl nichts anderes übrig, als nachzugeben.«

Es war jedoch offensichtlich, daß Willoughby aus irgendeinem Grunde mit Vergnügen nachgab, auch wenn er sich den Anschein gab, als grollte er.

Es stellte sich heraus, daß Mr und Mrs Dalloway auf einmal in Lissabon festgesessen hatten. Sie waren einige Wochen lang auf dem Kontinent umhergereist, hauptsächlich mit Blick darauf, daß Mr Dalloway seinen Horizont erweitern wollte. Da er infolge der Wechselfälle des politischen Lebens seinem Land eine Wahlperiode lang nicht im Parlament dienen konnte, tat Mr Dalloway sein Bestes, um ihm außerhalb des Parlaments zu dienen. Die romanischen Länder waren für diesen Zweck durchaus geeignet, wenn auch der Nahe Osten noch geeigneter gewesen wäre.

»Rechnen Sie damit, demnächst aus Petersburg oder Teheran von mir zu hören«, hatte er gesagt, als er sich auf den Stufen des Travellers' umwandte, um zum Abschied zu winken. Im Nahen Osten war jedoch eine Krankheit ausgebrochen, in Rußland herrschte die Cholera, und so hörte man denn, schon weniger romantisch, aus Lissabon von ihm. Sie waren durch Frankreich gereist, hatten in den Industriezentren haltgemacht, wo er, aufgrund von Empfehlungsschreiben, durch die Werke geführt worden war und Fakten in ein Notizbuch geschrieben hatte. In Spanien hatten er und Mrs Dalloway Maultiere bestiegen, weil sie sich ein Bild davon machen wollten, wie die Bauern lebten. Waren sie beispielsweise reif für den Aufstand?

Mrs Dalloway hatte dann auf ein, zwei Tagen Madrid bestanden, der Gemälde wegen. Schließlich trafen sie in Lissabon ein und verbrachten dort sechs Tage von, wie es in einem später als Privatdruck veröffentlichten Reisetagebuch hieß, »einzigartigem Interesse«. Richard hatte Audienzen bei Ministern und sagte eine Krise in gar nicht ferner Zeit voraus, »da die Grundlagen der Regierung unheilbar verrottet sind. Doch wie will man von Schuld sprechen etc.«; während Clarissa die königlichen Stallungen inspizierte und etliche Schnappschüsse von Männern machte, die mittlerweile exiliert, und von Fenstern, die mittlerweile zerbrochen sind. Unter anderem photographierte sie Fieldings Grab und ließ einen kleinen Vogel frei, der irgendeinem Grobian in die Falle gegangen war, »weil es einem verhaßt ist, an irgend etwas in einem Käfig zu denken, wo Engländer begraben liegen«, so hieß es im Tagebuch. Ihre Route war ungeheuer unkonventionell und folgte keinem vorbedachten Plan. Die Auslandskorrespondenten der *Times* waren keineswegs allein ausschlaggebend. Mr Dalloway wollte einen Blick auf bestimmte Kanonen werfen und war der Meinung, daß die afrikanische Küste weit weniger gesichert sei, als die Menschen zu Haus zu glauben geneigt waren. Aus diesen Gründen wollten sie ein langsames, sozusagen wißbegieriges Schiff, bequem zwar, denn sie waren beide keine Seeratten, doch nicht extravagant, das ein, zwei Tage in diesem oder jenem Hafen anlegen und Kohle bunkern würde, während die Dalloways auf eigene Faust etwas unternahmen. Und nun saßen sie in Lissabon fest, weil es ihnen für den Augenblick nicht gelang, an ein Schiff heranzukommen, das genau ihren Wünschen entsprach. Sie hörten von der *Euphrosyne,* hörten allerdings auch, daß sie in erster Linie ein Frachtschiff war und nur aufgrund besonderer Vereinbarung Passagiere aufnahm, während ihr eigentliches Geschäft darin bestand, Textilien zum Amazonas zu bringen und mit Gummi zurückzukehren. »Aufgrund besonderer Vereinbarung« waren für sie jedoch äußerst ermutigende Worte, gehörten sie doch einer Schicht an, wo für fast alles besondere Vereinbarungen getroffen wurden oder nötigenfalls getroffen werden konnten. Bei dieser Gelegenheit tat Richard nicht mehr, als ein paar Zeilen an Lord Glenaway zu schreiben, das Oberhaupt des Geschlechts, das seinen Titel trägt; den armen alten Jackson aufzusuchen; ihm vor Augen zu führen, daß Mrs Dalloway die und die sei und er dies oder jenes gewesen sei, und ihm klarzumachen, daß sie das und das wollten. Es war geschafft. Man schied unter wechselseitigen Komplimenten und in beiderseitiger Zufriedenheit, und hier, eine Woche später, kam nun das Boot in der Abenddämmerung auf das Schiff zugerudert und hatte die Dalloways an Bord; drei Minuten später standen sie zusammen an Deck der *Euphrosyne*. Ihre Ankunft erregte natürlich einiges Aufsehen, und es wurde von mehreren Augenpaaren wahrgenommen, daß Mrs Dalloway eine große, zartgebaute Frau war, deren Körper in Pelze und deren Kopf in Schleier gehüllt war, während Mr Dalloway sich als mittelgroßer Mann von kräftiger Statur herausstellte, der wie ein Jäger im herbstlichen Moor gekleidet war. Viele solide Lederkoffer in sattem Braun umgaben sie alsbald, und Mr Dalloway trug zusätzlich einen Aktenkoffer und seine Gattin ein Toilettenköfferchen, das an eine Brillantkette und Flaschen mit silbernen Schraubdeckeln denken ließ.

»Das sieht so nach Whistler aus!« rief sie mit einer Handbewegung in Richtung Küste, als sie Rachel die Hand reichte, und Rachel hatte gerade noch Zeit, einen Blick auf die grauen Hügel auf der anderen Seite des Schiffes zu werfen, ehe Willoughby Mrs Chailey vorstellte, die die Dame zu ihrer Kabine geleitete.

So rasch die Unterbrechung beendet schien, so aufregend war sie doch; sie brachte mehr oder minder alle aus dem Konzept, von Mr Grice, dem Stewart, bis hin selbst zu Ridley. Ein paar Minuten später kam Rachel am Rauchsalon vorbei und sah Helen dort Sessel verrücken. Sie war ganz gefangengenommen von ihrem Tun und äußerte, als sie Rachel erblickte, in vertraulichem Ton:

»Wenn man Männern einen Raum geben kann, wo sie sitzen und unter sich sein können, ist alles in schönster Ordnung. Sessel sind das Wichtigste *überhaupt* –« Sie fing wieder an, sie umherzurollen. »Na, sieht das immer noch aus wie ein Bahnhofsbüffet?«

Sie fegte eine Plüschdecke von einem Tisch. Das Aussehen des Raumes hatte sich erstaunlich verbessert.

Das Eintreffen der Fremden brachte Rachel, als die Stunde des Abendessens heranrückte, außerdem auf den Gedanken, daß sie sich ja umziehen müßte; und als die gewaltige Glocke läutete, saß sie in einer solchen Haltung auf der Kante ihrer Koje, daß der kleine Spiegel über dem Waschtisch ihren Kopf und ihre Schultern widerspiegelte. Im Spiegel war ihre Miene zugleich angespannt und melancholisch, denn sie war seit der Ankunft der Dalloways zu dem deprimierenden Schluß gelangt, daß ihr Gesicht nicht das Gesicht war, das sie wollte, und es aller Wahrscheinlichkeit nach auch niemals sein würde.

Dennoch, man hatte ihr eingeschärft, daß sie pünktlich sein sollte, und was für ein Gesicht sie auch immer haben mochte, sie mußte zum Abendessen gehen.

Diese wenigen Minuten hatte Willoughby dazu genutzt, den Dalloways eine flüchtige Skizze der Menschen zu liefern, die sie gleich kennenlernen sollten, und er nahm dabei die Finger zu Hilfe.

»Da ist mein Schwager, Ambrose, der Gelehrte (seinen Namen werden Sie gewiß schon gehört haben), seine Frau, mein alter Freund Pepper, ein sehr ruhiger Bursche, der allerdings angeblich alles weiß. Und das sind schon alle. Wir sind eine sehr kleine Gesellschaft. Ich setze sie an der Küste ab.«

Mrs Dalloway hielt den Kopf ein wenig zur Seite geneigt, als sie sich angestrengt an Ambrose zu erinnern versuchte – war das ein Nachname? –, ohne Erfolg. Was sie gehört hatte, bereitete ihr leichtes Unbehagen. Sie wußte, daß Gelehrte weiß Gott wen heirateten – Mädchen, die sie auf Bauernhöfen bei Lesegesellschaften kennengelernt hatten; oder Vorstadtfrauchen, die in unangenehmem Tonfall sagten: »Ich weiß natürlich, daß es Ihnen nur um meinen Mann geht, nicht um mich.«

An diesem Punkt trat Helen jedoch ein, und Mrs Dalloway stellte erleichtert fest, daß sie zwar von leicht exzentrischem Äußeren, aber nicht ungepflegt war und sich gut hielt und daß aus ihrer Stimme eine gewisse Gezwungenheit sprach, die in ihren Augen auf eine Dame schließen ließ. Mr Pepper hatte sich nicht die Mühe gemacht, seinen properen häßlichen Anzug durch einen anderen zu ersetzen.

»Doch im großen und ganzen«, dachte Clarissa, während sie Vinrace zu Tisch folgte, »ist *jeder einzelne* eigentlich interessant.«

Als sie am Tisch Platz genommen hatte, mußte sie sich an dieser

Vergewisserung gleichsam festhalten, insbesondere deshalb, weil Ridley, der sehr spät kam, eindeutig zerzaust aussah und sich mit äußerst düsterer Miene an seine Suppe machte.

Ein unsichtbares Signal ging zwischen Gatte und Gattin hin und her, welches besagte, daß sie die Situation erfaßt hatten und einander loyal zur Seite stehen würden. Nahezu sofort wandte Mrs Dalloway sich an Willoughby und begann:

»Was ich am Meer so ermüdend finde, ist, daß es ohne Blumen ist. Man stelle sich einmal Felder von Malven und Veilchen mitten im Ozean vor! Wie himmlisch!«

»Allerdings etwas gefährlich für die Navigation«, dröhnte Richard mit seiner Baßstimme, die gegen den Wohlklang der weiblichen Violinstimme abstach wie ein Fagott. »Seetang kann doch wohl ziemlich übel sein, Vinrace? Ich weiß noch, wie ich einmal auf der *Mauretania* an einer Kreuzfahrt teilgenommen und zum Kapitän gesagt habe – Richards – kannten Sie den? –: ›Jetzt sagen Sie doch mal, welche Gefahren für Ihr Schiff Sie eigentlich am meisten fürchten, Kapitän Richards?‹, und ich erwartete, daß er sagen würde, Eisberge oder Treibgut oder Nebel oder irgend etwas in der Art. Nichts da. Ich habe seine Antwort nie vergessen: ›*Sedgius aquatici*‹, sagte er, worunter ich eine Art Entengrütze verstehe.«

Mr Pepper blickte ruckartig auf und wollte schon eine Frage stellen, als Willoughby das Wort ergriff:

»Die machen ja Schreckliches durch – solche Kapitäne! Dreitausend Seelen an Bord!«

»Ja, wirklich«, sagte Clarissa. Sie wandte sich mit tiefsinniger Miene Helen zu. »Ich bin überzeugt, daß die Leute sich irren, wenn sie behaupten, die Arbeit reibe einen auf; es ist die Verantwortung. Deshalb zahlt man wohl seiner Köchin auch mehr als seinem Hausmädchen.«

»Dementsprechend müßte man seinem Kindermädchen das Doppelte zahlen; doch das tut man nicht«, sagte Helen.

»Nein; doch bedenken Sie, wieviel erfreulicher der Umgang mit Babys ist als der mit Kasserollen!« sagte Mrs Dalloway und blickte Helen mit größerem Interesse an, da sie es wahrscheinlich mit einer Mutter zu tun hatte.

»Ich wäre viel lieber Köchin als Kindermädchen«, sagte Helen. »Nichts könnte mich dazu bewegen, Kinder in meine Obhut zu nehmen.«

»Mütter übertreiben immer«, sagte Ridley. »Ein guterzogenes Kind stellt keinerlei Verantwortung dar. Ich bin mit meinen in ganz Europa herumgereist. Man wickelt sie einfach nur warm ein und legt sie ins Gepäcknetz.«

Helen mußte lachen. Mrs Dalloway sah Ridley an und rief:

»Typisch Vater! Mein Mann ist genauso. Und dann spricht man von Gleichberechtigung der Geschlechter!«

»Tut man das?« sagte Mr Pepper.

»Ach, manche schon!« rief Clarissa. »Mein Mann mußte während der letzten Sitzungsperiode jeden Nachmittag an einer erzürnten Dame vorbeigehen, die vermutlich von nichts anderem sprach.«

»Die saß vor dem Parlament; es war sehr peinlich«, sagte Dalloway. »Schließlich faßte ich mir ein Herz und sagte: ›Mein gutes Kind, Sie sind hier doch nur im Weg. Sie behindern mich, und sich selbst tun Sie auch keinen Gefallen.‹«

»Und dann hat sie ihn beim Jackett gepackt und wollte ihm die Augen auskratzen –«, warf Mrs Dalloway ein.

»Bah – das ist übertrieben«, sagte Richard. »Nein, ich muß zugeben, die tun mir leid. Es muß ja schrecklich unbequem sein, auf diesen Stufen zu sitzen.«

»Geschieht ihnen ganz recht«, sagte Willoughby barsch.

»Oh, ich bin da ganz Ihrer Meinung«, sagte Dalloway. »Niemand verurteilt die ungeheuerliche Torheit und Sinnlosigkeit eines derartigen Benehmens entschiedener als ich; und was die ganze Agitation angeht, na! ich hoffe, daß ich schon unter der Erde bin, ehe irgendeine Frau in England das Recht hat zu wählen! Das ist mein Standpunkt in dieser Angelegenheit.«

Die Feierlichkeit, mit der ihr Gatte sich äußerte, stimmte Clarissa ernst.

»Es ist unvorstellbar«, sagte sie. »Sie sind doch wohl nicht ein Befürworter des Frauenwahlrechts?« Sie wandte sich an Ridley.

»Mir ist das sowieso völlig gleichgültig«, sagte Ambrose. »Wenn ein Geschöpf so verblendet ist zu glauben, daß das Wählen ihm oder ihr etwas einbringt, dann soll er doch wählen dürfen. Das wird ihn bald eines Besseren belehren.«

»Sie sind wohl kein Politiker«, sagte sie lächelnd.

»Gott bewahre«, sagte Ridley.

»Ich fürchte, Ihr Gatte wird keine allzu hohe Meinung von mir haben«, sagte Dalloway, an Mrs Ambrose gewandt. Sie erinnerte sich plötzlich, daß er im Parlament gewesen war.

»Finden Sie das denn nicht manchmal ziemlich langweilig?« fragte sie, weil sie nicht recht wußte, was sie sagen sollte.

Richard legte die Hände vor sich auf den Tisch, als gälte es, Inschriften in den Handflächen zu lesen.

»Wenn Sie mich fragen, ob ich das nicht manchmal langweilig fände«, sagte er, »kann ich nur mit ja antworten; andrerseits, wenn Sie mich fragen, welche Laufbahn ich, Gutes und Schlechtes zusammengenommen, für die ersprießlichste und beneidenswerteste halte, von ihrer ernsten Seite einmal ganz zu schweigen, die ein Mann wählen kann, dann kann ich nur sagen: ›Die des Politikers.‹«

»Jura oder Politik, ganz recht«, sagte Willoughby. »Da kommt man wenigstens auf seine Kosten.«

»Alle Fähigkeiten, die man besitzt, kommen zum Tragen«, sagte Richard. »Vielleicht begebe ich mich damit ja auf schlüpfriges Terrain; doch was ich ganz allgemein von Dichtern und Künstlern halte, ist folgendes: In eurer Sparte seid ihr unschlagbar – zugegeben; doch außerhalb eurer Sparte – pfft – da muß man euch Zugeständnisse machen. Und mir gefiele das nicht, daß jemand um meinethalben Zugeständnisse macht.«

»Damit bin ich nicht ganz einverstanden, Richard«, sagte Mrs Dalloway. »Denk doch an Shelley. Ich meine, im ›Adonis‹ findet man so ziemlich alles, was man sich nur wünschen kann.«

»Den ›Adonis‹ sollte man unter allen Umständen lesen«, räumte Richard ein. »Doch immer wenn ich Shelley erwähnen höre, wiederhole ich mir die Worte von Matthew Arnold: ›Was für eine Bande, was für eine Bande!‹«

Das weckte Ridleys Aufmerksamkeit. »Matthew Arnold? Ein abscheulicher Musterknabe!« sagte er bissig.

»Ein Musterknabe – zugegeben«, sagte Richard; »doch, so glaube ich, ein Mann von dieser Welt. Und da liegt für mich der Hase im Pfeffer. Wir Politiker sind in Ihren Augen« (er hatte irgendwie begriffen, daß Helen die Vertreterin der Künste war) »ein Haufen grobschlächtiger, banaler Menschen; doch wir sehen beide Seiten; wir mögen ja unbeholfen sein, doch wir tun unser Bestes, um die Dinge zu begreifen. Ihre Künstler hingegen sehen, daß die Welt nicht in Ordnung ist, zucken die Achseln, wenden sich kurzerhand ihren Visionen zu – die zugegebenermaßen schön sein können – und *lassen* die Dinge, wie sie sind. Damit drückt man sich meiner Meinung nach um seine Verantwortung. Außerdem werden wir nicht alle mit einer künstlerischen Begabung geboren.«

»Es ist schrecklich«, sagte Mrs Dalloway, die sich, während ihr Gatte sprach, ihre Gedanken gemacht hatte. »Wenn ich mit Künstlern zusammen bin, spüre ich intensiv, welche Wonne das sein muß, sich in einer eigenen kleinen Welt abzukapseln, mit Bildern und Musik und allem Schönen, und dann gehe ich auf die Straße hinaus, und wenn ich dann das erste Kind mit seinem armen, hungrigen, schmutzigen Gesichtchen sehe, dann werde ich anderen Sinnes und sage: ›Nein, ich *kann* mich nicht abkapseln – ich *will* nicht in meiner eigenen Welt leben. Ich wäre gern bereit, die ganze Malerei und Schriftstellerei und Musik für so lange Zeit ruhen zu lassen, bis derlei Dinge nicht mehr existieren.‹ Finden Sie nicht«, schloß sie, an Helen gewandt, »daß das Leben ein unaufhörlicher Konflikt ist?«

Helen dachte nach. »Nein«, sagte sie. »Das finde ich nicht.«

Ein Schweigen trat ein, das eindeutig unbehaglich war. Dann fröstelte Mrs Dalloway ein wenig und fragte, ob man ihr ihr Pelzcape bringen könne. Als sie sich den weichen braunen Pelz um die Schultern zog, kam ihr ein neues Thema in den Sinn.

»Ich gebe zu«, sagte sie, »daß ich niemals die *Antigone* vergessen werde. Ich habe sie vor Jahren in Cambridge gesehen, und sie ist mir seitdem nicht mehr aus dem Sinn gegangen. Finden Sie nicht, daß es das Modernste ist, das man je zu sehen bekommen hat?« fragte sie Ridley. »Es kam mir vor, als kennte ich zwanzig Klytämnestras. Ganz vorneweg die alte Lady Ditchling. Ich kann kein Wort Griechisch, doch ich könnte es ewig hören –«

Hier hob Mr Pepper an:

πολλὰ τὰ δεινά, κοὐδὲν ἀν-
θρώπου δεινότερον πέλει.
τοῦτο καὶ πολιοῦ πέραν
πόντου χειμερίῳ νότῳ
χωρεῖ, περιβρυχίοισι
περῶν ὑπ' οἴδμασι.[4]

Mrs Dalloway schaute ihn mit zusammengepreßten Lippen an.

»Ich würde zehn Jahre meines Lebens dafür geben, Griechisch zu können«, sagte sie, als er geendet hatte.

»Ich könnte Ihnen das Alphabet in einer halben Stunde beibringen«, sagte Ridley, »und in einem Monat würden Sie Homer lesen. Es wäre mir eine Ehre, Sie zu unterrichten.«

Helen, die mit Mr Dalloway und dem mittlerweile immer mehr vernachlässigten Brauch, im House of Commons Griechisch zu zitieren, beschäftigt war, notierte nebenher im Großen Buch der Gemeinplätze, das beim Reden neben uns liegt, die Tatsache, daß alle Männer, sogar Männer wie Ridley, es eigentlich lieber hatten, wenn Frauen elegant gekleidet waren.

Clarissa rief, sie könne sich nichts Herrlicheres vorstellen. Einen Augenblick lang sah sie sich in ihrem Salon in der Browne Street mit einem aufgeschlagenen Plato auf den Knien – Plato im griechischen Original. Sie konnte sich eigentlich nur vorstellen, daß ein echter Gelehrter ihr, wenn er besonders interessiert war, das Griechische nahezu problemlos einflößen können müsse.

Ridley bestellte sie für den nächsten Tag.

»Wenn Ihr Schiff uns nur wohlwollend behandelt!« rief sie und gab Willoughby so Gelegenheit, sich wieder am Gespräch zu beteiligen. Gästen zuliebe, und diese hier waren zudem vornehm, war Willoughby bereit, durch eine Verneigung anzuzeigen, daß er sich für das gute Benehmen selbst noch der Wellen verbürgte.

»Ich vertrage es entsetzlich schlecht und mein Mann nicht gerade gut«, seufzte Clarissa.

»Ich bin nie krank«, erklärte Richard. »Oder jedenfalls, ich bin nur ein einziges Mal richtig seekrank gewesen«, verbesserte er sich. »Das war bei einer Kanalüberfahrt. Doch muß ich zugeben, ich fühle mich bei kabbeliger See oder, schlimmer noch, bei Dünung entschieden unbehaglich. Das Entscheidende ist dabei, daß man niemals eine Mahlzeit ausläßt. Man schaut das Essen an und sagt: ›Ich kann nicht‹; man nimmt einen Bissen, und weiß der Himmel, wie man das herunterschlucken soll; doch wenn man hartnäckig genug ist, bleibt man häufig Sieger. Meine Frau ist ein Angsthase.«

Sie schoben ihre Stühle zurück. Die Damen verharrten zögernd an der Tür.

»Ich zeige Ihnen wohl besser den Weg«, sagte Helen und ging voran.

Rachel folgte ihr. Sie hatte sich an der Unterhaltung nicht beteiligt; niemand hatte das Wort an sie gerichtet; doch sie hatte alles genau verfolgt. Sie hatte von Mrs Dalloway zu Mr Dalloway geblickt und von Mr Dalloway wieder zu seiner Gattin. Clarissa bot in der Tat einen faszinierenden Anblick. Sie trug ein weißes Kleid und eine lange glitzernde Kette. Wie sie gekleidet war und mit ihrem ungeheuer feinen Gesicht, das in zartestem Rosa unter ihrem ergrauenden Haar schimmerte, ähnelte sie in verblüffendem Maße einem Meisterwerk des 18. Jahrhunderts – einem Reynolds oder einem Romney. Helen und die anderen nahmen sich neben ihr derb und nachlässig gekleidet aus. Sie hielt sich mühelos gerade und schien mit der Welt nach Belieben zu verfahren; der riesengroße verläßliche Globus drehte sich unter ihren Fingern mal so, mal anders herum. Und ihr Gatte! Mr Dalloway war, wenn er seine sonore Stimme ertönen ließ, sogar noch eindrucksvoller. Er schien aus dem summenden, geölten Herzen der Schiffsmaschine zu kommen, wo die polierten Kolbenstangen auf und ab glitten und die Kolben stampften; sein Zugriff war bei allem so entschlossen und dabei doch so locker; er bewirkte, daß die anderen neben ihm aussahen wie um Nichtigkeiten feilschende alte Jungfern. Rachel folgte den älteren Frauen wie in Trance; ein eigenartiger Veilchenduft umgab Mrs Dalloway, der sich mit dem weichen Rascheln ihrer Röcke und dem Klirren ihrer Halskette mischte. Während sie hinter ihr herging, dachte Rachel mit äußerster Selbstverachtung, die den gesamten Verlauf ihres Lebens und das Leben ihrer sämtlichen Freunde einschloß: »Sie hat gesagt, wir lebten in einer abgekapselten Welt. Das stimmt. Wir sind ganz und gar lächerlich.«

»Hier drinnen sitzen wir«, sagte Helen und öffnete die Tür des Salons.

»Sie spielen Klavier?« sagte Mrs Dalloway zu Mrs Ambrose und nahm die *Tristan*-Partitur vom Tisch.

»Meine Nichte spielt«, sagte Helen und legte Rachel die Hand auf die Schulter.

»Ach, wie ich Sie beneide!« Clarissa richtete zum erstenmal das Wort an Rachel. »Erinnern Sie sich an dies hier? Ist das nicht himmlisch?« Mit ihren beringten Fingern spielte sie ein, zwei Takte auf der Seite der Partitur.

»Und dann geht Tristan weg – so –, und Isolde – ach! –, wie aufregend das alles ist! Sind Sie schon in Bayreuth gewesen?«

»Nein«, sagte Rachel.

»Dann haben Sie das also noch vor sich. Ich werde meinen ersten *Parsifal* nie vergessen – ein brütend heißer Augusttag und dann kommen diese ganzen dicken alten deutschen Frauen mit ihren wallenden, hochgeschlossenen Gewändern und dann das dunkle Theater, und die Musik setzt ein, und man mußte einfach schluchzen. Ein netter Mann ging und holte mir Wasser, das weiß ich noch; und ich konnte nicht anders, ich mußte an seiner Schulter weinen! *Hier* hat es mich gepackt« (sie berührte ihre Kehle). »Es gibt auf der ganzen Welt nichts Vergleichbares! Doch wo steht denn Ihr Klavier?«

»In einem anderen Raum«, erklärte Rachel.

»Aber Sie werden uns doch vorspielen?« bat Clarissa inständig. »Ich kann mir nichts Schöneres denken, als draußen im Mondschein zu sitzen und Musik zu hören – nur hört sich das sehr nach Schulmädchen an! Wissen Sie«, sagte sie an Helen gewandt, »ich glaube nicht, daß die Musik im allgemeinen gut für den Menschen ist – leider nicht.«

»Für die Nerven?« fragte Helen.

»Irgendwie zu emotional«, sagte Clarissa. »Man merkt das sofort, wenn ein Junge oder ein Mädchen Berufsmusiker wird. Sir William Broadley hat mir genau dasselbe gesagt. Hassen Sie nicht auch diese Attitüden, die die Leute annehmen, wenn sie Wagner hören? Dieses –«, sie hob den Blick zur Decke, legte die Hände übereinander und setzte eine gesammelte Miene auf. »Das bedeutet nämlich keineswegs, daß sie ihn schätzen; im Grunde, glaube ich, verhält es sich eher umgekehrt. Die Menschen, denen eine Kunst wirklich am Herzen liegt, sind immer die am wenigsten affektierten. Kennen Sie Henry Philips, den Maler?« fragte sie.

»Vom Sehen«, sagte Helen.

»Wenn man ihn so sieht, möchte man meinen, man hätte einen erfolgreichen Börsenmakler vor sich und nicht einen der größten Maler unseres Zeitalters. So etwas gefällt mir.«

»Es gibt eine große Zahl von erfolgreichen Börsenmaklern, wenn Sie die so gern anschauen«, sagte Helen.

Rachel wünschte sich von ganzem Herzen, daß ihre Tante nicht so unleidlich wäre.

»Wenn Sie einen Musiker mit langem Haar sehen, wissen Sie dann nicht instinktiv, daß er schlecht ist?« fragte Clarissa und wandte sich an Rachel. »Watts und Joachim – die sahen genauso aus wie Sie und ich.«

»Und wieviel hübscher hätten sie nicht mit Locken ausgesehen!« sagte Helen. »Die Frage ist doch: Legen Sie Wert auf Schönheit oder nicht?«

»Sauberkeit!« sagte Clarissa. »Ich möchte, daß ein Mann sauber aussieht.«

»Unter Sauberkeit verstehen Sie in Wirklichkeit gutgeschnittene Kleidung«, sagte Helen.

»Es gibt etwas, woran man den Herrn erkennt«, sagte Clarissa, »doch kann man nicht sagen, was das ist.«

»Zum Beispiel mein Mann – sieht der wie ein Herr aus?«

Die Frage erschien Clarissa außerordentlich geschmacklos. »Eins von den Dingen, die man nicht sagen darf«, wären ihre Worte dafür gewesen. Außer einem Lachen fiel ihr dazu keine Antwort ein.

»Jedenfalls«, sagte sie an Rachel gewandt, »werde ich morgen darauf bestehen, daß Sie mir etwas vorspielen.«

Irgend etwas an ihrer Art bewirkte, daß Rachel sie liebte.

Mrs Dalloway verbarg ein winziges Gähnen, ein bloßes Sichweiten der Nasenflügel.

»Oh je«, sagte sie, »ich bin ungeheuer müde. Das ist die Seeluft. Ich glaube, ich schleiche mich davon.«

Eine Männerstimme, in der sie die Mr Peppers zu erkennen meinte, der, ins Gespräch vertieft, auf den Salon zugeschritten kam, alarmierte sie.

»Gute Nacht, gute Nacht«, sagte sie. »Oh, ich finde mich schon zurecht – beten Sie, daß es ruhig bleibt! Gute Nacht!«

Ihr Gähnen mußte ein vorgetäuschtes Gähnen gewesen sein. Statt die Mundwinkel sinken und sämtliche Kleidungsstücke auf einmal fallen zu lassen, als seien sie mit einer Schnur verbunden, und sich in ihrer Koje so lang zu machen wie nur möglich, vertauschte sie lediglich ihr Kleid mit einem Morgenmantel, der mit unzähligen Rüschen besetzt war, wickelte die Füße in eine Decke und setzte sich mit einem Schreibblock auf den Knien nieder. Die beengte kleine Kabine war bereits zum Ankleidezimmer einer vornehmen Dame geworden. Da gab es Flaschen mit Flüssigkeiten; da gab es Ablageschälchen, Kästchen, Bürsten, Haarnadeln. Offensichtlich hatte jeder Zoll ihres Körpers Anspruch auf das geeignete Instrument. Der Duft, der Rachel berauscht hatte, schwängerte die Luft. Solchermaßen etabliert, begann Mrs Dalloway zu schreiben. In ihrer Hand wurde ein Füllfederhalter zu einem Ding, mit dem man Papier liebkoste, und es war, als streichelte und kraulte sie ein Kätzchen, als sie schrieb:

Stell dir uns vor, meine Liebe, wie wir auf dem seltsamsten Schiff, das man sich nur denken kann, im Meer schwimmen. Es ist freilich weniger das Schiff als die Menschen. Auf Reisen trifft man wirklich komische Vögel. Ich muß sagen, ich finde es riesig amüsant. Da ist erst einmal der Reeder der Schiffahrtslinie – Vinrace heißt er –, ein netter großer Engländer, nicht sehr redselig – Du kennst die Sorte. Was die übrigen betrifft – die könnten sämtlich aus einer alten Nummer des *Punch* hervorgekrochen sein. Sie sind wie die Leute, die in den sechziger Jahren Krocket gespielt haben. Wie lange sie alle schon in diesem Schiff eingeschlossen sind, weiß ich nicht – endlose Jahre, würde ich annehmen –, man hat jedoch das Gefühl, in eine kleine Welt für sich eingestiegen zu sein, und daß sie niemals im Leben an Land gewesen sind oder ganz gewöhnliche Dinge getan haben. Es ist genau, wie ich immer gesagt habe – mit den Literaten ist bei weitem am schwersten auszukommen. Das Schlimmste ist dabei, daß diese Menschen – ein Mann und seine Frau und eine Nichte – genauso hätten werden können wie alle anderen auch, so hat man das Gefühl, wenn sie nicht von Oxford oder

Cambridge oder sonst einem Ort dieser Art verschluckt und zu wunderlichen Figuren gemacht worden wären. Der Mann ist wirklich reizend (bzw. er wäre es, wenn er sich die Nägel schneiden würde), und die Frau hat durchaus ein feines Gesicht, nur kleidet sie sich selbstverständlich in einen Kartoffelsack und trägt ihr Haar wie ein Ladenmädchen von Liberty. Sie sprechen über Kunst, und sie halten uns für rechte Trottel, weil wir uns abends umziehen. Trotzdem, ich kann einfach nicht anders; ich würde lieber sterben, als mich zum Abendessen zu setzen, ohne mich umgezogen zu haben – Du nicht auch? Es ist doch soviel wichtiger als die Suppe. (Es ist eigenartig, wie solche Dinge eben doch weit wichtiger sind als das, was im allgemeinen als wichtig gilt. Ich würde mir lieber den Kopf abschlagen lassen, als Flanell auf der Haut zu tragen.) Dann ist da noch ein nettes, schüchternes Mädchen – armes Ding –, ich wünschte, ich könnte sie da herausholen, ehe es zu spät ist. Sie hat recht hübsche Augen und hübsches Haar, aber sie wird natürlich auch komisch werden. Wir sollten eine Gesellschaft zur Horizonterweiterung der Jugend gründen – viel nützlicher als die Missionare, Hester! Ach, beinah hätte ich es vergessen – da ist noch so ein gräßliches Kerlchen namens Pepper. Er ist genau, wie der Name sagt. Er ist unbeschreiblich unbedeutend und reichlich schrullig, der Arme. Das ist, als ob man sich mit einem schlecht erhaltenen Foxterrier zum Abendessen setzt, nur daß man ihn nicht kämmen und einpudern kann, wie man es mit seinem Hund täte. Es ist manchmal schon schade, daß man die Menschen nicht wie Hunde behandeln kann! Tröstlich ist, daß wir weit weg sind von den Zeitungen, so daß Richard diesmal richtig Urlaub machen wird. Spanien war kein Urlaub . . .

»Du Feigling!« sagte Richard, der den Raum beinah ganz mit seiner kräftigen Gestalt ausfüllte.

»Ich habe meine Pflicht beim Essen getan!« rief Clarissa.

»Du hast dir jedenfalls das griechische Alphabet eingebrockt.«

»Oh mein Gott! Wer *ist* denn nun Ambrose?«

»Ich nehme an, daß er Dozent in Cambridge war; lebt jetzt in London und gibt Klassiker heraus.«

»Hast du schon einmal soviel wunderliche Figuren auf einem Haufen gesehen? Die Frau hat mich gefragt, ob ich fände, daß ihr Mann wie ein Herr aussieht!«

»Es war weiß Gott nicht leicht, beim Essen das Gespräch in Gang zu halten«, sagte Richard. »Woher kommt das bloß, daß die Frauen in dieser Schicht soviel verdrehter sind als die Männer?«

»Sie sehen eigentlich nicht einmal schlecht aus, nur – sie sind so ulkig!«

Beide lachten, weil sie an dieselben Dinge denken mußten, so daß sich ein Vergleich ihrer Eindrücke erübrigte.

»Mit Vinrace werde ich einiges zu bereden haben«, sagte Richard. »Er kennt Sutton und den ganzen Haufen. Er kann mir eine ganze Menge über die Verhältnisse im Schiffsbau im Norden erzählen.«

»Oh, da bin ich froh. Die Männer sind wirklich immer soviel besser als die Frauen.«

»Zwischen Männern gibt es immer irgend etwas zu bereden, das stimmt«, sagte Richard. »Ich bin mir allerdings sicher, daß ihr furchtbar viel über die Kleinen zu schwatzen haben werdet, Clarice.«

»Hat sie denn Kinder? Sie sieht irgendwie nicht danach aus.«

»Zwei. Einen Jungen und ein Mädchen.«

Mrs Dalloway verspürte einen Stich des Neides.

»Wir *müssen* einen Sohn haben, Dick«, sagte sie.

»Großer Gott, was eröffnen sich jungen Männern heute nicht für Aussichten!« sagte Dalloway, denn seine Tischgespräche hatten ihn nachdenklich gestimmt. »Ich glaube nicht, daß es seit den Zeiten Pitts schon einmal eine so günstige Lage gegeben hat.«

»Und es ist deine!« sagte Clarissa.

»Männer führen zu können«, setzte Richard seinen Monolog fort, »das ist eine feine Laufbahn. Mein Gott – was für eine Laufbahn!«

Seine Brust begann sich mehr und mehr unter der Weste zu wölben.

»Weißt du, Dick, ich muß immerzu an England denken«, sagte seine Gattin versonnen und lehnte den Kopf an seine Brust. »Daß man auf solch einem Schiff ist, macht das alles soviel eindrücklicher – ich meine, was es wirklich heißt, Engländer zu sein. Man denkt an alles, was wir vollbracht haben, und an unsere Schiffe und die Menschen in Indien und Afrika und wie wir ein Jahrhundert nach dem anderen weitergemacht haben, indem wir Jungs von kleinen Dörfern auf dem Lande hinausgeschickt haben – und an Männer wie dich denkt man, Dick, und dann hat man das Gefühl, man würde es nicht ertragen können, *kein* Engländer zu sein! Denk doch an das Licht, das über dem Parlament brennt, Dick! Als ich gerade eben an Deck stand, meinte ich, es zu sehen. Genau das meint man mit London.«

»Es ist die Kontinuität«, sagte Richard salbungsvoll. Eine Vision der englischen Geschichte, König folgte auf König, Premierminister auf Premierminister und Gesetz auf Gesetz, hatte sich seiner bemächtigt, während seine Frau sprach. Er zog im Geist die Linie der konservativen Politik nach, die ohne Unterbrechung von Lord Salisbury zu Alfred führte und sich allmählich ausweitete, als wäre sie ein Lasso, das sich öffnete und Dinge einfing, gewaltige Brocken des bewohnbaren Teils des Erdballs.

»Es hat lange Zeit gebraucht, doch nun haben wir es fast ganz geschafft«, sagte er; »es muß nur noch konsolidiert werden.«

»Und diese Menschen sehen das nicht!« rief Clarissa.

»Die Welt besteht nun mal aus solchen und solchen«, sagte ihr Gatte. »Wenn es keinerlei Opposition gäbe, gäbe es auch nie eine Regierung.«

»Dick, du bist besser als ich«, sagte Clarissa. »Du schaust dich um, wo ich nur gerade *da*hin schaue.« Sie drückte auf einen Punkt seines Handrückens.

»Das ist meine Aufgabe, wie ich beim Abendessen zu erklären versucht habe.«

»Was ich an dir so mag, Dick«, fuhr sie fort, »ist, daß du stets derselbe bist, während ich ein launisches Geschöpf bin.«

»Immerhin bist du ein hübsches Geschöpf«, sagte er und betrachtete sie mit innigerem Blick.

»Findest du? Dann küß mich.«

Er küßte sie leidenschaftlich, so daß ihr halbfertiger Brief zu Boden glitt. Er hob ihn auf und las ihn, ohne um Erlaubnis zu bitten.

»Wo ist der Federhalter?« sagte er und setzte dann in seiner kleinen, männlichen Handschrift hinzu:

R. D. *loquitur:* Clarice hat unterschlagen, daß sie beim Abendessen ungeheuer hübsch aussah und eine Eroberung gemacht hat, was ihr die Verpflichtung eingetragen hat, das griechische Alphabet zu erlernen. Ich will die Gelegenheit nutzen und hinzufügen, daß wir beide unseren Spaß haben in diesen fremdländischen Gefilden, und um diese Seereise so vergnüglich zu gestalten, wie sie lehrreich zu werden verspricht, fehlt uns nichts als die Gegenwart unserer Freunde (Deine und Johns, versteht sich) . . .

Am Ende des Korridors waren Stimmen zu hören. Mrs Ambrose sprach leise; William Pepper äußerte mit seiner bestimmten und ziemlich scharfen Stimme: »Das ist genau der Typ von Dame, für die ich ganz entschieden keine Sympathie erübrigen kann. Sie –«

Weder Richard noch Clarissa profitierten jedoch von dem Verdikt, denn gerade, als es schien, als sollten sie alles mitbekommen, knisterte Richard mit einem Blatt Papier.

»Ich frage mich oft«, sinnierte Clarissa im Bett über dem kleinen weißen Bändchen Pascal, das sie überallhin begleitete, »ob es wirklich gut für eine Frau ist, mit einem Mann zu leben, der ihr moralisch überlegen ist wie Richard mir. Es macht einen so abhängig. Ich empfinde vermutlich für ihn, was meine Mutter und andere Frauen ihrer Generation für Christus empfanden. Es zeigt einfach nur, daß man eben nicht ohne *so etwas* auskommt.« Dann fiel sie in einen Schlaf, der wie gewöhnlich äußerst gesund und erfrischend war, dabei jedoch von phantastischen Träumen heimgesucht wurde, in denen griechische Buchstaben im Zimmer umherstolzierten, woraufhin sie aufwachte und lachen mußte, als ihr wieder einfiel, wo sie war, und ihr aufging, daß die griechischen Buchstaben richtige Menschen waren, die nur wenige Schritte entfernt im Schlaf lagen. Dann dachte sie an die schwarze See draußen, die unter dem Mond wogte, und erschauderte und dachte an ihren Gatten und die anderen als ihre Reisegefährten. Die Träume waren allerdings nicht auf sie allein beschränkt, sondern wanderten von einem Hirn zum anderen. Alle träumten sie in jener Nacht voneinander, was nur natürlich war, wenn man bedachte, wie dünn die Trennwände zwischen ihnen waren und wie seltsam es war, daß sie alle von der Erde heruntergehoben worden waren, um nun nebeneinander mitten im Ozean zu sitzen und jedes Detail im Gesicht des anderen zu sehen und mit anzuhören, was immer sie gerade sagen mochten.

4. Kapitel

Am nächsten Tag war Clarissa vor allen anderen auf. Sie zog sich an, und schon war sie an Deck und atmete die frische Luft eines windstillen Morgens, und als sie die zweite Runde über das Schiff machte, rannte sie unversehens in die hagere Gestalt von Mr Grice, dem Steward. Sie entschuldigte sich und bat ihn im selben Atemzug um Aufklärung: Wozu diese schimmernden Messingständer denn gut seien, die oben zur Hälfte aus Glas bestanden? Sie habe gerätselt, sei aber nicht dahintergekommen. Als er die nötigen Erklärungen geliefert hatte, rief sie überschwenglich:

»Ich glaube wirklich, es gibt auf der Welt nichts Schöneres, als Seemann zu sein!«

»Was wissen denn Sie davon?« sagte Mr Grice, seltsam hitzig. »Verzeihen Sie. Was weiß denn ein Mann oder eine Frau, die in England aufgewachsen ist, von der See? Sie beteuern es zwar, doch es stimmt nicht.«

Die Erbitterung, mit der er sprach, war ein Vorzeichen dessen, was folgen sollte. Er führte sie in sein eigenes Quartier, und während sie auf der Kante eines messinggefaßten Tisches saß und mit ihrer spitz zulaufenden weißgewandeten Gestalt und ihrem wachen, schmalen Gesicht eine auffällige Ähnlichkeit mit einer Seemöwe hatte, mußte Mrs Dalloway sich die Tirade eines Fanatikers anhören. Ob ihr, das nur mal vorweg gesagt, überhaupt schon einmal aufgegangen sei, welch ungeheuer kleinen Teil der Welt das Land ausmachte? Wie friedlich, wie schön, wie segensreich die See im Vergleich dazu sei? Die Meerestiefen könnten ohne weitere Unterstützung ganz Europa am Leben erhalten, wenn morgen sämtliche Landtiere an der Pest stürben. Mr Grice beschwor entsetzliche Bilder herauf, die er in der reichsten Stadt der Welt gesehen hatte – Männer und Frauen, die stundenlang Schlange standen, um einen Napf talgige Suppe zu bekommen. »Und ich dachte an das gute Fleisch, das hier unten wartet und gefangen werden will. Ich bin kein Protestant im strengen Sinne, und ich bin kein Katholik, doch es fehlt nicht viel, und ich bete darum, daß die Tage des Papismus wiederkehren mögen – wegen der Fastenzeit.«

Während er sprach, öffnete er unablässig Schubladen und rückte kleine Glasgefäße hin und her. Darin waren seine Schätze, die der große Ozean ihm geschenkt hatte – bleiche Fische in grünlichen Flüssigkeiten, Gallertballen mit wabernden Flechten, Fische mit Lichtern in den Köpfen, sie lebten ja so tief unten.

»Sie sind zwischen Gebeinen umhergeschwommen«, sagte Clarissa seufzend.

»Sie denken an Shakespeare«, sagte Mr Grice, nahm einen Band von einem wohlbestückten Bücherbord und rezitierte mit viel Betonung und näselnder Stimme:

Full fathom five thy father lies[5]

»Ein großartiger Bursche, dieser Shakespeare«, sagte er und stellte das Buch wieder weg.

Clarissa war so erfreut, ihn das sagen zu hören.

»Welches ist denn Ihr Lieblingsstück? Ich bin gespannt, ob es dasselbe ist wie meins.«

»*Heinrich V.*«, sagte Mr Grice.

»Hurra!« rief Clarissa. »Getroffen!«

Hamlet war, man könnte sagen, zu innerlich für Mr Grice, die Sonette waren ihm zu leidenschaftlich; *Heinrich V.* war für ihn das Modell eines englischen Gentleman. Seine Lieblingsschriftsteller waren jedoch Huxley, Herbert Spencer und Henry George; während er Emerson und Thomas Hardy zur Entspannung las. Er teilte Mrs Dalloway gerade seine Ansichten über den gegenwärtigen Zustand Englands mit, als die Frühstücksglocke so gebieterisch läutete, daß sie sich losreißen mußte, doch versprach sie, wiederzukommen und sich seine Algen zeigen zu lassen.

Die Gesellschaft, die ihr am Abend zuvor so seltsam vorgekommen war, war bereits um den Tisch versammelt, noch halb im Schlaf befangen und entsprechend wenig mitteilsam, doch wirkte ihr Eintreffen ein wenig wie ein belebender Hauch.

»Ich habe soeben das interessanteste Gespräch meines Lebens geführt!« rief sie, während sie ihren Platz neben Willoughby einnahm. »Wußten Sie schon, daß einer von Ihren Männern ein Philosoph und ein Dichter ist?«

»Ein sehr interessanter Bursche – das habe ich schon immer gesagt«, sagte Willoughby zu Mr Grices Lob. »Auch wenn Rachel ihn langweilig findet.«

»Er ist langweilig, wenn er über Meeresströmungen spricht«, sagte Rachel. Sie bekam zwar noch kaum die Augen auf, aber Mrs Dalloway erschien ihr immer noch wundervoll.

»Ich habe noch nie einen langweiligen Menschen getroffen!« sagte Clarissa.

»Und ich würde sagen, die Welt ist voll davon!« erklärte Helen. Ihre Schönheit, die im Morgenlicht besonders strahlend war, nahm ihren Worten jedoch die Spitze.

»Ich muß zugeben, daß es das Schlimmste ist, was man irgend jemandem nachsagen kann«, sagte Clarissa. »Wieviel lieber wäre man nicht ein Mörder als ein Langweiler!« setzte sie hinzu und gab sich wie üblich den Anschein, als äußere sie etwas Tiefsinniges. »Man kann sich durchaus vorstellen, daß man einen Mörder gern hat. Mit Hunden ist es genauso. Manche Hunde sind schrecklich langweilig, die armen Kerle.«

Richard saß zufällig neben Rachel. Sie war sich seiner Gegenwart und seiner Erscheinung merkwürdig bewußt – seiner gutgeschnittenen Kleidung, seiner knisternden Hemdbrust, seiner blau abgesetzten Manschetten, der sehr sauberen Finger, die in eckigen Kuppen endeten, und des roten Steins am kleinen Finger der linken Hand.

»Wir hatten einen Hund, der ein Langweiler war und das auch wußte«, sagte er zu ihr gewandt in kühlem aufgeräumten Ton. »Es war ein Skye-Terrier, einer von diesen langen Burschen mit Füßchen, die aus ihrem Fell herauslugen wie – wie Raupen – nein, wie beim Sofa, würde ich sagen. Tja, gleichzeitig hatten wir noch einen anderen Hund, ein schwarzes, munteres Tier – einen Schipperke, so heißen die, glaube ich. Einen größeren Gegensatz kann man sich überhaupt nicht vorstellen. Der Skye, der so langsam und bedächtig war und zu einem aufblickte wie ein alter Herr im Klub, als wollte er sagen: ›Das ist doch wohl nicht dein Ernst, wie?‹, und der Schipperke, der ein richtiges Quecksilber war. Ich muß gestehen, daß ich den Skye lieber hatte. Er hatte irgend etwas Rührendes an sich.«

Die Geschichte schien keinen Höhepunkt zu haben.

»Was ist denn aus ihm geworden?« fragte Rachel.

»Das ist eine sehr traurige Geschichte«, sagte Richard, der damit beschäftigt war, einen Apfel zu schälen, und er senkte die Stimme. »Er ist dem Auto meiner Frau eines Tages hinterhergelaufen und von einem Rohling von Radfahrer überfahren worden.«

»War er tot?« fragte Rachel.

Doch Clarissa am anderen Ende des Tisches hatte zugehört.

»Sprich nicht davon!« rief sie. »Bis heute kann ich nicht daran denken.«

Standen da nicht Tränen in ihren Augen?

»Das ist das Traurige an Haustieren«, sagte Mr Dalloway; »sie sterben. Mein erster Kummer, an den ich mich erinnere, galt einem toten Goldhamster. Ich muß dazu leider sagen, daß ich mich draufgesetzt hatte. Das machte die Sache jedoch nicht weniger betrüblich. Hier ruht die Ente, auf der Samuel Johnson gesessen hat, wie? Ich war groß für mein Alter.«

»Dann hatten wir noch Kanarienvögel«, fuhr er fort, »ein Paar Ringeltauben, einen Maki und eine Zeitlang eine Schwalbe.«

»Lebten Sie auf dem Land?« fragte ihn Rachel.

»Wir lebten sechs Monate im Jahr auf dem Land. Wenn ich ›wir‹ sage, meine ich vier Schwestern, einen Bruder und mich. Es geht nichts über eine große Familie. Besonders Schwestern sind entzükkend.«

»Dick, du bist entsetzlich verwöhnt worden!« rief Clarissa über den Tisch hinweg.

»Iwo. Geschätzt«, sagte Richard.

Rachel brannten noch weitere Fragen auf der Zunge; oder vielmehr, eine einzige riesenhafte Frage, doch wußte sie nicht im mindesten, wie sie die in Worte kleiden sollte. Die Unterhaltung schien zu locker, um sie zuzulassen.

»Bitte erzählen Sie mir – alles.« Das wollte sie sagen. Er hatte ihr einen Spaltbreit Einblick gewährt und erstaunliche Schätze sehen lassen. Es schien völlig unglaublich, daß ein solcher Mann bereit sein sollte, sich mit ihr zu unterhalten. Er hatte Schwestern und Tiere und lebte früher auf dem Lande. Unaufhörlich rührte sie ihren Tee um; die Blasen in der Tasse, die an der Oberfläche schwammen und sich zusammenfanden, kamen ihr vor wie die Vereinigung ihrer Seelen.

Unterdessen lief die Unterhaltung mit rasender Geschwindigkeit an ihr vorbei, und als Richard plötzlich in scherzhaftem Ton äußerte: »Ich bin sicher, unsere Miss Vinrace hat insgeheim einen Hang zum Katholizismus«, fiel ihr keine Antwort ein, und Helen mußte einfach lachen, als sie sie auffahren sah.

Das Frühstück war jedoch vorüber, und Mrs Dalloway stand auf. »Ich denke immer, mit der Religion ist es wie mit dem Käfersammeln!« sagte sie, wie um die Diskussion zusammenzufassen, als sie mit Helen die Treppe hinaufstieg. »Einer hat eine Leidenschaft für Küchenschaben, und der andere hat sie nicht; es hat keinen Zweck, darüber zu streiten. Was haben *Sie* denn gerade für eine Küchenschabe im Sinn?«

»Vermutlich meine Kinder«, sagte Helen.

»Ah – das ist etwas anderes«, hauchte Clarissa. »Erzählen Sie mir. Sie haben einen Jungen, nicht wahr? Ist es nicht scheußlich, wenn man sie daheim zurücklassen muß?«

Es war, als wäre ein blauer Schatten über einen Teich gefallen. Ihre Augen blickten inniger, ihre Stimmen klangen wärmer.

Statt sich ihnen anzuschließen, als sie an Deck auf und ab zu gehen begannen, ärgerte Rachel sich über diese gestandenen, wohlsituierten Frauen, die schuld daran waren, daß sie sich aus ihrer Welt ausgeschlossen und mutterlos vorkam, und sie wandte sich brüsk um und verließ sie. Sie knallte die Kabinentür zu und holte ihre Noten hervor. Es waren alles alte Noten – Bach und Beethoven, Mozart und Purcell –, mit vergilbten Seiten und einem Stich auf dem Deckblatt, der sich rauh unter den Fingern anfühlte. Binnen drei Minuten war sie mitten in einer sehr schwierigen, sehr klassischen Fuge in A, und der seltsam entrückte, unpersönliche Ausdruck, der in ihr Gesicht trat, verriet, wie sehr sie von ihrem Klavierspiel gefangengenommen war, das sie zugleich befriedigte und anspornte. Mal verspielte sie sich; mal blieb sie stecken und mußte denselben Takt wiederholen;

doch schien eine unsichtbare Schnur die Noten zu verbinden, aus denen sich eine Form, ein Gebäude erhob. Sie war so sehr in diese Aufgabe vertieft, die ihr ihr ganzes Können abforderte, denn es war wirklich schwierig herauszufinden, wie all diese Töne zueinander stehen sollten, daß sie es nicht mitbekam, als es klopfte. Die Tür wurde schwungvoll aufgestoßen, und Mrs Dalloway stand im Zimmer; sie ließ die Tür offenstehen, so daß ein Streifen weißes Deck und blaue See in der Türöffnung sichtbar wurden. Das Gebilde der Bach-Fuge krachte zu Boden.

»Lassen Sie sich nicht stören«, beschwor Clarissa sie. »Ich hörte Sie spielen und konnte nicht widerstehen. Ich verehre Bach glühend!«

Rachel errötete und zupfte an ihren Fingern, die sie in den Schoß gelegt hatte. Verlegen stand sie auf.

»Es ist zu schwierig«, sagte sie.

»Aber Sie haben doch ganz großartig gespielt! Ich hätte draußen bleiben sollen.«

»Nein«, sagte Rachel.

Sie schob *Cowper's Letters* und *Wuthering Heights* aus dem Sessel, so daß Clarissa sich aufgefordert fühlte, dort Platz zu nehmen.

»Was für ein reizendes Zimmerchen!« sagte sie und schaute sich um. »Oh, *Cowper's Letters!* Ich habe sie nie gelesen. Sind sie schön?«

»Ziemlich langweilig.«

»Hat er nicht furchtbar gut geschrieben?« sagte Clarissa; »– wenn man diese Art zu schreiben mag – ausgefeilte Sätze und so weiter. *Wuthering Heights!* Ah – das ist eher nach meinem Geschmack. Ich könnte ohne die Brontës wirklich nicht leben! Lieben Sie die nicht auch? Obwohl, alles in allem genommen, würde ich wohl eher noch ohne sie als ohne Jane Austen leben wollen.«

Obwohl sie drauflos redete, wie es ihr in den Sinn kam, verriet ihre ganze Art ein ungewöhnliches Maß von Anteilnahme und den Wunsch, freundschaftliche Gefühle zu zeigen.

»Jane Austen? Jane Austen mag ich nicht«, sagte Rachel.

»Sie Ungeheuer!« rief Clarissa aus. »Das kann ich Ihnen gerade noch verzeihen. Weshalb denn nicht?«

»Sie ist so – so – naja, so wie ein strammer Zopf.« Rachel suchte nach dem treffenden Ausdruck.

»Aha – ich verstehe, was Sie sagen wollen. Ich bin jedoch nicht dieser Meinung. Und Sie werden es auch nicht mehr sein, wenn Sie erst älter sind. In Ihrem Alter mochte ich nur Shelley. Ich weiß noch, wie ich im Garten über ihm geschluchzt habe.

> He has outsoared the shadow of our night,
> Envy and calumny and hate and pain –

Sie erinnern sich?

> Can touch him not and torture not again
> From the contagion of the world's slow stain.

»Wie himmlisch? Und dabei – was für ein Unsinn!« Sie blickte munter im Zimmer umher. »Ich bin nun einmal der Meinung, daß es darauf ankommt zu leben, und nicht darauf zu sterben. Ich habe wirklich allen Respekt vor einem tabakschnupfenden alten Börsenmakler, der tagaus tagein Zahlenkolonnen zusammengezählt hat und zu seiner Villa in Brixton zurücktrottet, mit seinem alten Mops, den er heiß und innig liebt, und einem langweiligen Frauchen, das am Tischende sitzt, und der für vierzehn Tage nach Margate fährt – ich versichere Ihnen, ich kenne ganze Scharen davon – nun ja, sie kommen mir *wirklich* edler vor als Dichter, die alle Welt anbetet, nur weil sie Genies sind und jung sterben. Ich erwarte allerdings nicht, daß *Sie* mir darin zustimmen!«

Sie drückte Rachels Schulter.

»Emm-m-m –« sie zitierte weiter –

> Unrest which men miscall delight –[6]

»wenn Sie so alt sind wie ich, werden Sie erkennen, daß die Welt von herrlichen Dingen geradezu *birst*. Ich finde, dann begehen die jungen Menschen einen schweren Fehler – daß sie sich nicht erlauben, glücklich zu sein. Ich glaube manchmal, Glück ist das einzige, das zählt. Ich kenne Sie nicht gut genug, um das sagen zu können, doch ich habe so eine Ahnung, daß Sie vielleicht zu denen gehören, die – wenn man jung und attraktiv ist – ich will es mal so sagen! – dann liegt einem doch *alles* zu Füßen.« Sie blickte sich flüchtig um, als wollte sie sagen: »nicht nur ein paar langweilige Bücher und Bach.«

»Ich würde Sie zu gern einiges fragen«, fuhr sie fort. »Sie interessieren mich wirklich sehr. Wenn ich allzu dreist werde, mussen Sie mir eins auf den Hut geben.«

»Und ich – ich möchte alles mögliche fragen«, sagte Rachel mit solcher Ernsthaftigkeit, daß Mrs Dalloway ein Lächeln unterdrücken mußte.

»Hätten Sie Lust spazieren zu gehen?« sagte sie. »Die Luft ist so herrlich.«

Sie sog sie ein wie ein Rennpferd, als sie die Tür schlossen und auf das Deck hinaustraten.

»Ist es nicht schön, daß man lebt?« rief sie und zog Rachels Arm in den ihren.

»Schauen Sie, schauen Sie! Wie herrlich!«

Die Küstenlinie Portugals begann, sich aufzulösen; doch noch war das Land das Land, selbst aus dieser großen Entfernung. Sie konnten die Städtchen erkennen, die die Hügelfalten sprenkelten, und den schwach aufsteigenden Rauch. Die Städte wirkten im Vergleich mit den gewaltigen violetten Bergen hinter ihnen sehr klein.

»Trotzdem, wenn ich ehrlich bin«, sagte Clarissa, nachdem sie hingeblickt hatte, »ich mag keine solchen Ausblicke. Sie sind zu unmenschlich.« Sie gingen weiter.

»Wie seltsam das doch ist!« fuhr sie impulsiv fort. »Gestern um diese Zeit hatten wir uns noch nie gesehen. Ich packte in einem muffigen kleinen Hotelzimmer die Koffer. Wir wissen absolut nichts voneinander – und doch – ich habe das Gefühl, Sie zu *kennen*!«

»Sie haben Kinder – Ihr Gatte war im Parlament?«

»Sie haben nie eine Schule besucht, und Sie wohnen in –?«

»Bei meinen Tanten in Richmond.«

»Richmond?«

»Ja, meine Tanten mögen eben den Park. Sie mögen die Stille dort.«

»Und Sie nicht! Ich verstehe!« Clarissa lachte.

»Ich gehe gern allein im Park spazieren, nur nicht – mit den Hunden«, schloß sie.

»Nein; und manche Menschen *sind* Hunde; habe ich recht?« sagte Clarissa, als hätte sie ein Geheimnis erraten. »Doch nicht alle – oh nein, nicht alle.«

»Nicht alle«, sagte Rachel und verstummte.

»Ich kann mir recht gut vorstellen, wie Sie dort allein spazierengehen«, sagte Clarissa; »und nachdenken – in einer kleinen eigenen Welt. Doch wie Sie das erst später genießen werden!«

»Ich werde es genießen, mit einem Mann spazierenzugehen – haben Sie das gemeint?« sagte Rachel und sah Mrs Dalloway aus ihren großen Augen forschend an.

»Ich dachte nicht speziell an einen Mann«, sagte Clarissa. »Doch es stimmt schon.«

»Nein. Ich werde niemals heiraten«, erklärte Rachel mit Entschiedenheit.

»Dessen wäre ich mir nicht so sicher«, sagte Clarissa. Ihr Seitenblick sagte Rachel, daß sie sie anziehend fand, auch wenn sie sich unerklärlicherweise über sie amüsierte.

»Warum heiraten Menschen?« fragte Rachel.

»Das werden Sie ja gerade herausfinden.« Clarissa lachte.

Rachel folgte ihrem Blick und stellte fest, daß er eine Sekunde lang auf der kräftigen Gestalt Richard Dalloways ruhte, der damit beschäftigt war, sich an der Stiefelsohle ein Streichholz anzureißen; während Willoughby irgend etwas erläuterte, das für beide von großem Interesse zu sein schien.

»Es geht nichts darüber«, schloß sie. »Erzählen Sie mir doch etwas über die Ambroses. Oder frage ich zuviel?«

»Ich unterhalte mich sehr gern mit Ihnen«, sagte Rachel.

Die knappe Skizze der Ambroses fiel jedoch etwas nichtssagend aus und verriet wenig mehr als die Tatsache, daß Mr Ambrose ihr Onkel war.

»Der Bruder Ihrer Mutter?«

Wenn ein Name erst einmal außer Gebrauch gekommen ist, ist schon die leiseste Anspielung darauf folgenreich. Mrs Dalloway fuhr fort:

»Sind Sie wie Ihre Mutter?«

»Nein, sie war anders«, sagte Rachel.

Sie empfand auf einmal das dringende Bedürfnis, Mrs Dalloway Dinge zu erzählen, die sie noch nie jemandem erzählt hatte – Dinge, über die sie sich bis zu diesem Augenblick selbst nicht klar gewesen war.

»Ich bin einsam«, sagte sie. »Ich will –« Sie wußte nicht, was sie wollte, so daß sie den Satz nicht beenden konnte; doch ihre Lippe zitterte.

Es schien jedoch, daß Mrs Dalloway auch ohne Worte zu begreifen vermochte.

»Ich weiß«, sagte sie und legte auch schon den Arm um Rachels Schulter. »Als ich in Ihrem Alter war, wollte ich auch. Niemand verstand das, bis ich Richard kennenlernte. Er gab mir alles, was ich mir wünschte. Er ist Mann und Frau zugleich.« Ihr Blick ruhte auf Mr Dalloway, der über die Reling gelehnt stand und immer noch sprach. »Glauben Sie nicht, daß ich das sage, weil ich seine Frau bin – ich sehe seine Fehler deutlicher als die irgendeines anderen Menschen. Was man von dem Menschen möchte, mit dem man lebt, ist, daß er stets das Beste aus einem hervorlockt. Ich frage mich oft, womit ich soviel Glück verdient habe!« rief sie, und eine Träne glitt ihr die Wange hinab. Sie wischte sie weg, drückte Rachels Hand und rief:

»Wie gut das Leben doch ist!« In diesem Augenblick, als sie draußen in der frischen Brise standen, die Sonne auf die Wellen schien und Mrs Dalloway die Hand auf ihrem Arm liegen hatte, schien es tatsächlich, als sei das Leben, das bis dahin ohne Beinamen geblieben war, unendlich wundervoll, zu schön, um wahr zu sein.

Hier kam Helen an ihnen vorbei, und es amüsierte sie zwar, Rachel Arm in Arm mit einem vergleichsweise fremden Menschen wie aufgelebt zu sehen, doch gleichzeitig war sie eine Spur verwirrt. Gleich darauf gesellte sich jedoch Richard zu den beiden, der sein hochinteressantes Gespräch mit Willoughby genossen hatte und in äußerst umgänglicher Stimmung war.

»Bitte, meinen Panama zu beachten«, sagte er und berührte die Krempe seines Hutes. »Sind Sie sich darüber im klaren, Miss Vinrace, in welchem Maße eine geeignete Kopfbedeckung das Wetter zum Guten zu beeinflussen vermag? Ich habe beschlossen, daß dies ein heißer Sommertag ist; ich mache euch vorsorglich darauf aufmerksam, daß mich keine eurer diesbezüglichen Äußerungen in meiner Überzeugung erschüttern wird. Folglich werde ich mich jetzt hinsetzen. Ich rate euch, meinem Beispiel zu folgen.« Drei nebeneinander stehende Liegestühle luden dazu ein.

Zurückgelehnt musterte Richard die Wellen.

»Das ist zwar ein sehr hübsches Blau«, sagte er. »Doch gibt es ein bißchen zuviel davon. Vielfältigkeit ist wesentlich für einen Ausblick. So sollte man, wo es Hügel gibt, auch einen Fluß haben; wo ein Fluß ist, Hügel. Die beste Aussicht von der ganzen Welt hat man meiner Meinung nach an einem schönen Tag vom Boars Hill – wohlgemerkt, es muß ein schöner Tag sein – Eine Decke? – Oh ja, danke, Liebling – In dem Fall hat man dann auch noch den Vorzug bestimmter Assoziationen – die Vergangenheit.«

»Möchtest du dich unterhalten, Dick, oder soll ich vorlesen?«

Clarissa hatte außer den Decken auch ein Buch mitgebracht.

»Persuasion«, verkündete Richard nach einem prüfenden Blick auf das Buch.

»Das ist für Miss Vinrace«, sagte Clarissa. »Sie kann unsere geliebte Jane nicht ausstehen.«

»Das kommt – wenn ich das sagen darf – daher, daß Sie sie nicht gelesen haben«, sagte Richard. »Sie ist weitaus der größte weibliche Schriftsteller, den wir besitzen.«

»Sie ist die Größte von allen«, fuhr er fort, »und aus diesem Grund: sie versucht nicht, wie ein Mann zu schreiben. Jede andere Frau tut das; aus diesem Grund lese ich sie auch nicht.«

»Warten Sie ruhig mit Ihren Beispielen auf, Miss Vinrace«, fuhr er fort und legte die Fingerspitzen aneinander. »Ich bin gern bereit, mich bekehren zu lassen.«

Er wartete, während Rachel vergeblich versuchte, sich etwas zur Ehrenrettung ihrer verunglimpften Geschlechtsgenossinnen einfallen zu lassen.

»Ich fürchte, er hat recht«, sagte Clarissa. »Im allgemeinen hat er das – der Schuft!«

»Ich habe *Persuasion* mitgebracht«, fuhr sie fort, »weil ich dachte, es ist ein bißchen weniger abgedroschen als die anderen – obwohl es,

Dick, nicht angeht, daß *du* so tust, als kenntest du Jane in- und auswendig, wo du doch jedesmal über ihr einschläfst!«

»Nach den Strapazen der Gesetzgebung steht mir Schlaf zu«, sagte Richard.

»Du sollst nicht an diese Kanonen denken«, sagte Clarissa, als sie bemerkte, daß sein Blick, während er über die Wellen schweifte, immer noch nachdenklich das Land absuchte, »und auch nicht an Schiffe oder Königreiche oder sonst irgend etwas.« Mit diesen Worten öffnete sie das Buch und begann zu lesen:

»›Sir Walter Elliott, von Kellynch Hall, in Somersetshire, war ein Mann, der, zu seiner eigenen Zerstreuung, sich niemals ein anderes Buch denn das *Adelsregister* vornahm‹ – Sir Walter kennen Sie doch? – ›Darin fand er Beschäftigung während einer müßigen Stunde und Tröstung in einer der Niedergeschlagenheit.‹ Sie schreibt doch wirklich gut, finden Sie nicht? ›Darin –‹« Sie las in munterem, humorvollem Ton weiter. Sie war entschlossen, daß Sir Walter die Gedanken ihres Gatten von den britischen Kanonen ablenken und ihn auf unterhaltsame Weise in eine vornehme, seltsame, heitere und eine Spur lächerliche Welt entführen sollte. Nach einer Weile hatte es den Anschein, daß in jener Welt die Sonne unterzugehen begann, und die Betonungen wurden sanfter. Rachel blickte auf, um festzustellen, was die Ursache dieses Wandels war. Richards Lider schlossen und öffneten sich; schlossen und öffneten sich. Ein lautes nasales Atemgeräusch tat kund, daß er auf Äußerlichkeiten keinen Wert mehr legte und fest schlief.

»Triumph!« flüsterte Clarissa am Ende eines Satzes. Auf einmal hob sie abwinkend die Hand. Ein Matrose verharrte auf der Stelle; sie gab Rachel das Buch und entfernte sich flink, um die Botschaft in Empfang zu nehmen – »Mr Grice hätte gern gewußt, ob sie sich aufgelegt fühle« etc. Sie folgte ihm. Ridley, der ziellos unhergeschweift war, tat abrupt einen Schritt in ihre Richtung, blieb dann stehen und steuerte mit einer angewiderten Geste sein Arbeitszimmer an. Der schlafende Politiker war Rachels Obhut überlassen. Sie las einen Satz und wandte ihm dann den Blick zu. Im Schlaf sah er aus wie ein Rock, der am Fuß des Bettes hing; da waren all die Knitterfalten, und die Ärmel und die Hose wahrten die Form, obwohl sie nicht mehr von Beinen und Armen ausgefüllt waren. Da läßt sich am besten über Alter und Zustand des Rockes befinden. Sie musterte ihn ausgiebig, bis sie das Gefühl hatte, daß er sich gleich dagegen verwahren würde.

Er war ein Mann von vielleicht vierzig Jahren; hier um die Augen zogen sich Linien, und da waren seine Wangen seltsam gekerbt. Leicht mitgenommen wirkte er, dabei jedoch tatkräftig, ein Mann in den besten Jahren.

»Schwestern und ein Goldhamster und ein paar Kanarienvögel«, murmelte Rachel, ohne je den Blick von ihm zu wenden. »Wenn ich nur wüßte, wenn ich nur wüßte.« Sie verstummte, das Kinn in die Hand gestützt und den Blick noch immer auf ihn gerichtet. Hinter ihnen läutete eine Glocke, und Richard hob den Kopf. Dann öffnete er die Augen, die einen Augenblick lang die eines kurzsichtigen Menschen waren, der seine Brille verloren hat. Er brauchte ein Weilchen, um damit fertigzuwerden, daß er unschicklicherweise in Gegenwart einer jungen Dame geschnarcht und womöglich vor sich hin gegrunzt hatte. Aufzuwachen und mit einer solchen allein zu sein, war überdies leicht verwirrend.

»Ich habe wohl gedöst«, sagte er. »Wo sind denn die anderen alle geblieben? Clarissa?«

»Mrs Dalloway ist sich Mr Grices Fische ansehen gegangen«, erwiderte Rachel.

»Hätte ich mir denken können«, sagte Richard. »So etwas kommt alle Tage vor. Und wie haben Sie sich die strahlende Stunde angenehm gemacht? Haben Sie sich bekehren lassen?«

»Ich glaube nicht, daß ich auch nur eine Zeile gelesen habe«, sagte Rachel.

»Das muß ich auch immer feststellen. Es gibt zu viele Dinge zum Anschauen. Ich für mein Teil finde die Natur sehr anregend. Meine besten Einfälle habe ich im Freien gehabt.«

»Während Sie spazierengingen?«

»Beim Spazierengehen – Reiten – Segeln – die wichtigsten Gespräche meines Lebens fanden vermutlich statt, während ich den großen Innenhof des Trinity durchwanderte. Ich war auf beiden Universitäten. Das war eine fixe Idee meines Vaters. Er fand, es erweitere den

Horizont. Ich glaube, ich muß ihm recht geben. Ich weiß noch – wie ewig das her zu sein scheint! –, wie ich mit dem gegenwärtigen Minister für Indien die Grundlagen eines künftigen Staates entwikkelte. Wir hielten uns für sehr abgeklärt. Ich bin mir sicher, daß wir das nicht waren. Wir waren glücklich, Miss Vinrace, und wir waren jung – Gaben, die die Abgeklärtheit vollauf wettmachen.«

»Haben Sie denn das getan, was Sie sich damals vorgenommen haben?« fragte sie.

»Eine tiefschürfende Frage! Meine Antwort: Ja und nein. Wenn ich einerseits das nicht vollbracht habe, das zu vollbringen ich angetreten war – und wem von uns gelingt das schon? –, so kann ich doch andererseits mit Fug und Recht sagen: Ich habe ohne Abstriche an meinem Ideal festgehalten.«

Er blickte entschlossen einer Möwe nach, als trüge die sein Ideal auf ihren Schwingen.

»Aber«, sagte Rachel, »was ist denn Ihr Ideal?«

»Jetzt wollen Sie es aber wirklich allzu genau wissen, Miss Vinrace«, sagte Richard in scherzhaftem Ton.

Sie konnte darauf nur sagen, daß sie es aber gern wissen wolle, und Richard fand das hinreichend amüsant, um zu antworten.

»Tja, was soll ich darauf antworten? Mit einem Wort – Einheit. Einheit im Hinblick auf das Ziel, das Dominion, den Fortschritt. Die Ausbreitung der besten Ideen über das größtmögliche Gebiet.«

»Der Engländer?«

»Nun, man muß zugeben, daß die Engländer sich, so scheint es, alles in allem weniger zuschulden haben kommen lassen als die meisten Menschen, eine weißere Weste haben. Doch verfallen Sie jetzt um Himmels willen nicht auf die Idee, daß ich die Schattenseiten nicht sähe – Greuel – unsägliche Dinge, die mitten unter uns begangen worden sind! Ich mache mir keine Illusionen. Es gibt vermutlich nur wenige Menschen, die sich weniger Illusionen machen als ich. Sind Sie jemals in einer Fabrik gewesen, Miss Vinrace? – Nein, vermutlich nicht – ich möchte sagen: hoffentlich nicht.«

Rachel war nun kaum je einmal durch eine armselige Straße gekommen, und wenn, dann stets in Begleitung von Vater, Hausmädchen oder Tanten.

»Ich wollte sagen, wenn Sie je gesehen hätten, was um Sie herum alles vorgeht, verstünden Sie, was aus solchen wie mir und Männern meinesgleichen Politiker macht. Sie haben mich gerade eben gefragt, ob ich das vollbracht hätte, was ich mir vorgenommen hatte. Nun, wenn ich über mein Leben nachdenke, dann ist da eine Tatsache, auf die ich zugegebenermaßen stolz bin; mir ist es zu verdanken, daß Tausende von Mädchen in Lancashire – und wie viele Tausende werden es nicht künftig sein – jeden Tag eine Stunde an der frischen Luft verbringen können, die ihre Mütter noch über ihren Webstühlen verbrachten. Ich gestehe, daß mich das stolzer macht, als schriebe ich stattdessen Keats und Shelley noch dazu!«

Rachel wurde schmerzlich bewußt, daß sie eine von jenen war, die Keats und Shelley schrieben. Sie mochte Richard Dalloway und erwärmte sich in demselben Maße, wie er sich erwärmte. Er schien zu meinen, was er sagte.

»Ich weiß gar nichts!« rief sie.

»Es ist auch weitaus besser, wenn Sie nichts wissen«, sagte er väterlich, »und Sie tun sich selbst gewiß Unrecht. Sie spielen sehr hübsch Klavier, habe ich gehört, und ich bin mir ganz sicher, daß Sie stapelweise gelehrte Bücher gelesen haben.«

Das Genecke Älterer konnte sie jedoch nicht mehr aufhalten.

»Sie sprechen von Einheit«, sagte sie. »Erklären Sie das genauer.«

»Ich dulde es nie, daß meine Frau über Politik spricht«, sagte er ernst. »Aus folgendem Grund: es ist dem Menschen, so wie er nun einmal beschaffen ist, unmöglich, gleichzeitig zu kämpfen und Ideale zu haben. Wenn ich mir meins bewahrt habe, wie es in hohem Maße der Fall ist – was mich mit Dankbarkeit erfüllt –, dann ist das der Tatsache zu verdanken, daß ich jeden Abend zu meiner Frau habe nach Hause kommen und feststellen können, daß sie den Tag damit verbracht hat, Besuche zu machen, Musik zu hören, mit den Kindern zu spielen, häuslichen Pflichten nachzugehen – was immer Sie wollen; ihre Illusionen sind nicht zerstört worden. Sie gibt mir den Mut weiterzumachen. Die Last, die einem das öffentliche Leben auferlegt, ist ungeheuer groß«, setzte er hinzu.

Er bekam dadurch etwas von einem geschundenen Märtyrer, der sich alltäglich im Dienste der Menschheit weißblutet.

»Ich kann mir gar nicht vorstellen«, rief Rachel, »wie einer das überhaupt anstellt!«

»Das müssen Sie mir genauer erklären, Miss Vinrace«, sagte Richard. »In dieser Frage wüßte ich gern jede Unklarheit beseitigt.«

Seine Freundlichkeit war echt, und sie entschloß sich, die Chance zu nutzen, die er ihr bot, auch wenn das Gespräch mit einem Mann von solchem Wert und solcher Autorität ihr Herzklopfen bereitete.

»Mir kommt das so vor«, begann sie, nach Kräften bemüht, sich ihre unsteten privaten Visionen zunächst ganz klar zu machen, ehe sie sie preisgab.

»Da ist so eine alte Witwe in ihrem Zimmer, irgendwo, sagen wir, in einem Vorort von Leeds.«

Richard neigte den Kopf, um anzuzeigen, daß er die Witwe akzeptierte.

»Sie in London verbringen nun Ihr Leben damit, zu reden, Sachen zu schreiben, Gesetze durchzubringen, wobei Sie das übersehen, was doch das Natürliche zu sein scheint. Was bei dem Ganzen herauskommt, ist, daß sie an ihren Küchenschrank geht und darin ein bißchen mehr Tee, ein paar Stücke Zucker oder etwas weniger Tee und eine Zeitung findet. Ich gehe mal davon aus, daß Witwen im ganzen Land das tun. Aber da ist doch auch noch die Seele der Witwe – die Gefühle; die lassen Sie unberührt. Sie vergeuden jedoch Ihre eigenen.«

»Wenn die Witwe an ihren Küchenschrank geht und ihn leer vorfindet«, antwortete Richard, »dann wird das, wie wir doch wohl zugeben werden, ihr seelisches Befinden in Mitleidenschaft ziehen. Wenn ich Ihrer Weltanschauung ein wenig am Zeuge flicken darf, Miss Vinrace, wenngleich die durchaus ihre Vorzüge hat, dann möchte ich darauf hinweisen, daß der Mensch nicht aus einer Reihe Fächer besteht, sondern ein Organismus ist. Phantasie, Miss Vinrace; gebrauchen Sie Ihre Phantasie; das ist der Punkt, wo ihr jungen Liberalen versagt. Stellen Sie sich die Welt als Ganzes vor. Nun zu Ihrem zweiten Punkt; wenn Sie behaupten, indem ich versuche, zum Nutzen der jungen Generation das Haus zu bestellen, vergeudete ich meine edleren Fähigkeiten, so bin ich da gänzlich anderer Ansicht. Ich kann mir kein erhabeneres Ziel vorstellen, als – Bürger des

Empire zu sein. Betrachten Sie es einmal auf diese Weise, Miss Vinrace; stellen Sie sich den Staat als komplizierte Maschine vor; wir Bürger sind Teile dieser Maschine; manche erfüllen wichtigere Pflichten; andere (vielleicht bin ich einer von ihnen), dienen nur dazu, ein paar obskure Teile des Mechanismus miteinander zu verbinden, die den Augen der Öffentlichkeit verborgen bleiben. Wenn jedoch auch nur die gewöhnlichste Schraube ihren Dienst versagt, ist das richtige Funktionieren des Ganzen bedroht.«

Es war unmöglich, das Bild der hageren, schwarzgekleideten Witwe, die aus dem Fenster spähte und sich nach jemandem sehnte, mit dem sie reden konnte, mit dem Bild einer gewaltigen Maschine zu verbinden, wie man sie in South Kensington sehen konnte, unermüdlich stampfend und stampfend. Der Verständigungsversuch war fehlgeschlagen.

»Wir scheinen einander nicht zu verstehen«, sagte sie.

»Soll ich jetzt einmal etwas sagen, das Sie sehr wütend machen wird?« erwiderte er.

»Wird es schon nicht«, sagte Rachel.

»Also gut; keine Frau besitzt, was ich politischen Instinkt nennen möchte. Ihr habt sehr große Tugenden; ich bin, so hoffe ich, der erste, der das zugibt; ich habe jedoch noch nie eine Frau gekannt, die auch nur einzusehen vermochte, was mit staatsmännischem Verhalten gemeint ist. Jetzt mache ich Sie gleich noch zorniger. Ich hoffe, ich werde auch niemals eine solche Frau kennenlernen. Nun, Miss Vinrace, sind wir Feinde fürs Leben?«

Eitelkeit, Ärger und das heftige Verlangen, verstanden zu werden, drängten sie zu einem weiteren Versuch.

»Unter den Straßen, in den Abwasserkanälen, in den Kabeln, in den Telefonen steckt etwas Lebendiges – wollen Sie das sagen? In Dingen wie Müllwagen und in Männern, die die Straßen ausbessern? Sie spüren das die ganze Zeit, wenn Sie in London umhergehen und wenn Sie einen Hahn aufdrehen und das Wasser kommt tatsächlich heraus?«

»Gewiß«, sagte Richard. »Wenn ich Sie richtig verstehe, meinen Sie doch, daß die moderne Gesellschaft in ihrer Gesamtheit auf der gemeinschaftlichen Anstrengung beruht. Wenn das nur mehr Menschen einsehen wollten, Miss Vinrace, dann gäbe es weniger von Ihren alten Witwen in einsamen Behausungen!«

Rachel dachte nach.

» Sind sie ein Liberaler oder ein Konservativer?« fragte sie.

»Ich bezeichne mich aus praktischen Gründen als Konservativen«, sagte Richard lächelnd. »Zwischen den beiden Parteien gibt es jedoch mehr Gemeinsamkeiten, als die Menschen im allgemeinen wahrhaben wollen.«

Ein Schweigen trat ein, das auf Rachels Seite nicht daher rührte, daß es ihr an Redestoff fehlte; wie üblich konnte sie bloß nicht sagen, was sie sagen wollte, und obendrein verwirrte sie die Tatsache, daß die Zeit, die ihnen zur Fortsetzung ihres Gesprächs noch blieb, wahrscheinlich knapp bemessen war. Sie mußte sich unsinniger, verworrener Einfälle erwehren – wie vielleicht alles verständlich werden würde, wenn man nur weit genug zurückginge; alles war gemeinschaftlicher Besitz; denn die Mammuts, die auf den Auen von Richmond High Street weideten, hatten sich in Pflastersteine und Schachteln voller Haarbänder verwandelt und in ihre Tanten.

»Sagten Sie nicht, Sie hätten als Kind auf dem Land gelebt?« fragte sie.

Obwohl ihm ihr Betragen linkisch vorkam, war Richard doch geschmeichelt. Es stand außer Zweifel, daß ihr Interesse echt war.

»Das stimmt.« Er lächelte.

»Und wie sah das aus?« fragte sie. »Oder stelle ich zu viele Fragen?«

»Ich bin geschmeichelt, das versichere ich Ihnen. Doch – lassen Sie mich überlegen – wie sah das aus? Es bestand aus Reiten, Unterricht, Schwestern. Da gab es eine verwunschene Abfallecke, erinnere ich mich, wo alle möglichen seltsamen Dinge passierten. Eigenartig, welche Dinge auf Kinder Eindruck machen! Ich weiß bis auf den heutigen Tag, wie diese Ecke aussah. Man täuscht sich, wenn man glaubt, Kinder seien glücklich. Das sind sie nicht; sie sind unglücklich. Ich habe niemals soviel gelitten wie als Kind.«

»Und warum?« fragte sie.

»Ich kam mit meinem Vater nicht gut aus«, sagte Richard knapp. »Er war ein sehr fähiger Mann, aber hart. Nun – um so entschlossener ist man, sich selbst in dieser Hinsicht nicht zu versündigen. Kinder vergessen niemals eine Ungerechtigkeit. Sie verzeihen unendlich viele Dinge, die Erwachsene nachtragen; doch jene Sünde ist eine unverzeihliche Sünde. Wohlgemerkt – ich war wohl schwierig zu lenken als Kind; doch wenn ich denke, was ich zu geben bereit war! Nein, ich war einer, an dem man mehr gesündigt hat, als er sündigte. Und ich ging zur Schule, wo ich ziemlich gut zurechtkam; und dann, wie gesagt, schickte mein Vater mich auf beide Universitäten ... Wissen Sie, Miss Vinrace, daß Sie mich nachdenklich gestimmt haben? Wie wenig kann man jemandem letztlich doch über sein Leben erzählen! Hier sitze ich; dort sitzen Sie; beide, daran habe ich keinen Zweifel, übervoll von den interessantesten Erfahrungen, Vorstellungen, Empfindungen; doch wie sich verständigen? Ich habe Ihnen das erzählt, was jeder zweite Mensch Ihnen erzählen könnte.«

»Das glaube ich nicht«, sagte sie. »Es kommt doch auf die Art an, wie man die Dinge sagt, nicht auf die Dinge selbst.«

»Richtig«, sagte Richard. »Absolut richtig.« Er schwieg. »Wenn ich auf mein Leben zurückblicke – ich bin zweiundvierzig –, was sind denn die herausragenden Tatsachen? Was waren denn die Offenbarungen, wenn ich das einmal so nennen darf? Das Elend der Armen und –« (er zögerte und sagte in verändertem Tonfall) »die Liebe!«

Bei diesem Wort senkte er die Stimme; es war ein Wort, bei dem sich für Rachel der Himmel aufzuhellen schien.

»Es ist seltsam, so etwas zu einer jungen Dame zu sagen«, fuhr er fort. »Doch haben Sie eine Ahnung, was – was ich damit meine? Nein; natürlich nicht. Ich gebrauche das Wort nicht im konventionellen Sinne. Ich benutze es, wie junge Männer das tun. Mädchen werden sehr unwissend gehalten, ist das nicht so? Vielleicht ist das klug – vielleicht – Sie wissen es wirklich nicht?«

Er sprach, als seien ihm seine Worte gar nicht mehr bewußt.

»Nein; ich weiß es nicht«, sagte sie, und ihre Stimme war fast tonlos.

»Kriegsschiffe, Dick! Dort drüben! Schau doch!«

Clarissa, die nach Würdigung seiner sämtlichen Algen von Mr Grice entlassen worden war, kam gestikulierend auf sie zugeschwebt.

Sie hatte zwei düstere graue Schiffe entdeckt, die tief im Wasser lagen und die, schmucklos kahl wie Knochen, mit dem Ausdruck augenloser Tiere, die auf Beute aus waren, eins dicht hinter dem anderen, vorbeifuhren. Richard kam schlagartig wieder zu Bewußtsein.

»Bei George!« rief er und stand und schaute, die Augen mit der Hand abgeschirmt.

»Unsere, Dick?« sagte Clarissa.

»Die Mittelmeerflotte«, antwortete er.

Die *Euphrosyne* dippte langsam die Flagge. Richard lüftete den Hut. Krampfhaft drückte Clarissa Rachels Hand.

»Sind Sie nicht froh, Engländerin zu sein?« fragte sie.

Die Kriegsschiffe zogen vorbei und verbreiteten eine seltsame Mischung strenger Zucht und Traurigkeit über die Wogen, und erst als sie wieder unsichtbar geworden waren, sprachen die Menschen in ungezwungenem Ton miteinander. Beim Mittagessen drehte das Gespräch sich ausschließlich um Tapferkeit und Tod und die ruhmreichen Eigenschaften britischer Admirale. Clarissa zitierte den einen Dichter, Willoughby einen anderen. Das Leben an Bord eines Kriegsschiffes war großartig, darüber war man sich einig, und Matrosen waren, wo immer man ihnen begegnete, ganz besonders nett und unkompliziert.

Wo das nun einmal so war, gefiel es auch niemandem, als Helen bemerkte, es komme ihr ebenso verkehrt vor, sich Matrosen zu halten, wie einen Zoo zu unterhalten, und was das Sterben auf dem Schlachtfeld angehe, so sei es doch wohl gewiß an der Zeit, daß man aufhörte, den Mut zu preisen – »oder schlechte Gedichte darüber zu schreiben«, knurrte Pepper.

Doch wunderte Helen sich wirklich, weshalb Rachel, die stumm dabeisaß, so sonderbar und erhitzt aussah.

5. Kapitel

Sie konnte ihre Beobachtungen jedoch nicht weitertreiben oder zu irgendeiner Schlußfolgerung gelangen, denn infolge eines jener Mißgeschicke, wie sie auf See gang und gäbe sind, geriet nun der gesamte Ablauf ihres gemeinsamen Lebens aus dem Gleichgewicht.

Schon beim Tee hob sich der Boden unter ihren Füßen und senkte sich dann wieder allzu tief hinab, und beim Abendessen schien das Schiff zu ächzen und sich zu schinden, als sauste eine Peitsche auf es nieder. Dies Schiff, bislang ein breitrückiges Brauereipferd, auf dessen Hinterteil Pierrots hätten pirouettieren können, wurde zum Füllen auf der Weide. Die Teller entfernten sich auf schräger Bahn von den Messern, und Mrs Dalloways Gesicht erbleichte für einen Augenblick, als sie sich bediente und die Kartoffeln hin- und herkullern sah. Willoughby pries selbstverständlich die Tugenden seines Schiffes und führte alles auf, was von Experten und vornehmen Passagieren gesagt worden war, denn er liebte seine Besitztümer. Dennoch herrschte Unbehagen bei Tisch, und unmittelbar nachdem die Damen alleine waren, gestand Clarissa ein, daß sie im Bett wohl besser aufgehoben sei, und entfernte sich tapfer lächelnd.

Am nächsten Morgen hatte der Sturm sie erreicht, und keine Höflichkeit konnte mehr darüber hinwegtäuschen. Mrs Dalloway blieb in ihrem Zimmer. Richard hielt drei Mahlzeiten lang stand, und bei jeder aß er mit Todesverachtung; bei der dritten jedoch streckte er angesichts einiger fettglänzender Spargelstangen, die in Öl schwammen, endlich die Waffen.

»Ich gebe mich geschlagen«, sagte er und zog sich zurück.

»Nun sind wir ja wieder allein«, bemerkte William Pepper und blickte sich am Tisch um; es war jedoch niemand bereit, sich auf ein Gespräch mit ihm einzulassen, und die Mahlzeit endete in Schweigsamkeit.

Am nächsten Tag begegneten sie einander zwar – doch wie fliegende Blätter in der Luft. Nicht, daß sie seekrank gewesen wären;

doch der Wind wirbelte sie allzu rasch in die Zimmer, ungestüm die Treppen hinab. Keuchend passierten sie einander an Deck; sie schrien einander über Tische hinweg etwas zu. Sie trugen Pelzmäntel; Helen war nie ohne Stirnband zu sehen. Zu ihrer Bequemlichkeit zogen sie sich in ihre Kabinen zurück, wo sie mit fest verkeilten Füßen das Auf und Ab und das Schlingern des Schiffes über sich ergehen ließen. Ihre Empfindungen waren die von Kartoffeln in einem Sack auf dem Rücken eines galoppierenden Pferdes. Die Welt draußen war nur noch ein heftiger grauer Tumult. Zwei Tage lang konnten sie sich ausgiebig von ihren bisherigen Eindrücken erholen. Rachel war gerade noch genügend bei Sinnen, um sich vorzustellen, sie sei ein Esel, der auf einer Anhöhe im Moor im Hagelsturm stand und dem der Wind Falten in die Felldecke blies; als nächstes wurde sie zu einem verhutzelten Baum, der sich unablässig dem salzigen Atlantiksturm entgegenstemmte.

Helen wiederum taumelte zu Mrs Dalloways Tür, klopfte, war im Lärm schlagender Türen und des rüttelnden Windes nicht zu hören und trat ein.

Dort standen natürlich Schüsseln herum. Mrs Dalloway lag von einem Kissen gestützt und hatte die Augen geschlossen. Dann murmelte sie: »Bist du das, Dick?«

Helen schrie – denn sie wurde gegen den Waschtisch geschleudert: »Wie fühlen Sie sich?«

Clarissa öffnete ein Auge. Das verlieh ihr ein unglaublich verlebtes Aussehen. »Schrecklich!« ächzte sie. Das Innere ihrer Lippen war weiß.

Helen pflanzte sich breitbeinig vor ihr auf und mühte sich, Champagner in einen Becher zu gießen, in dem eine Zahnbürste stak.

»Champagner«, sagte sie.

»Da ist eine Zahnbürste drin«, murmelte Clarissa und lächelte; es mutete wie das schmerzliche Zucken im Gesicht eines Weinenden an. Sie trank.

»Ekelhaft«, flüsterte sie und wies auf die Schüsseln. Reste von Humor spielten noch immer wie Mondschein auf ihrem Gesicht.

»Noch mehr?« schrie Helen. Clarissa befand sich jedoch wieder in Gefilden jenseits der Sprache. Der Wind legte das erschaudernde

Schiff auf die Seite. Wellen bleicher Agonie überliefen Mrs Dalloway. Als die Vorhänge schlugen, huschte graues Licht über sie hinweg. Zwischen den Spasmen des Sturms befestigte Helen die Vorhänge, schüttelte die Kissen auf, zog die Bettücher stramm und glättete die heißen Nasenflügel und die Stirn mit kaltem Eau de Cologne.

»Sie sind wirklich *gut!*« stöhnte Clarissa. »Grauenhafte Bescherung!«

Sie versuchte, sich für die weiße Unterwäsche zu entschuldigen, die, achtlos fallengelassen, auf dem Boden verstreut lag. Eine Sekunde lang öffnete sie das eine Auge und sah, daß aufgeräumt worden war. »Das ist schön«, stöhnte sie.

Helen verließ sie wieder; ganz, ganz vage war ihr bewußt, daß sie eine gewisse Sympathie für Mrs Dalloway empfand. Wider Willen empfand sie Respekt für deren Tapferkeit und ihren Wunsch nach einem aufgeräumten Schlafzimmer, selbst durch die Widrigkeiten der Seekrankheit hindurch. Die Unterröcke waren ihr allerdings über die Knie emporgerutscht.

Schlagartig lockerte der Sturm seinen Griff. Das geschah zur Teestunde; das erwartete anfallartige Getose setzte gerade in dem Augenblick aus, als es seinen Höhepunkt erreicht hatte; es brach ab, und das Schiff blieb ruhig, statt wie zuvor tief hinabzutauchen. Die monotone Abfolge von Hinabtauchen und Emporsteigen, von Sturmgebrüll und Nachlassen, war unterbrochen, und am Tisch blickten alle auf und spürten, wie sich in ihrem Innern etwas löste. Die Anspannung ließ nach, und die menschlichen Empfindungen fingen an sich wieder hervorzuwagen, wie sie es tun, wenn sich Licht am Ende des Tunnels zeigt.

»Wie wär's mit einem kleinen Gang?« rief Ridley zu Rachel hinüber.

»Einfälle hast du!« schrie Helen, doch sie stolperten die Leiter empor. Obwohl der Wind ihnen den Atem benahm, hob ihre Stimmung sich augenblicklich, denn am Rande des grauen Gebrodels war ein dunstiger goldener Fleck zu sehen. Im Nu nahm die Welt wieder feste Umrisse an; sie waren nicht länger Atome, die durch die Leere flogen, sondern Menschen, die auf einem triumphierenden Schiff über die Wellen ritten. Wind und Weite waren gebannt; die Welt trieb wie ein Apfel in einem Bottich, und das menschliche Gemüt, das ebenfalls aus seinen Verankerungen gerissen worden war, fand neuen Halt an seinen alten Gewißheiten.

Nachdem sie sich zweimal um das Schiff herumgekämpft und sich viele kräftige Püffe des Windes hatten gefallen lassen, sahen sie, wie das Gesicht eines Matrosen unübersehbar golden aufleuchtete. Sie schauten und gewahrten eine vollkommene gelbe Sonnenscheibe; in der nächsten Minute schon segelten Wolkenstreifen darüber hinweg, und dann war sie wieder völlig verborgen. Beim Frühstück am nächsten Morgen jedoch war der Himmel blankgefegt, die Wellen waren blau, wenn auch noch hoch, und nach ihrem Einblick in die seltsame Unterwelt, die von Phantomen bewohnt war, begannen die Menschen, mit vermehrtem Eifer ihr Leben zwischen Teekannen und Brotlaiben wieder aufzunehmen.

Richard und Clarissa blieben jedoch noch im Grenzland. Sie versuchte nicht, sich aufzusetzen; ihr Gatte stand zwar auf den Beinen und blickte unschlüssig auf Weste und Hose, schüttelte dann jedoch den Kopf und legte sich wieder hin. In seiner Hirnschale wogte es immer noch auf und ab wie bei einem Bühnenmeer. Um vier Uhr erwachte er und sah, daß das Sonnenlicht eine lebhafte Kante auf die roten Plüschsamtvorhänge und die grauen Tweedhosen malte. Die gewöhnliche Welt draußen schob sich in sein Bewußtsein, und als er sich angekleidet hatte, war er wieder ein englischer Gentleman.

Er trat neben seine Gattin. Sie zog ihn am Rockaufschlag zu sich hinab, küßte ihn und hielt ihn eine Minute lang fest.

»Geh Luft schnappen, Dick«, sagte sie. »Du siehst völlig blutleer aus... Wie gut du riechst!... Und sei höflich zu der Frau. Sie war doch so nett zu mir.«

Worauf Mrs Dalloway sich auf die kühle Seite ihres Kissens drehte, schrecklich erschöpft, aber immer noch unbezwingbar.

Richard traf Helen im Gespräch mit ihrem Schwager bei zwei Platten mit gelbem Kuchen und blanken Butterbroten an.

»Sie sehen ja ganz krank aus!« rief sie bei seinem Anblick aus. »Kommen Sie und trinken Sie ein bißchen Tee.«

Ihm fiel auf, daß die Hände, die sich an den Tassen zu schaffen machten, schön waren.

»Ich habe gehört, daß Sie sehr fürsorglich mit meiner Frau waren«, sagte er. »Sie hat Schreckliches durchgemacht. Sie sind zu ihr gegangen und haben ihr Champagner eingeflößt. Gehörten Sie selbst zu denen, die verschont geblieben sind?«

»Ich? Ach, ich bin schon seit zwanzig Jahren nicht mehr krank gewesen – seekrank, meine ich.«

»Ich sage immer: Es gibt drei Stadien der Genesung«, schaltete die kraftvolle Stimme Willoughbys sich ein, »Das Milch-Stadium, das Butterbrot-Stadium und das Roastbeef-Stadium. Ich würde sagen, Sie befinden sich im Butterbrot-Stadium.« Er reichte ihm die Platte.

»Jetzt würde ich erst mal eine kräftige Teemahlzeit empfehlen, dann einen flotten Spaziergang an Deck; und bis es Zeit zum Abendessen ist, werden Sie nach Rindfleisch lechzen, wie?« Er entfernte sich lachend, da ihn die Arbeit rief.

»Was ist das doch für ein prächtiger Bursche!« sagte Richard. »Immer zielstrebig.«

»Ja«, sagte Helen, »so war er schon immer.«

»Das ist ein großartiges Unternehmen, das er da hat«, fuhr Richard fort. »Das dürfte nicht bei Schiffen stehenbleiben, würde ich sagen. Wir werden ihn im Parlament sehen, oder ich müßte mich sehr irren. Er ist genau die Art von Mann, die wir im Parlament haben wollen – der Mann, der einiges geschafft hat.«

Helen war jedoch an ihrem Schwager nicht sonderlich interessiert.

»Sie haben bestimmt Kopfschmerzen?« fragte sie und goß ihm eine weitere Tasse Tee ein.

»Ja, das stimmt«, sagte Richard. »Es ist demütigend, erfahren zu müssen, was für ein Sklave seines Körpers man auf Erden doch ist. Wissen Sie, ich kann ohne Teekessel auf dem Feuer überhaupt nicht arbeiten. Oft trinke ich dann gar keinen Tee, doch ich muß das Gefühl haben, daß ich es kann, wenn mir danach ist.«

»Das kann nicht gut für Sie sein«, sagte Helen.

»Es verkürzt die Lebenszeit; doch leider, Mrs Ambrose, müssen wir Politiker darauf von Anbeginn eingestellt sein. Wir müssen schonungslos aus dem Vollen leben, sonst –«

»– gehen Sie leer aus!« sagte Helen strahlend.

»Sie wollen uns einfach nicht ernst nehmen, Mrs Ambrose«, beklagte er sich. »Darf ich fragen, wie Sie Ihre Zeit verbracht haben? Mit Lesen – Philosophie?« (Er erblickte das schwarze Buch.) »Metaphysik und Angeln!« rief er aus. »Wenn ich noch einmal leben müßte, würde ich mich, glaube ich, dem einen oder dem anderen verschreiben.« Er begann die Seiten umzublättern.

»›Mithin ist Gott unbestimmbar‹«, las er vor. »Wie lustig, sich vorzustellen, daß das immer noch so weitergeht! ›Soweit ich weiß, gibt es nur einen Verfasser auf dem Gebiet der Ethik, nämlich Professor Henry Sidgwick, der diese Tatsache klar erkannt und festgehalten hat.‹ Das ist genau das, worüber wir als junge Burschen geredet haben. Ich weiß noch, wie ich bis fünf Uhr morgens mit Duffy gestritten habe – er ist jetzt Minister für Indien –, während wir unablässig durch die Kreuzgänge schritten, bis wir beschlossen, nun sei es zu spät, noch ins Bett zu gehen, und stattdessen ausgeritten sind. Ob wir je zu irgendeiner Schlußfolgerung gelangten – das steht auf einem anderen Blatt. Doch wichtig ist die Auseinandersetzung. Solche Dinge sind es, die im Leben Bedeutung haben. Nichts ist seitdem wieder so lebendig gewesen. Die Philosophen sind es, die Gelehrten«, fuhr er fort, »das sind die Menschen, die die Fackel weiterreichen, die das Licht nicht ausgehen lassen, das unser Leben speist. Daß einer Politiker ist, macht ihn deshalb nicht unbedingt blind dagegen, Mrs Ambrose.«

»Nein. Warum sollte es auch?« sagte Helen. »Doch können Sie sich erinnern, ob Ihre Gattin Zucker nimmt?«

Sie nahm das Tablett und machte sich damit zu Mrs Dalloway auf.

Richard schlang sich einen Schal zweimal um den Hals und kämpfte sich zum Deck empor. Sein ganzer Körper, der in einem dunklen Zimmer weiß und empfindlich geworden war, kribbelte in der frischen Luft. Er empfand sich als Mann, der unbestreitbar im besten Alter war. Stolz strahlte aus seinem Blick, als er den Windstößen ohne Wanken standhielt. Den Kopf leicht gesenkt, scherte er um Ecken, schritt die Schräge des Decks hinauf und stellte sich dem Sturm. Es kam zu einem Zusammenprall. Einen Augenblick lang konnte er nicht erkennen, in welche Gestalt er hineingerannt war. »Entschuldigung.« »Entschuldigung.« Es war Rachel, die sich da entschuldigte. Beide lachten, zu sehr vom Wind umsaust, um sprechen zu können. Rachel stemmte sich gegen ihre Kabinentür und trat in die Stille. Wenn er mit ihr sprechen wollte, konnte Richard nicht umhin, ihr zu folgen. Sie standen in einem Wirbelwind; Papier begann, im Kreis herumzuflattern, die Tür knallte zu, und sie taumelten lachend jeder in einen Sessel. Richard saß auf Bach.

»Meine Güte! Was für ein Sturm!« rief er aus.

»Schön, finden Sie nicht?« sagte Rachel. Offensichtlich hatte der Kampf mit dem Wind ihr die Festigkeit verliehen, die ihr sonst fehlte; ihre Wangen hatten sich gerötet, und ihr Haar hing offen herab.

»Ach, was für ein Spaß!« rief er. »Worauf sitze ich denn? Ist das Ihr Zimmer? Wie hübsch!«

»Da – setzen Sie sich dorthin!« befahl sie. Einmal mehr glitt Cowper zu Boden.

»Wie hübsch, sich wieder zu begegnen«, sagte Richard. »Seit dem letzten Mal scheint eine Ewigkeit vergangen zu sein. Cowpers Briefe? . . . Bach? . . . *Wuthering Heights*? . . . Hier drinnen denken Sie wohl über die Welt nach, um dann herauszukommen und armen Politikern Fragen zu stellen? Zwischen zwei Anfällen von Seekrankheit habe ich eine Menge über unser Gespräch nachgedacht. Glauben Sie mir, Sie haben mich nachdenklich gemacht.«

»Ich habe Sie nachdenklich gemacht! Aber wieso denn?«

»Was sind wir doch für einsame Eisberge, Miss Vinrace! Wie wenig vermögen wir einander doch mitzuteilen! Es gibt so viele Dinge, von denen ich Ihnen gern erzählen würde – um Ihre Meinung dazu zu hören. Haben Sie jemals Burke gelesen?«

»Burke?« wiederholte sie. »Wer war denn Burke?«

»Nicht? Nun, dann werde ich es mir nicht nehmen lassen, Ihnen ein Exemplar zu schicken. *The Speech On The French Revolution – The American Rebellion*? Welches nehmen wir denn am besten?« Er schrieb etwas in sein Notizbuch. »Und dann müssen Sie mir schreiben und mir sagen, was Sie davon halten. Diese Stummheit – diese Isolation – das ist das entscheidende Merkmal des modernen Lebens! Und nun erzählen Sie mir von sich selbst. Was für Interessen haben Sie, womit beschäftigen Sie sich? Ich könnte mir vorstellen, daß Sie ein Mensch mit sehr ausgeprägten Interessen sind. Selbstverständlich sind Sie das! Großer Gott! Wenn ich mir ausmale, in welchem Zeitalter wir leben, was es nicht für Gelegenheiten und Möglichkeiten bietet, welche Unzahl von Dingen nicht darauf wartet, getan und genossen zu werden – warum haben wir nicht zehn Leben statt eines? Doch nun zu Ihnen ...«

»Ich bin ja nun eine Frau«, sagte Rachel.

»Ich weiß – ich weiß«, sagte Richard, warf den Kopf zurück und strich sich mit den Fingern über die Augen.

»Wie seltsam, daß jemand eine Frau ist! Eine junge und schöne Frau«, fuhr er in salbungsvollem Ton fort, »hat die ganze Welt zu Füßen liegen. Das stimmt, Miss Vinrace. Sie besitzen eine unschätzbare Macht – zum Guten wie zum Schlechten. Was könnten Sie nicht alles tun –«, er brach ab.

»Was denn?« fragte Rachel.

»Sie besitzen Schönheit«, sagte er. Das Schiff schlingerte. Rachel fiel ein wenig nach vorn. Richard nahm sie in die Arme und küßte sie. Er preßte sie an sich und küßte sie leidenschaftlich, so daß sie die Festigkeit seines Körpers und die Rauheit seiner Wange spürte, die sich gegen ihre drückte. Sie fiel in ihren Sessel zurück. Ihr Herz schlug so stark, daß ihr bei jedem Schlag schwarze Wellen vor die Augen stiegen. Er umklammerte seine Stirn mit den Händen.

»Sie führen mich in Versuchung«, sagte er. Der Ton seiner Stimme war beängstigend. Er schien wie erstickt von einem Kampf. Beide zitterten sie. Rachel stand auf und ging hinaus. Ihr Kopf war kalt, ihre Knie bebten, und die physische Qual, die von ihren Empfindungen ausging, war so groß, daß sie sich nur bewegen konnte, indem sie sich über die gewaltigen Sprünge ihres Herzens hinwegsetzte. Sie lehnte sich über die Reling des Schiffes und hörte allmählich zu fühlen auf, denn ein Frösteln überkroch Körper und Seele. Weit draußen zwischen den Wellen ließen kleine schwarzweiße Seevögel sich vom Wasser tragen. Wie sie da mit glatten, anmutigen Bewegungen zwischen zwei Wellen auf und ab glitten, wirkten sie sonderbar entrückt und unbeteiligt.

»Ihr habt euren Frieden«, sagte sie. Friede begann auch sie zu erfüllen, doch ergriff sie gleichzeitig ein seltsames Hochgefühl. Das Leben schien unendliche Möglichkeiten bereitzuhalten, von denen sie bislang nichts geahnt hatte. Sie stand über die Reling gelehnt und blickte auf das unruhige graue Wasser hinaus, wo das Sonnenlicht sich unregelmäßig über die Wellenkämme verteilte, bis ihr kalt wurde und sie wieder vollkommen ruhig war. Was nichts daran änderte, daß etwas Wundervolles geschehen war.

Beim Abendessen fühlte sie sich hingegen nicht erhoben, sondern bloß unbehaglich, so als hätten Richard und sie etwas erblickt, das im gewöhnlichen Leben verborgen bleibt, so daß sie einander nicht anschauen mochten. Richard ließ den Blick in sichtlichem Unbehagen einmal über sie hinweggleiten und sah sie dann nicht wieder an. Mit Mühe brachten sie einige Platitüden zustande, doch Willoughby war glänzend aufgelegt.

»Braten für Mr Dalloway!« rief er. »Kommen Sie – nach einem solchen Spaziergang befinden Sie sich im Roastbeef-Stadium, Dalloway!«

Großartige Männergeschichten über Bright und Disraeli und Koalitionsregierungen folgten, großartige Geschichten, die die Menschen am Eßtisch zu gesichtsloser Unbedeutendheit schrumpfen zu lassen schienen. Nach dem Abendessen fiel Helen, als sie allein mit Rachel unter der großen schwingenden Lampe saß, deren Blässe auf. Einmal mehr ging ihr durch den Kopf, daß das Benehmen des Mädchens etwas Seltsames hatte.

»Du siehst müde aus. Bist du müde?« fragte sie.

»Nicht müde«, sagte Rachel. »Ach doch, ich bin wohl müde.«

Helen empfahl ihr, schlafen zu gehen, und sie ging, ohne Richard noch einmal zu sehen. Sie mußte sehr müde gewesen sein, denn sie schlief sofort ein, doch nach ein, zwei Stunden traumlosen Schlafs begann sie zu träumen. Sie träumte, sie liefe durch einen langen Tunnel, der nach und nach so eng wurde, daß sie auf beiden Seiten die feuchten Mauersteine berühren konnte. Nach einer ganzen Weile öffnete der Tunnel sich und wurde zu einem Gewölbe; sie merkte, daß sie darin gefangen war, denn wohin sie sich auch wandte, überall waren Mauersteine, und sie war allein mit einem mißgestalteten kleinen Mann, der brabbelnd am Boden kauerte und lange Fingernägel hatte. Sein Gesicht war pockennarbig und sah aus wie ein Tiergesicht. Die Wand hinter ihm troff vor Nässe, die sich in Tropfen sammelte und zu Boden rann. Reglos und kalt wie der Tod lag sie und wagte nicht, sich zu bewegen, bis sie die Pein durchbrach, indem sie sich quer über das Bett warf und mit einem »Oh!« erwachte.

Bei Licht erblickte sie die vertrauten Dinge: ihre vom Sessel gefallenen Kleidungsstücke; den weißschimmernden Wasserkrug; doch das Grauen wich nicht sofort. Sie fühlte sich verfolgt, so daß sie aufstand und tatsächlich die Tür verriegelte. Eine Stimme seufzte nach ihr; Augen begehrten sie. Die ganze Nacht lang suchten barbarische Männer das Schiff heim; schlurfend kamen sie die Gänge hinab und blieben schnüffelnd an ihrer Tür stehen. Sie konnte nicht wieder einschlafen.

6. Kapitel

»Das ist das Tragische am Leben – wie ich immer sage!« sagte Mrs Dalloway. »Man fängt etwas an und muß es dann wieder beenden. Trotzdem, *diesmal* werde ich es nicht zulassen, wenn Sie alle mithelfen.« Es war morgens, die See war ruhig, und das Schiff lag wieder einmal nicht weit von einer Küste vor Anker.

Sie trug ihr langes Pelzcape, ihr Kopf war in Schleier gehüllt, und erneut waren die feinen Koffer aufeinander gestapelt, so daß sich die Szene von vor ein paar Tagen zu wiederholen schien.

»Ach, Sie nehmen wohl an, daß wir uns in London einmal wieder begegnen werden?« sagte Ridley ironisch. »Sie werden mich bereits völlig vergessen haben, bevor Sie den ersten Schritt an Land tun.«

Er wies zur Küste der kleinen Bucht hinüber, wo sie jetzt einzelne Bäume mit bewegten Zweigen erkennen konnten.

»Wie scheußlich Sie doch sind!« sagte sie lachend. »Rachel kommt mich sowieso besuchen – sofort, wenn Sie zurück sind«, sagte sie und drückte Rachels Arm. »So – nun haben Sie keine Ausrede mehr!«

Mit einem silbernen Bleistift schrieb sie Namen und Adresse auf das Vorsatzblatt von *Persuasion* und gab Rachel das Buch. Matrosen schulterten das Gepäck, und alles scharte sich zusammen. Captain Cobbold, Mr Grice, Willoughby, Helen und ein bis dahin unbeachtet gebliebener dankbarer Mann im blauen Pullover hatten sich eingefunden.

»Ach, es ist soweit«, sagte Clarissa. »Dann also auf Wiedersehen. Ich habe Sie wirklich gern«, murmelte sie, als sie Rachel küßte. In dem Gedränge erübrigte es sich, daß Richard Rachel die Hand schüttelte; es gelang ihm, sie einen Augenblick ungeheuer steif anzusehen, ehe er seiner Gattin die Schiffsseite hinabfolgte.

Das Boot trennte sich vom Schiff und begann, aufs Land zuzuhalten, und ein paar Minuten lang standen Helen, Ridley und Rachel über die Reling gelehnt und beobachteten es. Einmal drehte Mrs Dalloway sich um und winkte; doch das Boot wurde kleiner und kleiner, bis es aufhörte, sich auf- und abzubewegen, und man nichts mehr erkennen konnte als zwei unangreifbar wirkende Rücken.

»Tja, das wäre vorbei«, sagte Ridley nach langem Schweigen. »Die sehen wir jedenfalls niemals wieder«, setzte er hinzu und wandte sich ab, um zu seinen Büchern zurückzukehren. Ein Gefühl der Leere und eine gewisse Melancholie überkam sie; insgeheim wußten sie, daß es vorbei war und sie sich für immer voneinander verabschiedet hatten, und dies Wissen löste eine weit größere Niedergeschlagenheit in ihnen aus, als die Länge ihrer Bekanntschaft zu rechtfertigen schien. Noch während das Boot davonfuhr, merkten sie, wie andere Dinge ins Blickfeld rückten und andere Geräusche den Platz der Dalloways einzunehmen begannen, und das war ein so unangenehmes Gefühl, daß sie sich dagegen zur Wehr zu setzen versuchten. Denn genauso würden auch sie vergessen werden.

Geradeso, wie Mrs Chailey unter Deck die verwelkten Rosenblätter vom Toilettentisch wischte, so war auch Helen bestrebt, einiges wieder zurechtzurücken, nachdem die Besucher fort waren. Rachels offensichtliche Trägheit und Lustlosigkeit machten aus ihr eine leichte Beute, und tatsächlich hatte Helen sich eine Art Falle ausgedacht. Daß irgend etwas vorgefallen war, dessen war sie sich mittlerweile ziemlich sicher; außerdem hatte sie bei sich beschlossen, daß sie nun lange genug Fremde gewesen seien; sie wollte herausfinden, wie es um das Mädchen bestellt war, teilweise natürlich deshalb, weil Rachel in nichts zu erkennen gab, daß sie gern kennengelernt werden wollte. So sagte sie denn, als sie der Reling den Rücken zukehrten:

»Komm und unterhalt dich mit mir, anstatt zu üben«, und ging voran auf die windgeschützte Seite, wo die Liegestühle in der Sonne aufgestellt waren. Rachel folgte ihr gleichgültig. Ihre Gedanken waren mit Richard beschäftigt; mit der ungeheuren Seltsamkeit dessen, was vorgefallen war, und mit tausend Empfindungen, deren sie sich bislang nicht bewußt gewesen war. So gab sie sich so gut wie keine Mühe, Helen zuzuhören, als die sich, um ins Gespräch zu kommen, in Gemeinplätzen erging. Während Mrs Ambrose ihre Stickarbeit vor sich ausbreitete, ihren Seidenfaden mit den Lippen anfeuchtete und ihn einfädelte, lag sie zurückgelehnt und starrte zum Horizont.

»Mochtest du diese Leute?« fragte Helen beiläufig.

»Ja«, antwortete sie ausdruckslos.

»Du hast dich mit ihm unterhalten, hm?«

Eine Minute lang sagte sie nichts.

»Er hat mich geküßt«, sagte sie in unverändertem Tonfall.

Helen fuhr auf, schaute sie an, vermochte jedoch nicht herauszufinden, was sie empfand.

»Hm, ja«, sagte sie nach einem Weilchen. »Hab ich mir doch gedacht, daß er die Art von Mann ist.«

»Welche Art von Mann?« sagte Rachel.

»Aufgeblasen und gefühlsduselig.«

»Ich mochte ihn«, sagte Rachel.

»Dann hattest du also eigentlich nichts dagegen?«

Zum erstenmal, seit Helen sie kannte, leuchteten Rachels Augen hell auf.

»Ich hatte durchaus etwas dagegen«, sagte sie in heftigem Ton. »Ich habe geträumt. Ich konnte nicht schlafen.«

»Erzähl mir, was passiert ist«, sagte Helen. Sie hatte Mühe zu verhindern, daß ihre Lippen zuckten, während sie sich Rachels Geschichte anhörte. Sie stieß sie abgehackt mit großer Ernsthaftigkeit und ohne jeden Sinn für Humor hervor.

»Wir sprachen über Politik. Er erzählte mir, was er irgendwo für die Armen getan hatte. Ich stellte ihm alle möglichen Fragen. Er hat mir von seinem Leben erzählt. Vorgestern, am Tag nach dem Sturm, kam er mich besuchen. Da passierte es dann plötzlich. Er küßte mich. Ich weiß nicht, warum.« Während sie sprach, errötete sie zunehmend. »Ich war ganz schön aufgeregt«, fuhr sie fort. »Doch hatte ich nichts dagegen bis danach; als –« sie verstummte und sah wieder die Gestalt des aufgedunsenen kleinen Mannes vor sich – »ich mich geängstigt habe.«

Der Ausdruck ihrer Augen ließ erkennen, daß sie sich immer noch ängstigte. Helen war wirklich ratlos, was sie sagen sollte. Aus dem wenigen, das sie über Rachels Erziehung wußte, schloß sie, daß man sie hinsichtlich des Verhältnisses zwischen Mann und Frau völlig im unklaren gelassen hatte. Eine gewisse Scheu, die sie, anders als Männern gegenüber, im Umgang mit Frauen empfand, war der Grund, weshalb sie dieses Verhältnis nicht einfach erklären mochte. Folglich schlug sie den anderen Kurs ein und spielte die ganze Angelegenheit herunter.

»Na schön«, sagte sie, »das war ein alberner Mensch, und ich an deiner Stelle würde nicht mehr darüber nachdenken.«

»Oh nein«, sagte Rachel und saß auf einmal kerzengerade, »das werde ich nicht tun. Ich werde darüber Tag und Nacht nachdenken, bis ich ganz genau weiß, was das bedeutet.«

»Liest du denn nie etwas?« fragte Helen tastend.

»*Cowper's Letters* – solche Sachen. Vater besorgt die für mich oder meine Tanten.«

Helen mußte an sich halten, um nicht laut damit herauszuplatzen, was sie von einem Mann hielt, der seine Tochter in einer Weise erzog, daß die mit vierundzwanzig Jahren noch kaum wußte, daß Männer Frauen begehrten, und durch einen Kuß in Angst und Schrecken versetzt wurde. Sie hatte guten Grund zu der Vermutung, daß Rachel sich ungeheuer lächerlich gemacht hatte.

»Du kennst wohl nicht viele Männer?« fragte sie.

»Mr Pepper«, sagte Rachel ironisch.

»Es hat dich also noch nie jemand heiraten wollen?«

»Nein«, antwortete sie naiv.

Helen überlegte, daß Rachel sich anhand dessen, was sie gesagt hatte, diese Dinge gewiß zusammenreimen würde, und sie ihr ebensogut behilflich sein konnte.

»Du mußt dich deswegen nicht ängstigen«, sagte sie. »Das ist das Natürlichste von der Welt. Männer werden dich küssen wollen, genau wie sie dich heiraten wollen. Es ist nur schade, wenn man das Ganze aus einem schiefen Blickwinkel kennenlernt. Das ist dann genauso, wie wenn man die Geräusche zur Kenntnis nimmt, die die Leute beim Essen machen, oder wenn Männer ausspucken; mit einem Wort, all die Kleinigkeiten, die einem auf die Nerven gehen.«

Rachel schien diese Bemerkungen nicht zur Kenntnis zu nehmen. »Sag mal«, sagte sie plötzlich, »was sind das für Frauen in Piccadilly?«

»In Piccadilly? Das sind Prostituierte«, sagte Helen.

»Das *ist* doch aber beängstigend – das *ist* doch ekelhaft«, ereiferte Rachel sich, als schließe sie Helen in ihren Abscheu mit ein.

»Das stimmt«, sagte Helen. »Aber«

»Ich mochte ihn«, sagte Rachel versonnen, als spreche sie mit sich selbst. »Ich wollte gern mit ihm reden; ich wollte wissen, was er gemacht hat. Die Frauen in Lancashire –«

Während sie sich an ihr Gespräch erinnerte, hatte sie das Gefühl, daß Richard etwas Liebenswertes an sich gehabt hatte, daß an ihrer beginnenden Freundschaft etwas Gutes gewesen war, und daß ihr Abschied seltsam kläglich verlaufen war.

Es entging Helen nicht, daß ihre Stimmung sich gebessert hatte.

»Weißt du«, sagte sie, »du mußt die Dinge nehmen, wie sie sind; und wenn du mit Männern befreundet sein willst, mußt du Risiken in Kauf nehmen. Ich persönlich«, fuhr sie fort und lächelte plötzlich, »meine, es lohnt sich; ich habe nichts dagegen, geküßt zu werden; ich glaube, ich bin eher eifersüchtig, daß Mr Dalloway dich geküßt hat und nicht mich. Obwohl«, setzte sie hinzu, »er mich mächtig gelangweilt hat.«

Rachel erwiderte jedoch weder das Lächeln, noch ließ sie die ganze Angelegenheit auf sich beruhen, wozu Helen sie hatte bewegen wollen. In ihrem Kopf arbeitete es rasch, unzusammenhängend und peinigend. Helens Worte hieben große Blöcke nieder, die immer dort gestanden hatten, und das Licht, das eindrang, war kalt. Nachdem sie eine Weile mit starrem Blick gesessen hatte, stieß sie hervor:

»Deshalb kann ich also nicht allein spazierengehen!«

In diesem neuen Licht sah sie ihr Leben zum erstenmal als etwas Geducktes, Umhegtes, das vorsichtig zwischen hohen Mauern umhergeführt und dann wieder beiseite geschoben und ins Dunkel gestoßen und auf alle Zeiten abgestumpft und verkrüppelt wurde – ihr Leben, das doch ihre einzige Chance war –, tausend Worte und Handlungen wurden für sie durchschaubar.

»Weil Männer Rohlinge sind! Ich hasse die Männer!« rief sie.

»Ich dachte, du hättest gesagt, du mochtest ihn?« sagte Helen.

»Ich mochte ihn, und ich mochte es auch, geküßt zu werden«, antwortete sie, als mache das ihr Problem noch schwieriger.

Es überraschte Helen zwar, wie echt Rachels Schock und Problem waren, doch wußte sie nicht, wie sie ihr die Schwierigkeit hätte erleichtern können, außer indem sie ihr Gespräch fortsetzten. Sie wollte ihre Nichte zum Reden bringen, um auf diese Weise dahinter zu kommen, weshalb dieser ziemlich langweilige, freundliche, äußerlich annehmbare Politiker einen so tiefen Eindruck auf sie gemacht hatte, denn bei einer Vierundzwanzigjährigen war das nicht selbstverständlich.

»Und mochtest du Mrs Dalloway denn auch?« fragte sie.

Während sie sprach, sah sie Rachel erröten; denn sie erinnerte sich an Albernheiten, die sie gesagt hatte, und zudem ging ihr auf, daß sie diese herrliche Frau ziemlich schlecht behandelt hatte, hatte Mrs Dalloway doch gesagt, sie liebe ihren Gatten.

»Sie war recht nett, aber eine hirnlose Kreatur«, fuhr Helen fort. »Ich habe niemals einen derartigen Unsinn reden hören! Das plapperte und plapperte – Fische und griechisches Alphabet – hat nie jemandem auch nur eine Sekunde lang zuhören können – haufenweise blödsinnige Theorien über die Kindererziehung – da würde ich weitaus lieber jeden Tag mit ihm reden. Er war zwar aufgeblasen, doch wenigstens hat er begriffen, was man zu ihm gesagt hat.«

Unmerklich verblich der Glanz sowohl Richards als auch Clarissas ein wenig. Dann waren sie in den Augen eines reifen Menschen am Ende doch nicht gar so herrlich gewesen.

»Es ist sehr schwierig, herauszufinden, wie Menschen sind«, bemerkte Rachel, und Helen stellte mit Vergnügen fest, daß sie sich weniger überdreht anhörte. »Ich habe mich wohl täuschen lassen.«

Daran konnte es Helens Meinung nach kaum Zweifel geben, doch sie hielt sich zurück und sagte laut:

»Man muß seine Erfahrungen machen.«

»Und nett waren sie doch wirklich«, sagte Rachel. »Sie waren außerordentlich interessant.« Sie versuchte, sich das Bild der Welt als eines lebendigen Ganzen zu vergegenwärtigen, das Richard ihr vermittelt hatte, mit Kanalisationsrohren wie Nerven und armseligen Häusern wie Flecken einer Hautkrankheit. Sie erinnerte sich an seine Losungen – Einheit – Phantasie, und sah wieder die Blasen in ihrer Teetasse, die sich zusammenfanden, während er von Schwestern und Kanarienvögeln, seiner Knabenzeit und seinem Vater sprach, so daß sich ihre kleine Welt auf wunderbare Weise erweitert hatte.

»Aber es erscheinen dir doch wohl nicht alle Menschen gleichermaßen interessant?« fragte Mrs Ambrose.

Rachel erklärte, bislang seien die meisten Menschen für sie Symbole gewesen; wenn sie jedoch mit einem sprachen, hörten sie auf, Symbole zu sein, und wurden – »Ich könnte ihnen ewig zuhören!« rief sie aus. Dann sprang sie auf, verschwand für eine Minute nach unten und kehrte mit einem dicken roten Buch zurück.

»*Who's Who*«, sagte sie, legte es auf Helens Knie und blätterte darin. »Darin stehen kurze Lebensläufe von Leuten – beispielsweise: ›Sir Roland Beal; geboren 1852; Eltern aus Moffat; Schulbesuch in Rugby; Examen mit Auszeichnung, dann zu Royal Engineers; heiratete 1878 die Tochter von T. Fishwick; Teilnehmer der Betschuanaland-Expedition 1884–85 (ehrenvolle Erwähnung). Clubs: United Service, Naval and Military. Sport: Begeisterter Curling-Spieler.‹«

Zu Helens Füßen an Deck sitzend, fuhr sie fort, zu blättern und die Biographien von Bankiers, Schriftstellern, Geistlichen, Seeleuten, Chirurgen, Richtern, Professoren, Staatsmännern, Verlegern, Philanthropen, Kaufleuten und Schauspielerinnen zu lesen; welchen Klubs sie angehörten, wo sie lebten, welche Sportarten sie betrieben und wie viele Morgen sie besaßen.

Sie vertiefte sich völlig in das Buch.

Helen stichelte unterdessen an ihrer Stickerei und ließ sich die Dinge durch den Kopf gehen, die sie gesagt hatten. Was dabei herauskam, war, daß sie ihrer Nichte, wenn das möglich war, sehr gern gezeigt hätte, wie man lebte oder, wie sie es ausdrückte, wie man ein vernünftiger Mensch wurde. Sie fand, daß an diesem Durcheinander von Politik und küssenden Politikern etwas nicht stimmen könne und ein älterer Mensch imstande sein müsse, in einer solchen Situation zu helfen.

»Ich bin ganz deiner Meinung«, sagte sie, »daß die Menschen sehr interessant sind; nur –« Rachel steckte die Finger zwischen die Seiten und blickte forschend empor.

»Nur meine ich, du solltest Unterschiede machen«, schloß sie. »Es ist doch bedauerlich, wenn man vertraulich wird mit Menschen, die – ja, ziemlich zweitklassig sind wie die Dalloways, und das dann später herausfindet.«

»Aber wie weiß man das denn?« fragte Rachel.

»Das kann ich dir wirklich nicht sagen«, antwortete Helen ehrlich, nachdem sie einen Augenblick nachgedacht hatte. »Das mußt du selbst herausfinden. Doch versuch es nur und – Warum nennst du mich nicht Helen?« setzte sie hinzu. »›Tante‹ ist ein gräßlicher Name. Ich konnte meine Tanten nie ausstehen.«

»Ich würde dich gerne Helen nennen«, antwortete Rachel.

»Hältst du mich denn für sehr wenig verständnisvoll?«

Rachel ging die Punkte noch einmal durch, die Helen bestimmt nicht verstanden hatte; sie ergaben sich in der Hauptsache aus dem Altersunterschied von fast zwanzig Jahren, der Mrs Ambrose in einer derartig wichtigen Angelegenheit zu humorvoll und zu kühl erscheinen ließ.

»Nein«, sagte sie. »Manche Dinge verstehst du natürlich nicht.«

»Natürlich nicht«, stimmte Helen zu. »Jetzt kannst du also einen großen Schritt vorwärts tun und ein selbständiger Mensch werden«, setzte sie hinzu.

Die Vision ihrer eigenen Persönlichkeit, ihrer selbst als etwas, das konkret und ewigwährend war und das sich von allem anderen unterschied, unverschmelzbar wie das Meer oder der Wind, zuckte Rachel durch den Sinn, und bei dem Gedanken, daß sie lebte, ergriff sie eine ungeheure Erregung.

»Ich kann ich s-s-s-selbst sein«, stotterte sie, »trotz dir, trotz der Dalloways und Mr Pepper und Vater und meinen Tanten, trotz denen hier?« Sie fuhr mit der Hand über eine ganze Seite voller Staatsmänner und Soldaten.

»Trotzdem«, sagte Helen ernsthaft. Dann legte sie die Nadel nieder und setzte ihr den Plan auseinander, der ihr, während sie miteinander sprachen, eingefallen war. Statt als nächstes den Amazonas hinabzuziehen, bis sie irgendeinen stickigen tropischen Hafen erreichte, wo man den ganzen Tag im Zimmer liegen und mit einem Fächer die Insekten vertreiben mußte, wäre es doch viel gescheiter, wenn sie den Winter bei ihnen in ihrer Villa am Meer verbrächte, wo, neben anderen Vorzügen, Mrs Ambrose selbst greifbar sei, um –

»Denn schließlich, Rachel«, unterbrach sie sich, »ist es doch albern, so zu tun, als könnten wir, bloß wegen der zwanzig Jahre

Altersunterschied zwischen uns, nicht miteinander reden wie menschliche Wesen.«

»Ja, weil wir einander mögen«, sagte Rachel.

»Ja«, stimmte Mrs Ambrose zu.

Diese Tatsache war, zusammen mit anderen, im Verlauf ihres zwanzigminütigen Gesprächs deutlich geworden, wenn sie auch nicht hätten sagen können, wie sie zu diesem Schluß gelangt waren.

Wie immer er nun zustande gekommen sein mochte, er war jedenfalls hinreichend ernsthaft, so daß sich Mrs Ambrose ein, zwei Tage später auf die Suche nach ihrem Schwager machte. Sie fand ihn in seinem Zimmer vor, wo er arbeitete, indem er mit einem kräftigen Blaustift energisch ganze Stöße durchsichtigen Papiers bearbeitete. Papiere lagen links und rechts von ihm, da gab es große Umschläge, die so vollgestopft waren mit Papieren, daß sie bis auf den Tisch quollen. Über ihm hing die Fotografie eines Frauenkopfes. Die Notwendigkeit, völlig reglos vor einem Cockney-Fotografen zu sitzen, hatte bewirkt, daß ihre Lippen ein bißchen geschürzt waren, und aus demselben Grund blickten ihre Augen, als finde sie die ganze Situation lächerlich. Desungeachtet war es der Kopf einer eigenwilligen, interessanten Frau, die zweifellos den Kopf gewendet und Willoughby ausgelacht hätte, wenn sie seinen Blick hätte erhaschen können; doch so seufzte er tief, als er zu ihr emporblickte. In seiner Vorstellung war sein Werk, die großen Werften von Hull, die nachts wie Berge aufragten, die Schiffe, die pünktlich über den Ozean kreuzten, seine Pläne, dies und jenes zu kombinieren und daraus ein kompaktes Imperium aus verschiedenen Industrien aufzubauen – war dies alles ein Dankopfer an sie; er legte ihr seinen Erfolg zu Füßen; und hatte bei der Erziehung seiner Tochter stets die Zufriedenheit Theresas im Auge. Er war ein sehr ehrgeiziger Mann; und wenn er zu seiner Frau, solange sie lebte, auch nicht übermäßig nett gewesen war, wie Helen fand, so glaubte er jetzt doch, daß sie ihn vom Himmel aus beobachtete und das Gute in ihm befeuerte.

Mrs Ambrose entschuldigte sich für die Störung und fragte, ob sie mit ihm über einen Plan sprechen könne, den sie hege. Ob er bereit sei, seine Tochter nach der Ankunft bei ihnen zu lassen, statt sie den Amazonas mit hinaufzunehmen?

»Wir würden uns sehr um sie kümmern«, setzte sie hinzu, »und wir täten es wirklich gern.«

Willoughby blickte sehr ernst drein und legte seine Papiere sorgsam zur Seite.

»Sie ist ein braves Mädchen«, sagte er nach einer Weile. »Besteht da eine Ähnlichkeit?« – er wies mit dem Kopf auf die Fotografie von Theresa und seufzte. Helen schaute auf Theresa, die vor dem Cockney-Fotografen die Lippen schürzte. Es hatte auf eine absurde menschliche Weise etwas Eindringliches, und sie empfand ein starkes Bedürfnis, irgendeinen Spaß mit ihr zu teilen.

»Sie ist das einzige, das mir geblieben ist«, seufzte Willoughby. »Jahr um Jahr vergeht, ohne daß über diese Dinge gesprochen würde –« Er brach ab. »Doch es ist besser so. Nur ist das Leben sehr hart.«

Er tat Helen leid, und sie tätschelte ihm die Schulter, doch war ihr zugleich unbehaglich zumute, als ihr Schwager seine Empfindungen zum Ausdruck brachte, und sie flüchtete sich in ein Loblied auf Rachel und die Erklärung, weshalb ihr Plan ihrer Meinung nach sein Gutes haben könne.

»Das stimmt schon«, sagte Willoughby, als sie damit fertig war. »Die gesellschaftlichen Umstände werden notwendigerweise primitiv sein. Ich werde wohl auch ziemlich häufig unterwegs sein müssen. Ich war damit einverstanden, weil sie es gern wollte. Und natürlich habe ich völliges Vertrauen zu dir ... Weißt du, Helen«, fuhr er fort, und sein Ton wurde vertraulich, »ich möchte sie so aufwachsen lassen, wie ihre Mutter es gern gehabt hätte. Ich habe mit diesen modernen Ansichten nichts im Sinn – du doch auch nicht, hm? Sie ist ein nettes, ruhiges Mädchen, ganz ihrer Musik ergeben – ein bißchen weniger *davon* könnte nichts schaden. Immerhin war sie so immer zufrieden, und wir führen ein sehr ruhiges Leben in Richmond. Ich hätte gern, daß sie anfängt, ein wenig mehr unter die Leute zu gehen. Ich möchte sie ausführen, wenn ich wieder zu Hause bin. Ich trage mich mit dem Gedanken, ein Haus in London zu mieten, meine Schwestern in Richmond zu lassen und sie mit ein paar Menschen bekannt zu machen, die um meinetwillen nett zu ihr wären. Ich fange an zu erkennen«, fuhr er fort und straffte sich, »daß das Ganze aufs Parlament abzielt, Helen. Das ist der einzige Weg, die Dinge so erledigt zu bekommen, wie man sie erledigt haben will. Ich habe mit Dalloway darüber gesprochen. In dem Fall hätte ich natürlich gern, daß Rachel imstande wäre, sich ein bißchen mehr an allem zu beteiligen. In gewissem Umfang müßte man dann notwendigerweise ein Haus führen – Essenseinladungen, gelegentlich eine Abendgesellschaft. Die Wähler lassen sich, glaube ich, gern füttern. In all diesen Dingen könnte Rachel mir eine große Hilfe sein. So daß ich«, er kam zum Schluß, »wenn wir diesen Aufenthalt vereinbaren (das Ganze geht, versteht sich, auf meine Rechnung), sehr froh wäre, wenn du auf deine Weise etwas für mein Mädchen tun könntest, sie in die Gesellschaft einführen – sie ist gegenwärtig ein wenig schüchtern –, eine Frau aus ihr machen, die Art Frau, die ihre Mutter gern aus ihr gemacht hätte«, schloß er, und sein Kopf fuhr in Richtung der Fotografie.

Willoughbys Eigensucht, die, wie Helen sah, durchaus mit echter Zuneigung zu seiner Tochter einherging, bestärkte sie in ihrem Vorsatz, das Mädchen zu sich zu nehmen, selbst wenn sie einen ganzen Lehrgang in weiblichen Tugenden versprechen mußte. Bei der bloßen Vorstellung konnte sie sich das Lachen nicht verkneifen – Rachel als Tory-Gastgeberin! – und konnte sich, als sie sich von ihm verabschiedet hatte, nur wundern über die erstaunliche Unwissenheit eines Vaters.

Rachel zeigte, als sie nach ihrer Ansicht gefragt wurde, weniger Begeisterung, als Helen lieb gewesen wäre. Eben war sie noch sehr dafür zu haben, dann bekam sie Zweifel. Visionen eines großen Flusses, mal blau, mal gelb in der Tropensonne, über den helle Vögel hinwegflogen, mal weiß im Mondlicht, mal tief im Schatten liegend, mit raschelnden Bäumen und Kanus, die aus dem Gewirr der Uferbänke hervorglitten, schwebten ihr ständig vor. Helen versprach ihr einen Fluß. Dann wollte sie wieder ihren Vater nicht alleinlassen. Auch diese Regung schien aufrichtig, doch am Ende behielt Helen die Oberhand, auch wenn sie, nachdem sie ihren Standpunkt durchgefochten hatte, selbst von Zweifeln geplagt wurde und die spontane Regung mehr als einmal bedauerte, die sie in das Schicksal eines anderen Menschen verstrickt hatte.

7. Kapitel

Aus einer gewissen Entfernung sah die *Euphrosyne* sehr klein aus. Von den Decks der großen Überseedampfer richteten sich Ferngläser auf sie, und man erklärte sie zum Trampdampfer, zum Frachtschiff oder einem jener elenden kleinen Passagierdampfer, wo die Menschen zwischen dem Vieh an Deck hin- und hergeworfen wurden. Die insektengleichen Gestalten der Dalloways, Ambroses und Vinraces wurden ebenfalls verspottet, und zwar einerseits deshalb, weil sie so ungeheuer winzig waren, und andererseits, weil man erst mit Hilfe starker Ferngläser den Zweifel ausräumen konnte, ob es sich bei ihnen wirklich um lebende Wesen handelte oder nur um Knoten in der Takelage. Mr Pepper mit all seiner Gelehrtheit war für einen Kormoran gehalten und dann, nicht minder ungerecht, in eine Kuh verwandelt worden. Des Nachts, wenn der ganze Salon im Walzertakt schwang und talentierte Passagiere etwas zum besten gaben, hatte das kleine Schiff – das auf wenige Lichtperlen draußen über den dunklen Wellen und eine weitere hoch oben in der Luft, an der Mastspitze, geschrumpft war – eigentlich eher etwas Geheimnisvolles, Eindrückliches für die erhitzten Tanzpartner, die sich vom Walzer ausruhten. Es wurde zu einem Schiff, das in der Nacht vorüberfuhr – ein Emblem für die Einsamkeit des menschlichen Lebens, Anlaß zu seltsamen Vertraulichkeiten und plötzlichen Bitten um Verständnis.

Immer weiter fuhr es, bei Tag und bei Nacht, unbeirrbar auf seinem Weg, bis eines Tages der hereinbrechende Morgen das Land sichtbar werden ließ. Indem es sein schattenhaftes Aussehen verlor, wurde es zuerst zerklüftet und gebirgig, als nächstes färbte es sich grau und violett, dann sprenkelte es sich mit weißen Quadern, die sich allmählich unterteilten und dann, als das Näherrücken des Schiffes sich auf die Sicht auswirkte wie ein Fernrohr von größerer Stärke, zu Straßenzügen wurden. Um neun Uhr hatte die *Euphrosyne* ihre Position mitten in einer prächtigen Bucht eingenommen; sie warf

Anker; und sofort, als wäre sie ein ruhender Riese, den es zu untersuchen galt, schwärmten kleine Boote um sie herum. Sie hallte von Rufen wider; Männer sprangen an Bord; ihr Deck dröhnte von Stiefeln. Die einsame kleine Insel wurde aus allen Himmelsrichtungen gleichzeitig überfallen, und nach vier Wochen des Schweigens war es verwirrend, wieder die menschliche Zunge zu hören. Allein Mrs Ambrose nahm die ganze Unruhe überhaupt nicht wahr. Sie war blaß vor gespannter Erwartung, als das Boot mit den Postsäcken auf sie zuhielt. In ihre Briefe vertieft, merkte sie gar nicht, daß sie die *Euphrosyne* verlassen hatte, und verspürte keine Trauer, als das Schiff die Stimme hob und dreimal blökte wie eine von ihrem Kalb getrennte Kuh.

»Den Kindern geht es gut!« rief sie. Mr Pepper, der ihr mit einem mächtigen Gepäckstapel und einer Decke auf den Knien gegenübersaß, sagte: »Erfreulich.« Rachel, für die sich mit dem Ende der Reise die gesamte Perspektive veränderte, war viel zu verwirrt angesichts des näherrückenden Ufers, um mitzubekommen, was für Kindern es gut ging oder weshalb das erfreulich war. Helen las weiter.

Das kleine Boot näherte sich nun, sehr langsam und absurd steil vor jeder Welle aufragend, einem halbmondförmigen weißen Sandstreifen. Dahinter lag ein tiefes, grünes Tal, das zu beiden Seiten von deutlich umrissenen Hügeln begrenzt wurde. Am Hang zur Rechten waren, wie nistende Seevögel, weiße Häuser mit braunen Dächern zu sehen, und in Abständen legten Zypressen schwarze Stäbe über den Hügel. Berge mit rotüberhauchten Flanken und kahlen Kuppen erhoben sich wie Zinnen, hinter denen sich wiederum Zinnen halb verbargen. Da es immer noch früh war, hatte der ganze Anblick etwas herrlich Leichtes, Ätherisches; die Blau- und Grüntöne von Himmel und Bäumen waren kräftig, doch nicht schwül. Als sie näher herankamen und Einzelheiten unterscheiden konnten, empfanden sie den Anblick des festen Bodens mit seinen winzigen Gegenständen und Farben und verschiedenen lebendigen Formen nach vier Wochen auf dem Meer als so überwältigend, daß sie stumm blieben.

»Dreihundert Jahre alt«, sagte Mr Pepper nach einer ganzen Weile nachdenklich.

Da niemand sagte »Was?«, holte er bloß eine Flasche hervor und schluckte eine Pille. Das Stück Information, das in ihm starb, lief darauf hinaus, daß vor dreihundert Jahren fünf elisabethanische Barken dort vor Anker gelegen hatten, wo jetzt die *Euphrosyne* auf dem Wasser lag. Halb auf den Strand hinaufgezogen, lag damals die gleiche Anzahl spanischer Galeonen, unbemannt, denn das Land war noch jungfräulich verschleierter Boden. Unbemerkt glitten die englischen Seeleute übers Wasser und schleppten Silberbarren, Leinenballen, Zedernholzbalken, goldene, smaragdbesetzte Kruzifixe davon. Als die Spanier von ihrem Trinkgelage zurückkehrten, entbrannte ein Kampf, bei dem die beiden Parteien den Sand aufwirbelten und einander in die Brandung trieben. Die Spanier, aufgeschwemmt vom Wohlleben, das die Fülle des wunderbaren Landes ihnen geboten hatte, fielen in hellen Scharen; die abgehärteten Engländer hingegen, lohfarben von der Seereise, pelzig aus Mangel an Rasiermessern, mit Muskeln wie Drahtseilen, Fängen, die nach Fleisch lechzten, und Fingern, die nach Gold gierten, entledigten sich der Verwundeten, trieben die Sterbenden ins Meer und versetzten die Eingeborenen bald in einen Zustand abergläubischen Staunens. Hier wurde nun eine Siedlung angelegt; Frauen wurden importiert; Kinder wuchsen dort auf. Alles schien die Ausbreitung des britischen Empires zu begünstigen, und hätte es zur Zeit Karls I. Männer wie Richard Dalloway gegeben, die Landkarte wäre zweifellos überall dort rot, wo sie jetzt ein abscheuliches Grün zeigt. Es ist jedoch zu vermuten, daß es dem politischen Geist der damaligen Zeit an Phantasie fehlte, und so kam es, daß der Funke, der zur Feuersbrunst hätte werden sollen, erstarb, nur weil ein paar tausend Pfund und ein paar tausend Mann fehlten. Aus dem Landesinnern kamen die Indianer mit heimtückischen Giften, nackten Leibern und bemalten Götzen; von der See kamen rachsüchtige Spanier und raubgierige Portugiesen; all diesen Feinden ausgesetzt, schwanden die Engländer (ungeachtet der Tatsache, daß das Klima sich als wunderbar wohltuend und das Land sich als fruchtbar erwiesen hatte) dahin und waren eines Tages nahezu völlig verschwunden. Irgendwann um die Mitte des siebzehnten Jahrhunderts glitt, als die Winde günstig waren, des Nachts eine einzige Schaluppe hinaus und führte alles mit, was von der prächtigen britischen Kolonie übriggeblieben war, ein paar Männer, ein paar

Frauen und vielleicht ein Dutzend Kinder von dunkler Hautfarbe. Von da an leugnet die englische Geschichtsschreibung jegliche Kenntnis des Ortes. Aus diesem oder jenem Grunde verlagerte die Zivilisation ihr Zentrum an eine Stelle etwa vier-, fünfhundert Meilen weiter südlich, und heute ist Santa Marina nicht viel größer, als es vor dreihundert Jahren war. Hinsichtlich seiner Bevölkerung stellt es einen gelungenen Kompromiß dar, denn portugiesische Väter heiraten indianische Mütter, und ihre Kinder kreuzen sich wieder mit Spaniern. Wenn sie ihre Pflüge auch aus Manchester bekommen, so machen sie sich ihre Mäntel doch von ihren eigenen Schafen, ihre Seide von ihren eigenen Raupen und ihre Möbel aus ihren eigenen Zedern, so daß der Ort, was den Stand von Handwerk und Gewerbe angeht, den elisabethanischen Zeiten sehr nahe geblieben ist.

Die Gründe, die die Engländer während der letzten zehn Jahre über das Meer gezogen und dazu bewogen hatten, dort eine kleine Kolonie zu gründen, sind nicht so einfach darzulegen und werden vielleicht niemals in Geschichtsbüchern festgehalten werden. Läßt man die bequeme Reise, den Frieden, die guten Handelsmöglichkeiten und dergleichen einmal beiseite, so ließ sich unter den Engländern überdies eine gewisse Unzufriedenheit mit den älteren Ländern und der riesenhaften Anhäufung behauenen Steins, bunter Fenster und sattbrauner Anstriche feststellen, die sie dem Touristen boten. Diese Bewegung von Menschen auf der Suche nach Neuem war natürlich unendlich klein und erfaßte nur eine Handvoll Wohlhabender. Sie nahm ihren Anfang mit ein paar Schulmeistern, die sich ihre Überfahrt nach Südamerika als Zahlmeister auf Trampdampfern verdienten. Sie kehrten rechtzeitig zum Sommertrimester nach Hause zurück, und von da an entzückten ihre Erzählungen über die Herrlichkeiten und Widrigkeiten des Lebens auf See, die Grillen der Kapitäne, die Wunder von Nacht und Morgengrauen und die erstaunlichen Dinge am Ziel der Reise Außenstehende und fanden bisweilen gar den Weg zur Veröffentlichung. Das Land selbst nahm ihre gesamten Fertigkeiten in Anspruch, wo es um seine Beschreibung ging, denn, so sagten sie, es war viel größer als Italien und eigentlich erhabener als Griechenland. Außerdem erklärten sie, die Eingeborenen seien auf eigenartige Weise schön, sehr groß von Statur, dunkelhäutig, leidenschaftlich und rasch mit dem Messer bei der Hand. Der Ort schien neu und voll von neuen Formen von Schönheit, und zum Beweis zeigten sie die Tücher vor, die die Frauen um den Kopf getragen hatten, und primitive Schnitzarbeiten, die in leuchtenden Grün- und Blautönen bemalt waren. Irgendwie griff die Mode, wie Moden das zu tun pflegen, um sich; ein altes Kloster wurde eilends in ein Hotel verwandelt, während eine berühmte Schiffahrtslinie zur Bequemlichkeit ihrer Passagiere ihre Route änderte.

Seltsamerweise hatte sich nun ergeben, daß der am wenigsten wohlgeratene Bruder Helen Ambroses vor Jahren nach Übersee geschickt worden war, um just an dem Ort, der inzwischen so populär geworden war, sein Glück zu machen oder doch jedenfalls die Finger von Rennpferden zu lassen. Oft hatte er, an die Säule der Veranda gelehnt, die englischen Schiffe beobachtet, die mit den englischen Schulmeistern als Zahlmeistern in die Bucht gedampft kamen. Nachdem er im Lauf der Zeit genug verdient hatte, um sich einen Urlaub leisten zu können, und da er den Ort leid war, schlug er seiner Schwester vor, sich seiner Villa am Berghang zu bedienen. Auch sie hatte das Gerede ihrer Umgebung von einer neuen Welt, wo es nur Sonne gab und niemals Nebel, nicht ganz gleichgültig gelassen, und als sie den Plan faßten, den Winter außerhalb Englands zu verbringen, erschien ihnen dies als eine Chance, die man nicht ungenutzt lassen durfte. Aus diesen Gründen beschloß sie, Willoughbys Angebot kostenloser Passagen auf seinem Schiff anzunehmen, die Kinder bei ihren Großeltern unterzubringen und soviel aus der Gelegenheit zu machen wie möglich.

Die Ambroses, Mr Pepper und Rachel nahmen ihre Plätze in einer Kutsche ein, die von langschweifigen Pferden gezogen wurde, denen Fasanenfedern zwischen den Ohren steckten, und ratterten aus dem Hafen. Der Tag wurde zunehmend heißer, während sie hügelan fuhren. Die Straße führte durch die Stadt, wo es Männer gab, die auf Messing schlugen und »Wasser« zu schreien schienen, wo die Durchfahrt von Mulis versperrt und mit Hilfe von Peitschen und Flüchen wieder freigemacht wurde, wo die Frauen barfuß gingen, während ihre Köpfe Körbe balancierten, und Krüppel hurtig ihre verstümmelten Glieder entblößten; sie kam zwischen steilen grünen Feldern heraus, die wiederum nicht so grün waren, daß die Erde nicht hervorgeschaut hätte. Mächtige Bäume überschatteten jetzt alles bis auf die Straßenmitte, und ein Gebirgsbach, der so flach und schnell war, daß er sich in seinem Lauf in Strängen verflocht, stürzte am Straßenrand entlang. Höher ging's hinauf, so daß Ridley und Rachel irgendwann zu Fuß hinterhergingen; als nächstes bogen sie in einen von Steinen übersäten Fahrweg ein, wo Mr Pepper seinen Stock hob und stumm auf einen Strauch hinwies, der zwischen spärlichem Laub eine voluminöse violette Blüte trug; und in einem holprigen Kanter wurde der letzte Abschnitt des Weges bewältigt.

Die Villa war ein geräumiges weißes Haus, das sich, wie das bei kontinentalen Häusern meist der Fall ist, in englischen Augen windig, baufällig und auf absurde Weise frivol ausnahm, eher wie eine Pagode in einem Teegarten und nicht wie ein Gebäude, in dem man schlief. Der Garten verlangte dringend nach der Hand eines Gärtners. Sträucher reckten die Zweige über die Wege, und die Grashalme, zwischen denen sich stellenweise nackte Erde auftat, konnte man zählen. In dem Rund vor der Veranda standen zwei gesprungene Blumenkübel, aus denen rote Blumen schlaff herabhingen, und zwischen beiden stand ein Springbrunnen, der inzwischen von der Sonne ausgedörrt war. Der runde Garten führte zu einem langgestreckten, wo die Schere des Gärtners kaum je vorbeigekommen war, außer gelegentlich, wenn er einen Blütenzweig für seine Liebste schnitt. Ein paar hohe Bäume überschatteten ihn, und runde Büsche mit wachsblumenartigen Blüten drängten sich Kopf an Kopf in einer Reihe. Ein weich mit Rasen ausgelegter Garten, der durch dichte Hecken unterteilt wurde und auf dessen aufgeworfenen Beeten Blumen leuchteten, wie wir sie in England innerhalb von Mauern unterhalten, wäre an der Flanke dieses kahlen Hügels fehl am Platze gewesen. Es gab nichts Häßliches, das es auszusperren galt, und die Villa blickte, über die Schulter eines Abhangs hinweg, der von Olivenbäumen gerippt war, unmittelbar aufs Meer.

Die Unschicklichkeit des ganzen Hauses war ein entsetzlicher Schlag für Mrs Chailey. Es gab keine Jalousien, um die Sonne auszusperren, noch gab es irgendwelches nennenswerte Mobiliar, dem die

Sonne hätte schaden können. Als sie in der kahlen steinernen Halle stand und eine Treppe musterte, die zwar von erhabener Breite, doch rissig und teppichlos war, verstieg sie sich ferner zu der Meinung, hier gebe es Ratten, so groß wie daheim die Terrier, und wenn einer nur einigermaßen kräftig den Fuß aufsetze, werde er durch die Decke brechen. Was das heiße Wasser betraf – an diesem Punkt ihrer Erkundungen verschlug es ihr die Sprache.

»Armes Geschöpf!« murmelte sie angesichts des bleichen spanischen Dienstmädchens, das mit den Schweinen und Hühnern herbeikam, um sie zu empfangen, »kein Wunder, daß sie nicht gerade wie ein menschliches Wesen aussieht!« Maria nahm das Kompliment mit erlesener spanischer Anmut entgegen. Chaileys Meinung nach hätten sie besser daran getan, an Bord eines englischen Schiffes zu bleiben, doch wußte niemand besser als sie, daß die Pflicht ihr gebot zu bleiben.

Als sie untergebracht waren und nach täglicher Beschäftigung Ausschau hielten, kam es zu einigen Spekulationen hinsichtlich der Beweggründe, die Mr Pepper dazu veranlaßt hatten, zu bleiben und im Haus der Ambroses Quartier zu nehmen. Ein paar Tage vor dem Anlegen war einige Mühe daran gewendet worden, ihm die Vorzüge des Amazonas schmackhaft zu machen.

»Dieser gewaltige Strom!« hatte Helen angefangen und dabei vor sich hingestarrt, als habe sie gerade die Vision eines Wasserfalls. »Ich hätte nicht übel Lust, selbst mit dir zu fahren, Willoughby – nur kann ich nicht. Sich die Sonnenuntergänge und Mondaufgänge auszumalen – ich glaube, die Farben sind einfach unvorstellbar.«

»Dort gibt es bestimmt wilde Pfauen«, wagte Rachel zu vermuten.

»Und wundersame Wassergeschöpfe«, versicherte Helen.

»Da könnte man vielleicht ein neues Reptil entdecken«, fuhr Rachel fort.

»Ich habe gehört, daß bestimmt demnächst eine Revolution stattfinden wird«, half Helen nach.

Die Wirkung des listigen Vorgehens wurde allerdings ein wenig durch Ridley geschmälert, der, nachdem er Pepper eine Weile angeschaut hatte, laut seufzte: »Armer Kerl!« und sich insgeheim so seine Gedanken über die Herzlosigkeit der Frauen machte.

Er blieb jedoch, sechs Tage lang allem Anschein nach zufrieden, und spielte mit einem Mikroskop und einem Notizbuch in einem der vielen spärlich möblierten Zimmer herum, doch am Abend des siebten Tages, als sie beim Abendessen saßen, schien er unruhiger als gewöhnlich. Der Tisch war zwischen zwei deckenhohen Fenstern aufgestellt worden, die auf Helens Anordnung ohne Vorhänge geblieben waren. In diesem Klima fiel die Dunkelheit nieder wie ein Messer, und dann zeichnete sich die Stadt plötzlich in Kreisen und Linien aus hellen Pünktchen unter ihnen ab. Gebäude, die bei Tage nie zu sehen waren, zeigten sich des Nachts, und die See flutete übergangslos aufs Land, wenn man den beweglichen Lichtern der Dampfer Glauben schenken wollte. Der Anblick erfüllte denselben Zweck wie ein Orchester in einem Londoner Restaurant, und das Schweigen hatte seine Kulisse. William Pepper beobachtete sie eine Weile; er setzte seine Brille auf, um die Szene genauer zu betrachten.

»Ich hab das große Gebäude linker Hand identifiziert«, bemerkte er und wies mit seiner Gabel auf einen Quader, der von etlichen Lichterreihen gebildet wurde.

»Es ist anzunehmen, daß sie da Gemüse kochen können«, setzte er hinzu.

»Ein Hotel?« fragte Helen.

»Einstiges Kloster«, sagte Mr Pepper.

Weiter wurde an dem Abend nichts gesagt, doch am nächsten Tag kehrte Mr Pepper von einem Vormittagsspaziergang zurück und trat schweigend vor Helen, die lesend auf der Veranda saß.

»Ich habe mir da drüben ein Zimmer genommen«, sagte er.

»Sie wollen doch nicht weg?« rief sie aus.

»Alles in allem – doch«, bemerkte er. »Es kann nun einmal keine private Köchin Gemüse kochen.«

Da sie seine Abneigung gegen Fragen kannte, die sie bis zu einem gewissen Grade teilte, fragte Helen nicht weiter. Doch nagte der peinliche Verdacht an ihr, daß William eine Wunde verbarg. Sie errötete bei dem Gedanken, daß ihre Worte oder die ihres Gatten oder Rachels ihn erreicht und verletzt haben könnten. Sie war drauf und dran zu schreien: »Halt, William, so erklären Sie doch!« und wäre beim Mittagessen auf das Thema zurückgekommen, wenn William sich nicht undurchdringlich und eisig gegeben hätte, wobei er Salatfetzen auf der Gabelspitze mit der Gebärde eines Mannes hochzog, der Seetang aufspießt, Steinchen entdeckt und argwöhnt, daß er voll von Bakterien ist.

»Wenn ihr alle an Typhus sterbt, bin ich jedenfalls nicht schuld daran!« sagte er bissig.

»Und ich nicht, wenn du an deiner Langweiligkeit stirbst«, echote Helen im Innern.

Sie dachte darüber nach, daß sie ihn nie gefragt hatte, ob er je verliebt gewesen sei. Sie hatten sich immer nur weiter von diesem Thema entfernt, statt ihm näher zu kommen, und sie empfand es, ob sie wollte oder nicht, als Erleichterung, als William Pepper mit seinem ganzen Wissen, seinem Mikroskop, seinen Notizbüchern, seiner aufrichtigen Nettigkeit und seinem gesunden Menschenverstand, aber eben auch einer gewissen seelischen Unergiebigkeit seinen Abschied nahm. Darüber hinaus bekümmerte es sie jedoch, ob sie wollte oder nicht, daß Freundschaften auf diese Weise enden sollten, auch wenn es in diesem Fall eine gewisse Beruhigung darstellte, daß das Zimmer leer war, und sie versuchte sich zudem mit der Überlegung zu trösten, daß man nie wußte, inwieweit andere Menschen die Empfindungen, die sie eigentlich hätten hegen sollen, auch wirklich hegten.

8. Kapitel

Die nächsten Monate vergingen, wie viele Jahre vergehen können, ohne einschneidende Ereignisse, und doch, wenn plötzlich eine Störung einträte, würde man feststellen können, daß solche Monate oder Jahre einen eigenen Charakter hatten. Drei Monate waren vergangen, und nun war Anfang März. Das Klima hatte gehalten, was es versprochen hatte, und der Jahreszeitenwechsel vom Winter zum Frühjahr hatte sich kaum bemerkbar gemacht, so daß Helen, die mit einem Füllfederhalter in der Hand im Salon saß, die Fenster offen haben konnte, obwohl gleichzeitig neben ihr ein großes Feuer aus Holzscheiten brannte. Das Meer unten war noch blau, und die Dächer waren noch braun und weiß, obwohl der Tag rasch seinem Ende zuging. Es herrschte ein dämmriges Abendlicht in dem Zimmer, das, immer schon groß und leer, noch größer und leerer wirkte als gewöhnlich. Ihre eigene Gestalt fügte sich, wie sie da mit einem Block auf dem Knie saß und schrieb, in den allgemeinen Eindruck räumlicher Weite, in der Einzelheiten nicht recht zur Geltung kamen, denn die Flammen, die an den Ästen entlangliefen und immer wieder einmal kleine grüne Büschel verschlangen, belebten sich nur in Abständen und erleuchteten unregelmäßig ihr Gesicht und die verputzten Wände. Es hingen keine Bilder an den Wänden, doch hier und dort reckten sich vor ihnen ausladende Zweige, die voll von Blüten mit schweren Blütenblättern waren. Von den Büchern, die auf den nackten Fußboden gefallen und auf dem großen Tisch gestapelt waren, ließ sich in diesem Licht gerade eben noch der Umriß erkennen.

Mrs Ambrose schrieb einen sehr langen Brief. Er begann mit »Lieber Bernard« und schilderte dann, was während der letzten drei Monate in der Villa San Gervasio passiert war, wie etwa, daß sie den britischen Konsul zum Abendessen bei sich gehabt hatten und daß sie zu einem spanischen Kriegsschiff hinausgefahren worden waren und eine große Zahl von Prozessionen und religiösen Festen miterlebt hatten, die so schön waren, daß Mrs Ambrose nicht begreifen konnte, weshalb nicht alle Menschen, wenn sie schon eine Religion haben mußten, römisch-katholisch wurden. Sie hatten verschiedene Ausflüge gemacht, doch keinen längeren. Es lohnte sich allein schon um der blühenden Bäume willen, hierher zu kommen, die wild ganz in der Nähe des Hauses wuchsen, und um der erstaunlichen Farben von See und Erde willen. Die Erde war statt braun rot, violett, grün. »Ob Du's mir glaubst oder nicht«, setzte sie hinzu, »solche Farben findet man in ganz England nicht.« Tatsächlich schlug sie jener armen Insel gegenüber einen herablassenden Ton an, wo sich jetzt gerade mal fröstelnde Krokusse und frostbedrohte Veilchen in Winkeln, Wäldchen und lauschigen Ecken hervorwagten, gehegt von alten Gärtnern mit rosiger Haut und einem Schal um den Hals, die sich immerfort an den Hut tippten und unterwürfig nickten. Dann richtete sie ihren Spott gegen die Insulaner selbst. Selbst hier drüben hätten sie Gerüchte des Inhalts erreicht, daß London wegen der Neuwahlen brodelte. »Es scheint unglaublich«, fuhr sie fort, »daß Menschen irgendwelches Aufheben davon machen, ob Asquith nun dran ist oder Austen Chamberlain nicht mehr dran, und während ihr euch wegen der Politik heiser schreit, laßt ihr die einzigen Menschen, die sich für etwas Sinnvolles einsetzen, verhungern oder lacht sie einfach nur aus. Wann habt ihr denn je einen lebenden Künstler ermutigt? Oder sein bestes Werk gekauft? Warum seid ihr bloß alle so häßlich und so servil? Hier sind die Dienstboten menschliche Wesen. Sie sprechen mit einem, als seien sie gleichgestellt. Soweit ich weiß, gibt es hier keine Aristokraten.«

Vielleicht war es die Erwähnung der Aristokraten, die sie an Richard Dalloway und Rachel erinnerte, denn im selben Federzug ging sie dazu über, ihre Nichte zu schildern.

»Daß ich die Verantwortung für ein Mädchen übernommen habe, kann man nur als seltsame Fügung des Schicksals bezeichnen«, schrieb sie, »wenn man bedenkt, daß ich mit Frauen nie sonderlich gut ausgekommen bin und auch nicht oft mit welchen zu tun hatte. Ich muß jedoch einiges von dem, was ich gegen sie geäußert habe, zurücknehmen. Wenn sie richtig erzogen würden, könnten sie meiner Einschätzung nach durchaus wie die Männer sein – genauso viel leisten, meine ich; wenn auch natürlich auf ganz andere Weise. Die Frage ist nur: Wie sollte man sie erziehen? Die gegenwärtige Methode erscheint mir abscheulich. Dies Mädchen hatte, obwohl sie schon vierundzwanzig ist, noch nie gehört, daß Männer Frauen begehren, und wußte, bis ich es ihr erklärt habe, nicht, wie die Kinder zur Welt kommen. Ihre Unwissenheit, was andere, nicht minder wichtige Dinge angeht« (diese Stelle von Mrs Ambroses Brief ist nicht zitierfähig) . . . »war total. Es scheint mir nicht nur töricht, sondern geradezu verbrecherisch, Menschen in dieser Weise aufwachsen zu lassen. Einmal ganz abgesehen von dem Leiden, was das für sie bedeutet, erklärt es auch, warum die Frauen sind, was sie sind – ein Wunder, daß sie nicht schlimmer sind. Ich habe es übernommen, sie aufzuklären, und inzwischen ist sie, wenn auch immer noch mit vielen Vorurteilen behaftet und zu Übertreibungen neigend, ein halbwegs vernünftiges Wesen. Daß man sie unwissend hält, ist natürlich eine Art Selbstschuß, und wenn sie dann zu begreifen beginnen, nehmen sie alles viel zu ernst. Mein Schwager verdiente wahrlich eine Katastrophe – die ihn gleichwohl nicht ereilen wird. Jetzt bete ich darum, daß mir ein junger Mann zu Hilfe kommt; ich meine, jemand, der offen mit ihr reden und ihr beweisen würde, wie absurd die meisten ihrer Vorstellungen vom Leben sind. Unglücklicherweise scheinen solche Männer ebenso rar zu sein wie solche Frauen. Die englische Kolonie kann mit einem solchen ganz gewiß nicht aufwarten; Künstler, Kaufleute, gebildete Menschen – sie sind dumm, konventionell und auf oberflächliche Flirts aus . . .« Sie hörte auf zu schreiben und schaute, den Füllfederhalter in der Hand, ins Feuer, das aus den Scheiten Höhlen und Berge machte, denn es war zum Weiterschreiben inzwischen zu dunkel geworden. Zudem begann es, im Haus lebendig zu werden, da die Stunde des Abendessens nahte; sie konnte im Eßzimmer nebenan die Teller klappern und Chailey in energischem Englisch das spanische Mädchen anweisen hören, wo sie alles hinstellen sollte. Die Glocke ertönte; sie stand auf, traf vor der Tür auf Ridley und Rachel, und gemeinsam gingen sie zu Tisch.

Die drei Monate hatten sowohl Ridleys als auch Rachels Erscheinungsbild nur wenig verändert; ein scharfer Beobachter hätte allerdings zu dem Schluß gelangen können, daß das Mädchen in seinem ganzen Auftreten entschiedener und selbstbewußter wirkte als zuvor. Ihre Haut war gebräunt, die Augen blickten eindeutig strahlender, und sie verfolgte aufmerksam, was gesagt wurde, so als könnte sie jeden Augenblick widersprechen. Die Mahlzeit begann mit dem behaglichen Schweigen von Menschen, die sich miteinander sehr wohl fühlen. Dann äußerte Ridley, indem er sich auf den Ellbogen stützte und aus dem Fenster schaute, es sei eine schöne Nacht.

»Ja«, sagte Helen. Sie setzte hinzu: »Die Saison hat begonnen« und schaute auf die Lichter unter ihnen. Sie fragte Maria auf Spanisch, ob das Hotel sich jetzt nicht mit Gästen fülle. Maria teilte ihr stolzerfüllt mit, die Zeit sei nicht mehr fern, wo es schwierig werden würde, Eier zu kaufen – die Ladenbesitzer würden Preise dafür verlangen, wie sie ihnen gerade einfielen; die Engländer würden sie ja doch in jedem Fall bezahlen.

»Das ist ein englischer Dampfer da unten in der Bucht«, sagte Rachel und blickte auf ein Dreieck aus Lichtern unten auf dem Wasser. »Er ist heute am frühen Morgen eingelaufen.«

»Dann können wir ja auf Briefe hoffen und unsere eigenen abschicken«, sagte Helen.

Die Erwähnung von Briefen bewirkte jedesmal ein Stöhnen Ridleys und die restliche Mahlzeit verging mit einem munteren Streit zwischen den Gatten über die Frage, ob er nun von der gesamten zivilisierten Welt verkannt wurde oder nicht.

»Wenn man an den letzten Stapel Briefe denkt«, erklärte Helen, »verdientest du Prügel. Man hat dich gebeten, Vorträge zu halten, man hat dir einen akademischen Grad angeboten und irgendeine alberne Person pries nicht nur deine Bücher, sondern auch deine Schönheit – sie hat gesagt, er sehe aus, wie Shelley ausgesehen hätte, wenn er fünfundfünfzig geworden wäre und sich einen Bart hätte stehen lassen. Wirklich, Ridley, ich glaube, du bist der eitelste Mann, den ich kenne«, schloß sie und stand vom Tisch auf, »und das will weiß Gott was heißen.«

Als sie ihren Brief vor dem Kaminfeuer liegen sah, fügte sie noch ein paar Zeilen hinzu und verkündete dann, sie gehe jetzt die Briefe wegbringen – Ridley müsse seine holen – und Rachel?

»Ich hoffe, du hast deinen Tanten geschrieben. Es ist wirklich an der Zeit.«

Die Frauen nahmen Capes und Hüte, und nachdem sie Ridley aufgefordert hatten, sie zu begleiten, was der sich ganz entschieden zu tun weigerte, indem er ausrief, daß Rachel närrisch sei, damit rechne er ja, doch Helen sollte es nun wirklich besser wissen, wandten sie sich zum Gehen. Er stand vor dem Feuer, starrte in die unauslotbaren Tiefen des Spiegels und zwang seinem Gesicht den Ausdruck eines Feldherrn ab, der über ein Schlachtfeld blickt, oder auch den eines Märtyrers, der die Flammen an seinen Zehen lecken sieht, statt einfach nur wie ein weltfremder Professor dreinzublicken.

Helen packte seinen Bart.

»Bin ich eine Närrin?« fragte sie.

»Laß mich los, Helen.«

»Bin ich eine Närrin?« wiederholte sie.

»Böses Weib!« rief er und küßte sie.

»Wir überlassen dich jetzt deinen Eitelkeiten«, rief sie über die Schulter zurück, als sie aus der Tür traten.

Es war ein schöner Abend, noch hell genug, daß man ein ganzes Stück die Straße hinabsehen konnte, wenn auch die Sterne bereits hervorzutreten begannen. Der Briefkasten war in eine hohe gelbe Mauer eingelassen, wo der Weg auf die Straße traf, und nachdem sie die Briefe eingeworfen hatte, schickte Helen sich an, wieder umzukehren.

»Nein, nein«, sagte Rachel und griff nach ihrem Handgelenk. »Wir schaun uns das Leben an. Du hast es versprochen.«

»Sich das Leben anschauen« war der Ausdruck, mit dem sie ihre Gewohnheit bezeichneten, nach Anbruch der Dunkelheit durch die Stadt zu bummeln. Das gesellige Leben von Santa Marina wurde bei Lampenlicht nahezu unvermindert fortgeführt, und die Wärme der Nächte und die Blumendüfte gestalteten das Ganze noch reizvoller. Die jungen Frauen saßen, das Haar in prächtigen Locken zurückgeworfen und eine rote Blume hinter dem Ohr, auf den Treppenstufen oder traten auf Balkone hinaus, während die jungen Männer unten auf- und abzogen, von Zeit zu Zeit einen Gruß hinaufriefen und hier oder dort stehenblieben und sich auf ein verliebtes Geplauder einließen. Durch die geöffneten Fenster konnte man Händler sehen, die die Tageskasse zählten, und ältere Frauen, die Weckgläser von einem Regalbrett aufs andere hoben. Die Straßen waren voller Menschen, überwiegend Männer, die im Gehen ihre Meinungen über Gott und die Welt austauschten oder sich um die Weintische an der Straßenecke scharten, wo ein alter Krüppel an den Saiten seiner Gitarre zupfte, während ein armes Mädchen am Rinnstein ihr leidenschaftliches Lied sang. Die beiden Engländerinnen erregten zwar einige freundliche Neugierde, es belästigte sie jedoch niemand.

Helen schlenderte weiter und beobachtete mit Befriedigung die unterschiedlichen Menschen in ihren schäbigen Kleidern, die so sorglos und so ungezwungen wirkten.

»Denk doch nur an die Mall am heutigen Abend!« rief sie nach einer Weile. »Heute ist der 15. März. Vielleicht findet ein Empfang bei Hofe statt.« Sie dachte an die Menge, die in der kalten Frühlingsluft wartete, um die prächtigen Kutschen vorbeifahren zu sehen. »Es ist sehr kalt, wenn es nicht regnet«, sagte sie. »Zunächst einmal sind da Männer, die Ansichtskarten verkaufen; dann sind da erschöpfte kleine Ladenmädchen mit runden Hutschachteln; dann sind da Bankangestellte in Schwalbenschwänzen; und dann – ungezählte Schneider. Leute aus South Kensington fahren in einer einspännigen Mietdroschke vor; Beamte haben ein Paar Braune; Earls wiederum wird ein Lakai zugestanden, der hinten steht; Herzöge haben zwei, königliche Herzöge – habe ich mir sagen lassen – haben drei; der König kann vermutlich so viele haben, wie er will. Und die Menschen glauben daran!«

Hier drüben mußte man den Eindruck haben, als sei das englische Volk gestaltet wie die Könige und Königinnen, Springer und Bauern auf dem Schachbrett, so eigenartig wirkten die Unterschiede, so ausgeprägt und so unbedingt der Glaube daran.

Sie mußten sich trennen, um eine Menschentraube zu umgehen.

»Sie glauben an Gott«, sagte Rachel, als sie wieder zusammenkamen. Sie meinte, daß die Menschen in der Menge an Ihn glaubten; denn sie erinnerte sich an die Kreuze mit den blutenden Gipsfiguren, die immer dort standen, wo zwei Fußwege sich vereinigten, und an das unerklärliche Mysterium der Messe in einer katholischen Kirche.

»Wir werden das nie verstehen!« seufzte sie.

Sie waren ein ganzes Stück gelaufen, und es war mittlerweile Nacht, doch konnten sie zur Linken ein Stückchen weiter die Straße hinab ein großes schmiedeeisernes Tor erkennen.

»Hast du vor, direkt bis zum Hotel zu gehen?« fragte Helen.

Rachel versetzte dem Tor einen Stoß; es schwang auf, und da niemand zu sehen war und sie ohnehin zu der Einschätzung gelangt waren, daß in diesem Land nichts privat war, gingen sie einfach weiter. Bäume säumten die Zufahrtsstraße, die schnurgerade verlief. Auf einmal hörten die Bäume auf; die Straße machte eine Biegung, und sie befanden sich vor der Front eines großen quadratischen Gebäudes. Sie waren auf der breiten Terrasse herausgekommen, die sich rund um das Hotel zog, und standen nur ein paar Schritte von den Fenstern entfernt. Eine Reihe hoher Fenster öffneten sich fast bis zum Boden. Bei keinem waren die Vorhänge vorgezogen, und alle waren strahlend hell erleuchtet, so daß sie alles drinnen sehen konnten. Jedes Fenster gab dem Blick einen anderen Ausschnitt des Hotellebens preis. Sie zogen sich in den Schatten einer der breiten Säulen zurück, die die Fenster voneinander trennten, und spähten hinein. Sie befanden sich unmittelbar vor dem Speisesaal. Er wurde gerade gefegt; ein Kellner hatte das Bein über eine Tischecke gelegt und aß ein paar Weintrauben. Nebenan war die Küche, wo man beim Abwasch war; weißgekleidete Köche tauchten die Arme in Kessel, während die Kellner gierig ihr Abendessen aus Bratenabschnitten verschlangen und den Bratensaft mit Brotbrocken auftunkten. Als sie weitergingen, verirrten sie sich in einer Anpflanzung von Büschen, um sich dann plötzlich vor dem Salon wiederzufinden, wo die Damen und Herren, nachdem sie gut gespeist hatten, zurückgelehnt in tiefen Sesseln saßen und gelegentlich etwas sagten oder in einer Zeitschrift blätterten. Eine dürre Frau ließ schwungvoll die Finger über die Tasten des Klaviers laufen.

»Was ist denn ein Dahabeeya, Charles?« ließ sich deutlich die Stimme einer Witwe vernehmen, die in einem Sessel am Fenster saß und sich an ihren Sohn richtete.

Das Klavierstück war beendet, und seine Antwort verlor sich im allgemeinen Räuspern und Auf-die-Knie-Klopfen.

»In diesem Raum sind alle alt«, flüsterte Rachel.

Als sie sich zum nächsten Fenster stahlen, bot sich ihnen der Anblick zweier junger Männer in Hemdsärmeln, die mit zwei jungen Damen Billard spielten.

»Er hat mich in den Arm gekniffen!« rief die mollige junge Frau, als ihr Stoß fehlging.

»Also ihr beiden – keine Faxen«, tadelte sie der junge Mann mit dem roten Gesicht, der den Spielstand notierte.

»Sieh dich vor, sonst sehen sie uns«, flüsterte Helen und zupfte Rachel am Arm. Sie hatte unvorsichtigerweise den Kopf bis zur Fenstermitte emporgereckt.

Sie bogen um die Ecke und gelangten zum größten Raum des Hotels, der mit vier Fenstern versehen war und Lounge genannt wurde, obwohl es sich eigentlich um eine Hotelhalle handelte. Behängt mit Rüstungen und Eingeborenenstickereien, möbliert mit Sofas und Wandschirmen, die behagliche Ecken abteilten, war der Raum weniger steif als die anderen und offensichtlich die Zuflucht der Jugend. Signor Rodriguez, der, wie sie wußten, der Leiter des Hotels war, stand nicht weit von ihnen entfernt in der Türöffnung und ließ den prüfenden Blick über die Szene wandern – die Herren, die lässig in Sesseln saßen, die über Kaffeetassen gebeugten Paare, das Kartenspiel in der Mitte in der verschwenderischen Lichtfülle einer Vielzahl von Glühbirnen. Er beglückwünschte sich zu dem Schritt, der aus dem Refektorium, einem kalten Raum aus nacktem Stein mit Töpfen auf Borden, den behaglichsten Raum des Hauses gemacht hatte. Das Hotel war sehr voll und stellte so die Klugheit seiner Behauptung unter Beweis, daß kein Hotel ohne Lounge gedeihen könne.

Die Leute waren paarweise oder in Vierergruppen über den Raum verteilt, und entweder kannten sie einander besser, oder die Ungezwungenheit, die dieser Raum ausstrahlte, lockerte ihren Umgang. Durch das offene Fenster drang ein unregelmäßiger Summlaut ähnlich dem, der von einer Schafherde ausgeht, die bei Anbruch der Dunkelheit in den Pferch gesperrt wird. Die kartenspielende Gruppe nahm die Mitte des Vordergrunds ein.

Helen und Rachel schauten ihnen ein paar Minuten beim Spiel zu, ohne jedoch ein Wort verstehen zu können. Helen beobachtete eindringlich den einen der beiden Männer. Er war ein hagerer, fast schon ausgezehrt wirkender Mann in ihrem Alter, der ihnen das Profil zukehrte, und er war der Partner eines rotwangigen Mädchens, das offenkundig englischer Herkunft war.

Plötzlich, wie das manchmal geschieht, wenn sich ein paar Worte von den anderen loslösen, hörten sie ihn ganz deutlich sagen:

»Ihnen fehlt weiter nichts als Übung, Miss Warrington; Mut und Übung – das eine taugt nichts ohne das andere.«

»Hughling Elliot! Natürlich!« rief Helen. Sie zog sofort den Kopf ein, denn beim Klang seines Namens blickte er auf. Das Spiel ging noch ein paar Minuten weiter, und fand dann dadurch ein Ende, daß sich ein Rollstuhl mit einer fülligen alten Dame näherte, die am Tisch Halt machte und sagte:

»Mehr Glück heute abend, Susan?«

»Das Glück haben wir gepachtet«, sagte ein junger Mann, der dem Fenster bislang den Rücken zugekehrt hatte. Er wirkte recht kräftig und hatte einen dichten Haarschopf.

»Glück, Mr Hewet?« sagte seine Partnerin, eine bebrillte Dame mittleren Alters. »Ich versichere Ihnen, Mrs Paley, daß unser Erfolg ausschließlich unserem brillanten Spiel zuzuschreiben ist.«

»Wenn ich mich nicht früh zu Bett lege, bekomme ich praktisch überhaupt keinen Schlaf«, konnte man Mrs Paley erklären hören, so als wolle sie sich dafür rechtfertigen, daß sie Susan mit Beschlag belegte, die nun aufstand und den Rollstuhl auf die Tür zuzuschieben begann.

»Die finden schon jemanden, der meinen Platz einnimmt«, sagte sie munter. Doch sie irrte sich. Man unternahm keinerlei Versuch, eine andere Mitspielerin zu finden, und nachdem der junge Mann drei Stockwerke eines Kartenhauses vollendet hatte, ehe es einstürzte, schlenderten die Kartenspieler in verschiedene Richtungen davon.

Mr. Hewet wandte sein rundes Gesicht dem Fenster zu. Sie konnten sehen, daß er große Augen hatte, die durch eine Brille verdunkelt wurden; sein Teint war rosig; seine Oberlippe glattrasiert; und wenn man ihn so unter ganz gewöhnlichen Leuten sah, wirkte sein Gesicht interessant. Er kam geradenwegs auf sie zu, doch sein Blick war nicht auf die Lauscherinnen gerichtet, sondern auf eine Stelle, wo der Vorhang in Falten herabhing.

»Eingeschlafen?« fragte er.

Helen und Rachel mußten daraus schließen, daß die ganze Zeit jemand unbeobachtet in ihrer Nähe gesessen hatte. Im Schatten waren Beine zu sehen. Eine melancholische Stimme ließ sich über ihren Köpfen vernehmen:

»Zwei Frauen«, sagte sie. Ein Scharren von Füßen auf Kies war zu hören. Die Frauen waren geflüchtet. Sie hörten nicht zu laufen auf, bis sie sicher waren, daß kein Auge die Dunkelheit durchdringen konnte, und bis das Hotel nur mehr ein quadratischer Schatten in der Ferne war, in den in regelmäßigen Abständen rote Löcher hineingeschnitten waren.

9. Kapitel

Eine Stunde verging, und die Räume im Erdgeschoß des Hotels wurden schummrig und waren nahezu menschenleer, während die kleinen schachtelartigen Quadrate darüber strahlend hell erleuchtet waren. Vierzig, fünfzig Menschen gingen zu Bett. Das dumpfe Geräusch von Wasserkrügen, die auf den Boden gestellt wurden, war zu hören und das Klirren von Porzellan, denn die Trennwände zwischen den einzelnen Zimmern waren nicht so dick wie man es gern gehabt hätte, so folgerte Miss Allan, die ältere Dame, die Bridge gespielt hatte, als sie einmal kurz mit den Fingerknöcheln an die Wand klopfte. Das war nur eine Art Sperrholz, befand sie, das man hochgezogen hatte, um viele kleine Zimmer aus einem großen zu machen. Ihr grauer Unterrock glitt zu Boden und sie bückte sich und legte ihre Kleider dann mit sorgsamen, wenn nicht liebevollen Fingern zusammen, drehte ihr Haar zum Zopf, zog die prächtige goldene Taschenuhr ihres Vaters auf und öffnete Wordsworths Gesammelte Werke. Sie las gerade »Prelude«, teils deshalb, weil sie »Prelude« im Ausland immer las, teils, weil sie gerade dabei war, einen kurzen *Leitfaden der englischen Literatur – von »Beowulf« bis Swinburne* – zu verfassen, das einen Abschnitt über Wordsworth enthalten würde. Sie war mitten im fünften Buch, hielt allerdings gerade inne, um sich eine Notiz zu machen, als ein Paar Stiefel, erst der eine, dann der andere, über ihr auf den Fußboden fielen. Sie blickte hinauf und stellte Vermutungen an. Wessen Stiefel das wohl sein mochten, fragte sie sich. Dann vernahm sie ein Rascheln aus dem Nebenzimmer – eindeutig eine Frau, die ihr Kleid weghängte. Es folgte ein sanftes Klopfgeräusch, wie es beim Frisieren entsteht. Es fiel ihr sehr schwer, ihre Aufmerksamkeit aufs »Prelude« zu konzentrieren. Kam das Klopfen von Susan Warrington? Sie zwang sich jedoch, bis zum Ende des 5. Buches weiterzulesen, steckte dann ein Lesezeichen zwischen die Seiten, seufzte zufrieden und machte dann das Licht aus.

Ganz anders war das Zimmer jenseits der Wand, obwohl beide

einander glichen wie zwei Eierkartons. Während Miss Allan ihr Buch las, bürstete Susan Warrington sich das Haar. Seit Urzeiten waren diese Stunde und die majestätischste aller häuslichen Verrichtungen dem Gespräch der Frauen über die Liebe geweiht; doch da Miss Warrington allein war, konnte sie nicht reden; sie konnte nur äußerst besorgt ihr Gesicht im Spiegel betrachten. Sie wandte den Kopf hin und her, stupste üppige Locken hier und dahin; trat dann ein, zwei Schritte zurück und betrachtete sich mit ernsthafter Miene.

»Ich sehe nett aus«, befand sie. »Hübsch vielleicht nicht gerade –«, sie reckte sich ein wenig empor. »Doch – die meisten Menschen würden sagen, daß ich ansehnlich bin.«

Eigentlich fragte sie sich, was Arthur Venning wohl in dieser Hinsicht über sie sagen würde. Ihre Empfindungen ihm gegenüber waren unleugbar widersprüchlich. Sie wollte sich nicht eingestehen, daß sie verliebt in ihn war oder ihn heiraten wollte, verbrachte jedoch jede Minute, die sie allein war, damit, sich zu fragen, was er wohl von ihr halten mochte, und das, was sie heute gemacht hatten, mit dem zu vergleichen, was sie gestern gemacht hatten.

»Er hat mich nicht gebeten zu spielen, doch ist er mir eindeutig in den Saal gefolgt«, sinnierte sie, das Ergebnis des Abends zusammenfassend. Sie war dreißig Jahre alt und hatte dank einer großen Zahl von Schwestern und dem abgeschiedenen Leben eines Pfarrsprengels auf dem Lande noch keinen Heiratsantrag bekommen. Die Stunde der Vertraulichkeiten war also häufig eine traurige, und es war schon vorgekommen, daß sie einfach nur ins Bett gesprungen war, ihr Haar sträflich vernachlässigt und sich, verglichen mit anderen, vom Leben übersehen gefühlt hatte. Sie war eine große, gutgewachsene Frau, deren Wangenrot sich allzu deutlich als runde Flecken abzeichnete, doch verlieh ihr Ausdruck ernsthafter Besorgnis ihr eine Art von Schönheit.

Sie wollte gerade die Bettdecke zurückschlagen, als sie ausrief: »Ach, jetzt hätte ich doch fast vergessen ...« und an ihren Schreibtisch trat. Dort lag ein braunes Buch mit aufgedruckter Jahreszahl. Sie machte sich mit der eckigen, häßlichen Handschrift eines reifen Kindes ans Schreiben, wie sie Tag für Tag und Jahr für Jahr Tagebuch führte, wenn sie es auch selten wieder anschaute.

»Vormittag. Mit Mrs H. Elliot über Nachbarn auf dem Land gesprochen. Sie kennt die Manns und die Selby-Carroways ebenfalls. Wie klein die Welt doch ist! Finde sie nett. Tante E. ein Kapitel aus *Mrs Appleby's Adventure* vorgelesen. – Nachmittag. Rasentennis mit Mr Perrott und Evelyn M. gespielt. Mr P. finde ich *nicht* nett. Habe so eine Ahnung, daß er ›kein Echter‹ ist, wenn auch bestimmt gescheit. Habe beide geschlagen. Herrlicher Tag, wundervolle Sicht. Man gewöhnt sich daran, daß keine Bäume da, wenn auch anfangs viel zu kahl. Nach dem Abendessen Karten. Tante E. gutgelaunt, wenn auch Reißen, sagt sie. Nicht verg.: *Wegen der feuchten Laken nachfragen.*«

Sie kniete zum Gebet nieder, legte sich dann ins Bett, steckte wohlig die Decken um sich fest, und nach wenigen Minuten schon verriet ihr Atem, daß sie eingeschlafen war. Mit seinen friedlichen Seufzern und leisen Stockungen ähnelte er dem einer Kuh, die die ganze Nacht hindurch bis zu den Knien im hohen Gras steht.

Ein flüchtiger Blick ins nächste Zimmer entdeckte wenig mehr als eine Nase, die über die Bettdecke hinausragte. Wenn man sich dann an die Dunkelheit gewöhnte, denn die Fenster standen offen und zeigten graue Quadrate mit Splittern von Sternenlicht, konnte man eine dürre Gestalt erkennen, die eine schreckliche Ähnlichkeit mit dem Körper eines Toten besaß, genau gesagt, man sah den Körper William Peppers, der ebenfalls schlief. Sechsunddreißig, siebenunddreißig, achtunddreißig – das waren drei portugiesische Geschäftsleute, die vermutlich schliefen, denn mit der Regelmäßigkeit einer großen tickenden Standuhr ertönte von dort ein Schnarchen. Neununddreißig war ein Eckzimmer am Ende des Flurs, und so spät es auch war – unten schlug es leise eins –, ein Lichtschein unter der Tür zeigte an, daß da noch jemand wach war.

»Wie spät du kommst, Hugh!« sagte eine im Bett liegende Frau mit ebenso verdrießlicher wie besorgter Stimme. Ihr Gatte putzte sich gerade die Zähne und antwortete eine Weile nicht.

»Du hättest schlafen sollen«, erwiderte er. »Ich habe mich mit Thornbury unterhalten.«

»Aber du weißt doch, daß ich nie schlafen kann, wenn ich auf dich warte«, sagte sie.

Darauf blieb er die Antwort schuldig und bemerkte bloß: »Nun, dann wollen wir mal das Licht ausmachen.« Sie waren still.

Der schwache, aber durchdringende Puls einer elektrischen Glocke war jetzt im Flur zu hören. Die alte Mrs Paley, die aufgewacht war und Hunger verspürte, ihre Brille jedoch nicht hatte, läutete ihrer Zofe, die ihr die Keksschachtel holen sollte. Nachdem das Mädchen, von stumpfsinniger Ehrerbietigkeit selbst zu dieser Stunde, wenn auch nur in ihren Regenmantel gehüllt, dem Ruf der Glocke gefolgt war, herrschte Schweigen auf dem Flur. Unten war alles leer und dunkel; im Obergeschoß jedoch, dort, wo die Stiefel polternd über Miss Allans Kopf zu Boden gefallen waren, brannte noch Licht. Hier hielt sich der Herr auf, der ein paar Stunden früher im Schatten des Vorhangs scheinbar ausschließlich aus Beinen bestanden hatte. Tief in seinem Sessel sitzend, las er bei Kerzenlicht den dritten Band von Gibbons *History of the Decline and Fall of Rome*. Während des Lesens klopfte er ab und zu mechanisch die Asche seiner Zigarette ab und wandte die Seite um, während eine ganze Prozession prachtvoller Sätze in seine geräumige Stirn Einzug hielt und geordnet durch sein Hirn marschierte. Wahrscheinlich hätte dieser Vorgang noch eine Stunde und länger angedauert, nämlich bis das ganze Regiment das Quartier gewechselt hätte, wenn nicht die Tür aufgegangen und der zur Stämmigkeit neigende junge Mann auf großen nackten Füßen hereingekommen wäre.

»Ach, Hirst, was ich noch sagen wollte –«

»Zwei Minuten«, sagte Hirst und hob den Zeigefinger.

Er verstaute die letzten Worte des Absatzes an sicherem Ort.

»Was wolltest du also noch sagen?« fragte er.

»Bist du dir sicher, daß du die Gefühle wirklich gebührend berücksichtigst?« fragte Mr Hewet. Er hatte schon wieder vergessen, was er hatte sagen wollen.

Nach ausgiebigem Nachsinnen über den makellosen Gibbon lächelte Mr Hirst über die Frage seines Freundes. Er legte sein Buch beiseite und überlegte.

»Ich würde sagen, du hast einen besonders unordentlichen Geist«, bemerkte er. »Die Gefühle? Sind die denn nicht gerade das, was wir berücksichtigen? Die Liebe tun wir da ganz oben hin und den Rest irgendwo unten drunter.« Mit der linken Hand deutete er die Spitze einer Pyramide an und mit der rechten die Basis.

»Aber du bist doch nicht aufgestanden, bloß um mir das zu sagen«, setzte er streng hinzu.

»Ich nehme an«, sagte Hewet vage, »ich bin aufgestanden, bloß um zu reden.«

»Ich werde mich unterdessen ausziehen«, sagte Hirst. Als er nackt war bis auf das Hemd und sich über die Waschschüssel beugte, beeindruckte Mr Hirst nicht länger mit der erhabenen Größe seines Intellekts, sondern mit seinem ebenso rührend jungen wie häßlichen Körper, denn er stand vornübergebeugt und war so mager, daß sich zwischen den verschiedenen Knochen der Nacken- und Schulterpartie dunkle Linien abzeichneten.

»Frauen interessieren mich«, sagte Hewet, der, das Kinn auf die Knie gestützt, auf dem Bett saß und der Entkleidung Mr Hirsts keine Beachtung schenkte.

»Sie sind so dumm«, sagte Hirst. »Du sitzt auf meinem Pyjama.«

»Wahrscheinlich sind sie wirklich dumm?« sagte Hewet nachdenklich.

»Ich würde meinen, daß es diesbezüglich keine zwei Meinungen gibt«, sagte Hirst, während er behende durchs Zimmer hüpfte, »es sei denn, du bist verliebt – die dicke Warrington?« wollte er wissen.

»Nicht eine dicke Frau – alle dicken Frauen«, seufzte Hirst.

»Die Frauen, die ich heute abend gesehen habe, waren nicht dick«, sagte Hirst, der sich die Gesellschaft Hewets zunutze machte, um sich die Zehennägel zu schneiden.

»Beschreib sie«, sagte Hewet.

»Du weißt doch, daß ich keine Dinge beschreiben kann!« sagte Hirst. »Ich würde sagen, sie waren ganz ähnlich wie andere Frauen. Das sind sie immer.«

»Nein; darin sind wir eben unterschiedlicher Ansicht«, sagte Hewet. »Ich behaupte, alles unterscheidet sich von allem anderen. Keine zwei Menschen sind auch nur entfernt gleich. Nimm doch nur dich und mich.«

»So habe ich auch einmal gedacht«, sagte Hirst. »Doch mittlerweile sind daraus lauter Typen geworden. Nimm nicht uns – nimm dies Hotel. Du könntest Kreise um die ganze Schar ziehen, und sie würden sich niemals hinausverirren.«

(»Mit so etwas kann man ein Huhn umbringen«), murmelte Hewet.

»Mr Hughling Elliot, Mrs Hughling Elliot, Miss Allan, Mr und Mrs Thornbury – ein Kreis«, fuhr Hirst fort. »Miss Warrington, Mr Arthur Venning, Mr Perrott, Evelyn M. ein weiterer Kreis; dann kommt eine ganze Schar von Eingeborenen; schließlich wir.«

»Und wir sind ganz allein in unserem Kreis?« fragte Hewet.

»Völlig allein«, sagte Hirst. »Du versuchst zwar hinauszukommen, doch das kannst du nicht. Du bringst nur alles durcheinander, indem du das versuchst.«

»Ich bin kein Huhn in einem Kreis«, sagte Hewet. »Ich bin eine Taube auf einem Wipfel.«

»Ich frage mich, ob das hier wohl das ist, was man einen eingewachsenen Nagel nennt?« sagte Hirst und untersuchte den großen Zeh an seinem linken Fuß.

»Ich flattere von Zweig zu Zweig«, fuhr Hewet fort. »Die Welt ist ungeheuer angenehm.« Er legte sich zurück und bettete den Kopf auf die Arme.

»Ich frage mich, ob das wirklich schön ist, so verquast im Kopf zu sein wie du?« fragte Hirst und schaute ihn an. »Es ist diese Zusammenhanglosigkeit – das ist das, was an dir so merkwürdig ist«, fuhr er fort. »Mit siebenundzwanzig Jahren, also nahezu mit dreißig, scheinst du keinerlei Schlußfolgerungen gezogen zu haben. Ein Häuflein alter Frauen erregt dich immer noch, als wärst du drei.«

Einen Augenblick lang betrachtete Hewet schweigend den eckigen jungen Mann, der die abgeschnittenen Ränder seiner Zehennägel säuberlich in den Kamin bürstete.

»Ich achte dich, Hirst«, bemerkte er.

»Ich beneide dich – um ein paar Sachen«, sagte Hirst. »Einmal um deine Fähigkeit nicht zu denken; zweitens mögen die Leute dich lieber als mich. Frauen mögen dich vermutlich.«

»Ich frage mich, ob es darauf nicht eigentlich am meisten ankommt?« sagte Hewet. Er lag jetzt flach auf dem Bett, und seine Hand zeichnete vage Kreise in die Luft.

»Selbstverständlich tut es das«, sagte Hirst. »Doch darin liegt nicht die Schwierigkeit. Die Schwierigkeit liegt doch wohl darin, ein geeignetes Objekt zu finden?«

»Und Hennen gibt es keine in deinem Kreis?« fragte Hewet.

»Nicht mal den Schatten einer solchen«, sagte Hirst.

Obwohl sie einander schon drei Jahre kannten, hatte Hirst niemals die wahre Geschichte von Hewets Liebschaften zu hören bekommen. Bei Gesprächen im Beisein anderer galt es als ausgemacht, daß es deren viele gab, doch unter vier Augen übergingen sie das Thema stillschweigend. Die Tatsache, daß er genügend Geld hatte, um nicht arbeiten zu müssen, und daß er Cambridge nach zwei Trimestern aufgrund einer Meinungsverschiedenheit mit der Collegeleitung verlassen hatte und dann gereist war und sich hatte treiben lassen, hatte bewirkt, daß sein Leben in vielen Punkten merkwürdig geriet, während das seiner Freunde in sich stimmig war.

»Ich sehe deine Kreise nicht – ich sehe sie einfach nicht«, fuhr Hewet fort. »Ich sehe so etwas wie einen Würfelkreisel hin- und hertanzen – in alles Mögliche hineinwirbeln – hin- und herflitzen – Nummern sammeln – mehr und mehr und immer noch mehr, bis alles voll davon ist. Um und um drehen die sich – und dann trägt sie's hinaus, über den Rand – außer Sicht.«

Seine Finger zeigten, daß die herumwirbelnden Würfelkreisel über die Kante der Steppdecke hinausgekreiselt und vom Bett in die Unendlichkeit gefallen waren.

»Hältst du es für denkbar, daß du drei Wochen allein in diesem Hotel verbringst?« fragte Hirst nach einem Augenblick des Schweigens.

Hewet dachte darüber nach.

»In Wahrheit ist man doch nie allein und nie in Gesellschaft«, befand er.

»Soll heißen?« fragte Hirst.

»Heißen? Ach, irgendetwas mit Seifenblasen – die Sache mit der Aura – wie nennt man das noch? Du kannst meine Seifenblase nicht sehen; ich kann deine nicht sehen; wir sehen voneinander nichts weiter als ein Fleckchen, so etwas wie den Docht inmitten der Flamme da. Die Flamme geht mit uns überall hin; sie ist nicht genau wir selbst, sondern das, was wir empfinden; die Welt ist von kurzer Dauer, oder vor allem die Menschen; jede Art von Menschen.«

»Eine hübsch streifige Seifenblase mußt du da haben!« sagte Hirst.

»Und einmal angenommen, meine Seifenblase stieße gegen die Seifenblase eines anderen –«

»Und dann platzen sie beide?« warf Hirst ein.

»Und dann – dann – dann –«, überlegte Hewet wie bei sich selbst, »wäre das eine rie-sen-haf-te Welt«, sagte er und breitete die Arme aus, soweit es nur ging, als könnten sie auch so das aufgeblähte Universum kaum umfassen, denn wenn er mit Hirst zusammen war, fühlt er sich, anders als sonst, stets von einer vagen Zuversicht erfüllt.

»Ich halte dich durchaus nicht mehr für so dämlich wie anfangs, Hewet«, sagte Hirst. »Du weißt zwar nicht, was du sagen willst, aber du versuchst immerhin, es auszudrücken.«

»Aber amüsierst du dich denn hier nicht?« fragte Hewet.

»Alles in allem – schon«, sagte Hirst. »Ich beobachte gern Menschen. Ich schaue gern Dinge an. Dies Land ist erstaunlich schön. Hast du bemerkt, wie der Gipfel des Berges heute abend gelb wurde? Wir müssen wirklich unser Mittagessen mitnehmen und den Tag draußen verbringen. Du wirst abstoßend dick.« Er zeigte auf die Wade von Hewets nacktem Bein.

»Wir werden einen Ausflug organisieren«, sagte Hewet entschlossen. »Wir fordern das ganze Hotel dazu auf. Wir mieten Esel und –«

»Meine Güte«, sagte Hirst, »hörst du wohl auf! Ich sehe Miss Warrington und Miss Allan und Mrs Elliot und die anderen schon auf Steinen hocken und quaken: ›Wie hübsch!‹«

»Wir bitten Venning, Perrott und Miss Murgatroyd – alle, die wir zu fassen kriegen«, sagte Hewet. »Wie heißt noch der kleine alte Grashüpfer mit der Brille? Pepper? – Pepper soll uns führen.«

»Gottlob wirst du niemals die Esel bekommen«, sagte Hirst.

»Ich muß mir das notieren«, sagte Hewet und ließ langsam die Füße zu Boden gleiten. »Hirst begleitet Miss Warrington; Pepper reitet allein auf einem weißen Esel voraus; Proviant auf alle verteilt – oder sollen wir ein Maultier mieten? Die verheirateten Damen – da ist ja auch noch Mrs Paley, Allmächtiger! – teilen sich eine Kutsche.«

»Da vertust du dich bestimmt«, sagte Hirst. »Steckst Jungfrauen zu Ehefrauen.«

»Was meinst du denn, wie lange ein Ausflug dieser Art dauern würde, Hirst?« fragte Hewet.

»Zwischen zwölf und sechzehn Stunden, würde ich sagen«, sagte Hirst. »So lange wie gewöhnlich die erste Entbindung.«

»Das wird beträchtlichen organisatorischen Aufwand erfordern«, sagte Hewet. Er tapste mittlerweile lautlos im Zimmer umher und blieb jetzt stehen, um die Bücher auf dem Tisch hin- und herzuschieben. Sie lagen aufeinander gestapelt.

»Wir werden auch ein paar Dichter mitnehmen wollen«, bemerkte er. »Nicht Gibbon; nein; hast du zufällig *Modern Love* oder *John Donne* dabei? Ich denke nämlich an die Pausen, wenn die Leute es leid sind, die Aussicht zu betrachten, und dann wäre es doch nett, wenn etwas ziemlich Schwieriges vorgelesen würde.«

»Da wird Mrs Paley ja wirklich auf ihre Kosten kommen«, sagte Hirst.

»Das wird Mrs Paley ganz bestimmt«, sagte Hewet. »Das ist eins der traurigsten Dinge, die ich kenne – die Art und Weise, wie ältere Damen Poesie zu lesen aufhören. Und dabei, wie zutreffend ist dies nicht:

I speak as one who plumbs
  Life's dim profound,
One who at length can sound
  Clear views and certain.
But – after love what comes?
  A scene that lours,
A few sad vacant hours,
  And then, the Curtain.[7]

Ich könnte mir denken, daß Mrs Paley die einzige von uns ist, die das wirklich verstehen kann.«

»Wir werden sie fragen«, sagte Hirst. »Bitte, Hewet, wenn du schon schlafen gehen mußt, dann zieh mir doch bitte den Vorhang vor. Wenige Dinge stimmen mich so trübsinnig wie Mondlicht.«

Hewet zog sich zurück, die Gedichte Thomas Hardys unter den

Arm geklemmt, und beide jungen Männer waren, Wand an Wand, bald schon in ihren Betten eingeschlafen.

Zwischen dem Verlöschen von Hewets Kerze und dem Augenblick, da der dunkelhäutige spanische Junge aufstand, der frühmorgens als erster die Ausgestorbenheit des Hotels in Augenschein nahm, traten ein paar Stunden der Stille ein. Fast konnte man hundert Menschen tief atmen hören, und so schlaflos und ruhelos einer auch sein mochte, es wäre ihm doch schwergefallen, von soviel Schlaf umgeben, ohne ihn auszukommen. Wenn man aus einem der Fenster schaute, dann sah man nichts als Dunkelheit. Überall auf der im Schatten liegenden Hälfte der Welt lagen die Menschen ausgestreckt, und ein paar flackernde Lichter in leeren Straßen bezeichneten die Stellen, wo ihre Städte hingebaut worden waren. Rotgelbe Omnibusse bedrängten einander in Piccadilly; kostspielig gekleidete Frauen wippten auf der Stelle; doch hier in der Dunkelheit flatterte eine Eule von Baum zu Baum, und wenn die Brise die Zweige lüpfte, blitzte der Mond auf, als wäre er eine Fackel. Bis all die Menschen wieder aufwachen würden, waren die unbehausten Tiere unterwegs, die Tiger und die Hirsche, und die Elefanten kamen in der Dunkelheit herab, um an Tümpeln zu trinken. Der Wind, der des Nachts über die Hügel und Wälder strich, war reiner und frischer als der Wind bei Tage und die Erde, ihrer Einzelheiten entkleidet, geheimnisvoller als die Erde, die von Straßen und Äckern gefärbt und unterteilt wurde. Sechs Stunden lang existierte diese ungeheure Schönheit, und dann, als der Osten weißer und weißer wurde, schwamm der Boden an die Oberfläche, die Straßen wurden enthüllt, der Rauch stieg auf, und die Menschen regten sich, und die Sonne schien auf die Fenster des Hotels in Santa Marina, bis sie vorhanglos waren und der Gong durchs ganze Haus dröhnte und das Frühstück ankündigte.

Unmittelbar nach Beendigung des Frühstücks wanderten die Damen, hier und da eine Zeitung in die Hand nehmend und wieder hinlegend, wie gewöhnlich ziellos in der Halle umher.

»Und was werden Sie heute machen?« fragte Mrs Elliot, als sie auf Miss Warrington stieß.

Mrs Elliot, die Gattin Hughlings, des Oxford-Dozenten, war eine kleine Frau, die gewohnheitsmäßig eine klagende Miene zur Schau trug. Ihr Blick bewegte sich von einem Ding zum anderen, als finde er nie irgendetwas, das hinreichend erfreulich war, um ihn für länger zum Verweilen zu bewegen.

»Ich werde versuchen, Tante Emma in die Stadt zu bekommen«, sagte Susan. »Sie hat überhaupt noch nichts gesehen.«

»Ich finde das so beherzt von ihr in diesem Alter«, sagte Mrs Elliot, »diesen ganzen weiten Weg vom heimischen Herd bis hierher zu machen.«

»Ja, wir sagen ihr immer: Du wirst noch an Bord eines Schiffes sterben«, erwiderte Susan. »Sie ist auf einem geboren«, setzte sie hinzu.

»In früheren Zeiten«, sagte Mrs Elliot, »wurden viele da geboren. Mir tun die armen Frauen immer so leid! Wir haben wirklich Grund genug zur Klage!« Sie schüttelte den Kopf. Ihr Blick wanderte über den Tisch hinweg, und sie bemerkte ohne erkennbaren Zusammenhang: »Die arme kleine Königin von Holland! Die Zeitungsreporter, so kann man sagen, praktisch vor der Schlafzimmertür!«

»Haben Sie gerade von der Königin von Holland gesprochen?« sagte die angenehme Stimme Miss Allans, die in einem Durcheinander dünner ausländischer Blätter nach dem dicken Stoß *Times*-Seiten suchte.

»Ich beneide immer alle, die in einem so ungeheuer flachen Land leben«, bemerkte sie.

»Wie eigenartig!« sagte Mrs Elliot. »Ich finde flache Länder so bedrückend.«

»Dann können Sie hier wohl leider nicht recht glücklich sein, Miss Allan«, sagte Susan.

»Im Gegenteil«, sagte Miss Allan. »Ich habe Berge außerordentlich gern.« Da sie etwas weiter weg die *Times* erblickte, entfernte sie sich, um sie sich zu sichern.

»So, ich muß mich auf die Suche nach meinem Mann machen«, sagte Mrs Elliot und eilte nervös von dannen.

»Und ich muß zu meiner Tante«, sagte Miss Warrington, und so entfernten sich beide, um ihren täglichen Pflichten nachzukommen.

Ob nun der geringe Umfang der ausländischen Zeitungen und die

Schlichtheit ihrer Drucktypen ein Beweis für ihre Leichtfertigkeit und ihre mangelnde Sachkenntnis sind oder nicht, es steht jedenfalls außer Zweifel, daß Engländer Nachrichten, die sie darin lesen, kaum je als solche betrachten, wie ihnen auch ein Programm, das sie von einem Mann auf der Straße kaufen, kein Vertrauen in das einflößt, was darin geschrieben steht. Ein sehr korrekt gekleidetes älteres Paar hielt es jedenfalls, nachdem es die langen Tische mit Zeitungen inspiziert hatte, nicht für nötig, mehr als die Schlagzeilen zu lesen.

»Die Debatte vom fünfzehnten sollte mittlerweile hier eingetroffen sein«, murmelte Mrs Thornbury. Mr Thornbury, der bewundernswert adrett aussah und in dessen gutaussehendes, verwittertes Gesicht Rot hineingerieben war wie Spuren der Bemalung an einer verwitterten Holzfigur, blickte über seine Brille hinweg und sah, daß Miss Allan die *Times* hatte.

Also setzte das Paar sich in Sessel und wartete.

»Ah, da ist ja Mr Hewet«, sagte Mrs Thornbury. »Mr Hewet«, fuhr sie fort, »kommen Sie, und setzen Sie sich zu uns. Ich habe gerade zu meinem Mann gesagt, wie sehr Sie mich an eine liebe alte Freundin von mir erinnern – an Mary Umpleby. Sie war eine ganz entzückende Frau. Sie hat Rosen gezüchtet. Wir haben sie früher oft besucht.«

»Kein junger Mann hört gern, daß er einer alten Jungfer ähnelt«, sagte Mr Thornbury.

»Im Gegenteil«, sagte Mr Hewet, »ich habe es immer als Kompliment aufgefaßt, wenn man mir gesagt hat, ich erinnerte jemanden an einen anderen Menschen. Doch Miss Umpleby – warum hat sie denn Rosen gezüchtet?«

»Ach, die Arme«, sagte Mrs Thornbury, »das ist eine lange Geschichte. Sie hatte Schreckliches durchgemacht. Zu einem bestimmten Zeitpunkt hätte sie, glaube ich, den Verstand verloren, wenn ihr Garten nicht gewesen wäre. Der Boden hat ihr nichts geschenkt – was sich als Segen erweisen sollte; sie mußte schon im Morgengrauen aufstehen – bei Wind und Wetter hinaus. Und dann gibt es da Tiere, die Rosen fressen. Doch sie trug am Ende den Sieg davon. Tat sie immer. Sie war eine tapfere Seele.« Gleichwohl schwang in ihrem tiefen Seufzer Resignation mit.

»Ich war mir gar nicht bewußt, die Zeitung monopolisiert zu haben«, sagte Miss Allan und trat zu ihnen.

»Wir konnten es nur nicht erwarten, über die Debatte zu lesen«, sagte Mrs Thornbury und nahm die Zeitung für ihren Gatten entgegen.

»Man merkt erst, wie interessant so eine Debatte sein kann, wenn man Söhne bei der Marine hat. Meine Interessen sind dennoch gleichmäßig verteilt, denn ich habe auch beim Heer welche; und einen Sohn, der Reden bei der Union hält – mein Jüngster!«

»Ich nehme an, Hirst wird ihn kennen«, sagte Hewet.

»Mr Hirst hat so ein interessantes Gesicht«, sagte Mrs Thornbury. »Ich habe nur das Gefühl, daß man sehr klug sein muß, um sich mit ihm unterhalten zu können. Nun, William?« erkundigte sie sich, denn Mr Thornbury grunzte.

»Die richten da was Schönes an«, sagte Mr Thornbury. Er war bei der zweiten Spalte des Berichts angelangt, einer sprunghaften Spalte, denn die irischen Parlamentsmitglieder hatten drei Wochen zuvor in Westminster im Hinblick auf eine Frage, die die Effizienz der Marine betraf, eine lautstarke Auseinandersetzung ausgelöst. Nach ein, zwei unruhigen Abschnitten lief die Spalte wieder glatt weiter.

»Sie haben es gelesen?« fragte Mrs Thornbury Miss Allan.

»Nein, ich muß zu meiner Schande gestehen, daß ich nur den Artikel über die Funde in Kreta gelesen habe«, sagte Miss Allan.

»Ach, was ich nicht dafür geben würde, die Alte Welt kennenzulernen!« rief Mrs Thornbury. »Jetzt, wo wir alten Leute allein sind – wir sind auf unserer zweiten Hochzeitsreise –, werde ich wirklich wieder anfangen, die Schulbank zu drücken. Schließlich *gründen* wir uns ja auf die Vergangenheit, nicht wahr, Mr Hewet? Mein Sohn, der bei der Armee ist, sagt, man könne immer noch eine Menge von Hannibal lernen. Man sollte soviel mehr wissen, als man weiß. Doch wie es so geht, ich fange beim Zeitungslesen mit den Parlamentsdebatten an, und ehe ich noch damit fertig bin, geht immer die Tür auf – wir sind sehr viele Menschen unter einem Dach –, und so denkt man denn niemals ausreichend über die Menschen der Antike nach und über alles, was sie für uns getan haben. Sie hingegen fangen mit dem Anfang an, Miss Allan.«

»Wenn ich an die Griechen denke, stelle ich mir unter ihnen nackte schwarze Männer vor«, sagte Miss Allan, »was ganz gewiß nicht zutreffend ist.«

»Und Sie, Mr Hirst?« sagte Mrs Thornbury, als sie bemerkte, daß der schmächtige junge Mann in der Nähe war. »Sie lesen bestimmt alles.«

»Ich beschränke mich auf Kricket und Verbrechen«, sagte Hirst. »Das Schlimmste daran, daß man aus der Oberschicht stammt, ist, daß man nie Freunde hat, die bei Eisenbahnunglücken umkommen.«

Mr Thornbury warf die Zeitung weg und ließ mit Nachdruck seinen Kneifer fallen. Die Seiten sanken inmitten der Gruppe nieder und wurden von allen beäugt.

»Es ist wohl nicht gut ausgegangen?« fragte seine Gattin besorgt.

Hewet nahm ein Blatt vom Tisch und las: »Eine Dame ging gestern in den Straßen von Westminster spazieren, als sie im Fenster eines verlassenen Hauses eine Katze bemerkte. Das halbverhungerte Tier –«

»Ich werde ja sowieso nicht mehr dabei sein«, unterbrach Mr Thornbury grämlich.

»Katzen werden oft vergessen«, bemerkte Miss Allan.

»Vergiß nicht, William, der Premierminister hat sich die Antwort darauf vorbehalten«, sagte Mrs Thornbury.

»Im Alter von achtzig Jahren hat Mr Joshua Harris aus Eeles Park, Brondesbury, einen Sohn bekommen«, sagte Hirst.

». . . das halbverhungerte Tier, das Arbeitern schon ein paar Tage früher aufgefallen war, wurde zwar gerettet, doch – Herr im Himmel! – zerbiß es dem Mann dabei die Hand!«

»Vermutlich wild vor Hunger«, lautete der Kommentar Miss Allans.

»Keiner von Ihnen allen macht sich den Hauptvorteil zunutze, den der Aufenthalt im Ausland mit sich bringt«, sagte Mr Hughling Elliot, der sich zu der Gruppe gesellt hatte. »Sie könnten doch Ihre Nachrichten auf Französisch lesen, was soviel bedeutet, wie gar keine lesen.«

Mr Elliot verfügte über fundierte Kenntnisse des Koptischen, was er, soweit möglich, geheimhielt, und zitierte französische Wendungen auf so superbe Weise, daß es einem schwerfiel zu glauben, er beherrsche auch die Alltagssprache. Er hatte einen ungeheuren Respekt vor den Franzosen.

»Wollen wir?« fragte er die beiden jungen Männer. »Wir sollten uns aufmachen, ehe es richtig heiß wird.«

»Ich bitte dich, Hugh, lauf nicht in der Hitze umher«, beschwor ihn seine Gattin und gab ihm ein viereckiges Päckchen, in das ein halbes Hähnchen und ein paar Rosinen eingewickelt waren.

»Hewet wird unser Barometer sein«, sagte Mr Elliot. »Er schmilzt vor mir.«

In der Tat hätten, wenn vom Fleisch auf seinen dürren Rippen auch nur ein Tropfen geschmolzen wäre, die Knochen bloßgelegen. Die Damen blieben nun sich selbst überlassen und saßen um die am Boden liegende *Times* herum. Miss Allan schaute auf die Taschenuhr ihres Vaters.

»Zehn vor elf«, bemerkte sie.

»Arbeit?« fragte Mrs Thornbury.

»Arbeit«, erwiderte Miss Allan.

»Was für ein prächtiges Geschöpf sie doch ist!« murmelte Mrs Thornbury, als die breite Gestalt in der männlichen Jacke sich entfernte.

»Sie hat bestimmt ein hartes Leben«, seufzte Mrs Elliot.

»Oh ja, das ist ein hartes Leben«, sagte Mrs Thornbury. »Unverheiratete Frauen – die sich ihren Lebensunterhalt verdienen – das ist das härteste Leben überhaupt.«

»Trotzdem scheint sie recht vergnügt«, sagte Mrs Elliot.

»Es muß sehr interessant sein«, sagte Mrs Thornbury. »Ich beneide sie um ihr Wissen.«

»Aber das ist doch nicht das, was Frauen sich wünschen«, sagte Mrs Elliot.

»Ich fürchte, etwas anderes kann eine große Zahl von Frauen nicht für sich erhoffen«, seufzte Mrs Thornbury. »Ich glaube, wir sind jetzt in größerer Zahl vertreten als je zuvor. Gerade neulich erst hat mir Sir Harley Lethbridge erzählt, wie schwierig es ist, Jungs für die Marine zu finden – oft allerdings wegen ihrer Zähne, das ist wahr. Und ich habe junge Frauen ganz offen davon sprechen hören, daß –«

»Gräßlich, gräßlich!« rief Mrs Elliot. »Die Krönung, könnte man sagen, eines Frauenlebens. Ich weiß, was das bedeutet, kinderlos zu sein –«, sie seufzte und verstummte.

»Doch wir dürfen nicht ungerecht sein«, sagte Mrs Thornbury. »Die Bedingungen haben sich so sehr verändert, seit ich eine junge Frau war.«

»Die *Mutterrolle* ändert sich aber doch gewiß nicht«, sagte Mrs Elliot.

»In mancher Hinsicht können wir von den jungen Menschen eine Menge lernen«, sagte Mrs Thornbury. »Ich lerne jedenfalls von meinen eigenen Töchtern sehr viel.«

»Ich glaube, daß das Hughling im Grunde gar nichts ausmacht«, sagte Mrs Elliot. »Aber er hat ja schließlich auch seine Arbeit.«

»Frauen ohne Kinder können soviel für die Kinder anderer tun«, bemerkte Mrs Thornbury sanft.

»Ich zeichne eine Menge«, sagte Mrs Elliot, »doch das ist keine wirkliche Beschäftigung. Es ist so störend, erleben zu müssen, daß Mädchen, die gerade erst anfangen, besser sind als man selbst! Und die Natur ist etwas so Schwieriges – sehr Schwieriges!«

»Gibt es denn keine Einrichtungen – Klubs –, denen Sie helfen könnten?« fragte Mrs Thornbury.

»Die sind so anstrengend«, sagte Mrs Elliot. »Ich sehe zwar kräftig aus, wegen meines Teints; doch ich bin es nicht; das jüngste von elf Kindern ist das nie.«

»Wenn die Mutter sich zuvor in acht nimmt«, sagte Mrs Thornbury in mildem Ton, »gibt es keinen Grund, weshalb die Größe der Familie eine Rolle spielen sollte. Und es gibt keine bessere Schule als die, die Brüder und Schwestern einander bieten. Dessen bin ich sicher. Ich habe das an meinen eigenen Kindern erlebt. Mein Ältester beispielsweise, Ralph –«

Mrs Elliot vermochte sich jedoch nicht recht auf die Erfahrungen der älteren Dame zu konzentrieren, und ihr Blick schweifte durch die Halle.

»Ich weiß, daß meine Mutter zwei Fehlgeburten hatte«, sagte sie plötzlich. »Die erste deshalb, weil sie einem von diesen gewaltigen Tanzbären begegnete – die sollten nicht erlaubt sein; die andere – das war eine gräßliche Geschichte: unsere Köchin bekam ein Kind, und es sollte bei uns ein Abendessen stattfinden. Darauf führe ich denn auch meine Dyspepsie zurück.«

»Und eine Fehlgeburt ist soviel schlimmer als eine Entbindung«, murmelte Mrs Thornbury geistesabwesend, indem sie ihre Brille zurechtrückte und nach der *Times* griff. Mrs Elliot stand auf und flatterte davon.

Nachdem sie vernommen hatte, was eine der Million Stimmen, die in der Zeitung zu Wort kommen, zu sagen hatte, und zur Kenntnis genommen hatte, daß eine ihrer Kusinen einen Geistlichen in Minehead geheiratet hatte – die trunksüchtigen Frauen, die goldenen Tiere von Kreta, die Schlachtbewegungen, die Bankette, die Reformen, die Brände, die Empörten, die Gelehrten und die Wohlwollenden ignorierte sie –, ging Mrs Thornbury nach oben, um einen Brief für die Post fertigzumachen.

Die Zeitung lag unmittelbar neben der Standuhr, und beide gemeinsam schienen Beständigkeit in einer sich wandelnden Welt zu repräsentieren. Mr Perrott kam vorbei; Mr Venning hockte einen Augenblick auf einer Tischkante. Mrs Paley wurde vorbeigeschoben. Susan folgte. Mr Venning schlenderte hinter ihr her. Portugiesische Offiziersfamilien, deren Aufzug auf ein spätes Aufstehen in unordentlichen Schlafzimmern schließen ließ, schoben sich vorbei, gefolgt von unerschütterlichen Kindermädchen, die lärmende Kinder trugen. Als die Mittagsstunde näherrückte und die Sonne direkt auf das Dach brannte, summte ein Strudel riesiger Fliegen im Kreis herum; unter den Palmen wurden eisgekühlte Getränke serviert; die langen Jalousien wurden mit einem Quietschlaut herabgelassen und färbten das Licht mit einem Schlag gelb. Jetzt hatte die Standuhr eine stille Halle, in der sie ticken konnte, und als Zuhörer vier, fünf schläfrige Kaufleute. Nach und nach kamen weiße Gestalten mit schattenspendenden Hüten zur Tür herein, ließen einen Keil des heißen Sommers ein und sperrten ihn wieder aus. Nachdem sie sich eine Minute im Dämmerlicht erholt hatten, gingen sie nach oben. Gleichzeitig schnaufte die Standuhr eins, und es ertönte der Gong, der erst sacht begann, sich dann bis zur Raserei steigerte und wieder verstummte. Einen Augenblick lang war alles still. Dann kamen all diejenigen, die nach oben gegangen waren, herunter; Krüppel kamen, die beide Füße fest auf jede Stufe setzten, um nicht auszugleiten; gezierte kleine Mädchen kamen, die sich am Finger ihres Kinderfräuleins festhielten; dicke alte Männer kamen, während sie sich noch die Weste zuknöpften. Der Gong war im Garten geschlagen worden, und nach und nach erhoben sich ruhende Gestalten und kamen zum Essen hereingeschlendert, da es wieder einmal Zeit für sie zur Nahrungsaufnahme war. Selbst mittags gab es im Garten Schattenlöcher und -bahnen, wo zwei oder drei Gäste auf angenehme Weise liegen und arbeiten oder plaudern konnten.

Infolge der Tageshitze war das Mittagessen im allgemeinen eine schweigsame Mahlzeit, bei der die Leute ihre Nachbarn beobachteten und, sofern vorhanden, die neuen Gesichter abschätzten und sich in Vermutungen ergingen, wer die Neuankömmlinge waren und was sie taten. Mrs Paley genoß, obwohl sie doch weit über siebzig war und verkrüppelte Beine hatte, ihr Essen und die Eigenheiten ihrer Mitmenschen. Sie saß mit Susan an einem kleinen Tisch.

»Was die da für eine ist, sage ich lieber nicht!« Sie kicherte und musterte eine große Frau, die auffällig in Weiß gekleidet war und angemalte Wangen hatte, stets zu spät kam und stets eine ärmlich wirkende Begleiterin im Gefolge hatte – eine Bemerkung, die bewirkte, daß Susan errötete und sich fragte, weshalb ihre Tante solche Dinge sagte.

Das Mittagessen ging methodisch seinen Gang, bis jeder der sieben Gänge nur noch in Fragmenten bestand und das Obst nur noch ein Spielzeug war, das geschält und in Scheiben geschnitten werden wollte, so wie ein Kind Blütenblatt um Blütenblatt ein Gänseblümchen zerstört. Das Essen wirkte sich auf jedwedes Flämmchen des menschlichen Geistes, das die Mittagshitze hätte überleben können, tödlich aus; dennoch saß Susan danach in ihrem Zimmer und hielt sich wieder und wieder die erfreuliche Tatsache vor Augen, daß Mr Venning zu ihr in den Garten gekommen war und eine geschlagene halbe Stunde dabeigesessen hatte, während sie ihrer Tante vorlas. Männer und Frauen suchten sich ihre Winkel, wo sie unbeobachtet ruhen konnten, und für die Zeit von zwei bis vier ließ sich ohne Übertreibung sagen, daß das Hotel von Leibern ohne Seelen bewohnt war. Katastrophal wäre das Ergebnis gewesen, wenn ein Brand oder ein Todesfall plötzlich etwas Heldenhaftes von der menschlichen Natur verlangt hätte, doch Tragödien spielen sich in hungrigen Stunden ab. Gegen vier begann der menschliche Geist wieder den Leib zu lecken, wie eine Flamme ein schwarzes Vorgebirge von Kohle leckt. Mrs Paley empfand es als unschicklich, ihre zahnlosen Kiefer so weit aufzusperren, obwohl doch niemand in der Nähe war, und Mrs Elliot musterte ihr volles gerötetes Gesicht besorgt im Spiegel.

Eine halbe Stunde später, nachdem die Spuren des Schlafs getilgt waren, begegneten sie einander in der Halle, und Mrs Paley bemerkte, daß sie jetzt ihren Tee nehmen wolle.

»Sie mögen Ihren Tee doch gewiß auch?« sagte sie und lud Mrs Elliot, deren Gatte immer noch unterwegs war, an den speziell für sie reservierten Tisch ein, den sie sich unter einen Baum hatte stellen lassen.

»So ein bißchen Teegeschirr geht weite Wege in diesem Land«, sagte sie kichernd.

Sie schickte Susan zurück, um eine weitere Tasse zu holen.

»Sie haben hier solche vorzüglichen Kekse«, sagte sie, während ihr Blick auf dem Teller ruhte, auf dem sie lagen. »Nicht die süßen, die ich nicht mag – trockene Kekse . . . Haben Sie gezeichnet?«

»Ach, ich habe zwei, drei kleine Schmierereien zustandegebracht«, sagte Mrs Elliot, die eher lauter sprach als gewöhnlich. »Doch das ist nach Oxfordshire mit seinen vielen Bäumen so schwierig. Das Licht ist hier so stark. Manche Leute bewundern das zwar, doch ich finde es sehr ermüdend.«

»Daß ich hier schmoren soll, sehe ich wirklich nicht ein, Susan«, sagte Mrs Paley, als ihre Nichte zurückkehrte. »Ich kann dir die Mühe nicht ersparen, mich umzusetzen.«

Alles mußte umgesetzt werden. Schließlich war die alte Dame so plaziert, daß das Licht sich über ihr brach, als wäre sie ein Fisch in einem Netz. Susan goß Tee ein und bemerkte gerade, in Wiltshire hätten sie jetzt auch warmes Wetter, als Mr Venning fragte, ob er sich zu ihnen setzen dürfe.

»Es ist so schön, auf einen jungen Mann zu treffen, der den Tee nicht verachtet«, sagte Mrs Paley, die ihre gute Laune wiederzufinden begann. »Bat mich neulich einer meiner Neffen doch um ein Glas Sherry – um fünf Uhr! Ich habe ihm erklärt, er könne um die Ecke ins Wirtshaus gehen, in meinem Salon gäb's das nicht.«

»Ich würde lieber ohne Mittagessen auskommen als ohne Tee«, sagte Mr Venning. »Aber wenn ich ganz ehrlich bin, möchte ich beides.«

Mr Venning war ein dunkelhaariger junger Mann, etwa zweiunddreißig Jahre alt, in seinem Auftreten sehr forsch und selbstbewußt, wenn auch in diesem Augenblick offenkundig ein wenig aufgeregt. Sein Freund, Mr Perrott, war Anwalt, und da Mr Perrott sich weigerte, irgendwo ohne Mr Venning hinzufahren, mußte Mr Venning, als Mr Perrott wegen einer Firma nach Santa Marina fuhr, ebenfalls nach Santa Marina fahren. Auch er war Anwalt, aber er verabscheute diesen Beruf, der ihn an den Schreibtisch fesselte, und sowie seine verwitwete Mutter starb, würde er sich, wie er Susan anvertraute, ernsthaft auf die Fliegerei verlegen und Teilhaber eines großen Unternehmens werden, das Flugzeuge herstellte. Das Gespräch plätscherte so dahin. Es drehte sich selbstverständlich um die Schönheiten und Eigentümlichkeiten des Ortes, der Straßen, der Menschen und die Scharen von herrenlosen gelben Hunden.

»Finden Sie die Art und Weise, wie sie in diesem Land die Hunde behandeln, nicht auch schrecklich grausam?« fragte Mrs Paley.

»Ich würde sie alle erschießen lassen«, sagte Mr Venning.

»Ach, doch nicht diese lieben Hündchen«, sagte Susan.

»Putzige kleine Viecher«, sagte Mr Venning. »Na aber – Sie haben ja überhaupt nichts zu essen!« Ein großes Stück Torte wurde Susan auf bebender Messerklinge gereicht. Geradeso bebte ihre Hand, als sie es entgegennahm.

»Ich habe so einen goldigen Hund zu Hause«, sagte Mrs Elliot.

»Mein Papagei kann Hunde nicht ausstehen«, sagte Mrs Paley mit einer Miene, als handelte es sich um eine Vertraulichkeit. »Ich werde den Verdacht nicht los, daß er (oder sie), während ich im Ausland war, von einem Hund geärgert worden ist.«

»Sie sind ja heute vormittag nicht sehr weit gekommen, Miss Warrington«, sagte Mr Venning.

»Es war heiß«, antwortete sie. Ihre Unterhaltung wurde privat, was durch die Schwerhörigkeit Mrs Paleys und die lange traurige Geschichte begünstigt wurde, zu der Mrs Elliot gerade angehoben hatte und die von einem Drahthaarterrier handelte, der, sonst weiß, nur einen einzigen schwarzen Fleck gehabt und einem Onkel von ihr gehört und Selbstmord begangen hatte. »Tiere begehen nämlich Selbstmord«, sagte sie seufzend, als bekräftige sie eine schmerzliche Tatsache.

»Könnten wir nicht heute abend die Stadt erkunden?« schlug Mr Venning vor.

»Meine Tante –«, fing Susan an.

»Sie haben eine Erholungspause verdient«, sagte er. »Die ganze Zeit tun Sie etwas für andere.«

»Aber das ist doch mein Leben«, sagte sie und beschäftigte sich angelegentlich mit dem Nachfüllen der Teekanne.

»Das ist niemandes Leben«, gab er zurück, »jedenfalls nicht das eines jungen Menschen. Sie kommen also mit?«

»Ich würde gern«, murmelte sie.

In diesem Augenblick hob Mrs Elliot den Blick und rief: »Oh, Hugh! Er bringt jemanden mit«, setzte sie hinzu.

»Er wird Tee wollen«, sagte Mrs Paley. »Susan, lauf doch und hol ein paar Tassen – da kommen zwei junge Männer.«

»Wir lechzen nach Tee«, sagte Mr Elliot. »Du kennst doch Mr Ambrose, Hilda? Wir sind uns auf dem Hügel begegnet.«

»Er hat mich mit hereingeschleppt«, sagte Ridley, »sonst müßte ich mich auch schämen. Ich bin staubig und schmutzig und ein garstiger Anblick.« Er wies auf seine Stiefel, die weiß vor Staub waren, während eine mutlose Blume, die schlaff in seinem Knopfloch hing wie ein erschöpftes Tier über einem Gatter, auf ihre Weise den Eindruck von Länge und Ungepflegtheit vermehrte. Er wurde den anderen vorgestellt. Mr Hewet und Mr Hirst holten Stühle, und die Teestunde begann von neuem; Susan goß, unverdrossen und mit der Fertigkeit langer Erfahrung, Wasserkaskaden von Kanne zu Kanne.

»Der Bruder meiner Frau«, erklärte Ridley Hilda, an die er sich nicht mehr erinnern konnte, »hat hier ein Haus, das er uns geliehen hat. Ich saß gerade auf einem Felsen und dachte an gar nichts, als Elliot vor mir auftauchte wie die Fee im Weihnachtsmärchen.«

»Unser Huhn war ins Salz gefallen«, sagte Hewet betrübt zu Susan. »Und es stimmt auch nicht, daß Bananen nicht nur nähren, sondern auch den Durst löschen.«

Hirst trank bereits.

»Wir haben Sie bereits verflucht«, sagte Ridley als Antwort auf die freundlichen Erkundigungen Mrs Elliots über seine Gattin. »Ihr Touristen eßt die ganzen Eier auf, sagt Helen. Und das da ist uns auch ein Dorn im Auge –« er wies mit dem Kopf in Richtung Hotel. »Ekelhafter Luxus, sage ich dazu. Wir leben mit Schweinen im Wohnzimmer.«

»Das Essen ist keineswegs, was es sein sollte, gemessen am Preis«, sagte Mrs Paley ernst. »Doch wenn man nicht in ein Hotel geht, wo soll man denn dann hin?«

»Zu Hause bleiben«, sagte Ridley. »Wie oft wünsche ich mir nicht, das getan zu haben! Alle sollten zu Hause bleiben. Doch natürlich tun sie's nicht.«

Mrs Paley faßte einen gewissen Groll gegen Ridley, der bereits nach fünfminütiger Bekanntschaft ihre Gewohnheiten zu kritisieren schien.

»Ich selbst halte viel von Auslandsreisen«, erklärte sie, »wenn man sein Geburtsland kennt, was ich glaube, ehrlich von mir behaupten zu können. Ich würde niemandem das Reisen gestatten, ehe er nicht Kent und Dorsetshire besucht hat – Kent wegen des Hopfens und Dorsetshire wegen seiner alten Feldsteinkaten. Es gibt hier nichts, das an sie herankäme.«

»Ja – ich denke mir immer, manche Menschen mögen das Flachland und andere die Hügel«, sagte Mrs Elliot einigermaßen vage.

Hirst, der ununterbrochen gegessen und getrunken hatte, steckte sich jetzt eine Zigarette an und bemerkte: »Ach, wir sind uns mittlerweile doch wohl alle einig, daß die Natur ein Irrtum ist. Sie ist entweder sehr häßlich, entsetzlich unbequem oder absolut furchteinflößend. Ich weiß nicht, was mich mehr erschreckt – eine Kuh oder ein Baum. Ich bin nachts auf einer Wiese einmal einer Kuh begegnet. Die Kreatur blickte mich an. Ich versichere Ihnen, ich habe davon graue Haare bekommen. Es ist eine Schande, daß es Tieren gestattet ist, frei herumzulaufen.«

»Und was die Kuh wohl erst von ihm gedacht hat?« murmelte Venning an Susan gewandt, die sofort für sich befand, daß Mr Hirst ein gräßlicher junger Mann war und daß er, obwohl er so wirkte, als sei er gescheit, wahrscheinlich nicht so gescheit war wie Arthur, jedenfalls nicht in den Dingen, auf die es ankam.

»War das nicht Wilde, der die Tatsache herausgefunden hat, daß die Natur die Hüftknochen nicht berücksichtigt?« wollte Hughling Elliot wissen. Er wußte mittlerweile genau, welcher Stipendien und Auszeichnungen Hirst sich erfreute, und hatte sich eine sehr hohe Meinung von dessen Fähigkeiten gebildet.

Hirst preßte jedoch lediglich ganz fest die Lippen aufeinander und erwiderte nichts.

Ridley mutmaßte, daß es nun vertretbar sei, wenn er sich verabschiedete. Die Höflichkeit gebot, daß er Mrs Elliot für seinen Tee dankte und, mit einer auffordernden Handbewegung, hinzusetzte: »Sie müssen zu uns hinaufkommen und uns besuchen.«

Die Geste schloß Hirst und Hewet ein, und Hewet antwortete: »Das täte ich wirklich gern.«

Die Gesellschaft löste sich auf, und Susan, die sich in ihrem ganzen Leben noch nie so glücklich gefühlt hatte, wollte gerade zu ihrem Stadtgang mit Arthur aufbrechen, als Mrs Paley sie zurückwinkte. Allein mit Hilfe des Buches wurde sie nicht schlau daraus, wie Double Demon, eine Patience, ging; und schlug vor, daß sie sich doch hinsetzen und gemeinsam versuchen sollten dahinterzukommen, um sich auf diese angenehme Weise die Zeit bis zum Abendessen zu vertreiben.

10. Kapitel

Zu den Dingen, die Mrs Ambrose ihrer Nichte für den Fall versprochen hatte, daß sie bliebe, gehörte ein vom übrigen Haus getrenntes Zimmer, geräumig, abgeschlossen – ein Zimmer, in dem sie Klavier spielen, lesen, nachdenken, der Welt trotzen konnte, Festung und heiliger Zufluchtsort zugleich. Zimmer, das wußte sie, waren, wenn man vierundzwanzig war, eher eigene Welten als Zimmer. Ihre Einschätzung war zutreffend gewesen, und wenn sie die Tür schloß, betrat Rachel einen verzauberten Ort, wo die Dichter sangen und die Dinge wieder geradegerückt wurden. Ein paar Tage, nachdem sie das Hotel bei Nacht gesehen hatte, saß sie allein, in einen Sessel versunken, und las ein in leuchtendes Rot gebundenes Buch, auf dessen Rücken *Henrik Ibsen, Werke,* gedruckt stand. Auf dem Klavier lagen aufgeschlagene Noten, und Notenhefte türmten sich zu zwei gezackten Säulen am Boden; im Augenblick war die Musik jedoch vergessen.

Ihr Blick war keineswegs gelangweilt oder abwesend, sondern nahezu mit strengem Ausdruck auf die Buchseite konzentriert, und ihr Atem, der langsam aber gepreßt ging, ließ erkennen, daß das Arbeiten ihres Gehirns den ganzen Körper mitbeanspruchte. Schließlich klappte sie das Buch mit einem Ruck zu, lehnte sich zurück, und tat den tiefen Atemzug, der stets Ausdruck der Verwunderung ist, die den Übergang von der imaginären zur wirklichen Welt kennzeichnet.

»Was ich wissen möchte«, sagte sie laut, »ist dies: Was ist die Wahrheit? Was ist die Wahrheit des Ganzen?« Zum Teil sprach sie als sie selbst, zum Teil als die Heldin des Stückes, das sie gerade gelesen hatte. Die Landschaft draußen erschien ihr jetzt, weil sie für den Zeitraum von zwei Stunden nichts als Gedrucktes gesehen hatte, erstaunlich greifbar und klar, doch obwohl auf dem Hügel Männer die Stämme der Olivenbäume mit einer weißen Flüssigkeit abwuschen, war sie für den Augenblick das Lebendigste innerhalb dieser

Landschaft – eine heldenhafte Statue in der Mitte des Vordergrundes, die das Bild beherrschte. Ibsens Stücke versetzten sie immer in einen derartigen Zustand. Sie spielte sie zuweilen tagelang, zu Helens größtem Vergnügen; dann war Meredith an der Reihe, und sie wurde Diana am Kreuzweg. Helen war sich jedoch darüber im klaren, daß das nicht allein Schauspielerei war, sondern daß sich in ihrem Wesen irgendein Wandel vollzog. Wenn Rachel, die steif im Sessel saß, ermüdete, wandte sie sich zur Seite, ließ sich bequem hineingleiten und schaute über die Möbel hinweg durch das gegenüberliegende Fenster, das auf den Garten hinausging. (Ihr Geist entfernte sich zwar von Nora, doch dachte sie weiter über Dinge nach, die das Buch nahelegte, über die Frauen und das Leben.)

Während der drei Monate, die sie hier war, hatte sie, ganz Helens Absicht entsprechend, einen erheblichen Teil der Zeit, die sie mit endlosen Spaziergängen in abgeschlossenen Gärten und dem Hausfrauengeschwätz ihrer Tanten verbracht hatte, wieder gutgemacht. Mrs Ambrose hätte jedoch als erste jeglichen Einfluß ihrerseits oder auch nur die Möglichkeit eines solchen Einflusses bestritten. Sie sah sie weniger scheu und weniger ernsthaft, was beides nur zu begrüßen war, und von den heftigen Sprüngen und den endlosen Irrgängen, die zu jenem Ergebnis geführt hatten, bekam sie gewöhnlich nicht einmal andeutungsweise etwas mit. Das Reden war die Medizin, auf die sie baute, das Reden über alles, ein Reden, das frei und rückhaltlos war und ebenso unschuldig, wie die Angewohnheit, mit Männern zu reden, die ihr selbst selbstverständlich geworden war. So begünstigte sie auch jene von Selbstlosigkeit und Liebenswürdigkeit zeugenden Verhaltensweisen nicht, die sich auf Unaufrichtigkeit gründen und in gemischten Haushalten von Männern und Frauen in so hohem Ansehen stehen. Sie wollte gern, daß Rachel nachdachte, bot im Hinblick darauf Bücher an und steuerte einer allzu ausschließlichen Abhängigkeit von Bach, Beethoven und Wagner entgegen. Doch wo Mrs Ambrose Defoe, Maupassant oder irgendeine umfangreiche Familienchronik vorgeschlagen hätte, wählte Rachel moderne Bücher, Bücher in glänzend gelbem Umschlag, Bücher mit reichlicher Goldprägung auf dem Rücken, die in den Augen ihrer Tanten Zeichen für harte Auseinandersetzungen und Streitigkeiten um Fakten waren, denen keine derartige Bedeutung zukam, wie die Modernen sie ihnen beilegten. Sie mischte sich jedoch nicht ein. Rachel las, was ihr beliebte, und das mit der neugierigen Wortwörtlichkeit dessen, dem geschriebene Sätze unvertraut sind, und indem sie die Worte handhabte, als wären sie aus Holz, ein jedes getrennt für sich von großer Bedeutung und mit einer eigenen Form versehen wie Tische oder Stühle. Auf diesem Wege gelangte sie zu Schlußfolgerungen, die entsprechend den Abenteuern des Tages verarbeitet werden mußten, und tatsächlich so großzügig umgemodelt wurden, wie man es sich nur wünschen konnte, und dabei jedesmal ein Körnchen Glaubwürdigkeit hinterließen.

Auf Ibsen folgte ein Roman von der Art, die Mrs Ambrose verabscheute und dessen Absicht es war, die Schuld am Fall einer Frau auf die richtigen Schultern zu verteilen; eine Absicht, die auch erfüllt wurde, sofern Unbehagen des Lesers ein Maßstab dafür ist. Sie ließ das Buch fallen, schaute aus dem Fenster, wandte sich vom Fenster ab und sank wieder in einen Sessel.

Der Vormittag war heiß, und die Übung des Lesens hatte ihren Geist in den Zustand einer Uhrfeder versetzt, die sich zusammenzog und wieder dehnte. Die Geräusche im Garten draußen vereinigten sich mit dem Ticken des Uhrwerks und den kleinen mittäglichen Geräuschen, die sich keiner bestimmten Ursache zuschreiben lassen, in einem stetigen Rhythmus. Das alles war sehr wirklich, sehr gewaltig, sehr unpersönlich, und nach wenigen Augenblicken begann sie, den Finger zu heben und ihn auf die Lehne ihres Sessels fallen zu lassen, als wolle sie sich ihrer Existenz vergewissern. Als nächstes überwältigte sie die unsägliche Seltsamkeit der Tatsache, daß sie da am Morgen im Mittelpunkt der Welt in einem Sessel sitzen sollte. Wer waren die Menschen, die im Haus umhergingen – und Dinge von einem Ort zum andern trugen? Und das Leben, was war das? Es war nur Licht, das über die Erdoberfläche glitt und verschwand, so wie sie mit der Zeit verschwinden würde, auch wenn die Möbel im Zimmer fortbestanden. Ihre Auflösung erreichte ein solches Ausmaß, daß sie den Finger nicht mehr heben konnte und völlig still saß und lauschte und immerfort auf denselben Fleck blickte. Er wurde seltsamer und seltsamer. Ehrfürchtige Scheu ergriff sie bei dem Gedanken, daß die Dinge überhaupt existierten ... Sie vergaß, daß sie überhaupt Finger besaß, die sie heben konnte ... Die Dinge, die existierten, waren so unermeßlich groß und so verlassen ... Lange Zeit blieb sie sich dieser gewaltigen Stoffmassen bewußt, während die Uhr inmitten des universalen Schweigens immer weitertickte.

»Herein«, sagte sie mechanisch, denn hartnäckiges Klopfen an der Tür schien eine Saite in ihrem Hirn anzuschlagen. Ungeheuer langsam öffnete sich die Tür, und ein hochgewachsener Mensch kam mit ausgestrecktem Arm auf sie zu und sagte:

»Wie soll ich denn das hier beantworten?«

Die ungeheure Absurdität einer Frau, die mit einem Stück Papier in der Hand in ein Zimmer tritt, setzte Rachel in Erstaunen.

»Ich weiß weder, was ich antworten soll, noch wer Terence Hewet ist«, fuhr Helen mit der tonlosen Stimme eines Geists fort. Sie hielt Rachel ein Blatt Papier vor die Augen, worauf die unglaublichen Worte geschrieben standen:

»Sehr verehrte Mrs Ambrose,

ich bin dabei, für den nächsten Freitag ein Picknick zu organisieren. Unser Vorschlag ist, daß wir bei schönem Wetter um elf Uhr dreißig aufbrechen und mit dem Aufstieg zum Monte Rosa beginnen. Er wird einige Zeit in Anspruch nehmen, doch die Aussicht müßte eigentlich herrlich sein. Es würde mich sehr freuen, wenn Sie und Miss Vinrace mit von der Partie wären.

Ihr sehr ergebener Terence Hewet«

Rachel las die Worte laut, um daran glauben zu können. Aus demselben Grund legte sie Helen die Hand auf die Schulter.

»Bücher – Bücher – Bücher«, sagte Helen auf ihre geistesabwesende Weise. »Noch mehr neue Bücher – was du an denen bloß findest ...«

Rachel las den Brief zum zweitenmal, diesmal jedoch leise. Diesmal war jedes Wort, das vorher ungreifbar gewesen war wie ein Geist, erstaunlich klar umrissen; Wort um Wort trat hervor wie Berggipfel aus dem Dunst. *Freitag – elf Uhr dreißig – Miss Vinrace.* Das Blut in ihren Adern begann zu fließen; sie spürte, daß ihr Blick sich zu beleben begann.

»Wir müssen teilnehmen«, sagte sie zu Helen, die diese Entscheidung einigermaßen überraschte. »Auf jeden Fall müssen wir teilnehmen ...« – so groß war die Erleichterung darüber, daß die Dinge auch weiterhin geschahen und durch den Dunst, der sie umgab, im Grunde nur um so strahlender erschienen.

»Monte Rosa – das ist doch der Berg da drüben, nicht wahr?« sagte Helen; »doch Hewet – wer ist denn das? Vermutlich einer von den jungen Männern, die Ridley kennengelernt hat. Dann sage ich also zu? So etwas kann entsetzlich langweilig werden.«

Sie nahm den Brief wieder an sich und ging hinaus, um dem Boten Bescheid zu geben, der auf Antwort wartete.

Der Tagesausflug, von dem ein paar Abende zuvor in Mr Hirsts Schlafzimmer erstmals die Rede gewesen war, hatte Gestalt angenommen und war eine Quelle großer Befriedigung für Mr Hewet, der bislang selten von seinen praktischen Fähigkeiten Gebrauch gemacht hatte und sich nun freute, sie der anstrengenden Aufgabe gewachsen zu sehen. Seine Einladungen waren ausnahmslos angenommen worden, was insofern umso ermutigender war, als sie entgegen Hirsts Ratschlag an Leute ergangen waren, die sehr langweilig waren, überhaupt nicht zueinander paßten und bestimmt nicht kommen würden.

»Zweifellos«, sagte er, während er ein mit Helen Ambrose unterzeichnetes Briefchen aufrollte und wieder entrollte, »sind die Gaben, die einen großen Feldherrn ausmachen, in geradezu lachhaftem Maße überschätzt worden. Etwa die Hälfte der intellektuellen Anstrengung, deren es bedarf, um einen Band mit moderner Lyrik zu rezensieren, hat mich in den Stand versetzt, sieben oder acht Menschen unterschiedlichen Geschlechts zur selben Stunde am selben Tag am selben Ort zusammenzubringen. Worin sonst besteht die Kunst des Feldherrn, Hirst? Was anderes hat Wellington auf dem Schlachtfeld von Waterloo getan? Das ist so, als zählte man die Kiesel auf einem Weg – lästig, doch nicht schwierig.«

Er saß in seinem Schlafzimmer, ein Bein über die Sessellehne gelegt, und Hirst saß ihm gegenüber und schrieb einen Brief. Hirsts Einwand, daß die Schwierigkeiten unverändert weiterbestünden, ließ nicht lange auf sich warten.

»Da sind beispielsweise zwei Frauen, die du noch nie gesehen hast. Mal angenommen, eine davon leidet an Höhenkrankheit, wie meine Schwester, und die andere –«

»Oh, die Frauen sind für dich bestimmt«, unterbrach Hewet ihn, »ich habe sie nur dir zuliebe eingeladen. Was dir nämlich fehlt, Hirst, ist der Umgang mit Frauen deines Alters. Du weißt nicht, wie du mit Frauen umzugehen hast, ein schweres Manko, wenn man bedenkt, daß die Welt zur Hälfte aus Frauen besteht.«

Hirst erklärte stöhnend, daß er sich darüber durchaus im klaren sei.

Hewets Selbstzufriedenheit verflüchtigte sich allerdings ein wenig, während er mit Hirst auf den Ort zulief, der als Treffpunkt vereinbart worden war. Er fragte sich, weshalb um alles in der Welt er diese Menschen eingeladen hatte und was man sich eigentlich davon versprach, daß man einen derartigen Auftrieb veranstaltete.

»Kühe«, so dachte er, »scharen sich auf einer Weide zusammen; Schiffe in einer Flaute; und wir sind genauso, wenn wir sonst nichts zu tun haben. Doch warum tun wir das? Soll uns das daran hindern, auf den Grund der Dinge zu sehen –« (er blieb an einem Bach stehen und begann, mit seinem Spazierstock darin herumzustochern, so daß der Schlamm das Wasser trübte) »– Städte und Berge und ganze Universen aus dem Nichts entstehen zu lassen, oder lieben wir einander wirklich, oder leben wir wiederum im Zustand ständiger Ungewißheit, wissen nichts, springen von Augenblick zu Augenblick wie von Welt zu Welt? – welches alles in allem die Ansicht ist, der *ich* zuneige.«

Er sprang über den Bach; Hirst umging ihn und schloß mit der Bemerkung wieder zu ihm auf, er habe es seit langem aufgegeben, nach irgendwelchen Beweggründen für das menschliche Handeln zu suchen.

Nach einer halben Meile gelangten sie zu einer Gruppe Platanen und dem lachsfarbenen Bauernhaus am Bach, die als Treffpunkt ausgewählt worden waren. Es war ein schattiger Ort, der passenderweise genau dort lag, wo der Hügel sich aus dem flachen Gelände erhob. Zwischen den dünnen Stämmen der Platanen konnten die jungen Männer grüppchenweise Esel grasen sehen und eine große Frau, die einem davon über die Nüstern strich, während eine zweite Frau am Bach kniete und Wasser aus der hohlen Hand schlürfte.

Als sie den schattigen Grund betraten, blickte Helen auf und streckte ihnen die Hand entgegen.

»Ich stelle mich am besten gleich selbst vor«, sagte sie. »Ich bin Mrs Ambrose.«

Nachdem sie einander die Hand geschüttelt hatten, sagte sie: »Das ist meine Nichte.«

Rachel näherte sich verlegen. Sie streckte die Hand aus, zog sie dann jedoch zurück. »Sie ist ganz naß«, sagte sie.

Diese Worte waren kaum gesprochen, als die erste Kutsche eintraf.

Die Esel hoben sofort aufmerksam die Köpfe, und schon hielt die zweite Kutsche. Allmählich füllte der Hain sich mit Menschen – den Elliots, den Thornburys, Mr Venning und Susan, Miss Allan, Evelyn Murgatroyd und Mr Perrott. Mr Hirst übernahm die Rolle des rauhbeinigen, energisch durchgreifenden Hirtenhundes. Mit Hilfe weniger Worte eines bissig klingenden Lateins bewirkte er, daß die Tiere Aufstellung nahmen, und senkte dann eine eckige Schulter, um den Damen hinaufzuhelfen. »Was Hewet nicht zu begreifen vermag«, bemerkte er, »ist, daß wir den schlimmsten Teil des Aufstiegs bis Mittag bewältigt haben müssen.« Er war einer jungen Dame namens Evelyn Murgatroyd behilflich, während er das sagte. Sie hob sich leicht wie eine Seifenblase in den Sattel. Mit der Feder, die von einem breitkrempigen Hut hinabwallte, weißgekleidet von Kopf bis Fuß, sah sie wie eine beherzte Dame aus der Zeit Karls I. aus, die die königlichen Heerscharen in die Schlacht führt.

»Reiten Sie mit mir«, befahl sie; und sobald Hirst sich selbst auf ein Maultier geschwungen hatte, setzten die zwei sich in Bewegung und führten die Kavalkade an.

»Sie dürfen mich aber nicht Miss Murgatroyd nennen. Das hasse ich«, sagte sie. »Mein Vorname ist Evelyn. Und Ihrer?«

»St. John«, sagte er.

»Das lasse ich mir gefallen«, sagte Evelyn. »Und wie heißt Ihr Freund?«

»Da seine Initialien R. S. T. lauten, nennen wir ihn Monk«, sagte Hirst.

»Ach, Sie sind alle immer viel zu schlau«, sagte sie. »Wo geht es lang? Pflücken Sie mir doch einen Zweig ab. Galoppieren wir!«

Sie versetzte ihrem Esel einen scharfen Hieb mit einem Zweig und stob davon. Die ebenso bewegte wie romantische Laufbahn Evelyn Murgatroyds ist mit ihren eigenen Worten am treffendsten bezeichnet: »Nennen Sie mich Evelyn, und ich nenne Sie St. John.« Sie sagte das schon bei der geringsten Herausforderung – ihr Nachname genügte bereits –, doch obwohl ihr schon eine stattliche Anzahl von jungen Männern mit beträchtlicher Bravour geantwortet hatte, sagte sie es doch immer weiter und erwählte keinen von ihnen. Ihr Esel stolperte jedoch in einen Zockeltrab hinein, und sie mußte allein voranreiten, weil der Pfad, als er zu einem der Hügelkämme anzusteigen begann, eng wurde und von Steinen übersät war. Die Kavalkade wand sich voran wie eine vielgliedrige Raupe, die weißgetupft war von den Sonnenschirmen der Damen und den Panamahüten der Herren. Als an einem bestimmten Punkt das Gelände steil anstieg, sprang Evelyn M. ab, warf dem Eingeborenenjungen die Zügel zu und beschwor St. John Hirst, doch ebenfalls abzusitzen. Diejenigen, die das Bedürfnis hatten, sich zu strecken, folgten ihrem Beispiel.

»Ich sehe keinerlei Veranlassung zum Absteigen«, sagte Miss Allan zu Mrs Elliot unmittelbar hinter ihr, »wenn ich bedenke, welche Schwierigkeit es mir bereitet hat, überhaupt hinaufzukommen.«

»Diese Eselchen halten wohl alles aus, n'est-ce pas?« Mrs Elliot wandte sich an den Führer, der sich verbindlich verbeugte.

»Blumen«, sagte Helen und bückte sich, um die hübschen kleinen leuchtenden Blumen zu pflücken, die vereinzelt am Weg wuchsen. »Man zerreibt die Blätter, und sie duften«, sagte sie, indem sie Miss Allan eine aufs Knie legte.

»Sind wir einander nicht schon begegnet?« fragte Miss Allan und schaute sie an.

»Ich hielt das für selbstverständlich«, sagte Helen lachend, denn in dem Durcheinander am Treffpunkt waren sie einander nicht vorgestellt worden.

»Wie vernünftig!« zirpte Mrs Elliot. »Genauso hätte man es doch immer gern – nur ist es leider nicht möglich.«

»Nicht möglich?« sagte Helen. »Alles ist möglich. Wer weiß, was nicht bis zum Dunkelwerden noch alles passiert?« fuhr sie fort und trieb ihren Spott mit der Zaghaftigkeit der armen Dame, die so unbedingt darauf angewiesen war, daß eins aufs andere folgte, daß die bloße Ahnung einer Welt, wo das Abendessen vernachlässigt oder der Tisch um einen Zoll von seinem gewohnten Platz verrückt wurde, sie bereits um ihr Gleichgewicht fürchten ließ.

Höher und höher gelangten sie hinauf und lösten sich mehr und mehr von der Welt. Wenn sie sich umwandten und zurückblickten, sahen sie diese Welt flach ausgebreitet und markiert von Quadraten aus dünnem Grün und Grau.

»Die Städte sind sehr klein«, bemerkte Rachel, während sie ganz Santa Marina und seine Vororte mit einer Hand verdunkelte. Das Meer füllte alle Einbuchtungen der Küste schmiegsam aus und brach sich in weißem Gekräusel, und hier und dort waren, festumrissen, Schiffe ins Blau gesetzt. Das Meer war violett und grün getupft, und am Saum, wo es auf den Himmel traf, zog sich ein glitzernder Strich entlang. Die Luft war sehr klar und still, abgesehen vom durchdringenden Gelärme der Grashüpfer und dem Gesumme der Bienen, das laut ins Ohr drang, wenn sie vorbeischossen und verschwanden. Die Gesellschaft machte halt und ließ sich für eine Weile in einem Steinbruch am Abhang nieder.

»Erstaunlich klar«, rief St. John, der einen Einschnitt der Küste nach dem anderen identifizierte.

Evelyn M. saß neben ihm, das Kinn in die Hand gestützt. Sie musterte die Landschaft mit einem gewissen Ausdruck des Triumphs.

»Glauben Sie, daß Garibaldi je hier oben war?« fragte sie Mr Hirst. Oh, wäre sie doch seine Braut gewesen! Wenn dies doch statt einer Picknickveranstaltung eine Unternehmung von Patrioten gewesen wäre, so daß sie, ein Rothemd wie die anderen, unter grimmig entschlossenen Männern läge, flach auf der Grasnarbe, das Gewehr auf die weißen Zinnen unter ihnen gerichtet, die Augen mit der Hand beschirmt, damit der Blick den Rauch durchdringen konnte! Während sie sich solchen Gedanken hingab, bewegte ihr Fuß sich ruhelos, und dann rief sie aus:

»So etwas kann man doch aber wohl nicht Leben nennen?«

»Was nennen Sie denn Leben?« sagte St. John.

»Kampf – Revolution«, sagte sie, und ihr Blick ruhte immer noch auf der zum Untergang verurteilten Stadt. »Sie interessieren sich nur für Bücher, das weiß ich.«

»Da sind Sie völlig im Irrtum«, sagte St. John.

»Sagen Sie's mir«, drängte sie, denn es waren ja keine Gewehre vorhanden, die auf Leiber gerichtet werden mußten, und so verlegte sie sich auf eine andere Art von Kriegskunst.

»Wofür ich mich interessiere? Menschen«, sagte er.

»Also, das überrascht mich aber wirklich!« rief sie aus. »Sie wirken so schrecklich ernst. Lassen Sie uns Freunde sein, und erzählen wir einander, wie wir sind. Es liegt mir überhaupt nicht, vorsichtig zu sein, und wie halten Sie's damit?«

St. John war hingegen entschieden vorsichtig, wie sie daran erkennen konnte, daß er plötzlich die Lippen zusammenpreßte, und er hatte nicht die Absicht, einer jungen Dame seine Seele zu offenbaren.

»Der Esel frißt meinen Hut«, bemerkte er und langte danach, statt ihr zu antworten. Ein Anflug von Röte zeigte sich in Evelyns Gesicht, dann wandte sie sich mit einigem Ungestüm Mr Perrott zu, und als sie wieder aufsaßen, war es Mr Perrott, der ihr in den Sattel half.

»Erst legt man die Eier, dann ißt man das Omelette«, sagte Hughling Elliot feinsinnig auf Französisch, ein Fingerzeig für alle anderen, daß es an der Zeit war weiterzureiten.

Die Mittagssonne, die Hirst vorausgesagt hatte, brannte inzwischen heiß hernieder. Je höher sie hinaufkamen, desto mehr Himmel war zu sehen, bis der Berg nur noch ein kleines Zelt aus Erde vor einem riesenhaften blauen Hintergrund war. Die Engländer verstummten; die Eingeborenen, die neben den Eseln herliefen, stimmten auf eigenartig zittrige Weise ihre Lieder an und warfen einander Scherzworte zu. Der Weg wurde sehr steil, und jeder Reiter hielt den Blick fest auf die auf und ab hoppelnde gerundete Form von Reiter und Esel unmittelbar vor ihm gerichtet. Ihren Körpern wurde eher mehr abverlangt, als bei einer Vergnügungspartie zulässig erscheint, und Hewet bekam die eine oder andere leicht verdrießliche Bemerkung mit.

»Ausflüge in einer derartigen Hitze sind vielleicht ein wenig unklug«, murmelte Mrs Elliot Miss Allan zu.

Miss Allan gab jedoch zurück: »Ich möchte immer gern bis auf den Gipfel hinauf«; und das stimmte, obwohl sie eine korpulente Frau, steif in den Gliedern und an Eselritte nicht gewöhnt war, doch da sie nur selten Ferien machte, nutzte sie sie nach Kräften aus.

Die lebhafte weiße Gestalt ritt ziemlich weit voran; sie hatte sich irgendwoher einen belaubten Zweig beschafft und ihn sich wie eine Girlande um den Hut gewunden. Ein paar Minuten lang ritten sie schweigend weiter.

»Die Aussicht wird herrlich sein«, versicherte Hewet ihnen, während er sich mit aufmunterndem Lächeln im Sattel umwandte. Rachel fing seinen Blick auf und lächelte ebenfalls. Noch eine ganze Weile kämpften sie sich auf diese Weise weiter empor, und es war nichts zu hören, als das Klappern der Hufe, die ihre Mühe mit dem Geröll hatten. Dann sahen sie, daß Evelyn von ihrem Esel gestiegen war, und Mrs Perrott in der Haltung eines Staatsmanns am Parliament Square dastand, einen steinernen Arm der Szenerie entgegengestreckt. Ein wenig links von ihnen stand eine niedrige, verfallene Mauer, der Stumpf eines elisabethanischen Wachtturms.

»Viel länger hätte ich es nicht ausgehalten«, vertraute Mrs Elliot Mrs Thornbury an, doch die freudige Gewißheit, daß man in einem Augenblick auf dem Gipfel sein und die Aussicht genießen würde, bewirkte, daß sie von niemandem eine Antwort bekam. Einer nach dem anderen erreichten sie das Plateau des Gipfels und standen von Staunen überwältigt. Vor sich gewahrten sie eine Fläche von riesenhafter Ausdehnung – graue Sandstreifen, die in Wald übergingen, und Wald, der mit Bergen verschmolz, und Berge, die von Luft umflossen waren, die unendlichen Weiten Südamerikas. Ein Fluß durchquerte die Ebene, der ebenso flach war wie das Land und genauso unbewegt wirkte. Der Anblick einer solchen Weite wirkte sich zunächst eher ernüchternd aus. Sie kamen sich sehr klein vor, und eine Weile sagte niemand etwas. Dann rief Evelyn: »Großartig!« Sie griff nach der ersten besten Hand in ihrer Nähe; es war zufällig die Hand von Miss Allan.

»Nord – Süd – Ost – West«, sagte Miss Allan und wies mit einem leichten Rucken des Kopfes in die vier Richtungen des Kompasses.

Hewet, der ein Stückchen unterhalb des Plateaus stand, blickte zu seinen Gästen auf, als wollte er sich dafür rechtfertigen, daß er sie hierher gebracht hatte. Ihm fiel auf, wie eigenartig die anderen aufgereiht standen, leicht vornübergeneigte Gestalten, denen der Wind die Kleider an den Leib klebte, der an nackte Statuen denken ließ. Auf ihrem Sockel aus Erde wirkten sie unvertraut und edel, doch schon einen Augenblick später waren sie aus der Reihe getreten, und er mußte sich um die Essensverteilung kümmern. Hirst kam ihm zu Hilfe, und Päckchen mit Huhn und Brot wanderten von Hand zu Hand.

Als St. John Helen ihr Päckchen gab, blickte sie ihm voll ins Gesicht und sagte:

»Erinnern Sie sich – zwei Frauen?«

Er musterte sie scharf.

»Gewiß«, sagte er.

»Dann sind Sie also die beiden Frauen!« rief Hewet und blickte dabei von Helen zu Rachel.

»Ihre erleuchteten Fenster haben uns in Versuchung geführt«, sagte Helen. »Wir haben Sie beim Kartenspielen beobachtet, hatten jedoch keine Ahnung, daß wir dabei beobachtet wurden.«

»Das war wie in einem dieser Theaterstücke«, setzte Rachel hinzu.

»Und Hirst konnte Sie nicht beschreiben«, sagte Hewet.

Es war allerdings eigenartig, daß jemand Helen gesehen hatte und nichts über sie zu sagen wußte.

Hughling Elliot hob sein Monokel und verschaffte sich einen Überblick über die Situation.

»Ich kenne nichts Scheußlicheres«, sagte er und bog dabei ein Hühnerbein auseinander, »als gesehen zu werden, wenn man sich dessen nicht bewußt ist. Man hat das bestimmte Gefühl, bei irgendeiner lächerlichen Handlung ertappt worden zu sein – etwa dabei, wie man in einem Hansom seine Zunge betrachtet.«

Nun hörten die anderen auf, die Aussicht zu betrachten, und scharten sich in einem Kreis um die Körbe zusammen.

»Und doch haben diese kleinen Spiegel in den Hansoms ihren eigenen Reiz«, sagte Mrs Thornbury. »Das Gesicht sieht so anders aus, wenn man nur ein Stückchen davon sieht.«

»Es wird bald nur noch sehr wenig Hansoms geben«, sagte Mrs

Elliot. »Und vierrädrige Droschken ebenfalls – Sie dürfen mir glauben, daß es selbst in Oxford nahezu unmöglich ist, eine vierrädrige Droschke zu bekommen.«

»Was wohl aus den Pferden wird«, sagte Susan.

»Kalbfleischpastete«, sagte Arthur.

»Es ist ohnehin höchste Zeit, daß das Pferd ausgerottet wird«, sagte Hirst. »Es ist niederschmetternd häßlich, ganz abgesehen davon, daß es bösartig ist.«

Dem konnte Susan, die in der Überzeugung großgeworden war, daß das Pferd das edelste der Geschöpfe Gottes ist, jedoch nicht zustimmen, und Venning befand, Hirst sei ein unsäglicher Esel, war jedoch zu höflich, um nicht weiter an der Unterhaltung teilzunehmen.

»Wenn sie uns aus Flugzeugen fallen sehen, dürfte ihnen das vermutlich einige Genugtuung bereiten«, bemerkte er.

»Sie fliegen?« sagte der alte Mr Thornbury und setzte die Brille auf, um ihn zu betrachten.

»Ich hoffe, es irgendwann zu tun«, sagte Arthur.

Nun wurde ausgiebig das Fliegen erörtert, und es klang fast schon nach einer Ansprache, als Mrs Thornbury die Ansicht kundtat, daß es in Kriegszeiten absolut notwendig und England schrecklich ins Hintertreffen geraten sei. »Wenn ich ein junger Bursche wäre«, schloß sie, »würde ich mich bestimmt dafür ausbilden lassen.« Es war schon komisch, diese kleine alte Dame so vor sich zu sehen, im grauen Kostüm, mit einem Sandwich in der Hand und diesen Augen, die vor Eifer aufleuchteten, als sie sich selbst als jungen Mann in einem Flugzeug sah. Aus irgendeinem Grund lief das Gespräch danach jedoch nicht mehr unbeschwert weiter, und alle Äußerungen drehten sich nun um die Getränke, das Salz und die Aussicht. Auf einmal legte Miss Allan, die mit dem Rücken zu der verfallenen Mauer saß, ihr Sandwich hin, klaubte sich etwas vom Hals und bemerkte: »Ich bin von Tierchen bedeckt.« Das stimmte, und die Entdeckung war sehr willkommen. Die Ameisen strömten einen Gletscher von loser Erde hinab, die zwischen den Steinen der Ruine aufgehäuft lag – große braune Ameisen mit blanken Leibern. Sie hielt Helen eine auf dem Handrücken zur Begutachtung hin.

»Die beißen vermutlich?« sagte Helen.

»Beißen werden sie nicht, doch sie fallen womöglich über alles Eßbare her«, sagte Miss Allan, und es wurden unverzüglich Maßnahmen ergriffen, um die Ameisen von ihrem Kurs abzubringen. Auf Hewets Anregung hin beschloß man, die Methoden der modernen Kriegsführung gegenüber einer Invasionsarmee anzuwenden. Das Tischtuch stellte das invasionsbedrohte Land dar, und darum herum errichteten sie Barrikaden aus Körben, ordneten die Weinflaschen zum Schutzwall, bauten Festungen aus Brot und zogen Gräben aus Salz. Wenn eine Ameise durchkam, war sie dem Sperrfeuer der Brotkrumen ausgesetzt, bis Susan erklärte, daß das grausam sei, und jene Tollkühnen mit Beutestücken in Gestalt von kalter Zunge belohnte. Über diesem Spiel legten sie ihre Steifheit ab und wurden sogar ungewöhnlich kühn, denn Mr Perrott, der sehr schüchtern war, sagte: »Sie gestatten doch?« und entfernte eine Ameise von Evelyns Hals.

»Es wäre ganz und gar nicht komisch«, sagte Mrs Elliot in vertraulichem Ton zu Mrs Thornbury, »wenn einem so eine Ameise zwischen Hemd und Haut geriete.«

Der Lärm steigerte sich auf einmal beträchtlich, denn man entdeckte, daß eine lange Kolonne von Ameisen durch einen Hintereingang den Weg auf das Tischtuch gefunden hatte, und wenn Lärm ein Erfolgsmaßstab ist, dann hatte Hewet allen Grund zu der Annahme, daß seine Unternehmung ein Erfolg war. Dennoch befiel ihn ohne jeglichen Grund eine tiefe Niedergeschlagenheit.

»Sie können einem nicht genügen; sie sind würdelos«, dachte er, während er seine Gäste aus geringer Entfernung musterte, wo er die Teller zusammenstellte. Er ließ den Blick über sie hinwegwandern, wie sie da vorgebeugt um das Tischtuch saßen und sich gestikulierend mal hier, mal dahin wandten. Freundlich und bescheiden, in vieler Hinsicht achtenswert, ja selbst liebenswert in ihrer Genügsamkeit und ihrem Wunsch, nett zu sein, waren sie doch sämtlich mittelmäßig und der abgeschmacktesten Grausamkeit gegeneinander fähig! Da war Mrs Thornbury, freundlich, doch trivial in ihrem mütterlichen Egoismus; Mrs Elliot, die unablässig ihr Los beklagte; ihr Gatte, eine bloße Larve; und Susan – sie besaß keine Persönlichkeit und war in jeder Hinsicht nichtssagend; Venning war so treuherzig und so grobschlächtig wie ein Schuljunge; der arme alte Thornbury erledigte lediglich sein Pensum wie ein Pferd in einer Tretmühle; und je weniger Einblick man in Evelyns Charakter nahm, so argwöhnte er, desto besser. Doch dies waren die Leute mit Geld, und sie wurden vor allen anderen mit der Lenkung der Geschicke der Welt betraut. Man brauchte bloß einen dazwischenzustecken, der vitaler war, dem am Leben oder der Schönheit gelegen war, was würden sie dem nicht das Leben sauer machen, was nicht für Schindluder mit seinen Gaben treiben, falls er versuchen sollte, mit ihnen zu teilen, statt sie zu geißeln!

»Dann ist da noch Hirst«, dachte er schließlich, bei der Gestalt seines Freundes angelangt; mit dem üblichen kleinen Stirnrunzeln konzentrierter Aufmerksamkeit schälte er gerade eine Banane. »Und der ist häßlich wie die Sünde.« Für die Häßlichkeit St. John Hirsts und die damit verbundenen Einschränkungen machte er in gewisser Weise die anderen verantwortlich. Es war deren Schuld, daß er sein Leben allein verbringen mußte. Dann kam er zu Helen, deren Lachen seine Aufmerksamkeit anzog. Sie lachte über Miss Allan. »In dieser Hitze tragen Sie eine Hemdhose?« sagte sie mit einer Stimme, die eigentlich nicht für andere bestimmt war. Ihr Anblick gefiel ihm ungeheuer, weniger ihre Schönheit als ihre Großzügigkeit und Geradlinigkeit, die sie die anderen überragen ließen wie eine gewaltige Frau aus Stein, und als sein Blick weiterwanderte, war er milder gestimmt. Sein Blick fiel auf Rachel. Sie lag, auf den Ellbogen gestützt, eher ein wenig hinter den anderen; sie hätte genau dieselben Dinge denken können wie Hewet selbst. Ihr Blick heftete sich eher traurig, doch ohne Eindringlichkeit auf die Reihe der Menschen vor ihr. Auf den Knien, ein Stück Brot in der Hand, kroch Hewet zu ihr.

»Was betrachten Sie denn da?« fragte er.

Sie war ein bißchen erschrocken, antwortete jedoch, ohne zu zögern: »Menschen.«

11. Kapitel

Einer nach dem anderen standen sie auf und reckten sich und teilten sich innerhalb weniger Minuten mehr oder weniger in zwei getrennte Gruppen auf. In der einen Gruppe gaben Hughling Elliot und Mrs Thornbury den Ton an, die beide die gleichen Bücher gelesen und über die gleichen Fragen nachgedacht hatten und nun darauf brannten, die Orte unter ihnen zu benennen und den ganzen Vorrat ihrer Kenntnisse darüber auszuschütten, Informationen über Flotten und Armeen, politische Parteien, Eingeborene und Erzabbau – die alle zusammengenommen, so sagten sie, bewiesen, daß Südamerika das Land der Zukunft sei.

Evelyn M. hörte zu, die leuchtend blauen Augen fest auf die beiden Orakel gerichtet.

»Wie sehr man sich danach sehnt, ein Mann zu sein!« rief sie.

Mr Perrott erwiderte, indem er die Ebene musterte, ein Land mit Zukunft, das sei schon etwas Großartiges.

»Wenn ich Sie wäre«, sagte Evelyn, indem sie sich ihm zuwandte und ihren Handschuh temperamentvoll durch die Finger zog, »würde ich Truppen aufstellen und irgendein großes Gebiet erobern und etwas Herrliches daraus machen. Dafür werden Sie auch Frauen brauchen. Wie gern würde ich nicht ein Leben ganz von Anfang an beginnen, so wie es sein sollte – nichts Schäbiges, sondern prächtige Gebäude und Gärten und prachtvolle Männer und Frauen! Doch Sie – Sie denken nur an Gerichtshöfe!«

»Und Sie wären wirklich zufrieden ohne hübsche Kleider und Süßigkeiten und all die Dinge, die junge Damen mögen?« fragte Mr Perrott, und hinter seinem ironischen Tonfall verbarg sich eine gewisse Gekränktheit.

»Ich bin keine junge Dame!« Evelyn funkelte ihn an; sie biß sich auf die Lippe. »Nur weil ich großartige Dinge liebe, lachen Sie mich aus. Warum gibt es jetzt bloß keine Männer wie Garibaldi?« wollte sie wissen.

»Hören Sie«, sagte Mr Perrott, »Sie geben mir ja keine Chance. Sie meinen also, wir sollten ganz von vorn beginnen. Gut. Doch sehe ich nicht recht – ein Gebiet erobern? Die sind doch schon alle erobert, oder?«

»Es handelt sich doch nicht um ein bestimmtes Gebiet«, erläuterte Evelyn. »Es geht um die Idee, verstehen Sie? Wir führen ein so zahmes Leben. Und ich bin mir sicher, daß Großes in Ihnen steckt.«

Hewet sah, wie Mr Perrotts kluges, schmächtiges Gesicht mit seinen Narben und Furchen sich auf rührende Weise entspannte. Er konnte sich vorstellen, welche Berechnungen selbst in diesem Augenblick in seinem Kopf stattfanden, die sich darum drehten, ob er berechtigt sei, eine Frau um ihre Hand zu bitten, wenn man bedachte, daß er als Anwalt nicht mehr als fünfhundert im Jahr verdiente, über keinerlei private Mittel verfügte und eine kranke Schwester unterstützen mußte. Wieder einmal wurde Mr Perrott bewußt, daß er »kein Echter« war, wie Susan in ihrem Tagebuch festgestellt hatte – kein ganz echter Gentleman, meinte sie, denn er war der Sohn eines Kolonialwarenhändlers in Leeds, hatte das Leben mit einer Kiepe auf dem Rücken begonnen und verriet nun, da er von einem geborenen Gentleman praktisch nicht mehr zu unterscheiden war, dem scharfen Blick seine Herkunft durch die makellose Gepflegtheit seiner Kleidung, einen Mangel an Ungezwungenheit im Auftreten, peinliche Sauberkeit, eine gewisse, nicht näher bestimmbare Zögerlichkeit und Präzision im Umgang mit Messer und Gabel, die ein Relikt aus Tagen sein mochten, als Fleisch rar und sein Umgang damit nicht eben zierlich gewesen war.

Die beiden Gruppen, die umherschlenderten und sich dabei aufzulösen begannen, stießen jetzt zueinander und vereinigten sich in einem langen unverwandten Blick über die gelben und grünen Flecken der sonnenheißen Landschaft unter ihnen. Die heiße Luft tanzte darüber hinweg und machte es unmöglich, die Dächer eines Dorfes in der Ebene deutlich zu erkennen. Selbst auf dem Gipfel des Berges, wo eine leichte Brise spielte, war es sehr heiß, und die Hitze, das Essen, die riesenhafte Weite des Raumes und vielleicht noch irgendeine weniger eindeutig zu benennende Ursache lösten eine angenehme Schläfrigkeit und ein seliges Wohlgefühl in ihnen aus. Sie sagten zwar nicht viel, empfanden das Schweigen jedoch nicht als gezwungen.

»Wie wär's, wenn wir mal schauten, was es dort drüben zu sehen gibt?« sagte Arthur zu Susan, und das Paar wanderte davon, wobei nicht zu übersehen war, daß dieser Abgang in allen übrigen eine gewisse Spannung auslöste.

»Ein komischer Haufen, wie?« sagte Arthur. »Ich glaubte schon, wir würden die nie alle auf den Gipfel hinaufbekommen. Aber ich bin weiß Gott froh, daß wir mitgemacht haben! Um keinen Preis hätte ich das versäumen mögen.«

»Ich *mag* Mr Hirst einfach nicht«, sagte Susan ohne ersichtlichen Zusammenhang. »Vermutlich ist er sehr gescheit, doch weshalb müssen gescheite Leute bloß immer so – Na, wahrscheinlich ist er im Grunde furchtbar nett«, setzte sie hinzu und milderte instinktiv ab, was als unfreundliche Bemerkung hätte aufgefaßt werden können.

»Hirst? Ach, das ist einer von diesen gelehrten Burschen«, sagte Arthur gleichgültig. »Er sieht nicht so aus, als hätte er Freude daran. Sie sollten ihn mit Elliot reden hören. Ich habe alle Mühe, ihnen überhaupt zu folgen ... Mit meinen Schulbüchern hatte ich nie viel im Sinn.«

Während diese Sätze fielen, zwischen denen jeweils Pausen eintraten, hatten sie sich einem kleinen Hügel genähert, auf dessen Kuppe eine Reihe schlanker Bäume wuchsen.

»Wäre es Ihnen recht, wenn wir uns hier hinsetzten?« fragte Arthur und blickte sich um. »Es ist hübsch im Schatten – und die Ansicht –« Sie setzten sich und blickten schweigend eine Weile starr vor sich hin.

»Manchmal beneide ich diese gescheiten Burschen jedoch«, bemerkte Arthur. »Ich nehme nicht an, daß denen jemals ...« Er beendete seinen Satz nicht.

»Ich wüßte nicht, weshalb Sie die beneiden sollten«, sagte Susan im Brustton der Überzeugung.

»Es widerfahren einem ja merkwürdige Dinge«, sagte Arthur. »Da läuft alles ganz glatt für einen, alles geht seinen geordneten Gang, alles hübsch übersichtlich und reibungslos, und man denkt, man kennt sich aus im Leben, und auf einmal weiß man überhaupt nicht mehr, wo man steht, und alles scheint anders zu sein, als es zu sein schien. Und nun heute, als wir den Pfad hinaufritten, ich hinter Ihnen, da hatte ich den Eindruck, als ob –«, er verstummte und riß ein Grasbüschel mit den Wurzeln aus. Er streute die Erdklümpchen umher, die an den Wurzeln klebten »– als ob alles gewissermaßen bedeutungsvoll wäre. Das haben Sie in mir bewirkt«, stieß er hervor, »ich sehe nicht ein, weshalb ich Ihnen das nicht sagen sollte. Dies Gefühl habe ich, seit ich Sie kenne . . . Das kommt daher, daß ich Sie liebe.«

Noch während sie Belanglosigkeiten getauscht hatten, war sich Susan der prickelnden Intimität bewußt gewesen, die nicht nur einen Teil ihrer selbst bloßzulegen schien, sondern in gewissem Maß auch die Bäume und den Himmel, und daß er immer weitersprach, war, obwohl es unvermeidlich schien, für sie durchaus schmerzlich, denn so nah war ihr bislang noch nie ein menschliches Wesen gekommen.

Sie erstarrte zu völliger Reglosigkeit, während er weitersprach, und ihr Herz machte bei seinen letzten Worten wilde Sprünge. Sie saß, die Finger um einen Stein geschlungen, und blickte starr vor sich hin den Berg hinab und über die Ebene hinweg. So war er ihr denn endlich zuteil geworden, der Heiratsantrag.

Arthur wandte ihr das Gesicht zu; es war eigenartig verzerrt. Sie rang so mühsam nach Atem, daß sie fast nicht antworten konnte.

»Vielleicht hast du es ja gewußt?« Er riß sie in seine Arme; wieder und wieder und wieder umschlangen sie einander und murmelten dabei unartikuliert.

»Also«, seufzte Arthur und ließ sich wieder zurücksinken, »das ist das Wunderbarste, das mir je passiert ist.« Er sah aus, als versuche er, Dinge, die er im Traum gesehen hatte, neben wirklich erlebte zu stellen.

Ein langes Schweigen trat ein.

»Es ist das Vollkommenste von der ganzen Welt«, stellte Susan fest, sehr sanft und aus tiefster Überzeugung. Es ging nicht mehr um einen bloßen Heiratsantrag, sondern um die Ehe mit Arthur, in den sie verliebt war.

Während des Schweigens, das sich anschloß, hielt sie seine Hand fest in der ihren und betete zu Gott, daß sie ihm eine gute Frau sein würde.

»Und was wird Mr Perrott sagen?« fragte sie schließlich.

»Der liebe alte Knabe«, sagte Arthur, der nun, da der erste Schock vorüber war und die Spannung von ihm abzufallen begann, ein ungeheures Gefühl der Freude und der Zufriedenheit verspürte. »Wir müssen sehr nett zu ihm sein, Susan.«

Er erzählte ihr, was für ein schweres Leben Perrott gehabt hatte und wie übertrieben ergeben er Arthur war. Dann erzählte er ihr von seiner Mutter, einer verwitweten Dame von ausgeprägter Charakterstärke. Susan ihrerseits entwarf die Porträts ihrer eigenen Familie – insbesondere das Ediths, ihrer jüngsten Schwester, die sie mehr liebte als irgendjemanden sonst, »außer dir, Arthur . . . Arthur«, fuhr sie fort, »was hast du denn als erstes an mir gemocht?«

»Das war eine Spange, die du eines Abends an Bord getragen hast«, sagte Arthur nach angemessener Überlegung. »Ich weiß noch, daß mir auffiel – wie absurd, daß einem gerade so etwas auffällt! –, daß du keine Erbsen genommen hast, weil ich nämlich auch keine esse.«

Als nächstes begannen sie dann, ihre ernsthafteren Vorlieben zu vergleichen, oder besser gesagt, Susan ergründete, welche Dinge Arthur wichtig waren, und bekannte, diese Dinge ebenfalls sehr zu mögen. Sie würden in London leben, vielleicht ein Cottage in der Nähe von Susans Familie nehmen, denn die würde es ohne sie zunächst seltsam finden. Nachdem sie anfangs wie benommen gewesen war, gingen ihr jetzt alle Veränderungen, die ihre Verlobung bewirken würde, blitzartig durch den Sinn – wie herrlich das sein würde, in den Kreis der verheirateten Frauen einzutreten –, nicht länger auf Mädchen angewiesen zu sein, die viel jünger waren als man selbst –, der endlosen Einsamkeit des Lebens einer alten Jungfer zu entkommen. Immer wieder ergriff sie das Erstaunen darüber, welches Glück sie gehabt hatte, und sie wandte sich Arthur mit einem Ausruf der Liebe zu.

Sie lagen einander in den Armen und hatten keine Ahnung, daß sie beobachtet wurden. Doch zwischen den Bäumen über ihnen tauchten plötzlich zwei Gestalten auf.

»Hier ist Schatten«, fing Hewet gerade an, als Rachel auf einmal ruckartig stehenblieb. Sie sahen unter sich einen Mann und eine Frau am Boden liegen, die, entsprechend ihrer Umarmung, die sich lokkerte und dann wieder enger wurde, sacht hin und her rollten. Dann setzte der Mann sich auf, und die Frau, die sich jetzt als Susan Warrington herausstellte, legte sich zurück auf den Boden, die Augen geschlossen und einen selbstvergessenen Ausdruck im Gesicht, als sei sie nicht ganz bei Bewußtsein. Auch ließ sich aus ihrer Miene nicht erschließen, ob sie nun glücklich war oder etwas Schlimmes erlebt hatte. Als Arthur sich ihr wieder zuwandte und sie mit dem Kopf anstieß wie ein Lamm das Mutterschaf, zogen sich Hewet und Rachel wortlos zurück. Hewet fühlte sich unbehaglich und schüchtern.

»Ich mag das nicht«, sagte Rachel nach einem Weilchen.

»Ich weiß, daß ich das früher auch nicht mochte«, sagte Hewet. »Ich weiß noch –«, aber er überlegte es sich anders und fuhr in ganz normalem Tonfall fort: »Wir dürfen wohl davon ausgehen, daß sie verlobt sind. Meinen Sie denn, daß er jemals fliegen wird, oder wird sie dem einen Riegel vorschieben?«

Rachel war jedoch immer noch aufgewühlt; sie konnte sich nicht von dem Bild freimachen, das sie gerade gesehen hatten. Statt Hewet zu antworten, verfolgte sie ihren Gedanken weiter:

»Das ist schon seltsam an der Liebe, finde ich, daß sie einem solches Herzklopfen bereitet.«

»Sie ist eben so ungeheuer wichtig«, erwiderte Hewet. »Deren Leben hat sich jetzt auf alle Zeiten gewandelt.«

»Und gleichzeitig tun sie einem auch leid«, fuhr Rachel fort, als zeichnete sie den Gang ihrer Empfindungen nach. »Ich kenne sie zwar beide nicht, doch ich könnte fast in Tränen ausbrechen. Das ist doch albern, finden Sie nicht auch?«

»Einfach nur, weil sie verliebt sind«, sagte Hewet. »Doch«, sagte er nach kurzem Nachdenken, »ich stimme zu, es hat etwas furchtbar Rührendes.«

Und nun, da sie sich ein ganzes Stück von der Baumgruppe entfernt hatten und an eine muldenförmige Senke gelangten, die sehr dazu einlud, sich anzulehnen, schickten sie sich an, sich dort niederzulassen, und das Bild des Liebespaars büßte etwas von seiner Eindrücklichkeit ein, wenn auch eine gewisse Überschärfe der visuellen Wahrnehmung, die wahrscheinlich ein Ergebnis des zuvor Gesehenen war, zurückblieb. So wie ein Tag, an dem jede Gefühlsregung unterdrückt worden ist, anders ist als andere Tage, war auch dieser Tag jetzt anders, allein deshalb, weil sie andere Menschen an einem Wendepunkt ihres Lebens gesehen hatten.

»Ein großes Zeltlager könnten die sein«, sagte Hewet, der auf die Berge vor ihm schaute. »Hat das nicht auch etwas von einem Aquarell – Sie wissen schon, wie Wasserfarben auf dem gewellten Papier trocknen – Ich habe mich gefragt, wie sie wohl aussehen würden.«

Sein Blick wurde träumerisch, als vergliche er Dinge, und die Farbe seiner Augen erinnerte Rachel an die grüne Haut einer Schnecke. Sie setzte sich neben ihn und blickte ebenfalls auf die Berge. Als es schmerzhaft wurde, den Blick weiter auf sie gerichtet zu halten, da die ungeheure Weite der Aussicht ihre Augen über deren natürliche Begrenztheit hinaus zu vergrößern schien, blickte sie zu Boden; es gefiel ihr, diesen Zoll Boden von Südamerika so gründlich zu erforschen, daß sie jedes Erdkorn wahrnahm und daraus eine Welt machte, in der sie selbst mit der allerhöchsten Macht begabt war. Sie drückte einen Grashalm nieder, setzte auf die Quaste ganz an seinem Ende ein Insekt und fragte sich, ob das Insekt sich wohl über dies seltsame Abenteuer im klaren sei, und als nächstes kam ihr der Gedanke, wie seltsam es wiederum war, daß sie gerade diese Quaste statt irgendeiner anderen unter Millionen Quasten hinabgebogen hatte.

»Sie haben mir noch gar nicht gesagt, wie Sie mit Vornamen heißen«, sagte Hewet plötzlich. »Miss Soundso Vinrace ... Ich weiß gern, wie jemand mit Vornamen heißt.«

»Rachel«, erwiderte sie.

»Rachel«, wiederholte er. »Ich habe eine Tante, die Rachel heißt und die das Leben Pater Damians in Verse gefaßt hat. Sie ist eine religiöse Fanatikerin – Ergebnis dessen, wie sie aufgewachsen ist, unten in Northamptonshire, ohne je eine Menschenseele zu sehen. Haben Sie irgendwelche Tanten?«

»Ich lebe bei ihnen«, sagte Rachel.

»Und was machen die wohl jetzt gerade?« wollte Hewet wissen.

»Sie kaufen wahrscheinlich Wolle«, entschied Rachel. Sie versuchte, sie zu beschreiben. »Es sind kleine, ziemlich blasse Frauen«, begann sie, »sehr reinlich. Wir wohnen in Richmond. Sie haben auch noch einen alten Hund, der nur das Mark aus den Knochen fressen will ... Sie gehen ständig zur Kirche. Sie räumen ziemlich häufig ihre Schubladen auf.« Doch die Schwierigkeit, andere Menschen zu beschreiben, wurde ihr allzu fühlbar.

»Ich kann unmöglich glauben, daß das alles immer noch so weitergeht!« rief sie.

Die Sonne stand hinter ihnen, und plötzlich fielen zwei langgestreckte Schatten vor ihnen über den Boden, der eine flatterte, weil er von einem Rock geworfen wurde, und der andere bewegte sich nicht, weil er von einem Paar Hosen stammte.

»Ihr scheint es bequem zu haben!« sagte Helens Stimme über ihnen.

»Hirst«, sagte Hewet und wies auf den scherenförmigen Schatten; dann rollte er sich herum, um zu ihnen hinaufzuschauen.

»Hier ist Platz für alle«, sagte er.

Als Hirst es sich bequem gemacht hatte, fragte er:

»Habt ihr dem jungen Paar gratuliert?«

Es stellte sich heraus, daß Helen und Hirst, die ein paar Minuten nach Hewet und Rachel an dieselbe Stelle gekommen waren, genau dasselbe gesehen hatten.

»Nein, wir haben ihnen nicht gratuliert«, sagte Hewet. »Sie schienen sehr glücklich zu sein.«

»Nun gut«, sagte Hirst und schürzte die Lippen, »solange ich keinen von beiden heiraten muß –«

»Wir waren zutiefst gerührt«, sagte Hewet.

»Das habe ich mir schon gedacht«, sagte Hirst. »Welcher war es denn, Monk? Der Gedanke an die unsterblichen Leidenschaften oder der Gedanke an männliche Neugeborene, die den Katholiken das Wasser abgraben sollen? Ich versichere Ihnen«, sagte er zu Helen, »er ist imstande, sich von allen beiden rühren zu lassen.«

Rachel ärgerte das Gehänsel; sie spürte, daß es zugleich gegen sie gerichtet war, ihr fiel jedoch keine passende Antwort ein.

»Hirst ist durch nichts zu rühren«, sagte Hewet lachend; er schien nicht im mindesten verärgert. »Es sei denn durch eine unendliche Zahl, die sich in eine endliche verliebt – ich nehme an, solche Dinge kommen vor, selbst in der Mathematik.«

»Im Gegenteil«, sagte Hirst, eine Spur ungehalten, »ich halte mich für einen Menschen von ausgeprägten Leidenschaften.« Sein Tonfall ließ erkennen, daß er das ernst meinte; er sprach selbstverständlich für die Ohren der Damen.

»Übrigens, Hirst«, sagte Hewet nach kurzem Schweigen, »ich muß dir ein schreckliches Geständnis machen. Dein Buch – die Gedichte von Wordsworth, die ich, wie du dich erinnerst, von deinem Tisch genommen habe, als wir im Aufbruch waren und ganz bestimmt in diese Tasche gesteckt habe –«

»Ist weg«, vollendete Hirst den Satz für ihn.

»Ich würde meinen, es besteht eine gewisse Chance«, meinte Hewet beschwörend, indem er sich links und rechts abklopfte, »daß ich es schließlich doch gar nicht erst mitgenommen habe.«

»Nein«, sagte Hirst. »Es ist hier.« Er wies auf seine Brust.

»Gottseidank«, rief Hewet. »Jetzt muß ich mir nicht länger wie ein Kindsmörder vorkommen!«

»Ich könnte mir vorstellen, daß Sie ständig Dinge verlieren«, bemerkte Helen und schaute ihn nachdenklich an.

»Ich verliere keine Dinge«, sagte Hewet. »Ich verlege sie. Das war auch der Grund, weshalb Hirst sich geweigert hat, auf der Überfahrt eine Kabine mit mir zu teilen.«

»Sie sind zusammen herübergekommen?« wollte Helen wissen.

»Ich schlage vor, daß jedes Mitglied dieser Gesellschaft jetzt einen kurzen Lebenslauf liefert«, sagte Hirst und setzte sich aufrecht hin. »Miss Vinrace, Sie sind als erste dran; fangen Sie an.«

Rachel erklärte, sie sei vierundzwanzig Jahre alt, die Tochter eines Reeders, habe keine ordentliche Schulbildung erhalten; spiele Klavier, habe weder Brüder noch Schwestern und lebe bei ihren Tanten in Richmond, da ihre Mutter tot sei.

»Der nächste«, sagte Hirst, nachdem er diese Tatsachen zur Kenntnis genommen hatte; er zeigte auf Hewet.

»Ich bin der Sohn eines englischen Gentleman. Ich bin siebenundzwanzig«, begann Hewet. »Mein Vater war ein Landadliger, der auf die Fuchsjagd ging. Er starb, als ich zehn war, bei der Jagd. Ich weiß noch, wie sie seinen Leichnam nach Hause brachten, wohl auf einem Fensterladen, als ich gerade zum Tee hinunterging und feststellte, daß es Konfitüre gab, und überlegte, ob es wohl erlaubt wäre –«

»Ja, gut, doch halt dich an die Tatsachen«, warf Hirst ein.

»Ich bin in Winchester gewesen und in Cambridge, das ich nach einer Weile wieder verlassen mußte. Ich habe eine ganze Menge gemacht, seit –«

»Beruf?«

»Keiner – jedenfalls –«

»Interessengebiete?«

»Literatur. Ich schreibe einen Roman.«

»Geschwister?«

»Drei Schwestern, kein Bruder, eine Mutter.«

»Ist das alles, was wir über Sie erfahren sollen?« sagte Helen. Sie erklärte, sie sei sehr alt – im letzten Oktober vierzig geworden, und ihr Vater sei ein selbständiger Anwalt gewesen, der Bankrott gemacht habe, was auch der Grund für ihre höchst unvollständige Schulbildung gewesen sei – sie seien ständig umgezogen –, doch habe ein älterer Bruder ihr Bücher geliehen.

»Wenn ich Ihnen alles erzählen sollte –«, sie unterbrach sich und lächelte. »Das würde zu lange dauern«, schloß sie. »Ich habe mit dreißig geheiratet und zwei Kinder. Mein Mann ist Gelehrter. Und nun – sind Sie dran.« Sie nickte Hirst zu.

»Sie haben sehr viel ausgelassen«, tadelte er sie. »Ich heiße St. John Alaric Hirst«, begann er in lässigem Ton. »Ich bin vierundzwanzig Jahre alt. Ich bin der Sohn von Reverend Sidney Hirst, Pfarrer von Great Wappying in Norfolk. Ach ja, ich habe überall Stipendien gehabt – Westminster – King's. Ich bin jetzt Fellow am King's. Hört sich das nicht öde an? Eltern leben beide noch (leider). Zwei Brüder und eine Schwester. Ich bin ein höchst bemerkenswerter junger Mann«, setzte er hinzu.

»Einer der drei, oder waren es fünf? bemerkenswertesten Männer Englands«, bemerkte Hewet.

»Völlig zutreffend«, sagte Hirst.

»Das ist zwar alles sehr interessant«, sagte Helen nach einer Pause.

»Doch selbstverständlich haben wir alle Fragen ausgelassen, auf die es ankommt. Beispielsweise die, ob wir gläubige Christen sind?«

»Ich nicht«, »Ich nicht«, antworteten beide jungen Männer.

»Ich ja«, erklärte Rachel.

»Sie glauben an einen persönlichen Gott?« wollte Hirst wissen, wandte sich ihr zu und fixierte sie durch seine Brille.

»Ich glaube – ich glaube«, stammelte Rachel, »ich glaube, daß es Dinge gibt, über die wir nichts wissen, und daß die Welt sich binnen einer Minute verändern und alles Mögliche sichtbar werden könnte.«

Bei diesen Worten lachte Helen einfach laut heraus. »Unsinn«, sagte sie, »du bist keine gläubige Christin. Du hast noch nie darüber nachgedacht, was du bist. – Und es gibt noch eine Menge anderer Fragen«, fuhr sie fort, »obwohl wir die vielleicht noch nicht stellen können.« Wenn sie auch ganz ungezwungen miteinander gesprochen hatten, so war ihnen doch allen peinlich bewußt, daß sie in Wirklichkeit nichts von einander wußten.

»Die wichtigen Fragen«, sagte Hewet nachdenklich, »die wirklich interessanten. Ich bezweifle, daß die jemals jemand stellt.«

Rachel, die nicht so ohne weiteres gelten lassen mochte, daß selbst Menschen, die einander gut kennen, nur wenige Dinge aussprechen können, wollte unbedingt wissen, was er damit meinte.

»Ob wir jemals verliebt waren?« wollte sie wissen. »Ist das die Sorte Frauen, die du meinst?«

Wieder lachte Helen sie aus und bewarf sie liebevoll mit ganzen Büscheln des langen Grases mit den Quasten, weil sie so tapfer und so einfältig war.

»Ach Rachel«, rief sie. »Dich mitzunehmen, das ist so als hätte man einen jungen Hund im Haus – so einen jungen Hund, der die Unterwäsche in die Diele hinunterschleppt.«

Doch wieder wurde die sonnenbeschienene Erde vor ihnen von phantastisch anmutenden, schwankenden Gestalten gekreuzt, den Schatten von Männern und Frauen.

»Da sind sie!« rief Mrs Elliot aus. Eine gewisse Verdrießlichkeit schwang in ihrer Stimme mit. »Was haben wir nicht herumgesucht, um Sie zu finden. Wissen Sie, wie spät es ist?«

Mrs Elliot und Mr und Mrs Thornbury standen ihnen jetzt gegenüber; Mrs Elliot streckte ihnen ihre Uhr entgegen und klopfte scherzhaft auf das Zifferblatt. Hewet entsann sich wieder der Tatsache, daß es sich hier um eine Unternehmung handelte, für die er verantwortlich war, und er führte sie unverzüglich zum Wachtturm zurück, wo sie Tee trinken sollten, ehe sie den Heimweg antraten. Von der Mauerkrone flatterte ein leuchtend hellrotes Halstuch, das Mr Perrott und Evelyn gerade an einem Stein befestigten, als die anderen wieder eintrafen. Die Hitze hatte sich gerade nur so weit verändert, daß sie sich jetzt statt in den Schatten in die Sonne setzten, die freilich immer noch heiß genug war, um ihre Gesichter rot und gelb zu malen und große Partien des Terrains unter ihnen zu färben.

»Es gibt nichts, das auch nur halb so schön wäre wie Tee!« sagte Mrs Thornbury, als sie ihre Tasse hochnahm.

»Nichts«, sagte Helen. »Können Sie sich noch daran erinnern, wie Sie als Kind Heu kleingeschnitten –«, sie sprach viel rascher als gewöhnlich und hielt den Blick starr auf Mrs Thornbury gerichtet, »und so getan haben, als wäre es Tee, und dann vom Kindermädchen ausgeschimpft worden sind – warum, weiß ich überhaupt nicht, außer vielleicht deshalb, weil Kindermädchen solche Scheusale sind, lassen nicht einmal Pfeffer für Salz durchgehen, obwohl das doch nun niemandem im geringsten schaden kann. Waren Ihre Kindermädchen auch so?«

Während sie sprach, trat Susan zu der Gruppe und setzte sich neben Helen. Ein paar Minuten später kam Mr Venning aus der entgegengesetzten Richtung herangeschlendert. Sein Gesicht war ein wenig gerötet, und er war in der Stimmung, freudig auf alles einzugehen, was man zu ihm sagen würde.

»Was haben Sie denn mit dem Grab von dem alten Knaben angestellt?« fragte er und wies auf die rote Fahne, die von der Mauerkrone herabwehte.

»Wir haben versucht, ihn sein Mißgeschick vergessen zu lassen, daß er vor dreihundert Jahren gestorben ist«, sagte Mr Perrott.

»Wie schrecklich das wäre – tot zu sein!« stieß Evelyn M. hervor.

»Tot zu sein?« sagte Hewet. »Ich finde nicht, daß das schrecklich wäre. Es läßt sich doch ganz leicht ausmalen. Wenn Sie heute abend zu Bett gehen, dann falten Sie Ihre Hände – so, dann atmen Sie langsamer und langsamer –« Er legte sich mit vor der Brust gefalteten Händen zurück, die Augen geschlossen. »Nun«, murmelte er mit gleichmäßiger, monotoner Stimme, »werde ich mich, nie, nie, nie mehr bewegen.« Sein Körper, der flach hingestreckt zwischen ihnen lag, deutete für einen Augenblick den Tod an.

»Was für eine gräßliche Darbietung, Mr Hewet!« schrie Mrs Thornbury.

»Wir brauchen noch Kuchen!« sagte Arthur.

»Ich kann Ihnen versichern, daß daran überhaupt nichts Gräßliches ist«, sagte Hewet, setzte sich auf und nahm sich des Kuchens an.

»Das ist etwas so Natürliches«, wiederholte er. »Menschen mit Kindern sollten sie diese Übung jeden Abend machen lassen ... Nicht, daß ich mich darauf freute, tot zu sein.«

»Und wo Sie da von einem Grab sprechen«, sagte Mr Thornbury, der nahezu zum erstenmal den Mund aufmachte, »können Sie sich denn auf irgendetwas stützen, wenn Sie diese Ruine ein Grab nennen? Ich bin einig mit Ihnen in der Weigerung, die landläufige Interpretation zu akzeptieren, die sie zu Überresten eines elisabethanischen Wachtturms erklärt – ebensowenig wie ich glaube, daß die Ringwälle oder Hügelgräber, die wir auf den Kuppen unserer englischen Downs finden, Siedlungen waren. Die Altertumsforscher nennen alles Siedlungen. Ich frage sie immer: Na, schön, und wo haben unsere Vorfahren dann ihr Vieh untergebracht? Die Hälfte der Siedlungen in England sind lediglich die einstigen Hürden oder Wirtschaftshöfe, wie man das in meiner Weltgegend nennt. Das Argument, daß niemand sein Vieh an derart ungeschützten und schwer zugänglichen Stellen halten würde, hat nicht das geringste Gewicht, wenn man bedenkt, daß das Vieh eines Mannes in jenen Zeiten sein Kapital, sein Warenlager, die Mitgift seiner Tochter war. Ohne Vieh war er ein Leibeigener, der Mann eines anderen ...« Sein Blick verlor langsam seine Lebhaftigkeit, und er murmelte kaum hörbar ein paar abschließende Worte, wobei er seltsam alt und verloren wirkte.

Hughling Elliot, von dem man hätte erwarten dürfen, daß er den alten Mann in eine Diskussion verwickeln würde, war zu diesem Zeitpunkt nicht anwesend. Jetzt tauchte er auf und hielt ein großes Stück Baumwollstoff in der ausgestreckten Hand, das mit einem schönen Muster in angenehmen, leuchtenden Farben bedruckt war, die seine Hand bleich wirken ließen.

»Ein Schnäppchen«, verkündete er und legte es aufs Tischtuch nieder. »Ich habe es gerade von dem großen Mann mit den Ohrringen gekauft. Schön, nicht wahr? Jedem würde es natürlich nicht stehen, doch es ist genau das Richtige – findest du doch auch, Hilda? – für Mrs Raymond Parry.«

»Mrs Raymond Parry!« riefen Helen und Mrs Thornbury wie aus einem Munde.

Sie schauten einander an, als sei ein Dunstschleier, der bis dahin ihre Gesichter verhängt hatte, weggeblasen worden.

»Ah – Sie sind also auch auf diesen herrlichen Gesellschaften gewesen?« fragte Mrs Elliot mit Interesse.

Mrs Parrys Salon, der sich Tausende von Meilen entfernt hinter einer endlosen Krümmung aus Wasser auf einem winzigen Stück Erde befand, trat ihnen vor Augen. Nachdem sie bislang keinen festen Standort oder keinen Ankerplatz besessen hatten, schienen sie dort jetzt gewissermaßen Anhang genommen zu haben und schlagartig greifbarer geworden zu sein. Vielleicht waren sie ja gleichzeitig in jenem Salon gewesen; vielleicht waren sie auf der Treppe aneinander vorbeigegangen; jedenfalls hatten sie ein paar gemeinsame Bekannte. Sie musterten einander mit neuem Interesse von Kopf bis Fuß. Sie konnten darüber jedoch nicht hinausgelangen, denn es blieb keine Zeit, um die Früchte der Entdeckung zu genießen. Die Esel kamen auf sie zu, und es empfahl sich, unverzüglich mit dem Abstieg zu beginnen, denn die Nacht brach so rasch herein, daß es dunkel sein würde, bis sie wieder zu Hause waren.

So saßen sie denn einer nach dem anderen auf und ritten hintereinander den Hügel hinab. Gesprächsfetzen drangen an das Ohr der Nachfolgenden. Vor allem Scherze und Gelächter waren zu hören; einige gingen ein Stück des Weges zu Fuß, pflückten Blumen und ließen Steine vor sich her hüpfen.

»Wer schreibt denn an Ihrem College die besten lateinischen Verse, Hirst?« rief Mr Elliot ohne erkennbaren Zusammenhang über die Schulter zurück, und Mr Hirst erwiderte, er habe keine Ahnung.

Die Dämmerung brach genauso rasch herein, wie die Eingeborenen warnend vorhergesagt hatten; die Senken des Berges zu beiden Seiten füllten sich mit Dunkelheit, und der Pfad wurde so schummrig, daß es überraschte, die Eselhufe immer noch auf den harten Fels aufschlagen zu hören. Schweigsamkeit senkte sich erst über den einen, dann über den nächsten, bis alle schwiegen und ihre Seelen sich in die undurchdringliche blaue Luft verströmten. Der Weg erschien in der Dunkelheit kürzer als bei Tage; und bald schon waren die Lichter der Stadt auf der Ebene weit unter ihnen zu sehen.

Auf einmal rief jemand: »Ah!«

Und schon wieder erhob sich der träge gelbe Tropfen von der Ebene unten; er stieg empor, verharrte, öffnete sich wie eine Blume und fiel in einem Sprühregen nieder.

»Feuerwerk!« riefen sie.

Ein anderer Tropfen stieg empor, diesmal rascher; und dann wieder einer; und fast meinten sie ihn zischen und grollen zu hören.

»Bestimmt der Tag eines Heiligen«, sagte eine Stimme.

Wie die Raketen emporschossen und ihre Bahnen sich ineinander verschlangen, während sie in die Luft hinaufzischten, erinnerte an die ungestüme Art von Liebenden, unvermittelt aufzustehen und miteinander zu verschmelzen, während die Menge mit gespannten weißen Gesichtern zu ihnen emporschaut. Susan und Arthur sagten, während sie den Hügel hinabritten, jedoch kein einziges Wort zueinander und hielten sorgfältig auf Abstand.

Dann wurde das Feuerwerk spärlicher, und bald hatte es gänzlich aufgehört, und der Rest der Wegstrecke wurde nahezu im Finstern zurückgelegt, der Berg stand als gewaltiger Schatten hinter ihnen, und die Büsche und Bäume waren kleine Schatten, die Dunkelheit über den Weg warfen. Unter den Platanen trennten sie sich, zwängten sich in Kutschen und fuhren davon, ohne einander gute Nacht zu sagen, oder indem sie es kaum hörbar murmelten.

Es war so spät, daß zwischen ihrer Ankunft im Hotel und dem Schlafengehen für die üblichen Gespräche keine Zeit mehr blieb. Hirst kam jedoch, einen Kragen in der Hand, in Hewets Zimmer geschlendert.

»Tja, Hewet«, sagte er, mitten in einem gigantischen Gähnen, »ich würde sagen, das war ein großer Erfolg.« Er gähnte. »Doch nimm dich in acht, daß du nicht bei der jungen Frau da landest – Ich mag eigentlich keine jungen Frauen –«

Hewet war von den Stunden an der frischen Luft viel zu schläfrig, um darauf zu antworten. Tatsächlich lagen alle Teilnehmer des Ausflugs binnen zehn Minuten in tiefem Schlaf, mit Ausnahme von Susan Warrington. Sie lag ziemlich lange und blickte ausdruckslos auf die Wand gegenüber, die Hände über dem Herzen gefaltet, neben sich die brennende Kerze. Seit langem schon war sie keines zusammenhängenden Gedankens mehr fähig; ihr Herz schien den Umfang einer Sonne angenommen zu haben und ihren ganzen Körper zu erleuchten und wie die Sonne eine stetige Wärmewelle zu verströmen.

»Ich bin glücklich, ich bin glücklich, ich bin glücklich«, wiederholte sie. »Ich liebe alle. Ich bin glücklich.«

12. Kapitel

Als Susans Verlobung daheim gebilligt worden und jedem im Hotel, der daran Interesse nahm, offiziell mitgeteilt worden war – und mittlerweile war das Hotel in der Weise aufgespalten, wie es den von Mr Hirst beschriebenen Kreidemarkierungen entsprach –, hatte man allgemein den Eindruck, daß das Ereignis gebührend gefeiert werden müsse – in Form eines Ausflugs etwa? Das war allerdings nichts Neues mehr. Dann eben mit einem Ball. Der Vorteil eines Balles war, daß dann einer jener langen Abende entfiele, die dazu angetan waren, öde zu werden und, trotz Bridge, dazu führten, daß man lächerlich früh schlafen ging.

Zwei oder drei, die unter dem aufrecht stehenden ausgestopften Leoparden in der Halle standen, hatten im Nu eine Entscheidung getroffen. Evelyn unternahm ein, zwei gleitende Schritte auf dem Parkett und verkündete, der Boden sei ausgezeichnet. Signor Rodriguez setzte sie von der Existenz eines Spaniers in Kenntnis, der bei Hochzeiten fiedelte – fiedelte in dem Sinne, daß er selbst eine Schildkröte zum Walzertanzen brachte; und seine Tochter besaß, wiewohl sie mit Augen so schwarz wie Kohleneimern ausgestattet, dieselbe Macht über das Klavier. Für den Fall, daß einige hinfällig oder verdrießlich genug wären, am fraglichen Abend dem Kreiseln und Beobachten anderer Kreiselnder eine sitzende Beschäftigung vorzuziehen, standen ihnen der Salon und das Billardzimmer zur Verfügung. Hewet machte es sich zur Aufgabe, die Außenstehenden soweit wie möglich miteinzubeziehen. Um Hirsts Theorie der unsichtbaren Kreidemarkierungen kümmerte er sich nicht im geringsten. Ein-, zweimal holte er sich zwar einen Korb, doch zum Ausgleich stieß er auf bislang noch nicht weiter in Erscheinung getretene Herren, die entzückt waren über diese Gelegenheit, mit ihresgleichen zu sprechen, und die Dame von zweifelhaftem Charakter ließ alle Symptome erkennen, die darauf hindeuteten, daß sie ihm in näherer Zukunft ihre Geschichte anvertrauen würde. Überhaupt mußte er den Eindruck gewinnen, daß die zwei oder drei Stunden zwischen Abendessen und Schlafengehen ein wahrhaft beklagenswertes Ausmaß an privatem Unglück bargen, war es doch sehr vielen Menschen nicht gelungen, Freundschaften zu schließen.

Man kam überein, daß der Ball am Freitag, eine Woche nach der Verlobung, stattfinden sollte, und beim Abendessen äußerte Hewet seine Genugtuung.

»Sie kommen alle!« erklärte er Hirst. »Pepper!« rief er, als er William Pepper, eine Broschüre unter dem Arm, im Schlepptau der Suppe vorbeihuschen sah. »Wir zählen darauf, daß Sie den Ball eröffnen.«

»Es wird Ihnen zweifellos gelingen, Schwung in die Angelegenheit zu bringen«, gab Pepper zurück.

»Sie sollen mit Miss Allan tanzen«, fuhr Hewet fort, indem er einen Zettel mit handschriftlichen Notizen konsultierte.

Pepper blieb stehen und hob zu einem Vortrag über Rundtänze, Bauerntänze, Morristänze und Quadrillen an, die dem Bastard Walzer und dem Abklatsch Polka, die ihnen gegenwärtig sehr zu Unrecht an Beliebtheit den Rang abliefen, sämtlich überlegen seien – als die Kellner ihn sanft auf seinen Tisch in der Ecke zuschoben.

Der Speisesaal hatte in diesem Augenblick eine gewisse phantastisch anmutende Ähnlichkeit mit einem von Körnern übersäten Bauernhof, auf den sich unablässig helleuchtende Tauben niedersenkten. Fast sämtliche Damen trugen Kleider, die sie noch nicht vorgeführt hatten, und ihr Haar erhob sich in Wellen und Rollen, so daß man eher an eine Schnitzarbeit in einer gotischen Kirche denken mußte als an Haar. Das Abendessen war kürzer und weniger förmlich als gewöhnlich, da selbst die Kellner von der allgemeinen Vorfreude angesteckt zu sein schienen. Zehn Minuten ehe die Uhr neun schlug, machte das Komitee einen Rundgang durch den Ballsaal. Die Halle bot, ihrer Möbel beraubt, strahlend erleuchtet und mit Blumen geschmückt, deren Duft die Luft schwängerte, ein wundervolles Bild von ätherischer Heiterkeit.

»Wie ein sternenheller Himmel in einer vollkommen wolkenlosen Nacht«, mumelte Hewet, als er sich umschaute, beim Anblick des anmutigen leeren Raumes.

»Jedenfalls ein himmlischer Fußboden«, setzte Evelyn hinzu, indem sie Schwung holte und zwei, drei Schritte darüber hinwegglitt.

»Wie geht es denn mit den Vorhängen dort?« fragte Hirst. Die karmesinroten Vorhänge vor den Glastüren waren zugezogen. »Draußen haben wir eine vollkommene Nacht.«

»Schon, doch Vorhänge flößen Zutrauen ein«, entschied Miss Allan. »Wenn der Ball in vollem Gange ist, ist es an der Zeit, sie aufzuziehen. Wir könnten dann sogar die Türen ein bißchen aufmachen ... Wenn wir das jetzt schon tun, werden die älteren Leute sich einbilden, es zöge.«

Ihre Lebensklugheit war mittlerweile anerkannt und wurde respektiert. Während sie standen und sich unterhielten, packten die Musikanten ihre Instrumente aus, und die Geige wiederholte wieder und wieder einen Ton, der auf dem Klavier angeschlagen wurde. Alles war bereit.

Nach ein paar Minuten der Stille ließen der Vater, die Tochter und der Schwiegersohn, der das Horn spielte, zum Auftakt einen einzigen Akkord erklingen. Wie die Ratten hinter dem Flötenspieler, so tauchten im Nu Köpfe in der Türöffnung auf. Ein weiterer Auftakt erklang; und dann stürzte das Trio sich ohne Umschweife in den triumphierenden Schwung des Walzers. Es war, als würde der Raum in Sekundenschnelle von Wasser überflutet. Nach kurzem Zögern sprang erst ein Paar und dann noch eins in die Fluten und kreiste wirbelnd in den Stromschnellen. Das rhythmische Gleiten der Tänzer hörte sich an wie ein strudelndes Wasserloch. Nach und nach wurde es merklich heißer im Saal. Der Geruch von Glacéhandschuhen mischte sich mit dem starken Duft von Blumen. Die Wirbel schienen sich schneller und schneller zu drehen, bis die Musik sich zu überschlagen drohte, aufhörte und die Kreise in lauter kleine Bruchstücke zerbarsten. Die Paare verliefen sich in verschiedene Richtungen und ließen eine dünn besetzte Reihe älterer Leute zurück, die an den Wänden zu kleben schienen; hier und dort lag ein Stück Borte oder ein Taschentuch oder eine Blume auf dem Boden. Es gab eine Pause, und dann setzte die Musik wieder ein, die Strudel wirbelten, die Paare drehten sich in ihnen im Kreis, bis es zum Kollaps kam, und die Kreise in einzelne Stücke zerbrachen.

Als dies etwa fünfmal geschehen war, erblickte Hirst, der wie ein vereinzelter Wasserspeier an einem Fensterrahmen lehnte, Helen Ambrose und Rachel in der Türöffnung. Es herrschte ein derartiges Gedränge, daß sie nicht vorankamen, doch er erkannte sie an einem Stück von Helens Schulter und sah für einen kurzen Augenblick, wie Rachel den Kopf hin und her wandte. Er drängte sich zu ihnen durch; sie begrüßten ihn erleichtert.

»Wir erdulden die Qualen der Verdammten«, sagte Helen.

»So stelle ich mir die Hölle vor«, sagte Rachel.

Ihre Augen strahlten, und sie sah verwirrt aus.

Hewet und Miss Allan, die etwas mühsam Walzer getanzt hatten, blieben stehen und begrüßten die Neuankömmlinge.

»Das ist aber wirklich schön«, sagte Hewet. »Doch wo ist denn Mr Ambrose?«

»Pindar«, sagte Helen. »Ob eine verheiratete Frau, die im letzten Oktober vierzig geworden ist, wohl tanzen darf? Ich kann nicht mehr stillstehen.« Sie schien mit Hewet zu verschmelzen, und sie tauchten in der Menge unter.

»Wir müssen ihrem Beispiel folgen«, sagte Hirst zu Rachel, und er nahm sie entschlossen beim Ellbogen. Obwohl sie keine geübte Tänzerin war, tanzte Rachel gut, weil sie ein Ohr für den Rhythmus hatte, doch Hirst hatte keinen Sinn für Musik, und die paar Tanzstunden in Cambridge hatten ihm lediglich die Kenntnis der Anatomie des Walzers verschafft, ohne ihm etwas von dessen Geist mitzuteilen. Eine einzige Runde machte ihnen klar, daß ihre Methoden unvereinbar waren; statt sich zusammenzufinden, schienen ihre Knochen eckig hervorzuspringen, vereitelten jede geschmeidige Wendung und stachen überdies in die kreisförmige Fortbewegung der anderen Tänzer hinein.

»Wollen wir aufhören?« sagte Hirst. Rachel schloß aus seiner Miene, daß er ungehalten war.

Sie taumelten auf zwei Stühle in der Ecke zu, von der aus sie den Saal überblicken konnten. Er wogte immer noch in blauen und gelben Wellen, die vom Schwarz der Abendanzüge der Herren gestreift waren.

»Ein erstaunliches Spektakel«, bemerkte Hirst. »Tanzen Sie viel in London?« Sie atmeten beide rasch und ein wenig erregt, wenn auch beide entschlossen waren, sich nicht die geringste Erregung anmerken zu lassen.

»Nahezu nie. Und Sie?«

»Bei uns zu Hause veranstalten sie jedes Jahr zu Weihnachten einen Ball.«

»Der Boden hier ist wirklich nicht der schlechteste«, sagte Rachel. Hirst versuchte gar nicht erst, auf ihre Platitüde zu antworten. Er saß völlig stumm und starrte die Tanzenden an. Nach drei Minuten wurde das Schweigen Rachel so unerträglich, daß sie sich zu einem weiteren Gemeinplatz gedrängt fühlte, der diesmal die Schönheit der Nacht betraf. Hirst unterbrach sie erbarmungslos.

»War das alles nur Unsinn, was Sie da neulich erzählt haben – daß Sie gläubige Christin seien und keine Schulbildung hätten?« fragte er.

»Das war wirklich wahr«, erwiderte sie. »Aber ich spiele auch sehr gut Klavier«, sagte sie dann, »ich nehme an, besser als sonst irgendwer hier im Saal. Und Sie sind der bemerkenswerteste Mann von England, das stimmt doch?« fragte sie schüchtern.

»Einer von dreien«, verbesserte er.

In diesem Augenblick warf Helen ihr im Vorbeiwirbeln einen Fächer in den Schoß.

»Sie ist sehr schön«, bemerkte Hirst.

Sie verstummten wieder. Rachel fragte sich, ob er sie wohl ebenfalls gutaussehend fand; St. John dachte darüber nach, wie ungeheuer schwierig es doch war, mit Mädchen zu sprechen, die keine Lebenserfahrung besaßen. Rachel hatte offensichtlich noch nie irgendetwas gedacht oder gefühlt oder gesehen, und sie mochte intelligent sein oder genau wie alle anderen auch. Hewets Stichelei – »Du weißt nicht, wie du mit Frauen umzugehen hast« – nagte noch immer an ihm, und er war entschlossen, die Gelegenheit zu nutzen. Ihr Abendkleid verlieh ihr gerade das Ausmaß an Unwirklichkeit und Vornehmheit, das es romantisch machte, mit ihr zu sprechen, und das Verlangen in ihm weckte, zu reden, was ihn ärgerte, weil er nicht wußte, wie er anfangen sollte. Er blickte sie an, und sie erschien ihm sehr fern und unerklärlich, sehr jung und keusch. Er seufzte tief und begann.

»Und jetzt zu den Büchern. Was haben Sie gelesen? Gerade nur Shakespeare und die Bibel?«

»Ich habe nicht viele Klassiker gelesen«, erklärte Rachel. Sie ärgerte sich ein wenig über sein betont lässiges, reichlich aufgesetzt wirkendes Gehabe, während sein glanzvoller männlicher Intellekt bewirkte, daß sie ihre eigenen Fähigkeiten in einem sehr bescheidenen Licht sah.

»Sie wollen mir doch nicht erzählen, daß Sie vierundzwanzig Jahre alt geworden sind, ohne Gibbon gelesen zu haben?« erkundigte er sich.

»Doch«, sagte sie.

»Mon Dieu!« rief er aus und streckte die Hände weg. »Sie müssen morgen anfangen. Ich werde Ihnen mein Exemplar schicken. Was ich gern wüßte, ist –« Er blickte sie prüfend an. »Verstehen Sie, das Problem ist, ob man mit Ihnen wirklich reden kann. Haben Sie etwas im Kopf, oder sind Sie wie alle anderen Mitglieder Ihres Geschlechts? Sie erscheinen mir lachhaft jung, verglichen mit Männern Ihres Alters.«

Rachel blickte ihn an, sagte jedoch nichts.

»Was Gibbon angeht«, fuhr er fort, »meinen Sie, daß Sie imstande sein werden, ihn zu würdigen? Er ist natürlich der Prüfstein. Es ist furchtbar schwierig, sich von Frauen ein Bild zu machen«, fuhr er fort, »ich meine, herauszufinden, wieviel auf mangelnde Bildung zurückzuführen ist und wieviel auf angeborene Unfähigkeit. Ich selbst sehe eigentlich nicht ein, weshalb Sie Ihren Verstand nicht benutzen können sollten – nur vermute ich, daß Sie bislang ein aberwitziges Leben geführt haben – Sie sind wahrscheinlich immer nur mit Kleinmädchenfrisur in Zweierreihen durchs Leben gelaufen.«

Die Musik setzte wieder ein. Hirsts Blick durchstreifte den Raum auf der Suche nach Mrs Ambrose. Bei allem Bemühen war er sich doch darüber im klaren, daß sie nicht gut miteinander zurecht kamen.

»Ich würde Ihnen furchtbar gern Bücher leihen«, sagte er und knöpfte sich die Handschuhe zu, indem er sich erhob. »Wir sehen uns ja dann noch. Ich verlasse Sie jetzt.«

Er stand auf und ließ sie allein.

Rachel blickte sich um. Sie fühlte sich, wie ein Kind auf einer Gesellschaft, umgeben von fremden feindseligen Gesichtern mit Hakennasen und höhnischen, gleichgültigen Blicken. Sie stand an einer Glastür, stieß sie ruckartig auf und trat in den Garten hinaus. Ihre Augen schwammen in Zornestränen.

»Dieser verdammte Kerl!« rief sie, denn sie hatte einige von Helens Ausdrücken übernommen. »Diese verdammte Frechheit!«

Sie stand innerhalb des bleichen Lichtvierecks, das die Glastür, die sie geöffnet hatte, auf den Rasen warf. Vor ihr erhoben sich die Silhouetten riesiger schwarzer Bäume wie eine Mauer. Sie stand reglos und blickte sie an, während sie vor Zorn und Erregung leise bebte. Sie hörte die Tänzer hinter sich im rhythmischen Schwung der Walzermusik stampfen und gleiten.

»Da sind Bäume«, sagte sie laut. Ob die Bäume sie für St. John Hirst entschädigen würden? Sie wäre eine persische Prinzessin fern aller Zivilisation, würde allein mit ihrem Pferd über die Berge reiten, sich am Abend von ihren Frauen vorsingen lassen, fern von all diesen Dingen hier, von Zank und Männern und Frauen – eine Gestalt trat aus dem Schatten; eine kleine rote Lampe brannte hoch oben in seiner Schwärze.

»Miss Vinrace, ja?« sagte Hewet und musterte sie. »Sie haben mit Hirst getanzt?«

»Er hat mich dermaßen wütend gemacht!« rief sie in heftigem Ton. »Niemand hat das Recht, unverschämt zu sein!«

»Unverschämt?« wiederholte Hewet und nahm vor Überraschung die Zigarre aus dem Mund. »Hirst – unverschämt?«

»Es ist unverschämt, wenn man –«, sagte Rachel und verstummte wieder. Sie wußte nicht, was genau sie so wütend gemacht hatte. Es kostete sie große Mühe, sich wieder zu fangen.

»Na gut«, setzte sie hinzu, denn sie sah bereits Helen vor sich und wie sie sich über sie lustig machen würde, »ich bin weiß Gott albern.« Sie schien in den Ballsaal zurückkehren zu wollen, doch Hewet hielt sie auf.

»Bitte, erklären Sie's mir«, sagte er. »Ich bin sicher, Hirst hat Sie nicht kränken wollen.«

Rachel versuchte, es ihm zu erklären, tat sich damit jedoch sehr schwer. Sie konnte nicht sagen, daß sie die Vorstellung von der Kleinmädchenfrisur und den Zweierreihen besonders ungerecht und gräßlich fand, und sie konnte ebensowenig erklären, weshalb sie Hirsts selbstverständliche Annahme, er sei ihr von Natur aus und an Erfahrung überlegen, nicht bloß als kränkend, sondern geradezu als schrecklich empfunden hatte – als hätte man ihr ein Tor vor der Nase zugeknallt. Während sie neben Hewet die Terrasse auf und ab schritt, sagte sie bitter:

»Es hat keinen Sinn; wir sollten getrennt voneinander leben; wir können einander nicht verstehen; wir bringen am anderen nur das Schlechteste zum Vorschein.«

Hewet ging auf ihre das Geschlechterverhältnis betreffende Verallgemeinerung nicht ein, denn derlei Verallgemeinerungen langweilten ihn und erschienen ihm grundsätzlich unzutreffend. Da er Hirst jedoch kannte, lag er mit seiner Vermutung, was vorgefallen war, ziemlich richtig, und wenn er sich auch insgeheim sehr amüsierte, so war er doch entschlossen, daß Rachel den Vorfall nicht einfach in ihrer Seele vergraben und ihm den ihrem Weltbild entsprechenden Platz zuweisen sollte.

»Jetzt werden Sie ihn hassen«, sagte er, »was nicht recht ist. Armer alter Hirst – er kann nicht gegen seine Art an. Und, wirklich, Miss Vinrace, er hat sein Bestes versucht; er hat Ihnen ein Kompliment gemacht – er hat versucht – er hat versucht –« Er konnte den Satz nicht zu Ende sprechen, weil er sich das Lachen nicht länger verbeißen konnte.

Rachel lenkte plötzlich ein und lachte ebenfalls los. Sie erkannte, daß Hirst irgendetwas Lächerliches an sich hatte, und sie selbst vielleicht auch.

»Das ist vermutlich so seine Art, Freundschaft zu schließen.« Sie lachte. »Nun gut – an mir soll es nicht liegen. Ich werde als erstes zu ihm sagen: ›Häßlich von Gestalt und von abscheulicher Denkungsart, wie Sie sind, Mr Hirst ...‹«

»Hört, hört!« rief Hewet. »So muß man mit ihm umgehen. Wissen Sie, Miss Vinrace, Sie müssen Hirst einiges nachsehen. Er hat sein ganzes Leben sozusagen vor dem Spiegel verbracht, in einem schönen holzgetäfelten Zimmer mit japanischen Drucken an den Wänden und schönen alten Stühlen und Tischen und gerade nur so einem Farbtupfer an der richtigen Stelle – zwischen den Fenstern befindet der sich, glaube ich –, und da sitzt er nun Stunde um Stunde, die Fußspitzen auf dem Kamingitter, und spricht über Philosophie und Gott und seine Leber und sein Herz und die Herzen seiner Freunde. Die alle sämtlich gebrochen sind. Sie können von ihm nicht erwarten, daß er in einem Ballsaal im günstigsten Licht erscheint. Er will einen behaglichen, verrauchten, männlichen Ort, wo er die Beine ausstrecken kann und nur dann etwas sagen muß, wenn er etwas zu sagen hat. Ich persönlich finde das ziemlich eintönig. Doch ich respektiere es. Die sind alle so ungeheuer ernsthaft. Sie nehmen die ernsten Dinge sehr ernst.«

Die Schilderung von Hirsts Lebensweise interessierte Rachel so sehr, daß sie ihren privaten Groll gegen ihn fast vergaß und ihr Respekt wieder auflebte.

»Die sind also wirklich sehr gescheit?« fragte sie.

»Selbstverständlich sind sie das. Soweit es den Kopf betrifft, glaube ich, daß das stimmt, was er neulich gesagt hat; sie sind die gescheitesten Leute in ganz England. Doch – Sie sollten sich seiner annehmen«, setzte er hinzu. »In ihm steckt noch sehr viel mehr, als ihm bislang abgefordert worden ist. Er braucht jemanden, der ihn auslacht ... Wenn man sich vorstellt, daß Hirst Ihnen erzählt, Ihnen fehle es an Erfahrung! Armer alter Hirst!«

Sie waren während ihres Gesprächs auf der Terrasse auf und ab gegangen, und nun wurden von einer unsichtbaren Hand Fenster um Fenster die Vorhänge aufgezogen, und regelmäßige Lichtvierecke fielen in gleichmäßigen Abständen auf den Rasen. Sie blieben stehen, um in den Salon zu schauen, und erblickten Mr Pepper, der allein an einem Tisch saß und schrieb.

»Da sitzt Pepper und schreibt an seine Tante«, sagte Hewet. »Sie muß eine höchst bemerkenswerte alte Dame sein, fünfundachtzig, sagte er, und er nimmt sie auf Wanderungen in den New Forest mit ... Pepper!« rief er und pochte ans Fenster. »Gehen Sie und tun Sie ihre Pflicht. Miss Allan erwartet Sie!«

Als sie an die Fenster das Ballsaals gelangten, konnten sie dem

Gewoge der Tänzer und der schwungvollen Musik nicht lange widerstehen.

»Wollen wir?« sagte Hewet, und sie faßten einander bei der Hand und tauchten ein in den großen, herrlichen Strudel. Sie waren einander heute zwar erst zum zweitenmal begegnet, doch hatten sie beim erstenmal einen Mann und eine Frau gesehen, die einander küßten, und beim zweitenmal hatte Mr Hewet herausgefunden, daß eine zornige junge Frau einem Kind sehr ähnlich ist. So daß sie sich also, als sie zum Tanz die Hände ineinander legten, wohler fühlten, als das üblicherweise der Fall ist.

Es war Mitternacht, und der Ball hatte seinen Höhepunkt erreicht. Angehörige des Hotelpersonals spähten von draußen durch die Fenster hinein; der Garten war gesprenkelt von den weißen Gestalten der Paare, die draußen saßen. Mrs Thornbury und Mrs Elliot saßen nebeneinander unter einer Palme und hüteten die Fächer, Taschentücher und Broschen, die vom Tanz erhitzte junge Damen in ihrem Schoß deponiert hatten. Gelegentlich tauschten sie Kommentare aus.

»Miss Warrington sieht wirklich glücklich aus«, sagte Mrs Elliot; sie lächelten beide; sie seufzten beide.

»Er hat ziemlich viel Charakter«, sagte Mrs Thornbury und meinte Arthur.

»Und Charakter ist ja schließlich das, worauf es ankommt«, sagte Mrs Elliot. »Der junge Mann dort wiederum ist wenigstens gescheit«, fügte sie hinzu und wies mit dem Kopf auf Hirst, der mit Miss Allan am Arm vorbeikam.

»Er sieht nicht eben kräftig genug aus«, sagte Mrs Thornbury. »Seine Hautfarbe ist nicht gesund. – Soll ich das abreißen?« fragte sie, denn Rachel war stehengeblieben, weil sie gemerkt hatte, daß ein langer Streifen Stoff hinter ihr herschleppte.

»Ich hoffe, Sie unterhalten sich gut?« fragte Hewet die Damen.

»Diese Position ist mir äußerst vertraut!« sagte Mrs Thornbury lächelnd. »Ich habe fünf Töchter in die Gesellschaft eingeführt –, und alle haben so gern getanzt! Sie tanzen wohl auch so gern, Miss Vinrace?« fragte sie und sah Rachel mit mütterlichem Blick an. »Ich weiß, daß ich es in Ihrem Alter getan habe. Wie ich immer gebettelt habe, daß meine Mutter mir doch erlauben sollte, noch zu bleiben –

und nun habe ich volles Verständnis für die armen Mütter –, doch ich habe auch Verständnis für die Töchter!«

Sie lächelte verständnisvoll und zugleich ziemlich neugierig Rachel zu.

»Sie scheinen einander eine Menge zu sagen zu haben«, sagte Mrs Elliot und sandte dem Paar, das sich abgewandt hatte, einen bedeutungsvollen Blick nach. »Haben Sie das beim Picknick bemerkt? Er war der einzige Mensch, der sie dazu bewegen konnte, den Mund aufzumachen.«

»Ihr Vater ist ein sehr interessanter Mann«, sagte Mrs Thornbury. »Er hat eins der größten Schiffahrtsunternehmen in Hull. Sie werden sich erinnern, er hat Mr Asquith bei der letzten Wahl eine sehr ordentliche Antwort erteilt. Es ist doch interessant zu wissen, daß ein Mann von seiner Erfahrung ein entschiedener Protektionist ist.«

Sie hätte gerne über Politik diskutiert, die sie mehr interessierte als Personen, doch Mrs Elliot mochte über das Empire nur in weniger abstrakter Form reden.

»Aus England sind ja gräßliche Geschichten über die Ratten zu hören«, sagte sie. »Eine meiner Schwägerinnen, die in Norwich lebt, schreibt mir, es sei äußerst riskant, jetzt Geflügelgerichte zu bestellen. Die Pest – wissen Sie. Sie befällt die Ratten und über sie dann andere Lebewesen.«

»Und die örtlichen Behörden unternehmen keine geeigneten Maßnahmen?« fragte Mrs Thornbury.

»Das sagt sie nicht. Sie bezeichnet allerdings die Einstellung der gebildeten Leute – die es besser wissen sollten – als außerordentlich unvernünftig. Nun ist meine Schwägerin natürlich auch eine von diesen aktiven modernen Frauen, die die Dinge in die Hand nehmen, wissen Sie – die Art Frauen, die man bewundert, bei denen man jedoch nicht das Gefühl hat, jedenfalls ich habe es nicht – doch sie hat eben auch eine eiserne Konstitution.«

Mrs Elliot fiel ihre eigene zarte Gesundheit wieder ein, und sie seufzte.

»Ein sehr animiertes Gesicht«, sagte Mrs Thornbury beim Anblick von Evelyn M., die in ihrer Nähe stehengeblieben war, um sich eine hellrote Blume an der Brust festzustecken. Sie wollte jedoch nicht halten, und mit einer übermütigen Geste der Ungeduld steckte sie sie in das Knopfloch ihres Partners. Das war ein großer, melancholischer junger Mann, der das Geschenk annahm, wie ein Ritter das Unterpfand seiner Dame hätte entgegennehmen können.

»Sehr anstrengend für die Augen«, lautete Mrs Elliots nächste Bemerkung, nachdem sie den gelben Wirbel, innerhalb dessen es nur wenige Wirbelnde gab, die für sie Namen oder Charakter hatten, ein paar Minuten lang beobachtet hatte. Helen riß sich aus der Menge los, kam auf sie zu und nahm sich einen freien Stuhl.

»Darf ich mich zu Ihnen setzen?« sagte sie lächelnd und atemlos. »Ich sollte mich vermutlich schämen«, fuhr sie fort, während sie sich setzte, »in meinem Alter.«

Ihre Schönheit war jetzt, wo ihr Gesicht gerötet und belebt war, noch anziehender als gewöhnlich, und beide Damen verspürten den Wunsch, sie zu berühren.

»Doch wie ich das genieße«, sagte sie, immer noch außer Atem. »Bewegung – ist das nicht verwunderlich?«

»Ich habe immer gehört, daß nichts übers Tanzen geht, wenn man eine gute Tänzerin ist«, sagte Mrs Thornbury und schaute sie lächelnd an.

Helen schwankte leicht, als säße sie auf Drähten.

»Ich könnte ewig tanzen!« erklärte sie. »Sie lockern sich nicht genug!« rief sie. »Sie sollten springen und schwingen. Sehen Sie doch! Wie sie stampfen!«

»Haben Sie diese herrlichen russischen Tänzer gesehen?« begann Mrs Elliot. Doch Helen sah ihren Partner kommen und stand auf, wie der Mond am Himmel aufgeht. Sie war schon halb um den Saal herum, bis ihre Blicke sie losließen, denn sie mußten sie einfach bewundern, obwohl sie es ein wenig merkwürdig fanden, daß eine Frau ihres Alters ein derartiges Vergnügen am Tanzen haben sollte.

Helen war gerade einmal für eine Minute allein, als St. John Hirst sich zu ihr gesellte, der die Gelegenheit abgepaßt hatte.

»Macht es Ihnen etwas aus, eine Pause einzulegen?« fragte er. »Ich bin zum Tanzen völlig untauglich.« Er steuerte Helen in eine Ecke, die mit nur zwei Sesseln ausgestattet war und somit den Vorzug relativer Intimität bot. Sie setzten sich, und ein paar Minuten lang stand Helen noch zu sehr unter dem Eindruck des Tanzens, um sprechen zu können.

»Erstaunlich!« rief sie schließlich aus. »Was sie sich wohl vorstellt, welche Form ihr Körper hat?« Diese Äußerung wurde von einer Dame ausgelöst, die gerade, eher watschelnd als gehend, vorbeikam und sich dabei auf den Arm eines korpulenten Mannes stützte, dessen grüne Augen aus einem dicken weißen Gesicht hervortraten. Ein gewisses Maß an Stützung war notwendig, denn sie war sehr füllig und so eng geschnürt, daß ihr Oberkörper ihren Füßen um einiges voraus war, die infolge der Enge des Rockes, der ihre Fesseln umschloß, nur winzige Schrittchen machen konnten. Das Kleid selbst bestand aus einem Stückchen leuchtend gelben Satins, das mit wahllos hingestreuten runden Scheiben aus blauen und grünen Perlen verziert war, die die Färbung der Pfauenbrust imitieren sollten. Auf der Zinne des schaumigen Kastells ihrer Haare stand aufrecht eine violette Feder, während ihr kurzer Hals von einem schwarzen Samtband umschlossen wurde, das höckrig von Gemmen war, und goldene Armbänder schnitten stramm in das Fleisch ihrer dicken behandschuhten Arme. Sie hatte das Gesicht eines anmaßenden, aber fidelen Schweinchens, das seine roten Sprenkel unter einer Puderschicht verbarg.

St. John konnte nicht in Helens Lachen einstimmen.

»Es macht mich krank«, erklärte er. »Die ganze Angelegenheit macht mich krank ... Wenn man an den Geist dieser Menschen denkt – ihre Empfindungen. Finden Sie das denn nicht?«

»Ich schwöre jedesmal, niemals wieder zu irgendeiner Gesellschaft welcher Art auch immer zu gehen«, antwortete Helen, »und ich breche diesen Schwur jedesmal wieder.«

Sie lehnte sich in ihrem Sessel zurück und schaute den jungen Mann mit lachendem Gesicht an. Sie erkannte, daß er ernsthaft gereizt, dabei aber leicht erregt war.

»Wie auch immer«, sagte er und verfiel wieder in seinen lässigen Tonfall, »man muß sich darüber wohl endgültig klar werden.«

»Worüber?«

»Daß es niemals mehr als fünf Menschen auf der Welt geben wird, mit denen zu reden sich lohnt.«

Allmählich schwanden die Röte und der lebhafte Glanz aus Helens Gesicht, und sie sah wieder so gelassen und so aufmerksam aus wie sonst.

»Fünf Menschen?« gab sie zurück. »Ich würde sagen, es sind mehr als fünf.«

»Dann haben Sie eben großes Glück gehabt«, sagte Hirst. »Oder vielleicht habe ich großes Pech gehabt.« Er verstummte.

»Vielleicht sollte ich ja sagen, daß mit mir nie leicht auszukommen war?« fragte er unvermittelt.

»Das ist bei den meisten gescheiten Menschen so, wenn sie jung sind«, antwortete Helen.

»Und das bin ich natürlich – ungeheuer gescheit«, sagte Hirst. »Ich bin unendlich viel gescheiter als Hewet. Es ist durchaus möglich«, fuhr er auf seine merkwürdig unpersönliche Weise fort, »daß ich einmal eine der Personen sein werde, auf die es wirklich ankommt. Das ist etwas gänzlich anderes, als daß einer gescheit ist, obwohl man natürlich von seiner Familie nicht erwarten kann, daß sie das einsieht«, setzte er bitter hinzu.

Helen fühlte sich zu der Frage berechtigt: »Finden Sie es schwierig, mit Ihrer Familie auszukommen?«

»Unerträglich ... Sie wollen, daß ich ins Oberhaus komme und Staatsrat werde. Zum Teil bin ich hierher gekommen, um die Sache für mich zu klären. Sie muß geklärt werden. Entweder muß ich Anwalt werden, oder ich muß weiterhin in Cambridge bleiben. Beides hat selbstverständlich seine Nachteile, aber in meinen Augen spricht doch einiges eindeutig zugunsten von Cambridge. Sowas wie dies hier!« er wedelte mit der Hand in Richtung des überfüllten Ballsaals. »Abstoßend. Ich weiß durchaus, was starke Empfindungen sind. Ich bin natürlich nicht in der Weise dafür empfänglich, wie Hewet es ist. Ich habe ein paar Menschen sehr gern. Ich meine, beispielsweise, daß sich einiges zugunsten meiner Mutter sagen läßt, auch wenn man sie in vielerlei Hinsicht nur bedauern kann ... In Cambridge würde ich dann selbstverständlich der bedeutendste Mann am Ort werden, doch gibt es wiederum Gründe, weshalb mir vor Cambridge graut –« Er sprach nicht weiter.

»Finden Sie mich nicht gräßlich langweilig?« fragte er. Er verwandelte sich merkwürdigerweise von einem Freund, der sich einem Freund anvertraute, in einen konventionellen jungen Mann auf einer Gesellschaft.

»Keineswegs«, sagte Helen. »Ich höre Ihnen sehr gern zu.«

»Sie können sich gar nicht vorstellen«, rief er und klang nahezu bewegt, »was das ausmacht, wenn man auf jemanden trifft, mit dem man reden kann! Gleich als ich Sie sah, hatte ich den Eindruck, daß Sie mich möglicherweise verstehen könnten. Ich habe Hewet sehr gern, doch er hat nicht die leiseste Ahnung, wie ich bin. Sie sind die einzige Frau, der ich je begegnet bin, die immerhin ahnt, was ich meine, wenn ich irgendetwas sage.«

Der nächste Tanz begann; es war die Barcarole von Hoffmann, die bewirkte, daß Helen mit dem Fuß den Takt schlug; sie hatte jedoch das Gefühl, daß es nach einem solchen Kompliment unmöglich wäre, aufzustehen und wegzugehen, und außerdem war sie, einmal abgesehen davon, daß es sie amüsierte, wirklich geschmeichelt, und seine unverhohlene Eitelkeit nahm sie für ihn ein. Sie hatte den Verdacht, daß er nicht glücklich war, und war weiblich genug, um sich zu wünschen, daß er sie ins Vertrauen ziehen möge.

»Ich bin sehr alt«, seufzte sie.

»Das Seltsame ist, daß ich Sie überhaupt nicht alt finde«, erwiderte er. »Für mein Gefühl haben wir genau dasselbe Alter. Außerdem –«, er zögerte, doch ein flüchtiger Blick auf ihr Gesicht gab ihm den nötigen Mut, um fortzufahren, »ich habe das Gefühl, offen zu Ihnen sprechen zu können, wie man es mit einem Mann tut – über die Beziehung zwischen den Geschlechtern, über . . . und . . .«

Trotz seiner Zuversicht überzog eine leise Röte sein Gesicht, als er die beiden letzten Worte sprach.

Doch das Lachen, mit dem sie ausrief: »Das will ich doch hoffen!« beruhigte ihn sofort wieder.

Er blickte sie mit wirklicher Zuneigung an, und die scharfen Falten, die sein Gesicht um Mund und Nase durchzogen, glätteten sich zum erstenmal.

»Gottseidank«, rief er, »jetzt können wir uns wie zivilisierte Menschen benehmen!«

Offenkundig war eine gewöhnlich unüberwindliche Barriere gefallen, und es war möglich, von Dingen zu sprechen, die im allgemeinen zwischen Männern und Frauen nur dann zur Sprache kommen, wenn ein Arzt anwesend ist oder der Tod seinen Schatten vorauswirft. Schon nach fünf Minuten erzählte er ihr seine Lebensgeschichte. Sie war lang, denn sie war voller äußerst vertrackter Begebenheiten, die zu einer Diskussion über moralische Grundsätze führte und damit auch zu mehreren sehr interessanten Gegenständen, die selbst in diesem Ballsaal im Flüsterton erörtert werden mußten, damit nicht womöglich eine der Kropftaubendamen oder einer der jovial strahlenden Kaufleute sie mitbekam und als nächstes verlangte, daß sie den Saal verließen. Als sie fertig waren, oder, genauer gesagt, als Helen durch ein leises Nachlassen ihrer Aufmerksamkeit zu erkennen gab, daß sie lange genug an einem Fleck gesessen hatten, stand Hirst auf und rief: »So gibt es also überhaupt keinen Grund für diese ganze Geheimniskrämerei!«

»Keinen, außer den, daß wir Engländer sind«, antwortete sie. Sie nahm seinen Arm, und sie durchquerten den Ballsaal, indem sie sich unter Schwierigkeiten zwischen all den kreiselnden Paaren durchschlängelten, die mittlerweile sichtlich aufgelöst waren und für ein kritisches Auge wahrhaftig keinen schönen Anblick boten. Das aufregende Erlebnis einer sich anbahnenden Freundschaft und ihr ausgiebiges Gespräch hatten sie hungrig gemacht, und sie begaben sich auf Nahrungssuche in den Speisesaal, der jetzt voller Menschen war, die an kleinen getrennten Tischen aßen. Am Eingang begegneten sie Rachel, die mit Arthur Venning bereits wieder zur Tanzfläche ging. Ihr Gesicht war gerötet, und sie sah sehr glücklich aus, und Helen stellte verblüfft fest, daß sie in dieser Stimmung gewiß anziehender war als die Mehrzahl der jungen Frauen. In dieser Deutlichkeit hatte sie das bislang noch nicht gesehen.

»Macht's dir Spaß?« fragte sie, als sie für einen Augenblick stehenblieben.

»Miss Vinrace«, antwortete Arthur an ihrer Stelle, »hat mir gerade ein Geständnis gemacht; sie hatte bislang keine Ahnung, daß Tanzen so herrlich sein kann.«

»Ja!« rief Rachel. »Ich habe meine Meinung über das Leben gründlich geändert!«

»Was du nicht sagst!« spottete Helen. Sie gingen weiter.

»Das ist typisch Rachel«, sagte sie. »Sie ändert ihre Meinung über das Leben ungefähr jeden zweiten Tag. Wissen Sie, ich glaube, Sie sind genau der Mensch, den ich brauche«, sagte sie, als sie Platz nahmen, »um ihre Erziehung abzurunden. Sie ist praktisch in einem Nonnenkloster aufgewachsen. Ihr Vater benimmt sich einfach absurd. Ich habe getan, was ich konnte – doch ich bin zu alt, und ich bin eine Frau. Warum sprechen Sie nicht mit ihr – erklären ihr nicht einiges – ich meine, Sie könnten doch mit ihr reden, wie Sie mit mir reden.«

»Ich habe heute abend bereits einen Versuch gemacht«, sagte St. John. »Ich bezweifle jedoch, daß das ein Erfolg war. Sie erscheint mir so ungeheuer jung und unerfahren. Ich habe versprochen, ihr Gibbon zu leihen.«

»Es geht nicht eigentlich um Gibbon«, sagte Helen nachdenklich. »Es geht, glaube ich, um die Tatsachen des Lebens – verstehen Sie, was ich meine? Um das, was wirklich vorgeht, was die Menschen empfinden, obwohl sie es im allgemeinen zu verbergen versuchen. Es gibt da nichts, wovor man sich fürchten müßte. Es ist soviel schöner als die Verstellung – immer interessanter – immer besser, würde ich meinen, als so etwas.«

Sie deutete mit dem Kopf auf einen Tisch in ihrer Nähe, an dem zwei Mädchen und zwei junge Männer einander in sehr lautem Ton neckten und einen scherzhaften Dialog führten, der mit Anzüglichkeiten gespickt war und sich, so schien es, um ein Paar Strümpfe oder ein Paar Beine drehte. Eines der Mädchen bewegte heftig einen Fächer und tat, als wäre es schockiert, und das war ein sehr unerfreulicher Anblick, was zum Teil daher rührte, daß die Mädchen einander anscheinend insgeheim nicht leiden konnten.

»In meinem vorgerückten Alter«, sagte Helen seufzend, »neige ich jedoch immer mehr zu der Ansicht, daß es auf längere Sicht keine große Rolle spielt, was man tut: die Menschen gehen doch immer ihren eigenen Weg – nichts wird sie je darin beirren.« Sie nickte wieder zu der Essensgesellschaft hinüber.

St. John war jedoch nicht ihrer Meinung. Er sagte, seiner Meinung nach könne man doch durch bestimmte Ansichten, Bücher und so weiter, eine große Menge ändern, und fügte hinzu, gegenwärtig gebe es kaum etwas Wichtigeres als die Aufklärung der Frauen. Er denke manchmal, fast alles sei Erziehungssache.

Im Ballsaal stellten sich die Tänzer unterdessen zu den Lanciers in Vierecken auf. Arthur und Rachel, Susan und Hewet, Miss Allan und Hughling Elliot fanden sich im selben Viereck.

Miss Allan blickte auf die Uhr.

»Halb zwei«, stellte sie fest. »Und ich muß morgen Alexander Pope abschicken.«

»Pope!« schnaubte Mr Elliot verächtlich. »Wer liest denn schon Pope, das wüßte ich gerne mal. Und gar schon etwas über ihn – Nein, nein, Miss Allan; Sie können gewiß sein, daß Sie der Welt weitaus mehr durch Tanzen als durch Schreiben nützen.« Eine von Mr Elliots Affektiertheiten war die Ansicht, daß nichts auf der Welt so herrlich sei wie das Tanzen – nichts auf der Welt so öde wie die Literatur. Auf diese Weise suchte er sich rührenderweise bei der Jugend einzuschmeicheln und den Jüngeren zu beweisen, daß er, obwohl mit einer Maus von einer Frau verheiratet und reichlich blaß und gebeugt und vergrämt von der Last seiner Gelehrsamkeit, springlebendig wie der jüngste von ihnen allen war.

»Es ist Brotarbeit«, sagte Miss Allan ruhig. »Dennoch, man scheint auf mich zu warten.« Sie nahm ihre Position ein und streckte eine eckige schwarze Schuhspitze vor.

»Mr Hewet, Sie verbeugen sich vor mir.« Es war auf Anhieb zu erkennen, daß Miss Allan als einzige eine gründliche, verläßliche Kenntnis der Figuren des Tanzes besaß.

Nach den Lanciers kam ein Walzer; nach dem Walzer eine Polka; und dann geschah etwas Schreckliches: die Musik, die mit fünfminütigen Unterbrechungen unablässig erklungen war, hörte plötzlich auf. Die Dame mit den großen dunklen Augen begann, ihre Geige in Seide einzuhüllen, und der Herr verstaute sein Horn sorgfältig in seinem Etui. Sie waren von Paaren umringt, die sie auf Englisch, auf Französisch, auf Spanisch um einen einzigen weiteren Tanz anflehten, nur einen einzigen; es sei doch noch früh. Der alte Mann am Klavier wies jedoch lediglich auf seine Uhr und schüttelte den Kopf. Er schlug den Kragen seines Jacketts hoch und zog einen roten Seidenschal hervor, der seine festliche Aufmachung mit einem Schlag zerstörte. So seltsam das wirkte, die Musiker waren bleich und hatten Ringe unter den Augen; sie wirkten gelangweilt und prosaisch, als richtete sich ihr ganzes Sehnen auf kalten Braten und Bier, auf die dann unmittelbar das Bett folgen sollte.

Rachel gehörte zu denen, die sie gebeten hatten, doch weiterzumachen. Als sie sich weigerten, begann sie, die Noten der Tanzmusik durchzublättern, die auf dem Klavier lagen. Die Stücke waren durchweg in farbige Einbände gebunden, auf denen romantische Szenen abgebildet waren – Gondolieri, die mit gespreizten Beinen in der Mondsichel standen, Nonnen, die durch die Gitterstäbe eines Klosterfensters spähten, oder junge Frauen mit offenem Haar, die ein Gewehr auf die Sterne richteten. Sie besann sich darauf, daß die Musik, nach der sie so fröhlich getanzt hatten, im allgemeinen von wehmütigem Verlangen nach der toten Liebe und den unschuldigen Jahren der Jugend handelte; ein furchtbarer Kummer hatte die Tänzer die ganze Zeit von ihrem verflossenen Glück getrennt.

»Kein Wunder, daß sie es leid sind, ein solches Zeug zu spielen«, bemerkte sie und las ein paar Takte; »das sind eigentlich sehr schnell gespielte Kirchenlieder, mit ein paar Brocken Wagner und Beethoven darin.«

»Spielen Sie Klavier? Wollen Sie nicht spielen? Ganz gleich, was, wenn wir nur danach tanzen können!« Von allen Seiten berief man sich auf ihre Begabung für das Klavierspiel, und sie mußte einwilligen. Da sie die paar Stücke Tanzmusik, an die sie sich erinnern konnte, im Nu gespielt hatte, ging sie zu einer Melodie aus einer Mozart-Sonate über.

»Aber das ist doch kein Tanz«, sagte jemand, der beim Klavier stehenblieb.

»Oh doch«, erwiderte sie und nickte nachdrücklich. »Erfinden Sie die Schritte selbst dazu.« Da sie den Gang der Melodie sicher beherrschte, betonte sie kühn den Rhythmus, um das Ganze gewissermaßen zu vereinfachen. Helen begriff, worauf sie hinauswollte; packte Miss Allan beim Arm und wirbelte durch den Saal, mal knicksend, mal um die eigene Achse kreiselnd, dann wieder hin und her springend wie ein Kind, das über eine Wiese hüpft.

»Dies ist der Tanz für Leute, die nicht wissen, wie man tanzt!« rief sie. Das Stück veränderte sich zu einem Menuett; St. John hopste mit unglaublicher Behendigkeit erst auf dem linken, dann auf dem rechten Bein umher; die Musik begann, melodiös dahinzufließen; Hewet, der die Arme schwenkte und dabei seine Rockschöße ausgebreitet hielt, schwebte durch den Saal und lieferte eine Imitation des wollüstig träumerischen Tanzes einer indischen Jungfrau, die vor ihrem Radschah tanzt. Die Musik fiel in Marschrhythmus; und Miss Allan trat mit ausgebreitetem Rock vor und verneigte sich tief vor dem verlobten Paar. Sowie ihre Füße erst einmal den Rhythmus gefunden hatten, legten sie jegliche Befangenheit ab. Von Mozart ging Rachel ohne Pause zu alten englischen Jagdliedern über, zu Kinderliedern, zu Kirchenliedern, denn sie hatte herausgefunden, aus jeder guten Melodie ließ sich mit ein bißchen Geschick eine machen, zu der man tanzen konnte. Nach und nach gab es im Saal niemanden mehr, der nicht paarweise oder allein hüpfte oder sich im Kreis drehte. Mr Pepper vollführte einen ausgeklügelten Spitzentanz, der sich vom Eiskunstlauf herleitete, in dem er irgendwann einmal eine lokale Meisterschaft errungen hatte; während Mrs Thornbury sich an einen alten Volkstanz zu erinnern suchte, den sie die Pächter ihres Vaters vor langen Zeiten in Dorsetshire hatte tanzen sehen. Mr und Mrs Elliot wiederum vollführten rund um den Saal mit solcher Verbissenheit Galoppaden, daß die anderen Tänzer bei ihrem Nahen zitterten. Ein paar Leute kritisierten diese Darbietungen als Getobe; für andere war dies der vergnüglichste Teil des Abends.

»Und jetzt zum großen Rundtanz!« schrie Hewet. Sogleich bildete sich ein riesiger Kreis, und die Tänzer hielten einander bei der Hand und schrien: »D'you ken John Peel«, während sie schneller und immer schneller herumflogen, bis die Wucht zu groß wurde, und ein Glied der Kette – Mrs Thornbury – nachgab, und alle anderen in alle Richtungen durch den Saal flogen, um auf dem Parkett oder den Stühlen oder in irgendwelchen Armen zu landen, wie sie sich gerade anboten.

Als sie sich, atemlos und zerzaust, aus diesen Positionen wieder aufrichteten, bemerkten sie zum erstenmal, daß die elektrischen Lampen gänzlich vergeblich durch die Luft blitzten, und instinktiv wandten sich viele Blicke den Fenstern zu. Ja – da war die Morgendämmerung. Während sie getanzt hatten, war die Nacht vorübergegangen, und nun war der Morgen da. Die Berge draußen wirkten sehr rein und fern; der Tau glitzerte im Gras, und außer im Osten, wo sich blasse Gelb- und Rottöne zeigten, schimmerte der Himmel blau. Die Tänzer drängten sich zu den Glastüren, stießen sie auf und wagten sich vereinzelt auf den Rasen hinaus.

»Wie albern die armen alten Lampen aussehen!« sagte Evelyn M. mit seltsam gedämpfter Stimme. »Und wir auch; es ist nicht gerade schmeichelhaft.« Das stimmte; das unordentliche Haar und die grünen und gelben Gemmen, die noch vor einer halben Stunde festlich gewirkt hatten, sahen jetzt billig und nachlässig aus. Die Gesichtshaut der älteren Damen hatte entsetzlich gelitten, und als wären sie sich bewußt, daß sich ein kalter Blick auf sie gerichtet hatte, fingen sie an, gute Nacht zu sagen und sich nach oben zurückzuziehen, um schlafen zu gehen.

Rachel hatte, ihres Publikums beraubt, für sich allein weitergespielt. Von John Peel ging sie zu Bach über, dem ihre Begeisterung zur Zeit hauptsächlich galt, und einer nach dem anderen kamen die jüngeren Tänzer aus dem Garten herein und setzten sich auf die verwaisten vergoldeten Stühle rund um das Klavier. Im Saal war es mittlerweile so hell, daß sie die Lampen ausmachten. Während sie saßen und zuhörten, beruhigten sich ihre Nerven; ihre Lippen, die vom unaufhörlichen Reden und Lachen heiß und wund waren, glätteten sich. Sie saßen ganz still, als sähen sie ein Gebäude mit Wänden und Säulen, die sich eine um die andere aus dem leeren Raum erhoben. Dann begannen sie, sich selbst und ihr Leben zu sehen und das menschliche Leben überhaupt, das, angeleitet von der Musik, einen sehr noblen Fortgang nahm. Sie fühlten sich selbst geadelt, und als Rachel zu spielen aufhörte, stand ihnen der Sinn nach nichts anderem als nach Schlaf.

Susan stand auf. »Ich glaube, das war die glücklichste Nacht meines Lebens!« rief sie. »Ich liebe die Musik doch so sehr«, sagte sie, als sie Rachel dankte. »Sie scheint eben all das zu sagen, was man selbst nicht sagen kann.« Sie ließ ein nervöses kleines Lachen hören und schaute mit großem Wohlwollen von einem zum anderen, als wollte sie gern etwas sagen, fände jedoch nicht die richtigen Worte, um es auszudrücken. »Alle sind so nett gewesen – so ungeheuer nett«, sagte sie. Dann ging auch sie zu Bett.

Nachdem das Fest auf die sehr abrupte Weise geendet hatte, auf die Feste nun einmal enden, standen Helen und Rachel mit ihren Mänteln an der Tür und hielten nach einer Kutsche Ausschau.

»Ihnen ist doch wohl klar, daß keine Kutsche mehr da ist?« sagte St. John, der sich draußen umgetan hatte. »Sie müssen hier schlafen.«

»Oh nein«, sagte Helen; »dann laufen wir eben.«

»Dürfen wir auch mitkommen?« fragte Hewet. »Wir können nicht schlafen gehen. Allein die Vorstellung, daß man da in seinen Kissen liegt, an einem Morgen wie diesem, und auf seinen Waschtisch schaut – Wohnen Sie dort oben?«

Sie hatten begonnen, die Allee hinunterzulaufen, und er wandte sich zur Seite und wies auf die weißgrüne Villa am Hang, die die Augen geschlossen zu halten schien.

»Da brennt doch nicht etwa Licht?« fragte Helen besorgt.

»Das ist die Sonne«, sagte St. John. Die oberen Fenster hatten alle einen goldenen Fleck.

»Ich habe schon befürchtet, das sei mein Mann, der immer noch Griechisch liest«, sagte sie. »Er war die ganze Zeit mit der Pindar-Ausgabe beschäftigt.«

Sie durchquerten die Stadt und bogen in die steile Straße ein, die völlig hell war, wenn auch noch ungesäumt von Schatten. Teils weil sie müde waren, teils weil das Frühlicht sie still werden ließ, sprachen sie kaum, sondern atmeten nur die köstliche frische Luft ein, die zu einem anderen Dasein zu gehören schien als die Luft zur Mittagszeit. Als sie an die hohe gelbe Mauer gelangten, wo die Zufahrt von der Straße abging, machte Helen Anstalten, die beiden jungen Männer zu verabschieden.

»Sie sind jetzt weit genug mitgekommen«, sagte sie. »Gehen Sie zurück und legen Sie sich schlafen.«

Sie schienen jedoch keine Lust dazu zu haben.

»Setzen wir uns doch einen Augenblick«, sagte Hewet. Er breitete seinen Mantel auf dem Boden aus. »Setzen wir uns hin und denken ein bißchen nach.« Sie setzten sich und blickten über die Bucht; sie war sehr ruhig, das Meer kräuselte sich leicht, und grüne und blaue Streifen begannen sich zu bilden. Segelboote waren noch keine da, doch ein Dampfer lag in der Bucht vor Anker, der im Dunst sehr geisterhaft wirkte; er ließ einen unirdischen Schrei hören, und dann war alles still.

Rachel war damit beschäftigt, einen grauen Stein nach dem anderen aufzulesen und daraus einen kleinen Steinhügel zu bauen; sie tat das sehr ruhig und sorgfältig.

»Und du hast also deine Meinung über das Leben geändert, Rachel?« sagte Helen.

Rachel fügte einen weiteren Stein hinzu und gähnte. »Ich erinnere mich nicht mehr«, sagte sie, »ich komme mir vor wie ein Fisch am Meeresgrund.« Sie gähnte erneut. Keiner von diesen Menschen besaß die Macht, ihr hier draußen in der Morgendämmerung Angst einzuflößen, und sie empfand sie als völlig vertraut, selbst Mr Hirst.

»Mein Gehirn hingegen«, sagte Hirst, »befindet sich im Zustand abnormer Aktivität.« Er saß in seiner Lieblingshaltung, die Arme eng um die Beine geschlungen und das Kinn auf die Knie gelegt. »Ich durchschaue alles – absolut alles. Das Leben birgt keinerlei Geheimnisse mehr für mich.« Er sprach zwar mit Überzeugung, schien jedoch keinen Wert auf eine Antwort zu legen. So nahe sie beieinander saßen und so vertraut sie sich einander fühlten, sie schienen doch bloße Schatten füreinander zu sein.

»Und all die Menschen dort unten, die jetzt schlafen gehen«, begann Hewet träumerisch, »und so ganz verschiedene Dinge dabei denken – Miss Warrington kniet vermutlich jetzt nieder; die Elliots sind ein wenig verstört – sie gehören nicht gerade zu den Leuten, die häufig außer Atem geraten, und nun wollen sie so rasch wie möglich schlafen; dann ist da der arme schmächtige junge Mann, der den ganzen Abend mit Evelyn getanzt hat; der stellt jetzt seine Blume ins Wasser und fragt sich: ›Ist das die Liebe?‹ – und der arme alte Perrott kann schätzungsweise gar nicht schlafen und liest in seinem griechischen Lieblingsbuch, um sich zu trösten – und die anderen – nein, Hirst«, sagte er abschließend, »ich finde das überhaupt nicht einfach.«

»Ich habe einen Schlüssel«, sagte Hirst kryptisch. Sein Kinn ruhte immer noch auf seinen Knien, und er blickte starr vor sich hin.

Schweigen trat ein. Dann stand Helen auf und wünschte ihnen eine gute Nacht. »Aber vergessen Sie nicht«, sagte sie, »daß Sie uns besuchen kommen müssen.«

Sie winkten einander eine gute Nacht zu und trennten sich, doch die beiden jungen Männer kehrten nicht ins Hotel zurück; sie machten einen Spaziergang, während dessen sie kaum sprachen und niemals die Namen der beiden Frauen erwähnten, die ihre Gedanken in beträchtlichem Maße beschäftigten. Sie hatten nicht den Wunsch, ihre Eindrücke auszutauschen. Rechtzeitig zum Frühstück kehrten sie wieder ins Hotel zurück.

13. Kapitel

Es gab viele Zimmer in der Villa, doch eins davon hatte insofern ein eigenes Gepräge, als seine Tür immer geschlossen war und niemals Musik oder Gelächter herausdrang. Alle im Haus waren sich vage bewußt, daß hinter jener Tür etwas vorging, und wenn sie auch nicht im mindesten wußten, was das war, so wirkte sich das Wissen, daß die Tür, wenn sie an ihr vorbeikämen, geschlossen sein würde und daß Mr Ambrose drinnen es als Störung empfände, wenn sie irgendwelchen Lärm machten, doch auf ihr ganzes Denken aus. Bestimmte Verhaltensweisen waren entsprechend verdienstvoll, und andere waren verwerflich, so daß das Leben sich harmonischer und organischer gestaltete, als es gewesen wäre, wenn Mr Ambrose es aufgegeben hätte, Pindar herauszugeben, und ein nomadisches Leben zwischen sämtlichen Zimmern des Hauses geführt hätte. So aber war sich jeder darüber im klaren, daß, indem man bestimmte Regeln einhielt, wie Pünktlichkeit und das Vermeiden von Lärm, gut kochte und andere kleine Pflichten erfüllte, beruhigenderweise eine Ode nach der anderen der Welt wiedergegeben wurde, und sie teilten den geregelten Ablauf des Gelehrtenlebens. Wie nun das Alter eine Barriere zwischen den Menschen errichtet und die Gelehrsamkeit eine weitere und das Geschlecht eine dritte, so war Mr Ambrose in seinem Arbeitszimmer allerdings zum Leidwesen der anderen ein paar tausend Meilen vom nächsten Menschen entfernt, der in diesem Haushalt zwangsläufig eine Frau war. Er saß Stunde um Stunde zwischen weißen Buchseiten, allein wie ein Idol in einer leeren Kirche, reglos bis auf die Handbewegung, mit der er von einer Seite des Blattes zur nächsten überging, stumm bis auf ein gelegentliches Räuspern, das ihn dazu veranlaßte, seine Pfeife einen Augenblick in die Luft zu halten. Während er sich tiefer und tiefer in das Wesen des Dichters hineinarbeitete, zogen die Bücher, die aufgeschlagen am Boden lagen, immer weitere Kreise um seinen Stuhl und waren nur noch durch vorsichtiges Auftreten zu überwinden, so behutsam, daß seine

Besucher im allgemeinen stehenblieben und ihn von der Peripherie her ansprachen.

Wie auch immer, am Morgen nach dem Ball trat Rachel ins Zimmer ihres Onkels und rief zweimal »Onkel Ridley!«, bevor er irgendwelche Notiz von ihr nahm.

Nach geraumer Weile blickte er über seine Brille hinweg.

»Nun?« fragte er.

»Ich möchte ein Buch«, erwiderte sie. »Gibbons *History of the Roman Empire*. Darf ich das haben?«

Sie beobachtete, wie das Gesicht ihres Onkels sich auf ihre Frage hin in die gewohnten Falten legte. Es war glatt gewesen wie eine Maske, ehe sie gesprochen hatte.

»Bitte sag das noch einmal«, sagte ihr Onkel, entweder weil er es nicht gehört, oder weil er es nicht begriffen hatte.

Sie wiederholte ihre Worte und errötete dabei leicht.

»Gibbon! Wozu um alles in der Welt brauchst du denn den?« wollte er wissen.

»Jemand hat mir empfohlen, ihn zu lesen«, stotterte Rachel.

»Aber ich reise doch nicht mit einer bunten Auswahl von Historikern des 18. Jahrhunderts umher!« rief ihr Onkel. »Gibbon! Wenigstens zehn dicke Bände.«

Rachel sagte, es tue ihr leid, daß sie ihn gestört habe, und wandte sich zum Gehen.

»Halt!« rief ihr Onkel. Er legte seine Pfeife nieder, schob sein Buch beiseite, stand auf, nahm sie beim Arm und führte sie langsam durchs Zimmer. »Plato«, sagte er, indem er den Finger an das erste innerhalb einer Reihe schmaler dunkler Bücher legte, »und Jorrocks gleich nebenan, was falsch ist. Sophokles, Swift. Mit deutschen Kommentatoren hast du vermutlich nichts im Sinn. Französisch also. Du liest doch Französisch? Du solltest Balzac lesen. Dann kommen wir zu Wordsworth und Coleridge. Pope, Johnson, Addison, Wordsworth, Shelley, Keats. Eins führt zum anderen. Warum steht Marlowe denn hier? Mrs Chailey vermutlich. Doch was nützt alles Lesen, wenn du kein Griechisch liest? Letztlich brauchst du, wenn du Griechisch liest, nie wieder irgendetwas anderes zu lesen – pure Zeitverschwendung, pure Zeitverschwendung«, so sprach er, halb zu sich selbst, mit raschen Handbewegungen; dabei waren sie wieder zu dem Ringwall aus Büchern am Boden gelangt, und der Weg war ihnen versperrt.

»Also?« fragte er, »was soll es denn sein?«

»Balzac«, sagte Rachel, »oder hast du *The Speech on the American Revolution*, Onkel Ridley?«

»*The Speech on the American Revolution*?« fragte er. Wieder blickte er sie mit lebhaftem Interesse an. »Noch ein junger Mann vom Ball?«

»Nein. Das war Mr Dalloway«, gestand sie.

»Du lieber Himmel!« Bei der Erinnerung an Mr Dalloway warf er den Kopf zurück.

Sie wählte aufs Geratewohl einen Band für sich aus, legte ihn ihrem Onkel vor, der ihr, als er sah, daß es *La Cousine Bette* war, empfahl, es zuzuklappen, falls sie es gar zu gräßlich fände, und sie wollte schon gehen, als er sich erkundigte, ob es ihr denn auf ihrem Ball gefallen habe?

Dann wollte er wissen, was die Leute auf Bällen denn machten, da er sich entsann, daß er nur vor fünfunddreißig Jahren einmal auf einem gewesen war, als ihm das bedeutungsloser und blödsinniger vorgekommen war als irgendetwas sonst. Hatten sie ihren Spaß daran, zum Gejaule einer Fiedel unablässig im Kreis herumzuhopsen? Redeten sie, sagten sie einander Nettigkeiten, und wenn, warum taten sie das dann nicht unter vernünftigen Bedingungen? Was ihn selbst betreffe – er seufzte und wies auf die Zeichen seiner Emsigkeit, von denen er umringt war, was ihn, ungeachtet seines Seufzers, sichtlich mit einer derartigen Befriedigung erfüllte, daß seine Nichte es für geraten hielt, sich zu verabschieden. Nachdem er seinen Kuß bekommen hatte, war sie in Gnaden entlassen, nicht jedoch, ehe sie sich nicht verpflichtet hatte, auf jeden Fall das griechische Alphabet zu erlernen und ihren französischen Roman zurückzugeben, wenn sie damit fertig war, wonach dann etwas Passenderes für sie gefunden werden würde.

Da die Räume, in denen ein Mensch lebt, leicht etwas ähnlich Schockierendes haben wie ein Gesicht, wenn man es zum erstenmal sieht, ging Rachel sehr langsam nach unten, in Staunen über ihren Onkel versunken, über seine Bücher, seine Gleichgültigkeit gegenüber Bällen und seine merkwürdige, völlig unbegreifliche, doch offensichtlich befriedigende Ansicht vom Leben, als ihr Blick in der Diele auf ein Briefchen mit ihrem Namen fiel. Die Anschrift war in einer kleinen, kräftigen Handschrift geschrieben, die sie nicht kannte, und der Brief selbst, der keine Anrede hatte, lautete:

Ich schicke Ihnen, wie versprochen, den ersten Band von Gibbon. Ich persönlich kann an den Modernen wenig finden, doch werde ich Ihnen Wedekind schicken, wenn ich damit fertig bin. Donne? Haben Sie Webster und die ganze Corona gelesen? Ich beneide Sie darum, daß Sie sie zum erstenmal lesen können. Völlig erschöpft von der letzten Nacht. Und Sie?

Schwungvolle Initialen, aus denen sie St. J. A. H. herauslas, schlossen den Brief ab. Sie war sehr geschmeichelt, daß Mr Hirst an sie gedacht und sein Versprechen so rasch erfüllt hatte.

Es war noch eine Stunde Zeit bis zum Mittagessen, und so schlenderte sie mit Gibbon in der einen und Balzac in der anderen Hand durchs Gartentor hinaus und den kleinen Weg aus festgetretenem Lehm zwischen den Olivenbäumen am Hang hinab. Es war zu heiß, um bergauf zu gehen, das Tal hingegen war von Bäumen gesäumt, und ein Wiesenpfad lief am Flußbett entlang. In diesem Land, wo die Bevölkerung auf die Städte konzentriert war, war es möglich, daß man innerhalb kürzester Zeit nichts mehr von der Zivilisation sah und höchstens gelegentlich an einem Bauernhaus vorbeikam, wo die Frauen im Hof rote Rüben putzten; oder an einem kleinen Jungen, der umgeben von einer Herde schwarzer, streng riechender Ziegen auf die Ellbogen gestützt am Hang lag. Von einem Rinnsal Wasser ganz unten am Grund abgesehen, war der Fluß nur noch eine tiefeingeschnittene Rinne aus trockenen gelben Steinen. Am Ufer wuchsen jene Bäume, von denen Helen gesagt hatte, ihr Anblick allein sei schon die Seereise wert. Der April hatte ihre Knospen gesprengt, und sie trugen zwischen ihren glänzenden grünen Blättern große Blüten aus einer dicken, wachsartigen Substanz, die wunderbar cremefarben oder rosafarben oder dunkelscharlachrot gefärbt waren. Doch erfüllt von einer jener von Vernunftgründen unabhängigen Hochstimmungen, die gemeinhin keinen erkennbaren Anlaß haben und ganze Länder und Himmelsstriche in ihre Arme reißen, ging sie, ohne etwas zu sehen. Die Nacht griff auf den Tag über. Die Ohren summten ihr von den Melodien, die sie in der Nacht zuvor gespielt hatte; sie sang, und das Singen beschleunigte ihren Schritt. Sie sah nicht recht, wo sie entlangging, denn die Bäume und die Landschaft erschienen ihr nur als Ballungen von Grün und Blau, zu denen hin und wieder ein Stück andersfarbiger Himmel kam. Gesichter von Menschen, denen sie in der vergangenen Nacht begegnet war, traten ihr vor Augen; sie hörte ihre Stimmen; sie hörte zu singen auf und begann, sich Dinge noch einmal vorzusagen oder Dinge anders zu sagen oder Dinge zu erfinden, die hätten gesagt worden sein können. Der Zwang, den es bedeutet hatte, sich in einem langen Seidenkleid unter Fremden zu befinden, machte es außergewöhnlich aufregend, so auf diese Weise allein auszuschreiten. Hewet, Hirst, Mr Venning, Miss Allan, die Musik, das Licht, die dunklen Bäume im Garten, die Morgendämmerung – während sie lief, brausten sie ihr durch den Kopf, ein tumultuöser Hintergrund, gegen den sich der gegenwärtige Augenblick, der ihr Gelegenheit bot, genau das zu tun, was ihr gefiel, mit einer Lebhaftigkeit abhob, die noch erstaunlicher war als der Eindruck der vergangenen Nacht.

So hätte sie gehen können, bis sie sich überhaupt nicht mehr auskannte, hätte ein Baum ihr nicht Einhalt geboten, der sie, obwohl er nicht über ihren Weg wuchs, mit solcher Wirksamkeit aufhielt, als wären die Zweige ihr ins Gesicht geschlagen. Es war ein gewöhnlicher Baum, doch ihr kam er so eigenartig vor, daß er der einzige Baum auf der Welt hätte sein können. Dunkel war der Stamm in der Mitte, und die Zweige sprangen in Abständen daraus hervor und ließen gezackte Zwischenräume aus Licht erscheinen, die sich so deutlich abzeichneten, als hätte er sich gerade erst in dieser Sekunde vom Boden erhoben. Nachdem er einen Anblick geboten hatte, den sie ihr Lebtag nicht vergessen würde und der jene Sekunde lebenslänglich bewahren würde, trat der Baum wieder in die Reihe der gewöhnlichen Bäume zurück, und sie war imstande, sich in seinem Schatten niederzulassen und die roten Blumen mit den schmalen grünen Blättern zu pflücken, die darunter wuchsen. Sie legte sie nebeneinander, Blüte an Blüte und Stengel an Stengel, und liebkoste sie, weil sie auf sich gestellt waren. Blumen und sogar die Kiesel in der Erde hatten ihr Eigenleben und ihre eigene Bestimmung und weckten in ihr die Empfindungen eines Kindes, dessen Gefährten sie waren. Als sie aufblickte, wurde ihr Blick von der Silhouette der Berge gefangengenommen, die kraftvoll über den Himmel zuckte wie eine vorschnellende Peitschenschnur. Sie blickte auf den bleichen fernen Himmel und die hochgelegenen kahlen Stellen auf den Berggipfeln, die der Sonne ausgesetzt waren. Als sie sich hingesetzt hatte, hatte sie die Bücher zu ihren Füßen auf den Boden fallen lassen, und nun blickte sie auf sie hinab, wie sie da so eckig im Gras lagen, wobei ein langer Grashalm, der sich hinabneigte, Gibbons glatten braunen Deckel kitzelte, während der gesprenkelte blaue Balzac nackt in der Sonne lag. Der Ahnung folgend, daß es gewiß eine erstaunliche Erfahrung sein würde, das Buch aufzuschlagen und darin zu lesen, blätterte sie in dem Historiker und las:

In der Anfangszeit seiner Herrschaft versuchten seine Generäle die Unterwerfung von Äthiopien und Arabia Felix. Sie marschierten fast tausend Meilen über den Wendekreis hinaus, aber die Hitze des Klimas schreckte die Invasoren alsbald ab und schützte die kriegsunkundigen Eingeborenen jener belagerten Gebiete ... Die nördlichen Länder Europas lohnten kaum je Kosten und Mühen der Eroberung. Die Wälder und Sümpfe Germaniens waren bewohnt von einer kühnen Rasse von Barbaren, denen ein Leben ohne Freiheit für nichts galt.

Noch niemals waren Worte so lebendig und so schön gewesen – Arabia Felix – Äthiopien. Die wiederum waren nicht edler als die anderen – kühne Barbaren, Wälder und Sümpfe. Sie schienen Wege zurückzuwandern bis ganz an den Anfang der Welt, und zu beiden Seiten dieser Wege standen die Völker aller Zeiten und Länder Spalier, und wenn sie an denen entlangginge, würde sie das ganze Wissen der Welt erwerben, und das Buch der Welt würde zurückgeblättert bis zur allerersten Seite. Ihre Erregung über die Möglichkeiten des Wissens, die sich nun vor ihr auftaten, war so groß, daß sie zu lesen aufhörte, und als eine Brise die Seite umschlug, hob Gibbons Buchdeckel sich erst leicht und klappte dann zu. Sie stand wieder auf und ging weiter. Langsam legte sich der Aufruhr in ihrem Gemüt, und es begann, nach dem Ursprung für ihre Hochstimmung zu forschen, der ein zweifacher war und sich bei einigem Bemühen auf die Personen Mr Hirsts und Mr Hewets begrenzen ließ. Jegliche nüchterne Analyse der beiden war allerdings unmöglich, da beide vom Glanz des Wunderbaren umgeben waren. Sie war nicht imstande, über sie nachzudenken wie über Menschen, deren Empfindungen derselben Gesetzmäßigkeit folgten wie ihre eigenen, und ihre Vorstellungskraft verweilte bei ihnen mit einer Art von körperlichem Vergnügen, wie es von funkelnden Dingen ausgelöst wird, die im Sonnenlicht hängen. Von ihnen schien alles Leben auszustrahlen; noch die Worte aus Büchern wurden in einen Strahlenglanz getaucht. Dann begann sich ein Argwohn in ihr zu regen, dem ins Gesicht zu blicken ihr so sehr widerstrebte, daß sie froh war, auszugleiten und durchs Gras zu stolpern, weil ihre Aufmerksamkeit auf diese Weise abgelenkt wurde, doch binnen kurzem kehrte sie zu ihrem Gegenstand zurück. Ohne sich dessen bewußt zu sein, hatte sie begonnen, schneller und schneller zu gehen, wobei ihr Körper ihrem Kopf davonzulaufen versuchte; doch nun stand sie auf der Kuppe eines kleinen lehmigen Hügels, der sich über dem Fluß erhob und das Tal überblickte. Sie konnte nicht länger mit mehreren Vorstellungen gleichzeitig jonglieren, sondern mußte sich mit der hartnäckigsten auseinandersetzen, und eine Art Melancholie trat an die Stelle der freudigen Erregung. Sie ließ sich zu Boden gleiten, umklammerte ihre Knie und blickte ausdruckslos vor sich hin. Eine Weile beobachtete sie einen prächtigen gelben Schmetterling auf einem kleinen flachen Stein, der seine Flügel ganz langsam öffnete und wieder schloß.

»Wie ist das denn, wenn man verliebt ist?« fragte sie nach langem Schweigen; jedes Wort schien sich, indem es entstand, in ein unbekanntes Meer zu werfen. Hypnotisiert von den Schmetterlingsflügeln und beängstigt von der Entdeckung einer schrecklichen Möglichkeit im Leben, blieb sie noch eine Weile sitzen. Als der Schmetterling wegflog, stand sie auf und kehrte mit ihren beiden Büchern unter dem Arm nach Hause zurück, ganz ähnlich einem Soldaten, der für die Schlacht gewappnet ist.

14. Kapitel

Als die Sonne desselben Tages unterging, wurde die Abenddämmerung im Hotel wie gewöhnlich durch das sofortige Aufblitzen der elektrischen Lampen begrüßt. Die Stunden zwischen dem Abendessen und der Schlafenszeit waren ohnehin immer nicht leicht totzuschlagen, und am Abend nach dem Ball bereitete die Glanzlosigkeit der Zerstreuungen zusätzliche Unlust. Für Hirst und Hewet, die in der Mitte der Halle, die Kaffeetasse neben sich und die Zigarette in der Hand, zurückgelehnt in ihren Sesseln saßen, stand jedenfalls fest, daß der Abend ungewöhnlich langweilig, die Frauen ungewöhnlich schlecht gekleidet, die Männer ungewöhnlich hohlköpfig waren. Obendrein waren, als die Post vor einer halben Stunde verteilt worden war, keine Briefe für die beiden jungen Männer dabei gewesen. Da praktisch alle anderen zwei oder drei dicke Briefe aus England erhalten hatten, mit deren Lektüre sie jetzt beschäftigt waren, schien das ungerecht, und es veranlaßte Hirst zu der bissigen Bemerkung, die Tierfütterung habe soeben stattgefunden. Ihr Verstummen, meinte er, erinnere ihn an die Stille im Löwenhaus, wenn jedes Raubtier einen Klumpen rohes Fleisch zwischen den Pranken halte. Dieser Vergleich regte ihn dazu an, einige Hotelgäste mit Nilpferden zu vergleichen, andere mit Kanarienvögeln, wieder andere mit Schweinen, manche mit Papageien und manche mit abscheulichen Echsen, die um die halbverwesten Kadaver von Schafen geringelt lagen. Die gelegentlichen Geräusche – mal ein Husten, mal ein gräßliches Krächzen oder Räuspern, mal ein kleines Geschnatter – seien genau das, erklärte er, was man im Löwenhaus höre, wenn die Knochen zermalmt wurden. Diese Vergleiche störten Hewet jedoch nicht auf, der nach einem gleichgültigen Blick durch den Raum die Augen starr auf ein Dickicht aus Eingeborenenspeeren gerichtet hielt, die so raffiniert angeordnet waren, daß ihre Spitzen immer auf den Betrachter wiesen, von wo aus man sich ihnen auch nähern mochte. Er bekam von seiner Umgebung eindeutig nichts mit; woraufhin Hirst, nachdem er bemerkt hatte, daß Hewet gänzlich unansprechbar war, seine Aufmerksamkeit noch intensiver auf seine Mitmenschen richtete. Er war zwar zu weit von ihnen entfernt, um zu hören, was sie sagten, doch es machte ihm Spaß, anhand ihrer Gesten und ihres Äußeren kleine Theorien über sie zu konstruieren.

Mrs Thornbury hatte eine ungeheure Menge Briefe erhalten. Sie war völlig in sie vertieft. Wenn sie eine Seite zu Ende gelesen hatte, reichte sie sie entweder ihrem Gatten oder sie teilte ihm den Sinn dessen, was sie las, in Form einer Reihe von kurzen Zitaten mit, die durch eine Art Brummlaut hinten in ihrer Kehle miteinander verbunden waren. »Evie schreibt, daß George nach Glasgow gegangen ist. ›Er findet die Zusammenarbeit mit Mr Chadbourne so angenehm, und wir hoffen, Weihnachten miteinander verbringen zu können, doch ich würde mit Betty und Alfred nicht gern eine große Strecke zurücklegen (Nein, da hat sie ganz recht), obwohl es einem in dieser Hitze schwerfällt, sich kaltes Wetter vorzustellen . . . Eleanor und Roger sind in ihrem neuen Wagen herübergekommen . . . Eleanor sah merklich wohler aus, als ich sie seit dem Winter erlebt habe. Sie hat das Kleine jetzt auf drei Fläschchen gesetzt, was meiner Meinung nach klug ist (Das finde ich auch), und so kommt sie nachts mehr zur Ruhe . . . Mir fallen immer noch die Haare aus. Ich finde sie auf dem Kopfkissen! Doch es tröstet mich, daß ich von Tottie Hall Green etwas höre . . . Muriel ist in Torquay und amüsiert sich prächtig auf Bällen. Nun zeigt sie ihren schwarzen Fuchs also doch noch.‹ . . . Eine Zeile von Herbert – hat schrecklich viel zu tun, der arme Kerl! Ah! Margaret schreibt: ›Die arme alte Mrs Fairbank ist am Achten gestorben, ganz plötzlich im Wintergarten, nur ein Dienstmädchen im Haus, das nicht so geistesgegenwärtig war, sie hochzuheben, was sie angeblich hätte retten können, doch der Arzt sagt, es hätte sowieso jeden Augenblick passieren können, und man kann nur dankbar dafür sein, daß es in ihrem Haus passiert ist und nicht auf der Straße (Allerdings!). Die Tauben haben sich schrecklich vermehrt, genau wie die Kaninchen vor fünf Jahren . . .‹« Während sie vorlas, nickte ihr Gatte kaum merklich, aber sehr regelmäßig zum Zeichen der Zustimmung.

Nicht weit davon entfernt las Miss Allan ebenfalls ihre Briefe. Sie waren durchaus nicht nur erfreulich, wie man an der leichten Erstarrung sehen konnte, die ihr großes, gutgeschnittenes Gesicht befallen hatte, als sie sie zu Ende gelesen und säuberlich wieder in ihre Umschläge zurückgesteckt hatte. Die Furchen, die die Sorge und die Verantwortung in ihre Züge gegraben hatten, bewirkten, daß sie einem älteren Mann ähnlicher sah als einer Frau. Die Briefe enthielten die Nachricht, daß die letztjährige Obsternte in Neuseeland mißraten sei, was insofern eine ernste Angelegenheit war, als Hubert, ihr einziger Bruder, sich mit einer Obstplantage seinen Lebensunterhalt verdiente, und falls die sich wieder als Fehlschlag erwiese, würde er natürlich aufgeben und nach England zurückkehren, und was sollten sie dann diesmal mit ihm machen? Die Reise hierher, die ein Trimester Arbeitsausfall bedeutete, wurde damit zu einer Extravaganz und war nicht länger der wohlverdiente, herrliche Urlaub nach fünfzehn Jahren pflichttreuen Unterrichtens und Korrigierens von Aufsätzen über englische Literatur. Emily, ihre Schwester, die ebenfalls Lehrerin war, schrieb: »Wir sollten uns darauf einstellen, obwohl ich keinen Zweifel daran habe, daß Hubert diesmal vernünftiger sein wird.« Und dann fuhr sie auf ihre nüchterne Art fort und schrieb, sie genieße ihren Aufenthalt im Lake District sehr. »Die Seen sind gerade jetzt so ungeheuer hübsch. Ich habe selten erlebt, daß die Bäume um diese Zeit schon so weit waren. Wir haben mehrere Tage lang im Freien Mittag gegessen. Die gute alte Alice ist so jung wie eh und je und fragt liebevoll nach jedem einzelnen. Die Tage vergehen sehr schnell, und bald geht die Schule wieder los. Politische Aussichten *nicht* gut, lautet meine private Meinung, doch ich möchte Ellens Begeisterung nicht dämpfen. Lloyd George befaßt sich zwar jetzt mit dem Gesetz, doch das haben zuvor schon so viele getan, und wir sind keinen Schritt weitergekommen; hoffen wir aber, daß ich mich täusche. Wir wissen ja eh, daß uns die Arbeit nicht ausgeht ... Meredith geht wohl die *menschliche* Note ab, die einem an W. W. gefällt?« schloß sie und erörterte dann ein paar Fragen, die die englische Literatur betrafen und die Miss Allan in ihrem letzten Brief angeschnitten hatte.

Ein kleines Stück von Miss Allan entfernt lasen Arthur und Susan auf einer Bank, die von einer üppigen Palmengruppe beschattet und halb verborgen war, jeweils die Briefe des anderen. Die umfangreichen, scharfzüngigen Manuskripte hockeyspielender junger Frauen in Wiltshire lagen auf Arthurs Knie, während Susan die kleinen straffen Anwaltshandschriften entzifferte, die kaum mehr als eine Seite füllten und in ihrem scherzhaften, flotten Ton stets Wohlwollen ausdrückten.

»Hoffentlich wird Mr Hutchinson mich mögen, Arthur«, sagte sie und blickte auf.

»Wer ist denn Deine Dich liebende Flo?« fragte Arthur.

»Flo Graves – das Mädchen, von dem ich dir erzählt habe, das mit diesem gräßlichen Mr Vincent verlobt war«, sagte Susan. »Ist Mr Hutchinson verheiratet?« fragte sie.

Schon gingen ihr allerhand wohltätige Pläne im Kopf herum, die ihre Freunde betrafen, oder besser gesagt, ein einziger großartiger Plan – der zugleich einfach zu verwirklichen war –: sie mußten alle heiraten – gleichzeitig –, sowie sie zurück war. Heiraten, heiraten, das war das Richtige, das einzig Wahre, die Lösung, die für jeden taugte, den sie kannte, und ein großer Teil ihrer Überlegungen bestand darin, daß sie jeden einzelnen Augenblick des Kummers, der Einsamkeit, der Kränklichkeit, ungestillten Ehrgeizes, der Ruhelosigkeit, der Verschrobenheit, der Entschlußlosigkeit, alle öffentlichen Auftritte und philanthropischen Aktivitäten auf seiten der Männer und insbesondere auf seiten der Frauen der Tatsache zuschrieb, daß sie heiraten wollten, zu heiraten versuchten und es nicht geschafft hatten zu heiraten. Falls diese Symptome, wie sie einräumen mußte, gelegentlich nach der Heirat andauerten, konnte sie das nur dem unglückseligen Naturgesetz zuschreiben, welches vorsah, daß es nur einen Arthur Venning gab und nur eine Susan, die ihn heiraten konnte. Für ihre Theorie sprach natürlich, daß ihr eigener Fall sie voll und ganz bestätigte. Sie hatte sich während der letzten zwei, drei Jahre zu Hause vage unbehaglich gefühlt, und eine Reise wie diese mit einer selbstsüchtigen alten Tante, die ihr zwar die Überfahrt bezahlte, sie aber als Dienstmädchen und Gesellschafterin in einem behandelte, war typisch für die Art Unternehmungen, die die Leute von ihr erwarteten. Seit sie verlobt war, legte Mrs Paley instinktiv ein respektvolles Verhalten an den Tag, protestierte geradezu, wenn

Susan wie gewöhnlich niederkniete, um ihr die Schuhe zuzuschnüren, und schien nun aufrichtig dankbar zu sein, wenn Susan ihr eine Stunde Gesellschaft leistete, wo sie an exakt zwei oder drei gewöhnt gewesen war, die ihr ihrer Meinung nach rechtmäßig zustanden. Sie sah folglich ein weitaus komfortableres Leben voraus, als sie es gewohnt gewesen war, und diese Veränderung ihrer Lage hatte bereits bewirkt, daß sie anderen Menschen wesentlich wärmere Empfindungen entgegenbrachte.

Es waren nun bald zwanzig Jahre vergangen, seit Mrs Paley sich zum letztenmal selbst die Schuhe zuschnüren oder sie auch nur hatte sehen können, denn das Unsichtbarwerden ihrer Füße war insofern mehr oder minder genau mit dem Tod ihres Gatten, eines Geschäftsmannes, zusammengefallen, als Mrs Paley bald nach diesem Ereignis dick zu werden begonnen hatte. Sie war eine selbstsüchtige, unabhängige alte Frau und verfügte über ein beträchtliches Einkommen, das sie auf den Unterhalt eines Hauses am Lancaster Gate, für den sieben Dienstboten und eine Zugehfrau vonnöten waren, und für den eines weiteren mit Garten und Kutschpferden in Surrey verwendete. Susans Verlobung enthob sie einer der ärgsten Befürchtungen ihres Lebens – daß ihr Sohn Christopher an seiner Kusine »hängenbleiben« könnte. Nun, da dieser vertrauten Quelle des Interesses das Wasser abgegraben worden war, war sie ein wenig mißmutig und geneigt, in Susan mehr zu sehen als gewohnt. Sie hatte beschlossen, ihr ein sehr ansehnliches Hochzeitsgeschenk zu machen, sie dachte an einen Scheck über zweihundert, zweihundertundfünfzig oder möglicherweise, durchaus denkbar – das hing von dem Untergärtner und der Rechnung von Huths für die Renovierung des Salons ab – dreihundert Pfund Sterling.

Sie beschäftigte sich eingehend mit dieser Frage und jonglierte mit den Zahlen, als sie in ihrem Rollstuhl saß, einen Tisch mit aufgelegten Karten neben sich. Die Patience war irgendwie durcheinander geraten, und sie mochte Susan nicht zu Hilfe rufen, da sie mit Arthur beschäftigt schien.

»Sie hat natürlich jedes Recht, ein ansehnliches Geschenk von mir zu erwarten«, dachte sie, und ihr zielloser Blick blieb an dem auf den Hinterbeinen stehenden Leoparden hängen, »und ich habe keinen

Zweifel, daß sie das auch tut! Bei Geld kann niemand widerstehen. Die Jugend ist sehr selbstsüchtig. Wenn ich stürbe, würde mich niemand vermissen außer Dakyns, und die wird sich mit dem Testament trösten! Dennoch habe ich keinen Grund zur Klage ... Ich komme immer noch auf meine Kosten. Ich falle niemandem zur Last ... Ich habe Freude an so vielen Dingen, trotz meiner Beine.«

Da sie dennoch ein wenig trübsinnig gestimmt war, dachte sie als nächstes an die einzigen Menschen in ihrem Leben, die nicht im geringsten selbstsüchtig oder auf Geld aus gewesen zu sein schienen, die ihr irgendwie edler vorgekommen waren als das Gros der Menschen; Menschen, das räumte sie gerne ein, die edler als sie selbst waren. Nur deren zwei hatte es gegeben. Der eine war ihr Bruder, der vor ihren Augen ertrunken war, der andere war eine junge Frau, ihre allerbeste Freundin, die bei der Geburt ihres ersten Kindes gestorben war. Diese Ereignisse lagen gut fünfzig Jahre zurück.

»Sie hätten nicht sterben dürfen«, dachte sie. »Trotzdem, sie sind gestorben – und wir selbstsüchtigen alten Geschöpfe sind immer noch da.« Tränen traten ihr in die Augen; sie empfand echtes Bedauern um ihrethalben, so etwas wie Verehrung für ihre Jugend und Schönheit und eine Art Scham, was sie selbst betraf; die Tränen wollten sich jedoch nicht lösen; und sie schlug einen jener ungezählten Romane auf, die sie für gut oder schlecht, ganz leidlich oder wirklich wunderbar zu erklären pflegte. »Es ist mir unvorstellbar, wie Menschen sich solche Dinge ausdenken können«, sagte sie immer, nahm die Brille ab und hob den Blick ihrer alten verblichenen Augen, die sich weiß zu rändern begannen.

Unmittelbar hinter dem ausgestopften Leoparden spielte Mr Elliot Schach mit Mr Pepper. Er war selbstverständlich auf dem Weg zur Niederlage, denn Mr Pepper hob den Blick kaum je vom Schachbrett, und Mr Elliot lehnte sich immer wieder in seinem Sessel zurück und warf einem Herrn Bemerkungen zu, der erst am Abend zuvor eingetroffen war; es war ein großer, gutaussehender Mann mit einem Kopf, der an einen intellektuellen Widder denken ließ. Nachdem ein paar Bemerkungen allgemeinerer Art getauscht worden waren, waren sie dabei zu entdecken, daß sie ein paar gemeinsame

Bekannte hatten, was ihnen eigentlich schon klar geworden war, als sie einander erstmals zu Gesicht bekommen hatten.

»Ach ja, der alte Truefit«, sagte Mr Elliot. »Er hat einen Sohn in Oxford. Ich bin oft bei ihnen gewesen. Das ist ein schönes altes jakobäisches Haus. Ein paar herrliche Greuzes – ein oder zwei holländische Gemälde, die der alte Knabe im Kellergewölbe aufbewahrte. Dann hatten sie da unendliche Berge von Drucken. Oh je, der Schmutz in dem Haus! Er war nämlich ein Geizhals. Der Junge heiratete eine Tochter von Lord Pinwells. Die kenne ich auch. Sammelwut tritt ja oft als Familienübel auf. Dieser Bursche sammelte Schnallen – Schuhschnallen von Herrenschuhen mußten es sein, wie sie in der Zeit zwischen 1580 und 1660 in Gebrauch waren; mit der Zeitangabe liege ich vielleicht falsch, aber in der Sache nicht. Der wahre Sammler hat immer irgendeine seltsame Schrulle dieser Art. In anderer Hinsicht ist er so besonnen wie ein Rinderzüchter, was er zufällig auch wirklich ist. Die Pinwells haben im übrigen ebenfalls einiges an Exzentrik vorzuweisen, wie Sie wahrscheinlich wissen. Lady Maud beispielsweise –«, an dieser Stelle war er zu einer Unterbrechung genötigt, um über seinen nächsten Zug nachdenken zu können –, »Lady Maud graut es vor Katzen und Geistlichen und Leuten mit großen Schneidezähnen. Ich habe sie über einen Tisch hinweg rufen hören: ›Halten Sie den Mund geschlossen, Miss Smith, sie sind so gelb wie Mohrrüben!‹, stellen Sie sich das vor. Zu mir war sie allerdings immer die Höflichkeit selbst. Sie dilettiert auf literarischem Gebiet, hat gern ein paar von uns in ihrem Salon, doch man braucht bloß einen Geistlichen zu erwähnen, sei es auch ein Bischof, was sage ich, der Erzbischof selbst, und schon kollert sie los wie ein Truthahn. Ich habe mir sagen lassen, das sei eine Familienfehde – irgendetwas, das mit einem Vorfahren in der Regierungszeit Karls I. zu tun hat. Ja«, fuhr er fort und wurde dabei Zug um Zug mattgesetzt, »ich erfahre immer gern etwas über die Großmütter unserer flotten jungen Männer. Meiner Meinung nach haben sie sich alles bewahrt, was wir am achtzehnten Jahrhundert bewundern, und dabei den Vorzug, jedenfalls in der Mehrzahl der Fälle, daß sie Wert auf persönliche Reinlichkeit legen. Nicht, daß man die alte Lady Barborough dadurch beleidigen möchte, daß man sie reinlich nennt. Was glaubst du, Hilda«, rief er seiner Gattin zu, »wie oft ihre Ladyschaft ein Bad nimmt?«

»Das würde ich nur ungern sagen, Hugh«, zwitscherte Mrs Elliot, »doch wenn man braunroten Samt trägt, wie sie es noch am heißesten Augusttag tut, dann fällt es gewissermaßen gar nicht auf.«

»Jetzt haben Sie mich, Pepper«, sagte Mr Elliot. »Mein Schachspiel ist noch schlechter als in meiner Erinnerung.« Er nahm seine Niederlage mit großer Gleichmut hin, weil er sich im Grunde gern unterhalten wollte.

Er zog seinen Sessel neben den Mr Wilfred Flushings, des Neuankömmlings.

»Fallen die hier alle in Ihr Gebiet?« fragte er und zeigte auf einen Schaukasten vor ihnen, worin blitzblanke Kreuze, Juwelen und Stickereien der Eingeborenen zur Verlockung der Gäste ausgestellt waren.

»Sämtlich Nachahmungen«, sagte Mr Flushing kurz und bündig. »Dieser Teppich wiederum ist gar nicht übel.« Er bückte sich und nahm ein Stück des Teppichs zu ihren Füßen hoch. »Nicht alt natürlich, doch das Muster entspricht durchaus der Tradition. Alice, leih mir doch deine Brosche. Schauen Sie sich den Unterschied zwischen der alten Machart und der neuen an.«

Eine Dame, die mit großer Konzentration las, machte ihre Brosche ab und gab sie ihrem Gatten, ohne ihn dabei anzusehen oder die Verbeugung, die Mr Elliot zum Zweck der Annäherung furchtbar gern angebracht hätte, zur Kenntnis zu nehmen. Falls sie zugehört hätte, hätte die Anspielung auf die alte Lady Barborough, ihre Großtante, sie ja womöglich amüsiert, doch ohne ihre Umgebung auch nur eines Blickes zu würdigen, fuhr sie zu lesen fort.

Die Standuhr, die sich ein paar Minuten lang geräuspert hatte wie ein alter Mann, der sich zu husten anschickt, schlug nun neun. Das Geräusch störte die schläfrigen Kaufleute, Regierungsbeamten und Männer mit Privatvermögen, die in ihren Sesseln zurückgelehnt saßen und mit halbgeschlossenen Augen schwatzten, rauchten, über ihre Geschäfte nachsannen, kurz aus ihrer Ruhe auf; sie hoben beim Schlagen der Uhr sekundenlang die Lider und schlossen sie dann wieder. Sie wirkten wie Krokodile, die von ihrer letzten Mahlzeit so übersatt waren, daß die Zukunft der Welt ihnen nicht die geringste

Sorge bereitete. Die einzige Störung in dem friedlichen hellerleuchteten Raum wurde durch einen großen Falter verursacht, der von Lampe zu Lampe schoß, dabei über kunstvoll frisierte Köpfe hinwegschwirrte und bewirkte, daß etliche junge Frauen nervös die Hände hoben und riefen: »Kann die nicht mal jemand töten?«

Da beide ihren eigenen Gedanken nachhingen, hatten Hewet und Hirst seit langer Zeit nicht gesprochen.

Als die Uhr schlug, sagte Hirst:

»Ah, die Tierwelt beginnt sich zu regen ...« Er beobachtete, wie die anderen sich erhoben, um sich blickten und sich wieder niederließen. »Was ich überhaupt am meisten verabscheue«, schloß er, »ist die weibliche Brust. Wenn man sich vorstellt, daß Venning mit Susan ins Bett gehen muß! Doch das eigentlich Abstoßende ist, daß sie überhaupt nichts empfinden – ungefähr das, was ich empfinde, wenn ich ein heißes Bad nehme. Sie sind plump, sie sind abgeschmackt, sie sind ganz und gar unerträglich!«

Da er Hewet mit diesen Worten keine Antwort entlockte, ging er dazu über, über sich selbst nachzudenken, über die Wissenschaft, über Cambridge, über das Anwaltswesen, über Helen und was sie über ihn dachte, bis er, denn er war sehr müde, allmählich einnickte.

Plötzlich weckte Hewet ihn auf.

»Wie weiß man denn, was man empfindet, Hirst?«

»Bist du verliebt?« fragte Hirst. Er setzte sein Monokel ein.

»Sei nicht albern«, sagte Hewet.

»Nun, dann will ich mich mal hinsetzen und darüber nachdenken«, sagte Hirst. »Das sollte man wirklich tun. Wenn diese Menschen nur über die Dinge nachdenken würden, wäre die Welt für uns alle weitaus wohnlicher. Versuchst du gerade nachzudenken?«

Genau das hatte Hewet während der letzten halben Stunde getan, doch er fand Hirst in diesem Augenblick nicht eben einfühlsam.

»Ich mache einen Spaziergang«, sagte er.

»Vergiß nicht, daß wir letzte Nacht nicht im Bett waren«, sagte Hirst mit einem ausgiebigen Gähnen.

Hewet stand auf und reckte sich.

»Ich möchte etwas Luft schnappen«, sagte er.

Eine seltsame Empfindung hatte ihn den ganzen Abend lang gestört und ihm verwehrt, irgendeinen Gedanken in Ruhe zu Ende zu denken. Es war genauso, als habe er sich mitten in einem Gespräch befunden, das ihn ungemein interessierte, und es sei dann jemand aufgetaucht und habe ihn unterbrochen. Er konnte das Gespräch nicht beenden, und je länger er dort saß, desto mehr verlangte es ihn, es zu beenden. Da das Gespräch, das unterbrochen worden war, das mit Rachel war, mußte er sich fragen, weshalb er das so empfand und weshalb er den Wunsch hatte, weiter mit ihr zu reden. Hirst würde einfach nur sagen, er sei in sie verliebt. Doch er war nicht in sie verliebt. Begann die Liebe etwa auf diese Weise, mit dem Wunsch, immer weiter mit dem anderen zu reden? Nein. Sie begann in seinem Fall stets mit eindeutigen körperlichen Empfindungen, und solche gab es jetzt nicht, er fand sie nicht einmal körperlich anziehend. Sie hatte natürlich schon etwas Ungewöhnliches an sich – sie war jung, unerfahren und wißbegierig, sie waren offener miteinander gewesen, als das üblicherweise möglich war. Er fand es ohnehin immer interessant, mit Mädchen zu reden, und dies alles war doch wohl Grund genug, daß er sich jetzt wünschte, weiter mit ihr reden zu können; und letzte Nacht hatte er, bei den vielen Menschen und dem ganzen Durcheinander, gerade nur anfangen können, mit ihr zu reden. Was sie wohl jetzt machte? Lag vielleicht auf dem Sofa und blickte an die Decke. Er konnte sie sich ohne weiteres so vorstellen, und Helen in einem Sessel, die Hände auf die Lehnen gelegt, so – wie sie mit ihren ganz großen Augen vor sich hinblickte – ach nein, sie würden natürlich reden, über den Ball. Doch einmal angenommen, Rachel würde in ein oder zwei Tagen abfahren, einmal angenommen, dies wäre das Ende ihres Aufenthalts und ihr Vater wäre mit einem der Dampfer gekommen, die in der Bucht vor Anker lagen – es war nicht auszuhalten, daß man so wenig wußte. Deshalb hatte er dann gerufen: »Wie weiß man denn, was man empfindet, Hirst?« – um sich vom Denken abzuhalten.

Hirst half ihm jedoch nicht, und die anderen Menschen mit ihren ziellosen Bewegungen und ihren unbekannten Leben störten ihn, so daß er sich nach der leeren Dunkelheit sehnte. Das erste, wonach er Ausschau hielt, als er aus der Tür der Hotelhalle trat, war das Licht der Ambrose'schen Villa. Als er endgültig entschieden hatte, daß ein bestimmtes Licht, das von den anderen Lichtern weiter oben am Hang abgesondert war, ihres war, war er gleich wesentlich ruhiger. Das ganze Durcheinander schien sich sogleich ein wenig zu legen. Ohne bestimmte Absicht bog er nach rechts in die Straße ein, durchquerte die Stadt und gelangte zu der Mauer an der Kreuzung, wo er stehenblieb. Das Dröhnen der See war bis dorthin zu hören. Die dunkelblaue Masse der Berge hob sich gegen das blassere Blau des Himmels ab. Es gab zwar keinen Mond, aber ungezählte Sterne, und die dunklen Erdwogen, von denen er umgeben war, waren von oben bis unten mit Lichtern besteckt. Er hatte vorgehabt umzukehren, doch das einzelne Licht der Ambrose'schen Villa war nun zu drei getrennten Lichtern geworden,und er fühlte sich verlockt noch weiterzugehen. Er konnte sich ebensogut gleich vergewissern, daß Rachel noch da war. Er ging schnell und stand schon bald vor dem eisernen Tor ihres Gartens und stieß es auf; der Umriß des Hauses trat auf einmal scharf vor seine Augen und zugleich die schmale Säule der Veranda, die ihren Schatten über den blaß erleuchteten Kies des Vorplatzes warf. Er zögerte. Hinter dem Haus klapperte jemand mit Eimern. Er näherte sich der Vorderfront; das Licht auf dem Vorplatz zeigte ihm, daß die Wohnräume auf ihn hinausgingen. Er trat von der Hausecke her so nahe an das Licht heran, wie er konnte, und die Blätter einer Kletterpflanze streiften sein Gesicht. Einen Augenblick später vernahm er eine Stimme. Die Stimme sprach in stetigem Fluß; sie beteiligte sich offensichtlich nicht an einer Unterhaltung, sondern, so schloß er, las laut vor. Er schlich sich ein wenig näher heran; er zerdrückte die Blätter, damit sie über seinen Ohren zu rascheln aufhörten. Es hätte Rachels Stimme sein können. Er trat aus dem Schatten in den Lichtkreis und hörte als nächstes einen ganz deutlich gesprochenen Satz:

»Und dort lebten wir von 1860 bis 1895, die glücklichsten Jahre im Leben meiner Eltern, und dort wurde 1862 mein Bruder Maurice geboren, zum Entzücken seiner Eltern, da es ihm bestimmt war, das Entzücken aller zu sein, die ihn kannten.«

Die Stimme sprach schneller, ihr Tonfall wurde bündig, und sie hob sich leicht, als stünden diese Worte am Ende des Kapitels. Hewet zog sich wieder in den Schatten zurück. Ein langes Schweigen trat ein. Er hörte gerade nur, wie drinnen Stühle gerückt wurden. Er hatte sich fast schon entschlossen umzukehren, als plötzlich, keine sechs Fuß von ihm entfernt, zwei Gestalten am Fenster erschienen.

»Das war natürlich Maurice Fielding, mit dem deine Mutter verlobt war«, sagte Helens Stimme. Sie sprach nachdenklich, während sie in den dunklen Garten hinausblickte, und war mit ihren Gedanken offensichtlich ebensosehr beim Anblick der Nacht wie bei ihren eigenen Worten.

»Mutter?« sagte Rachel. Hewets Herz tat einen Sprung, und es entging ihm nicht. Obwohl ihre Stimme leise war, war ihr deutlich ihre Überraschung anzumerken.

»Wußtest du das nicht?« sagte Helen.

»Ich habe nie gehört, daß da noch ein anderer war«, sagte Rachel. Sie war eindeutig überrascht, doch alles, was sie sagten, klang leise und ausdruckslos, weil sie in die kühle dunkle Nacht hinaussprachen.

»In sie waren mehr Menschen verliebt als in irgendjemanden sonst, den ich gekannt habe«, erklärte Helen. »Sie besaß diese gewisse Anziehungskraft – sie genoß die Dinge. Sie war nicht schön, doch – ich habe gestern abend beim Ball an sie gedacht. Sie kam mit jeder Art von Menschen aus, und außerdem wurde, wenn man mit ihr zusammen war, alles so – unglaublich komisch.«

Es hatte den Anschein, daß Helen sich der Vergangenheit zuwandte, denn ihre Worte klangen versonnen, als sie Theresa mit Menschen verglich, die sie nach deren Tod kennengelernt hatte.

»Ich weiß nicht, wie sie das gemacht hat«, fuhr sie fort, und verstummte dann, und es trat eine lange Pause ein, in der ein Käuzchen schrie, mal hier, mal dort, während es sich im Garten von Baum zu Baum bewegte.

»Das sieht Tante Lucy und Tante Katie ähnlich«, sagte Rachel schließlich. »Sie betonen ständig, daß sie sehr traurig und sehr gütig gewesen sei.«

»Weshalb haben sie denn dann um Himmels willen, als sie noch lebte, nichts anderes zu tun gehabt, als an ihr herumzukritisieren?« sagte Helen. Ihre Stimmen klangen sehr gedämpft, als sänken sie durch die Wellen des Meeres hinab.

»Wenn ich morgen sterben müßte ...«, begann sie.

Die abgerissenen Sätze besaßen in Hewets Ohren eine außerordentliche Schönheit und einen Gleichmut und zugleich etwas Geheimnisvolles, als würden sie von Menschen im Schlaf gesprochen.

»Nein, Rachel«, fuhr Helens Stimme fort, »ich mache keinen Spaziergang durch den Garten; es ist feucht – es kann nur feucht sein; außerdem sehe ich wenigstens ein Dutzend Kröten.«

»Kröten? Das sind doch Steine, Helen. Komm mit raus. Es ist schöner draußen. Die Blumen duften«, erwiderte Rachel.

Hewet zog sich noch etwas weiter zurück. Sein Herz schlug sehr schnell. Offensichtlich versuchte Rachel, Helen hinaus auf den Vorplatz zu ziehen, und Helen widersetzte sich. Es war einiges Gescharre zu hören, Gebettel, Weigerung und das Gelächter beider. Dann erschien eine männliche Gestalt. Hewet konnte nicht verstehen, was die drei sagten. Innerhalb einer Minute waren sie alle wieder drinnen; dann konnte er das Knirschen von Riegeln hören; Totenstille trat ein, und sämtliche Lichter verloschen.

Er wandte sich um und zerdrückte und glättete dabei immer noch eine Handvoll Blätter, die er von der Hauswand abgerissen hatte. Ein herrliches Gefühl der Freude und der Erleichterung ergriff ihn; es wirkte alles so dauerhaft und friedlich nach dem Ball im Hotel, ob er nun verliebt in die beiden war oder nicht; nein, das nicht, doch es war gut, daß es sie gab.

Nachdem er ein oder zwei Minuten stillgestanden hatte, wandte er sich um und begann auf das Tor zuzugehen. Mit der Bewegung seines Körpers strömte Erregung, das Gefühl einer romantischen Lebensfülle in sein Hirn. Er schrie laut eine Gedichtzeile hinaus, aber die Worte entzogen sich ihm, und er stolperte zwischen Versen und Bruchstücken von Versen hin und her, die, abgesehen von der Schönheit der Worte, nicht den geringsten Sinn hatten. Er schloß das Tor und rannte in Schlangenlinien den Hügel hinab, wobei er jeden Unsinn schrie, der ihm gerade einfiel. »Hier bin ich«, rief er im Gleichtakt mit seinen Füßen links und rechts, »ich stapfe voran wie ein Elefant im Dschungel und reiße Zweige ab auf meinem Weg (er schnappte nach den Zweigen eines Busches am Straßenrand), und ich trompete zahllose Worte raus, hübsche Worte über zahllose Dinge, und dabei laufe ich den Hügel hinab und rede laut nur Unsinn vor mich hin über Straßen und Blätter und Lichter und Frauen, die in die Dunkelheit hinaustreten – über Frauen – über Rachel, über Rachel.« Er blieb stehen und holte tief Luft. Die Nacht schien unermeßlich und gastlich, und obwohl sie so dunkel war, schienen sich dort unten im Hafen Dinge zu regen und Bewegung auf dem Wasser zu sein. Er starrte, bis die Finsternis ihn benommen machte, und dann ging er rasch weiter und murmelte immer noch vor sich hin. »Und ich sollte eigentlich im Bett liegen, schnarchen und träumen, träumen, träumen. Träume und Wirklichkeit, Träume und Wirklichkeit, Träume und Wirklichkeit«, sagte er sich den ganzen Weg die Allee hinauf vor und war sich seiner Worte nur halb bewußt, bis er vor der Eingangstür stand. Dort blieb er einen Augenblick stehen und besann sich, ehe er die Tür öffnete.

Sein Blick war verwirrt, seine Hände waren sehr kalt und sein Hirn in Aufruhr und dabei halb im Schlaf. Hinter der Tür war alles genau, wie er es verlassen hatte, außer daß die Halle jetzt leer war. Da standen die Sessel einander zugekehrt, wo sich Leute unterhalten hatten, und die leeren Gläser auf Tischchen, und die Zeitungen lagen am Boden verstreut. Als er die Tür zumachte, fühlte er sich wie in einem Schuhkarton eingesperrt und schrumpfte im Nu zusammen. Es war alles sehr hell und sehr klein. Er blieb eine Minute bei dem langen Tisch stehen, um sich eine Zeitung herauszusuchen, die er hatte lesen wollen, doch er stand noch zu sehr unter dem Einfluß der Dunkelheit und der frischen Luft, um in aller Ruhe darüber nachdenken zu können, welche Zeitung das war, oder wo er sie gesehen hatte.

Als er unentschlossen zwischen den Zeitungen herumtastete, sah er aus dem Augenwinkel eine Gestalt die Treppe herabkommen. Er hörte das schleifende Geräusch von Röcken, und zu seiner großen Überraschung trat Evelyn M. zu ihm, legte die Hand auf den Tisch, als wolle sie ihn daran hindern, eine Zeitung zu nehmen, und sagte:

»Sie sind genau der Mensch, mit dem ich reden wollte.« Ihre Stimme war etwas unangenehm und metallisch, ihre Augen glänzten stark, und sie hielt den Blick starr auf ihn gerichtet.

»Mit mir reden?« wiederholte er. »Aber ich schlafe schon halb.«

»Ich halte Sie aber für verständnisvoller als die meisten anderen

Menschen«, antwortete sie und setzte sich auf ein Stühlchen, das neben einem dicken Ledersessel stand, so daß Hewet sich neben sie setzen mußte.

»Also?« sagte er. Er gähnte unverhohlen und zündete sich eine Zigarette an. Er konnte nicht glauben, daß er das wirklich erlebte. »Worum geht es?«

»Sind Sie wirklich verständnisvoll, oder ist das nur Pose?« wollte sie wissen.

»Das müssen Sie wissen«, erwiderte er. »Ich glaube, ich bin interessiert.« Er fühlte sich immer noch völlig benommen, und sie schien ihm viel zu dicht bei ihm zu sitzen.

»Interessiert kann jeder sein!« rief sie ungeduldig. »Ihr Freund Mr Hirst ist interessiert, würde ich denken. Ich glaube jedoch an Sie. Sie wirken so, als hätten Sie eine nette Schwester.« Sie schwieg und zupfte an den Goldmünzen auf ihren Knien, und dann, als hätte sie sich soeben entschlossen, legte sie los. »Jedenfalls will ich Sie jetzt um Rat fragen. Kennen Sie diesen Zustand, wo man selbst nicht weiß, was man will? In dem Zustand befinde ich mich jetzt gerade. Letzte Nacht beim Ball hat nämlich Raymond Oliver – das ist der dunkelhaarige Junge, der so aussieht, als hätte er Indianerblut in sich, doch er sagt, das sei wirklich nicht der Fall –, also gut, wir haben draußen gesessen, und er hat mir alles über sich erzählt, wie unglücklich er zu Hause ist und wie er es haßt, hier drüben zu sein. Sie haben ihn in irgendein gräßliches Bergwerksunternehmen gesteckt. Er sagt, es sei gräßlich – ich weiß, sagt er, es sollte mir gefallen, doch ich kann mich dafür einfach nicht erwärmen. Und er tat mir schrecklich leid, er mußte einem einfach leid tun, und als er mich gefragt hat, ob er mich küssen dürfe, habe ich ihn gelassen. Da war doch nichts Schlimmes dabei, oder? Und dann hat er heute morgen gesagt, er habe geglaubt, es sei mehr damit gemeint gewesen und ich sei nicht der Typ Frau, mich einfach von irgendjemandem küssen zu lassen. Und wir haben geredet und geredet. Ich habe mich wohl sehr dumm benommen, doch ich muß Menschen einfach mögen, wenn sie mir leid tun. Ich mag ihn wirklich schrecklich gern –« Sie schwieg einen Augenblick. »Also hab ich ihm ein halbes Versprechen gegeben, und nun ist da doch noch Alfred Perrott, verstehen Sie?«

»Ach, Perrott«, sagte Hewet.

»Wir haben einander bei dem Picknick neulich kennengelernt«, fuhr sie fort. »Er schien so einsam zu sein, besonders als Arthur mit Susan weggegangen war, und man mußte sich einfach fragen, was ihm wohl auf der Seele lag. Also haben wir uns sehr lange unterhalten, als Sie die Ruinen angeschaut haben, und er hat mir sein ganzes Leben erzählt, wie er zu kämpfen gehabt hat und wie furchtbar hart das gewesen ist. Stellen Sie sich vor, er war Laufjunge bei einem Lebensmittelhändler und hat den Leuten mit einem Korb Päckchen ins Haus geliefert! Das hat mich schrecklich interessiert, weil ich immer sage, es spielt keine Rolle, als was man geboren worden ist, wenn man nur aus dem richtigen Holz geschnitzt ist. Und er hat mir von seiner Schwester erzählt, die gelähmt ist, armes Mädchen, und man begreift, was für eine Belastung sie für ihn darstellt, auch wenn er offensichtlich sehr an ihr hängt. Ich muß sagen, ich bewundere solche Menschen! Von Ihnen erwarte ich das freilich nicht, da Sie ja so gescheit sind. Schön, am letzten Abend saßen wir also zusammen im Garten draußen, und ich habe doch genau gesehen, was er sagen wollte, und mußte ihn einfach ein bißchen trösten und ihm sagen, daß ich ihn gern habe – das stimmt auch wirklich –, nur ist da ja noch Raymond Oliver. Was ich nun von Ihnen gern hören würde, ist, ob man in zwei Menschen gleichzeitig verliebt sein kann oder nicht?«

Sie verstummte und saß, das Kinn in die Hände gestützt, und blickte äußerst angestrengt, als stehe sie vor einem echten Problem, das zwischen ihnen zur Erörterung anstand.

»Ich meine, das hängt davon ab, was für eine Art Mensch Sie sind«, sagte Hewet. Er schaute sie an. Sie war klein und hübsch, vielleicht achtundzwanzig oder neunundzwanzig, doch ihr Gesicht besaß trotz seines auffallend kühnen Schnitts keinen entschiedenen Ausdruck, nur den großer Lebhaftigkeit und guter Gesundheit.

»Wer sind Sie, was sind Sie; verstehen Sie – ich weiß ja nichts von Ihnen«, fuhr er fort.

»Gut, da wollte ich gerade hinkommen«, sagte Evelyn M. Sie stützte das Kinn immer noch in die Hände und blickte angestrengt vor sich hin. »Ich habe eine Mutter und keinen Vater, falls Sie das interessiert«, sagte sie. »Das ist nicht gerade das, was man sich wünschen würde. Auf dem Land kommt das häufig vor. Sie war eine Bauerstochter, und er war eher ein Stenz – der junge Mann von oben, aus dem prächtigen Haus. Er hat die Sache nie in Ordnung gebracht – sie nie geheiratet –, wenn er uns auch eine ziemliche Menge Geld hat zukommen lassen. Seine Familie hat es nicht zugelassen. Armer Vater! Ich kann mir nicht helfen, ich habe ihn trotzdem gern. Mutter war auch ohnehin nicht die Frau, die ihn hätte halten können. Er ist im Krieg gefallen. Ich glaube, seine Männer haben ihn angebetet. Angeblich sind gestandene ausgewachsene Soldaten auf dem Schlachtfeld weinend über seiner Leiche zusammengebrochen. Ich hätte ihn zu gern gekannt. In Mutter erlosch jeder Lebensfunke. Die Welt –« Sie ballte die Faust. »Oh, die Menschen können gräßlich zu einer solchen Frau sein!« Sie wandte sich Hewet zu.

»Ja«, sagte sie, »wollen Sie noch mehr über mich wissen?«

»Aber Sie?« fragte er. »Wer hat sich denn um Sie gekümmert?«

»Ich habe mich meistens um mich selbst gekümmert.« Sie lachte. »Ich habe immer großartige Freunde gehabt. Ich mag die Menschen! Das ist ja das Problem. Was würden Sie denn tun, wenn Sie zwei Menschen gleichzeitig ungeheuer gern hätten und nicht wüßten, welchen davon Sie lieber mögen?«

»Ich würde sie auch weiter gern haben – ich würde abwarten und sehen, wie es weitergeht. Warum auch nicht?«

»Aber man muß sich doch entscheiden«, sagte Evelyn. »Oder sind Sie einer von denen, die ans Heiraten und so weiter nicht glauben? Hören Sie – das ist aber nicht schön von Ihnen, ich erzähle und erzähle, und Sie erzählen nichts. Vielleicht sind Sie ja genau wie Ihr Freund –«, sie blickte ihn argwöhnisch an; »vielleicht mögen Sie mich ja nicht?«

»Ich kenne Sie nicht«, sagte Hewet.

»Ich weiß auf den ersten Blick, ob ich einen Menschen mag! Ich wußte schon am allerersten Abend beim Abendessen, daß ich Sie mochte. Herrje«, fuhr sie ungeduldig fort, »wieviel Verdruß bliebe einem nicht erspart, wenn die Menschen rundheraus sagten, was sie denken! Ich bin so. Ich kann nicht anders.«

»Aber finden Sie denn nicht, daß das Schwierigkeiten nach sich zieht?« fragte Hewet.

»Das ist die Schuld der Männer«, antwortete sie. »Die können immer nur eins daraus machen – eine Liebesgeschichte, will ich sagen.«

»Und so haben Sie denn immer weiter einen Heiratsantrag nach dem anderen bekommen«, sagte Hewet.

»Ich nehme nicht an, daß ich mehr Heiratsanträge bekommen habe als die meisten Frauen«, sagte Evelyn, doch es sprach wenig Überzeugung daraus.

»Fünf, sechs, zehn?« riet Hewet vorsichtig.

Evelyn schien anzudeuten, daß zehn zwar annähernd die richtige Zahl sein mochte, daß sie jedoch nicht übertrieben hoch sei.

»Ich glaube, Sie halten mich für herzlos und kokett«, begehrte sie auf. »Doch es ist mir gleichgültig, ob Sie das tun. Ich gebe nichts auf das, was jemand von mir denkt. Nur weil man sich interessiert und gern mit Männern befreundet ist und mit ihnen redet, wie man es mit Frauen tut, heißt es gleich, man sei kokett.«

»Bloß, Miss Murgatroyd –«

»Ich wäre wirklich froh, wenn Sie mich Evelyn nennen würden«, unterbrach sie ihn.

»Nach zehn Heiratsanträgen können Sie aufrichtig glauben, daß Männer genauso sind wie Frauen?«

»Aufrichtig, aufrichtig – wie ich dies Wort hasse! Selbstgefällige Pedanten führen es ständig im Munde«, rief Evelyn. »Aufrichtig sollten sie erstmal selber sein, finde ich. Das ist ja das Enttäuschende. Jedesmal denkt man, es passiert nicht, und jedesmal passiert es wieder.«

»*The Pursuit of Friendship*«, sagte Hewet. »So heißt eine Komödie.«

»Sie sind gräßlich«, rief sie. »Ihnen ist das im Grunde alles völlig gleichgültig. Sie könnten ebensogut Mr Hirst sein.«

»Schön«, sagte Hewet, »denken wir mal nach. Denken wir mal nach –« Er stockte, weil er sich nicht auf Anhieb erinnern konnte, worüber sie nachdenken sollten. Er war weitaus mehr an ihr selbst interessiert als an ihrer Geschichte, denn während sie geredet hatte, war seine Benommenheit gewichen und er verspürte eine Mischung aus Sympathie, Mitleid und Mißtrauen. »Sie haben also versprochen, sowohl Oliver als auch Perrott zu heiraten?« faßte er ihr Problem zusammen.

»Nicht direkt versprochen«, sagte Evelyn. »Ich kann mich nicht entscheiden, welcher mir nun eigentlich am besten gefällt. Oh, wie ich das moderne Leben hasse!« stieß sie hervor. »Es muß soviel einfacher für die Elisabethaner gewesen sein! Gerade neulich erst, auf dem Berg, dachte ich, wie gern ich einer von den Kolonisatoren gewesen wäre und Bäume gefällt und Gesetze aufgestellt hätte und das alles, statt mit all diesen Menschen herumzutändeln, die einen einfach nur für eine hübsche junge Dame halten. Dabei bin ich das nicht. Ich könnte wirklich etwas *tun.*« Schweigend dachte sie einen Augenblick nach. Dann sagte sie:

»In meinem tiefsten Innern hege ich die Befürchtung, daß Alfred Perrott mir doch nicht genügt. Er ist nicht gerade stark, nicht wahr?«

»Einen Baum könnte er vielleicht nicht fällen«, sagte Hewet. »Haben Sie denn nie jemanden gern gehabt?« fragte er.

»Ich habe haufenweise Menschen gern gehabt, doch nicht so, daß ich sie heiraten wollte«, sagte sie. »Ich fürchte, ich bin zu anspruchsvoll. Ich habe mein ganzes Leben lang jemanden gewollt, zu dem ich aufblicken konnte, jemanden, der groß und stark und ein großartiger Mensch ist. Die meisten Männer sind so unbedeutend.«

»Was meinen Sie denn mit großartig?« fragte Hewet. »Die Menschen sind, wie sie sind – weiter nichts.«

Evelyn war verblüfft.

»Wir haben Menschen nicht wegen ihrer Vorzüge gern«, versuchte er zu erklären. »Es sind einfach nur sie selbst, die wir gern haben –«, er zündete ein Streichholz an – »einfach so«, sagte er und zeigte auf die Flamme.

»Ich verstehe, was Sie meinen«, sagte sie, »aber ich bin damit nicht einverstanden. Ich weiß sehr wohl, weshalb ich Menschen gern habe, und ich glaube, ich täusche mich fast nie. Ich sehe sofort, was ich an ihnen habe. Sie zum Beispiel halte ich für ziemlich großartig; Mr Hirst hingegen nicht.«

Hewet schüttelte den Kopf.

»Er ist nicht halb so selbstlos, oder so mitfühlend oder so großmütig oder so verständnisvoll«, fuhr Evelyn fort.

Hewet saß schweigend und rauchte seine Zigarette.

»Ich würde es hassen, Bäume fällen zu müssen«, bemerkte er.

»Ich versuche nicht, mit Ihnen zu flirten, auch wenn Sie das vermutlich annehmen!« sagte Evelyn in heftigem Ton. »Ich wäre niemals zu Ihnen gekommen, wenn ich angenommen hätte, daß Sie nur häßlich von mir denken!« Tränen traten ihr in die Augen.

»Flirten Sie denn nie?« fragte er.

»Selbstverständlich nicht«, protestierte sie. »Habe ich Ihnen das denn nicht gesagt? Ich will Freundschaft; ich möchte dem meine Zuneigung schenken, der größer und edler ist als ich, und wenn sie sich in mich verlieben, ist das nicht meine Schuld; ich will das nicht; ich hasse es geradezu.«

Hewet war klar, daß es wenig Sinn hatte, das Gespräch fortzusetzen, denn es war offensichtlich, daß Evelyn nicht etwas Bestimmtes sagen, sondern ihm ein Bild von sich aufzwingen wollte, da sie, aus irgendeinem Grund, den sie nicht preisgeben wollte, unglücklich oder verunsichert war. Er war sehr müde, und ein bleicher Kellner schritt ostentativ die ganze Zeit in der Mitte des Raumes auf und ab und warf ihnen bedeutungsvolle Blicke zu.

»Sie wollen zumachen«, sagte er. »Mein Rat lautet, daß Sie Oliver und Perrott morgen mitteilen, sie hätten für sich beschlossen, daß sie weder den einen noch den anderen heiraten wollen. Ich bin mir sicher, daß Sie das nicht wollen. Falls Sie Ihre Meinung ändern, können Sie ihnen das immer noch mitteilen. Sie sind beide vernünftige Männer; sie werden es verstehen. Und damit ist dann dieser ganze Ärger vorbei.« Er stand auf.

Evelyn rührte sich jedoch nicht. Sie saß und blickte mit ihren leuchtenden, eifrigen Augen zu ihm auf, und er meinte, tief darin eine verborgene Enttäuschung oder Unzufriedenheit zu entdecken.

»Gute Nacht«, sagte er.

»Ich möchte Ihnen noch so unendlich viele Dinge sagen«, sagte sie. »Und das werde ich auch, irgendwann. Sie müssen jetzt wohl wirklich schlafen gehen?«

»Ja«, sagte Hewet. »Ich schlafe schon halb.« Er verließ sie, während sie immer noch allein in der leeren Hotelhalle saß.

»Warum wollen sie denn bloß nicht aufrichtig sein?« murmelte er vor sich hin, als er die Treppe hinaufstieg. Woher kam das nur, daß die Beziehungen zwischen Menschen so unbefriedigend, so bruchstückhaft, so beliebig waren und die Worte so gefährlich, daß der Drang, auf ein anderes menschliches Wesen einzugehen, gleichbedeutend war mit dem Drang, sich schonungslos zu prüfen und womöglich zerstören zu lassen? Was hatte Evelyn ihm denn nun wirklich sagen wollen? Was empfand sie jetzt, alleingelassen in der leeren Hotelhalle? Ein Gefühl der Rätselhaftigkeit des Lebens und der Unwirklichkeit selbst noch der eigenen Empfindungen überkam ihn, während er den Flur hinunterging, der zu seinem Zimmer führte. Er war nur schwach erleuchtet, doch immerhin so hell, daß er eine Gestalt in einem hellen Morgenmantel vor sich über den Flur eilen sehen konnte, die Gestalt einer Frau, die von einem Zimmer in ein anderes hinüberwechselte.

15. Kapitel

Mögen die Bande auch zu oberflächlich oder zu unbestimmt sein, die die Menschen knüpfen, wenn sie sich einander zufällig um Mitternacht in einem Hotel begegnen, sie haben doch zumindest einen Vorteil gegenüber der Verbindung zwischen älteren Menschen, die einst den Bund fürs Leben geschlossen haben und nun auf alle Zeiten zusammenleben müssen. Oberflächlich mögen sie ja sein, doch sind sie lebendig und echt, allein schon deshalb, weil es in der Macht eines jeden steht, sie zu zerreißen, und es keinen Grund gibt, weshalb sie weiterbestehen sollten, außer dem aufrichtigen Wunsch, daß es so sein möge. Wenn zwei Menschen seit Jahren miteinander verheiratet sind, scheinen sie sich der körperlichen Gegenwart des anderen nicht länger bewußt zu sein, so daß sie sich bewegen, als wären sie allein, laut Dinge äußern, auf die sie keine Antwort erwarten, und überhaupt die ganze Annehmlichkeit des Alleinseins, nur eben ohne dessen Einsamkeit, erleben. Das Zusammenleben von Ridley und Helen befand sich in diesem Stadium der Gemeinsamkeit, und es kam häufig vor, daß einer von ihnen genötigt war, sich mühsam ins Gedächtnis zu rufen, ob etwas nun gesagt oder aber nur gedacht, mitgeteilt oder ganz privat geträumt worden war. Zwei, drei Tage später stand Mrs Ambrose um vier Uhr nachmittags und bürstete ihr Haar, während ihr Gatte sich im Ankleidezimmer aufhielt, das mit ihrem Zimmer verbunden war, und durch das Rauschen des Wassers hindurch – er wusch sich gerade das Gesicht – hörte sie gelegentlich Ausrufe – »so geht das nun jahrein, jahraus; warum, frage ich mich, warum kann ich damit nicht Schluß machen?« –, denen sie keine Beachtung schenkte.

»Ist das weiß? Oder doch nur braun?« So murmelte sie ihrerseits vor sich hin und musterte prüfend ein Haar, das verdächtig zwischen den braunen hervorleuchtete. Sie riß es aus und legte es auf den Toilettentisch. Sie musterte kritisch, oder besser gesagt, zustimmend, ihr Äußeres, indem sie ein wenig vom Spiegel zurücktrat, betrachtete ihr Gesicht mit einer erlesenen Mischung aus Stolz und Melancholie, als ihr Gatte in Hemdsärmeln, das Gesicht halb hinter einem Handtuch verborgen, in der Türöffnung erschien.

»Du sagst mir doch oft, ich bekäme nie etwas mit«, bemerkte er.

»Dann sag mir doch, ob dies hier ein weißes Haar ist?« gab sie zurück. Sie legte ihm das Haar auf die Hand.

»Du hast doch kein einziges weißes Haar auf dem Kopf!« rief er.

»Ach, Ridley, ich fange an, das zu bezweifeln«, seufzte sie und hielt ihm den gesenkten Kopf zur Begutachtung unter die Augen, doch die Inspektion erbrachte nichts als einen Kuß auf die Scheitellinie, und Mann und Frau fingen an, im Zimmer umherzugehen und dabei gelegentlich vor sich hin zu murmeln.

»Was hattest du gerade gesagt?« fragte Helen nach einer Gesprächspause, die kein Außenstehender zu verstehen vermocht hätte.

»Rachel – du solltest ein Auge auf Rachel haben«, bemerkte er in bedeutungsvollem Ton, und Helen schaute ihn an, obwohl sie fortfuhr, sich das Haar zu bürsten. Seine Beobachtungen erwiesen sich nicht selten als richtig.

»Junge Männer interessieren sich für die Bildung junger Frauen nicht ohne Motiv«, bemerkte er.

»Ach, Hirst«, sagte Helen.

»Hirst und Hewet – ich sehe da keinen Unterschied, das ist gehupft wie gesprungen«, erwiderte er. »Er empfiehlt ihr, Gibbon zu lesen. Hast du das gewußt?«

Helen wußte es nicht, doch sie wollte nicht wahrhaben, daß sie ihrem Gatten unterlegen war, wo es auf die Beobachtungsgabe ankam. Sie sagte bloß:

»Mich überrascht gar nichts mehr. Selbst dieser gräßliche Mensch mit der Fliegerei, dem wir auf dem Ball begegnet sind – selbst Mr Dalloway – selbst noch –«

»Ich rate dir, wachsam zu sein«, sagte Ridley. »Denk an Willoughby – denk daran, Willoughby«; er wies auf einen Brief.

Helen blickte mit einem Seufzer auf einen Umschlag, der auf ihrem Toilettentisch lag. Ja, dort lag Willoughby, knapp, farblos, stets um einen scherzhaften Ton bemüht, der Mann, der einen ganzen geheimnisvollen Kontinent kurzerhand in die Tasche steckte und nach Wohl und Wehe seiner Tochter fragte – er drückte seine Hoffnung aus, daß sie sich nicht langweilte, wenn aber doch, möchten sie sie doch kurzerhand auf das nächstbeste Schiff verfrachten – und dann war er dankbar und herzlich und unterdrückte nur gerade noch seine Rührung, und dann kam eine halbe Seite über seine Triumphe im Umgang mit elenden kleinen Eingeborenen, die zu streiken anfingen und sich weigerten, seine Schiffe zu beladen, bis er ihnen englische Flüche zubrüllte, »indem ich so, wie ich war, in Hemdsärmeln, den Kopf aus dem Fenster reckte. Die Bettler waren so gescheit, sich aus dem Staube zu machen.«

»Wenn Theresa Willoughby heiraten konnte«, bemerkte sie, indem sie mit Hilfe einer Haarnadel die Seite umwandte, »ist nicht einzusehen, was Rachel daran hindern soll –«

Doch Ridley war mittlerweile wieder mit eigenen Kümmernissen beschäftigt, die mit dem Waschen seiner Hemden zu tun hatten, was wiederum auf irgendeine Weise zu den häufigen Besuchen von Hughling Elliot führte, der ein Langweiler sei, ein Pedant, ein dröger Mensch, und doch könne er, Ridley, ja nicht einfach die Tür weisen und sagen: Nun geh schon. Der Kern des Problems sei, daß sie einfach zu viele Leute sähen. Und immer so weiter, das eheliche Geplauder plätscherte leise und unverständlich vor sich hin, bis beide fertig waren, um zum Tee hinunterzugehen.

Das erste, das Helens Blick auf sich zog, als sie die Treppe hinunterkam, war eine Kutsche vor der Tür, die von Röcken und von Hüten herabnickenden Federn überquoll. Sie hatte gerade noch Zeit, in den Salon zu gelangen, ehe das spanische Hausmädchen mit seiner ulkigen Aussprache zwei Namen sagte und Mrs Thornbury ein Stückchen vor Mrs Wilfrid Flushing hereinkam.

»Mrs Wilfrid Flushing«, sagte Mrs Thornbury. »Eine Freundin unserer gemeinsamen Freundin Mrs Raymond Parry.«

Mrs Flushing hatte einen kräftigen Händedruck. Sie war eine Frau von vielleicht vierzig Jahren, hatte eine sehr gute Figur, hielt sich gerade und strahlte Gesundheit aus, wenn sie auch nicht so groß war, wie ihre Körperhaltung glauben machte.

Sie blickte Helen offen ins Gesicht und sagte: »Ein reizendes Haus haben Sie.«

Sie hatte sehr ausgeprägte Züge, blickte einen offen an und war, wenn auch von Natur aus gebieterisch in ihrem Auftreten, gleichzeitig doch nervös. Mrs Thornbury fungierte als Dolmetscherin, die durch eine Reihe freundlicher Gemeinplätze dafür sorgte, daß alles reibungslos vonstatten ging.

»Ich war so frei, Mr Ambrose«, sagte sie, »Mrs Flushing zu versprechen, daß Sie so freundlich sein würden, sie von Ihrer Erfahrung profitieren zu lassen. Ich bin mir sicher, niemand hier kennt das Land so gut wie Sie. Niemand unternimmt solche herrlichen langen Spaziergänge. Niemand, das weiß ich, besitzt Ihr enzyklopädisches Wissen auf sämtlichen Gebieten. Mr Wilfried Flushing ist ein Sammler. Er hat bereits wirklich schöne Dinge entdeckt. Ich hatte keine Ahnung, daß die Bauern über so große künstlerische Fähigkeiten verfügen – obwohl natürlich in der Vergangenheit –«

»Keine alten Sachen – neue Sachen«, schnitt Mrs Flushing ihr das Wort ab. »Jedenfalls, wenn er meinem Rat folgt.«

Da die Ambroses nun schon viele Jahre in London lebten, kannten sie selbstverständlich eine ganze Menge Leute, zumindest dem Namen nach, und Helen erinnerte sich, von den Flushings gehört zu haben. Mr Flushing war ein Mann, der ein Antiquitätengeschäft besaß; er hatte stets erklärt, er wolle nicht heiraten, weil die meisten Frauen rote Wangen hätten, und wolle kein Haus haben, weil die meisten Häuser enge Treppenhäuser hätten, und er esse kein Fleisch, weil die meisten Tiere bluteten, wenn sie getötet wurden; und dann hatte er eine exzentrische adlige Dame geheiratet, die ganz gewiß nicht blaß war, die so aussah, als esse sie Fleisch, die ihn zu all den Dingen genötigt hatte, die er am wenigsten leiden konnte – und dies war also die Dame. Helen betrachtete sie mit Interesse. Sie waren in den Garten hinausgegangen, wo unter einem Baum der Teetisch gedeckt war, und Mrs Flushing bediente sich mit Kirschmarmelade. Sie hatte eine eigentümliche Art, beim Sprechen ruckartig den Körper zu bewegen, was bewirkte, daß die kanariengelbe Feder auf ihrem Hut es ebenfalls tat. Ihr kleines, aber feingeschnittenes, energisches Gesicht sowie das dunkle Rot von Lippen und Wangen ließen auf viele Generationen körperlich gut durchgebildeter und wohlgenährter Vorfahren schließen.

»Nichts, das älter ist als zwanzig Jahre, interessiert mich«, fuhr sie fort. »Modrige alte Gemälde, schmutzige alte Bücher, die stopfen sie ins Museum, wenn sie nur noch zum Verbrennen taugen.«

»Ich bin völlig einverstanden.« Helen lachte. »Doch mein Mann verbringt sein Leben damit, Manuskripte auszugraben, die niemand haben will.« Sie ergötzte sich an Ridleys Miene, aus der Verblüffung und Mißbilligung sprachen.

»In London gibt es einen tüchtigen Mann, John heißt er, der weitaus besser malt als die alten Meister«, fuhr Mrs Flushing fort. »Seine Bilder sind für mich aufregend – nichts Altes kann mich aufregen.«

»Doch selbst seine Bilder werden einmal alt sein«, schaltete Mrs Thornbury sich ein.

»Dann lasse ich sie verbrennen, oder ich lege das in meinem Testament fest«, sagte Mrs Flushing.

»Und Mrs Flushing lebte in einem der schönsten alten Häuser Englands – Chillingley«, erklärte Mrs Thornbury den anderen.

»Wenn es nach mir ginge, würde ich das morgen schon niederbrennen.« Mrs Flushing lachte. Sie hatte das Lachen eines Eichelhähers, verstörend und freudlos zugleich.

»Was kann ein Mensch, der bei Verstand ist, mit diesen prächtigen großen Häusern schon anfangen?« fragte sie. »Wenn man abends nach Anbruch der Dunkelheit hinuntergeht, ist man voll von Schaben, und ständig geht das elektrische Licht aus. Was würden Sie denn tun, wenn Spinnen aus dem Warmwasserhahn kämen?« wollte sie wissen und hielt den Blick auf Helen gerichtet.

Mrs Ambrose zuckte lächelnd die Achseln.

»So etwas gefällt mir«, sagte Mrs Flushing, und die ruckartige Kopfbewegung galt der Villa. »Ein kleines Haus in einem Garten. Ich hatte einmal eins in Irland. Da konnte man morgens im Bett liegen und sich mit den Zehen die Rosen vor dem Fenster pflücken.«

»Und die Gärtner, haben die sich nicht gewundert?« hakte Mrs Thornbury ein.

»Da gab es keine Gärtner.« Mrs Flushing kicherte. »Nur mich und eine alte Frau ohne Zähne. Die Armen in Irland verlieren nämlich ihre Zähne, kaum daß sie zwanzig sind. Aber von einem Politiker kann man nicht erwarten, daß er das begreift – Arthur Balfour würde das nicht begreifen.«

Ridley erklärte seufzend, er erwarte ohnehin nie, daß irgendjemand irgendetwas begreife, schon gar nicht die Politiker.

»Immerhin«, schloß er, »einen Vorteil hat es, so finde ich, wenn man uralt ist – nichts schert einen mehr außer dem Essen und der Verdauung. Ich verlange nichts weiter, als daß man mich einsam vor mich hin modern läßt. Es läßt sich nicht leugnen, daß die Welt sich so schnell dreht, wie sie nur kann – auf den tiefsten Abgrund zu, und mir bleibt nichts anderes zu tun übrig, als still zu sitzen und soviel von meinem eigenen Rauch zu verzehren wie möglich.« Er stöhnte und verteilte mit einem melancholischen Augenaufschlag die Marmelade auf seinem Brot, denn er empfand die Ausstrahlung dieser rabiaten Dame als entschieden unsympathisch.

»Ich widerspreche meinem Mann immer, wenn er das sagt«, sagte Mrs Thornbury sanft. »Ihr Männer! Wo wärt ihr wohl, wenn es keine Frauen gäbe!«

»Lesen Sie das *Symposion*«, sagte Ridley grimmig.

»*Symposion*?« rief Mrs Flushing. »Ist das Lateinisch oder Griechisch? Sagen Sie doch, gibt es davon eine gute Übersetzung?«

»Nein«, sagte Ridley. »Sie werden schon Griechisch lernen müssen.«

Mrs Flushing rief: »Oh oh oh! Da würde ich lieber Pflastersteine klopfen. Ich beneide die Männer immer, die Steine klopfen und den ganzen Tag mit einer Brille auf der Nase auf diesen hübschen Häufchen sitzen. Ich würde unendlich lieber Steine klopfen, als Hühnerhöfe säubern oder Kühe füttern oder –«

In diesem Augenblick kam Rachel mit einem Buch in der Hand vom unteren Garten herauf.

»Was ist das für ein Buch?« fragte Ridley, als sie den anderen guten Tag gesagt hatte.

»Gibbon«, sagte Rachel, während sie sich setzte.

»*The Decline and Fall of the Roman Empire*?« sagte Mrs Thornbury. »Ein ganz wundervolles Buch, das weiß ich. Mein lieber Vater hat uns immer daraus zitiert, mit dem Ergebnis, daß wir uns nie entschließen konnten, auch nur eine Zeile davon zu lesen.«

»Gibbon, der Historiker?« wollte Mrs Flushing wissen. »Den verbinde ich mit Augenblicken, die zu den glücklichsten in meinem Leben gehörten. Wir lagen immer im Bett und lasen Gibbon – über das Massaker an den Christen, erinnere ich mich –, wenn wir eigentlich schlafen sollten. Das ist kein Vergnügen, kann ich Ihnen versichern, im Schein eines Nachtlichts und des Lichts, das durch die Türritze hereinfällt, ein großes dickes Buch, ein zweispaltiges, zu lesen. Dann waren da auch noch die Falter – Bärenspinner, gelbe Falter und gräßliche Maikäfer. Louisa, meine Schwester, wollte das Fenster offen haben. Ich wollte es zu haben. Wir haben jede Nacht unseres Lebens wegen dieses Fensters gestritten. Haben Sie je einen Falter in einem Nachtlicht sterben sehen?« wollte sie wissen.

Wieder gab es eine Unterbrechung. Hewet und Hirst erschienen in der Glastür des Salons und kamen auf den Teetisch zu.

Rachels Herz klopfte heftig. Sie sah auf einmal alles mit einer ungeheuren Intensität, so als risse ihre Gegenwart irgendeine Decke von der Oberfläche der Dinge; die Begrüßung fiel hingegen bemerkenswert nichtssagend aus.

»Ich bitte um Entschuldigung«, sagte Hirst, und stand, unmittelbar nachdem er sich hingesetzt hatte, wieder vom Stuhl auf. Er ging in den Salon und kehrte mit einem Kissen zurück, das er sorgfältig auf dem Sitz zurechtlegte.

»Rheumatismus«, bemerkte er, als er sich zum zweitenmal setzte.

»Als Folge des Balles?« erkundigte sich Helen.

»Immer wenn ich völlig erledigt bin, neige ich zu Rheuma«, erklärte Hirst. Er bewegte ruckhaft das Handgelenk. »Ich höre Kalkstückchen knirschen!«

Rachel schaute ihn an. Sie fand ihn komisch, empfand zugleich jedoch Respekt; wenn es so etwas gibt, schien die obere Hälfte ihres Gesichts zu lachen und die untere dies Lachen zu zügeln.

Hewet angelte sich das Buch, das am Boden lag.

»Gefällt Ihnen das?« sagte er halblaut.

»Nein, es gefällt mir nicht«, antwortete sie. Sie hatte tatsächlich den ganzen Nachmittag versucht, es zu lesen, und aus irgendeinem Grund war der Glanz, den es anfangs für sie gehabt hatte, verblichen, und sie konnte lesen, soviel sie wollte, sie bekam den Sinn nicht mit.

»Das rollt immer nur ab wie eine Rolle Wachstuch«, wagte sie zu sagen. Es war offenkundig, daß ihre Worte nur für Hewet bestimmt waren, doch Hirst fragte: »Was meinen Sie damit?«

Sie schämte sich sofort für den Vergleich, weil sie ihn nicht in den Worten nüchterner Kritik zu erklären vermochte.

»Ganz gewiß ist das, soweit es auf Stil überhaupt ankommt, der vollkommenste Stil, der je entwickelt worden ist«, fuhr er fort. »Jeder Satz ist praktisch vollkommen, und der Scharfsinn –«

»Häßlich von Gestalt und von abscheulicher Denkungsart«, dachte sie, statt über Gibbons Stil nachzudenken. »Schon, doch auch stark, gründlich, kompromißlos im Geist.« Sie betrachtete seinen großen Kopf, der zu einem unverhältnismäßig großen Teil aus Stirn bestand, und die offen und streng blickenden Augen.

»Sie sind ein hoffnungsloser Fall«, sagte er. Er meinte es scherzhaft, doch sie nahm es ernst und glaubte, sie sei als menschliches Wesen im Wert gesunken, weil sie zufällig den Stil von Gibbon nicht bewunderte. Die anderen der Gruppe sprachen mittlerweile über die Eingeborenendörfer, die Mrs Flushing besuchen sollte.

»Sie ebenfalls«, sagte sie in heftigem Ton. »Wie können Sie denn Menschen lediglich nach ihrem Geist beurteilen?«

»Ich nehme an, Sie sind ganz einer Meinung mit meiner unverheirateten Tante«, sagte St. John in seiner betont lässigen Art, die immer irritierte, weil sie die Person, zu der er sprach, unverhältnismäßig tölpelhaft und sauertöpfisch wirken ließ. »›Sei fein artig, liebes Mägdlein‹ – ich dachte, Mr Kingsley und meine Tante seien mittlerweile überholt.«

»Man kann sehr nett sein, ohne ein Buch gelesen zu haben«, versicherte sie. Sehr albern und einfältig klangen ihre Worte und setzten sie seinem Spott aus.

»Habe ich das je bestritten?« fragte Hirst mit hochgezogenen Brauen.

Gänzlich unerwartet schaltete sich Mrs Thornbury hier ein, wohl entweder, weil es ihre Mission war, keine Mißstimmung aufkommen zu lassen, oder weil sie schon seit langem den Wunsch hegte, mit Mr Hirst zu sprechen, da sie junge Männer nun einmal stets als ihre Söhne empfand.

»Ich habe mein ganzes Leben mit Menschen wie Ihrer Tante verbracht, Mr Hirst«, sagte sie und beugte sich aus ihrem Sessel vor. Ihre braunen Eichhörnchenaugen leuchteten noch lebhafter als gewöhnlich. »Sie haben nie von Gibbon gehört. Sie interessieren sich nur für ihre Leute und ihre Meute. Das sind prächtige, großherzige Männer, die auf dem Pferderücken so vornehm aussehen, wie, so stelle ich mir vor, die Männer in den Zeiten der großen Kriege ausgesehen haben müssen. Sagen Sie gegen sie, was Sie wollen – daß sie animalisch sind, daß sie unintellektuell sind; sie lesen selbst nicht, und sie wollen auch nicht, daß andere lesen, doch sie gehören zu den feinsten und gütigsten menschlichen Wesen auf Gottes Erde! Sie wären überrascht, wenn ich Ihnen die eine oder andere Geschichte über sie erzählen würde. Sie ahnen vielleicht bis heute nicht, welch ritterliche Geschichten sich im Herzen des Landes abspielen. Dort findet man die Menschen, so meine ich, unter denen Shakespeare geboren werden wird, falls je wieder ein Shakespeare geboren werden sollte. In jenen alten Häusern, oben in den Downs –«

»Meine Tante«, unterbrach Hirst sie, »verbringt ihr Leben in East Lambeth unter den in entwürdigenden Umständen lebenden Armen. Ich habe meine Tante bloß deshalb zitiert, weil sie dazu neigt, Menschen zu verfolgen, die sie als ›intellektuell‹ bezeichnet, wessen ich auch Miss Vinrace verdächtige. Das ist gegenwärtig die große Mode. Wenn einer gescheit ist, wird selbstverständlich stets angenommen, daß er keinerlei Einfühlungsvermögen, Verständnis, Zuneigung aufzubringen vermag – all das, worauf es eigentlich ankommt. Oh, ihr frommen Christen! Ihr seid doch der eingebildetste, gönnerhafteste, heuchlerischste Haufen alter Schwindler im ganzen Königreich! Natürlich«, so fuhr er fort, »bin ich der erste, der Ihren Landadligen große Verdienste zugesteht. Allein schon deshalb, weil sie wahrscheinlich völlig offen im Hinblick auf ihre Leidenschaften sind, was wir nicht sind. Mein Vater, der Geistlicher in Norfolk ist, behauptet, es gebe in der ganzen Grafschaft kaum einen Squire, der nicht –«

»Doch was ist denn nun mit Gibbon?« unterbrach ihn Hewet. Die nervöse Anspannung, die in alle Gesichter getreten war, legte sich bei der Unterbrechung.

»Sie finden ihn vermutlich monoton. Doch wissen Sie –« Er schlug das Buch auf und begann nach Abschnitten zu suchen, die sich zum Vorlesen eigneten, und nach kurzem hatte er einen gefunden, der ihm tauglich erschien. Nichts auf der Welt langweilte Ridley jedoch mehr, als daß ihm jemand laut vorlas, und er war zudem wählerisch bis ins kleinste, was die Kleidung und das Benehmen von Damen betraf. Innerhalb von fünfzehn Minuten hatte er gegen Mrs Flushing entschieden, und zwar aus dem Grunde, daß ihre orangefarbene Feder nicht zu ihrer Hautfarbe paßte, daß sie zu laut sprach, daß sie die Beine überschlug, und als er sie auch noch die Zigarette annehmen sah, die Hewet ihr anbot, sprang er schließlich auf, rief etwas, das sich anhörte wie »Schankstube«, und ging weg. Mrs Flushing war angesichts seines Aufbruchs sichtlich erleichtert. Sie paffte ihre Zigarette, streckte die Beine weg und forschte Helen gründlich aus, was den Charakter und den Ruf ihrer gemeinsamen Freundin Mrs Raymond Parry anging. Mit Hilfe einer ganzen Reihe von kleinen Listen brachte sie sie dazu, Mrs Parry als ein bißchen ältlich, keineswegs schön und sehr aufgetakelt zu beschreiben – mit einem Wort gesagt, als unverschämte alte Vettel, deren Gesellschaften amüsant waren, weil man dort merkwürdige Leute traf; sie habe allerdings schon immer den armen Mr Parry bedauert, sagte Helen, der angeblich unten zusammen mit den Schmuckkästen eingeschlossen wurde, während seine Gattin sich im Salon vergnügte. »Nicht, daß ich glaube, was die Leute über sie sagen – auch wenn natürlich einiges an ihr den Schluß nahelegt –« Was Mrs Flushing dazu veranlaßte, vor Entzücken zu schreien:

»Sie ist meine Kusine ersten Grades! Reden Sie weiter, reden Sie weiter!«

Als Mrs Flushing aufstand, um zu gehen, war sie von ihren neuen Bekannten offensichtlich entzückt. Sie wartete auf dem Weg zur Kutsche gleich mit drei, vier Vorschlägen für ein baldiges Wiedersehen auf, oder einen Ausflug, oder sie könne Helen die Sachen zeigen, die sie gekauft hatten. Sie schloß alle Anwesenden in eine noch nicht weiter bestimmte, aber ganz großartige Einladung ein.

Als Helen wieder in den Garten zurückkehrte, kamen ihr Ridleys warnende Worte wieder in den Sinn, und sie hielt einen Augenblick inne und betrachtete Rachel, die zwischen Hirst und Hewet saß. Sie konnte daraus jedoch keinen Aufschluß gewinnen, denn Hewet las immer noch Gibbon vor, und Rachel hätte, soweit es ihre Miene betraf, eine Muschelschale sein können und seine Worte das Wasser, das gegen ihre Ohren schwappte, so wie Wasser gegen eine Muschel am Felsenrand schwappt.

Hewets Stimme war sehr angenehm. Als er am Ende des Abschnittes angelangt war, hörte er auf, und niemand brachte einen kritischen Einwand vor.

»Ich bete sie einfach an, die Aristokraten!« rief Hirst nach einem Augenblick des Schweigens. »Es ist erstaunlich, was sie sich alles herausnehmen. Niemand von uns würde es wagen, sich so zu benehmen, wie diese Frau sich benimmt.«

»Was mir an ihnen gefällt«, sagte Helen, während sie ihren Platz wieder einnahm, »ist, daß sie so gut gebaut sind. Nackt wäre Mrs Flushing herrlich anzusehen. Angezogen wirkt sie, so wie sie sich kleidet, natürlich grotesk.«

»Ja«, sagte Hirst. Niedergeschlagenheit überschattete seine Miene. »Ich habe in meinem ganzen Leben nie mehr als siebzig Kilo gewogen«, sagte er, »was angesichts meiner Größe lächerlich wenig ist, und ich habe, seit wir hier sind, tatsächlich noch Gewicht verloren. Ich würde denken, daß das die Ursache für meinen Rheumatismus ist.« Wieder bog er ruckartig die Hand zurück, damit Helen das Knirschen der Kalksteine hören konnte. Sie mußte lächeln.

»Für mich ist das gar nicht zum Lachen, das dürfen Sie mir glauben«, beschwerte er sich. »Meine Mutter ist chronisch krank, und ich rechne ständig damit, daß man mir sagt, ich selbst sei herzkrank. Rheumatismus schlägt sich am Ende immer aufs Herz.«

»Meine Güte, Hirst«, Hewet wurde ungehalten; »man könnte meinen, du seist ein achtzigjähriger Krüppel. Wenn es danach geht, ich selbst hatte eine Tante, die an Krebs gestorben ist, doch ich lasse mich davon nicht unterkriegen –« Er stand auf und begann, seinen Stuhl auf den Hinterbeinen hin- und herzukippen. »Ist hier irgendjemand zu einem Spaziergang aufgelegt?« sagte er. »Es gibt einen herrlichen Weg, oben hinter dem Haus. Man kommt auf einer Klippe heraus und schaut unmittelbar ins Meer hinab. Die Felsen sind ganz rot; man kann sie durchs Wasser hindurch sehen. Neulich habe ich etwas gesehen, dessen Anblick mir die Sprache verschlagen hat – etwa zwanzig Quallen, halb durchsichtig, rosafarben, mit langen Tentakeln, die oben auf den Wellen trieben.«

»Wenn das man keine Meerjungfrauen waren«, sagte Hirst. »Es ist viel zu heiß, um bergauf zu steigen.« Er schaute Helen an, die keine Anstalten machte, sich in Bewegung zu setzen.

»Ja, es ist zu heiß«, befand sie.

Einen Augenblick lang herrschte Schweigen.

»Ich würde gern mitkommen«, sagte Rachel.

»Das hätte sie aber sowieso sagen können«, dachte Helen, als Hewet und Rachel zusammen losgingen und sie zu St. Johns sichtlicher Befriedigung allein mit ihm zurückblieb.

So befriedigend das für ihn auch sein mochte, für eine Weile hinderte ihn seine übliche Schwierigkeit zu entscheiden, welchem Thema der Vorrang gebührte, am Sprechen. Er saß und starrte angestrengt einen abgebrannten Streichholzkopf an, während Helen – jedenfalls, wenn man nach dem Ausdruck ihrer Augen schließen wollte – über irgendetwas nachdachte, das nicht unmittelbar mit der gegenwärtigen Situation zu tun hatte.

Schließlich rief St. John: »Hol's der Teufel! Soll doch alles der Teufel holen! Sollen doch alle zum Teufel gehen!« fügte er hinzu. »In Cambridge gibt es immerhin Leute, mit denen man reden kann.«

»In Cambridge gibt es Leute, mit denen man reden kann«, mit rhythmischer Betonung sprach Helen geistesabwesend seine Worte nach. Dann kehrte sie in die Gegenwart zurück.

»Übrigens – haben Sie denn nun entschieden, was Sie tun wollen – wird es Cambridge oder das Rechtswesen?«

Er schürzte die Lippen, antwortete jedoch nicht sofort, denn Helen war immer noch leicht unaufmerksam. Sie hatte über Rachel nachgedacht und darüber, in welchen der beiden jungen Männer sie sich wohl am ehesten verlieben würde, und nun dachte sie gerade, während sie Hirst ansah, der ihr gegenübersaß: »Er ist häßlich. Es ist ein Jammer, daß sie so häßlich sind.«

Hewet schloß sie in diese Kritik nicht mit ein; sie dachte an die gescheiten, aufrichtigen, interessanten jungen Männer, die sie kannte, für die Hirst ein gutes Beispiel war, und fragte sich, ob das Nachdenken und die Gelehrsamkeit ihre Körper zwangsläufig so mißhandeln mußte, um ihren Geist auf diese Weise auf einen ungeheuer hohen Turm erheben zu können, von dem aus das menschliche Geschlecht ihnen wie Ratten und Mäuse vorkamen, die im Flachland herumwimmelten.

»Und die Zukunft?« dachte sie und hatte die unbestimmte Vision einer Rasse von Männern, die immer mehr wie Hirst, und einer Rasse von Frauen, die immer mehr wie Rachel wurden. »Ach nein«, befand sie, indem sie ihm einen flüchtigen Blick zuwarf, »dich würde man nicht heiraten. Nun gut, dann liegt die Zukunft der menschlichen Rasse eben in den Händen von Susan und Arthur; nein – das ist gräßlich. In denen von Landarbeitern; nein – in denen der Engländer keineswegs, sondern in den Händen von Russen und Chinesen.« Dieser Gedankengang befriedigte sie jedoch nicht, und St. John unterbrach ihn, indem er wieder zu sprechen anfing:

»Ich wünschte, Sie würden Bennett kennen. Er ist der bedeutendste Mann von der ganzen Welt.«

»Bennett?« fragte sie. Da er sich immer wohler zu fühlen begann, legte St. John sein sperriges, wortkarges Verhalten ab und erklärte, Bennett sei ein Mann, der in einer alten Windmühle sechs Meilen außerhalb von Cambridge lebte. In St. Johns Augen führte er das ideale Leben, ein sehr einsames, schlichtes, und erwärmte sich ausschließlich für die Wahrheit der Dinge, dabei stets gesprächsbereit und bescheiden, obwohl er zu den bedeutendsten Köpfen zähle.

»Finden Sie nicht«, sagte St. John, als er mit seiner Schilderung fertig war, »daß derlei Situationen wie diese hier ziemlich kläglich erscheinen läßt? Haben Sie beim Tee bemerkt, wie der gute alte Hewet das Thema wechseln mußte? Wie alle bereit waren, über mich herzufallen, weil sie dachten, ich würde gleich etwas Unschickliches sagen? Dabei war das doch eigentlich gar nichts. Wenn Bennett dagewesen wäre, hätte er genau das gesagt, was er sagen wollte, oder er wäre aufgestanden und gegangen. Nur wirkt sich das in einer Hinsicht ziemlich nachteilig auf den Charakter aus – ich meine, wenn man nicht den Charakter Bennetts besitzt. Es kann einen verbittern. Würden Sie sagen, daß ich verbittert bin?«

Helen antwortete nicht, und er fuhr fort:

»Natürlich bin ich das, ekelhaft verbittert, und das ist ein garstiger Zustand. Das Schlimmste an mir ist jedoch, daß ich so neidisch bin. Ich beneide jeden. Ich kann Menschen nicht ertragen, die irgendetwas besser können als ich – und seien es auch die lachhaftesten Dinge –, Kellner, die Stöße von Tellern balancieren – ja selbst Arthur, weil Susan in ihn verliebt ist. Ich möchte, daß die Menschen mich mögen, und sie tun's nicht. Zum Teil liegt es wohl an meinem Äußeren, nehme ich an«, fuhr er fort, »obwohl es eine glatte Lüge ist zu behaupten, ich hätte jüdisches Blut in den Adern – es ist Tatsache, daß wir – Hirst of Hirstbourne Hall – seit wenigstens dreihundert Jahren in Norfolk sitzen. Es muß schrecklich wohltuend sein, wie Sie zu sein – wenn einen jeder sofort mag.«

»Ich kann Ihnen versichern, daß das nicht der Fall ist«, sagte Helen lachend.

»Doch, doch«, sagte Hirst im Brustton der Überzeugung. »Erstens sind Sie die schönste Frau, die ich je gesehen habe; zweitens besitzen Sie ein außergewöhnlich liebenswürdiges Wesen.«

Hätte Hirst sie angeschaut, statt angestrengt auf seine Teetasse zu blicken, hätte er Helen erröten sehen, teils aus Freude, teils aus impulsiver Zuneigung zu dem jungen Mann, der so häßlich und so zu kurz gekommen wirkte und auch weiter so wirken würde. Sie bedauerte ihn, weil sie den Verdacht hegte, daß er litt, und sie interessierte sich für ihn, weil ihr vieles von dem, was er sagte, wahr zu sein schien; sie bewunderte die moralische Strenge der Jugend, fühlte sich gleichzeitig jedoch eingeschnürt. Als flüchtete sie sich instinktiv zu etwas leuchtend Buntem, Unpersönlichem, das sie in den Händen halten konnte, ging sie ins Haus und kehrte mit ihrer Stickarbeit zurück. Er interessierte sich jedoch nicht für ihre Stickarbeit; er gönnte ihr nicht einmal einen Blick.

»Was Miss Vinrace angeht«, fing er an, »– ach, hören Sie, lassen Sie uns doch St. John und Helen, und Rachel und Terence sagen –, wie ist sie denn? Gebraucht sie ihren Verstand, hat sie Empfindungen, oder ist sie nur so eine Art Fußschemel?«

»Oh nein«, sagte Helen mit großer Entschiedenheit. Nach ihren Beobachtungen beim Tee war sie geneigt zu bezweifeln, daß Hirst der Mensch war, der sich Rachels Bildung annehmen sollte. Sie hatte sich nach und nach für ihre Nichte zu interessieren und sie zu mögen begonnen; einige Dinge an ihr gefielen ihr überhaupt nicht, andere amüsierten sie bloß; doch alles in allem sah sie in ihr ein lebendiges, wenn auch ungeformtes menschliches Wesen, das experimentierte und dabei zwar nicht immer eine glückliche Hand hatte, aber doch über gewisse Stärken und ein reichliches Gefühlsleben verfügte. Irgendwo im tiefsten Innern war sie Rachel überdies durch die unzerstörbaren, wenngleich unerklärlichen Bande des Geschlechts verbunden. »Sie wirkt zwar, als wisse sie nicht, was sie will, doch sie besitzt durchaus einen eigenen Willen«, sagte sie, als sei sie in der Zwischenzeit Rachels Eigenschaften durchgegangen.

Da man bei der Stickarbeit seine Gedanken zusammennehmen mußte, denn das Muster war schwierig und die Farbwahl bedurfte einiger Überlegung, traten immer dann Gesprächslücken ein, wenn sie in ihre Seidendocken vertieft schien oder, den Kopf ein wenig zurückgelegt, mit zusammengekniffenen Augen die Wirkung des Ganzen prüfte. So sagte sie denn auch nur »Hmm hmm«, als St. John als nächstes äußerte: »Ich werde sie zu einem Spaziergang einladen.«

Vielleicht stieß er sich daran, daß ihre Aufmerksamkeit geteilt war. Schweigend saß er und beobachtete Helen eindringlich.

»Sie sind absolut glücklich!« verkündete er schließlich.

»Ja?« entgegnete Helen fragend und steckte die Nadel in den Stoff.

»Vermutlich die Ehe«, sagte St. John.

»Ja«, sagte Helen und zog die Nadel sacht wieder heraus. »Ich weiß nicht, warum ich glücklich bin«, sagte sie plötzlich lachend und blickte ihm voll ins Gesicht. Ein ziemlich langes Schweigen trat ein.

»Zwischen uns liegt ein Abgrund«, sagte St. John. Seine Stimme klang, als käme sie aus den Tiefen einer Felsenhöhle. »Sie sind unendlich viel einfacher als ich. Frauen sind das natürlich immer. Das ist die Schwierigkeit. Man weiß nie, wie eine Frau etwas aufnimmt. Womöglich denken Sie die ganze Zeit: ›Oh je, was für ein morbider junger Mann!‹«

Helen saß mit der Nadel in der Hand und schaute ihn an. Von ihrem Platz aus sah sie seinen Kopf vor dem Hintergrund der dunklen Pyramide eines Magnolienbaums. Einen Fuß auf die Strebe eines Stuhls gestützt, den Ellbogen in der Haltung einer Nähenden abgewinkelt, besaß ihre eigene Gestalt die Erhabenheit einer Frau aus uralten Zeiten, die den Schicksalsfaden spann – die Erhabenheit, die vielen Frauen der heutigen Zeit eigen ist, wenn sie die Haltung einnehmen, die beim Scheuern oder Nähen erforderlich ist. St. John blickte sie an.

»Sie haben vermutlich in Ihrem ganzen Leben noch nie irgendjemandem ein Kompliment gemacht«, sagte er ohne erkennbaren Zusammenhang.

»Ridley verwöhne ich ziemlich«, gab Helen zu bedenken.

»Jetzt frage ich Sie rundheraus – mögen Sie mich?«

Nach einer gewissen Pause antwortete sie: »Ja, bestimmt.«

»Gottseidank!« rief er. »Welcher Segen. Es ist nämlich so«, fuhr er in bewegtem Ton fort, »daß ich mir das mehr wünsche als von irgendjemandem sonst, dem ich im Leben begegnet bin.«

»Was ist denn mit den fünf Philosophen?« fragte Helen mit einem Lachen und stichelte zielstrebig und flink an ihrer Leinwand. »Sie sollten Sie mir beschreiben.«

Es drängte Hirst nicht sonderlich, sie zu beschreiben, doch als er über sie nachzudenken begann, fühlte er sich besänftigt und in seinem Selbstvertrauen gestärkt. Aus weiter Ferne betrachtet, wie sie da auf der anderen Seite der Welt in verrauchten Räumen und in grauen mittelalterlichen Höfen umhergingen, stellten sie sich ihm als bemerkenswerte Gestalten dar, freimütige Männer, mit denen man sich wohlfühlen konnte; unsäglich viel feinfühliger als die Menschen hier. Sie gaben ihm unleugbar, was keine Frau, nicht einmal Helen, ihm je geben konnte. Erwärmt durch den Gedanken an sie, breitete er als nächstes seinen eigenen Fall vor Mrs Ambrose aus. Sollte er weiter in Cambridge bleiben oder sollte er die Anwaltslaufbahn einschlagen? Heute fand er dies, morgen das. Helen hörte ihm aufmerksam zu. Schließlich teilte sie ihm ohne jegliche Preliminarien ihre Entscheidung mit.

»Verlassen Sie Cambridge und werden Sie Anwalt«, sagte sie. Er wollte unbedingt ihre Begründung hören.

»Ich meine, daß Sie von London mehr hätten«, sagte sie. Es schien keine sehr subtile Begründung zu sein, doch sie hielt sie offensichtlich für ausreichend. Sie schaute ihn vor dem Hintergrund der blühenden Magnolie an. Der Anblick hatte irgendetwas Seltsames. Vielleicht lag es daran, daß die schweren wachsartigen Blüten so glatt und unaufdringlich wirkten, sein Gesicht hingegen – er hatte seinen Hut weggeworfen, sein Haar war zerwühlt, und er hielt die Brille in der Hand, so daß sich zu beiden Seiten der Nase eine rote Stelle abzeichnete – so besorgt und mitteilsam. Es war ein schöner Strauch, sehr ausladend, und während der ganzen Zeit, die sie gesessen und miteinander geredet hatten, hatte sie die Schattenflecken und die Form der Blätter wahrgenommen und wie die prächtigen weißen Blüten mitten im Grün saßen. Sie hatte das alles zwar nur halbbewußt wahrgenommen, aber dies Muster war dennoch zu einem Teil ihres Gesprächs geworden. Sie legte ihre Stickarbeit weg und begann, im Garten auf und ab zu gehen, und Hirst stand ebenfalls auf und schritt neben ihr her. Er war ziemlich unruhig, von Unbehagen erfüllt und sehr nachdenklich. Keiner von ihnen sprach.

Die Sonne begann unterzugehen, und mit den Bergen war eine Verwandlung vorgegangen, als seien sie ihrer irdischen Substanz beraubt und bestünden nur mehr aus dichtem blauen Dunst. Langgezogene schmale flamingorosa gefärbte Wolken, deren Ränder sich kräuselten wie Straußenfedern, zogen sich in unterschiedlicher Höhe über den Himmel. Die Dächer der Stadt schienen tiefer gesunken zu sein als gewöhnlich; die Zypressen wirkten zwischen den Dächern sehr schwarz, und die Dächer selbst waren braun und weiß. Wie am Abend üblich, waren vereinzelte Rufe und vereinzelte Glocken von unten zu hören.

St. John blieb plötzlich stehen.

»Schön, Sie tragen die Verantwortung«, sagte er. »Ich habe mich entschieden; ich werde Anwalt werden.«

Seine Worte klangen sehr ernst, fast bewegt; nach einem winzigen Zögern reagierte Helen.

»Ich bin mir sicher, daß Sie das Richtige tun«, sagte sie in warmem Ton und drückte die Hand, die er ihr reichte. »Sie werden ein großer Mann werden, davon bin ich überzeugt.«

Dann, als wolle sie ihn bewegen, den Schauplatz zu betrachten, zeichnete ihre Hand das riesige Rund des Panoramas nach. Vom Meer, über die Dächer der Stadt, über die Bergesgipfel, über den Fluß und die Ebene, und wieder über die Bergesgipfel fuhr sie, bis sie die Villa, den Garten, den Magnolienbaum und ihre und Hirsts Gestalten, die nebeneinander standen, erreichte und an ihrer Seite herabsank.

16. Kapitel

Hewet und Rachel waren schon vor langer Zeit an jener besonderen Stelle am Rand der Klippe angekommen, von wo aus man, wenn man ins Meer hinabblickte, mit ein wenig Glück Quallen und Delphine sehen konnte. Wenn sie in die andere Richtung schauten, löste die Weite des Landes ein Gefühl in ihnen aus, das keine Aussicht in England, und sei sie noch so weit, auslösen kann; denn dort haben die Dörfer und Hügel Namen, und eins ums andere Mal ist selbst noch die fernste Hügelkette am Horizont untergetaucht und ein Dunststreifen zeigt das Meer an; hier hingegen bestand die Landschaft aus einer unendlichen Ausdehnung sonnengedörrter Erde, Erde, die sich zu Spitztürmen erhob, zu langgestreckten Barrieren aufwarf, Erde, die sich immer weiter und weiter hinstreckte und ausdehnte wie der riesenhafte Meeresboden, Erde, wechselvoll belebt von Tag und Nacht und unterteilt in unterschiedliche Länder, in denen berühmte Städte gegründet wurden und die Rassen sich von dunkelhäutigen Wilden zu zivilisierten Weißen wandelten und dann wieder zu dunkelhäutigen Wilden. Vielleicht ließ ihr englisches Blut sie diese Aussicht als unangenehm unpersönlich und feindselig empfinden, denn nachdem sie ihr den Blick einmal zugewandt hatten, drehten sie sich um und saßen die ganze übrige Zeit mit dem Blick aufs Meer. Das Meer, das hier aus durchsichtigem, glitzerndem Wasser bestand und aussah, als sei es eines zornigen Aufbrausens nicht fähig, verengte sich doch nach und nach, sein reines Blau trübte sich grau und strudelte durch schmale Kanäle, um sich dann aufsprühend an massiven Granitfelsen zu brechen. Dies Meer hier war es, das bis hinauf zur Themsemündung strömte; und die Themse wieder umspülte die Wurzeln der Stadt London.

So etwa war Hewets Gedankengang gewesen, denn das erste, was er sagte, als sie am Rand der Klippe standen, war:

»Wie gern wär ich nicht in England!«

Rachel lag auf den Ellbogen gestützt und teilte das hohe Gras, das am Klippenrand wuchs, so daß nichts ihr die Aussicht versperrte. Das Wasser war sehr ruhig; am Fuß der Klippe wogte es auf und ab, und so klar war es, daß man die roten Steine an seinem Grund sehen konnte. So war es bei der Geburt der Welt gewesen, und so war es seither geblieben. Wahrscheinlich hatte noch nie eines Menschen Boot oder Leib dieses Wasser durchschnitten. Einem Impuls gehorchend, beschloß sie, den ewigen Frieden zu stören, und warf den größten Kiesel, den sie finden konnte. Er schlug auf der Wasseroberfläche auf, und das Kräuseln des Wassers pflanzte sich fort und fort. Hewet blickte ebenfalls hinab.

»Das ist wunderbar«, sagte er beim Anblick der Kreise, die sich weiter und weiter zogen und schließlich verebbten. Das Frische und das Neue erschien ihm wunderbar. Er warf als nächster einen Kiesel. Es war fast kein Geräusch zu hören.

»Aber England«, murmelte Rachel in dem entrückten Tonfall eines Menschen, der in irgendeinen Anblick versunken ist. »Was fehlt Ihnen denn an England?«

»Meine Freunde vor allem«, sagte er, »und alles, was man so tut.«

Er schaute Rachel an, ohne daß sie es merkte. Sie überließ sich immer noch dem Anblick des Wassers und den beseligenden Empfindungen, die ein Stückchen tiefes Meer, das über Felsen spült, auszulösen vermag. Er stellte fest, daß sie ein Kleid von tiefblauer Farbe trug, das aus einem weichen dünnen Baumwollstoff gemacht war, der die Linien ihres Körpers nachzeichnete. Es war ein Körper mit den Beugen und Höhlungen eines noch nicht voll entwickelten Frauenkörpers, der jedoch nichts Makelhaftes hatte und somit interessant, ja reizvoll war. Hewet hob den Blick und richtete ihn auf ihren Kopf; sie hatte den Hut abgenommen, und ihr Gesicht ruhte in ihrer Hand. Während sie ins Meer hinunterblickte, waren ihre Lippen leicht geöffnet. Ihr Ausdruck war der kindlicher Gespanntheit, als halte sie danach Ausschau, daß ein Fisch über die klaren roten Felsen vorbeischwimme. Immerhin hatten ihre vierundzwanzig Lebensjahre ihr eine gewisse Reserviertheit auferlegt. Ihre Hand, die, mit leicht gekrümmten Fingern, am Boden lag, war gut geformt und ausgebildet; die nervösen Finger mit den eckigen Fingerkuppen waren die einer Musikerin. Mit so etwas wie ängstlicher Besorgnis erkannte Hewet, daß ihr Körper, der keineswegs unattraktiv war, ihn stark anzog. Sie blickte plötzlich auf. In ihrem Blick standen lebhafte Wißbegierde und Anteilnahme.

»Sie schreiben Romane?« fragte sie.

Im ersten Augenblick wußte er gar nicht, was er sagte. Er war gepackt von dem Verlangen, sie in den Armen zu halten.

»Oh ja«, sagte er. »Das heißt, ich möchte sie schreiben.«

Sie hielt den Blick ihrer großen grauen Augen auf sein Gesicht gerichtet.

»Romane«, wiederholte sie. »Warum schreiben Sie denn Romane? Sie sollten Musik schreiben. Musik ist nämlich –« sie wandte den Blick von ihm, und war gleich weniger begehrenswert, als ihr Hirn zu arbeiten begann und eine gewisse Veränderung in ihrem Gesicht bewirkte – »die Musik bringt alle Dinge unmittelbar zum Ausdruck. Sie sagt alles, was zu sagen ist, auf einmal. Beim Schreiben, so kommt es mir vor, gibt es soviel –« sie suchte nach einem Ausdruck und scharrte mit den Fingern im Sand – »leeres Stroh. Als ich heute nachmittag Gibbon gelesen habe, habe ich mich fast die ganze Zeit scheußlich, ach, höllisch, unsäglich gelangweilt!« Sie prustete los und schaute dabei Hewet an, der ebenfalls lachte.

»*Ich* werde Ihnen keine Bücher leihen«, erklärte er.

»Wie kommt das nur«, fuhr Rachel fort, »daß ich in Ihrer Gegenwart über Mr Hirst lachen kann, nicht aber, wenn er dabei ist? Beim Tee war ich völlig überwältigt – nicht von seiner Häßlichkeit, sondern von seinem Geist.« Sie beschrieb mit den Händen einen Kreis in der Luft. Mit großer Erleichterung merkte sie, wie leicht es ihr fiel, mit Hewet zu sprechen, da jene Ecken und Kanten, die die Oberfläche mancher Beziehungen aufrauhen, sich in ihrem Umgang nicht bemerkbar machten.

»Das ist mir schon aufgefallen«, sagte Hewet. »Es ist etwas, das mich immer wieder von neuem verwundert.« Er hatte die Fassung soweit wiedergefunden, daß er sich eine Zigarette anzünden und rauchen konnte, und da er ihre Ungezwungenheit spürte, wurde er selbst heiter und ungezwungen.

»Die Hochachtung, die Frauen, selbst gebildete, sehr eigenständige Frauen vor Männern haben«, fuhr er fort. »Ich glaube, wir müssen die Art von Macht über euch haben, die wir angeblich über Pferde haben. Die sehen uns dreimal so groß, wie wir sind, sonst würden sie uns niemals gehorchen. Eben aus diesem Grund neige ich dazu zu bezweifeln, daß ihr je etwas tun werdet, selbst wenn ihr das Wahlrecht hättet.« Er blickte sie nachdenklich an. Sie erschien ihm sehr weich und empfindsam und jung. »Es wird wenigstens sechs Generationen brauchen, bis ihr dickhäutig genug seid, um an die Gerichte und in die Geschäftszimmer zu gehen. Bedenken Sie doch, was für ein Tyrann der Mann gewöhnlich ist«, fuhr er fort, »der gewöhnliche, hart arbeitende, einigermaßen ehrgeizige Anwalt oder Geschäftsmann, der für eine Familie aufzukommen und eine bestimmte Position zu verteidigen hat. Und dann müssen die Töchter natürlich hinter den Söhnen zurückstehen; die Söhne brauchen eine Ausbildung; sie müssen schließlich schurigeln und rackern für ihre Frauen und Familien, und so geht das alles wieder von vorn los. Und im Hintergrund gibt es währenddessen noch die Frauen ... Glauben Sie wirklich, daß das Wahlrecht Ihnen irgendetwas einbringen wird?«

»Das Wahlrecht?« fragte Rachel. Sie mußte es sich erst einmal als Stückchen Papier, das sie in einen Kasten fallen ließ, veranschaulichen, ehe sie seine Frage verstand, und als sie einander anschauten, lächelten sie über den Anflug von Absurdität, den die Frage hatte.

»Mir nicht«, sagte sie. »Aber ich spiele ja auch Klavier ... Sind Männer wirklich so?« fragte sie und kehrte damit zu dem Thema zurück, das sie interessierte. »Ich habe keine Angst vor Ihnen.« Sie blickte ihn ungezwungen an.

»Ach, ich bin anders«, erwiderte Hewet. »Ich habe zwischen fünf- und sechshundert im Jahr zur Verfügung. Und außerdem nimmt niemand einen Romanschriftsteller ernst, dem Himmel sei Dank. Zweifellos trägt es mit zur Entschädigung für die Plackerei eines Berufes bei, wenn ein Mann von allen sehr, sehr ernst genommen wird – wenn er Termine und Büroräume und einen Titel hat und einen Haufen Buchstaben hinter seinem Namen und Ordensbändchen und akademische Grade. Ich bin ihnen deshalb nicht gram, obwohl mich manchmal der Gedanke überkommt – was für ein erstaunliches Gebräu! Was für ein Wunderding die männliche Auffassung vom Leben doch ist – Richter, Beamte, Armee, Marine, Oberhaus und

Unterhaus, Bürgermeister – was haben wir da für eine Welt gemacht! Nehmen wir jetzt einmal Hirst. Ich versichere Ihnen«, sagte er, »seit wir hierhergekommen sind, ist kein Tag ohne die Erörterung der Frage vergangen, ob er nun in Cambridge bleiben oder Anwalt werden soll. Es geht um seine Karriere – seine geheiligte Karriere. Und wenn ich es schon zwanzigmal gehört habe, dann kann man gewiß sein, daß seine Mutter und seine Schwester es fünfhundertmal gehört haben. Können Sie sich diese Familienkonklaven vorstellen, bei denen der Schwester gesagt wird, sie solle hinausgehen und die Kaninchen füttern, weil St. John das Schulzimmer für sich allein haben müsse – ›St. John arbeitet‹, ›St. John will seinen Tee gebracht haben‹. Kennen Sie so etwas nicht? Kein Wunder, daß St. John das als Angelegenheit von großer Wichtigkeit betrachtet. Ist es ja auch. Er muß sich seinen Lebensunterhalt verdienen. St. Johns Schwester jedoch –« Hewet blies schweigend Rauch in die Luft. »Niemand nimmt sie ernst, das arme Ding. Sie füttert die Kaninchen.«

»Ja«, sagte Rachel. »Ich selbst habe vierundzwanzig Jahre lang die Kaninchen gefüttert; das kommt mir jetzt seltsam vor.« Sie sah nachdenklich aus, und Hewet, der in vielem einfach nur das gesagt hatte, was ihm gerade in den Sinn gekommen war und dabei instinktiv den weiblichen Standpunkt eingenommen hatte, sah, daß sie jetzt über sich selbst sprechen würde, was seinem Wunsch entgegenkam, daß sie einander kennenlernen sollten.

Sie blickte nachdenklich auf ihr bisheriges Leben zurück.

»Wie verbringen Sie denn Ihren Tag?« fragte er.

Sie dachte immer noch nach. Wenn sie sich vorstellen sollte, wie sie daheim den Tag verbrachten, dann war ihr erster Eindruck, daß er durch ihre Mahlzeiten in vier Abschnitte unterteilt war. Diese Einteilung war völlig unverrückbar, und alles, was der Tag sonst brachte, hatte sich nach den vier starren Schranken zu richten. Wenn sie auf ihr bisheriges Leben zurückschaute, war es das, was sie sah.

»Frühstück um neun; Mittagessen um eins; Tee um fünf; Abendessen um acht«, sagte sie.

»Also gut«, sagte Hewet, »was machen Sie denn vormittags?«

»Ich habe gewöhnlich stundenlang Klavier gespielt.«

»Und nach dem Mittagessen?«

»Da bin ich mit einer meiner Tanten einkaufen gegangen. Oder wir haben jemanden besucht oder irgendjemandem etwas gebracht; oder wir haben etwas erledigt, das erledigt werden mußte – sagen wir, ein Wasserhahn tropfte. Sie besuchen ziemlich häufig die Armen – alte Zugehfrauen mit schlimmen Beinen, Frauen, die Formulare für Krankenhäuser brauchen. Oder ich ging allein im Park spazieren. Und nach dem Tee kamen manchmal Leute zu Besuch; oder im Sommer saßen wir im Garten oder spielten Krockett; im Winter las ich vor, während sie Handarbeiten machten; nach dem Abendessen spielte ich Klavier, und sie schrieben Briefe. Wenn Vater zu Hause war, kamen Freunde von ihm zum Abendessen, und ungefähr einmal im Monat fuhren wir in die Stadt ins Theater. Hin und wieder aßen wir abends außerhalb; manchmal ging ich in London auf einen Ball, doch das war schwierig, wegen der Heimfahrt. Die Leute, mit denen wir verkehrten, waren alte Freunde der Familie und Verwandte, doch wir sahen nicht viel Leute. Hauptsächlich den Geistlichen, Mr Pepper und die Hunts. Vater wollte im allgemeinen seine Ruhe haben, wenn er nach Hause kam, denn er arbeitete sehr hart in Hull. Außerdem sind meine Tanten nicht sehr kräftig. So ein Haus schluckt eine Menge Zeit, wenn es ordentlich geführt wird. Unsere Dienstboten waren immer schlecht, und so tat Tante Lucy eine Menge in der Küche, und Tanta Clara, glaube ich, brachte den größten Teil des Vormittags damit zu, den Salon abzustauben und das Leinen und das Silber durchzusehen. Dann waren da noch die Hunde. Die mußten ja, abgesehen vom Waschen und Bürsten, auch ausgeführt werden. Sandy ist inzwischen gestorben, aber Tante Clara hat einen sehr alten Kakadu, der aus Indien stammt. Alles in unserem Haus«, rief sie, »stammt irgendwoher! Es ist voller alter Möbel, nicht wirklich alt, viktorianisch, Sachen, die Mutters Familie gehört hatten oder Vaters Familie gehört hatten, und von denen sie sich wohl nicht trennen mochten, obwohl wir eigentlich keinen Platz für sie haben. Es ist im Grunde ein nettes Haus«, fuhr sie fort, »außer, daß es ein bißchen schäbig ist – langweilig, sollte ich wohl besser sagen.« Sie rief sich das Bild des Salons daheim vor Augen; es war ein großer, langgestreckter Raum mit einer quadratischen Glastür, die auf den Garten hinausging. An der Wand standen grüne Plüschstühle; es gab einen schweren geschnitzten Bücherschrank mit Glastüren, und im übrigen hatte man den Eindruck verblichener Sofaschoner, eines vorwiegenden Blaßgrün und die Vorstellung von Körben, aus denen Strickarbeiten heraushingen. An den Wänden hingen die Fotografien alter italienischer Meister und Ansichten venezianischer Brücken und schwedischer Wasserfälle, die Familienangehörige Jahre zuvor besichtigt hatten. Außerdem gab es ein, zwei Porträts von Vätern und Großmüttern und einen Kupferstich von John Stuart Mill, nach dem Gemälde von Watts. Es war ein Raum ohne bestimmten Charakter, denn er war weder in irgendeiner Hinsicht typisch oder schlicht häßlich noch bemüht ästhetisch oder wirklich behaglich. Rachel löste sich von der selbstvergessenen Betrachtung dieses vertrauten Bildes.

»Doch das ist ja für Sie nicht sehr interessant«, sagte sie aufblikkend.

»Du meine Güte!« rief Hewet, »in meinem ganzen Leben hat mich noch nichts so sehr interessiert.« Erst jetzt wurde ihr bewußt, daß er, während sie an Richmond gedacht hatte, niemals den Blick von ihrem Gesicht gewendet hatte. Diese Erkenntnis erregte sie.

»Fahren Sie fort, bitte, fahren Sie fort«, drängte er. »Stellen wir uns vor, es sei Mittwoch. Sie sind gerade alle beim Mittagessen. Sie sitzen hier, und Tante Lucy sitzt da und Tante Clara hier.« Er arrangierte drei Kieselsteine im Gras zwischen ihnen.

»Tante Clara tranchiert den Lammgrat«, fuhr Rachel fort. Ihr Blick heftete sich auf die Kieselsteine. »Vor mir steht ein sehr häßlicher gelber Porzellanständer, stummer Kellner genannt, mit drei Platten, einer für Kekse, einer für Butter und einer für Käse. Dort steht ein Topf mit Farnkraut. Dann ist da Blanche, das Dienstmädchen, das wegen seiner Nase immerzu schnieft. Wir reden – ach ja, heute ist Tante Lucys Nachmittag in Walworth, so daß wir uns mit dem Essen nicht lange aufhalten. Sie geht aus dem Haus. Sie hat einen violetten Beutel und ein schwarzes Notizbuch dabei. Tante Clara hat am Mittwoch in unserem Salon, was sie ein Verein-für-alleinstehende-Mädchen-Treffen nennt; also führe ich die Hunde aus. Ich gehe Richmond Hill hinauf, an den terrassierten Vorgärten entlang, und in den Park. Es ist der 18. April – derselbe Tag wie hier. Es ist Frühling in England. Der Boden ist ziemlich feucht.

Trotzdem überquere ich die Straße und laufe auf dem Rasen weiter, und ich singe, wie ich es immer tue, wenn ich allein bin, bis wir zu dem offenen Gelände kommen, von wo aus man an einem klaren Tag ganz London unter sich liegen sehen kann. Dort ist der spitze Turm der Hampstead Church, dort drüben Westminster Cathedral und ungefähr hier sind Fabrikschlote. Im allgemeinen liegt ein Dunstschleier über dem unteren Teil von London; doch über dem Park ist der Himmel oft blau, wenn London im Nebel liegt. Es ist das offene Gelände, über das die Ballons auf dem Weg nach Hurlingham hinwegfliegen. Sie sind blaßgelb. Ja, und dann riecht es sehr gut, besonders wenn sie im Häuschen des Parkwächters, das dort steht, zufällig gerade Holz verbrennen. Ich könnte Ihnen jetzt erzählen, wie man von einer Stelle zur anderen kommt und genau, an welchen Bäumen man vorbeikommt und wo man die Straßen überqueren würde. Ich habe da nämlich gespielt, als ich klein war. Das Frühjahr ist gut, doch am besten ist es im Herbst, wenn die Hirsche röhren; dann wird es dämmrig, und ich gehe durch die Straßen zurück, und man sieht die Leute nicht richtig; sie gehen sehr schnell an einem vorüber, man sieht gerade nur ihr Gesicht, und schon sind sie weg – das gefällt mir so gut –, und kein Mensch ahnt, was man gerade treibt –«

»Aber Sie müssen doch wohl zum Tee zurück sein?« mahnte Hewet sie.

»Tee? Ach ja. Fünf Uhr. Dann sage ich, was ich gemacht habe, und meine Tanten sagen, was sie gemacht haben, und vielleicht schaut jemand vorbei: Nehmen wir einmal an, Mrs Hunt. Das ist eine alte Dame mit einem lahmen Bein. Sie hat oder hatte einmal acht Kinder; also fragen wir nach denen. Sie sind über die ganze Welt verstreut; also fragen wir, wo sie sind, und manchmal sind sie krank, oder tun in einem Choleragebiet Dienst oder in einer Gegend, wo es alle fünf Monate nur einmal regnet. Mrs Hunt«, sagte sie lächelnd, »hatte einen Sohn, der an der Umarmung eines Bären gestorben ist.«

An dieser Stelle hielt sie inne und schaute Hewet an, um festzustellen, ob ihn dieselben Dinge amüsierten, die sie amüsierten. Sie war beruhigt. Dennoch fühlte sie sich bemüßigt, sich erneut zu entschuldigen; sie hatte zuviel geredet.

»Sie können sich gar nicht vorstellen, wie sehr mich das interessiert«, sagte er. Tatsächlich war seine Zigarette ausgegangen, und er mußte sich eine neue anzünden.

»Weshalb interessiert Sie das?« fragte sie.

»Zum einen schon deshalb, weil Sie eine Frau sind«, antwortete er. Als er das sagte, büßte Rachel, die mit selbstvergessenem Eifer erzählt und daran ein kindliches Vergnügen und Interesse gefunden hatte, ihre Ungezwungenheit ein und wurde befangen. Sie empfand sich als sonderbar und fühlte sich beobachtet, wie es ihr im Umgang mit St. John Hirst immer erging. Sie war drauf und dran, einen Streit vom Zaun zu brechen, der sie beide gegeneinander aufgebracht hätte, und Empfindungen zu definieren, die kein derartiges Gewicht hatten, wie Worte ihnen unweigerlich beilegen mußten, als Hewet ihre Gedanken in eine andere Richtung lenkte.

»Ich bin oft solche Straßen entlanggegangen, wo die Menschen alle in einer Reihe wohnen und ein Haus genau aussieht wie das andere, und habe mich gefragt, was um Himmels willen die Frauen wohl darin machten«, sagte er. »Bedenken Sie doch: wir stehen am Anfang des zwanzigsten Jahrhunderts, und bis vor wenigen Jahren ist da noch nie eine Frau allein herausgekommen oder hat auch nur den Mund aufgemacht. Da im Hintergrund spielte es sich also ab, all die Tausende von Jahren lang, dies seltsame stumme Leben, das niemals zur Darstellung gelangt. Natürlich schreiben wir ständig über Frauen – schmähen sie oder verhöhnen sie oder verherrlichen sie; doch das ist niemals von den Frauen selbst gekommen. Ich glaube, wir haben immer noch nicht die geringste Ahnung, wie sie leben, oder was sie empfinden, oder was sie genau tun. Als Mann wird man ausschließlich von jungen Frauen ins Vertrauen gezogen, und auch nur dann, wenn es um ihre Liebesgeschichten geht. Doch über das Leben der Frauen von vierzig, der unverheirateten Frauen, der arbeitenden Frauen, der Frauen, die Läden haben und Kinder aufziehen, von Frauen wie Ihren Tanten oder Mrs Thornbury oder Miss Allan – darüber weiß man überhaupt nichts. Die wollen einem nichts erzählen. Entweder haben sie Angst, oder das gehört zu ihrer Art, wie sie mit Männern umgehen. Es ist nämlich immer der männliche Blickwinkel, der berücksichtigt wird. Denken Sie nur an die Eisenbahn: fünfzehn Waggons für Männer, die rauchen wollen. Bringt Sie das nicht auf die Palme? Wenn ich eine Frau wäre, ich würde den einen oder anderen bestimmt ermorden. Lachen Sie denn nicht viel über uns? Halten Sie das denn nicht alles für einen gewaltigen Schwindel? Sie, ich meine – wie wirkt das denn alles auf Sie?«

Seine Entschlossenheit, alles zu erfahren, verlieh ihrem Gespräch zwar Gewicht, doch hemmte sie sie zugleich; er schien sie unablässig zu drängen und bewirkte damit, daß alles so bedeutsam erschien. Sie nahm sich Zeit, ehe sie antwortete, und ließ sich, während sie schwieg, ihre vierundzwanzig Lebensjahre wieder und wieder durch den Kopf gehen, wobei sie erst diesen, dann jenen Punkt besonders ins Licht rückte – ihre Tanten, ihre Mutter, ihren Vater, und schließlich kreisten ihre Gedanken um ihre Tanten und ihren Vater, und sie versuchte, sie so zu schildern, wie sie sie aus dieser Entfernung sah.

Sie hatten sehr große Angst vor ihrem Vater. Er war eine dunkle, starke Macht im Haus, mit deren Hilfe sie die Verbindung zur großen Welt hielten, wie sie jeden Morgen in der *Times* dargestellt ist. Das wirkliche Leben im Haus war jedoch etwas davon völlig Verschiedenes. Es fand unabhängig von Mr Vinrace statt und suchte sich eher vor ihm zu verbergen. Er war zwar gutmütig ihnen gegenüber, aber auch herablassend. Sie hatte es immer für selbstverständlich gehalten, daß diese Einstellung gerechtfertigt war und auf einer idealen Wertskala beruhte, nach der das Leben des einen Menschen als fraglos wichtiger eingestuft wurde als das Leben eines anderen, und daß sie nach diesem Wertmaßstab weit weniger Bedeutung hatten als er. Doch glaubte sie das wirklich? Hewets Worte stimmten sie nachdenklich. Sie ordnete sich ihrem Vater zwar stets unter, wie ihre Tanten es taten, doch eigentlich waren sie es, die Einfluß auf sie hatten, ihre Tanten, die für den feingewirkten Stoff ihres Lebens daheim sorgten. Sie waren zwar weniger glanzvoll, dafür aber natürlicher als ihr Vater. Ihr ganzer Zorn hatte sich gegen sie gerichtet; es war ihre Welt mit ihren vier Mahlzeiten, ihrer Pünktlichkeit und den Dienstmädchen um halb elf auf der Treppe, die sie schonungslos durchleuchtete und mit solcher Heftigkeit in tausend Stücke zu schlagen begehrte. An diesem Punkt ihrer Überlegungen angelangt, blickte sie auf und sagte:

»Und darin liegt auch so etwas wie Schönheit – da sind sie nun genau in diesem Augenblick in Richmond und schaffen etwas. Sie machen vielleicht alles ganz falsch, doch darin liegt auch so etwas wie Schönheit«, wiederholte sie. »Es ist so ahnungslos, so bescheiden. Und dabei haben sie doch auch Gefühle. Es grämt sie, wenn jemand stirbt. Alte Jungfern tun ständig irgendetwas. Ich weiß nicht so recht, was sie machen. Nur war das jedenfalls mein Eindruck, als ich mit ihnen zusammenlebte. Es machte sich ganz stark bemerkbar.«

Sie blickte auf ihre kleinen Fahrten zurück, nach Walworth, zu den Zugehfrauen mit den schlimmen Beinen, zu den Treffen, die diesem oder jenem Zweck dienten, ihre kleinen Akte der Barmherzigkeit und der Selbstlosigkeit, nach denen man die Uhr stellen konnte und die einer festen Vorstellung von nützlichem Tun entsprangen, ihre Freundschaften, ihre Vorlieben und Gewohnheiten; sie sah all diese Dinge wie Sandkörner unablässig durch ungezählte Tage hinabrieseln und so ein bestimmtes Klima und ein solides Ganzes, einen festen Rahmen schaffen. Hewet beobachtete sie, während sie darüber nachsann.

«Waren Sie glücklich?« wollte er wissen.

Wieder nahm gerade etwas anderes ihre ganze Aufmerksamkeit gefangen, und er bewirkte erneut, daß sie sich ihrer selbst mit ungewohnter Schärfe bewußt wurde.

»Ich war beides«, antwortete sie. »Ich war glücklich, und ich war elend. Sie machen sich keine Vorstellung, wie das ist – eine junge Frau zu sein.« Sie blickte ihm direkt ins Gesicht. »Da gibt es Ängste und Qualen«, sagte sie und ließ ihn nicht aus den Augen, wie um noch den leisesten Anflug von Lachen zu entdecken.

»Das glaube ich Ihnen sofort«, sagte er. Er erwiderte ihren Blick mit absoluter Aufrichtigkeit.

»Frauen, die man auf der Straße sieht«, sagte sie.

»Prostituierte?«

»Männer, die einen küssen.«

Er nickte.

»Dinge, die man ahnt.«

»Man hat Ihnen nie etwas gesagt?«

Sie schüttelte den Kopf.

»Und dann«, begann sie und verstummte wieder. Nun standen sie vor dem gewaltigen Lebensbereich, in den noch niemals jemand vorgedrungen war. Alles, was sie über ihren Vater und ihre Tanten und die Spaziergänge im Richmond Park und ihren Tagesablauf gesagt hatte, bewegte sich nur an der Oberfläche. Hewet beobachtete sie. Verlangte er etwa, daß sie das ebenfalls schildern sollte? Warum saß er so dicht neben ihr und wandte den Blick nicht von ihr? Warum waren sie noch immer nicht fertig mit dieser quälenden Vergangenheitserforschung? Warum küßten sie einander nicht einfach? Sie hätte ihn gern geküßt. Doch spulte sie immer weiter Worte heraus.

»Ein Mädchen ist einsamer als ein Junge. Niemanden kümmert es im geringsten, was sie tut. Nichts wird von ihr erwartet. Wenn man nicht sehr hübsch ist, hören die Leute einem nicht zu... Und das gefällt mir eben«, setzte sie entschlossen hinzu, als sei das eine ausgesprochen glückliche Erinnerung. »Ich gehe gern im Richmond Park spazieren und singe vor mich hin und weiß, daß das niemanden auch nur im geringsten interessiert. Ich sehe gern zu, wenn etwas geschieht – so wie wir Sie an dem Abend gesehen haben, als Sie uns nicht bemerkt haben –, mir gefällt die Freiheit daran – das ist, als wäre man der Wind oder das Meer.« Mit einer seltsamen Gebärde ließ sie die Hände vorschnellen und wandte sich dem Meer zu. Es war immer noch sehr blau und tanzte davon, soweit das Auge reichte, doch das Licht darauf war jetzt gelber, und die Wolken färbten sich flamingorosa.

Der Schatten tiefer Niedergeschlagenheit legte sich Hewet aufs Gemüt, während sie sprach. Alles deutete darauf hin, daß sie niemals irgendeinen Menschen lieber mögen würde als einen anderen; er war ihr offensichtlich völlig gleichgültig; sie schienen einander sehr nahe zu kommen, dann waren sie wieder genauso weit voneinander entfernt wie nur je; und die Geste, mit der sie sich abgewandt hatte, war eigenartig schön gewesen.

»Unsinn«, sagte er abrupt. »Sie mögen die Menschen. Sie mögen Bewunderung. Ihr eigentlicher Groll gegen Hirst rührt daher, daß er Sie nicht bewundert.«

Eine Zeitlang antwortete sie nicht. Dann sagte sie:

»Das stimmt wahrscheinlich. Natürlich mag ich die Menschen – ich mag nahezu jeden, den ich im Leben kennengelernt habe.«

Sie wandte dem Meer den Rücken zu und betrachtete Hewet mit freundlichem, gleichwohl kritischem Blick. Er war gutaussehend in dem Sinne, daß er immer eine ausreichende Menge Rindfleisch zu essen und frische Luft zu atmen gehabt hatte. Sein Kopf war groß; seine Augen waren es ebenfalls; wenn sie im allgemeinen auch einen unbestimmten Ausdruck hatten, so konnten sie doch sehr eindringlich blicken; und die Lippen waren empfindsam. Man mochte in ihm einen Mann von beträchtlichem Temperament und sprunghafter Vitalität sehen, der wahrscheinlich auf Gnade und Ungnade Stimmungen ausgeliefert war, die wenig mit Tatsachen zu tun hatten; tolerant und wählerisch zugleich. Die Breite seiner Stirn ließ auf Denkvermögen schließen. Das Interesse, mit dem Rachel ihn anschaute, schwang in ihrer Stimme mit.

»Was für Romane schreiben Sie denn?« fragte sie.

»Ich möchte einen Roman über das Schweigen schreiben«, sagte er; »die Dinge, die die Menschen nicht aussprechen. Das ist jedoch ungeheuer schwierig.« Er seufzte. »Das kümmert Sie jedoch nicht«, fuhr er fort. Er blickte sie nahezu streng an. »Niemanden kümmert das. Einen Roman liest man ausschließlich, um herauszufinden, was für ein Mensch der Verfasser ist und, falls man ihn kennt, welche Freunde er darin vorkommen läßt. Was den Roman als solchen angeht, die ganze Konzeption, die ganze Betrachtungsweise, von welcher Einstellung man geleitet war, in welche Beziehung zu anderen Dingen man ihn gestellt hat – das kümmert nicht einmal einen unter einer Million Menschen. Und doch frage ich mich manchmal, ob es auf der ganzen Welt noch etwas gibt, das sich so sehr zu tun lohnt. Diese anderen Menschen«, er wies in Richtung Hotel, »die wollen ständig irgendetwas, das sie nicht haben können. Im Schreiben, ja selbst noch in dem Versuch zu schreiben, liegt jedoch eine unglaubliche Befriedigung. Was Sie gerade eben gesagt haben, stimmt: Man möchte gar nicht irgendetwas sein, man möchte es nur sehen dürfen.«

Seine Miene spiegelte, als er jetzt aufs Meer hinausblickte, etwas von der Befriedigung wider, von der er gesprochen hatte.

Nun war die Reihe an Rachel, niedergeschlagen zu sein. Als er vom Schreiben sprach, war er auf einmal unpersönlich geworden. Ihm würde vielleicht niemals jemand etwas bedeuten; von seinem

Verlangen, sie kennenzulernen und ihr näherzukommen, von dem sie sich nahezu schmerzlich bedrängt gefühlt hatte, war nichts mehr zu spüren.

»Sind Sie ein guter Schriftsteller?« fragte sie.

»Ja«, sagte er. »Erstklassig bin ich natürlich nicht. Ich bin zweitklassig; ungefähr so gut wie Thackeray, würde ich sagen.«

Rachel war erstaunt. Zum einen erstaunte es sie, daß Thackeray als zweitklassig bezeichnet wurde; und zum anderen konnte sie sich nicht so ohne weiteres der Überzeugung anschließen, daß es heutzutage große Schriftsteller geben sollte, und wenn doch, daß ein Mensch ein großer Schriftsteller sein sollte, den sie kannte; auch seine Selbstgewißheit erstaunte sie, und er wurde zunehmend ungreifbarer für sie.

»Mein anderer Roman«, fuhr Hewet fort, »handelt von einem jungen Mann, der von einer Idee besessen ist – der Idee, ein Gentleman sein zu wollen. Er schafft es, von hundert Pfund im Jahr in Cambridge zu leben. Er hat einen Mantel; früher war das einmal ein sehr guter Mantel gewesen. Die Hosen hingegen – die sind nicht so gut. Also gut, er geht nach London, erhält, dank eines Abenteuers am frühen Morgen am Ufer der Serpentine, Zutritt zur guten Gesellschaft. Er läßt sich dazu hinreißen, Lügen zu erzählen – es geht mir nämlich darum, die allmähliche Verderbnis der Seele zu zeigen –, bezeichnet sich als Sohn eines Großgrundbesitzers in Devonshire. Unterdessen wird der Mantel älter und älter, und die Hosen wagt er kaum noch anzuziehen. Können Sie sich den unglückseligen Menschen vorstellen, wie er nach einer großartigen Nacht der Ausschweifungen über diese Kleidungsstücke nachdenkt – wie er sie am Fußende des Bettes über das Bettgestell hängt, sie mal ins volle Licht, mal in den Schatten rückt und sich fragt, ob sie wohl ihn überleben werden oder er sie? Er trägt sich mit Selbstmordgedanken. Er hat auch noch einen Freund; das ist ein Mann, der sich damit durchs Leben schlägt, daß er kleine Vögel verkauft, die er auf den Feldern in der Nähe von Uxbridge in Fallen fängt. Sie sind beide gelehrte Männer. Ich kenne ein, zwei solcher elend am Hungertuch nagender Wesen von der Sorte, die über einem Brathering und einer Pinte Porter mit Aristoteles aufwarten. Auch das mondäne Leben muß ich einigermaßen ausführlich darstellen, um meinen Helden in allen Lebensumständen zu zeigen. Lady Theo Bingham Bingley, deren kastanienbraune Stute er, wie eine glückliche Fügung es will, am Durchgehen hindern kann, ist die Tochter eines sehr vornehmen alten Tory-Peers. Ich will die Art von Gesellschaften schildern, auf die ich früher gegangen bin – die modischen Intellektuellen, wissen Sie, die gern das allerneuste Buch auf dem Tisch liegen haben. Die geben Gesellschaften am Fluß oder solche, auf denen man Spiele macht. Die Schwierigkeit besteht nicht darin, sich Ereignisse auszudenken; die Schwierigkeit besteht vielmehr darin, sie zu gestalten – nicht daß man mit ihnen durchgeht, wie es der armen Lady Theo geschah. Für sie geht das katastrophal aus, denn das Buch sollte meiner Vorstellung nach in unerschütterlicher, gemeiner Wohlanständigkeit enden. Vom Vater enterbt, heiratet sie meinen Helden, und sie leben in einer traulichen kleinen Villa außerhalb Croydons, wo er sich als Häusermakler niedergelassen hat. Er schafft es also am Ende doch nicht, ein wirklicher Gentleman zu werden. Das ist der interessante Teil des Ganzen. Haben Sie den Eindruck, daß dies die Art von Buch ist, das Sie gern lesen würden?« erkundigte er sich; »oder vielleicht gefällt Ihnen ja meine Stuart-Tragödie besser«, fuhr er fort, ohne ihre Antwort abzuwarten. »Ich gehe dabei von der Vorstellung aus, daß in der Vergangenheit eine eigentümliche Schönheit liegt, die der Verfasser historischer Romane gewöhnlich durch seine lachhaften Konventionen völlig ruiniert. Der Mond wird zum Gebieter über das Himmelszelt. Die Menschen versetzen ihren Pferden die Sporen und so weiter. Ich will die Menschen so behandeln, als wären sie genau wie wir. Der Vorteil ist dabei, daß man sie, losgelöst von den modernen Lebensumständen, prägnanter und abstrakter gestalten kann als Menschen, die so leben wie wir.«

Rachel hatte sich das alles aufmerksam, doch mit einer gewissen Verwirrung angehört. Beide saßen nun und hingen ihren Gedanken nach.

»Ich bin nicht wie Hirst«, sagte Hewet nach einer Weile; er sprach in nachdenklichem Tonfall. »Ich sehe keine Kreidekreise zwischen den Füßen der Menschen. Manchmal wünschte ich mir, ich täte es. Es kommt mir alles so ungeheuer kompliziert und verworren vor. Man kann zu keinerlei Entscheidung gelangen; man ist immer weniger imstande, Urteile zu fällen. Geht Ihnen das auch so? Und dann weiß man nie, was jemand empfindet. Wir tappen alle im Dunkeln. Wir versuchen zwar, uns zurechtzufinden, doch gibt es etwas Lächerlicheres als die Meinung eines Menschen über einen anderen Menschen? Man meint, man wisse Bescheid; doch man weiß in Wirklichkeit nicht Bescheid.«

Bei diesen Worten lag er auf den Ellbogen gestützt und schob die Steine im Gras hin und her, die Rachel und ihre Tanten beim Mittagessen vorgestellt hatten. Er sprach nicht weniger zu sich selbst als zu Rachel. Er lag mit seinem Verlangen im Streite, sie in die Arme zu nehmen, das sich wieder heftig zu regen begonnen hatte; Schluß zu machen mit all den Umschweifen; klipp und klar zu sagen, was er empfand. Was er sagte, widersprach seiner Überzeugung; alles, was an ihr wichtig war, wußte er; er ahnte es, es lag in der Luft; doch er sagte nichts; er fuhr fort, die Steine hin- und herzuschieben.

»Ich mag Sie – mögen Sie mich auch?« sagte Rachel auf einmal.

»Ich mag Sie ungeheuer«, antwortete Hewet mit der Erleichterung eines Menschen, der unvermutet Gelegenheit erhält, das zu sagen, was er sagen möchte. Er hörte auf, die Steine hin- und herzuschieben.

»Könnten wir nicht Rachel und Terence zueinander sagen?« fragte er.

»Terence«, wiederholte Rachel. »Terence – das ist wie der Schrei einer Eule.«

Sie blickte in einem plötzlichen Anfall von Entzücken auf, und während sie Terence aus vor Freude geweiteten Augen ansah, fiel ihr die Veränderung auf, die sich mit dem Himmel hinter ihnen vollzogen hatte. Der durch und durch blaue Tag war zu einem blasseren und ätherischeren Blau verblichen; die Wolken waren rosig, weit entfernt und dichtgedrängt; und der Abendfriede hatte die Hitze des südlichen Nachmittags abgelöst, in der sie ihren Spaziergang begonnen hatten.

»Es muß schon spät sein!« rief sie.

Es war fast acht Uhr.

»Aber hier bedeutet acht Uhr doch nichts, hm?« fragte Terence, während sie aufstanden und sich wieder landeinwärts wandten. Sie begannen, ziemlich rasch auf einem kleinen Pfad zwischen Olivenbäumen den Hügel hinabzugehen.

Sie fühlten sich einander näher, weil sie das Wissen teilten, was acht Uhr in Richmond bedeutete. Terence ging voran, da der Pfad zu schmal war, als daß sie hätten nebeneinander hergehen können.

»Was ich tun möchte, wenn ich Romane schreibe, kommt dem vermutlich sehr nah, was Sie tun, wenn Sie Klavier spielen«, begann er und wandte den Kopf über die Schulter, während er sprach. »Wir möchten herausfinden, was hinter den Dingen liegt, nicht wahr? – Sehen Sie da unten die Lichter«, fuhr er fort, »wie verstreut sie sind. Die Dinge fühle ich wie einzelne Lichter auf mich zukommen... Ich möchte sie in Verbindung setzen... Haben Sie je die Figuren gesehen, die beim Feuerwerk entstehen können?... Ich möchte Figuren entstehen lassen... Ist es das, was Ihnen vorschwebt?«

Jetzt hatten sie die Straße erreicht und konnten nebeneinander hergehen.

»Wenn ich Klavier spiele? Musik ist anders... Doch ich verstehe, was Sie meinen.« Sie versuchten, Theorien zu erfinden und ihre Theorien in Übereinstimmung zu bringen. Da Hewet sich mit Musik nicht auskannte, nahm Rachel seinen Spazierstock und zog damit Figuren in den dünnen weißen Staub, um zu erklären, wie Bach seine Fugen schrieb.

»Mein musikalisches Talent«, erklärte er, als sie nach einer dieser Unterweisungen ihren Weg fortsetzten, »ist von dem Dorforganisten daheim ruiniert worden, der ein Notensystem erfunden hatte, das er mir beizubringen versuchte, mit dem Erfolg, daß ich niemals dahin gelangte, überhaupt eine Melodie zu spielen. Meine Mutter war der Ansicht, Musik sei für Jungen nicht männlich genug; sie wollte, daß ich Ratten und Vögel tötete – das ist das Schlimmste am Leben auf dem Land. Wir leben in Devonshire. Es ist die hübscheste Gegend von der Welt. Nur – es ist immer schwierig daheim, wenn man erwachsen ist. Ich würde Sie gern mit einer meiner Schwestern bekannt machen... Oh, da sind wir ja an Ihrem Tor –« Er stieß es auf. Sie schwiegen einen Augenblick. Sie konnte ihn nicht hineinbitten. Sie konnte nicht sagen, sie hoffe, sie würden einander wiedersehen; es gab nichts zu sagen, und so ging sie ohne ein Wort durch das Tor und war alsbald nicht mehr zu sehen. Sobald sie Hewets Blick entschwunden war, spürte er, wie das alte Unbehagen wiederkehrte, diesmal sogar noch stärker als zuvor. Ihr Gespräch war mittendrin unterbrochen worden, gerade als er die Dinge zu sagen begann, die er sagen wollte. Was hatten sie denn letztlich sagen können? Er vergegenwärtigte sich die Dinge, die sie gesagt hatten, aus der Luft gegriffene, unnütze Dinge, die sich unaufhörlich um sich selbst gedreht und die ganze Zeit aufgezehrt und sie so sehr zueinander gedrängt und dann wieder so weit auseinander geschleudert und ihn am Ende unbefriedigt gelassen hatten, weil er immer noch nicht wußte, was sie empfand, und wie sie war. Was hatte das für einen Sinn zu reden, immer bloß zu reden?

17. Kapitel

Die Saison hatte jetzt ihren Höhepunkt erreicht, und jedes Schiff, das von England kam, setzte ein paar Menschen an der Küste von Santa Marina ab, die zum Hotel hinauffuhren. Die Tatsache, daß die Ambroses ein Haus hatten, wohin man sich aus der leicht unmenschlichen Atmosphäre eines Hotels vorübergehend flüchten konnte, war eine Quelle echten Vergnügens nicht nur für Hirst und Hewet, sondern auch für die Elliots, die Thornburys, die Flushings, Miss Allan, Evelyn M. und darüber hinaus noch andere Leute, deren Identität freilich so blaß geblieben war, daß die Ambroses nicht einmal auf den Gedanken kamen, daß sie Namen besaßen. Nach und nach entstand eine ständige Verbindung zwischen den beiden Häusern, dem großen und dem kleinen, so daß man fast zu jeder Tageszeit erraten konnte, was im anderen Haus gerade vorging, und die Worte »die Villa« und »das Hotel« die Vorstellung von zwei getrennten Lebensordnungen weckten. Es gab Anzeichen dafür, daß sich aus Bekanntschaften Freundschaften entwickelten, denn jene eine Verbindung zu Mrs Parrys Salon hatte sich unweigerlich in viele andere Verbindungen verzweigt, die an unterschiedliche Teile Englands geknüpft waren, und zuweilen schienen diese Bündnisse im zynischen Bewußtsein ihrer Zerbrechlichkeit geschlossen zu werden, dann wieder waren sie von schmerzhaft übersteigerter Intensität, da ihnen nun einmal der stützende Rahmen des organisierten englischen Lebens fehlte. Eines Nachts, als der Mond rund zwischen den Bäumen stand, erzählte Evelyn M. Helen ihre Lebensgeschichte und erhob Anspruch auf deren lebenslängliche Freundschaft; bei einer anderen Gelegenheit verließ die arme Mrs Elliot bloß wegen eines Seufzers oder eines Verstummens oder eines gedankenlos fallengelassenen Wortes halb in Tränen aufgelöst die Villa und schwor, daß sie diese kalte, hochmütige Frau, die sie beleidigt hatte, niemals mehr wiedersehen wolle, und wahrhaftig, so kam es denn auch. Es schien der Mühe nicht wert, eine so flüchtige Freundschaft zu kitten.

Hewet hätte tatsächlich zu diesem Zeitpunkt oben in der Villa hervorragenden Stoff für ein paar Kapitel seines Romans finden können, der »Das Schweigen oder Die ungesagten Dinge« heißen sollte. Helen und Rachel waren sehr schweigsam geworden. Nachdem sie, wie sie meinte, ein Geheimnis entdeckt hatte und zu dem Schluß gelangt war, daß Rachel es für sich behalten wollte, respektierte Mrs Ambrose es gewissenhaft, doch erwuchs aus dieser Angelegenheit, wenn auch unbeabsichtigterweise, zwischen ihnen ein eigenartiges Klima der Zurückhaltung. Statt über alle erdenklichen Gegenstände ihre Meinungen auszutauschen und ihren Einfällen nachzugeben, wo immer sie auch hinführen mochten, ergingen sie sich hauptsächlich in Kommentaren über die Leute, die sie sahen, und das Geheimnis, das zwischen ihnen stand, machte sich selbst noch in dem bemerkbar, was sie über die Thornburys und Elliots sagten. Stets gelassen und in ihren Urteilen von Gefühlen unbeeinflußt, wie sie war, neigte Mrs Ambrose mittlerweile doch entschieden zum Pessimismus. Dabei war sie gar nicht einmal so streng in ihrer Beurteilung des Einzelnen, es fehlte ihr vielmehr der Glaube an ein gütiges Schicksal, an die Gerechtigkeit dessen, was auf längere Sicht geschieht, und sie neigte mehr und mehr zu der Überzeugung, daß das, was die Menschen bekamen, in umgekehrt proportionalem Verhältnis zu ihren Verdiensten stand. Ja, sie war bereit, selbst diese Theorie zugunsten einer noch pessimistischeren aufzugeben, die den Triumph des Chaos vorsah, das heißt, auf der Annahme beruhte, daß die Dinge überhaupt ohne jeden Grund geschahen und ein jeder nur in Verblendung und Unwissenheit umhertappte. Mit einem gewissen Vergnügen entwikkelte sie diese Ansichten ihrer Nichte gegenüber, indem sie einen Brief von daheim als Lehrbeispiel heranzog: er enthielt zwar gute Nachrichten, hätte aber ebensogut schlechte enthalten könne. Wie sollte sie wissen, ob ihre beiden Kinder nicht eben in diesem Augenblick, von Omnibussen überfahren, tot auf der Straße lagen? »Das passiert anderen ja auch – warum soll es mir nicht passieren?« argumentierte sie, und ihr Gesicht nahm in vorweggenommenem Gram einen stoischen Ausdruck an. So aufrichtig diese Ansichten gewesen sein mögen, sie wurden doch zweifellos durch die unberechenbare Gemütsverfassung ihrer Nichte hervorgelockt. Sie war derart schwankend und schlug so rasch von Freude in Verzweiflung um, daß es notwendig schien, diesem Zustand mit einer festen Meinung entgegenzuwirken, die dann natürlicherweise nicht nur fest, sondern auch düster geriet. Vielleicht hegte Mrs Ambrose ja die Vorstellung, indem sie das Gespräch in solche Bahnen lenkte, herausfinden zu können, was in Rachel vorging, doch war das schwer zu beurteilen, denn bisweilen stimmte sie noch der düstersten Ansicht zu, die sie zu hören bekam, ein andermal weigerte sie sich zuzuhören und nahm Helens Theorien durch Lachen, Schwatzen und hemmungslosen Spott den Wind aus den Segeln, wenn sie auf das »Rabenkrächzen im Sumpf«, wie sie es nannte, nicht gar mit heftigen Wutausbrüchen reagierte.

»Es ist auch so schon hart genug«, versicherte sie.

»Was ist hart?« wollte Helen wissen.

»Das Leben«, antwortete sie, und dann verstummten sie beide.

Helen mochte zwar ihre Schlüsse daraus ziehen, weshalb das Leben hart war oder weshalb es vielleicht eine Stunde später etwas so Herrliches und Abwechslungsreiches war, daß die Augen einer Rachel, der das gerade klar wurde, sich auf ihr Gegenüber durchaus ermunternd auswirkten. Getreu ihren Grundsätzen versuchte sie jedoch nicht, sich einzumischen, obwohl es oft genug einen jener schwachen Momente der Niedergeschlagenheit gab, wo ein weniger charakterfester Mensch mühelos einen Vorstoß hätte machen und alles herausbekommen können, und vielleicht bedauerte Rachel ja, daß sie das nicht vorzog. All diese Stimmungen hatten, insgesamt gesehen, einen Effekt, den Helen mit dem Dahinfließen eines Flusses verglich, der schneller und schneller und immer schneller wird, während er auf den Wasserfall zustürzt. Instinktiv drängte es sie: Halt! zu schreien, doch selbst wenn es irgend etwas genützt hätte, Halt! zu schreien, sie hätte sich doch beherrscht, weil sie es nun einmal für das beste hielt, daß die Dinge ihren Lauf nahmen, das Wasser dahinstürzte, weil die Erde eben so beschaffen war, daß es dahinstürzen sollte.

Es sah so aus, als argwöhnte Rachel gar nicht, daß sie beobachtet wurde oder daß irgend etwas an ihrem Verhalten womöglich Aufmerksamkeit erregte. Was ihr widerfahren war, wußte sie nicht. Ihre

Gemütsverfassung war jenem reißenden Wasser, mit dem Helen sie verglich, sehr ähnlich. Sie wollte Terence sehen; sie verspürte unablässig den Wunsch, ihn zu sehen, wenn er nicht da war; es war eine Qual, wenn sie ihn nicht zu Gesicht bekam; ihr ganzer Tag war von Qualen durchwirkt, die sie um seinetwillen litt, doch sie fragte sich niemals, woher diese treibende Kraft in ihrem Leben denn rührte. Sie dachte nicht mehr daran, wohin das führen mochte, als ein Baum, den ohne Ende der Wind beugt, sich fragt, wohin das führen mag, daß der Wind ihn beugt.

Während der zwei, drei Wochen, die seit ihrem Spaziergang vergangen waren, hatten sich in ihrer Schublade ein halbes Dutzend Briefchen von ihm angesammelt. Sie las sie und verbrachte dann jedesmal den ganzen Vormittag in einem Glückstaumel; und das sonnige Land draußen vor dem Fenster war nicht weniger imstande, seine Farbe und seine Hitze zu analysieren, als sie die ihre zu analysieren imstande war. In diesen Stimmungen war es ihr unmöglich, zu lesen oder Klavier zu spielen, ja, sie mochte sich nicht einmal vom Fleck rühren. Die Zeit verging, ohne daß sie es merkte. Wenn es dunkel war, fühlte sie sich durch die Lichter des Hotels zum Fenster hingezogen. Ein Licht, das an- und ausging, war das Licht in Terences Fenster: da saß er, las vielleicht, oder jetzt ging er gerade auf und ab und nahm ein Buch nach dem anderen in die Hand; und nun saß er wieder in seinem Sessel, und sie versuchte, sich vorzustellen, woran er wohl dachte. Die stetig brennenden Lichter kennzeichneten die Räume, in denen Terence inmitten der anderen Menschen saß, die sich darin aufhielten. Jeder, der im Hotel wohnte, war von einer nur ihm eigenen Romanze und einem ebensolchen Interesse umgeben. Das waren keine gewöhnlichen Menschen. Mrs Elliot etwa schrieb sie Weisheit zu, Susan Warrington Schönheit, Evelyn M. strahlende Vitalität, weil Terence mit ihnen sprach. Ebenso unreflektiert und nüchterner Einsicht abgeneigt war sie, wenn ihre Stimmung sich in Niedergeschlagenheit verkehrte. Ihr Inneres war wie die Landschaft draußen, wenn sie von Wolken verdunkelt war und Wind und Hagel sie unnachsichtig peitschten. Dann saß sie wieder passiv im Sessel und überließ sich ihrem Schmerz, und Helens phantastisch anmutende oder düstere Worte wirkten auf sie wie Pfeile, die sie in ein einziges

Aufbegehren gegen die Unerbittlichkeit des Daseins trieben. Am wohlsten war ihr noch zumute, wenn dieser seelische Druck aus unerfindlichen Gründen nachließ und das Leben seinen Gang ging wie gewöhnlich, nur daß alle Ereignisse von einer Farbigkeit und Freudigkeit waren, die es früher nicht gegeben hatte; sie hatten dieselbe Bedeutsamkeit gewonnen, die sie in dem Baum erblickt hatte: die Nächte waren schwarze Gitterstäbe, die sie von den Tagen trennten; sie hätte gern gehabt, daß alle Tage sich zu einem nimmer endenden Gefühlserlebnis verlängerten. Obwohl all diese Stimmungen unmittelbar oder mittelbar durch Terences Gegenwart oder den Gedanken an ihn verursacht wurden, sagte sie sich niemals, daß sie in ihn verliebt sei, oder machte sich Gedanken darüber, was wohl geschehen würde, wenn sie weiterhin solche Empfindungen hegte, so daß Helens Bild von dem Fluß, den es auf den Wasserfall zutreibt, große Ähnlichkeit mit den Tatsachen hatte, und die Alarmstimmung, in die sie sich zuweilen versetzt fühlte, gerechtfertigt war.

In diesem seltsamen Zustand, der von unanalysierten Empfindungen beherrscht war, war sie außerstande, irgendeinen Vorsatz zu fassen, der eine Auswirkung auf ihre Gemütsverfassung hätte haben können. Sie überließ sich auf Gedeih und Verderb dem Zufall, so daß sie Terence an einem Tag nicht zu Gesicht bekam, wohl aber am nächsten, und sie beim Empfang seiner Briefe jedesmal wieder Überraschung durchzuckte. Eine Frau, die bereits Erfahrungen mit dem Ablauf des Liebeswerbens gemacht hatte, wäre aufgrund all dessen bereits zu bestimmten Ansichten gelangt, die ihr wenigstens eine Theorie an die Hand gegeben hätten; doch noch nie war jemand in Rachel verliebt gewesen, und auch sie war nie in jemanden verliebt gewesen. Außerdem legte keins der Bücher, die sie las, von *Wuthering Heights* bis zu *Man and Superman* und den Stücken Ibsens, so wie das Liebesproblem dort dargestellt war, den Schluß nahe, daß ihre Heldinnen dasselbe empfanden, was sie jetzt gerade empfand. Sie hatte den Eindruck, daß ihre Empfindungen keinen Namen hatten.

Sie sah Terence häufig. Wenn sie sich nicht sahen, schickte er wohl ein paar Zeilen mit einem Buch oder über ein Buch, denn er hatte schließlich doch nicht auf diese Möglichkeit eines vertraulichen Umgangs verzichten mögen. Manchmal jedoch kam er und schrieb er gleich mehrere Tage nicht. Ihre Begegnungen selbst wiederum konnten entweder von beseligender Freude oder von marternder Verzweiflung erfüllt sein. Über all ihren Trennungen hing jenes Gefühl, unterbrochen worden zu sein, das beide unbefriedigt ließ, wenn auch der eine vom anderen nicht wußte, daß er dieselbe Empfindung teilte.

Wenn Rachel sich mit ihren eigenen Gefühlen nicht auskannte, mit seinen kannte sie sich schon gar nicht aus. Zunächst stellte sie ihn hin wie einen Gott; als sie ihn dann besser kennenlernte, war er zwar immer noch die Quelle allen Lichts, doch ging diese Herrlichkeit mit der wunderbaren Gabe einher, sie kühn und selbstgewiß zu machen. Sie gewahrte Gefühlsregungen und Kräfte, die sie nie in sich vermutet hätte, und eine Vielschichtigkeit der Welt, die ihr bis dahin unbekannt gewesen war. Wenn sie an ihre Beziehung dachte, dann gebrauchte sie dabei weniger ihren Kopf, sondern vergegenwärtigte sich das, was Terence empfand, durch ein Bild von ihm: quer durch den Raum zog es dies Bild zu ihr hin, bis er an ihrer Seite war. Dies Durchqueren des Zimmers gipfelte in einer physischen Regung, deren Bedeutung sie sich nicht erklären konnte.

So schritt die Zeit voran und gab sich dabei oberflächlich ein ruhiges, freundliches Ansehen. Briefe aus England kamen, Briefe von Willoughby kamen, und die Tage erschöpften sich in ihren kleinen Ereignissen, die dem Jahr Gestalt verliehen. Oberflächlich gesehen, wurden drei Oden Pindars emendiert, bewältigte Helen etwa fünf Zoll ihrer Stickarbeit, und St. John vollendete die ersten beiden Akte eines Stückes. Da er und Rachel mittlerweile die besten Freunde waren, las er sie ihr vor, und sie war so aufrichtig beeindruckt von der Kunstfertigkeit seiner Rhythmen und der Vielfalt seiner Adjektive wie auch durch die Tatsache, daß er Terences Freund war, daß er sich zu fragen begann, ob er nicht eher für die Literatur geschaffen war als für die Jurisprudenz. Es war eine Zeit tiefen Nachdenkens und plötzlicher Offenbarungen für mehr als ein Paar und etliche Einzelne.

Ein Sonntag kam, den mit Ausnahme Rachels und des spanischen Dienstmädchens niemand in der Villa zur Kenntnis zu nehmen beabsichtigte. Rachel ging immer noch zur Kirche, weil sie sich, so Helen, niemals die Mühe gemacht hatte, darüber nachzudenken. Da sie den Gottesdienst im Hotel abhielten, ging sie dorthin, in der Erwartung, daß sie beim Durchqueren des Gartens und der Hotelhalle irgend etwas Erfreuliches erleben würde, obwohl es sehr zweifelhaft war, ob sie Terence treffen, das heißt, Gelegenheit finden würde, mit ihm zu sprechen.

Da die Mehrzahl der Hotelgäste Engländer waren, war der Unterschied zwischen Mittwoch und Sonntag dort fast so groß wie in England, und der Sonntag erschien hier wie dort als das stumme schwarze Gespenst oder der bußfertige Geist des geschäftigen Wochentages. Die Engländer konnten zwar den Sonnenschein nicht blasser werden lassen, doch konnten sie auf irgendeine wundersame Weise die Stunden verlangsamen, die Ereignisse des Tages trübsinnig erscheinen lassen, die Mahlzeiten dehnen und bewirken, daß selbst noch die Hausdiener und Pagen etwas von schicklicher Langeweile ausströmten. Daß alle in ihren besten Kleidern steckten, trug das Seine zu diesem allgemeinen Effekt bei; man hatte den Eindruck, daß sich keine Dame hinsetzen konnte, ohne einen reinen, gestärkten Unterrock zu knicken, und kein Herr atmen konnte, ohne daß plötzlich die steife Hemdbrust knisterte.

Als der Zeiger der Standuhr auf die Elf zurückte, machten alle möglichen Leute an dem genannten Sonntag, Büchlein mit rotem Seitenschnitt umklammernd, Anstalten, sich in der Halle zusammenzuscharen. Die Uhr zeigte an, daß nur noch wenige Minuten bis zur vollen Stunde fehlten, als eine kräftige schwarzgekleidete Gestalt mit zerstreuter Miene die Halle durchschritt, so als wollte sie die Begrüßungsgesten lieber nicht sehen, wiewohl sie ihm nicht entgingen, und den Flur hinab entschwand, der von der Halle abging.

»Mr Bax«, flüsterte Mrs Thornbury.

Die kleine Gruppe von Menschen begann sich nun in dieselbe Richtung zu bewegen wie zuvor die kräftige schwarzgekleidete Gestalt. Da sie dabei auf sonderbare Weise von Menschen angeschaut wurden, die keine Anstalten machten, sich ihnen anzuschließen, bewegten sie sich mit einer Ausnahme alle langsam und erhobenen Hauptes auf die Treppe zu. Die Ausnahme war Mrs Flushing. Sie kam die Treppe heruntergerannt, durcheilte die Halle, stieß völlig außer Atem zu der Prozession und erkundigte sich bei Mrs Thornbury aufgeregt flüsternd: »Wo, wo?«

»Wir gehen alle hin«, sagte Mrs Thornbury freundlich, und schon stiegen sie paarweise die Treppe hinab. Rachel war mit unter den ersten, die hinabstiegen. Sie sah nicht, daß Terence und Hirst ganz am Ende der Prozession mit hereinkamen und kein schwarzes Buch dabeihatten, sondern ein dünnes Buch in hellblauem Leineneinband, das St. John unter dem Arm trug.

Die Kapelle war die alte Kapelle der Mönche. Es war ein tiefgelegener, kühler Raum, wo sie über Hunderte von Jahren die Messe gelesen, im kalten Mondlicht gebüßt und die alten braunen Bilder und geschnitzten Heiligen angebetet hatten, die mit den erhobenen Händen der segnenden Gebärde in den Nischen der Wände standen. Der Übergang vom katholischen zum protestantischen Gottesdienst hatte sich so vollzogen, daß die Kapelle eine Zeitlang nicht zur Abhaltung von Gottesdiensten genutzt worden war und statt dessen zur Aufbewahrung von Ölvorräten, Alkohol und Liegestühlen gedient hatte; als das Hotel florierte, hatte irgendeine religiöse Vereinigung sich ihrer angenommen, und nun war sie mit einer ganzen Reihe lackierter gelber Bänke und weinrot bezogener Betschemel ausgestattet; sie hatte eine kleine Kanzel aufzuweisen, einen Messingadler mit der Bibel auf dem Rücken, während der Frömmigkeit verschiedener Frauen häßliche Teppichvierecke und lange Streifen Stickerei mit schwergewirkten goldenen Monogrammen zu verdanken waren.

Als die Gemeinde die Kapelle betrat, kamen ihnen milde, liebliche Akkorde von einem Harmonium entgegen, die Miss Willett, hinter einem Boivorhang verborgen, mit unsicheren Fingern zwar, aber dennoch eindrucksvoll anschlug. Der Klang breitete sich in der ganzen Kapelle aus wie die Ringe an der Wasseroberfläche dort, wo ein Stein hineingefallen ist. Die zwanzig oder fünfundzwanzig Menschen, aus denen sich die Gemeinde zusammensetzte, senkten zunächst das Haupt und setzten sich dann auf und schauten sich um. Es war sehr still, und das Licht hier unten schien bleicher als das Licht oben. Auf das übliche Nicken und Lächeln verzichtete man, doch sie erkannten einander. Das Vaterunser wurde über ihnen gesprochen. Als das kindliche Stimmengeplapper einsetzte, fühlten die Teilnehmer, von denen manche einander bisher nur auf der Treppe begegnet waren, sich einander auf erhebende Weise verbunden und gewogen. Als wäre das Gebet eine Fackel, die Brennstoff lieferte, schien sich automatisch ein Rauch zu erheben und die Stätte mit den Gespenstern ungezählter Gottesdienste an den ungezählten Sonntagmorgen daheim zu füllen. Insbesondere in Susan Warrington regten sich die süßesten Empfindungen schwesterlicher Verbundenheit, als sie ihr Gesicht mit den Händen bedeckte und zwischen den Fingern Ausschnitte gebeugter Rücken erblickte. Ruhig und stetig begann das Gefühl des Einklangs mit dem Leben und mit sich selbst sie zu durchströmen. Es war alles so still und so gut. Doch nachdem er diese friedliche Stimmung geschaffen hatte, wandte Mr Bax plötzlich die Seite um und las einen Psalm. Obgleich sein Tonfall sich nicht veränderte, wandelte die Atmosphäre sich mit einem Schlage.

»Gott, sei mir gnädig«, las er, »denn Menschen schnauben wider mich; täglich streiten sie und ängstigen mich . . . Täglich fechten sie meine Worte an; all ihre Gedanken sind, daß sie mir übel tun. Sie halten zuhauf und lauern und haben acht auf meine Fersen . . . Gott, zerbrich ihre Zähne in ihrem Maul; zerstoße, Herr, das Gebiß der jungen Löwen! Sie werden zergehen wie Wasser, das dahinfließt. Sie zielen mit ihren Pfeilen; aber dieselben zerbrechen.«[8]

In Susans Erfahrung gab es nichts, das dem entsprochen hätte, und da sie keinen Sinn für die Sprache als solche hatte, hörte sie bei solchen Stellen schon seit langem nicht mehr richtig zu, wenn sie ihnen auch mit derselben Art von mechanischem Respekt begegnete, mit der sie oftmals zugehört hatte, wenn eine der Tiraden Lears vorgelesen worden war. Ihr Gemüt war immer noch heiter und in Wahrheit mit dem Lob ihres eigenen Wesens und dem Lob Gottes, das heißt, dem ebenso feierlichen wie erhebenden Gefühl des Einverständnisses mit der Weltordnung beschäftigt.

Ein flüchtiger Blick auf ihre Gesichter sagte einem jedoch, daß die Mehrzahl der anderen, insbesondere die Männer, den plötzlichen Einbruch dieses alten Wilden als unpassend empfanden. Ihr Ausdruck war weltlicher und kritischer, als sie den Ausfällen des alten schwarzen Mannes lauschten, der, mit einem Lendentuch bekleidet, unter heftigen Gebärden an einem Lagerfeuer in der Wüste Verwünschungen ausstieß. Danach war ein allgemeines Umblättern zu hören, als säßen sie in einem Klassenzimmer, und dann lasen sie ein Stückchen aus dem Alten Testament darüber, wie man einen Brunnen anlegt, ganz ähnlich Schuljungen, die eine leichte Stelle aus der Anabasis übersetzen, wenn sie ihre französische Grammatik zugeklappt haben. Dann kehrten sie zum Neuen Testament und der ebenso traurigen wie schönen Christusfigur zurück. Während Christus sprach, unternahmen sie einen weiteren Versuch, seine Deutung des menschlichen Daseins auf ihr jeweiliges Leben anzuwenden, doch da sie sehr verschieden voneinander waren, manche praktisch, manche ehrgeizig, manche dumm, manche verrückt und experimentierfreudig, manche verliebt und andere, von einem Gefühl des Wohlbehagens abgesehen, seit langem jenseits jeglicher Empfindung, stellten sie sehr unterschiedliche Dinge mit den Worten Christi an.

Ihren Gesichtern nach zu schließen, unternahmen sie größtenteils jedoch überhaupt keine Anstrengung und akzeptierten, sozusagen in Ruhestellung, die mit den Worten verbundenen Vorstellungen als Ausdruck des Guten, nicht anders als jene emsigen Nadelarbeiterinnen farbenfrohe häßliche Muster auf ihrem Läufer zweifellos als Ausdruck von Schönheit akzeptiert hatten.

Was immer der Grund dafür sein mochte, zum erstenmal im Leben verfolgte Rachel, statt sofort in eine seltsam angenehme Wolke der Empfindungen einzutauchen, die zu vertraut war, um zu irgendwelchen Betrachtungen anzuregen, mit kritischer Aufmerksamkeit, was gesagt wurde. Nachdem sie den unebenen Pfad vom Gebet zum Psalm, vom Psalm zum Gleichnis, vom Gleichnis zur Dichtung zurückgelegt hatten, befand sie sich nun, als Mr Bax seine Predigt hielt, im Zustand akuten Unbehagens. Es war dasselbe Unbehagen, das sie verspürte, wenn sie genötigt war, sich von Anfang bis Ende ein dürftiges und dazu schlecht gespieltes Musikstück anzuhören. Wie sie Qualen litt und wütend war, wenn ein unsensibler Dirigent unbeholfen die falschen Stellen akzentuierte, und sich über die Herde der Zuhörer ärgerte, die, bar jeder Kenntnis oder Anteilnahme, brav ihre Zustimmung kundtaten und Beifall spendeten, so litt sie auch jetzt Qualen und war wütend, nur daß hier, wo alles mit halbgeschlossenen Augen und geschürzten Lippen dasaß, die erzwungene

Feierlichkeit der Atmosphäre ihre Wut noch vermehrte. Sie war von Menschen umgeben, die alle etwas zu empfinden vorgaben, was sie nicht empfanden, während irgendwo über ihr die Idee schwebte, die keiner von ihnen zu begreifen vermochte, die sie jedoch zu begreifen vorgaben und die ihnen immer wieder entschlüpfte, eine schöne Idee, eine Idee wie ein Schmetterling. Eine um die andere traten ihr weitläufig und streng und kalt die Kirchen der ganzen Welt vor Augen, in denen dies Gestümper und diese Verständnislosigkeit gang und gäbe waren, prächtige Gebäude voll von ungezählten Männern und Frauen, die nicht klar zu erkennen vermochten und die Bemühung darum schließlich aufgaben und wieder brav zu Lob und Zustimmung zurückkehrten, indem sie halb die Augen schlossen und die Lippen schürzten. Dieser Gedanke löste dieselbe Art von körperlichem Unbehagen aus wie ein Nebelschleier, der sich ständig zwischen Auge und Gedrucktes schiebt. Sie tat ihr Bestes, um den Schleier beiseite zu schieben und sich irgend etwas Anbetungswürdiges einfallen zu lassen, während der Gottesdienst weiterging, doch es gelang ihr nicht, da die Stimme von Mr Bax sie ständig in die falsche Richtung lenkte, da er Dinge sagte, die eine falsche Vorstellung von der Idee erweckten, und um sie herum nach dem vorgegebenen Muster immer wieder ausdruckslos blökende menschliche Stimmen laut wurden und verstummten, wie feuchte Blätter zu Boden fallen. Die Bemühung war ermüdend und entmutigend. Sie hörte nicht mehr zu und betrachtete eine Frau neben ihr, eine Krankenschwester, deren Ausdruck andächtiger Aufmerksamkeit zu bezeugen schien, daß sie jedenfalls auf ihre Kosten kam. Als sie sie sich jedoch gründlicher anschaute, erkannte sie, daß die Krankenschwester bloß sklavisch ergeben war und der Ausdruck der Befriedigung nicht von irgendeiner herrlichen inneren Vision Gottes stammte. Wie sollte sie sich allerdings auch irgend etwas vorstellen können, das weit außerhalb ihrer Erfahrung lag, eine Frau mit einem so nichtssagenden Gesicht, einem kleinen runden Gesicht, in das triviale Pflichten und triviale Bosheiten Linien gezogen hatten, dessen schwache blaue Augen ohne Kraft oder Eigenart blickten, dessen Züge verwischt, unsensibel und gefühllos wirkten? Sie betete gerade selbstgefällig irgend etwas Seichtes an, an das sie sich, das bezeugte der störrische Ausdruck ihres

Mundes, mit der Unbeirrbarkeit einer Napfschnecke klammerte; nichts und niemand würde ihr ihren spröden Glauben an die eigene Tugendhaftigkeit und die Tugenden ihrer Religion abspenstig machen können. Sie war eine Napfschnecke, deren empfindliche Seite an einem Felsen klebte, und alle Frische, alle Schönheit würden auf alle Zeiten an ihrer Fühllosigkeit vorüberrauschen. Das Gesicht dieser Gläubigen prägte sich Rachels Gemüt mit der Intensität des Grauenhaften ein, und ihr ging plötzlich auf, was Helen meinte und was St. John meinte, wenn sie ihren Haß auf die christliche Religion kundtaten. Mit dem Ungestüm, das mittlerweile all ihren Empfindungen eigen war, verwarf sie alles, an das sie blind geglaubt hatte.

Unterdessen hatte Mr Bax die Hälfte der zweiten Lesung absolviert. Sie schaute ihn an. Er war ein weltgewandter Mann mit sensiblem Mund und von angenehmem Auftreten, er war durchaus ein Mann von großer Güte und Schlichtheit, wenn auch beileibe nicht gescheit, doch sie war nicht in der Stimmung, derlei Eigenschaften zu würdigen, und musterte ihn, als sei er der Inbegriff sämtlicher Laster seines Amtes.

Ganz hinten in der Kapelle saßen Mrs Flushing, Hirst und Hewet in ganz unterschiedlichen Gemütsverfassungen in einer Reihe. Hewet starrte mit weggestreckten Beinen an die Decke, denn da er nie versucht hatte, den Gottesdienst mit irgendeinem eigenen Gefühl oder irgendeiner eigenen Vorstellung in Einklang zu bringen, war er imstande, ungehindert die Schönheit der Sprache zu genießen. Zunächst war er mit zufälligen Dingen beschäftigt, etwa dem Haar der Frauen vor ihm, dem Licht auf den Gesichtern, dann mit den Worten, die ihm prächtig erschienen, und dann eher vage mit dem Charakter der anderen Gottesdienstteilnehmer. Als er jedoch plötzlich Rachel wahrnahm, waren all diese Gedanken wie weggeblasen, und er dachte nur noch an sie. Die Psalmen, die Gebete, die Litanei und die Predigt reduzierten sich sämtlich auf einen leiernden Ton, der hin und wieder stockte und dann, ein wenig höher oder tiefer, von neuem einsetzte. Er starrte abwechselnd Rachel und die Decke an, doch sein Ausdruck rührte nicht von dem her, was er sah, sondern von etwas, das sein Gemüt beschäftigte. Er empfand fast die gleiche quälende Unruhe bei seinen Gedanken wie sie.

Gleich zu Anfang des Gottesdienstes hatte Mrs Flushing entdeckt, daß sie eine Bibel statt des Gebetbuchs gegriffen hatte, und da sie neben Hirst saß, warf sie ihm einen verstohlenen Blick über die Schulter zu. Er las ohne Unterlaß in dem schmalen blaßblauen Bändchen. Da sie nicht sehen konnte, worum es sich handelte, reckte sie sich weiter vor, woraufhin Hirst ihr höflich das Buch vor die Augen hielt und dabei zunächst auf die erste Zeile eines griechischen Gedichtes tippte und dann auf die Übersetzung auf der anderen Seite.

»Was ist das?« wisperte sie dringlich.

»Sappho«, antwortete er. »Die, die Swinburne gemacht hat – das Beste, das je geschrieben worden ist.«

Mrs Flushing konnte sich eine derartige Gelegenheit nicht entgehen lassen. Sie verschlang die Ode an Aphrodite während der Litanei, unterließ es gerade noch zu fragen, wann Sappho gelebt und was sie sonst noch Lesenswertes geschrieben habe, und gab sich alle Mühe, um rechtzeitig mit dem »... die Vergebung unserer Sünden, die Auferstehung des Fleisches und das ewige Leben. Amen.« bis zum Ende zu gelangen.

Unterdessen zog Hirst einen Briefumschlag aus der Tasche und begann, etwas auf die Rückseite zu kritzeln. Als Mr Bax auf die Kanzel stieg, legte er Sappho den Briefumschlag zwischen die aufgeschlagenen Seiten und klappte das Buch zu, er rückte seine Brille zurecht und richtete den Blick eindringlich auf den Geistlichen. Auf der Kanzel wirkte er sehr groß und dick; das Licht, das durch die einfarbige grünliche Fensterscheibe hereinfiel, ließ sein Gesicht glatt und weiß erscheinen wie ein sehr großes Ei.

Er blickte hinab in all die Gesichter, die mit mildem Ausdruck zu ihm aufschauten, wenn einige davon auch Männern und Frauen gehörten, die alt genug waren, um seine Großeltern zu sein, und trug in bedeutungsschwerem Ton sein Thema vor. Der Kern seiner Predigt war, daß die Besucher dieses schönen Landes, auch wenn sie sich hier im Urlaub befanden, den Eingeborenen etwas schuldig seien. Sie unterschied sich wahrhaftig nicht sehr von einem Leitartikel in einem Wochenblatt, der Gegenstände von allgemeinem Interesse behandelt. Sie schweifte mit einer Art liebenswürdiger Redseligkeit von einer Rubrik zur anderen, gab zu bedenken, daß alle Menschen unter der

Haut doch ziemlich gleich aussähen, und veranschaulichte das durch den Hinweis auf die Ähnlichkeit der Spiele spanischer kleiner Jungen mit denen englischer kleiner Jungen in London, woran sich die Bemerkung anschloß, daß schon Kleinigkeiten ihre Wirkung auf den Menschen hätten und daß das insbesondere für die Eingeborenen gelte; tatsächlich habe ein sehr lieber Freund, so Mr Bax, ihm erklärt, der Erfolg unserer Regierung in Indien, diesem so großen Land, beruhe weitgehend auf der strikten Einhaltung der Höflichkeitsregeln, die sich die Engländer den Eingeborenen gegenüber zu eigen gemacht hätten, was wiederum zu der Feststellung führte, unbedeutende Dinge seien nicht unbedingt unbedeutend, und diese Feststellung wiederum führte wie von selbst zur Tugend des Mitgefühls, die eine Tugend sei, die heute mehr benötigt werde denn je, da wir in einer Zeit der Experimente und der Gärung lebten – davon zeugten das Flugzeug und die drahtlose Telegrafie, und es gebe noch andere Probleme, die sich unseren Vätern schwerlich gestellt hätten, die jedoch kein Mann, der sich als solchen bezeichne, auf sich beruhen lassen könne. An dieser Stelle wurde Mr Bax' Tonfall spürbar geistlicher, wenn man so sagen kann, er schien mit einer Art unschuldiger Gewieftheit zu sprechen, als er darauf hinwies, dies alles erlege dem ernsthaften Christen eine besondere Verpflichtung auf. Was Männer jetzt zu sagen geneigt seien, sei: »Ach, der Kerl – das ist doch ein Pfarrer.« Was wir jedoch von ihnen hören wollten, seien die Worte: »Das ist ein anständiger Kerl« – mit anderen Worten: »Er ist mein Bruder.« Er ermunterte sie dazu, Kontakt mit Männern modernen Zuschnitts zu halten; sie müßten an deren vielfältigen Interessen Anteil nehmen, um sich vor Augen zu halten, daß es, was immer für Entdeckungen auch gemacht werden mochten, eine Entdeckung gab, die nicht zu ersetzen war, ja, die tatsächlich für die Erfolgreichsten und Brillantesten unter ihnen allen genauso unentbehrlich sei, wie sie es für ihre Väter gewesen war. Noch das Unscheinbarste könne helfen, die am wenigsten wichtigen Dinge hätten ihre Wirkung (an dieser Stelle wurde sein Gebaren nun entschieden priesterlich, und seine Bemerkungen schienen sich an die Frauen zu richten, denn tatsächlich setzten sich die Gemeinden von Mr Bax hauptsächlich aus Frauen zusammen, und er war daran gewöhnt, ihnen im

Rahmen seiner harmlosen geistlichen Feldzüge ihre Pflichten zuzuweisen). Nachdem er ihnen konkretere Unterweisungen hatte zuteil werden lassen, tat er den nächsten Schritt, und sein Thema erweiterte sich zu einem übergreifenden Schlußwort, um dessentwillen er tief Atem holte und sich kerzengerade aufrichtete: »Wie ein Wassertropfen, losgelöst, allein, getrennt von den anderen, wenn er aus der Wolke fällt und in den großen Ozean eingeht, nicht nur, so hören wir von den Wissenschaftlern, die eigentliche Stelle im Ozean, wo er hineinfällt, verändert, sondern auch die ungezählten Tropfen, die gemeinsam das gewaltige Universum der Meeresgewässer bilden, und auf diesem Wege auch die Gestalt des Erdballs verändert und das Leben von Millionen Meereslebewesen und schließlich das Leben von Männern und Frauen, die ihren Lebensunterhalt an den Gestaden suchen – wie dies alles in einem einzigen Wassertropfen beschlossen liegt, so wie jeglicher Regenschauer Millionen davon herabschickt, damit sie sich im Erdboden verlieren – verlieren, sagen wir, und wissen dabei doch sehr wohl, daß die Erde nicht Frucht trüge ohne sie –, so liegt ein vergleichbares Wunder in der Reichweite eines jeden von uns, der, indem er ein Wörtlein oder eine unscheinbare Tat ins große Universum fallen läßt, eine Veränderung daran bewirkt; jawohl, es ist ein erhabener Gedanke, eine Veränderung am Universum *bewirkt*, zum Guten oder zum Schlechten, nicht für einen Augenblick nur oder in allernächster Nähe, sondern für das gesamte Menschengeschlecht und in alle Ewigkeit.« Überstürzt, wie um jeglichen Beifall zu unterbinden, fuhr er im selben Atemzug, wenn auch in verändertem Tonfall fort: »Und nun wollen wir Gott, unserem Vater ...«

Er erteilte ihnen seinen Segen, und während das Harmonium hinter dem Vorhang wieder die feierlichen Akkorde aussandte, begannen alle möglichen Leute zu scharren und zu nesteln und sich sehr unbeholfen und befangen auf die Tür zuzubewegen. Auf halbem Weg nach oben, an dem Punkt, wo die Lichter und Geräusche der Oberwelt im Streit mit dem Dämmerlicht und den ersterbenden Choralklängen der Unterwelt lagen, spürte Rachel, wie sich eine Hand auf ihre Schulter senkte.

»Miss Vinrace«, flüsterte Mrs Flushing herrisch, »bleiben Sie zum Mittagessen. Es ist ein so trübseliger Tag. Sie geben einem nicht einmal Rindfleisch zu Mittag. Bleiben Sie bitte.«

Sie traten in diesem Augenblick in die Halle hinaus, wo die kleine Schar einmal mehr von den neugierigen und respektvollen Blicken jener empfangen wurde, die nicht zur Kirche gegangen waren, wenn ihre Kleidung auch darauf schließen ließ, daß sie den Sonntag in einem Maße guthießen, daß zum Kirchgang nicht mehr viel fehlte. Rachel merkte, daß sie diese eigentümliche Atmosphäre keinen Augenblick länger ertragen konnte, und wollte gerade sagen, daß sie nach Hause zurück müsse, als Terence, ins Gespräch mit Evelyn M. verwickelt, vorbeiging. Rachel begnügte sich daraufhin mit der Bemerkung, die Leute sähen so gesittet aus, welche negative Äußerung Mrs Flushing als Zustimmung interpretierte.

»Engländer im Ausland!« versetzte sie in einem plötzlichen Anfall von Boshaftigkeit. »Sind sie nicht gräßlich! Aber hier wollen wir nicht bleiben«, fuhr sie fort und zupfte Rachel am Arm. »Kommen Sie mit in mein Zimmer hinauf!«

Sie steuerte sie an Hewet und Evelyn und den Thornburys und den Elliots vorbei. Hewet trat auf sie zu.

»Zum Mittagessen –«, setzte er an.

»Miss Vinrace hat versprochen, mit mir zu Mittag zu essen«, sagte Mrs Flushing und begann, entschlossen die Treppe hinaufzustapfen, als wäre der Mittelstand Englands ihr auf den Fersen. Sie blieb nicht stehen, ehe sie nicht ihre Zimmertür hinter sich zugeworfen hatte.

»Nun, wie fanden Sie es denn?« sagte sie leicht außer Atem.

Der ganze Abscheu und das Grauen, die sich in Rachels Innerem gestaut hatten, brachen ungehemmt aus ihr heraus.

»Ich fand, das war die abscheulichste Zurschaustellung, die ich je erlebt habe!« stieß sie hervor. »Wie können sie nur ... Wie können sie es nur wagen ... Was bezwecken sie bloß damit ... Mr Bax, Krankenschwestern, alte Männer, Prostituierte, widerwärtig ...«

Sie führte, so schnell sie konnte, sämtliche Punkte auf, an die sie sich erinnerte, war jedoch zu empört, um innezuhalten und ihre Empfindungen zu analysieren. Mrs Flushing beobachtete sie mit sichtlichem Genuß, während sie mit nachdrücklichen Kopf- und

Handbewegungen in der Zimmermitte stand und ihre Eindrücke hervorsprudelte.

»Weiter, weiter, nur immer weiter!« sagte sie lachend und klatschte in die Hände. »Es ist herrlich, Ihnen zuzuhören!«

»Aber weshalb gehen Sie denn dahin?« wollte Rachel wissen.

»Ich bin jeden Sonntag meines Lebens hingegangen, solange ich zurückdenken kann.« Mrs. Flushing kicherte, als wäre das an sich schon eine hinreichende Begründung.

Rachel wandte sich abrupt zum Fenster. Sie wußte jetzt gar nicht mehr, was diese leidenschaftliche Empörung in ihr ausgelöst hatte; Terences Anblick in der Halle hatte ihre Gedanken verwirrt, so daß nur noch die Empörung übriggeblieben war. Sie schaute unmittelbar auf ihre Villa auf halber Höhe des Hanges. Durch gerahmtes Glas betrachtet, bekam dieser höchst vertraute Anblick eine gewisse unvertraute Vornehmheit, und sie beruhigte sich, während sie schaute. Dann besann sie sich darauf, daß sie sich in Gegenwart eines Menschen befand, den sie nicht gut kannte, und wandte sich um, um Mrs Flushing anzusehen. Mrs Flushing saß immer noch auf der Bettkante und blickte mit geöffneten Lippen auf, so daß die beiden Reihen ihrer kräftigen weißen Zähne zu sehen waren.

»Sagen Sie mir doch«, sagte sie, »welchen von den beiden mögen Sie denn lieber, Mr Hewet oder Mr Hirst?«

»Mr Hewet«, antwortete Rachel, doch ihre Stimme klang nicht selbstverständlich.

»Welcher ist denn der, der in der Kirche griechisch liest?« wollte Mrs Flushing wissen.

Es hätte jeder von beiden sein können, und während Mrs Flushing es unternahm, beide zu beschreiben, und erklärte, beide machten ihr angst, der eine jedoch noch mehr als der andere, sah Rachel sich nach einem Stuhl um. Das Zimmer gehörte selbstverständlich zu den größten und luxuriösesten im Hotel. Es gab eine große Zahl von Sesseln und Polsterbänken, die mit ungebleichtem braunen Leinen bezogen waren, doch waren sie sämtlich von einem großen Stück gelber Pappe belegt, und all diese Pappstücke strotzten von Klecksen oder wilden Strichen aus grellbunter Ölfarbe.

»Die dürfen Sie aber nicht ansehen«, sagte Mrs Flushing, als sie

Rachels Blick umherwandern sah. Sie sprang auf und legte so viele, wie Platz fanden, mit der Vorderseite auf den Boden. Rachel schaffte es jedoch, eins davon an sich zu nehmen, und mit der Eitelkeit der Künstlerin fragte Mrs Flushing besorgt: »Und? Was sagen Sie?«

»Das ist ein Hügel«, antwortete Rachel. Es konnte keinen Zweifel daran geben, daß Mrs Flushing den kraftvollen, jähen Anstieg des Bodens in die Luft dargestellt hatte; man sah geradezu die Erdbatzen wirbeln.

Rachel ging von einem zum nächsten. Ihnen allen eignete etwas von der Ruckhaftigkeit und Entschiedenheit ihrer Schöpferin; es waren sämtlich völlig ungeschulte Angriffe des Pinsels auf irgendeine halbfertige Vorstellung, die durch Hügel oder Baum ausgelöst war; und sie waren sämtlich in irgendeiner Weise charakteristisch für Mrs Flushing.

»Ich sehe die Dinge in Bewegung«, erläuterte Mrs Flushing. »So« – sie ließ die Hand ein Stück durch die Luft sausen. Dann nahm sie einen der Kartons hoch, die Rachel beiseite gelegt hatte, setzte sich auf einen Hocker und begann, ihn verschwenderisch mit einem Stück Kohle zu bearbeiten. Während sie sich in Strichen erging, die ihr das zu sein schienen, was anderen das Reden, blickte Rachel, die sehr unruhig war, sich um.

»Machen Sie den Kleiderschrank auf«, sagte Mrs Flushing nach kurzem Schweigen und sprach undeutlich, weil sie einen Pinsel im Mund hatte, »und schauen Sie sich die Sachen an.«

Als Rachel zögerte, trat Mrs Flushing zu ihr, immer noch den Pinsel im Mund, riß die Türen ihres Kleiderschranks auf und warf eine Menge Schultertücher, Stoffe, Umhänge und Stickereien auf das Bett. Rachel begann, sie zu befühlen. Mrs Flushing trat erneut zu ihr und ließ einen Haufen Perlenketten, Broschen, Ohrringe, Armbänder, Quasten und Kämme zwischen die drapierten Stoffe fallen. Dann kehrte sie zu ihrem Hocker zurück und fing schweigend zu malen an. Die Stoffe waren bunt und dunkel und blaß; sie ergaben, mit den rötlichen Steinbrocken und Pfauenfedern und klaren, blassen Schildpattkämmen, die darauf lagen, ein seltsames Durcheinander von Linien und Farben auf dem Bettüberwurf.

»Die Frauen haben sie vor hundert Jahren getragen, und sie tragen sie immer noch«, bemerkte Mrs Flushing. »Mein Mann reitet umher und findet sie; die wissen nicht, was sie wert sind, so daß wir sie billig bekommen. Und wir werden sie eleganten Frauen in London verkaufen.« Sie kicherte, als amüsierte sie der Gedanke an diese Damen und ihre absurde Aufmachung. Nachdem sie ein Weilchen gemalt hatte, legte sie plötzlich den Pinsel nieder und heftete den Blick auf Rachel.

»Jetzt erzähle ich Ihnen mal, was ich machen möchte«, sagte sie. »Ich möchte dort hinauf und alles selbst anschauen. Es ist doch albern, hier mit einem Haufen alter Jungfern herumzusitzen, als befänden wir uns in England an der See. Ich möchte den Fluß hinauffahren und die Eingeborenen in ihren Siedlungen sehen. Das ist nur eine Angelegenheit von zehn Tagen unter einer Zeltplane. Mein Mann hat es schon gemacht. Nachts läge man unter den Bäumen und tagsüber würde man den Fluß hinaufgeschafft, und wenn man etwas Nettes sieht, dann ruft man laut, damit sie anhalten.« Sie stand auf und begann, wieder und wieder mit einer langen goldenen Nadel ins Bett zu stechen, während sie Rachel beobachtete, um zu sehen, welche Wirkung ihr Vorschlag auf sie hatte.

»Wir müssen eine Reisegesellschaft zusammenstellen«, fuhr sie fort. »Zehn Leute könnten eine Barkasse mieten. Also Sie kommen mit, und Mrs Ambrose kommt mit, und ob denn wohl Mr Hirst und der andere Herr auch mitkommen werden? Ich brauche einen Bleistift . . .«

Während sie ihr Vorhaben ausspann, wurde sie immer aufgeregter und entschlossener. Sie saß auf der Bettkante und schrieb eine Liste von Nachnamen, einen so falsch wie den anderen. Rachel war begeistert, denn die Vorstellung hatte für sie etwas unbeschreiblich Verlockendes. Sie hatte sich immer schon danach gesehnt, den Fluß zu sehen, und Terences Name verlieh dem Vorhaben zusätzlichen Glanz, so daß es fast zu schön erschien, um wahr werden zu können. Mit wahrem Feuereifer unterstützte sie Mrs Flushing, indem sie Namen vorschlug, ihr dabei half, sie richtig zu schreiben, und Wochentage an den Fingern abzählte. Da Mrs Flushing alles hören wollte, was sie über Herkunft und Tun und Lassen jeder einzelnen Person wußte, die sie vorschlug, und überdies selbst noch abenteuerliche Geschichten über das Temperament und die Angewohnheiten von Künstlern und Leuten desselben Namens beisteuerte, die früher gern nach Chillingley gekommen, zweifellos jedoch nicht dieselben Personen, wenn auch ihrerseits gescheite Männer gewesen seien, die sich für Ägyptologie interessiert hatten, nahm die Angelegenheit einige Zeit in Anspruch. Schließlich sah sich Mrs Flushing hilfesuchend nach ihrem Kalender um, da sich die Methode, Daten anhand der Finger festzulegen, als unzureichend erwiesen hatte. Sie öffnete und schloß sämtliche Schubladen ihres Schreibtischs und rief dann wütend: »Yarmouth! Yarmouth! Zum Kuckuck mit dem Weibsstück! Nie ist sie da, wenn man sie braucht!«

In diesem Augenblick begann der Gong, sich in seine mittägliche Raserei hineinzusteigern. Mrs Flushing betätigte heftig ihre Glocke. Die Tür öffnete sich, und eine hübsche Zofe trat ein, die beinah so groß und schlank war wie ihre Herrin.

»Ach, Yarmouth«, sagte Mrs Flushing, »suchen Sie mir doch meinen Kalender, und schauen Sie nach, was wir heute in zehn Tagen für ein Datum haben, und dann fragen Sie den Portier, wieviel Männer man dazu braucht, um acht Personen eine Woche lang den Fluß hinaufzurudern, und was das kosten würde, und schreiben Sie mir das auf einen Zettel, und legen Sie ihn mir auf den Toilettentisch. Und jetzt –«, sie wies mit einem hoheitsvollen Zeigefinger auf die Tür, so daß Rachel vorangehen mußte.

»Ach, und Yarmouth«, rief Mrs Flushing über die Schulter zurück. »Räumen Sie diese Sachen weg, und hängen Sie sie an ihren Platz, seien Sie so lieb, sonst regt Mr Flushing sich auf.«

Das alles wurde von Yarmouth lediglich mit den Worten: »Ja, Ma'am« quittiert.

Es war nicht zu übersehen, wenn man den langgestreckten Speisesaal betrat, daß immer noch Sonntag war, auch wenn die Stimmung sich ein wenig zu bessern begann. Der Tisch der Flushings war an der Seite in einer Fensternische gedeckt, so daß Mrs Flushing jede Gestalt, die hereinkam, in Augenschein nehmen konnte, und ihre Neugierde schien lebhaft zu sein.

»Die alte Mrs Paley«, flüsterte sie, als der Rollstuhl, von Arthur geschoben, langsam durch die Türöffnung glitt. »Thornburys«, kam als nächstes. »Diese nette Frau«, sie stupste Rachel, damit sie Miss Allan ansah, »wie heißt sie noch?« Die angemalte Dame, die immer spät und mit einem aufgesetzten Lächeln hereinkam, als beträte sie eine Bühne, hätte eigentlich vor Mrs Flushings durchbohrendem Blick zurückweichen müssen, der ihre stählerne Feindseligkeit gegen das gesamte Gesindel der angemalten Damen zum Ausdruck brachte. Als nächste kamen die beiden jungen Männer, die Mrs Flushing kollektiv die Hirsts nannte. Sie nahmen gegenüber, auf der anderen Seite des Gangs, Platz.

Mr Flushing behandelte seine Gattin mit einer Mischung aus Bewunderung und Nachsicht und machte durch den geschmeidigen Fluß seiner Rede ihre sprunghafte Redeweise wett. Während sie von einem Thema zu anderen sprang und dies und jenes hervorsprudelte, lieferte er Rachel einen Abriß der Geschichte der südamerikanischen Kunst. Er ging auf die Ausrufe seiner Gattin ein und kehrte dann ohne die mindeste Stockung zu seinem Thema zurück. Er verstand sich bestens darauf, die Zeit des Mittagessens angenehm zu gestalten, ohne langweilig oder allzu vertraulich zu werden. Er sei zu der Ansicht gelangt, so erklärte er Rachel, daß tief im Landesinnern herrliche Schätze verborgen lägen; die Dinge, die Rachel gesehen habe, seien nichts als unbedeutende Kleinigkeiten, die er im Verlauf eines Tagesausflugs aufgelesen habe. Er glaube, daß es am Gebirge gigantische, in die Felswand gehauene Götter geben könne und riesenhafte Gestalten, die einzeln inmitten grünen weiten Weidelands stünden, worauf außer den Eingeborenen noch nie jemand den Fuß gesetzt habe. Seiner Überzeugung nach hätten vor der Morgenröte der europäischen Kunst primitive Jäger und Priester Tempel aus massiven Steinplatten erbaut, aus dem dunklen Felsgestein und mächtigen Zedern majestätische Götter- und Tierfiguren und Symbole der gewaltigen Mächte, Wasser, Luft und Wald, zwischen denen sie lebten, hergestellt. Es gebe womöglich prähistorische Städte, wie die in Griechenland und Asien, die in offenem Gelände unter Bäumen stünden und von den Werken jener frühen Rasse angefüllt seien. Niemand sei je dort gewesen; fast nichts sei bekannt. Wie er so sprach und die pittoreskeste seiner Theorien darlegte, nahm er Rachels ganze Aufmerksamkeit gefangen.

Sie bemerkte nicht, daß Hewet sie zwischen den mit Platten hin- und hereilenden Kellnern hindurch unentwegt von der anderen Seite des Ganges her ansah. Er war unaufmerksam, und Hirst fand ihn obendrein sehr gereizt und ungnädig. Sie hatten all die üblichen Gesprächsthemen berührt – Politik und Literatur, Klatsch, der christliche Glaube. Sie hatten über den Gottesdienst gestritten, der in Hewets Augen genauso edel war wie Sappho, so daß Hirsts Heidentum die reine Demonstration sei. Warum einer zur Kirche gehe, hatte er gefragt, wenn er dort doch nur Sappho lese? Hirst hatte dazu geäußert, er habe jedes Wort der Predigt verfolgt, was er gern beweisen könne, falls Hewet sie wiederholt haben wolle; und er gehe zur Kirche, um das Wesen seines Schöpfers zu erkennen, was er heute morgen durchaus lebhaft betrieben habe, dank Mr Bax, der ihn dazu inspiriert habe, drei der erlesensten Verse der englischen Literatur zu schreiben, eine Anrufung der Gottheit.

»Ich habe sie auf die Rückseite des Umschlags vom letzten Brief meiner Tante geschrieben«, sagte er und zog ihn aus dem Band Sappho heraus.

»Na, dann laß mal hören«, sagte Hewet, den die Aussicht auf eine Diskussion über literarische Fragen etwas milder stimmte.

»Mein lieber Hewet, möchtest du vielleicht, daß wir beide von dem erzürnten Mob der Thornburys und Elliots aus dem Hotel geworfen werden?« fragte Hirst. »Schon ein einziges gerauntes Wort davon würde genügen, um mich auf alle Zeiten an den Pranger zu stellen. Gott!« stieß er hervor, »was hat der Versuch zu schreiben denn überhaupt für einen Sinn, wenn die Welt von solch elenden Dummköpfen bevölkert ist? Ernsthaft, Hewet, ich rate dir, die Literatur aufzugeben. Was hat das denn für einen Sinn? Sieh doch dein Publikum an!«

Er wies nickend auf die einzelnen Tische, an denen ein buntes Gemisch von Europäern mittlerweile damit beschäftigt war, das zähe ausländische Geflügel zu verzehren und in manchen Fällen zu benagen. Hewet schaute hin und wurde übellauniger denn je zuvor. Hirst schaute ebenfalls hin. Sein Blick fiel auf Rachel, und er bedachte sie mit einer Verbeugung.

»Ich würde denken, Rachel ist in mich verliebt«, bemerkte er, als sein Blick zu seinem Teller zurückkehrte. »Das ist das Schlimmste an Freundschaften mit jungen Frauen – sie neigen dazu, sich in einen zu verlieben.«

Darauf antwortete Hewet überhaupt nicht und saß nur merkwürdig still. Hirst schien es nicht zu stören, daß er keine Antwort erhielt, denn er kam wieder auf Mr Bax zu sprechen, indem er dessen Schlußwort über den Wassertropfen zitierte; und als Hewet auch auf diese Äußerungen kaum ein Wort sagte, schürzte er bloß die Lippen, wählte sich eine Feige aus und überließ sich durchaus zufrieden seinen Gedanken, von denen er stets einen reichlichen Vorrat hatte. Als das Mittagessen vorüber war, trennten sie sich und trugen ihre Kaffeetassen an unterschiedliche Plätze in der Hotelhalle.

Von seinem Sessel unter der Palme sah Hewet Rachel mit den Flushings aus dem Speisesaal herauskommen; er sah, wie sie sich nach Sesseln umschauten und dann drei in einer Ecke wählten, wo sie sich ungestört weiterunterhalten konnten. Mr Flushing war mittlerweile richtig in Fahrt gekommen. Er holte ein Blatt Papier hervor, auf das er zeichnete, während er seine Ausführungen fortsetzte. Hewet sah, wie Rachel sich vorbeugte und schaute und mit dem Finger hierhin und dorthin wies. Hewet befand ungnädig, Mr Flushing, der für das heiße Klima außerordentlich fein angezogen und von ziemlich geschliffenem Auftreten war, ähnele einem besonders überzeugenden Ladenbesitzer. Inzwischen war er, während er saß und schaute, mitten unter die Thornburys und Miss Allan geraten, die sich, nachdem sie ein Weilchen unschlüssig gestanden hatten, mit ihren Tassen um ihn herumgesetzt hatten. Sie wollten wissen, ob er ihnen irgend etwas über Mr Bax erzählen könne. Mr Thornbury sagte wie üblich nichts, blickte vor sich hin ins Ungewisse, hob gelegentlich seine Brille, als wollte er sie aufsetzen, überlegte es sich jedoch im letzten Augenblick wieder, und ließ sie wieder sinken. Nach einigem Hin und Her hielten die Damen es mit Sicherheit für ausgeschlossen, daß Mr Bax der Sohn von Mr William Bax sei. Eine Weile sagte niemand etwas. Dann bemerkte Mrs Thornbury, daß sie es sich immer noch nicht abgewöhnt habe, bei der Nationalhymne Königin statt König zu singen. Erneut trat Schweigen ein. Dann bemerkte Miss Allan nachdenklich, wenn sie im Ausland in der Kirche gewesen sei, habe sie jedesmal das Gefühl, an einem Seemannsbegräbnis teilgenommen zu haben. Dann trat eine sehr lange Pause ein, die endgültig zu werden drohte, als segensreicherweise ein Vogel etwa von der Größe einer Elster, doch von stahlblauer Farbe, auf dem Teil der Terrasse erschien, der von ihrem Platz aus zu überblicken war. Das veranlaßte Mrs Thornbury zu der Frage, ob einem das wohl gefallen würde, wenn unsere Saatkrähen alle blau wären – »was meinst du denn dazu, William?« fragte sie, und berührte das Knie ihres Gatten.

»Wenn unsere Saatkrähen alle blau wären«, sagte er – er hob seine Brille; er setzte sie sich tatsächlich auf –, »dann würden sie in Wiltshire nicht lange leben«, schloß er; er ließ die Hand mit der Brille wieder hinabsinken. Die drei älteren Leute starrten nun nachdenklich auf den Vogel, der so entgegenkommend war, für geraume Zeit inmitten ihres Blickfelds zu bleiben und sie der Notwendigkeit zu entheben, erneut etwas zu sagen. Hewet begann sich zu fragen, ob er nicht zu den Flushings in ihrer Ecke hinübergehen sollte, als Hirst aus dem Hintergrund auftauchte, sich neben Rachel in einen Sessel gleiten ließ und mit allen Anzeichen der Vertraulichkeit mit ihr zu sprechen begann. Hewet ertrug es nicht länger. Er stand auf, nahm seinen Hut und stürzte hinaus ins Freie.

18. Kapitel

Alles, was er sah, war ihm widerwärtig. Er haßte das Blau und Weiß, die Leuchtkraft und die klaren Linien, das Gesumme und die Hitze des Südens; die Landschaft erschien ihm so hart und so romantisch wie ein Bühnenhintergrund aus Pappe und die Berge wie ein hölzerner Wandschirm vor einer blau angemalten Leinwand. Er ging rasch trotz der Sonnenglut.

Zwei Straßen führten auf der Ostseite aus der Stadt heraus; die eine zweigte in Richtung der Ambroseschen Villa ab, die andere schnitt ins Land hinaus und erreichte schließlich ein Dorf auf der Ebene, doch führten viele Fußwege, die bei Nässe in den Lehm getreten worden waren, davon ab und über große trockene Grasflächen zu den verstreut liegenden Bauernhöfen und den Villen der reichen Einheimischen. Hewet verließ auf einem dieser Wege die Straße, um die harte Straße und ihre Hitze zu vermeiden, denn dort stieg unablässig Staub in kleinen Wolken von den Karren und klapprigen Einspännern auf, die Gruppen von sonntäglich gekleideten Bauern transportierten oder Truthähne, die wie eine Traube Luftballons ein Netz blähten, oder das Messingbettgestell und die schwarzen Holzkisten eines neuvermählten Paares.

Die körperliche Betätigung diente eigentlich dazu, ihn die oberflächlichen Gereiztheiten des Vormittags vergessen zu lassen, doch er blieb unglücklich. Es schien unbezweifelbar festzustehen, daß er Rachel gleichgültig war, denn sie hatte ihn kaum angeschaut und sich mit Mr Flushing mit dem gleichen Interesse unterhalten, wie sie es mit ihm tat. Und schließlich schnellten ihm Hirsts hassenswerte Worte durchs Hirn wie eine Peitsche, und ihm fiel ein, daß er sie im Gespräch mit Hirst zurückgelassen hatte. In diesem Augenblick sprach sie gerade mit ihm, und es mochte ja so sein, wie er behauptete, und sie war wirklich in ihn verliebt. Er vergegenwärtigte sich alles, was für diese Annahme sprach – ihr plötzliches Interesse an Hirsts Schriftstellerei, die Art, wie sie seine Meinungen respektvoll oder höchstens mit einem halben Lachen zitierte; selbst noch ihr Spitzname für ihn – »der große Mann« – mochte durchaus nicht nur scherzhaft gemeint sein. Einmal angenommen, zwischen beiden herrschte ein gewisses Einverständnis – was würde das denn für ihn bedeuten?

»Verdammt nochmal! Bin ich in sie verliebt?« fragte er sich. Darauf konnte es nur eine Antwort geben. Er war eindeutig in sie verliebt, falls er wußte, was das war – Liebe. Seit er sie zum allererstenmal gesehen hatte, hatte sie ihn interessiert und angezogen, und dann immer noch mehr interessiert und angezogen, bis er kaum mehr imstande gewesen war, an irgend etwas anderes als an Rachel zu denken. Schon wollte er sich wieder dem Genuß hingeben, ausgiebig über sie beide nachzudenken, als er sich einen Ruck gab und sich die Frage stellte, ob er sie denn heiraten wollte? Das war das eigentliche Problem, denn dies Unglücklichsein und diese Qualen waren nicht zu ertragen, und er mußte sich unbedingt entscheiden. Er befand kurzerhand, daß er überhaupt niemanden heiraten wollte. Die Vorstellung einer Heirat ärgerte ihn teilweise schon deshalb, weil Rachel ihn geärgert hatte. Er verband damit unmittelbar das Bild von zwei Menschen, die allein am Kaminfeuer saßen; der Mann las und die Frau nähte. Dem folgte ein zweites Bild. Er sah einen Mann aufspringen, seiner Frau eine gute Nacht wünschen, ihre Gesellschaft verlassen und sich mit dem lammfrommen und zugleich verstohlenen Ausdruck dessen, der sich zu einer bestimmten Art von Glück davonschleicht, aus dem Staub machen. Beide Bilder waren gleichermaßen unerfreulich und mehr noch ein drittes, das Ehemann und Ehefrau und den Freund zeigte; die Ehegatten warfen einander flüchtige Blicke zu, als erfüllte es sie mit Genugtuung, sich wortlos untereinander zu verständigen, da sie sich im Besitz der höheren Wahrheit befanden. Andere Bilder – er ging in seinem Ärger sehr rasch, und sie traten ihm ohne bewußte Anstrengung seinerseits vor Augen wie Bilder auf einer Leinwand – folgten diesen. Da gab es den Mann und die Frau, die, abgearbeitet, im Kreis ihrer Kinder saßen, ungeheuer nachsichtig, duldsam und weise. Doch das war ebenfalls ein unerfreuliches Bild. Er probierte alle nur erdenklichen Bilder aus, die er aus dem Leben von Freunden übernahm, denn er kannte eine Menge ganz unterschiedlicher Ehepaare; allerdings sah er sie stets in der schützenden Wärme eines vom Schein des Kaminfeuers erleuchteten Zimmers. Als er im Gegensatz dazu an unverheiratete Leute zu denken begann, sah er sie als tätige Wesen, denen ganze Welten offenstanden; vor allem standen sie sämtlich auf ein und demselben Grund, gleichermaßen ohne Schutz und Privileg. Die menschlich vollkommensten unter seinen Freunden und die ausgeprägtesten Persönlichkeiten waren sämtlich Junggesellen und Junggesellinnen; tatsächlich stellte er zu seiner eigenen Überraschung fest, daß die Frauen, die er am meisten bewunderte und am besten kannte, unverheiratet waren. Die Ehe schien den Frauen noch schlechter zu bekommen als den Männern. Er wandte sich von diesen allgemeinen Bildern ab und dachte über die Menschen nach, die er in letzter Zeit im Hotel beobachtet hatte. Er hatte diese Fragen oft in seinem Hirn bewegt, während er Susan und Arthur oder Mr und Mrs Thornbury oder Mr und Mrs Elliot beobachtete. Er hatte beobachtet, wie das scheue Glück und das freudige Staunen der Verlobten nach und nach durch einen von Behagen und Langmut erfüllten Zustand abgelöst worden waren, als hätten sie das Abenteuer der Intimität bereits hinter sich und schlüpften nun in die vorgesehenen Rollen hinein. Susan rannte Arthur immer wieder mit einem Pullover hinterher, weil er eines Tages unvorsichtigerweise erzählt hatte, daß einer seiner Brüder an Lungenentzündung gestorben war. Diese Szene amüsierte ihn zwar, war jedoch gar nicht erfreulich, wenn man Terence und Rachel für Arthur und Susan einsetzte; und Arthur war weit weniger darauf aus, einen in eine Ecke zu schleppen und vom Fliegen und der Mechanik von Flugzeugen zu reden. Sie würden häuslich werden. Dann nahm er sich die Paare vor, die schon seit etlichen Jahren verheiratet waren. Es stimmte zwar, daß Mrs Thornbury einen Gatten hatte und daß es ihr meistens wunderbar gelang, ihn ins Gespräch einzubeziehen, doch konnte man sich nicht vorstellen, was sie wohl miteinander redeten, wenn sie allein waren. Dieselbe Schwierigkeit bestand im Hinblick auf die Elliots, außer daß die sich wahrscheinlich, wenn sie unter sich waren, ganz offen zankten. Sie zankten sich zwar zuweilen auch in der Öffentlichkeit, doch diese Meinungsverschiedenheiten wurden mit großer Anstrengung durch kleine Unaufrichtigkeiten seitens der Frau kaschiert, die Angst vor der Meinung der anderen hatte, weil sie viel dümmer war als ihr Gatte und sich anstrengen mußte, um ihn zu halten. Es stand außer Zweifel, so befand er, daß es für die Welt weitaus besser gewesen wäre, wenn diese Paare sich getrennt hätten. Selbst noch die Ambroses, für die er tiefe Bewunderung und Hochachtung empfand – war nicht auch ihre Ehe bei aller Liebe, die mit im Spiel war, ein Kompromiß? Sie gab ihm nach; sie verhätschelte ihn; sie erledigte tausend Dinge für ihn; sie, die doch anderen gegenüber die Wahrhaftigkeit in Person war, war ihrem Gatten gegenüber nicht wahrhaftig, war es auch ihren Freunden gegenüber nicht, wenn die in Konflikt mit ihrem Gatten gerieten. Es war ein rührender, seltsamer Makel ihres Wesens. Vielleicht hatte Rachel ja recht gehabt, als sie damals abends im Garten gesagt hatte: »Wir bringen das Schlechteste am anderen zum Vorschein – wir sollten getrennt voneinander leben.«

Nein, Rachel hatte völlig unrecht gehabt! Alles hatte scheinbar dagegen gesprochen, die Bürde der Ehe auf sich zu laden, bis er auf Rachels Argument stieß, das offenkundig absurd war. Nachdem er bislang Ankläger gewesen war, vollzog er nun die Kehrtwende und wurde zum Verteidiger. Er ließ die Anklage gegen die Ehe fallen und begann darüber nachzudenken, welche Eigentümlichkeiten ihres Charakters sie wohl bewogen haben mochten, das zu sagen. Ob sie es wirklich so gemeint hatte? Selbstverständlich sollte man den Charakter des Menschen kennen, mit dem man womöglich sein ganzes Leben verbringen würde; als Romanschriftsteller sollte er am besten herauszufinden versuchen, was für ein Mensch sie war. Wenn er mit ihr zusammen war, konnte er ihre Eigenschaften nicht analysieren, weil er sie instinktiv zu kennen meinte, doch wenn er von ihr getrennt war, kam es ihm bisweilen so vor, als kenne er sie überhaupt nicht. Sie war jung, aber sie war auch alt; sie besaß wenig Selbstvertrauen, hatte jedoch ein gutes Urteil, was andere Menschen betraf. Sie war glücklich; doch was machte sie glücklich? Wenn sie allein wären und der Reiz des Neuen sich abgenutzt hätte und sie mit den Alltäglichkeiten würden fertig werden müssen, was würde dann wohl geschehen? Wenn er seinen eigenen Charakter betrachtete, sprangen ihm zwei Dinge ins Auge: daß er sehr unpünktlich war und es verabscheute, Briefchen zu beantworten. Soweit er wußte, neigte Rachel zwar eher zur Pünktlichkeit, doch konnte er sich nicht erinnern, sie je mit der Feder in der Hand gesehen zu haben. Als nächstes wollte er sich einmal eine Abendgesellschaft vorstellen, sagen wir, bei den Crooms, und nun hätte Wilson sie als Tischdame und würde vom Zustand der liberalen Partei reden. Sie würde sagen – natürlich hatte sie von Politik nicht die geringste Ahnung. Trotzdem war sie gewiß intelligent und außerdem ehrlich. Ihre Gemütsverfassung war schwankend – das hatte er bemerkt –, und sie war nicht hausfraulich begabt, und sie war nicht ungezwungen, und sie war nicht ruhig und auch nicht schön, außer in manchen Kleidern, in mancher Beleuchtung. Doch sie besaß eine große Gabe, und das war die, daß sie verstand, was man sagte; er hatte niemals jemanden kennengelernt, mit dem man so gut reden konnte wie mit ihr. Man konnte irgend etwas sagen – man konnte alles sagen, und dabei war sie doch nie anbiedernd. An dieser Stelle gebot er sich selbst Einhalt, denn es erschien ihm plötzlich, daß er weniger über sie wußte als über irgend jemanden sonst. Diese Überlegungen waren ihm alle schon viele Male durch den Kopf gegangen; oftmals hatte er vernünftig zu argumentieren versucht; und wieder war er bei seinen alten Zweifeln angelangt. Er kannte sie nicht, und er wußte nicht, was sie empfand, oder ob sie für ein Zusammenleben geeignet waren, oder ob er sie heiraten wollte, und doch, er war in sie verliebt.

Einmal angenommen, er ginge zu ihr und sagte (er verlangsamte seinen Schritt und begann, laut zu reden, so als spräche er zu Rachel):

»Ich bete dich zwar an, aber ich verabscheue die Ehe, ich hasse ihre Gemütlichkeit, ihre Geborgenheit, ihren Kompromiß und den Gedanken, daß du dich in meine Arbeit einmischst, mir dabei hinderlich bist; was würdest du darauf antworten?«

Er blieb stehen, lehnte sich an einen Baumstamm und starrte blicklos auf ein paar Steine, die am Ufer des trockenen Flußbetts verstreut lagen. Er sah Rachels Gesicht deutlich vor sich, die grauen Augen, das Haar, den Mund; das Gesicht, das so unterschiedlich aussehen konnte – unansehnlich, leer, nahezu unbedeutend, oder aber wild, leidenschaftlich, beinah schön, das jedoch in seinen Augen stets dasselbe war, und zwar wegen der unglaublichen Freiheit, mit der sie ihn ansah und redete, wie es ihren Empfindungen entsprach. Was sie wohl antworten würde? Was empfand sie? Liebte sie ihn, oder empfand sie überhaupt nichts für ihn oder für sonst irgendeinen Mann, da sie doch, wie sie neulich nachmittags gesagt hatte, frei war wie der Wind oder das Meer?

»Oh ja, du bist frei!« rief er aus, beim Gedanken an sie von Glücksgefühlen ergriffen, »und ich würde dir diese Freiheit lassen. Wir wären gemeinsam frei. Wir würden alles miteinander teilen. Kein Glück käme unserem gleich. Kein Leben käme unserem gleich.« Er öffnete die Arme so weit, als wollte er sie und die Welt gleichzeitig umarmen.

Er war außerstande, noch länger über die Ehe nachzudenken oder kühle Erwägungen über Rachels Wesen anzustellen, oder wie es wäre, wenn sie zusammen lebten, und sank statt dessen zu Boden und überließ sich völlig dem Gedanken an sie, und alsbald quälte ihn das Verlangen wieder, in ihrer Nähe zu sein.

19. Kapitel

Hewet hätte seine Qualen jedoch nicht dadurch noch zu vergrößern brauchen, daß er sich ausmalte, wie Hirst sich immer noch mit Rachel unterhielt. Das Grüppchen löste sich nämlich schon bald auf, als die Flushings in die eine, Hirst in die andere Richtung davongingen und Rachel in der Hotelhalle zurückblieb; sie schob die Illustrierten auseinander, nahm mal diese, mal jene zur Hand, und in ihren Gesten drückte sich das ruhelose, noch ungeformte Verlangen aus, das sie im Innern bewegte. Sie wußte nicht, ob sie gehen oder bleiben sollte, wenn Mrs Flushing ihr auch befohlen hatte, zum Tee zu erscheinen. Die Halle war leer bis auf Miss Willett, die auf einem Notenblatt sakraler Musik Tonleitern übte, und die Carters, ein reiches Paar, das das Mädchen nicht mochte, weil seine Schnürsenkel sich gelöst hatten und es nicht fröhlich genug wirkte, woraus sie indirekt schlossen, Rachel könne sie nicht leiden. Sie hätte sie auch bestimmt nicht leiden können, wenn sie sie gesehen hätte, und zwar aus dem trefflichen Grund, daß Mr Carter seinen Schnurrbart wichste und Mrs Carter Armbänder trug und sie allem Anschein nach die Art von Leuten waren, die sie nicht mögen würden; sie war jedoch zu sehr von ihrer Unruhe gefangengenommen, um sich darüber Gedanken zu machen oder auch nur hinzuschauen.

Sie blätterte gerade in einer amerikanischen Hochglanzzeitschrift, als die Eingangstür aufflog, ein Lichtkeil über das Parkett fiel und eine kleine weiße Gestalt, die alles Licht auf sich zu ziehen schien, quer durch den Raum geradewegs auf sie zukam.

»Was! Sie hier?« rief Evelyn. »Ich habe Sie beim Mittagessen nur flüchtig gesehen; Sie haben allerdings nicht geruht, *mich* zu sehen.«

Es gehörte zu Evelyns Eigenart, daß sie trotz der vielen Zurückweisungen, die ihr zuteil wurden oder die sie sich einbildete, niemals aufhörte, den Menschen nachzustellen, die sie kennenlernen wollte, und es auf längere Sicht im allgemeinen auch schaffte, sie kennenzulernen und sogar von ihnen gemocht zu werden.

Sie blickte sich um. »Ich hasse dies Haus. Ich hasse diese Menschen«, sagte sie. »Ich wär froh, wenn Sie mit mir auf mein Zimmer hinaufkämen. Ich möchte nämlich mit Ihnen reden.«

Da Rachel weder Lust hatte zu bleiben noch zu gehen, faßte Evelyn sie beim Handgelenk und zog sie aus der Halle zur Treppe. Während sie zwei Stufen auf einmal nahmen, sprudelte Evelyn, ohne Rachels Handgelenk jemals loszulassen, abgerissene Sätze hervor, die alle ausdrückten, daß es sie nicht die Bohne kümmere, was die Leute sagten. »Wieso denn auch, wenn man doch weiß, daß man im Recht ist? Und soll sie doch alle der Teufel holen! Das ist meine Meinung!«

Sie befand sich im Zustand höchster Erregung, und ihre Armmuskeln zuckten nervös. Sie wartete anscheinend nur darauf, daß die Tür sich schloß, um Rachel ihr Herz ausschütten zu können. Tatsächlich setzte sie sich, kaum daß sie in ihrem Zimmer waren, ans Fußende des Bettes und sagte: »Sie halten mich wohl für verrückt?«

Rachel war nicht in der Stimmung, sich irgendeine klare Vorstellung von der Gemütsverfassung eines Menschen zu machen. Hingegen war sie durchaus in der Stimmung, ohne Angst vor den Folgen, die das haben könnte, alles frei herauszusagen, was ihr in den Sinn kam.

»Jemand hat um Ihre Hand angehalten«, bemerkte sie.

»Wie um alles auf der Welt haben Sie denn das erraten?« rief Evelyn, offensichtlich angenehm überrascht. »Sehe ich denn aus, als hätte ich gerade einen Heiratsantrag bekommen?«

»Sie sehen aus, als bekämen Sie jeden Tag welche«, antwortete Rachel.

»Aber ich werde doch wohl nicht mehr bekommen haben als Sie selbst«, sagte sie. Ihr Lachen klang ziemlich unaufrichtig.

»Ich habe noch nie einen bekommen.«

»Werden Sie aber – haufenweise –, das ist das Einfachste von der Welt – Doch das, was heute nachmittag passiert ist, ist eigentlich etwas anderes. Es ist – ach, es ist ein Durcheinander, ein abscheuliches, gräßliches, ekelhaftes Durcheinander!«

Sie ging zum Waschtisch und benetzte sich die Wangen mit kaltem Wasser aus einem Schwamm; denn sie waren glühend heiß. Währenddessen wandte sie sich, leise bebend, um und erklärte in dem leicht schrillen Ton nervöser Erregung: »Alfred Perrott behauptet, ich hätte ihm versprochen, ihn zu heiraten, und ich behaupte, daß ich das niemals getan habe. Sinclair sagt, er erschießt sich, wenn ich ihn nicht heirate, und ich sage dazu nur: ›Schön, dann erschieß dich!‹ Doch natürlich tut er das nicht – tun die nie. Und Sinclair hat mich nun heute nachmittag zu fassen bekommen und angefangen, auf eine Antwort zu drängen und mir vorzuwerfen, ich flirtete mit Alfred Perrott, und dann hat er gesagt, ich hätte kein Herz und sei die reinste Sirene und ach, eine ganze Menge erfreulicher Dinge dieser Art. So daß ich schließlich zu ihm gesagt habe: ›So, Sinclair, jetzt hast du dich wohl hinreichend ausgesprochen. Vielleicht kann ich jetzt gehen.‹ Und da hat er mich gepackt und geküßt – der ekelhafte Rohling –, jetzt noch spüre ich sein garstiges haariges Gesicht, hier – als ob er dazu auch nur das geringste Recht gehabt hätte nach allem, was er gerade gesagt hatte!«

Sie bearbeitete energisch eine Stelle an ihrer linken Wange mit dem Schwamm.

»Ich bin noch nie einem Mann begegnet, der dem Vergleich mit einer Frau standgehalten hätte!« rief sie; »sie haben keine Würde, sie haben keine Courage, sie haben nichts als ihre tierischen Begierden und ihre rohe Kraft! Hätte irgendeine Frau sich vielleicht so verhalten – wenn ein Mann ihr gesagt hätte, er wolle sie nicht? Dafür haben wir zuviel Selbstachtung; wir sind unendlich viel feiner als sie.«

Sie lief im Zimmer umher und tupfte sich dabei die nassen Wangen mit einem Handtuch ab. Tränen liefen ihr jetzt zusammen mit den kalten Wassertropfen übers Gesicht.

»Es macht mich wütend«, erklärte sie, während sie sich die Augen trocknete.

Rachel saß und beobachtete sie. Sie dachte nicht über Evelyns Lage nach; sie dachte nur, daß die Welt voller Menschen war, die Qualen ausstanden.

»Hier gibt es nur einen einzigen Mann, den ich wirklich mag«, fuhr Evelyn fort; »Terence Hewet. Man hat das Gefühl, ihm vertrauen zu können.«

Bei diesen Worten durchfuhr es Rachel eisig; ihr Herz schien von kalten Händen zusammengepreßt zu werden.

»Weshalb?« fragte sie. »Weshalb können Sie ihm vertrauen?«

»Ich weiß nicht«, sagte Evelyn. »Haben Sie denn nicht auch bestimmte Ahnungen, was Menschen angeht? Ahnungen, auf die Sie sich absolut verlassen können? Ich habe mich neulich nachts lange mit Terence unterhalten. Danach hatte ich das Gefühl, daß wir wirklich Freunde geworden waren. Er hat etwas von einer Frau –« Sie verstummte, als dächte sie an höchst vertrauliche Dinge, die Terence zu ihr gesagt hatte, so jedenfalls deutete Rachel ihren Blick.

Sie brachte es nicht über sich zu fragen: »Hat er Ihnen einen Heiratsantrag gemacht?«, die Frage war einfach zu schrecklich, und schon erklärte Evelyn, die feinsten Männer seien wie Frauen, und Frauen seien edler als Männer – beispielsweise sei es gänzlich unvorstellbar, daß eine Frau wie Lillah Harrison irgendwelcher gemeiner Gedanken fähig sei oder irgendeinen gemeinen Zug an sich habe.

»Ein Jammer, daß Sie sie nicht kennen!« rief sie.

Sie beruhigte sich zusehends, und ihre Wangen waren mittlerweile ganz trocken. Ihre Augen hatten wieder den gewohnten Ausdruck sprühender Lebhaftigkeit angenommen, und sie schien Alfred und Sinclair und ihre ganze Erregung vergessen zu haben.

»Lillah leitet ein Heim für Trinkerinnen in der Deptford Road«, fuhr sie fort. »Sie hat es gegründet, eingerichtet, alles auf eigene Faust, und mittlerweile ist es das größte seiner Art in England. Sie können sich nicht vorstellen, was das für Frauen sind – und wie deren Zuhause aussieht. Doch sie hält sich Tag und Nacht unter ihnen auf. Ich bin oft bei ihr gewesen ... Das ist der Punkt, wo es bei uns hapert ... Wir *tun* nichts. Was tun Sie denn?« wollte sie wissen und blickte Rachel mit einem leicht ironischen Lächeln an. Rachel hatte kaum zugehört, und ihre Miene war leer und unglücklich. Sie hatte gegen Lillah Harrison und deren Arbeit in der Deptford Road ebenso eine Abneigung gefaßt wie gegen Evelyn M. und ihren Überfluß an Liebesgeschichten.

»Ich spiele«, sagte sie und gab sich den Anschein unerschütterlicher Gemütsruhe.

»Das dachte ich mir schon!« Evelyn lachte. »Keine von uns tut je etwas anderes, als zu spielen. Und das ist der Grund, weshalb Frauen wie Lillah Harrison, die zwanzigmal mehr wert ist als Sie und ich, sich zu Tode schuften müssen. Doch ich bin das Spielen leid«, fuhr sie fort, mittlerweile flach auf dem Bett liegend, und hob die Arme über den Kopf. So ausgestreckt, wirkte sie winziger als je zuvor.

»Ich werde jetzt etwas tun. Mir ist da eine glänzende Idee gekommen. Hören Sie, Sie müssen mitmachen. Ich bin überzeugt, in Ihnen steckt einiges, obwohl Sie so wirken, als – naja, als hätten Sie Ihr ganzes Leben in einem Garten zugebracht.« Sie setzte sich auf und begann, Rachel lebhaft auseinanderzusetzen, was ihr vorschwebte. »Ich gehöre einem Klub in London an. Er trifft sich jeden Samstag, deshalb heißt er auch Samstagsklub. Eigentlich sollten wir dort über Kunst sprechen, doch ich bin es leid, über Kunst zu sprechen – was hat das schon für einen Sinn? Wo doch um einen herum so viele Dinge passieren! Man hat auch nicht den Eindruck, daß die dort groß etwas über Kunst zu sagen hätten. Also werde ich denen jetzt sagen, wir hätten nun genug über Kunst geredet, und nun redeten wir zur Abwechslung besser mal über das Leben. Angelegenheiten, die wirklich das Leben der Menschen berühren, wie der Weiße Sklavenhandel, das Frauenwahlrecht, die Insurance Bill usw. Und wenn wir uns entschieden haben, was wir tun wollen, dann könnten wir uns in eine Vereinigung umwandeln, die genau das tut ... Ich bin sicher, wenn Menschen wie wir die Dinge in die Hand nähmen, statt sie Polizisten und Abgeordneten zu überlassen, binnen sechs Monaten wäre Schluß mit der –« sie senkte bei dem häßlichen Wort die Stimme – »Prostitution. Meine Vorstellung ist dabei, daß Männer und Frauen in diesen Fragen gemeinsam handeln sollten. Wir sollten nach Piccadilly hineingehen und eins von diesen armen Geschöpfen ansprechen und sagen: ›Nun hör mir mal zu: Ich bin nicht besser als du, und ich gebe auch nicht vor, besser zu sein, doch du machst da etwas, das, wie du weißt, erniedrigend ist, und ich will nicht, daß du erniedrigende Dinge tust, weil wir unter der Haut alle gleich sind, und wenn du etwas Erniedrigendes tust, dann geht das auch mich etwas an.‹ Das ist genau das, was Mr Bax heute morgen gesagt hat, und es stimmt, auch wenn ihr gescheiten Menschen – Sie gehören doch auch dazu, hm? – das nicht glaubt.«

Wenn Evelyn zu reden anfing – das war eine Tatsache, die sie oft bedauerte –, überschlugen ihre Gedanken sich förmlich, so daß sie niemals Zeit hatte, sich anzuhören, was andere dachten. Sie gönnte sich gerade die Zeit, um Atem zu schöpfen, und fuhr dann fort:

»Ich sehe nicht ein, weshalb die Leute vom Samstagsklub auf diesem Wege nicht etwas Großartiges leisten sollten«, sagte sie. »Natürlich geht das nicht ohne Organisation, jemanden, der sich dem Ganzen mit Leib und Seele verschreibt, doch ich bin bereit, das zu tun. Ich lasse mich von der Vorstellung leiten, daß man zu allererst an den Menschen denkt, und die abstrakten Ideen beiseite läßt. Was Lillah falsch macht – sofern sie überhaupt etwas falsch macht – ist, daß sie als erstes an den Alkoholverzicht denkt, und dann erst kommen die Frauen. Denn eins kann ich immerhin zu meinen Gunsten sagen«, fuhr sie fort, »ich bin zwar nicht intellektuell oder künstlerisch veranlagt oder sonst etwas in der Art, doch ich bin ziemlich menschenfreundlich.« Sie ließ sich vom Bett gleiten und blickte nun, auf dem Boden sitzend, zu Rachel empor. Sie blickte ihr forschend ins Gesicht, als versuchte sie, darin zu lesen, was für ein Charakter sich hinter dem Gesicht verbarg. Sie legte Rachel die Hand aufs Knie.

»Und darauf kommt es am Ende doch an – daß man sich menschenfreundlich verhält, oder etwa nicht?« fuhr sie fort. »Daß man wirklich ist, was Mr Hirst auch immer sagen mag. Sind Sie wirklich?«

Rachel hatte wie zuvor Terence das Gefühl, daß Evelyn zu dicht bei ihr saß, und daß diese Nähe etwas Erregendes hatte, wenn sie zugleich auch unangenehm war. Sie konnte sich die Mühe sparen, eine Antwort auf diese Frage zu finden, denn Evelyn fragte als nächstes: »Glauben Sie denn an irgend etwas?«

Um dem prüfenden Blick dieser leuchtenden blauen Augen zu entkommen und ihrer körperlichen Unruhe abzuhelfen, schob Rachel ihren Stuhl zurück, rief: »An alles!« und begann, alle möglichen Gegenstände anzufassen – die Bücher auf dem Tisch, die Fotografien, die Pflanze mit den fleischigen Blättern und den steifen Borsten, die in einem großen Tontopf im Fenster stand.

»Ich glaube an das Bett, an die Fotografien, an den Blumentopf, an den Balkon, an die Sonne, an Mrs Flushing«, erklärte sie und sprach immer noch gänzlich ungehemmt, als zwinge sie irgend etwas im

Hinterkopf, die Dinge zu sagen, die man gewöhnlich nicht sagt. »Doch ich glaube nicht an Gott, ich glaube nicht an Mr Bax, ich glaube nicht an die Krankenschwester. Ich glaube nicht –« Sie nahm eine Fotografie in die Hand und sprach ihren Satz nicht zu Ende, als sie sah, was darauf abgebildet war.

»Das ist meine Mutter«, sagte Evelyn, die am Boden sitzen blieb und die Knie mit den Armen umschlungen hielt, während sie Rachel neugierig beobachtete.

Rachel betrachtete das Porträt nachdenklich. »Ja, an sie glaube ich auch nicht sehr«, sagte sie nach einer Weile mit leiser Stimme.

Mrs Murgatroyd sah in der Tat aus, als habe man ihr jegliches Leben aus dem Leib geprügelt; sie kniete auf einem Stuhl und starrte auf rührende Weise hinter dem Körper eines Spitzes hervor, den sie wie zu ihrem Schutz an ihre Wange preßte.

»Und das ist mein Papa«, sagte Evelyn, denn es steckten zwei Fotografien im selben Rahmen. Die zweite Fotografie zeigte einen gutaussehenden Soldaten mit feinen, regelmäßigen Zügen und einem buschigen schwarzen Schnauzbart; seine Hand ruhte auf dem Heft seines Degens; es bestand eine ausgeprägte Ähnlichkeit zwischen ihm und Evelyn.

»Und sie sind auch der Grund dafür«, sagte Evelyn, »daß ich anderen Frauen helfen will. Sie wissen vermutlich über mich Bescheid? Sie waren nämlich nicht verheiratet; ich bin ein Niemand. Ich schäme mich dessen nicht im geringsten. Sie haben einander dennoch geliebt, und das ist mehr, als die meisten Menschen von ihren Eltern sagen können.«

Rachel setzte sich mit den beiden Fotografien in den Händen aufs Bett und verglich sie – den Mann und die Frau, die einander, so behauptete Evelyn, geliebt hatten. Diese Tatsache interessierte sie mehr als die Kampagne zugunsten unglücklicher Frauen, die Evelyn erneut zu schildern begann. Sie schaute ein weiteres Mal von einer Fotografie zur anderen.

»Wie ist das denn Ihrer Meinung nach wohl«, fragte sie, als Evelyn für einen Augenblick verstummte, »wenn man verliebt ist?«

»Sind Sie denn noch nie verliebt gewesen?« fragte Evelyn. »Ach nein – man braucht Sie ja nur anzuschauen, um das zu sehen«, setzte sie hinzu. Sie dachte nach. »Richtig verliebt war ich nur einmal«, sagte sie. Sie verlor sich in ihren Gedanken, und ihre Augen büßten ihre sprühende Lebhaftigkeit ein und nahmen statt dessen beinah einen Ausdruck der Zärtlichkeit an. »Es war himmlisch – solange es währte. Das Schlimmste daran ist, daß es nicht andauert, jedenfalls nicht bei mir. Das ist das Ärgerliche.«

Sie fuhr fort, über das heikle Problem mit Alfred und Sinclair nachzudenken, zu dem sie angeblich Rachels Rat hatte hören wollen. Doch sie wollte gar keinen Rat; sie wollte Vertraulichkeit. Als sie Rachel ansah, die immer noch auf dem Bett saß und die Fotografien betrachtete, blieb ihr nichts anderes übrig, als einzusehen, daß die andere sich nicht mit ihr beschäftigte. Womit beschäftigte sie sich denn dann? Wieder einmal spürte Evelyn quälend dies kleine Lebensfünkchen in ihr, das sich unablässig mühte, auf andere überzuspringen, und unablässig mißachtet wurde. Sie verstummte und verlegte sich darauf, ihren Gast zu betrachten – Rachels Schuhe, Strümpfe, die Kämme in ihrem Haar, mit einem Wort, sämtliche Einzelheiten ihrer Aufmachung, als könnte sie, wenn sie jedes Detail festhielt, näher an das Leben im Innern herangelangen.

Rachel legte die Fotografien endlich nieder, ging zum Fenster und bemerkte: »Das ist eigenartig. Die Leute reden genausoviel über die Liebe wie über die Religion.«

»Ich wäre wirklich froh, wenn Sie sich hinsetzen und reden würden«, sagte Evelyn ungeduldig.

Statt dessen öffnete Rachel das Fenster, das aus zwei langen Scheiben bestand, und schaute in den darunterliegenden Garten hinab.

»Das ist die Stelle, wo wir uns am ersten Abend verlaufen haben«, sagte sie. »Das muß in den Büschen da unten gewesen sein.«

»Da unten schlachten sie Hühner«, sagte Evelyn. »Sie schneiden ihnen den Kopf mit dem Messer ab – ekelhaft. Doch nun erzählen Sie mir – was –«

»Ich würde gern das Hotel erkunden«, unterbrach Rachel sie. Sie zog den Kopf wieder ein und blickte auf Evelyn, die immer noch auf dem Boden saß.

»Es ist genau wie alle anderen Hotels«, sagte Evelyn.

Das mochte schon sein, obwohl in Rachels Augen jedes Zimmer

und jeder Flur und jeder Stuhl im Haus seinen eigenen Charakter besaß; doch sie hielt es einfach nicht länger an einem Ort aus. Sie bewegte sich langsam auf die Tür zu.

»Was wollen Sie denn bloß?« sagte Evelyn. »Sie machen den Eindruck, als dächten Sie ständig an irgend etwas, das Sie nicht laut sagen ... Nun sagen Sie es doch!«

Doch auch auf diese Aufforderung ging Rachel nicht ein. Sie blieb, die Finger am Türknauf, stehen, als erinnere sie sich, daß noch irgendeine Äußerung von ihr erwartet wurde.

»Sie werden vermutlich einen von beiden heiraten«, sagte sie, und dann drehte sie den Türknauf und schloß die Tür hinter sich. Sie ging langsam den Flur hinunter und streifte dabei mit einer Hand an der Wand entlang. Sie achtete nicht darauf, wohin sie ging, und so kam es, daß sie einen Flur hinabging, der nur zu einem Fenster und einem Balkon führte. Sie blickte auf den Küchentrakt hinab, die falsche Seite des Hotels, die von der richtigen durch einen Irrgarten aus kleinen Büschen getrennt war. Der Boden war nackt, alte Blechbüchsen lagen umher, und auf den Büschen lagen Handtücher und Schürzen zum Trocknen. Hin und wieder kam ein Kellner mit einer weißen Schürze heraus und warf Abfall auf einen Haufen. Zwei füllige Frauen in Baumwollkleidern saßen vor blutverschmierten Blechtabletts mit gelben Körpern über den Knien auf einer Bank. Sie rupften das Federvieh und unterhielten sich beim Rupfen. Auf einmal kam flatternd, halb fliegend, halb laufend, ein Huhn auf den Platz gerannt, das von einer dritten Frau verfolgt wurde, die kaum unter achtzig sein konnte. Obwohl sie zusammengeschrumpft und wacklig auf den Beinen war, setzte sie, vom Gelächter der beiden anderen angestachelt, ihre Jagd fort; ihr Gesicht war wutverzerrt, und sie fluchte beim Laufen auf Spanisch. Das Huhn, das hier von einem Händeklatschen und dort von einem Handtuch erschreckt wurde, rannte im Zickzack hin und her und flatterte schließlich genau auf die alte Frau zu, die ihren knapp bemessenen grauen Rockschoß aufhielt, um es darin einzufangen, sich vornüberbeugte wie über ein Bündel und es dann von sich weghielt, um ihm mit einer Miene, in der sich rachsüchtige Entschlossenheit und Triumph mischten, den Kopf abzuschlagen. Das Blut und das häßliche Gezappel faszinierten Rachel, so daß sie sich, obwohl sie wußte, daß mittlerweile jemand hinter sie getreten war und nun neben ihr stand, erst umdrehte, als die alte Frau sich neben den beiden anderen auf der Bank niedergelassen hatte. Dann blickte sie ruckhaft auf, weil das Gesehene so häßlich gewesen war. Es war Miss Allan, die neben ihr stand.

»Kein schöner Anblick«, sagte Miss Allan, »obwohl ich schon finde, daß es eigentlich humaner ist als unsere Methode ... Ich glaube, Sie sind noch nie in meinem Zimmer gewesen«, setzte sie hinzu und wandte sich um, als wolle sie Rachel auffordern, ihr doch zu folgen. Rachel folgte ihr, denn sie hatte bei jeder neuen Person das Gefühl, sie könne ihr vielleicht die unerklärliche Bürde abnehmen, die sie drückte.

Die Zimmer des Hotels waren alle vom selben Zuschnitt, nur daß einige größer und andere kleiner waren; sie hatten einen dunkelroten Fliesenboden; sie hatten ein hochbeiniges Bett, das mit einem Moskitonetz drapiert war; sie hatten jeweils einen Schreibtisch und einen Toilettentisch und ein paar Sessel. Doch sowie ein Überseekoffer ausgepackt worden war, wurden die Zimmer ganz unterschiedlich, so daß Miss Allans Zimmer ganz anders war als Evelyns Zimmer. Da gab es keine verschiedenfarbigen Hutnadeln auf dem Toilettentisch; keine Parfümflaschen; keine schmale, gebogene Schere; keine große Auswahl von Schuhen und Stiefeln; keine Seidenunterröcke, die über den Sesseln hingen. Das Zimmer war ungeheuer ordentlich. Alles schien es paarweise zu geben. Auf dem Schreibtisch lagen jedoch Stöße von Manuskriptseiten, und ein ausgezogener Tisch stand vor dem Lehnstuhl, und darauf lagen zwei getrennte Stapel dunkel eingebundener Bibliotheksbücher, aus denen an verschiedenen Stellen eine große Zahl Papierstreifen heraussahen. Miss Allan hatte Rachel aus Nettigkeit hereingebeten, da sie annahm, sie warte auf etwas und habe nichts zu tun. Außerdem mochte sie junge Frauen, denn sie hatte viele unterrichtet, und da sie seitens der Ambroses soviel Gastfreundschaft erfahren hatte, war sie froh, sie ihnen wenigstens zu einem winzigen Teil entgelten zu können. Folglich schaute sie sich jetzt nach irgend etwas um, das sie ihr zeigen konnte. Das Zimmer bot nicht viel Unterhaltendes. Sie berührte ihr Manuskript. »Zeitalter

Chaucers; Zeitalter Elizabeths; Zeitalter Drydens«, sagte sie nachdenklich. »Ich bin froh, daß es nicht gar so viele Zeitalter mehr gibt. Ich bin immer noch in der Mitte des achtzehnten Jahrhunderts. Wollen Sie sich nicht setzen, Miss Vinrace? Der Stuhl ist zwar zierlich, aber standfest . . . Euphues. Die Keimzelle des englischen Romans«, fuhr sie fort, während sie einen Blick auf eine andere Seite warf. »Ist das etwas, das Sie interessiert?«

Sie schaute Rachel mit dem Ausdruck schlichter Freundlichkeit an, als wäre sie zu allem bereit, wenn sie ihr nur irgendeinen Wunsch erfüllen konnte. Dieser Ausdruck in einem Gesicht, in dem die Sorgen und das Nachdenken ihre Spuren hinterlassen hatten, besaß einen ganz besonderen Charme.

»Ach nein, bei Ihnen ist es ja die Musik, nicht wahr?« erinnerte sie sich, »und ich finde ganz allgemein, daß beides nicht zusammenpaßt. Bisweilen gibt es natürlich Wunderkinder –« Sie schaute sich nach etwas um, und erblickte jetzt ein Glas auf dem Kaminsims, das sie herunterholte und Rachel reichte. »Wenn Sie den Finger in dies Glas stecken, gelingt es Ihnen vielleicht, ein Stück kandierten Ingwer herauszuholen. Sind Sie ein Wunderkind?«

Der Ingwer lag jedoch zu weit unten und war nicht zu erreichen.

»Das macht nichts«, sagte Rachel, als Miss Allan sich nach einem anderen Instrument umsah. »Ich mag wohl sowieso keinen kandierten Ingwer.«

»Haben Sie nie welchen probiert?« wollte Miss Allan wissen. »Dann würde ich meinen, ist es Ihre Pflicht, das jetzt zu tun. Schließlich könnte er ja Ihr Leben um eine weitere Freude bereichern, und da Sie noch jung sind –« Sie erwog, ob ein Schuhknöpfer in Frage kam. »Ich probiere grundsätzlich alles«, sagte sie. »Finden Sie nicht, daß das doch sehr ärgerlich wäre, wenn Sie Ingwer zum erstenmal auf dem Totenbett probieren würden und dann feststellen müßten, daß Ihnen nie im Leben etwas so gut geschmeckt hat? Ich würde mich so ungeheuer ärgern, daß ich vermutlich allein schon deshalb wieder gesund würde.«

Jetzt hatte sie Erfolg, und am Ende des Schuhknöpfers tauchte ein Brocken Ingwer auf. Während sie den Schuhknöpfer abwischen ging, biß Rachel in den Ingwer und schrie sofort: »Das muß ich ausspucken!«

»Haben Sie ihn auch bestimmt richtig probiert?« wollte Miss Allan wissen.

Als Antwort warf Rachel ihn aus dem Fenster.

»Immerhin eine Erfahrung mehr«, sagte Miss Allan gelassen. »Warten Sie – weiter kann ich Ihnen nichts anbieten, es sei denn, Sie wollen dies hier probieren.« Über ihrem Bett hing ein Wandschränkchen, und sie nahm eine schlanke, elegante Flasche heraus, die mit einer leuchtend grünen Flüssigkeit gefüllt war.

»Crème de Menthe«, sagte sie, »ein Likör, wissen Sie? Sieht ganz so aus, als tränke ich, hm? Eigentlich dient er jedoch eher zum Beweis, was für ein ungeheuer enthaltsamer Mensch ich bin. Diese Flasche habe ich schon seit sechsundzwanzig Jahren«, setzte sie hinzu und betrachtete sie mit Stolz, als sie sie auf den Kopf stellte und der Stand der Flüssigkeit erkennen ließ, daß die Flasche immer noch unberührt war.

»Seit sechsundzwanzig Jahren?« rief Rachel.

Miss Allan war zufrieden, denn sie hatte Rachel in Erstaunen setzen wollen.

»Als ich vor sechsundzwanzig Jahren nach Dresden fuhr«, sagte sie, »erklärte eine Freundin von mir, sie wolle mir etwas schenken. Sie stellte sich vor, daß im Fall eines Schiffsuntergangs oder Unfalls etwas Anregendes ganz nützlich sein könnte. Da ich dafür jedoch keine Verwendung hatte, gab ich es ihr nach meiner Rückkehr wieder zurück. Am Abend vor einer Auslandsreise taucht dieselbe Flasche jedesmal wieder auf, und sie wird immer von demselben Briefchen begleitet; sowie ich wohlbehalten heimgekehrt bin, wird sie wieder zurückgegeben. Ich sehe darin eine Art Zaubermittel gegen Unfälle. Ich bin zwar einmal vierundzwanzig Stunden lang aufgehalten worden, weil sich zuvor auf meiner Strecke ein Eisenbahnunglück ereignet hatte, doch selbst habe ich nie einen Unfall erlitten. Ja«, fuhr sie fort und wandte sich jetzt an die Flasche, »wir haben viele Landstriche und Wandschränkchen miteinander gesehen, hm? Ich habe mir vorgenommen, demnächst ein silbernes Etikett mit einem Aufdruck anfertigen zu lassen. Es handelt sich hier um einen Herrn, wie Sie vielleicht sehen können, und sein Name ist Oliver ... Ich glaube nicht, daß ich Ihnen verzeihen könnte, Miss Vinrace, wenn Sie meinen Oliver fallen lassen würden«, sagte sie, nahm Rachel die Flasche entschlossen wieder aus der Hand und stellte sie in das Schränkchen zurück.

Rachel hatte die Flasche am Hals hin und her schwingen lassen. Sie hatte Miss Allan dabei so interessiert zugehört, daß sie sie ganz vergessen hatte.

»Also«, rief sie, »das finde ich schon merkwürdig; daß jemand sechsundzwanzig Jahre lang eine Freundin hat und eine Flasche und – daß Sie diese vielen Reisen gemacht haben.«

»Ach, überhaupt nicht; ich würde sagen, es ist das Gegenteil von merkwürdig«, erwiderte Miss Allan. »Ich habe mich immer schon für den gewöhnlichsten Menschen von der Welt gehalten. Es ist ziemlich ausgefallen, ein derart gewöhnlicher Mensch zu sein wie ich. Da fällt mir wieder ein – sind Sie denn nun ein Wunderkind, oder haben Sie gesagt, Sie seien keins?«

Sie lächelte Rachel sehr herzlich zu. Wie sie sich so schwerfällig durchs Zimmer bewegte, hatte man den Eindruck, daß sie soviel erfahren und erlebt hatte, daß ihre Worte Balsam für jeglichen Kummer sein mußten, wenn man sie nur würde dazu bewegen können, von ihnen Gebrauch zu machen. Miss Allan, die gerade die Tür des Wandschranks schloß, machte jedoch keine Anstalten, eine Verschwiegenheit aufzugeben, die sich seit vielen Jahren über sie gesenkt hatte. Ein Gefühl des Unbehagens bewirkte, daß Rachel ihrerseits stumm blieb; einerseits hätte sie zu gern alle Zurückhaltung fahren lassen und einen Funken aus dem kühlen rosigen Fleisch geschlagen; andererseits war ihr klar, daß das zwecklos war und ihnen nichts anderes übrigblieb, als stumm aneinander vorbeizutreiben.

»Ich bin kein Wunderkind. Ich finde es sehr schwierig zu sagen, was ich meine –«, bemerkte sie nach geraumer Weile.

»Das ist, glaube ich, eine Frage des Temperaments«, sagte Miss Allan, um ihr zu helfen. »Manchen Menschen fällt das nicht schwer; für mich selbst habe ich hingegen festgestellt, daß es ungeheuer viele Dinge gibt, die ich einfach nicht sagen kann. Ich halte mich allerdings auch für sehr langsam. Eine meiner Kolleginnen zum Beispiel sagt, ob sie jemanden mag oder nicht, erkennt sie daran – wie war das noch? – ach ja, daran, wie jemand beim Frühstück guten Morgen sagt. Bei mir vergehen manchmal Jahre, bis ich mich zu einer Entscheidung durchgerungen habe. Die meisten jungen Menschen scheinen sich damit aber doch nicht schwer zu tun?«

»Oh doch«, sagte Rachel. »Das ist schwierig!«

Miss Allan schaute Rachel ruhig an, sagte jedoch nichts weiter; sie hegte den Verdacht, daß es da irgendwelche Schwierigkeiten gab. Dann legte sie die Hand an den Hinterkopf und stellte fest, daß eine der festgesteckten grauen Locken sich gelöst hatte.

»Ich muß Sie um Nachsicht bitten«, sagte sie, sich erhebend, »wenn ich mir das Haar richte. Ich habe bis heute noch keine anständige Haarnadel gefunden. Ein anderes Kleid muß ich mir übrigens auch anziehen; und ich wäre doch sehr froh, wenn Sie mir behilflich wären, weil es da eine ganze Reihe langweiliger Häkchen gibt, die ich zwar allein zumachen *kann*, doch brauche ich dafür zehn bis fünfzehn Minuten; während ich es mit Ihrer Hilfe –«

Sie schlüpfte aus Jacke, Rock und Bluse, trat vor den Spiegel und richtete sich das Haar, eine stämmige, vertrauenerweckende Gestalt, und ihr Unterrock war so kurz, daß sie auf einem Paar dicker schiefergrauer Beine vor dem Spiegel stand.

»Es heißt immer, die Jugendzeit sei angenehm; ich persönlich finde das mittlere Alter weitaus angenehmer«, bemerkte sie, während sie ihre Haarnadeln und Kämme herauszog und die Bürste zur Hand nahm. Wenn es offen herabhing, reichte ihr das Haar nur bis in den Nacken.

»Wenn man jung ist«, fuhr sie fort, »kommt einem leicht alles so ungeheuer ernst vor, wenn man in diese Richtung schlägt ... Und jetzt mein Kleid.«

In unglaublich kurzer Zeit war ihr Haar wieder auf die gewohnte Weise aufgerollt und festgesteckt. Die obere Hälfte ihres Körpers wurde nun in dunkles Grün mit schwarzen Streifen gehüllt; der Rock jedoch wollte an allen möglichen Stellen zugehakt werden, und Rachel mußte sich hinknien, um die Häkchen richtig zu sehen.

»Ich erinnere mich, daß unsere Miss Johnson mit dem Leben ganz und gar nicht zufrieden war«, fuhr Miss Allan fort. Sie wandte den Rücken zum Licht. »Und dann fing sie an, Meerschweinchen zu züchten, wegen der Flecken, und ging völlig darin auf. Ich habe gerade erfahren, daß das gelbe Meerschweinchen ein schwarzes Kleines bekommen hat. Wir haben einen Sixpence darum gewettet. Da wird sie ja furchtbar stolz sein.«

Der Rock war befestigt. Sie betrachtete sich im Spiegel, und ihr Gesicht nahm diesen sonderbar starren Ausdruck an, den der Blick in den Spiegel gemeinhin hervorruft.

»Kann ich mich so unter meinen Mitmenschen sehen lassen?« fragte sie. »Ich weiß schon wieder nicht, wie herum das geht – doch angeblich bekommen schwarze Tiere nur sehr selten gescheckte Junge – es kann aber auch andersherum sein. Ich habe es mir schon so oft erklären lassen, daß ich wirklich sehr dumm sein muß, um es schon wieder nicht mehr zu wissen.«

Sie suchte sich mit ruhiger Zielstrebigkeit einige kleine Gegenstände im Zimmer zusammen und befestigte sie an ihrem Körper – ein Medaillon, eine Uhr an einer Kette, ein schweres Goldarmband und den mehrfarbigen Anstecker einer Frauenwahlrechtsvereinigung. Schließlich trat sie, vollständig zum Sonntagstee gerüstet, vor Rachel hin und lächelte sie freundlich an. Sie war keine impulsive Frau, und das Leben hatte sie gelehrt, ihre Zunge zu hüten. Gleichzeitig war sie jedoch anderen, insbesondere jungen Frauen gegenüber durchaus aufgeschlossen, so daß sie häufig bedauerte, daß das Reden ihr so schwerfiel.

»Wollen wir hinuntergehen?« fragte sie.

Sie legte Rachel die Hand auf die Schulter, bückte sich dann, um mit der anderen ein Paar Laufschuhe hochzuheben, und stellte sie ordentlich nebeneinander vor die Tür. Auf ihrem Weg den Flur hinunter kamen sie an vielen Paar Schuhen und Stiefeln vorbei, schwarzen und braunen, die alle nebeneinander standen und alle verschieden waren bis hin zu der Art und Weise, wie sie hingestellt worden waren.

»Ich denke mir immer, daß die Menschen ihren Stiefeln so sehr ähneln«, sagte Mrs. Allan. »Das ist Mrs Paleys –«, doch während sie das sagte, öffnete sich die Tür und Mrs Paley kam in ihrem Rollstuhl herausgefahren, auch sie zum Tee zurechtgemacht.

Sie begrüßte Miss Allan und Rachel.

»Ich sagte gerade, die Menschen ähnelten ihren Stiefeln so sehr«, sagte Miss Allan. Mrs Paley hörte es nicht. Sie wiederholte es noch lauter. Mrs Paley hörte es nicht. Sie sagte es zum drittenmal. Mrs Paley hörte es zwar, verstand es jedoch nicht. Sie war offensichtlich drauf und dran, es abermals zu wiederholen, als Rachel plötzlich etwas Unverständliches sagte und den Flur hinuntereilte. Dieses Mißverstehen, das es mit sich brachte, daß der Flur völlig blockiert war, erschien ihr unerträglich. Blindlings eilte sie in die entgegengesetzte Richtung davon und fand sich am Ende einer Sackgasse wieder. Dort gab es ein Fenster, und in der Fensternische standen ein Tisch und ein Stuhl, und auf dem Tisch befanden sich ein rostiges Tintenfaß, ein Aschenbecher, ein altes Exemplar einer französischen Zeitung und ein Federhalter mit abgebrochener Spitze. Rachel setzte sich, als wollte sie die französische Zeitung lesen, doch eine Träne fiel auf die verschwommene französische Druckschrift und verursachte einen weichen Fleck. Sie hob ruckartig den Kopf und rief laut: »Es ist unerträglich!« Während sie mit Augen aus dem Fenster blickte, die selbst dann nichts gesehen hätten, wenn sie nicht von Tränen geblendet gewesen wären, erging sie sich endlich in einer heftigen Verwünschung des ganzen Tages. Er war unglücklich gewesen von Anfang bis Ende; zuerst der Gottesdienst in der Kapelle; dann das Mittagessen; dann Evelyn; dann Miss Allan; dann die alte Mrs Paley, die den Flur versperrte. Den ganzen Tag war sie gemartert und hingehalten worden. Nun war sie, Resultat einer Krisis, an einem jener Gipfelpunkte angekommen, von denen aus die Welt sich endlich in ihren wahren Proportionen enthüllt. Der Anblick mißfiel ihr ungeheuer – Kirchen, Politiker, anstößige Herkunft und gigantische Betrugsmanöver – Männer wie Mr Dalloway, Männer wie Mr Bax, Evelyn und ihr Geschwätz, Mrs Paley, die den Weg versperrte. Mittlerweile war ihr stetiger Pulsschlag Ausdruck des heißen Stroms ihrer Empfindungen, der dahinter floß; pochend, kämpfend, verzehrend. Für den Augenblick war ihr Körper die Quelle allen Lebens in der Welt, die mal hier, mal dort hervorzubrechen versuchte – und mal von Mr Bax, mal von Evelyn und dann wieder von einer aufdringlichen Dummheit unterdrückt wurde, vom Gewicht der ganzen Welt. Gequält, wie sie war, rang sie die Hände, denn alles war verkehrt, alle Menschen waren dumm. Als sie undeutlich wahrnahm, daß da unten unter ihr Menschen im Garten waren, stellte sie sie sich als ziellose Klumpen Materie vor, die hier- und dorthin trieben und deren einziger Sinn es war, sie zu behindern. Was taten sie bloß, die vielen anderen Menschen auf der Welt?

»Niemand weiß es«, sagte sie. Ihr Zorn begann zu erlahmen, und die Vision der Welt, die eben noch so eindrücklich gewesen war, wurde matt.

»Es ist ein Traum«, murmelte sie. Sie betrachtete das rostige Tintenfaß, den Federhalter, den Aschenbecher und die alte französische Zeitung. Diese kleinen, wertlosen Gegenstände schienen ihr das Leben der Menschen zu repräsentieren.

»Wir schlafen und träumen«, wiederholte sie. Doch die Möglichkeit, die sich jetzt auftat, daß nämlich eine der Gestalten die Gestalt Terences sein könnte, riß sie aus ihrer melancholischen Lethargie. Sie wurde so ruhelos, wie sie es gewesen war, ehe sie sich hingesetzt hatte. Sie war nicht länger imstande, die Welt als Stadt zu sehen, die unter ihr ausgebreitet lag. Sie war statt dessen von einem fiebrig roten Dunst verdeckt. Sie war wieder in den Zustand zurückgekehrt, in dem sie sich den ganzen Tag lang befunden hatte. Nachdenken war kein Ausweg. Körperliche Bewegung war die einzige Zuflucht, hinein in Zimmer und wieder hinaus, hinein in das Bewußtsein anderer Menschen und wieder hinaus, auf der Suche nach etwas, von dem sie nicht wußte, was es war. So stand sie denn auf, stieß den Tisch von sich weg und ging nach unten. Sie trat aus der Tür der Hotelhalle, bog um die Hausecke und fand sich unter den Menschen wieder, die sie vom Fenster aus gesehen hatte. Der helle Sonnenschein nach den schattigen Fluren und die Greifbarkeit lebendiger Menschen, nachdem sie geträumt hatte, bewirkten jedoch, daß die Gruppe ihr erschreckend einprägsam in die Augen stach, so als wäre von allem eine staubige Oberfläche abgezogen worden und nur die Wirklichkeit und der Augenblick übriggeblieben. Sie wirkte wie eine auf dunklen Grund gedruckte nächtliche Vision. Weiße und graue und violette Figuren waren über den Rasen verteilt, um Korbtische herum, die Flamme des Teespenders in der Mitte ließ die Luft wabern wie eine fehlerhafte Glasscheibe, ein dichtbelaubter grüner Baum stand über ihnen, als wäre er eine bewegliche Kraft, die zum Stillhalten gezwungen wurde. Als sie nähertrat, hörte sie Evelyns Stimme monoton wiederholen: »Hierher, na komm – braves Hundchen, na komm.« Einen Augenblick lang schien nichts zu passieren; das Ganze stand still, und dann erkannte sie, daß eine der Figuren Helen Ambrose war; und der Staub begann, sich wieder niederzusenken.

Die Gruppe hatte sich in der Tat auf planlose Weise zusammengefunden; ein Teetisch schloß sich nun an den anderen an, und Liegestühle bildeten die Verbindung zwischen zwei Gruppen. Doch selbst aus einiger Entfernung war zu erkennen, daß Mrs Flushing, gebieterisch emporgereckt, den Ton angab. Sie redete heftig auf Helen ein, die ihr schräg gegenüber saß.

»Zehn Tage unter einer Zeltplane«, sagte sie gerade. »Keinerlei Komfort. Wenn Sie Komfort wollen, kommen Sie lieber nicht mit. Ich kann Ihnen jedoch versichern, wenn Sie nicht mitkommen, werden Sie das Ihr ganzes Leben lang bereuen. Sie sagen doch ja?«

In diesem Augenblick nahm Mrs Flushing Rachel wahr.

»Ah, da kommt ja Ihre Nichte. Sie hat es bereits versprochen. Sie kommen doch mit, nicht wahr?« Nachdem sie den Plan erst einmal gefaßt hatte, verfolgte sie ihn mit der ausdauernden Energie eines Kindes.

Rachel übernahm ihren Part mit Feuereifer.

»Selbstverständlich komme ich mit. Und du auch, Helen. Und Mr Pepper ebenfalls.« Als sie sich setzte, merkte sie, daß sie zwar von lauter Leuten umgeben war, die sie kannte, daß Terence jedoch nicht darunter war. Die Leute begannen, unter ganz verschiedenen Gesichtspunkten ihre Meinung zu der geplanten Unternehmung zu äußern. Einige meinten, es würde heiß werden, die Nächte würden hingegen kalt; andere sahen die Schwierigkeit eher in der Beschaffung des Bootes und in der sprachlichen Verständigung. Mrs Flushing wurde mit all diesen Einwänden, ob sie nun den Menschen oder die Natur betrafen, auf die Weise fertig, daß sie erklärte, ihr Mann werde das alles schon in die Hand nehmen.

Unterdessen erklärte Mr Flushing Helen ruhig, der Ausflug sei wirklich keine schwierige Angelegenheit; er werde höchstens fünf Tage in Anspruch nehmen; und der Ort – ein Eingeborenendorf – sei es bestimmt wert, besucht zu werden, ehe sie nach England zurückkehrten. Helen murmelte irgend etwas Ausweichendes und legte sich weder auf das eine noch auf das andere fest.

Die Teegesellschaft setzte sich jedoch aus zu vielen unterschiedlichen Arten von Leuten zusammen, als daß sich alle an dem Gespräch hätten beteiligen können; und hatte in Rachels Augen den großen Vorzug, daß sie nicht im mindesten genötigt war zu reden. Drüben erklärten Susan und Arthur Mrs Paley gerade, daß jemand einen größeren Ausflug vorgeschlagen habe; und nachdem Mrs Paley das begriffen hatte, riet sie als alterfahrene Reisende, sie sollten nur schön Dosengemüse, Pelzmäntel und Insektenpulver mitnehmen. Sie beugte sich zu Mrs Flushing hinüber und flüsterte etwas, das, nach dem Funkeln ihrer Augen zu schließen, wahrscheinlich mit Wanzen zu tun hatte. Dann sagte Helen »Toll for the Brave« für St. John Hirst auf, offensichtlich um den Sixpence zu gewinnen, der auf dem Tisch lag; während Mr Hughling Elliot seiner Sektion des Publikums durch die faszinierende Anekdote von Lord Curzon und dem Fahrrad des Studienanfängers Schweigen auferlegte. Mrs Thornbury versuchte, sich an den Namen des Mannes zu erinnern, der ein zweiter Garibaldi hätte sein können und ein Buch geschrieben hatte, das sie lesen mußten; und Mr Thornbury fiel ein, daß er einen Feldstecher besaß, den er der Allgemeinheit gern zur Verfügung stellen wollte. Miss Allan sprach unterdessen mit jener seltsamen Vertraulichkeit, die unverheiratete Frauen Hunden gegenüber oft entwickeln, murmelnd mit dem Foxterrier, den Evelyn endlich dazu hatte bewegen können, zu ihnen herüberzukommen. Hin und wieder fielen Schmutzteilchen oder Blütenblätter auf die Teller herab, wenn die Zweige über ihnen seufzten. Rachel schien von allem ein wenig mitzubekommen, ganz wie ein Fluß es spürt, wenn sich Zweige in ihn senken, und den Himmel über sich sieht, doch ihr Blick war für Evelyns Geschmack zu unbestimmt. Sie kam herüber und setzte sich Rachel zu Füßen auf den Boden.

»Nun?« fragte sie plötzlich. »Worüber denken Sie denn gerade nach?«

»Über Miss Warrington«, antwortete Rachel willkürlich, weil sie ja irgend etwas sagen mußte. Tatsächlich sah sie Susan Mrs Elliot etwas zumurmeln, während Arthur sie mit dem grenzenlosen Vertrauen des Liebenden anstarrte. Rachel und Evelyn begannen nun beide, Susan zuzuhören.

»Da sind die Besorgungen und die Hunde und der Garten und die Kinder, die unterrichtet werden wollen«, ihre Stimme fuhr rhythmisch mit ihrer Aufzählung fort, als hakte sie eine Liste ab, »und mein Tennis und das Dorf und die Briefe, die für Vater zu schreiben sind, und tausenderlei kleine Dinge, die sich nach nichts anhören; doch ich habe niemals einen Augenblick für mich, und wenn ich zu Bett gehe, bin ich so schläfrig, daß ich schon weg bin, ehe mein Kopf richtig auf dem Kissen liegt. Außerdem verbringe ich auch gern eine Menge Zeit mit meinen Tanten – ich bin manchmal schrecklich langweilig, stimmt's, Tante Emma?« (sie lächelte der alten Mrs Paley zu, die mit leicht vornübergesunkenem Kopf versonnen den Kuchen betrachtete) »und Vater muß im Winter sehr aufpassen, daß er sich nicht verkühlt, was eine Menge Lauferei mit sich bringt, denn von selbst nimmt er sich nicht in acht, genausowenig wie du das tust, Arthur! Und so kommt eins zum anderen.«

Ihre Stimme hatte sich in dem Maß gehoben, wie sie sich in einen leichten Rausch der Genugtuung über ihr Leben und über sich selbst hineinsteigerte. Rachel faßte auf einmal eine heftige Abneigung gegen Susan, die sich über alles hinwegsetzte, was sie Freundliches, Bescheidenes, ja sogar Rührendes an sich hatte. Sie erschien ihr unaufrichtig und grausam; sie sah sie vor sich, füllig und fruchtbar, die freundlichen blauen Augen nichtssagend und wäßrig geworden, die blühende Frische der Wangen erstarrt zu einem Netz dürrer roter Äderchen.

Helen wandte sich ihr zu. »Warst du in der Kirche?« fragte sie. Sie hatte ihren Sixpence gewonnen und schien aufbrechen zu wollen.

»Ja«, sagte Rachel. »Zum letztenmal«, fügte sie hinzu.

Helen ließ einen der Handschuhe fallen, die sie gerade anziehen wollte.

»Sie wollen doch nicht gehen?« fragte Evelyn und bemächtigte sich des Handschuhs, wie um sie aufzuhalten.

»Es ist höchste Zeit, daß wir gehen«, sagte Helen. »Merken Sie nicht, wie still alle werden –?«

Ein Schweigen hatte sich über alle gesenkt, das zum Teil von einer der üblichen Gesprächsstockungen herrührte, zum Teil daher, daß sie jemanden kommen sahen. Helen konnte zwar nicht erkennen, wer es war, doch irgend etwas an Rachels Gesicht, auf dem ihr Blick ruhte, bewirkte, daß sie sich sagte: »Es ist also Hewet.« Sie zog ihre Handschuhe mit dem seltsamen Gefühl an, daß diesem Augenblick große Bedeutung zukam. Dann stand sie auf, denn Mrs Flushing hatte Hewet ebenfalls gesehen und verlangte bereits Auskunft über Flüsse und Boote, was darauf schließen ließ, daß dies Thema jetzt wieder von vorn behandelt werden würde.

Rachel folgte ihr, und sie gingen schweigend die Allee hinab. Ungeachtet dessen, was Helen gesehen und erkannt hatte, gewann eine eigenartig störrische Regung die Oberhand; wenn sie auf diese Expedition ginge, würde sie kein Bad mehr nehmen können, das Ganze erschien ihr äußerst mühselig und wenig reizvoll.

»Es ist so unerfreulich, mit Menschen zusammengespannt zu sein, die man kaum kennt«, bemerkte sie. »Menschen, die sich nicht gern nackt zeigen.«

»Du willst also nicht mitmachen?« fragte Rachel.

Die Heftigkeit, mit der diese Worte ausgesprochen wurden, irritierte Mrs Ambrose.

»Ich will mitmachen, und ich will nicht mitmachen«, antwortete sie. Ihr Tonfall wurde immer beiläufiger und gleichgültiger.

»Schließlich würde ich meinen, wir haben doch alles gesehen, was es zu sehen gibt; und dann die Beschwerlichkeit dorthinzukommen, und sie mögen ja sagen, was sie wollen, aber das kann ja nur höllisch unbequem werden.«

Eine Weile antwortete Rachel nichts darauf; doch jeder Satz, den Helen gesagt hatte, hatte ihre Erbitterung gesteigert. Schließlich platzte sie mit den Worten heraus:

»Gottseidank, Helen, daß ich nicht bin wie du! Manchmal glaube ich, daß du weder etwas denkst noch fühlst noch tust, noch daß dir etwas wichtig ist, außer daß du gerade eben existierst! Du bist wie Mr Hirst. Du siehst, was alles schlecht ist, und bist stolz darauf, das auch zu sagen. Das nennst du dann deine Ehrlichkeit; im Grunde ist das jedoch nichts anderes, als daß einer träge ist, stumpfsinnig ist, gar nichts ist. Du hilfst nicht; du machst allem immer nur ein Ende.«

Helen lächelte, als bereitete ihr der Angriff eher Vergnügen.

»Und?« fragte sie.

»Ich finde, daß das schlimm ist – weiter nichts«, antwortete Rachel.

»Schon möglich«, sagte Helen.

In jeder anderen Situation hätte die Offenheit ihrer Tante Rachel wahrscheinlich zum Schweigen gebracht; doch an diesem Nachmittag war sie nicht in der Stimmung, sich, von wem auch immer, zum Schweigen bringen zu lassen. Ein Streit kam ihr gerade recht.

»Du lebst nur halb«, fuhr sie fort.

»Hängt das damit zusammen, daß ich die Einladung von Mr Flushing nicht angenommen habe?« fragte Helen, »oder denkst du immer so?«

Im Augenblick erschien es Rachel, als hätte sie an Helen, trotz ihrer Schönheit, trotz ihrer Weitherzigkeit und der Liebe, die sie verband, immer schon dieselben Fehler bemerkt, vom ersten Abend an Bord der *Euphrosyne* an.

»Ach, das läßt sich von allen anderen genauso sagen!« rief sie. »Niemand fühlt etwas – niemand tut irgend etwas anderes, als anderen wehzutun. Eine schlimme Welt ist das, Helen. Eine Qual ist das, zu leben, etwas zu wollen –«

Hier riß sie eine Handvoll Blätter von einem Strauch und zerdrückte sie, um sich wieder in die Gewalt zu bekommen.

»Das Leben dieser Menschen«, versuchte sie zu erklären, »die Ziellosigkeit, die Art, wie sie leben. Man geht von einem zum anderen, und es ist immer das gleiche. Nie bekommt man von irgendeinem, was man sich wünscht.«

Ihr Gemütszustand und ihre Verwirrung hätten sie zu einer leichten Beute gemacht, wenn Helen hätte streiten oder sie zu Geständnissen hätte bewegen wollen. Doch statt zu reden, versank sie in tiefes Schweigen, während sie ihren Weg fortsetzten. Ziellos, trivial, bedeutungslos, oh nein – was sie beim Tee erlebt hatte, machte es ihr unmöglich, das zu glauben. Die kleinen Scherze, das Geschwätz, die Albernheiten des Nachmittags waren vor ihren Augen verpufft. Jenseits von Vorlieben und Abneigungen, von Begegnungen und Trennungen, spielten sich gewaltige Dinge ab – schreckliche Dinge, weil sie so gewaltig waren. Ihre Selbstsicherheit war erschüttert, als hätte sie unter Zweigen und totem Laub die Bewegung einer Schlange wahrgenommen. Es kam ihr so vor, als wäre einem stets nur eine augenblickliche Ruhepause vergönnt, ein Augenblick der Täuschung, und dann behauptete sich wieder das allesdurchwaltende, das vernunftlose Gesetz und formte sie alle nach Belieben, schöpferisch und zerstörerisch zugleich.

Sie schaute Rachel an, die neben ihr ging, immer noch Blätter zwischen den Fingern zerdrückte und in Gedanken versunken war. Sie war verliebt, und sie empfand tiefes Mitgefühl mit ihr. Doch sie schüttelte diese Gedanken ab und entschuldigte sich. »Es tut mir zwar sehr leid«, sagte sie, »doch wenn ich stumpfsinnig bin, dann ist das eben meine Natur, und gegen die läßt sich nichts machen.« Wenn das ein in ihrer Natur begründeter Fehler war, dann fand sie immerhin auf Anhieb Abhilfe, denn als nächstes sagte sie, sie finde Mr Flushings Vorhaben sehr gut, man müsse es sich nur einen Augenblick durch den Kopf gehen lassen, was sie offenbar bereits erledigt hatte, noch ehe sie zu Hause ankamen. Bis dahin hatten sie sich geeinigt, daß sie die Einladung annehmen würden, wenn beim nächstenmal die Sprache darauf käme.

20. Kapitel

Als sie sich näher damit befaßten, fanden Mr Flushing und Mrs Ambrose heraus, daß der Ausflug weder gefährlich noch schwierig war. Darüber hinaus, so stellten sie fest, war er nicht einmal ungewöhnlich. Jedes Jahr um diese Jahreszeit fanden sich Gruppen von Engländern zusammen, die ein Stück den Fluß hinaufdampften, an Land gingen, sich das Eingeborenendorf anschauten, das eine oder andere von seinen Bewohnern kauften und ohne Schaden an Leib oder Seele wieder zurückkehrten. Als geklärt war, daß sechs Personen wirklich dasselbe wollten, waren die notwendigen Vorkehrungen rasch getroffen.

Seit der Zeit Elisabeths hatten nur sehr wenig Menschen den Fluß gesehen, und es war nie versucht worden, etwas an ihm zu verändern, so daß er noch immer denselben Anblick bot wie zu Zeiten der elisabethanischen Reisenden. Von der Zeit Elisabeths bis zur Gegenwart war es nur ein Sprung, verglichen mit den Zeitaltern, die vergangen waren, seit das Wasser zwischen jenen Ufern zu strömen begonnen, das dichte grüne Unterholz sich dort ausgebreitet hatte und die Bäumchen in aller Einsamkeit zu runzligen Baumriesen herangewachsen waren. Keiner Veränderung unterworfen als dem Wechselspiel von Sonne und Wolken, hatte die wogende grüne Masse dort Jahrhundert um Jahrhundert gestanden, und das Wasser war unaufhörlich zwischen seinen Ufern dahingeflossen und hatte mal Erde fortgespült und mal Zweige, während sich in anderen Teilen der Welt eine Stadt nach der anderen auf den Ruinen ihrer Vorgängerinnen erhoben hatte und die Menschen in den Städten immer artikulierter und einander immer unähnlicher wurden. Ein paar Meilen des Flusses waren vom Gipfel des Berges aus zu sehen, wo die Ausflugsgesellschaft vom Hotel vor ein paar Wochen gepicknickt hatte. Susan und Arthur hatten ihn gesehen, als sie einander geküßt hatten, und Terence und Rachel, als sie dort oben gesessen und über Richmond gesprochen hatten, und Evelyn und Perrott, als sie umhergeschlendert waren und sich ausgemalt hatten, sie seien große Kapitäne, die entsandt worden waren, um die Welt zu kolonisieren. Sie hatten die breite blaue Marke im Sand gesehen, wo er ins Meer floß, und die grüne Wolke der Bäume, die sich weiter oberhalb an ihn herandrängten und sein Wasser schließlich gänzlich dem Blick entzogen. Etwa die ersten zwanzig Meilen standen in Abständen einzelne Häuser an seinem Ufer; allmählich wurden die Häuser zu Hütten, und noch weiter oben gab es weder Hütte noch Haus, sondern nur noch Bäume und Gras, die ausschließlich von Jägern, Forschungsreisenden oder Händlern gesehen wurden, die zu Fuß oder mit dem Schiff dorthin gelangten, sich jedoch nirgendwo niederließen.

Die Gruppe, die sich am Ende aus sechs Engländern zusammensetzte, hatte Santa Marina frühmorgens verlassen und erreichte nach einer Fahrt von zwanzig und einem Ritt von acht Meilen bei Einbruch der Dunkelheit das Flußufer. Sie kamen im Kantertrab durch die Bäume geritten – Mr und Mrs Flushing, Helen Ambrose, Rachel, Terence und St. John. Die erschöpften kleinen Pferde blieben automatisch stehen, und die Engländer stiegen ab. Mrs Flushing schritt unternehmungslustig zum Ufer hinunter. Der Tag war lang und heiß gewesen, doch sie hatte die schnelle Bewegung im Freien genossen; sie hatte das Hotel verlassen, das sie haßte, und ihre Begleiter waren nach ihrem Geschmack. Der Fluß strudelte in der Dunkelheit vorbei; sie konnten gerade eben die blanke, bewegte Oberfläche erkennen, und die Luft war erfüllt von den Geräuschen des Wassers. Sie standen auf einem freien Platz umgeben von riesigen Baumstämmen, und ein kleines grünes Licht draußen, das sich sacht auf und ab bewegte, verriet ihnen, wo das Dampfboot lag, auf dem sie sich einschiffen sollten.

Als sie alle an seinem Deck standen, stellten sie fest, daß es ein sehr kleines Schiff war, das da ein paar Minuten sanft unter ihnen tuckerte und dann ruhig durchs Wasser zu gleiten begann. Sie schienen mitten ins Herz der Nacht hineinzufahren, denn die Bäume vor ihnen rückten nahe zusammen, und sie waren von raschelndem Laub umgeben. Die gewaltige Finsternis hatte auch hier die Wirkung, daß jedwedes Mitteilungsbedürfnis erstarb, weil sie ihre Worte dünn und schwach erscheinen ließ; und nachdem sie drei-, viermal das Deck umrundet hatten, scharten sie sich zusammen, gähnten herzhaft und blickten auf immer dieselbe Stelle tiefer Düsternis am Flußufer. In dem ganz leisen rhythmischen Murmelton, den ein Übermaß an frischer Luft hervorruft, begann Mrs Flushing sich zu fragen, wo sie denn schlafen sollten, denn sie konnten nicht unter Deck schlafen, sie konnten nicht in solch einem nach Öl riechenden Karnickelbau schlafen, sie konnten nicht an Deck schlafen, sie konnten nicht – Sie gähnte ausgiebig. Es war, wie Helen vorausgesehen hatte; das Problem der Entblößung stellte sich bereits, obwohl sie halb eingeschlafen und nahezu unsichtbar für einander waren. Mit St. Johns Hilfe spannte sie eine Zeltplane auf und überzeugte Mrs Flushing davon, daß sie sich dahinter ausziehen konnte und niemand es merken würde, falls zufällig irgendeiner ihrer Körperteile, der fünfundvierzig Jahre verborgen gewesen war, sich unverhüllt dem menschlichen Auge darböte. Matratzen wurden herabgeworfen, Decken ausgeteilt, und die drei Frauen legten sich nahe beieinander in der weichen Luft an Deck nieder.

Die Herren, die bereits eine ganze Reihe Zigaretten geraucht hatten, warfen die glühenden Stummel in den Fluß, blickten eine Weile auf das Wellengekräusel des schwarzen Wassers unter ihnen, zogen sich dann ebenfalls aus und legten sich am anderen Ende des Schiffes nieder. Sie waren sehr müde und durch die Finsternis wie durch Vorhänge voneinander getrennt. Das Licht einer einzigen Laterne fiel auf ein paar Taue, ein paar Deckplanken und die Reling des Schiffes, doch jenseits dessen lag die ungebrochene Finsternis, kein Licht erreichte ihre Gesichter oder die Bäume, die dicht bei dicht an beiden Flußufern standen.

Bald darauf schlief Wilfred Flushing, und Hirst schlief ebenfalls. Allein Hewet lag wach und blickte zum Himmel hinauf. Die sanfte Bewegung und die schwarzen Umrisse, die unaufhörlich über seine Augen zogen, machten jedes Nachdenken unmöglich. Rachels nahe Anwesenheit lullte sein Denken ein. Daß sie so nah bei ihm war, nur wenige Schritte weg am anderen Ende des Schiffes, bewirkte, daß er unmöglich über sie nachdenken konnte, so wie er sie unmöglich hätte sehen können, wenn sie entsprechend nah, Stirn an Stirn, bei ihm gestanden hätte. Auf seltsame Weise wurde das Schiff identisch mit ihm, und wie es sinnlos gewesen wäre, wenn er sich erhoben hätte, um das Schiff zu steuern, so war es auch sinnlos, daß er noch länger gegen die unwiderstehliche Macht seiner Gefühle ankämpfte. Er wurde ganz weit fortgetragen von allem, das er kannte, schlüpfte über Schranken und an Grenzsteinen vorbei in unbekannte Gewässer, während das Schiff über die glatte Oberfläche des Flusses glitt. In tiefem Frieden, in tiefere Bewußtlosigkeit gehüllt, als er sie seit vielen Nächten erlebt hatte, lag er an Deck und beobachtete, wie die Position der Wipfel sich leicht gegen den Himmel verschob, sie sich aufspannten, wie sie niedersanken und riesenhaft aufragten, bis er vom Sehen in den Traum überglitt, in dem er im Schatten ausladender Bäume lag und in den Himmel hinaufblickte.

Als sie am nächsten Morgen erwachten, waren sie ein beträchtliches Stück den Fluß hinaufgefahren; auf der rechten Seite erhob sich eine steile gelbe Uferbank aus Sand, auf der Baumgruppen standen, auf der linken Seite war das Ufer sumpfig, und dort wiegten sich hohe Riedgräser und Bambuspflanzen, auf deren Spitzen leise schwankend leuchtend grüngelbe Vögel hockten. Der Morgen war heiß und still. Nach dem Frühstück rückten sie Stühle zusammen und saßen in einem unregelmäßigen Halbrund am Bug. Eine Zeltplane über ihren Köpfen schützte sie gegen die Sonnenhitze, und der leichte Fahrtwind fächelte ihnen sanfte Kühlung zu. Mrs Flushing bedeckte ihre Leinwand bereits mit Klecksen und Strichen, und ihr Kopf ruckte mit der Betriebsamkeit eines körnerpickenden Vogels hin und her; die anderen hatten Bücher oder Papier oder eine Stickarbeit auf den Knien, auf die sie immer wieder einmal niederblickten, ehe sie den Blick erneut zum Fluß vor ihnen hoben. Einmal las Hewet laut ein Stück von einem Gedicht, doch die vielen bewegten Dinge ringsumher trugen den Sieg über seine Worte davon. Er hörte zu lesen auf, und niemand sprach. Im Schutz der Bäume setzten sie ihre Fahrt fort. Mal war auf einem der Inselchen zur Linken eine Schar roter Vögel zu sehen, die dort nach Nahrung pickten, und dann wieder flog ein blaugrüner Papagei kreischend von Baum zu Baum. Je länger sie fuhren, desto wilder wurde das Land. Bäume und Unterholz schienen einander am Boden in einem vielarmigen Ringen zu erdrosseln;

während sich hin und wieder ein prächtiger Baum hoch über alle anderen erhob und hoch oben in der Luft sacht seine lichtgrünen Sonnenschirme schüttelte. Hewet wandte sich wieder seinen Büchern zu. Der Morgen war so friedlich, wie die Nacht gewesen war, nur daß er seltsamerweise erkannte, daß es hell war, und daß er Rachel sehen und ihre Stimme hören und in ihrer Nähe sein konnte. Ihm war, als wartete er, als hätten die Dinge, die über ihm und um ihn vorbeizogen, die Stimmen, die Körper der Menschen, die Vögel, etwas Unbewegliches und nur Rachel wartete mit ihm. Er blickte sie bisweilen an, wie um sich zu vergewissern, daß sie wußte, sie warteten gemeinsam und wurden gemeinsam fortgerissen, ohne den geringsten Widerstand leisten zu können. Wieder las er aus seinem Buch:

> Whoever you are holding me now in your hand,
> Without one thing all will be useless.[9]

Ein Vogel brach in wildes Gelächter aus, ein Äffchen kicherte eine boshafte Frage, und, wie Feuer im heißen Sonnenlicht verblaßt, so flackerten seine Worte und verloschen.

Als der Fluß sich verengte und die hohen Böschungen nach und nach flacher abfielen, dicht von Bäumen bewachsen, wurden die Geräusche des Waldes hörbar. Er hallte wider wie ein riesiger Raum. Plötzliche Schreie ertönten; und dann traten lange Augenblicke der Stille ein, wie es sie in der Kathedrale gibt, wenn die Stimme eines Chorknaben verklungen ist und das Echo immer noch in den verborgenen Winkeln des Daches herumzugeistern scheint. Einmal stand Mr Flushing auf und sprach mit einem der Schiffer und verkündete dann sogar, irgendwann nach dem Mittagessen werde der Flußdampfer halt machen, und dann würden sie ein Stückchen durch den Wald laufen können.

»Zwischen den Bäumen dort drüben gibt es überall Pfade«, erklärte er. »Wir sind noch ganz in der Nähe der Zivilisation.«

Er nahm das Gemälde seiner Gattin in Augenschein. Er war zu wohlerzogen, um es offen zu loben, und begnügte sich daher damit, die eine Hälfte des Bildes mit der Hand abzudecken und mit der anderen schwungvoll durch die Luft zu fahren.

»Mein Gott!« rief Hirst aus und starrte unverwandt geradeaus. »Finden Sie es nicht unglaublich schön?«

»Schön?« fragte Helen. Das Wörtchen erschien ihr so seltsam und Hirst und sie so klein, daß sie vergaß, ihm zu antworten.

Hewet hatte das Gefühl, etwas sagen zu müssen.

»Da haben die Elisabethaner also ihren Stil her«, sinnierte er und starrte dabei in die verschwenderische Fülle von Blättern, Blüten und üppigen Früchten.

»Shakespeare? Ich hasse Shakespeare!« rief Mrs Flushing; und Wilfred erwiderte bewundernd: »Ich glaube, du bist der einzige Mensch, der das zu sagen wagt, Alice.« Mrs Flushing malte jedoch weiter. Sie schien dem Kompliment ihres Gatten nicht viel Wert beizumessen und malte unentwegt, wobei sie manchmal ein halblautes Wort oder Stöhnen hören ließ.

Der Vormittag war jetzt sehr heiß.

»Sehen Sie mal – Hirst!« flüsterte Mr Flushing. Hirsts Blatt Papier war auf das Deck hinabgeglitten, sein Kopf nach hinten gesunken und sein tiefer Atem klang wie Schnarchen.

Terence hob das Blatt auf und legte es vor Rachel hin. Es war eine Fortsetzung des Gedichts über Gott, das er in der Kapelle begonnen hatte, und es war so unanständig, daß Rachel davon nicht die Hälfte verstand, wenn sie auch erkannte, daß es unanständig war. Hewet begann, Worte einzusetzen, wo Hirst Lücken gelassen hatte, hörte jedoch schon bald wieder auf; sein Füllfederhalter rollte aufs Deck. Allmählich näherten sie sich immer mehr dem Flußufer rechter Hand, so daß das Licht, das über ihnen lag, richtig grün wurde, da es durch einen Schirm grüner Blätter fiel, und Mrs Flushing ihre Skizze beiseite legte und schweigend vor sich hin starrte. Hirst wachte auf; dann wurden sie zum Mittagessen gerufen, und während sie aßen, hielt das Schiff nicht weit vom Ufer an. Das Boot, das sie im Schlepptau hatten, wurde längsseits geholt, und man half den Damen hinein.

Zum Schutz gegen Langeweile klemmte Helen sich einen Memoirenband unter den Arm und Mrs Flushing ihren Malkasten, und so gerüstet ließen sie sich am Flußufer am Waldrand absetzen.

Sie waren nicht mehr als ein paar hundert Schritte den Pfad entlanggeschlendert, der parallel zum Fluß verlief, als Helen verkündete, sie finde es unerträglich heiß. Die Brise vom Fluß reichte nicht bis hierher, und statt dessen kam aus dem Wald eine feuchtheiße, von Düften geschwängerte Luft.

»Ich werde mich hier hinsetzen«, erklärte sie und wies auf einen Baumstamm, der vor langer Zeit umgestürzt war und mittlerweile über und über von Winden überwuchert war und von dornigen Zweigen, die wie Peitschenschnüre aussahen. Sie ließ sich nieder, öffnete ihren Sonnenschirm und blickte auf den Fluß, der vor lauter Baumstämmen kaum zu sehen war. Sie kehrte den Bäumen den Rükken zu, die hinter ihr in schwarze Schatten eintauchten.

»Ich bin ganz Ihrer Meinung«, sagte Mrs Flushing, und fing an, ihren Malkasten auszupacken. Ihr Gatte streifte umher, um ein interessantes Motiv für sie auszusuchen. Hirst säuberte sich einen Platz am Boden neben Helen und ließ sich mit großer Umständlichkeit dort nieder, als hätte er nicht die Absicht, sich wieder wegzurühren, ehe er nicht ausgiebig mit ihr geredet hatte. Terence und Rachel standen sich selbst überlassen und hatten nichts zu tun. Terence erkannte, daß die Zeit gekommen war, wie das Schicksal es bestimmt hatte, blieb jedoch ungeachtet dieser Erkenntnis völlig ruhig und Herr seiner selbst. Er zog es vor, zunächst noch eine Weile bei Helen stehen zu bleiben, um sie zu bewegen, wieder aufzustehen. Rachel trat zu ihnen und riet ihr, mit ihnen zu kommen.

»Von allen Menschen, die ich im Leben kennengelernt habe«, sagte sie, »bist du am wenigsten unternehmungslustig. Du könntest ebensogut auf einem grünen Stuhl im Hyde Park sitzen. Willst du hier den ganzen Nachmittag sitzen bleiben? Willst du gar nicht laufen?«

»Oh nein«, sagte Helen, »man braucht doch nur seine Augen zu benutzen. Hier ist ja alles vorhanden – alles«, wiederholte sie mit schläfriger Stimme. »Was versprecht ihr euch denn davon, daß ihr lauft?«

»Ihr werdet zur Teezeit erhitzt und unliebenswürdig sein, wir hingegen sind dann frisch und reizend«, warf Hirst ein. Während er zu ihnen aufblickte, waren gelbe und grüne Reflexe des Himmels und der Zweige in seine Augen getreten, die sie ihres wachen Ausdrucks beraubten, und er schien etwas zu denken, das er nicht aussprach. Für beide galt also als ausgemacht, daß Terence und Rachel vorhatten, gemeinsam im Wald umherzulaufen; sie warfen einander einen Blick zu und wandten sich zum Gehen.

»Auf Wiedersehen!« rief Rachel.

»Auf Wiedersehen. Hütet euch vor Schlangen«, erwiderte Hirst. Er setzte sich noch bequemer im Schatten des umgestürzten Baumes und Helens zurecht. Während sie sich entfernten, rief Mr Flushing hinter ihnen her: »In einer Stunde müssen wir aufbrechen. Hewet, bitte denken Sie daran. In einer Stunde.«

Ob er nun von Menschenhand stammte, oder aus irgendeinem Grund von der Natur vorgesehen worden war, jedenfalls führte im rechten Winkel zum Flußufer ein breiter Weg in den Wald hinein. Er ähnelte einem Kutschweg in einem englischen Wald, wenn man davon absah, daß zu beiden Seiten tropische Sträucher mit ihren schwertförmigen Blättern wuchsen und der Boden statt von Gras von einem unauffälligen, federnden Moos bewachsen war, das kleine gelbe Blumen sprenkelten. Je tiefer sie in den Wald vordrangen, desto schummriger wurde das Licht, und die Geräusche der gewöhnlichen Welt wurden von jenen Knack- und Seufzlauten abgelöst, die dem Wanderer im Wald das Gefühl geben, am Meeresgrund entlangzulaufen. Der Weg verengte sich und machte einen Bogen; er war von dichtwachsenden Kletterpflanzen eingefaßt, die Baum mit Baum verknüpften und hier und dort sternförmige scharlachrote Blüten trieben. Das Geseufze und Geknacke hoch oben wurde hin und wieder vom mißtönenden Schrei eines aufgescheuchten Tieres durchbrochen. Die Atmosphäre war dicht, und die Luft erreichte sie in trägen Duftschwaden. Das alleserfüllende grüne Licht wurde hier und dort von einem Kringel aus reinem gelben Sonnenlicht durchbrochen, das durch eine Lücke im riesigen Schirm aus Grün über ihnen hereinfiel, und an diesen gelben Flecken kreisten und landeten hellrot und schwarz gefärbte Schmetterlinge. Terence und Rachel sprachen kaum.

Nicht nur die Stille lastete auf ihnen, sondern sie waren auch beide außerstande, irgendeinen Gedanken zu fassen. Zwischen ihnen gab es etwas, das ausgesprochen werden mußte. Einer von ihnen mußte den

Anfang machen, doch wer sollte das sein? Dann hob Hewet eine rote Frucht auf und warf sie, so hoch er konnte. Wenn sie herunterfiel, würde er sprechen. Sie hörten das Flattern mächtiger Flügel; sie hörten die Frucht durch die Blätter prasseln und schließlich dumpf am Boden aufschlagen. Wieder herrschte tiefe Stille.

»Macht Ihnen das angst?« fragte Terence, als das Geräusch der fallenden Frucht gänzlich verklungen war.

»Nein«, antwortete sie. »Es gefällt mir.«

Sie sagte noch einmal: »Es gefällt mir.« Sie ging rasch und hielt sich gerader als gewöhnlich. Erneut trat Schweigen ein.

»Sie sind doch gern mit mir zusammen?« fragte Terence.

»Mit Ihnen, ja«, erwiderte sie.

Er schwieg einen Augenblick. Stille schien sich über die Welt gesenkt zu haben.

»Genau das habe ich empfunden, seit ich Sie kenne«, erwiderte er. »Wir sind glücklich miteinander.« Er schien nicht zu sprechen, wie sie nichts zu hören schien.

»Sehr glücklich«, antwortete sie.

Sie setzten ihren Weg eine Weile schweigend fort. Ihre Schritte beschleunigten sich, ohne daß sie es merkten.

»Wir lieben einander«, sagte Terence.

»Wir lieben einander«, wiederholte sie.

Die Stille wurde von ihren Stimmen durchbrochen, die wiederum mit fremden, unvertrauten Lauten verschmolzen, die keine Worte bildeten. Sie gingen schneller und schneller; im selben Augenblick blieben sie stehen, umschlangen einander, und sanken, als sie sich aus der Umarmung lösten, zu Boden. Sie saßen nebeneinander. Geräusche hoben sich vom Hintergrund ab und überbrückten ihr Schweigen; sie hörten das Rascheln der Bäume und ein Tier, das in einer fernen Welt einen Krächzlaut ausstieß.

»Wir lieben einander«, wiederholte Terence und blickte ihr forschend ins Gesicht. Ihre beiden Gesichter waren sehr blaß und still, und sie sagten nichts. Er hatte Angst davor, sie noch einmal zu küssen. Nach und nach rückte sie näher an ihn heran und lehnte sich an ihn. In dieser Haltung saßen sie eine Zeitlang. Sie sagte einmal »Terence«; er antwortete »Rachel«.

»Schrecklich – schrecklich«, murmelte sie nach einer erneuten Pause, dachte dabei jedoch ebensosehr an das hartnäckige Gurgeln des Wassers wie an ihr eigenes Empfinden. Unaufhörlich setzte es sich in der Ferne fort, das sinnlose und grausame Gegurgel des Wassers. Sie bemerkte, daß Terence die Tränen über die Wangen liefen.

Nun war wieder er am Zuge. Eine sehr lange Zeit schien vergangen zu sein. Er zog seine Taschenuhr hervor.

»Flushing hat gesagt, eine Stunde. Wir sind mehr als eine halbe Stunde unterwegs.«

»Und brauchen dieselbe Zeit für den Rückweg«, sagte Rachel. Ganz langsam stand sie auf. Als sie aufrecht stand, streckte sie die Arme weg und holte tief Atem; es war halb Seufzer, halb Gähnen. Sie schien sehr müde zu sein. Ihre Wangen waren weiß. »Wo entlang?« fragte sie.

»Da«, sagte Terence.

Sie begannen, auf dem moosigen Weg zurückzugehen. Das Seufzen und Knacken hoch oben hielt an und die mißtönenden Tierschreie ebenfalls. Die Schmetterlinge kreisten immer noch über den gelben Flecken des Sonnenlichts. Zuerst war sich Terence sicher, wo es entlangging, doch mit der Zeit wurde er unsicher. Sie mußten stehenbleiben und überlegen und dann ein Stück zurückgehen und von neuem beginnen, denn er wußte zwar, in welcher Richtung der Fluß lag, doch war er sich nicht sicher, genau auf die Stelle zu treffen, wo sie die anderen zurückgelassen hatten. Rachel folgte ihm, blieb stehen, wenn er stehenblieb, bog ab, wenn er abbog, und hatte keine Ahnung, wo es langging, keine Ahnung, warum er stehenblieb oder warum er abbog.

»Ich möchte nicht zu spät kommen«, sagte er, »weil –« Er legte ihr eine Blume in die Hand, und ihre Finger schlossen sich ruhig darum. »Es ist schon so spät – so spät – so furchtbar spät«, wiederholte er, als spräche er im Schlaf. »Ah – das hier ist richtig. Hier biegen wir ab.«

Sie befanden sich wieder auf dem breiten Weg, der wie ein Kutschweg in einem englischen Wald aussah und auf dem sie losgegangen waren, als sie die anderen zurückließen. Sie gingen schweigend weiter wie Menschen, die schlafwandeln, und waren sich ab und zu auf merkwürdige Weise der Schwere ihrer Körper bewußt. Dann rief Rachel plötzlich: »Helen!«

Auf dem sonnigen Platz am Waldrand erblickten sie Helen, die immer noch auf dem Baumstamm saß und deren Kleid sehr weiß im Sonnenlicht leuchtete. Hirst saß, auf den Ellenbogen gestützt, immer noch neben ihr. Sie blieben instinktiv stehen. Beim Anblick anderer Menschen konnten sie nicht weitergehen. Ein Weilchen standen sie schweigend Hand in Hand. Sie konnten jetzt keine anderen Menschen ertragen.

»Aber wir müssen weitergehen«, drängte Rachel schließlich in dem eigenartig ausdruckslosen Ton, in dem sie beide gesprochen hatten, und mit unendlicher Mühe überwanden sie die kurze Distanz, die zwischen ihnen und dem Paar am Baumstamm lag.

Als sie näherkamen, wandte Helen sich um und schaute sie an. Sie schaute sie eine Weile wortlos an, und als sie vor ihr standen, sagte sie ruhig:

»Seid ihr Mr Flushing begegnet? Er ist euch suchen gegangen. Er meinte, ihr hättet euch verlaufen, obwohl ich ihm gesagt habe, das sei nicht der Fall.«

Hirst wandte sich halb um und warf den Kopf zurück, so daß er in die Zweige schaute, die sich über seinem Kopf in der Luft kreuzten.

»Na, hat die Anstrengung sich gelohnt?« erkundigte er sich träumerisch.

Hewet setzte sich neben ihn und begann, sich Luft zuzufächeln.

»Heiß«, sagte er.

Rachel hatte sich zögernd in Helens Nähe am Ende des Baumstammes niedergelassen.

»Sehr heiß«, sagte sie.

»Ihr seht jedenfalls erschöpft aus«, sagte Hirst.

»Es ist schrecklich eng dort zwischen den Bäumen«, bemerkte Helen, indem sie ihr Buch aufhob und die trockenen Grashalme herausschüttelte, die zwischen die Seiten geraten waren. Dann schwiegen sie alle und blickten auf den Fluß, der vor ihnen zwischen den Baumstämmen vorbeistrudelte, bis Mr Flushing sie unterbrach. Er brach plötzlich hundert Schritt links von ihnen zwischen den Bäumen hervor und rief in scharfem Ton:

»Aha, da haben Sie also den Weg schließlich doch noch gefunden. Es ist allerdings schon spät – viel später, als wir ausgemacht hatten, Hewet.«

Er war leicht verärgert und neigte, in seiner Eigenschaft als Expeditionsleiter, zu diktatorischen Tönen. Er sprach schnell und gebrauchte seltsam scharfe, bedeutungsleere Worte.

»Unter gewöhnlichen Umständen würde es natürlich nichts ausmachen, wenn jemand sich verspätet«, sagte er, »wenn es jedoch darauf ankommt, die Männer zur Pünktlichkeit anzuhalten –«

Er scharte sie um sich und trieb sie zum Flußufer hinunter, wo das Ruderboot wartete, das sie zum Schiff hinüberbringen sollte.

Die Hitze des Tages legte sich, und über ihren Teetassen erwachte gewöhnlich die Mitteilsamkeit der Flushings. Terence hatte, als er ihnen zuhörte, das Gefühl, daß das Dasein sich jetzt in zwei verschiedenen Schichten abspielte. Hier waren die Flushings und redeten, redeten irgendwo hoch in der Luft über ihm, und er und Rachel waren zusammen auf den Grund der Welt hinabgesunken. Doch Mrs Flushing hatte nicht nur in ihrer Direktheit etwas von einem Kind, sie besaß darüber hinaus den Instinkt, der einem Kind verrät, was die Erwachsenen geheimhalten wollen. Sie fixierte Terence mit ihren lebhaften blauen Augen und richtete sich unmittelbar an ihn. Was er tun würde, wollte sie wissen, wenn das Schiff auf einen Felsen liefe und sänke.

»Würden Sie noch an irgend etwas anderes denken als an Ihre eigene Sicherheit? Täte ich das? Nein, nein«, sie lachte, »keine Spur – erzählen Sie mir das bloß nicht. Es gibt nur zwei Geschöpfe, an der einer Frau normalerweise gelegen ist«, fuhr sie fort, »ihr Kind und ihr Hund; und ich glaube, Männer bringen es nicht einmal auf zwei. Man liest soviel von Liebe – deshalb ist die Poesie auch so langweilig. Doch was geschieht denn im wirklichen Leben, hm? Liebe ist das nicht!« rief sie.

Terence murmelte etwas Unverständliches. Mr Flushing hingegen hatte wieder zu seiner formvollendeten Höflichkeit zurückgefunden. Er rauchte eine Zigarette und übernahm es jetzt, seiner Frau zu antworten.

»Du mußt immer bedenken, Alice«, sagte er, »daß du unter sehr unnatürlichen Umständen aufgewachsen bist – ungewöhnlichen, sollte ich vielleicht sagen. Sie hatten keine Mutter«, erklärte er, und sein Tonfall war etwas weniger förmlich; »und der Vater – ich bezweifle nicht, daß er ein ganz reizender Mann war, doch er hatte nur Sinn für Rennpferde und griechische Statuen. Erzähl ihnen doch das mit dem Baden, Alice.«

»Im Stallhof«, sagte Mrs Flushing. »Im Winter war das Wasser gefroren. Da mußten wir hineinsteigen; wenn nicht, gab es die Peitsche. Die Starken überlebten – die anderen starben. Was man positive Auslese nennt – ein ganz vorzügliches Modell, das muß ich schon sagen, wenn man dreizehn Kinder hat!«

»Und das alles mitten in England, im neunzehnten Jahrhundert!« rief Mr Flushing, an Helen gewandt.

»Ich würde meine Kinder ganz genauso behandeln, wenn ich welche hätte«, sagte Mrs Flushing.

Jedes einzelne Wort drang Terence klar und deutlich in die Ohren; doch was redeten sie, und zu wem sprachen sie, und wer waren sie, diese bizarren Menschen, die losgelöst irgendwo hoch oben in der Luft schwebten? Sie hatten ihren Tee getrunken und standen nun auf und beugten sich über den Bug des Schiffes. Die Sonne ging unter, und das Wasser war dunkel und scharlachrot. Der Fluß hatte sich wieder geweitet, und sie kamen gerade an einer kleinen Insel vorbei, die wie ein dunkler Keil in der Mitte des Flusses steckte. Zwei prächtige weiße Vögel, auf deren Gefieder das rote Licht lag, standen dort auf ihren stelzenartigen Beinen, und der Strand der Insel war unberührt bis auf den skeletthaften Abdruck von Vogelfüßen. Die Äste der Bäume am Ufer wirkten verkrümmter und sparriger als je zuvor, und das Grün der Blätter war glänzend und goldgesprenkelt. Dann begann Hirst, über den Bug gelehnt, zu sprechen.

»Es macht einen doch ganz schön närrisch, finden Sie nicht auch?« klagte er. »Diese Bäume gehen einem auf die Nerven – das ist alles so verrückt. Gott ist zweifellos wahnsinnig. Welcher Mensch bei Verstand könnte sich schon eine derartige Wildnis ausdenken und sie mit Menschenaffen und Alligatoren bevölkern? Ich würde wahnsinnig, wenn ich hier lebte – völlig wahnsinnig.«

Terence setzte zu einer Antwort an, doch Mrs Ambrose antwortete statt dessen. Sie forderte ihn auf, sich doch einmal anzusehen, wie dicht sich alles drängte – sehen Sie doch, welche unglaublichen Farben, sehen Sie doch, was für Formen die Bäume haben. Sie schien Terence gegen die anderen abschirmen zu wollen.

»Ja«, sagte Mr Flushing. »Und meiner Meinung nach«, fuhr er fort, »ist das Fehlen von menschlichen Bewohnern, gegen die Hirst etwas einzuwenden hat, dabei das Ausschlaggebende. Sie müssen doch zugeben, Hirst, daß ein italienisches Städtchen den ganzen Schauplatz sogar vulgarisieren, von der Reichhaltigkeit des Ganzen ablenken würde – dem Gefühl elementarer Größe.« Er wies schwungvoll auf den Wald und verstummte für einen Augenblick, während er auf die gewaltige grüne Masse schaute, die nun in Schweigen versank. »Ich muß gestehen, daß es uns doch einigermaßen klein erscheinen läßt – uns, sie jedoch nicht.« Er wies mit dem Kopf auf einen der Matrosen, der über die Bordwand lehnte und ins Wasser spuckte. »Und ich glaube, das liegt in dem begründet, was meine Frau als die grundsätzliche Überlegenheit des Bauern empfindet –«

Im Schutze der Worte Mr Flushings, der fortfuhr, St. John sanft zu widersprechen und ihn zu überzeugen versuchte, zog Terence Rachel beiseite und wies dabei übertrieben auf einen mächtigen zernagten Baumstamm hin, der umgestürzt war und halb im Wasser lag. Er wollte ihr um jeden Preis nahe sein, merkte jedoch, daß er nichts sagen konnte. Sie konnten Mr Flushings Redestrom hören, der erst seine Gattin, dann die Kunst, dann wieder die Zukunft des Landes betraf, kleine, bedeutungslose Worte, die hoch oben in der Luft schwebten. Da es allmählich kalt wurde, begann er, mit Hirst an Deck auf und ab zu schreiten. Fetzen ihres Gesprächs hoben sich deutlich ab, als sie vorüberkamen – Kunst, Gefühl, Wahrheit, Wirklichkeit.

»Ist es wahr, oder ist es ein Traum?« murmelte Rachel, als sie vorbeigegangen waren.

»Es ist wahr, es ist wahr«, erwiderte er.

Die Brise frischte jedoch auf, und es machte sich ein allgemeines Bedürfnis nach Bewegung bemerkbar. Als die Gesellschaft sich, im Schutz von Decken und Mänteln, wieder zusammensetzte, fanden Terence und Rachel an beiden Enden des Halbkreises Platz und konnten nicht miteinander sprechen. Als sich jedoch die Dunkelheit niedersenkte, schienen die Worte der anderen sich einzurollen und zu zerfallen wie die Asche von verbranntem Papier und ließen sie in vollkommener Stummheit am Grund der Welt zurück. Gelegentlich durchzuckte sie ein heftiges Gefühl der Freude, und dann empfanden sie wieder Frieden.

21. Kapitel

Dank Mr Flushings Disziplin wurden die richtigen Stellen des Flusses zu den richtigen Zeitpunkten erreicht, und als am nächsten Morgen nach dem Frühstück die Liegestühle wieder im Halbkreis am Bug aufgestellt wurden, befand die Barkasse sich nur noch wenige Meilen von der Eingeborenensiedlung entfernt, die der Endpunkt der Reise war. Mr Flushing riet ihnen, als er sich hinsetzte, die Augen auf das linke Ufer gerichtet zu halten, wo sie bald an einer Lichtung vorbeikommen würden, und auf dieser Lichtung stehe eine Hütte, in der Mackenzie, der berühmte Forschungsreisende, vor etwa zehn Jahren am Fieber gestorben sei, nahezu innerhalb der Reichweite der Zivilisation – Mackenzie, wiederholte er, der Mann, der weiter ins Landesinnere vorgestoßen sei als je ein Mensch zuvor. Aller Blicke richteten sich fügsam auf das linke Ufer. Rachels Augen sahen jedoch nichts. Es zogen zwar gelbe und grüne Umrisse an ihnen vorbei, doch sie erkannte nur, daß der eine groß und der andere klein war; sie erkannte nicht, daß das Bäume waren. Diese Anweisungen, mal hier, mal dorthin zu blicken, störten sie, wie Unterbrechungen einen in Gedanken versunkenen Menschen stören, obwohl sie an gar nichts dachte. Sie ärgerte sich über alles, was gesagt wurde, und über die ziellosen Körperbewegungen der anderen, weil sie ihr im Weg waren und sie daran zu hindern schienen, mit Terence zu sprechen. Nach kurzer Zeit sah Helen sie verdrossen auf ein aufgerolltes Tau starren, und es war deutlich, daß sie überhaupt nicht zuhörte. Mr Flushing und St. John führten mehr oder minder ein Dauergespräch über die politische Zukunft des Landes und über das Ausmaß, in dem es erforscht war; und die anderen starrten mit weggestreckten Beinen oder in die Hand gestütztem Kinn schweigend vor sich hin.

Mrs Ambrose schaute und hörte gehorsam zu, war insgeheim jedoch von einem Gefühl des Unbehagens durchdrungen, das sich nicht so ohne weiteres auf eine bestimmte Ursache zurückführen ließ.

Als sie, der Aufforderung Mr Flushings folgend, zum Ufer blickte, fand sie das Land zwar sehr schön, aber auch schwül und beängstigend. Sie ließ sich nicht gerne von ungreifbaren Emotionen drangsalieren, und doch fühlte sie sich, während die Barkasse in der heißen Morgensonne weiter und weiter glitt, von einer unerklärlichen Unruhe gepackt. Ob nun die Unvertrautheit des Waldes oder etwas weniger Greifbares der Grund dafür war, hätte sie nicht zu sagen gewußt. Sie verlor sich in sorgenvollen Gedanken an Ridley, an ihre Kinder, an Dinge, die in weiter Ferne lagen, wie Alter, Armut und Tod. Hirst war ebenfalls gedrückter Stimmung. Er hatte sich auf diesen Ausflug gefreut wie auf Ferien, denn, so hatte er gedacht, sowie sie sich erst einmal vom Hotel entfernt hätten, würden bestimmt wunderbare Dinge passieren, statt dessen passierte nichts, und hier saßen sie nun, so unbehaglich, so gezwungen, so befangen wie eh und je. Das hatte man eben davon, wenn man sich auf etwas freute; man wurde jedesmal enttäuscht. Schuld daran war Wilfrid Flushing, der so gut gekleidet und so förmlich war; schuld daran waren Hewet und Rachel. Warum sagten die nichts? Er blickte sie an, wie sie da stumm und in sich gekehrt saßen, und ihr Anblick ärgerte ihn. Er vermutete, daß sie sich verlobt hatten oder kurz davor standen, doch wirkten sie nicht im mindesten romantisch oder ansteckend vergnügt, sondern waren genauso trostlos wie alles andere auch; obendrein ärgerte ihn die Vorstellung, daß sie verliebt waren. Er setzte sich dicht neben Helen und begann, ihr sein Leid zu klagen: wie beschwerlich die letzte Nacht an Deck gewesen sei, mal sei es zu heiß gewesen, dann wieder zu kalt, und die Sterne hätten so hell geschienen, daß er nicht habe einschlafen können. Er habe die ganze Nacht wachgelegen und nachgedacht, und als es hell genug gewesen sei, habe er zwanzig Verse seines Gedichts auf Gott geschrieben, und das Furchtbare sei dabei, daß er praktisch bewiesen habe, daß Gott existierte. Er merkte nicht, daß er sie behelligte, und fragte sich als nächstes, was wohl passieren würde, wenn Gott existierte – »ein alter Herr mit Bart und einem langen blauen Morgenrock, außerordentlich reizbar und ungnädig, wie er nun einmal sein muß? Haben Sie einen Reimvorschlag? Gott, Komplott, Schafott – alles nicht ganz neu. Wissen Sie noch andere?«

Obwohl er nicht wesentlich anders sprach als sonst, hätte Helen, wenn sie nur hingeschaut hätte, erkennen können, daß er zugleich ungeduldig und beunruhigt war. Es wurde ihr allerdings gar keine Antwort abverlangt, denn jetzt rief Mr Flushing: »Da!« Sie schauten auf die Hütte am Ufer, eine trostlose Behausung mit einem großen Riß im Dach, und der Boden ringsumher war gelb, narbig von Feuerstellen und übersät von rostigen leeren Blechbüchsen.

»Haben sie seinen Leichnam dort gefunden?« fragte Mrs Flushing und beugte sich vor Eifer vor, um die Stelle zu sehen, wo der Forschungsreisende gestorben war.

»Sie haben seinen Leichnam und seine Tierfelle und ein Notizbuch gefunden«, antwortete ihr Gatte. Doch das Schiff hatte sie schon bald weggetragen und die Stelle hinter sich gelassen.

Es war so heiß, daß sie sich kaum rührten, außer daß gelegentlich jemand die Fußhaltung änderte oder ein Streichholz angezündet wurde. In ihren Augen, die unverwandt aufs Ufer blickten, standen dieselben grünen Spiegelungen, und ihre Lippen waren leicht zusammengepreßt, als löste das, was sie im Vorüberfahren sahen, allerhand Gedanken in ihnen aus, und nur Hirsts Lippen bewegten sich unablässig, während er, ihm nur halb bewußt, Reime auf Gott suchte. Was immer die anderen für Gedanken haben mochten, eine Zeitlang sagte niemand etwas. Sie hatten sich so sehr an die Wand der Bäume auf beiden Seiten gewöhnt, daß sie ruckartig aufblickten, als die Helle sich plötzlich erweiterte und die Bäume aufhörten.

»Das erinnert ja fast an einen englischen Park«, sagte Mr Flushing.

Tatsächlich kann man sich keine größere Veränderung vorstellen. An beiden Ufern des Flusses lag offenes rasenähnliches Gelände, grasbedeckt und bepflanzt, denn die Lieblichkeit und Übersichtlichkeit des Ortes ließ auf menschliche Pflege schließen; die anmutigen Bäume standen auf kleinen Erdhügeln. So weit ihr Blick reichte, hob und senkte sich diese Rasenfläche mit der Wellenbewegung eines alten englischen Parks. Der Schauplatzwechsel regte wie selbstverständlich auch zu einem Wechsel der eigenen Haltung an, die den meisten willkommen war. Sie standen auf und lehnten sich über die Reling.

»Es könnte Arundel oder Windsor sein«, fuhr Mr Flushing fort, »wenn man den Busch mit den gelben Blüten dort abhacken würde. Da – großer Gott, seht doch!«

Reihen brauner Rücken verharrten einen Augenblick auf der Stelle und sprangen dann auf eine Weise davon, als setzten sie über Wellen außer Sichtweite.

Einen Augenblick lang konnte keiner von ihnen glauben, daß sie wirklich lebende Tiere im Freien gesehen hatten – ein Rudel Wild, und dieser Anblick löste eine kindliche Aufregung in ihnen aus und vertrieb die düstere Stimmung.

»Ich hab im ganzen Leben noch nichts Größeres als einen Hasen gesehen!« rief Hirst in echter Aufregung. »Warum habe ich Esel nur meine Kodak nicht mitgebracht!«

Bald danach wurde die Barkasse langsamer und lag schließlich still, und der Kapitän erklärte Mr Flushing, hier biete sich den Passagieren die Gelegenheit zu einem angenehmen Spaziergang an Land; wenn sie es vorzögen, in einer Stunde wieder zurück zu sein, würde er sie zum Dorf mitnehmen; wenn sie hingegen lieber laufen wollten – es seien nur ein, zwei Meilen flußaufwärts – dann würde er sie an der Anlegestelle erwarten.

Nachdem sie sich entschieden hatten, wurden sie zum zweitenmal am Ufer abgesetzt. Die Matrosen holten Rosinen und Tabak heraus, lehnten sich über die Reling und beobachteten, wie die sechs Engländer, deren Jacketts und Kleider sich auf der Wiese so seltsam ausnahmen, sich zu Fuß auf den Weg machten. Ein Scherz, der alles andere als schicklich war, löste Gelächter unter ihnen aus, und dann wandten sie sich um und streckten sich bequem an Deck aus.

Gleich, nachdem sie an Land waren, eilten Terence und Rachel den anderen ein wenig voraus.

»Gottseidank!« rief Terence und holte tief Luft. »Endlich sind wir allein!«

»Und wenn wir hier vorn bleiben, können wir miteinander reden«, sagte Rachel.

Doch obwohl sie sich ein paar Schritt vor den anderen hielten und die Möglichkeit hatten, etwas zu sagen, schwiegen beide.

»Du liebst mich doch?« fragte Terence nach einer ganzen Weile.

Es fiel ihm sehr schwer, das Schweigen zu brechen. Beides war gleichermaßen mühsam, das Sprechen wie das Schweigen, denn wenn sie schwiegen, waren sie sich der Gegenwart des anderen zwar lebhaft bewußt, doch waren die Worte entweder zu trivial oder zu großartig.

Sie murmelte etwas Unverständliches, das mit den Worten endete: »Du auch?«

»Ja, ja«, antwortete er; doch da waren so viele Dinge, die gesagt werden wollten, und nun, wo sie allein waren, schien es notwendig, daß sie einander noch näherkamen und eine Barriere überwanden, die sich zwischen ihnen erhoben hatte, seit sie zum letztenmal miteinander gesprochen hatten. Es war schwierig, ja beängstigend, seltsam beklemmend. Eben sah er noch klar, dann war er schon wieder verwirrt.

»Ich will ganz am Anfang anfangen«, sagte er entschlossen. »Ich erzähle dir jetzt einmal alles, was ich dir schon vorher hätte erzählen sollen. Erst einmal, ich war noch nie in eine andere Frau verliebt, doch habe ich schon andere Frauen gehabt. Dann habe ich schlimme Fehler. Ich bin sehr faul, ich bin launenhaft –« Er ließ sich nicht beirren, obwohl sie ihn mit einem lauten Ausruf zu unterbrechen versuchte. »Du mußt über meine schlimmsten Seiten Bescheid wissen. Ich habe starke Begierden. Ich habe Anwandlungen, da erscheint mir alles sinnlos – ich fühle mich unfähig. Ich hätte dich wohl niemals fragen dürfen, ob du mich heiraten willst. Ich bin ein bißchen snobistisch; ich bin ehrgeizig –«

»Ach, unsere Fehler!« rief sie. »Was spielen die schon für eine Rolle?« Dann fragte sie ihn: »Bin ich verliebt – ist das so, wenn man verliebt ist – sollen wir einander heiraten?«

Vom Liebreiz ihrer Stimme und ihrer Gegenwart überwältigt, rief er: »Ach, du bist frei, Rachel! Für dich wird die Zeit keinen Unterschied machen oder die Ehe oder –«

Die Stimmen der anderen hinter ihnen klangen mal ferner, mal näher, und Mrs Flushings Lachen hob sich deutlich davon ab.

»Ehe?« wiederholte Rachel.

Hinter ihnen wurden erneut Rufe laut, die sie warnend darauf aufmerksam machten, daß sie zu weit nach links abkamen. Indem er sie wieder auf den richtigen Kurs lenkte, fuhr er fort: »Ja, Ehe.« Das

Gefühl, daß sie nicht einander gehören konnten, ehe sie nicht alles über ihn wußte, bewirkte, daß er sich erneut bemühte, ihr zu erklären, wie es um ihn stand.

»Alles, was an Schlechtem in mir steckt, die Dinge, mit denen ich mich abgefunden habe – mit dem Nächstbesten –«

Sie murmelte etwas, dachte über ihr eigenes Leben nach, konnte jedoch nicht beschreiben, wie es jetzt auf sie wirkte.

»Und die Einsamkeit!« fuhr er fort. Die Vision, wie er mit ihr durch die Straßen von London ging, trat ihm vor Augen. »Wir werden zusammen spazierengehen«, sagte er. Diese schlichte Vorstellung hatte etwas Erleichterndes, und zum erstenmal lachten sie. Sie hätten einander zu gern bei der Hand gefaßt, doch sie wagten es nicht, denn sie konnten noch nicht darüber hinwegsehen, daß hinter ihnen aller Augen auf sie gerichtet waren.

»Bücher, Menschen, Sehenswertes – Mrs Nutt, Greeley, Hutchinson«, murmelte Hewet.

Mit jedem Wort verflüchtigte der Nebel sich ein wenig mehr, der sie seit dem letzten Nachmittag eingehüllt und einander unwirklich hatte erscheinen lassen, und ihr Umgang wurde immer ungezwungener. Durch die schwüle südliche Landschaft hindurch sahen sie die Welt, die sie kannten, immer deutlicher und eindrücklicher erscheinen, als sie sie je erlebt hatten. Wie bei der Gelegenheit, als sie im Hotel am Fenster gesessen hatte, ordnete die Welt sich unter Rachels Blick auf sinnfällige Weise, und alles rückte an seinen wahren Platz. Von Zeit zu Zeit warf sie Terence einen neugierigen Blick zu und musterte sein graues Jackett und seine purpurrote Krawatte; musterte den Mann, mit dem sie den Rest ihres Lebens verbringen sollte.

Im Anschluß an einen dieser Blicke murmelte sie: »Ja, ich bin verliebt. Daran gibt es keinen Zweifel; ich bin verliebt in dich.«

Dennoch blieb das unangenehme Gefühl, daß zwischen ihnen eine Kluft bestand; nachdem sie einander gerade eben noch, als sie sprach, so nah gewesen waren, als könnte nichts sie trennen, waren sie im nächsten Augenblick schon wieder getrennt und weit voneinander entfernt. Dies quälende Empfinden bewegte Rachel zu dem Ausruf: »Es wird ein Kampf werden!«

Als sie ihn jedoch anschaute, spürte sie angesichts der Form seiner

Augen, der Linien um seinen Mund und anderer Eigentümlichkeiten, daß er ihr gefiel, und sie setzte hinzu:

»Wo ich kämpfen will, hast du Mitgefühl. Du bist ein großmütigerer Mensch als ich; du bist viel großmütiger.«

Er erwiderte ihren Blick und lächelte, da er ebenso wie sie zuvor an ihm die winzigen Besonderheiten an ihr wahrnahm, die ihn an ihr entzückten. Sie war sein für immer. Nun, da diese Barriere überwunden war, lagen ungezählte Freuden vor ihnen.

»Ich bin nicht großmütiger«, antwortete er. »Ich bin bloß älter, träger; ein Mann und keine Frau.«

»Ein Mann«, wiederholte sie, und ein sonderbares Gefühl des Besitzes kam über sie, ihr ging auf, daß sie ihn jetzt ja ruhig berühren durfte; sie streckte die Hand aus und berührte leicht seine Wange. Seine Finger folgten ihrer Berührung, und das Gefühl seiner Hand in seinem Gesicht löste wieder jenes überwältigende Empfinden der Unwirklichkeit aus. Dieser Körper, der zu ihm gehörte, war unwirklich; die ganze Welt war unwirklich.

»Was ist bloß geschehen?« fing er an. »Warum habe ich dich gebeten, mich zu heiraten? Wie kam es denn dazu?«

»Hast du mich gebeten, dich zu heiraten?« fragte sie nachdenklich. Sie entschwanden einander in weite Ferne, und keiner von beiden konnte sich erinnern, was gesagt worden war.

»Wir saßen am Boden«, besann er sich.

»Wir saßen am Boden«, bestätigte sie. Die Erinnerung, daß sie jedenfalls am Boden gesessen hatten, schien sie wieder zu vereinen, und sie gingen schweigend weiter, und mal arbeitete ihr Hirn nur unter Schwierigkeiten, und dann hörte es ganz zu arbeiten auf, und nur ihre Augen nahmen die Dinge wahr, von denen sie umgeben waren. Dann begann er von neuem, ihr seine Fehler aufzuzählen und ihr zu sagen, warum er sie liebte; und sie schilderte ihm, was sie zu diesem oder jenem Zeitpunkt empfunden hatte, und dann deuteten sie gemeinsam diese Empfindung. So schön war der Klang ihrer Stimmen, daß sie allmählich immer weniger auf die Worte achteten, denen sie Gestalt verliehen. Zwischen ihren Worten traten lange Augenblicke des Schweigens ein, und dies Schweigen war nicht länger eins des inneren Kampfes und der Verwirrung, sondern es war erholsam, ein Schweigen, das allen möglichen trivialen Gedanken Raum ließ. Sie begannen, ungezwungen von gewöhnlichen Dingen zu reden, von den Blumen und den Bäumen, und warum sie hier so rot würden wie daheim die Gartenblumen, und dann wieder knorrig und verkrümmt waren wie der Arm eines verwachsenen alten Mannes.

Ganz sacht und leise, so als sänge das Blut in ihren Adern, oder wie das Wasser des Flusses über die Steine floß, wurde sich Rachel eines neuen Gefühls in ihrem Innern bewußt. Einen Augenblick lang fragte sie sich, was das sei, und sagte sich dann, ein wenig überrascht, etwas derart Ruhmreiches an sich selbst zu bemerken:

»Das ist wohl Glück.« Und laut sagte sie zu Terence: »Das ist das Glück.«

Er antwortete, ohne eine Sekunde zu zögern: »Das ist das Glück«, was vermuten ließ, daß beide gleichzeitig das gleiche empfunden hatten. Deshalb begannen sie zu schildern, was sie in diesem oder jenem Fall jeweils empfanden, wie ähnlich ihre Empfindungen waren und dabei doch auch wieder ganz unterschiedlich; denn sie waren sehr verschieden.

Die rufenden Stimmen hinter ihnen drangen nicht durch das Gewässer, in das sie nun hinabgesunken waren. Die laute Wiederholung von Hewets Namen in kurzen, abgehackten Silben war für sie das Knacken eines trockenen Zweiges oder das Lachen eines Vogels. Da sie vom Murmeln des Grases und des sanften Windes umgeben waren, merkten sie gar nicht, daß das Rascheln der Gräser lauter und lauter wurde und auch dann nicht aufhörte, wenn der Wind aussetzte. Eine Hand fiel Rachel abrupt wie ein Stück Eisen auf die Schulter; es hätte ein Donnerkeil vom Himmel sein können. Sie ging darunter zu Boden, das Gras schlug ihr über die Augen und füllte ihr Mund und Ohren. Durch die schwankenden Halme hindurch erblickte sie eine Gestalt, die sich groß und verschwommen gegen den Himmel abhob. Helen hielt sie gepackt. Hin- und hergerollt, so daß sie nur grüne Laubmassen sah und dann wieder weit droben den blauen Himmel; war sie sprachlos, ja fast besinnungslos. Endlich lag sie still, und von ihrem Gekeuche wogte das Gras um sie herum. Über ihr ragten zwei mächtige Köpfe auf, die Köpfe eines Mannes und einer Frau, Terences und Helens.

Beider Gesichter waren gerötet, beide lachten, und ihre Lippen bewegten sich; sie trafen zusammen und küßten einander in der Luft über ihr. Wortfetzen drangen zu ihr herab. Sie meinte, sie von Liebe und dann von Heirat sprechen zu hören. Als sie sich vom Boden erhob, spürte auch sie Helens weichen Körper, die kräftigen Arme, die sie liebevoll umfingen, und eine mächtige Woge des Glücks stieg in ihr empor und schlug über ihr zusammen. Als sie verebbte, die Gräser wieder niedrig wuchsen, der Himmel wieder horizontal verlief, der Boden sich eben nach beiden Seiten ausbreitete und die Bäume aufrecht standen, nahm sie als erste die Menschen wahr, die geduldig wartend in einiger Entfernung aufgereiht standen. Einen Augenblick lang konnte sie sich nicht erinnern, wer das war.

»Wer ist denn das?« fragte sie, und dann fiel es ihr wieder ein.

Sie reihten sich hinter Mr Flushing und sorgten dafür, daß zwischen seiner Stiefelkappe und ihrem Rocksaum wenigstens drei Schritt Abstand blieben.

Er führte sie über ein Stück Wiese am Flußufer und dann durch eine Baumgruppe und forderte sie auf, ihr Augenmerk auf die Anzeichen einer menschlichen Ansiedlung zu richten, das schwarzverbrannte Gras, die verkohlten Baumstümpfe und dort, zwischen den Bäumen, eigenartige Behausungen aus Holz, die im Halbkreis beieinander standen, wo die Bäume in größerem Abstand wuchsen, das Dorf, das das Ziel ihrer Reise war.

Vorsichtig nähertretend, bemerkten sie die Frauen, die, in dreieckiger Formation, am Boden hockten und die Hände bewegten, indem sie entweder Stroh flochten oder irgend etwas in Schüsseln kneteten. Nachdem sie einen Augenblick lang ungesehen hingeschaut hatten, wurden sie jedoch entdeckt, und Mr Flushing schritt auf die Mitte der Lichtung zu und begann, mit einem hageren Mann von majestätischem Gebaren zu sprechen, dessen Glieder und Körperformen die äußere Gestalt des Engländers schlagartig häßlich und unnatürlich erscheinen ließen. Die Frauen nahmen nur insofern Notiz von den Fremden, als ihre Hände einen Augenblick lang ruhten und ihre schmalen, langgezogenen Augen sich seitwärts bewegten und ihren Blick auf sie hefteten, das reglose, ausdruckslose Starren derer, die weit, weit jenseits aller sprachlichen Verständigung um Welten von anderen Menschen getrennt waren. Ihre Hände regten sich wieder, doch ihre Augen starrten weiter. Ihr Blick folgte ihnen auf Schritt und Tritt, während sie in die Hütten spähten, in denen sie Gewehre erkennen konnten, die in der Ecke lehnten, und Schüsseln am Boden und haufenweise Binsen; im Dämmerlicht blickten Säuglinge sie aus ernsten Augen an, und alte Frauen starrten ihrerseits heraus. Während sie umherschlenderten, folgte ihnen der starrende Blick und glitt über ihre Beine, ihre Körper, ihre Köpfe, neugierig und nicht ohne Feindseligkeit wie eine krabbelnde Stubenfliege. Eine Frau hielt, während sie ihr Schultertuch auseinanderzog, die Brust entblößte und ihrem Baby reichte, unentwegt den Blick auf ihre Gesichter gerichtet, obgleich sie unter ihrem Starren unruhig wurden und sich schließlich abwandten, statt noch länger zu verweilen und sie anzuschauen. Als sie Süßigkeiten angeboten bekamen, streckten sie große rote Hände aus, um sie entgegenzunehmen, und sie hatten das Gefühl, schwerfällig wie in enge Uniformröcke geknöpfte Soldaten zwischen diesen leisen Menschen mit ihren instinktsicheren Bewegungen umherzustapfen. Doch bald schon ging das Leben im Dorf weiter, als wären sie nicht vorhanden; sie waren darin aufgegangen. Die Hände der Frauen beschäftigten sich wieder emsig mit dem Stroh; ihr Blick senkte sich. Wenn sie sich bewegten, dann um irgend etwas aus der Hütte zu holen oder ein umherstrolchendes Kind einzufangen oder den Dorfplatz mit einem Tonkrug auf dem Kopf zu überqueren; wenn sie sprachen, dann nur, um irgendeinen rauhen, unverständlichen Schrei auszustoßen. Stimmen wurden laut, als ein Kind geschlagen wurde, und beruhigten sich wieder; Stimmen erhoben sich zu einer Melodie, die erst ein wenig nach oben und dann ein wenig nach unten ging und dann wieder bei demselben tiefen, melancholischen Ton angelangte. Terence und Rachel suchten einander und trafen unter einem Baum zusammen. Auf den ersten Blick friedlich, ja sogar schön, löste der Anblick der Frauen, die aufgehört hatten, sie anzuschauen, mittlerweile ein Gefühl großer Kälte und tiefer Melancholie in ihnen aus.

»Tja«, seufzte Terence nach einer ganzen Weile, »dagegen wirken wir richtig unbedeutend, findest du nicht auch?«

Rachel stimmte ihm zu. So würde das auf alle Zeiten bleiben, sagte sie, die unter Bäumen sitzenden Frauen, die Bäume selbst und der Fluß. Sie wandten sich ab und gingen zwischen den Bäumen umher und faßten einander unter, ohne Angst, dabei gesehen zu werden. Sie gingen noch nicht lange so umher, als sie einander einmal mehr zu versichern begannen, daß sie verliebt seien, glücklich seien, froh seien; doch weshalb war es nur so schmerzlich, verliebt zu sein, weshalb brachte das Glück soviel Schmerz mit sich?

Der Anblick des Dorfes berührte sie alle tatsächlich auf eigenartige, wenn auch jeweils unterschiedliche Weise. St. John hatte die anderen verlassen und ging langsam zum Fluß hinunter, in Gedanken versunken, die von Bitterkeit und Kummer gekennzeichnet waren, denn er fühlte sich allein; und Helen, die allein auf dem sonnigen Platz zwischen den Eingeborenenfrauen stand, war von düsteren Vorahnungen erfüllt. Die Schreie unverständiger Tiere drangen ihr erst vom Boden her in die Ohren, dann von hoch oben in der Luft, als sie den Baumstamm zum Wipfel hinaufliefen. Wie klein die Menschlein aussahen, die zwischen den Bäumen umherwanderten! Sie wurde sich schneidend bewußt, wie winzig klein doch, verglichen mit diesen Baumriesen und dem tiefen Wasser, die Gliedmaßen, wie dünn die Adern von Männern und Frauen waren, wie zart doch ihre Haut, die so leicht zerriß und das Leben entweichen ließ. Ein herabstürzender Ast, ein fehltretender Fuß, und die Erde hat sie zermalmt oder das Wasser sie ertränkt. Bei diesen Gedanken hielt sie den Blick ängstlich besorgt auf die Liebenden gerichtet, als könnte sie sie dadurch vor ihrem Schicksal bewahren. Als sie sich abwandte, fand sie die Flushings neben sich.

Sie sprachen über Dinge, die sie gekauft hatten, und stritten darüber, ob sie wirklich alt waren und ob es nicht hier und dort Anzeichen für europäische Einflüsse gab. Helen wurde ebenfalls zu Rate gezogen. Sie mußte erst eine Brosche und dann ein Paar Ohrringe anschauen. Doch die ganze Zeit gab sie ihnen insgeheim die Schuld daran, daß sie diese Expedition unternommen hatten, daß sie zu leichtsinnig gewesen waren und sich in Gefahr gebracht hatten. Dann gab sie sich einen Ruck und versuchte, sich am Gespräch zu beteiligen, doch schon wenig später ertappte sie sich dabei, wie sie ein Bild von einem Schiff sah, das, es war in England und mittags, auf dem

Fluß gekentert war. Sie wußte, es war morbide, sich solche Dinge vorzustellen; dennoch suchte ihr Blick die beiden anderen zwischen den Bäumen, und als sie sie erblickte, richtete sie den Blick ganz fest auf sie, wie um sie vor Unheil bewahren zu können.

Doch als die Sonne schließlich unterging und das Schiff umkehrte und wieder auf die Zivilisation zuzudampfen begann, beruhigte sie sich abermals. Im Halbdunkel waren die Liegestühle an Deck und die Menschen, die darin saßen, eckige Umrisse, und ihr Mund war durch einen winzigen glühenden Fleck gekennzeichnet und der Arm durch denselben Fleck, der sich nach oben oder unten bewegte, während die Zigarre oder die Zigarette zu den Lippen gehoben und wieder abgesetzt wurde. Worte durchkreuzten die Dunkelheit, doch da sie nicht wußten, wohin sie fallen würden, schien es ihnen an Kraft und Substanz zu mangeln. Tiefe Seufzer entrangen sich, obwohl das Bemühen, sie zu unterdrücken, durchaus spürbar war, regelmäßig dem großen weißen Hügel, der die Person Mrs Flushings verkörperte. Der Tag war lang und sehr heiß gewesen, und nun, da alle Farben ausgelöscht waren, schien die kühle Nachtluft mit sanften Fingern auf die Lider zu drücken und sie schließen zu wollen. Eine philosophische Bemerkung, die offensichtlich an St. John Hirst gerichtet war, verfehlte ihr Ziel und hing so lange in der Luft, bis sie von einem Gähnen verschlungen und als gestorben angesehen wurde, und das war das Signal für ein unruhiges Hin und Her der Beine und einiges Gemurmel über das Schlafengehen. Der weiße Hügel geriet in Bewegung, wuchs schließlich in die Höhe und verschwand, und nach ein paar Kehrtwendungen und langen Schritten zogen St. John und Mr Flushing sich zurück, und übrig blieben drei Liegestühle, die immer noch von drei stummen Körpern besetzt waren. Das Licht, das von einer Lampe hoch oben am Mast und einem bleichen Sternenhimmel kam, bewirkte, daß sie zwar Umrisse, aber keine Gesichter hatten; doch selbst in dieser Dunkelheit fühlten sie sich einander nach dem Rückzug der anderen sehr nah, denn sie dachten alle an dasselbe. Eine Weile sprach niemand, dann sagte Helen mit einem Seufzer: »Dann seid ihr beiden jetzt also sehr glücklich?«

Als werde sie von der Luft umspült, klang ihre Stimme ungreifbarer und weicher als gewöhnlich. Stimmen in geringer Entfernung antworteten ihr: »Ja.«

Durch die Dunkelheit blickte sie beide an und versuchte, sie zu erkennen. Was sollte sie schon sagen? Rachel war ihrer Obhut entwachsen. Eine Stimme mochte ihr Ohr zwar noch erreichen, doch würde sie niemals wieder so weit tragen, wie sie es noch vor vierundzwanzig Stunden getan hatte. Dennoch schien es ihre Schuldigkeit, etwas zu sagen, ehe sie zu Bett ging. Sie hätte gern etwas gesagt, doch fühlte sie sich seltsam alt und bedrückt.

»Seid ihr euch über das im klaren, was ihr da tut?« wollte sie wissen. »Sie ist jung, ihr seid beide jung; und die Ehe –« Sie verstummte wieder. Sie baten sie jedoch mit einer Ernsthaftigkeit weiterzusprechen, als lechzten sie geradezu nach Ratschlägen, so daß sie sich dazu verleiten ließ hinzuzufügen:

»Die Ehe! Nun, das ist kein Kinderspiel!«

»Das wollen wir ja gerade wissen«, antworteten sie, und sie ahnte, daß sie einander jetzt ansahen.

»Ihr Erfolg hängt von euch beiden gleichermaßen ab«, erklärte sie. Ihr Gesicht war Terence zugewandt, und obwohl er sie kaum sehen konnte, so glaubte er doch, daß sich hinter ihren Worten der aufrichtige Wunsch verbarg, mehr über ihn zu erfahren. Er erhob sich aus seiner halb liegenden Stellung und begann, ihr zu erzählen, was sie wissen wollte. Er sprach so unbeschwert wie möglich, um ihre Niedergeschlagenheit zu vertreiben.

»Ich bin siebenundzwanzig und habe ungefähr siebenhundert im Jahr«, fing er an. »Meine seelische Verfassung ist alles in allem gut, und meine Gesundheit ausgezeichnet, auch wenn Hirst eine Neigung zur Gicht feststellen will. Ja, und darüber hinaus glaube ich, daß ich sehr intelligent bin.« Er schwieg, als wartete er auf Bestätigung.

Helen stimmte zu.

»Wenn auch leider ziemlich faul. Ich habe vor, Rachel verrückt sein zu lassen, wenn sie das möchte, und – finden Sie mich in anderer Hinsicht denn im großen und ganzen passabel?« fragte er schüchtern.

»Doch, was ich von Ihnen weiß, gefällt mir«, antwortete Helen. »Aber andererseits – man weiß ja so wenig.«

»Wir werden in London leben«, fuhr er fort, »und –« Wie aus

einem Munde wollten sie plötzlich wissen, ob sie sie denn nicht für die glücklichsten Menschen halte, die sie je gekannt habe.

»Pssst«, bremste sie sie, »denkt an Mrs Flushing. Sie liegt hinter uns.«

Sie verstummten, und Terence und Rachel spürten, daß ihr Glück sie traurig gestimmt hatte, und wenn es sie auch sehr drängte, weiter von sich zu sprechen, so mochten sie es dennoch nicht tun.

»Wir haben zuviel von uns gesprochen«, sagte Terence. »Erzählen Sie doch –«

»Ja, erzähl uns –«, echote Rachel. Sie waren beide dazu aufgelegt zu glauben, daß jeder Mensch imstande sei, etwas sehr Tiefsinniges zu äußern.

»Was kann ich euch denn erzählen?« Helen überlegte und sprach mehr zu sich selbst, wie es ihr gerade in den Sinn kam, statt als Prophetin, die eine Botschaft mitzuteilen hatte. Sie zwang sich zum Reden.

»Schließlich bin ich, obwohl ich Rachel gescholten habe, selbst auch nicht viel weiser. Ich bin natürlich älter, ich hab's schon halb hinter mir, und ihr fangt gerade erst an. Es ist etwas Verblüffendes – manchmal, so finde ich, auch enttäuschend; die großartigen Dinge sind vielleicht nicht ganz so großartig, wie man das erwartet hatte –, aber es ist interessant – Ach doch, ihr werdet es bestimmt interessant finden – Und so geht das weiter –«, ihnen wurde an diesem Punkt die Prozession der dunklen Bäume bewußt, in die, soweit sie sehen konnten, Helen jetzt hineinblickte, »und dann gibt es Freuden dort, wo man keine erwartet (du mußt deinem Vater schreiben), und ihr werdet sehr glücklich sein, daran habe ich keinen Zweifel. Doch ich muß schlafengehen, und wenn ihr gescheit seid, dann kommt ihr in zehn Minuten nach. Also dann«, sie stand auf und stand vor ihnen, fast gesichtslos und sehr groß, »gute Nacht.« Sie verschwand hinter dem Vorhang.

Nachdem sie den größeren Teil der zehn Minuten, die sie ihnen bewilligt hatte, schweigend gesessen hatten, standen sie auf und lehnten sich über die Reling. Unter ihnen glitt das glatte schwarze Wasser sehr rasch und stumm davon. Hinter ihnen verschwand die Glut einer Zigarette. »Eine schöne Stimme«, murmelte Terence.

Rachel stimmte zu. Helen hatte eine schöne Stimme.

Nach einem Augenblick des Schweigens fragte sie, indem sie zum Himmel hinaufblickte: »Sind wir an Deck eines Flußdampfers auf einem Fluß in Südamerika? Bin ich Rachel, bist du Terence?«

Die große schwarze Welt lag rings um sie herum. Wie sie so reibungslos daran entlanggezogen wurden, schien sie eine ungeheure Dichte und Haltbarkeit zu besitzen. Sie konnten spitze Baumwipfel und stumpfe, gerundete Baumwipfel erkennen. Sie hoben den Blick über die Bäume hinaus und richteten ihn auf die Sterne und den fahlen Saum des Himmels über den Bäumen. Die kleinen Pünktchen eiskalten Lichts in unendlicher Ferne zogen ihre Blicke an und hielten sie fest, so daß es schien, als verharrten sie dort lange Zeit, um dann eine große Entfernung zurückzulegen, wenn sie einmal mehr bemerkten, wie ihre Hände die Reling umfaßten und ihre Körper ein jeder für sich nebeneinander standen.

»Du hattest mich vollkommen vergessen«, beschwerte Terence sich, als er ihren Arm nahm und mit ihr an Deck auf und ab zu gehen begann, »und ich vergesse dich nie.«

»Ach nein«, flüsterte sie, sie habe ihn nicht vergessen, nur die Sterne – die Nacht – die Dunkelheit –

»Du bist wie ein Vogel, der halb schlafend im Nest sitzt, Rachel. Du schläfst schon. Du sprichst im Schlaf.«

Halb im Schlaf unvollständige Worte murmelnd, standen sie in dem Winkel, der vom Bug des Schiffes gebildet wurde. Es glitt den Fluß hinab. Jetzt erklang eine Glocke auf der Kommandobrücke, und sie hörte das Klatschen des Wassers, während es sich auf beiden Seiten rippte und davonstrebte, und einmal schnarrte ein aus dem Schlaf aufgestörter Vogel, flog auf den nächsten Baum und verstummte wieder. Die Finsternis ergoß sich üppig über sie und bewirkte, daß sie fast überhaupt kein Gefühl für das Leben mehr hatten, außer dafür, daß sie dort in der Finsternis beisammen standen.

22. Kapitel

Die Dunkelheit senkte sich nieder, hob sich jedoch wieder, und während sich jeder Tag weit über die Erde ausbreitete und sie von dem seltsamen Tag im Wald trennte, an dem sie gezwungen gewesen waren, einander kundzutun, was sie sich wünschten, wurde dieser Wunsch anderen Menschen offenbar und ihnen selbst dabei leicht fremd. Offensichtlich war das, was geschehen war, nichts Ungewöhnliches; es handelte sich darum, daß sie sich verlobt hatten, um einander zu heiraten. Die Welt, die in der Hauptsache aus dem Hotel und der Villa bestand, zeigte sich alles in allem erfreut darüber, daß zwei Menschen heiraten sollten, und gab ihnen zu verstehen, daß man von ihnen nicht erwartete, daß sie sich an der Arbeit beteiligten, die geleistet werden muß, damit die Welt weiterbestehen kann, sondern daß sie sich für eine gewisse Zeit entfernen durften. Demzufolge ließ man sie allein, bis sie die Stille spürten, als hätte man, während sie in einer großen Kirche spielten, die Tür zugemacht. Sie wurden dazu getrieben, allein spazierenzugehen, allein zu sitzen, verschwiegene Orte aufzusuchen, wo noch niemals Blumen gepflückt worden waren und die Bäume vereinzelt wuchsen. In der Einsamkeit konnten sie jene schönen, aber allzu ausufernden Wünsche zum Ausdruck bringen, die für die Ohren anderer Männer und Frauen seltsam beunruhigend waren – Wünsche nach einer Welt, die wie ihre eigene war, einer Welt, die aus zwei Menschen bestand, einer Welt, in der die Menschen einander eng vertraut waren und einander folglich nach dem beurteilten, was gut an ihnen war, und sich niemals stritten, weil das Zeitverschwendung war.

Über solche Fragen sprachen sie zwischen Büchern oder draußen in der Sonne, oder während sie ungestört im Schatten eines Baumes saßen. Sie waren nicht länger befangen oder wie erstickt unter dem Andrängen dessen, was ihnen bedeutungsvoll erschien und sich nicht ausdrücken ließ; sie hatten keine Angst voreinander und waren auch nicht wie der Reisende auf dem Fluß, der sich durch die Landschaft windet und ihn nach jeder Biegung mit neuen Schönheiten blendet; das Unerwartete geschah zwar, doch selbst das Gewöhnliche war liebenswert und dem Ekstatischen und Rätselhaften in mancher Hinsicht sogar vorzuziehen, denn es war erfrischend robust und verlangte eine gewisse Anstrengung, und die Anstrengung war unter diesen Umständen keine Anstrengung, sondern ein Vergnügen.

Während Rachel Klavier spielte, saß Terence in ihrer Nähe und war, jedenfalls danach zu schließen, daß er gelegentlich ein Wort mit dem Federhalter niederschrieb, damit beschäftigt, die Welt so darzustellen, wie sie ihm jetzt erschien, da Rachel und er heiraten sollten. Sie hatte sich zweifellos verändert. Das Buch *Das Schweigen* würde nun nicht mehr das Buch werden, das es sonst geworden wäre. Dann legte er den Federhalter nieder und starrte vor sich hin und fragte sich, in welcher Hinsicht die Welt denn verändert war – sie besaß vielleicht mehr Dauerhaftigkeit, mehr Zusammenhang, mehr Bedeutung, mehr Tiefe. Ja, selbst die Erde schien ihm zuweilen sehr tief zu sein; nicht, insofern sie zu Hügeln und Städten und Ackerland geformt war, sondern insofern sie sich zu gewaltigen Massen auftürmte. Manchmal blickte er zehn Minuten lang aus dem Fenster; doch nein, an einer Erde, die von allen menschlichen Wesen gereinigt war, lag ihm nicht. Er mochte die Menschen – mochte sie lieber, so argwöhnte er, als Rachel sie mochte. Da war sie nun, wiegte sich enthusiastisch über ihrer Musik und hatte ihn völlig vergessen – doch ihm gefiel das an ihr. Ihm gefiel die Unpersönlichkeit, die sie dann ausstrahlte. Schließlich, nachdem er eine Reihe Sätzchen niedergeschrieben hatte, die mit Fragezeichen versehen waren, bemerkte er laut: »Frauen – unter der Überschrift Frauen habe ich geschrieben:

›Nicht wirklich eitler als Männer. Mangel an Selbstvertrauen Wurzel der meisten ernsthaften Fehler. Abneigung gegen eigenes Geschlecht bloße Tradition oder auf Tatsachen gegründet? Frauen ihrem Wesen nach weniger ausschweifend als optimistisch, da sie nicht nachdenken.‹ Was meinst du dazu, Rachel?« Er schwieg, den Federhalter in der Hand und ein Blatt Papier auf dem Knie.

Rachel sagte nichts. Höher und höher hinauf folgte sie der Spirale einer sehr späten Beethoven-Sonate, wie ein Mensch, der ein verfallenes Treppenhaus hinaufsteigt, schwungvoll zunächst und dann immer mühevoller Fuß vor Fuß setzend, bis sie nicht höher hinaufkonnte und wieder hinuntereilte, um ganz von unten anzufangen.

»›Außerdem ist es heute Mode zu behaupten, Frauen seien eher praktisch und weniger idealistisch veranlagt als Männer und außerdem besäßen sie zwar beträchtliche organisatorische Fähigkeiten, doch kein Ehrgefühl‹ – wäre zu fragen, was denn unter dem männlichen Ausdruck Ehrbegriff zu verstehen ist? – Was entspricht dem denn bei deinem Geschlecht? Hm?«

Einmal mehr nahm Rachel ihr Treppenhaus in Angriff und ließ erneut die Gelegenheit verstreichen, die Geheimnisse ihres Geschlechts zu enthüllen. Sie hatte tatsächlich inzwischen soviel Lebensklugheit erworben, daß sie nichts dagegen hatte, diese Geheimnisse auf sich beruhen zu lassen; es schien einer späteren Generation vorbehalten zu sein, sie philosophisch zu erörtern.

Sie schlug mit der Linken energisch einen Schlußakkord an und rief, indem sie zu ihm herumschwang, endlich:

»Nein, Terence, so hat das keinen Sinn; hier sitze ich, die beste Musikerin von Südamerika, von Europa und Asien einmal ganz abgesehen, und kann keinen Ton spielen, weil du im Zimmer bist und mich alle Augenblicke unterbrichst.«

»Dir scheint nicht klar zu sein, daß ich während der letzten halben Stunde auf nichts anderes hingearbeitet habe«, bemerkte er. »Ich habe nichts gegen hübsche, schlichte Weisen einzuwenden – ja, ich empfinde sie sogar als hilfreich für mein literarisches Schaffen, doch das da, das ist bloß so etwas wie ein unseliger alter Hund, der auf den Hinterpfoten im Regen umherläuft.«

Er begann, in den Briefchen herumzustöbern, die auf dem Tisch verstreut lagen und die Glückwünsche ihrer Freunde enthielten.

»›. . . alles nur erdenklich Gute und die allerherzlichsten Glückwünsche‹«, las er, »– korrekt, aber nicht eben einfallsreich, oder?«

»Der reine Unsinn!« rief Rachel. »Wenn man Wörter mit Tönen vergleicht!« fuhr sie fort. »Die Romane und die Theaterstücke und die Geschichtsschreibung –« Auf der Tischkante hockend, schob sie die roten und gelben Bücher verächtlich hin und her. Sie schien sich stark genug zu fühlen, um das gesamte Bildungsgut der Menschheit vom Tisch zu wischen. Terence blickte ebenfalls auf die Bücher.

»Mein Gott, Rachel, du liest aber auch einen Schund!« rief er. »Und außerdem hinkst du hinter deiner Zeit her, meine Liebe! Kein Mensch käme auf die Idee, jetzt noch solches Zeug zu lesen – überholte Problemstücke, quälende Schilderungen des Lebens im East End – ach nein, das haben wir doch nun alles in die Luft gejagt! Lies Lyrik, Rachel, Lyrik, Lyrik, Lyrik!«

Er nahm eins der Bücher vom Tisch und begann, daraus vorzulesen, in der Absicht, das harte, bellende Englisch des Verfassers zu verspotten; sie war jedoch mit ihren Gedanken woanders und rief nach einigem Nachdenken:

»Hast du schon einmal das Gefühl gehabt, daß die Welt ausschließlich aus mächtigen Blöcken fester Materie besteht und wir nichts als Lichtflecke sind –«, sie blickte auf die weichen Sonnenflekken, die über den Teppich und die Wand tänzelten – »so wie die da?«

»Nein«, sagte Terence, »ich empfinde mich als etwas Festes; etwas ungeheuer Festes; die Beine meines Stuhls könnten im tiefsten Innern der Erde verwurzelt sein. Ich kann mich allerdings daran erinnern, daß es in Cambridge Zeiten gab, da fiel man etwa um fünf Uhr morgens in lachhafte halb komatöse Zustände. Hirst tut das auch jetzt noch, nehme ich an – ach nein, Hirst wohl doch nicht.«

Rachel sprach weiter: »An dem Tag, als dein Brief mit der Picknickeinladung kam, saß ich da, wo du jetzt sitzt, und dachte das; ob ich das jetzt wohl noch einmal denken könnte? Ob die Welt wohl verändert ist? Und wenn, wann sie wohl aufhören wird, sich zu verändern, und welche wohl die wirkliche Welt ist?«

»Als ich dich das erstemal sah«, fing er an, »hatte ich den Eindruck, du seist ein Geschöpf, das sein ganzes Leben zwischen Perlen und alten Gebeinen verbracht hat. Du hattest feuchte Hände, weißt du noch, und hast kein einziges Wort gesagt, bis ich dir ein Stück Brot gegeben habe, und dann sagtest du: ›Menschen!‹«

»Und ich hielt dich für einen – Laffen«, erinnerte sie sich. »Nein, das trifft es nicht ganz. Da waren die Ameisen, die die Zunge wegholten, und ich fand, du und St. John, ihr wart wie die Ameisen – sehr groß, sehr häßlich, sehr tatkräftig, mit all euren großen Vorzügen auf dem Buckel. Als ich dann allerdings mit dir sprach, da mochte ich dich –«

»Da verliebtest du dich in mich«, verbesserte er sie. »Du warst die ganze Zeit in mich verliebt, du wußtest es bloß nicht.«

»Nein, ich habe mich nie in dich verliebt«, behauptete sie.

»Rachel – wie kann man nur so lügen – hast du etwa nicht hier gesessen und auf mein Fenster geschaut – bist du etwa nicht im Hotel umhergeirrt wie eine Eule in der Sonne –?«

»Nein«, wiederholte sie, »ich habe mich nie in dich verliebt, wenn Sich-Verlieben das ist, was die Leute behaupten, und wenn jemand lügt, dann ist es die Welt, und nicht ich. Oh – wieviel Lügen – wieviel Lügen!«

Sie zerknüllte eine Handvoll Briefe von Evelyn M., von Mr Pepper, von Mrs Thornbury und Miss Allan und Susan Warrington. Wie seltsam, daß diese Menschen, wenn man bedachte, wie verschieden sie doch waren, fast genau die gleichen Sätze benutzten, wenn sie ihr schrieben, um ihr zur Verlobung zu gratulieren.

Daß irgendeiner von diesen Menschen je einmal dasselbe empfunden haben sollte, was sie empfand, oder es je empfinden können oder das Recht besitzen sollte, auch nur eine Sekunde lang für sich beanspruchen zu dürfen, derselben Empfindung fähig zu sein, entsetzte sie ganz ähnlich, wie der Gottesdienst es getan hatte, ganz ähnlich, wie das Gesicht der Krankenschwester es getan hatte; und wenn sie überhaupt nichts empfanden, weshalb kamen sie denn dann und taten so? Die Einfältigkeit und der Hochmut und die Ungerechtigkeit ihrer Jugend, wie sie sich jetzt durch ihre Liebe zu ihm in einem einzigen Funken konzentriert hatten, verblüfften Terence; daß er verlobt war, wirkte sich auf ihn nicht in dieser Weise aus; die Welt war zwar verändert, doch nicht in dieser Hinsicht; er wollte immer noch die Dinge, die er immer schon gewollt hatte, und vor allem wollte er, vielleicht mehr als je zuvor, die Gesellschaft anderer Menschen. Er nahm ihr die Briefe aus der Hand und widersprach ihr:

»Natürlich sind sie albern, Rachel; natürlich sagen sie Dinge einfach nur deshalb, weil andere Leute sie auch sagen, doch selbst wenn, was ist Miss Allan nicht für eine nette Frau; das kannst du nicht leugnen; und Mrs Thornbury ebenfalls; sie hat weiß Gott zu viele Kinder bekommen, doch wenn ein halbes Dutzend davon mißraten wären, statt sich unfehlbar zu Prachtexemplaren zu entwickeln –

besitzt sie nicht auch eine Art von Schönheit – eine Art elementarer Schlichtheit, wie Flushing sagen würde? Hat sie nicht etwas von einem großen alten Baum, der im Mondlicht murmelt, oder von einem Fluß, der unaufhörlich weiterfließt? Übrigens, Ralph ist zum Gouverneur der Carroway Islands ernannt worden – er ist der jüngste Gouverneur überhaupt. Tüchtig, wie?«

Rachel war gegenwärtig jedoch außerstande, sich vorzustellen, daß die überwiegende Zahl der Geschäfte der Welt vonstatten gingen, ohne auch nur mit einem einzigen Fädchen mit ihrem eigenen Schicksal verbunden zu sein.

»Ich werde keine elf Kinder bekommen«, erklärte sie; »ich werde nicht die Augen einer alten Frau bekommen. Sie mustert einen ständig von Kopf bis Fuß, als wäre man ein Pferd.«

»Wir müssen einen Sohn haben, und wir müssen eine Tochter haben«, erklärte Terence und legte die Briefe wieder auf den Tisch, »weil sie sich, einmal ganz abgesehen von dem Vorzug, den es bedeutet, unsere Kinder zu sein, einer so guten Erziehung erfreuen würden.« Sie entwarfen gemeinsam die Grundzüge der idealen Erziehung – ihre Tochter sollte schon als ganz kleines Kind anfangen, ein großes Stück blau angemalter Pappe anzuschauen, um ein Gefühl für die Unendlichkeit zu entwickeln, denn die Frauen wurden zu sehr unter praktischen Gesichtspunkten erzogen; und ihren Sohn – den wollten sie lehren, über bedeutende Männer zu lachen, das heißt, über erfolgreiche Männer, die sich besonders hervorgetan hatten, über Männer, die Ordensbänder trugen und ganz weit oben standen. Er sollte (setzte Rachel hinzu) keinesfalls St. John Hirst ähneln.

Daraufhin tat Terence die größte Bewunderung für St. John Hirst kund. Je mehr er auf dessen gute Eigenschaften pochte, desto mehr glaubte er selbst daran; er habe einen Geist wie ein Torpedo, erklärte er, der gegen die Falschheit gerichtet sei. Wo wären wir wohl alle ohne ihn und seinesgleichen? Im Unkraut erstickt; fromme Christen, verheuchelt – und erst Rachel selbst, die wäre eine Sklavin mit einem Fächer, die Männern Wiegenlieder vorsänge, wenn sie schläfrig waren.

»Doch das wirst du ja niemals einsehen!« rief er; »weil du dich nicht mit jeder Faser deines Wesens der Wahrheitssuche verschrieben hast und es auch niemals tun wirst! Dir fehlt jeglicher Respekt für die Tatsachen, Rachel; du bist durch und durch weiblich.«

Sie machte sich nicht die Mühe, das zu leugnen, und hielt es auch nicht für sinnvoll, mit dem einzigen unschlagbaren Argument gegen die Verdienste aufzuwarten, die Terence bewunderte. St. John hatte behauptet, sie sei in ihn verliebt; sie würde ihm das niemals verzeihen; doch war das kein Argument, das einen Mann beeindruckt hätte.

»Aber ich mag ihn ja«, sagte sie und dachte dabei, daß sie zugleich Mitleid mit ihm hatte, so wie man eben Mitleid mit Menschen hat, die außerhalb jener warmen geheimnisvollen Kugel voller Veränderungen und Wunder bleiben müssen, worin wir uns bewegen; sie fand, daß es sehr langweilig sein müsse, St. John Hirst zu sein.

Sie faßte ihre Gefühle ihm gegenüber mit den Worten zusammen, daß sie ihn nicht küssen würde, falls er das überhaupt wünsche, was nicht sehr wahrscheinlich sei.

Als gälte es, sich bei Hirst für den Kuß zu entschuldigen, den er jetzt an seiner Statt gewährt bekam, widersprach Terence:

»Und verglichen mit Hirst bin ich doch der reine Hanswurst!«

In diesem Augenblick schlug die Uhr zwölf statt elf.

»Wir vertrödeln den Vormittag – ich sollte mein Buch schreiben, und du solltest die hier beantworten.«

»Wir haben nur noch einundzwanzig ganze Vormittage vor uns«, sagte Rachel. »Und in ein, zwei Tagen wird mein Vater hier sein.«

Dennoch nahm sie sich Füllhalter und Papier vor und machte sich an die mühselige Aufgabe –

»Liebe Evelyn ...«

Terence las unterdessen einen Roman, den ein anderer geschrieben hatte, ein Prozeß, den er als äußerst wichtig für die Entstehung seines eigenen ansah. Geraume Zeit war nichts zu hören als das Ticken der Uhr und das anfallhafte Kratzen von Rachels Füllhalter, während sie Sätze zustande brachte, die beträchtliche Ähnlichkeit mit denen besaßen, die sie gerade verdammt hatte. Sie merkte es wohl selbst, denn sie schrieb nicht weiter und blickte auf; blickte auf den tief in seinen Sessel versunkenen Terence, blickte auf die verschiedenen Möbelstücke, auf ihr Bett in der Ecke, auf die Fensterscheibe, vor der die Zweige eines Baumes standen, die mit Himmelsblau ausgefüllt waren, hörte die Uhr ticken und staunte über den Abgrund, der zwischen all diesen Dingen und ihrem Blatt Papier lag. Ob wohl je eine Zeit käme, wo die Welt unteilbar eins wäre? Selbst was sie und Terence anging – wie weit entfernt konnten sie nicht voneinander sein, wie wenig wußte sie doch von dem, was jetzt in seinem Kopf vorging! Dann beendete sie ihren Satz, der unbeholfen und häßlich war, und erklärte, sie seien »beide sehr glücklich. Wir werden wahrscheinlich im Herbst heiraten und hoffen, in London leben zu können, wo Sie uns nach unserer Rückkehr hoffentlich besuchen werden.« Nach erneutem Nachdenken wählte sie »herzliche« statt »freundliche«, unterschrieb den Brief und machte sich verbissen an den nächsten, als Terence ihr etwas aus seinem Buch vorlesen wollte.

»Hör dir das mal an, Rachel: ›Es ist wahrscheinlich, daß Hugh (das ist der Held, ein Literat) zur Zeit seiner Heirat ebensowenig wie sonst ein junger Mann von hohen geistigen Fähigkeiten und Einbildungskraft erkannte, welcher Abgrund die Bedürfnisse und Wünsche des männlichen von denen des weiblichen Wesens trennt ... Am Anfang waren sie sehr glücklich gewesen. Die Wanderung in der Schweiz war für sie beide eine Zeit vergnüglicher Kameradschaft und anregender Enthüllungen gewesen. Betty hatte sich als die ideale Gefährtin erwiesen ... Sie hatten einander über die schneebedeckten Hänge des Riffelhorns hinweg 'Love in the Valley' zugeschrien‹ (und so weiter und so weiter, die weiteren Schilderungen lasse ich jetzt aus) ... ›In London jedoch, nach der Geburt des Jungen, änderte sich alles. Betty war eine bewunderungswürdige Mutter; es dauerte jedoch nicht lange, bis sie entdeckte, daß die Mutterschaft, so wie diese Rolle im gehobenen Mittelstand von den Müttern aufgefaßt wird, nicht ihre gesamten Kräfte beanspruchte. Sie war jung und kräftig, hatte gesunde Glieder und einen Körper und einen Geist, die es nach Betätigung drängte ...‹ (Mit einem Wort, sie fing an, Teegesellschaften abzuhalten) ›... Als er nun eines Abends von diesem einzigartigen Gespräch mit Bob Murphy nach Hause kam, das in dessen verrauchtem, mit Büchern vollgestopftem Zimmer stattgefunden hatte, wo die beiden Männer einander ihre Seele offenbart hatten, während ihm der Verkehr in den Ohren summte und der Londoner Nebel ihm tragisch-umdüsternd aufs Gemüt schlug ... fand er seinen

Schreibtisch mit Damenhüten garniert. In der Diele stieß er auf weibliche Hüllen und lächerlich kleine weibliche Schuhchen und auf Regenschirme ... Dann begannen die Rechnungen ins Haus zu flattern ... Er machte den Versuch, offen mit ihr zu reden. Er traf sie auf dem prächtigen Eisbärenfell in ihrem Schlafzimmer liegend an, halb entkleidet, denn sie sollten bei den Greens in Wilton Crescent zu Abend essen, und der rötliche Feuerschein ließ die Brillanten an ihren nackten Armen und auf der herrlichen Wölbung ihrer Brust blitzen und funkeln – das Inbild anbetungswürdiger Weiblichkeit. Er verzieh ihr alles.‹ (Na gut, das wird nun alles immer schlimmer, und schließlich, ungefähr fünfzig Seiten weiter, kauft sich Hugh einen Wochenendfahrschein, fährt nach Swanage und ›versuchte, auf den Hügeln oberhalb von Corfe mit sich ins reine zu kommen.‹ ... Das sind noch einmal fünfzehn Seiten, die wir überspringen wollen. Die Schlußfolgerung des Ganzen ist:) ›Sie waren verschieden. Vielleicht würden ja in ferner Zukunft, wenn Generationen von Männern vergeblich gekämpft hätten, so wie er jetzt vergeblich kämpfen mußte, die Frauen tatsächlich das sein, was zu sein sie derzeit nur vorgaben – die Freundin und Gefährtin – und nicht die Feindin und Parasitin des Mannes.‹

Das endet dann nämlich so, daß Hugh wieder zu seiner Frau zurückkehrt, der arme Kerl. Es war die Pflicht des verheirateten Mannes. Mein Gott, Rachel«, schloß er, »ob das so wird, wenn wir erst verheiratet sind?«

Statt ihm zu antworten, fragte sie:

»Warum schreiben die Menschen nicht über Dinge, die sie empfinden?«

»Ach, das ist doch gerade das Schwierige daran!« Seufzend schob er das Buch beiseite.

»Also, wie wird das denn nun sein, wenn wir verheiratet sind? Was für Empfindungen sind das denn dann?«

Sie schien sich nicht schlüssig.

»Setz dich auf den Boden und laß mich dich anschauen«, befahl er. Das Kinn auf sein Knie gestützt, blickte sie ihm ins Gesicht.

Er prüfte sie neugierig.

»Du bist nicht schön«, begann er, »doch mir gefällt dein Gesicht.

Mir gefällt dein spitzer Haaransatz, und deine Augen gefallen mir auch – die sehen nie etwas. Dein Mund ist zu groß, und deine Wangen wären besser, wenn sie mehr Farbe hätten. Doch was mir an deinem Gesicht so gefällt, ist, daß man sich fragt, woran zum Teufel du wohl gerade denkst – ich habe Lust, so zu machen –«, er ballte die Faust und hielt sie ihr so dicht vors Gesicht, daß sie zurückzuckte, »weil du jetzt nämlich so guckst, als könntest du mich glatt umbringen. Es gibt Augenblicke«, fuhr er fort, »da würdest du mich, wenn wir auf einem Felsen stünden, ins Meer hinabstoßen.«

Hypnotisiert von der Eindringlichkeit, mit der sein Blick den ihren festhielt, wiederholte sie: »Wenn wir auf einem Felsen stünden –«

Ins Meer geworfen zu werden, hin und her gespült und zwischen den Wurzeln der Welt umhergetrieben zu werden – das war, anders als beabsichtigt, für sie eine herrliche Vorstellung. Sie sprang auf und begann, sich durchs Zimmer zu bewegen, indem sie sich bückte und Stühle und Tische beiseite stieß, als bahnte sie sich tatsächlich ihren Weg durch die Fluten. Er beobachtete sie mit Vergnügen; sie schien sich einen Weg zu öffnen und siegreich gegen die Hindernisse anzugehen, die ihnen bei ihrem Weg durchs Leben in die Quere kämen.

»Es scheint möglich zu sein!« rief er, »obwohl ich das immer für das Unwahrscheinlichste von der ganzen Welt gehalten habe – ich werde mein ganzes Leben lang in dich verliebt sein, und unsere Ehe wird das Aufregendste, das man je erlebt hat! Wir werden nie einen ruhigen Augenblick haben –« Er fing sie ein, als sie vorbeikam, und sie kämpften darum, wer der Stärkere war, und stellten sich dabei einen Felsen vor und das Meer, das unter ihnen wogte. Schließlich landete sie am Boden, wo sie keuchend lag und um Gnade schrie.

»Ich bin eine Meerjungfrau! Ich kann schwimmen«, schrie sie, »also ist das Spiel zu Ende.« Ihr Kleid war eingerissen, und nachdem sie Frieden geschlossen hatten, holte sie Nadel und Faden und begann, den Riß zuzunähen.

»Und jetzt«, sagte sie, »gib Frieden und erzähl mir etwas über die Welt; erzähl mir ungefähr alles, was je passiert ist, und ich erzähle dir – warte, was kann ich dir denn erzählen? – Ich erzähle dir dann von Miss Montgomerie und der Vergnügungsfahrt auf dem Fluß.

Da war das nämlich, wo sie mit einem Fuß schon im Boot war, während der andere an Land hängenblieb.«

Sie hatten schon viel Zeit auf diese Weise zugebracht, daß sie einander jeweils Einzelheiten aus dem Leben des anderen erzählten und den Charakter ihrer Freunde und Verwandten schilderten, so daß Terence schon bald nicht nur wußte, was Rachels Tanten wohl in dieser oder jener Situation gesagt hätten, sondern auch wie ihre Schlafzimmer möbliert waren und welche Art von Nachthaube sie trugen. Er konnte ein Gespräch zwischen Mrs Hunt und Rachel in Gang halten und eine Teegesellschaft unter Teilnahme von Reverend William Johnson und Miss Macquoid, den Christian Scientists, bemerkenswert wirklichkeitsgetreu gestalten. Er hatte jedoch viel mehr Menschen kennengelernt und war weit geübter in der Kunst des Erzählens als Rachel, deren Erfahrungen überwiegend seltsam kindlich anmuteten und komisch gefärbt waren, und so fiel ihr im allgemeinen die Rolle zu, zuzuhören und Fragen zu stellen.

Er erzählte ihr nicht nur, was geschehen war, sondern auch was er gedacht und empfunden hatte, und zeichnete auf eine Weise, die sie faszinierte, ein Bild dessen, was andere Menschen vermutlich dachten und empfanden, so daß sie es kaum abwarten konnte, nach England zurückzukehren, das voller Menschen war und wo sie sich bloß auf die Straße zu stellen und sie anzuschauen brauchte. Obendrein war er der Meinung, daß es da eine Ordnung, ein Gefüge gab, das das Leben sinnvoll machte, oder, falls dies Wort sich albern anhörte, das jedenfalls bewirkte, daß es ungeheuer interessant wurde, denn manchmal schien es möglich zu begreifen, weshalb die Dinge so abliefen, wie es der Fall war. Und die Menschen waren auch nicht in dem Maße allein und unfähig, sich zu verständigen, wie sie glaubte. Sie sollte nur einmal nach der Eitelkeit Ausschau halten – denn Eitelkeit war eine sehr verbreitete Eigenschaft –, zunächst bei sich selbst und dann bei Helen, bei Ridley, bei St. John, die alle ihr Teil davon abbekommen hatten – und dann würde sie bei zehn von zwölf Menschen, denen sie begegnete, darauf stoßen; nachdem sie dieses Band zwischen ihnen entdeckt hätte, würde sie feststellen, daß sie gar keine völlig voneinander getrennten, furchterregenden Wesen, sondern praktisch ununterscheidbar waren, und sie würde sie zu lieben beginnen, wenn sie herausfände, daß sie genauso waren wie sie selbst. Wenn sie das leugnen wolle, dann würde sie ihre Überzeugung verteidigen müssen, daß die Menschen ebenso verschieden seien wie die Tiere im Zoo, die Streifen und Mähnen und Hörner und Höcker hatten; und indem sie so die ganze Liste ihrer Bekannten durchkämpften und sich in Anekdoten, Theorien und Spekulationen ergingen, lernten sie einander kennen. Die Stunden gingen rasch dahin und schienen ihnen bis zum Bersten ausgefüllt. Nach einer einsam verbrachten Nacht waren sie dann bereit, von neuem zu beginnen.

Die Vorzüge, die Mrs Ambrose dem ungehemmten Gespräch zwischen Mann und Frau einst nachgesagt hatte, existierten für sie beide tatsächlich, wenn auch nicht ganz in dem von ihr geschilderten Ausmaß. Weit ausgiebiger als mit der Frage der geschlechtlichen Anziehung beschäftigten sie sich mit der Dichtung, doch war nicht zu leugnen, daß solch ein Gespräch, das nirgendwo an Grenzen stieß, die seltsam enge und ungetrübte Weltsicht eines Mädchens vertiefte und erweiterte. Im Austausch für das, was er ihr mitteilen konnte, bot sie ihm eine solche Wißbegierde und eine solche Feinfühligkeit der Wahrnehmung, daß er zu bezweifeln begann, ob irgendein Talent, das sich durch vieles Lesen und reiche Lebenserfahrung erwerben ließ, es an Freude und Schmerz damit aufnehmen konnte. Was würde die Erfahrung ihr denn am Ende eintragen außer einer Art lächerlichen, rein äußerlichen Gleichgewichts, das nicht anders sein würde als das eines abgerichteten Hundes auf der Straße? Er betrachtete ihr Gesicht und fragte sich, wie es wohl in zwanzig Jahren aussehen würde, wenn die Augen stumpfer geworden wären und die Stirn jene hartnäckigen Fältchen aufwiese, die davon zu künden schienen, daß Menschen im mittleren Alter sich einer Zumutung konfrontiert sehen, die die Jungen nicht wahrnehmen? Was würde das für sie wohl für eine Zumutung sein, fragte er sich. Dann kehrten seine Gedanken wieder zu ihrem Leben in England zurück.

Der Gedanke an England war verlockend, denn gemeinsam würden sie alles Altbekannte mit neuen Augen sehen; es würde ein England im Juni sein, und sie würden Juninächte auf dem Land erleben; und die Nachtigallen würden auf den Feldwegen singen, wohin sie sich stehlen konnten, wenn es im Zimmer zu warm würde; und dann würde es englische Wiesen geben, die vor Wasser blitzten und voller gleichmütiger Kühe wären, und die Wolken würden tief am Himmel über die grünen Hügel ziehen. Während er mit ihr im Zimmer saß, sehnte er sich sehr oft danach, wieder mitten ins Leben zurückzukehren und alles mit Rachel gemeinsam tun zu können.

Er ging zum Fenster hinüber und rief: »Mein Gott, was für ein wohltuender Gedanke – Feldwege, durchweichte Feldwege, mit Brombeersträuchern und Brennesseln, weißt du, und richtige Weiden und Bauernhöfe mit Schweinen und Kühen und Männern, die mit Heugabeln neben Leiterwagen hergehen – daran reicht nichts in diesem Land heran – sieh dir doch den steinigen roten Boden und das leuchtend blaue Meer an und die blendend weißen Häuser – wie satt man das alles bekommt! Und die Luft, nicht ein Wölkchen trübt sie. Was gäbe ich nicht für einen Dunstschleier über dem Meer!«

Rachel hatte ebenfalls an das Land in England gedacht: das flache Land, das wellig auf das Meer zulief, und die Wälder und die langen geraden Landstraßen, auf denen man meilenweit gehen konnte, ohne irgend jemanden zu sehen, und die prächtigen Kirchtürme und die merkwürdigen Häuser, die sich in Tälern zusammenscharten, und die Vögel und die Abenddämmerung und der Regen, der gegen die Fenster schlug.

»Aber erst London, London ist der Ort überhaupt«, fuhr Terence fort. Sie blickten gemeinsam auf den Teppich nieder, als läge London selbst dort mit all seinen Zinnen und Türmen, die durch den Rauch emporstachen.

»Aber was ich in diesem Augenblick am liebsten möchte, wenn ich es recht bedenke«, sinnierte Terence, »das wäre, den Kingsway hinunterzugehen, an diesen großen Plakatwänden entlang, weißt du, und in den Strand einzubiegen. Vielleicht würde ich einen Augenblick von der Waterloo Bridge hinunterschauen wollen. Dann würde ich den Strand entlanglaufen, an den Läden mit den ganzen neuen Büchern vorbei, und durch den kleinen Bogengang in den Temple. Mir gefällt die Stille immer so nach dem Getöse. Plötzlich hört man seine eigenen Schritte ganz laut. Der Temple ist sehr angenehm. Ich glaube, ich sollte mal eben nach dem guten, alten Hodgkin schauen – dem Mann, der die Bücher über Van Eyck schreibt, weißt du. Als ich

England verließ, war er gerade sehr traurig wegen seiner zahmen Elster. Er hatte einen bestimmten Mann im Verdacht, sie vergiftet zu haben. Und auf dem nächsten Treppenabsatz wohnt außerdem Russell. Der würde dir, glaube ich, gefallen. Er hat eine Leidenschaft für Händel. Ja, Rachel«, schloß er und schob die Vision von London beiseite, »in sechs Wochen werden wir das gemeinsam tun, und dann haben wir Mitte Juni – und der Juni in London, mein Gott! Wie schön das doch alles ist!«

»Und wir können auch sicher sein, daß wir es wirklich bekommen«, sagte sie. »Denn schließlich erwarten wir ja nichts Ungeheuerliches – nur daß wir umherlaufen und uns dies oder jenes anschauen können.«

»Nur tausend im Jahr und die vollkommene Freiheit«, erwiderte er. »Was glaubst du wohl, wie viele Menschen in London das haben?«

»Nun hast du alles verdorben«, klagte sie. »Jetzt müssen wir an die gräßlichen Dinge denken.« Sie blickte grollend auf den Roman nieder, der ihr einmal vielleicht eine Stunde lang Unbehagen bereitet hatte, so daß sie ihn niemals wieder aufgeschlagen hatte, doch hatte sie ihn auf ihrem Tisch liegen lassen und warf gelegentlich einen Blick darauf, wie mancher mittelalterliche Mönch einen Totenschädel oder ein Kruzifix dazu benutzte, um sich an die Hinfälligkeit des menschlichen Leibes zu gemahnen.

»Stimmt das denn, Terence«, wollte sie wissen, »daß es Frauen gibt, die sterben, während ihnen das Ungeziefer über das Gesicht kriecht?«

»Das halte ich für sehr wahrscheinlich«, sagte er. »Du mußt allerdings zugeben, Rachel, daß wir so selten an irgend etwas anderes denken als an uns selbst, daß ein gelegentlicher kleiner Stich wirklich eher angenehm ist.«

Sie zieh ihn eines aufgesetzten Zynismus, der genauso schlimm sei wie die Sentimentalität selbst, gab ihren Platz an seiner Seite auf und kniete sich in die Fensterbank, wobei sie die Vorhangquasten zwischen den Fingern hin und her drehte. Ein unbestimmtes Gefühl der Unzufriedenheit erfüllte sie.

»Was an diesem Land so abscheulich ist«, rief sie, »ist das Blau –

immerfort blauer Himmel und blaues Meer. Das ist wie ein Vorhang – alle Dinge, die man möchte, befinden sich jenseits dessen. Ich möchte wissen, was dahinter vorgeht. Ich hasse diese Unterteilungen, du nicht auch, Terence? Der eine tappt völlig im Dunkeln darüber, was mit dem anderen los ist. Die Dalloways, die mochte ich beispielsweise«, fuhr sie fort, »und nun sind sie weg. Ich werde sie niemals wiedersehen. Bloß dadurch, daß wir ein Schiff betreten haben, haben wir uns völlig von der übrigen Welt abgeschnitten. Ich möchte England dort drüben sehen – London dort drüben sehen – alle möglichen Menschen – warum auch nicht? Warum soll man bloß ganz allein in ein Zimmer eingesperrt sein?«

Während sie so halb zu sich selbst sprach und dabei immer mehr den Faden verlor, weil ihr Blick von einem Schiff gefangengenommen wurde, das gerade in die Bucht eingelaufen war, merkte sie gar nicht, daß Terence aufgehört hatte, zufrieden vor sich hinzustarren, und sie statt dessen wachsam und mit dem Ausdruck der Unzufriedenheit anschaute. Sie schien imstande, sich völlig von ihm loszulösen und an unbekannte Orte zu wechseln, wo sie seiner nicht bedurfte. Diese Vorstellung erregte seine Eifersucht.

»Manchmal glaube ich, du bist nicht verliebt in mich und wirst es auch niemals sein«, sagte er rabiat. Sie zuckte bei diesen Worten zusammen und wandte sich um.

»Ich genüge dir nicht in der Weise, wie du mir genügst«, fuhr er fort. »Da ist irgend etwas in dir, das ich nicht erreichen kann. Du willst mich nicht so sehr, wie ich dich will – du willst immer irgend etwas anderes.«

Er begann, im Zimmer auf und ab zu gehen.

»Vielleicht verlange ich ja zuviel«, fuhr er fort. »Vielleicht ist es gar nicht möglich, das zu bekommen, was ich haben möchte. Männer und Frauen sind zu verschieden. Du kannst nicht verstehen – du verstehst nicht –«

Er trat zum Fenster, wo sie stand und ihn schweigend ansah.

In diesem Augenblick schien ihr, daß er völlig recht hatte mit dem, was er sagte, und daß sie noch ganz andere Dinge wollte als die Liebe eines einzigen Menschen – das Meer, den Himmel. Sie wandte sich wieder um und schaute auf das ferne Blau, das so sanft und heiter wirkte, wo Himmel und Meer zusammentrafen; es war nicht gut möglich, daß sie nur einen einzigen Menschen wollte.

»Oder ist es nur diese verdammte Verlobung?« fuhr er fort. »Dann laß uns hier heiraten, ehe wir zurückfahren – oder ist das ein zu großes Risiko? Sind wir sicher, daß wir einander heiraten wollen?«

Sie begannen, im Zimmer auf und ab zu gehen, doch wenn sie einander beim Gehen auch sehr nahe kamen, so achteten sie doch darauf, einander nicht zu berühren. Das Gefühl, daß ihre Lage hoffnungslos war, überwältigte sie beide. Sie waren ohnmächtig; sie konnten einander niemals genug lieben, um all diese Barrieren zu überwinden, und mit weniger konnten sie sich niemals zufrieden geben. Als ihr das mit unerträglicher Schärfe klar wurde, blieb sie vor ihm stehen und rief:

»Dann laß uns Schluß machen!«

Diese Worte einten sie stärker, als tausend Argumente es hätten tun können. Als stünden sie am Rand eines Abgrunds, so klammerten sie sich aneinander. Sie wußten, daß sie sich nicht trennen konnten; so schmerzlich und schrecklich das sein mochte, sie gehörten für immer zusammen. Sie versanken in Schweigen, und nach einer Weile kauerten sie sich stumm nebeneinander. Allein diese Nähe vermochte sie zu beschwichtigen, und während sie nebeneinander saßen, verschwand das Trennende, und sie hatten das Gefühl, daß die Welt wieder ein dauerhaftes Ganzes war und sie auf irgendeinem seltsamen Wege größer und stärker geworden waren.

Lange Zeit rührten sie sich nicht, und als sie aufstanden, taten sie das mit großem Widerstreben. Sie traten zusammen vor den Spiegel und versuchten wie auf Befehl, so auszusehen, als hätten sie den ganzen Vormittag lang nichts empfunden, weder Schmerz noch Glück. Doch überkam sie ein eisiges Gefühl, sich im Spiegel zu sehen, denn statt groß und unzertrennlich waren sie in Wirklichkeit sehr klein und weit voneinander entfernt, so daß der Spiegel der Reflexion vieler anderer Dinge Raum bot.

23. Kapitel

Nichts konnte jedoch gänzlich den Eindruck verwischen, daß die beiden glücklich waren, so daß Mrs Ambrose sie, als sie hinunterkamen, auch nicht so behandeln konnte, als hätten sie den Vormittag auf eine Weise verbracht, über die sich ungezwungen sprechen ließ. Angesichts dieser Tatsache beteiligte sie sich an der allgemeinen Verschwörung und betrachtete sie als vorübergehend untauglich für das Geschäft des Lebens, da ihr intensives Gefühlsleben sie in eine feindselige Abkehr vom Alltagsleben hineinriß, und es gelang ihr nahezu, sie aus ihren Gedanken zu verbannen.

Sie befand, daß sie in praktischer Hinsicht alles Erforderliche getan habe. Sie hatte eine große Anzahl von Briefen geschrieben und Willoughbys Einwilligung erhalten. Sie hatte sich so oft mit den Aussichten Mr Hewets, seinem Beruf, seiner Herkunft, seiner Erscheinung und seinem Temperament beschäftigt, daß sie fast vergessen hatte, wie er wirklich war. Als sie ihre Erinnerung auffrischte, indem sie ihn ansah, fragte sie sich wieder, wie er wirklich war und dachte dann, zu dem Schluß gelangt, daß sie jedenfalls glücklich waren, nicht weiter darüber nach.

Ergiebiger erschien es da schon, sich zu fragen, was wohl innerhalb der nächsten drei Jahre passieren würde, oder was wohl passiert wäre, wenn Rachel bei ihrer Erkundung der Welt der Führung ihres Vaters überlassen geblieben wäre. Das Ergebnis, das räumte sie aufrichtigerweise ein, wäre womöglich besser ausgefallen – wer weiß? Sie verhehlte sich nicht, daß Terence Fehler hatte. Sie war geneigt, ihn für allzu umgänglich und tolerant zu halten, wie er seinerseits dazu neigte, sie vielleicht eine Spur zu streng zu finden – nein, richtiger war es zu sagen, daß sie kompromißlos sei. In mancher Hinsicht hätte sie St. John den Vorzug gegeben; doch der hätte natürlich Rachel niemals gefallen. Deren Freundschaft mit St. John hatte sich allerdings weiter gefestigt, denn wenn sie auch in einer Weise, die die Unschuld ihrer Bereitwilligkeit bezeugte, zwischen Ärger und Anteilnahme hin und her schwankte, so war sie im Ganzen doch gern mit ihm zusammen. Er holte sie aus dieser kleinen Welt der Liebe und Empfindung heraus. Er hatte Sinn für Tatsachen. Einmal angenommen, England unternahm unerwartet irgend etwas in Richtung auf einen unbekannten Hafen an der Küste von Marokko, dann wußte St. John, welchen Hintergrund das hatte, und wenn Helen ihn mit ihrem Mann über Finanzpolitik und die Balance der Macht streiten hörte, dann empfand sie das als seltsam beruhigend. Sie respektierte ihre Auseinandersetzungen, ohne ihnen nun ständig zu folgen, wie sie eine solide Ziegelmauer respektierte oder eines jener riesenhaften Verwaltungsgebäude, die, wenngleich sie heute den größeren Teil unserer Stadtzentren einnehmen, doch über die Tage und Jahre hinweg von unbekannten Händen erbaut worden sind. Sie saß gern dabei und hörte zu und war sogar ein wenig erleichtert, wenn sich die Verlobten, nachdem sie ihr tiefes Desinteresse bekundet hatten, aus dem Zimmer stahlen und sie sie gleich darauf im Garten Blütenblätter zupfen sah. Nicht, daß sie eifersüchtig gewesen wäre, doch neidete sie ihnen unbestreitbar die große, unbekannte Zukunft, die vor ihnen lag. Während sie zwischen derartigen Überlegungen hin und her glitt, wanderte sie, eine Obstschale in der Hand, zwischen Salon und Eßzimmer hin und her. Gelegentlich blieb sie stehen, um eine Kerze wieder gerade zu biegen, die sich in der Hitze hinabzuneigen begonnen hatte, oder sie lockerte eine allzu starre Anordnung der Sitzgelegenheiten auf. Sie argwöhnte nicht ohne Grund, daß Chailey während ihrer Abwesenheit mit einem nassen Staubwedel auf der Leiter herumgeklettert war, und das Zimmer war seitdem nie wieder dasselbe gewesen. Als sie zum drittenmal aus dem Eßzimmer zurückkehrte, stellte sie fest, daß einer der Lehnstühle mittlerweile von St. John in Beschlag genommen worden war. Er saß zurückgelehnt, mit halbgeschlossenen Augen, und wirkte, wie er es immer tat, in seinem adretten grauen Anzug seltsam hochgeknöpft, als wappnete er sich auf diese Weise gegen die Maßlosigkeit eines fremden Klimas, das sich jeden Augenblick Freiheiten mit ihm herausnehmen konnte. Ihr Blick ruhte liebevoll auf ihm und glitt dann über seinen Kopf hinweg. Schließlich setzte sie sich in den Sessel ihm gegenüber.

»Ich wollte gar nicht herkommen«, sagte er endlich, »doch ich bin buchstäblich dazu genötigt worden . . . Evelyn M.«, stöhnte er.

Er setzte sich auf und begann, ihr mit gespielter Leidensmiene zu schildern, wie dies abscheuliche Weibsbild es sich in den Kopf gesetzt habe, ihn zu heiraten.

»Sie ist mir ständig auf den Fersen. Heute morgen tauchte sie im Rauchsalon auf. Ich konnte nur noch meinen Hut nehmen und flüchten. Ich wollte gar nicht herkommen, doch ich konnte die Aussicht auf eine weitere Mahlzeit mit ihr nicht ertragen.«

»Schön, dann müssen wir halt das Beste daraus machen«, erwiderte Helen mit philosophischer Gelassenheit. Es war sehr heiß, und noch das anhaltendste Schweigen ließ sie gleichgültig, so daß sie einfach nur zurückgelehnt in ihren Sesseln saßen und warteten, daß etwas passieren würde. Die Glocke rief zum Mittagessen, doch im Haus rührte sich nichts. Ob es irgendwelche Neuigkeiten gebe, wollte Helen wissen; ob irgend etwas in der Zeitung stehe? St. John schüttelte den Kopf. Ach doch, er habe einen Brief von zu Hause bekommen, einen Brief von seiner Mutter, worin sie ihm vom Selbstmord des Hausmädchens berichte. Sie heiße Susan Jane, und eines Nachmittags sei sie in die Küche gekommen und habe gesagt, die Köchin möge bitte ihr Geld für sie aufbewahren; sie habe zwanzig Pfund in Gold besessen. Dann sei sie ausgegangen, um sich einen Hut zu kaufen. Um halb sechs sei sie zurückgekehrt und habe erklärt, sie habe Gift genommen. Sie hätten sie gerade noch ins Bett legen und einen Arzt rufen können, ehe sie gestorben sei.

»Und nun?« fragte Helen.

»Es wird eine Untersuchung stattfinden müssen«, sagte St. John.

Weshalb sie das getan habe? Er zuckte die Achseln. Warum brachten die Leute sich um? Warum taten die Unterschichten überhaupt, was sie taten? Das wisse doch kein Mensch. Sie saßen und schwiegen.

»Es hat schon vor fünfzehn Minuten geläutet, und sie sind immer noch nicht unten«, sagte Helen nach einer ganzen Weile.

Als sie erschienen, erklärte St. John, weshalb er notgedrungen habe zum Mittagessen kommen müssen. Er imitierte Evelyns Tonfall überschwenglicher Begeisterung, mit dem sie ihn im Rauchsalon gestellt habe. »Sie findet, nichts könne auch nur *entfernt* so aufregend sein wie die Mathematik, also habe ich ihr ein umfangreiches, zweibändiges Werk darüber gegeben. Ich bin mal gespannt, was sie damit anfängt.«

Rachel konnte es sich inzwischen leisten, ihn auszulachen. Sie erinnerte ihn an Gibbon; sie habe den ersten Band immer noch irgendwo liegen; wenn er sich jetzt Evelyns Bildung annehme, dann sei das garantiert eine Tauglichkeitsprüfung; oder wie es denn mit Burke sei, die *American Rebellion* – am besten läse Evelyn die gleichzeitig. Als St. John ihren Gedankengang als abwegig zurückgewiesen und seinen Hunger gestillt hatte, eröffnete er ihnen als nächstes, das Hotel brodele nur so von den Skandalen, die sich, darunter einige von der übelsten Sorte, in ihrer Abwesenheit zugetragen hatten; seine Mitmenschen böten ihm wahrlich Studienmaterial.

»Evelyn M. beispielsweise – doch das ist etwas, das ich für mich behalten sollte.«

»Blödsinn!« schaltete Terence sich ein.

»Ach, du hast auch schon von dem armen Sinclair gehört?«

»Ja, allerdings habe ich von Sinclair gehört. Er hat sich mit einem Revolver in seine Mine zurückgezogen. Er schreibt Evelyn täglich, daß er sich umzubringen beabsichtige. Ich habe ihr versichert, er sei nie im Leben glücklicher gewesen, und alles in allem ist sie geneigt, mir zuzustimmen.«

»Nur hat sie sich obendrein mit Perrott eingelassen«, fuhr St. John fort; »und ich habe, nach dem, was ich auf dem Flur gesehen habe, einigen Anlaß zu der Annahme, daß zwischen Arthur und Susan etwas nicht in Ordnung ist. Kürzlich ist da ein junges Ding aus Manchester eingetroffen. Meiner Meinung nach wäre es sehr zu begrüßen, wenn die Verlobung platzen würde. Der Gedanke an das Eheleben der beiden ist doch allzu schauerlich. Ach ja, und dann habe ich ganz deutlich gehört, als ich an Mrs Paleys Zimmer vorbeikam, wie sie die fürchterlichsten Flüche ausgestoßen hat. Man vermutet, daß sie heimlich ihre Zofe foltert – es steht praktisch fest, daß sie das tut. Das sagt einem schon dieser Blick, den sie hat.«

»Wenn du mal achtzig bist und die Gicht dich zwackt, dann wirst du auch fluchen wie ein Droschkenkutscher«, bemerkte Terence. »Du wirst sehr dick sein, sehr mäkelig, völlig unleidlich. Seht ihr ihn nicht schon vor euch – kahl wie eine Billardkugel, mit einem Paar Beutelhosen, einer gepunkteten kleinen Krawatte und einem Schmerbauch?«

Nach einer kleinen Pause erklärte Hirst, die schlimmste Gemeinheit habe er noch gar nicht erzählt. Er wandte sich an Helen.

»Sie haben die Prostituierte an die Luft gesetzt. Eines Nachts, als wir weg waren, taperte dieser alte Trottel Thornbury noch sehr spät auf den Fluren herum. (Kein Mensch scheint ihn gefragt zu haben, was *er* da eigentlich verloren hatte.) Er sah, wie Signora Lola Mendoza, wie sie sich nennt, im Nachthemd den Flur überquerte. Am nächsten Morgen teilte er Elliot seinen Verdacht mit, mit dem Ergebnis, daß Rodriguez zu der Frau ging und ihr erklärte, sie habe vierundzwanzig Stunden Zeit, um ihr Zimmer zu räumen. Kein Mensch scheint der Sache auf den Grund gegangen zu sein oder Thornbury und Elliot gefragt zu haben, was die das überhaupt angeht; alles hat sich ausschließlich nach ihnen gerichtet. Ich schlage vor, daß wir alle einen Umlauf unterzeichnen, geschlossen zu Rodriguez gehen und eine umfassende Untersuchung der Angelegenheit verlangen. Da muß man doch etwas unternehmen, finden Sie nicht auch?«

Hewet bemerkte, hinsichtlich des Gewerbes der Dame könne wohl kein Zweifel bestehen.

»Trotzdem«, setzte er hinzu, »es ist schon eine Schande, die arme Frau; nur sehe ich nicht recht, was man da tun kann –«

»Ich bin völlig Ihrer Meinung, St. John«, stieß Helen hervor. »Es ist ungeheuerlich. Dies verheuchelte Spießertum der Engländer treibt mich zur Raserei. Ein Mann, der mit Handelsgeschäften ein Vermögen gemacht hat wie Mr Thornbury, muß zwangsläufig zweimal so schlimm sein wie jede Prostituierte.«

Sie empfand große Hochachtung für St. Johns Moralvorstellungen, die sie weitaus ernster nahm als irgend jemand sonst, und fing nun an, die Schritte zu erörtern, die es zur Durchsetzung ihrer eigentümlichen Vorstellungen von Recht und Unrecht zu unternehmen galt. Das Gespräch führte zu einigen ungeheuer düsteren Feststellungen allgemeiner Natur. Wer waren sie denn schließlich – was befugte sie – welche Handhabe hatten sie schon, um gegen eine Wand von Aberglauben und Unwissenheit angehen zu können? Das waren natürlich die Engländer; mit dem englischen Blut mußte irgend etwas nicht stimmen. Kaum begegnete man einem Engländer aus dem Mittelstand, da wehte einen dies Gefühl von etwas undefinierbar Widerwärtigem an; kaum erblickte man das braune Halbrund der Häuser über Dover, stellte sich dieselbe Empfindung ein. Unglücklicherweise, setzte St. John hinzu, könne man diesen Ausländern jedoch nicht trauen –

Sie wurden durch die Meinungsverschiedenheit unterbrochen, die am anderen Ende des Tisches hörbar im Gange war. Rachel wandte sich hilfesuchend an ihre Tante.

»Terence sagt, wir müssen mit Mrs Thornbury Tee trinken, weil sie so nett gewesen ist, doch ich sehe das nicht ein; ja, ich würde mich lieber in Stücke hacken lassen – stell dir das doch mal vor! Die Blicke all dieser Frauen.«

»So ein Unfug, Rachel«, erwiderte Terence. »Wer soll dich denn schon anschauen wollen? Du stirbst noch vor Eitelkeit! Du bist ein Ausbund an Selbstgefälligkeit! Helen, mittlerweile solltest du ihr aber wirklich beigebracht haben, daß sie als Person auch nicht die geringste Bedeutung besitzt – sie ist weder schön noch gut gekleidet, noch fällt sie durch Eleganz oder Intellekt oder Betragen irgendwie auf. Einen gewöhnlicheren Anblick als dich«, schloß er, »gibt es überhaupt nicht, wenn man einmal davon absieht, daß dein Kleid einen Riß hat. Trotzdem, bleib ruhig zu Hause, wenn du nicht willst. Ich gehe jedenfalls hin.«

Wieder wandte sie sich bittend an ihre Tante. Es sei ja gar nicht deshalb, weil man sie anschauen würde, erklärte sie, es sei wegen der Dinge, die die Leute sagen würden. Besonders die Frauen. Sie habe Frauen ja gern, doch wo Gefühle im Spiel seien, da seien sie wie die Fliegen um den Honigtopf. Garantiert würden sie ihr Fragen stellen. Evelyn M. werde sagen: »Sind Sie verliebt? Ist das schön – verliebt zu sein?« Und Mrs Thornbury – wie ihr Blick an ihr auf und ab wandern würde, auf und ab – sie erschauderte beim Gedanken daran. Tatsächlich hatte die Zurückgezogenheit des Lebens, das die beiden seit ihrer Verlobung führten, sie so empfindlich werden lassen, daß ihre Darstellung nicht übertrieben war.

Sie fand eine Verbündete in Helen, die sich veranlaßt sah, ihre Ansichten über das Menschengeschlecht darzulegen, während ihr Blick selbstgefällig auf der Pyramide sortierter Früchte in der Mitte der Tafel ruhte. Es gehe ja nicht einmal darum, daß die Menschen grausam seien oder andere verletzen wollten, ja nicht einmal um Dummheit im eigentlichen Sinne; doch habe sie immer wieder feststellen müssen, daß der Mensch gewöhnlich ein derart gefühlsarmes Leben führe, daß die bloße Witterung von Gefühlen im Leben anderer auf ihn wirke wie Blut in den Nüstern eines Bluthundes. Sie erwärmte sich mehr und mehr für ihr Thema und fuhr fort:

»Sowie irgend etwas passiert – ob das nun eine Heirat oder eine Geburt oder ein Todesfall ist, wobei Todesfälle im allgemeinen bevorzugt werden –, wollen alle einen sehen. Sie lassen nicht locker. Sie haben einem nichts zu sagen; sie haben überhaupt nichts mit einem im Sinn; doch man muß zum Mittagessen oder zum Tee oder zum Abendessen zu ihnen gehen, und wenn man es nicht tut, wird man scharf kritisiert. Das macht der Blutgeruch«, fuhr sie fort; »ich mache ihnen daraus keinen Vorwurf; doch meins kriegen sie nicht, das steht fest!«

Sie blickte sich um, als habe sie eine Legion von Menschen aufmarschieren lassen, die sämtlich feindselig und zudringlich waren und mit nach Blut lechzenden Mäulern den Tisch umkreisten, so daß der sich jetzt wie eine kleine Insel eines neutralen Landes inmitten von Feindesland ausnahm.

Ihre Worte störten ihren Gatten auf, der bis dahin rhythmisch vor sich hingemurmelt und seine Gäste und seine Nahrung und seine Gattin mit Blicken bedacht hatte, die mal melancholisch, mal grimmig waren, je nachdem, wohin das Geschick der Dame in seiner Ballade sich gerade wendete. Er schnitt Helen das Wort ab, indem er widersprach. Schon der bloße Anschein des Zynismus war ihm bei Frauen verhaßt. »Unsinn, Unsinn«, bemerkte er brüsk.

Terence und Rachel warfen einander über den Tisch hinweg einen raschen Blick zu, der bedeuten sollte, daß sie sich, wenn sie erst einmal verheiratet wären, nicht so benehmen würden. Ridleys unerwarteter Beitrag zum Tischgespräch hatte eine seltsame Wirkung. Es wurde schlagartig förmlicher und höflicher. Es wäre ihnen niemals eingefallen, ungezwungen alles zu äußern, was ihnen gerade in den Sinn kam, und das Wort Prostituierte einfach in den Mund zu nehmen wie jedes andere Wort auch. Das Gespräch wandte sich jetzt der Literatur und der Politik zu, und Ridley erzählte Geschichten über berühmte Leute, die er in der Jugend gekannt hatte. Diese Art zu sprechen kam einer Kunst gleich, und sie verschloß den Jüngeren, die sich auf persönlichere, ungezwungenere Weise zu äußern pflegten, den Mund. Als sie aufstanden, um zu gehen, blieb Helen für einen Augenblick stehen und stützte die Ellbogen auf den Tisch.

»Da habt ihr nun alle bald eine Stunde lang hier gesessen«, sagte sie, »und habt weder Notiz von meinen Feigen genommen noch von meinen Blumen noch davon, wie das Licht hereinfällt, noch von sonst irgend etwas. Ich hingegen habe nicht zugehört, weil ich euch die ganze Zeit angeschaut habe. Ihr saht sehr schön aus; ich wünschte mir, ihr würdet auf alle Zeiten so sitzen bleiben.«

Sie ging vor ihnen her in den Salon hinüber, wo sie ihre Stickarbeit vornahm und Terence wieder auszureden versuchte, bei der Hitze ins Hotel hinunterzugehen. Je mehr sie ihm jedoch abriet, desto entschlossener wurde er. Er wurde gereizt und störrisch. Es gab Augenblicke, da konnten sie einander nahezu nicht leiden. Er wollte andere Menschen sehen; er wollte, daß Rachel sie gemeinsam mit ihm sähe. Er argwöhnte, daß Mrs Ambrose als nächstes versuchen würde, ihr davon abzuraten, mit ihm zu gehen. Ihn ärgerte jetzt alles, der viele Platz, der Schatten, die Schönheit und Hirst, dem eine Zeitschrift aus der Hand herabhing, während er in seinem Sessel ruhte.

»Ich gehe jedenfalls hin«, wiederholte er. »Rachel muß ja nicht mitkommen, wenn sie keine Lust hat.«

»Wenn du schon hingehst, Hewet, wär's schön, wenn du Nachforschungen wegen der Prostituierten anstellen würdest«, sagte Hirst. »Hör mal«, setzte er hinzu, »ich begleite dich den halben Weg.«

Zu ihrer großen Überraschung stand er auf, schaute auf seine Uhr und bemerkte, mittlerweile sei ja seit dem Mittagessen eine halbe Stunde vergangen, da sei die Sekretion der Magensäfte bereits im Gange; er probiere nämlich ein System aus, erläuterte er, das kurze Bewegungsübungen im Wechsel mit längeren Ruheintervallen vorsehe.

»Um vier bin ich wieder zurück«, teilte er Helen mit, »und dann lege ich mich aufs Sofa und sorge für die völlige Entspannung sämtlicher Muskeln.«

»Dann gehst du also mit, Rachel?« fragte Helen. »Du willst nicht bei mir bleiben?«

Sie lächelte, doch man konnte den Eindruck haben, daß sie traurig war.

War sie traurig, oder lachte sie im Grunde? Rachel hätte es nicht zu sagen gewußt, und einen Augenblick lang erfüllte es sie mit großem Unbehagen, daß sie zwischen Terence und Helen wählen sollte. Dann wandte sie sich ab und sagte bloß, sie würde Terence begleiten, unter der Bedingung, daß er das Reden übernehme.

Ein schmaler Streifen Schatten säumte die Straße, der breit genug war für zwei, nicht aber für drei. St. John hielt sich deshalb ein wenig hinter dem Paar, und der Abstand wurde nach und nach größer. Er behielt seine Uhr im Auge, da es sich ja schließlich um einen Verdauungsspaziergang handelte, und warf nur hin und wieder einen Blick auf das Paar vor sich. Sie schienen so glücklich zu sein, so vertraut miteinander, obwohl sie nicht viel anders aussahen als andere Spaziergänger auch. Ab und zu wandten sie ein wenig den Kopf und sagten etwas zueinander, das, so vermutete er, nur etwas sehr Intimes sein konnte. In Wirklichkeit stritten sie sich über Helens Charakter, und Terence versuchte gerade zu erklären, weshalb sie ihn manchmal so ärgerte. St. John nahm hingegen an, daß sie Dinge sagten, die er nicht hören sollte, und begann prompt, über seine eigene Isolation nachzudenken. Diese Menschen waren glücklich, und einerseits verachtete er sie dafür, daß sie auf so simple Weise glücklich zu machen waren, andererseits beneidete er sie. Er war zwar ein weitaus bemerkenswerterer Mensch als sie, doch er war nicht glücklich. Niemals mochte ihn jemand; manchmal bezweifelte er sogar, daß Helen ihn mochte. Geradlinig sein zu können, einfach ganz offen sagen zu können, was man empfand, ohne dies schreckliche Bewußtsein seiner selbst, in dem er befangen war und das seinem Gesicht und seinen Worten unablässig den Spiegel vorhielt, das war etwas, gegen das sich fast jede andere Begabung einzutauschen lohnen würde, denn es machte einen glücklich. Glück, Glück, was war das: Glück? Er war nie glücklich. Er sah die kleinen Schwächen und Täuschungen und Mängel des Lebens allzu deutlich, und da er sie nun einmal erkannte, glaubte er, es sich schuldig zu sein, davor nicht einfach die Augen zu verschließen. Das war zweifellos der Grund, weshalb die Menschen ihn im allgemeinen nicht leiden konnten und ihm vorwarfen, er sei herzlos und bitter. Es stimmte, daß sie ihm niemals die Dinge sagten, die er gern hören wollte – daß er nett und liebenswert sei und daß sie ihn mochten. Doch es stimmte auch, daß er die bissigen Dinge, die er über sie sagte, zur Hälfte nur deshalb sagte, weil er selbst unglücklich oder verletzt war. Er mußte jedoch zugeben, daß er nur sehr selten jemandem gesagt hatte, daß er ihn gern hatte, und wenn er seine Gefühle gezeigt hatte, dann hatte er es im allgemeinen hinterher bereut. Seine Empfindungen in bezug auf Terence und Rachel waren so kompliziert, daß er es immer noch nicht über sich gebracht hatte, ihnen zu sagen, daß es ihn freue, daß sie heiraten würden. Er sah ihre Fehler in aller Deutlichkeit, und er sah, wie läppisch die Empfindungen großenteils waren, die sie füreinander hegten, und er nahm an, daß ihre Liebe nicht von Dauer sei. Wieder blickte er sie an, und, sehr seltsam war das, denn er war so sehr daran gewöhnt, unaufhörlich nachzudenken, daß er nur selten irgend etwas sah – ihr Anblick erfüllte ihn mit einem schlichten Gefühl der Zuneigung, in das sich zudem ein Anflug von Mitleid mischte. Was wogen denn letzten Endes die Fehler der Menschen im Vergleich zu dem, was Gutes in ihnen steckte? Er beschloß, daß er ihnen jetzt mitteilen würde, was er empfand. Er beschleunigte seinen Schritt und schloß gerade in dem Augenblick zu ihnen auf, als sie die Ecke erreichten, wo der Weg in die Hauptstraße mündete. Sie blieben stehen und lachten ihn aus und fragten ihn, ob seine Magensäfte –, doch er unterbrach sie und begann, ungeheuer rasch und steif zu sprechen.

»Erinnert ihr euch an den Morgen nach dem Ball?« fragte er sie. »Hier, an dieser Stelle, haben wir gesessen, und du hast Unsinn geredet, und Rachel hat Steinchen aufeinander gehäuft. Ich wiederum habe blitzartig erkannt, worin der ganze Sinn des Lebens besteht.« Er schwieg einen Augenblick und spitzte mit angespannter Miene die Lippen. »Liebe«, sagte er dann. »Das scheint mir alles zu erklären. Deshalb freue ich mich also alles in allem, daß ihr beiden heiraten wollt.« Er wandte sich dann abrupt um, ohne sie anzuschauen, und machte sich auf den Rückweg zur Villa. Er fühlte sich einerseits erhoben, andererseits schämte er sich dafür, daß er ausgesprochen hatte, was er empfand. Wahrscheinlich lachten sie jetzt über ihn, wahrscheinlich hielten sie ihn für albern, und außerdem hatte er wirklich gesagt, was er empfand?

Es stimmte zwar, daß sie lachten, als er weg war; doch immerhin war der Streit über Helen, der ziemlich heftig geworden war, damit beendet, und sie wurden friedlich und freundlich.

24. Kapitel

Sie erreichten das Hotel ziemlich früh am Nachmittag, so daß die meisten Leute noch ruhten oder sprachlos in ihren Zimmern saßen und Mrs Thornbury, obwohl sie sie zum Tee eingeladen hatte, noch nirgends zu sehen war. Sie setzten sich folglich in die schattige Halle, die fast leer war und dabei erfüllt von den leisen Raschelgeräuschen der Luft, die einen großen, leeren Raum durchfächelte. Ja, dieser Sessel hier war derselbe, in dem Rachel an dem Nachmittag gesessen hatte, als Evelyn sie angesprochen hatte, und dies war die Illustrierte, die sie gerade angeschaut hatte, und dies genau dieselbe Abbildung, eine Abbildung von New York im Lichterglanz. Wie seltsam das anmutete – nichts hatte sich verändert.

Nach und nach begannen etliche Leute die Treppe hinabzukommen und die Halle zu durchqueren, und in diesem dämmrigen Licht besaßen ihre Gestalten so etwas wie Anmut und Schönheit, wenn sie ihr auch sämtlich unbekannt waren. Manchmal durchquerten sie die Halle bloß und gingen geradewegs durch die Schwingtür in den Garten hinaus, manchmal verweilten sie ein paar Minuten, beugten sich über die Tische und begannen, in den Zeitungen zu blättern. Terence und Rachel saßen und beobachteten sie durch die halbgeschlossenen Lider – die Johnsons, die Parkers, die Baileys, die Simmons', die Lees, die Morleys, die Campbells, die Gardiners. Manche trugen weiße Tenniskleidung und Tennisschläger unter dem Arm, manche waren klein, manche groß, manche nur Kinder, und manche waren vielleicht Dienstboten, doch hatten sie alle ihre Stellung im Leben, ihren Grund, weshalb sie einander durch die Hotelhalle folgten, ihr Geld, ihre Position, welche das auch immer sein mochte. Terence gab es bald auf, sie zu betrachten, denn er war müde. Rachel beobachtete die Leute noch etwas länger; die Sicherheit und Anmut ihrer Bewegungen faszinierte sie und die Unausweichlichkeit, mit der sie einander zu folgen schienen und herumtrödelten und weitergingen und verschwanden. Doch nach einer Weile begannen ihre

Gedanken umherzuschweifen, und sie fing an, über den Ball nachzudenken, der in diesem Raum stattgefunden hatte, nur daß der Raum selbst damals ganz anders ausgesehen hatte. Sie ließ den Blick umherwandern und konnte kaum glauben, daß es derselbe Raum war. Er hatte so nackt und so strahlend und so förmlich gewirkt an jenem Abend, als sie aus der Dunkelheit hereingekommen waren; außerdem war er mit kleinen aufgeregten roten Gesichtern angefüllt gewesen, die ständig in Bewegung waren, und mit Menschen, die so prächtig gekleidet und so lebhaft gewesen waren, daß sie überhaupt nicht wie richtige Menschen gewirkt oder den Eindruck erweckt hatten, daß man mit ihnen reden konnte. Und nun war der Raum dämmrig und still, und schöne schweigsame Menschen durchquerten ihn, zu denen man sagen konnte, was immer man wollte. Sie fühlte sich erstaunlich geborgen, während sie in ihrem Sessel saß, und war imstande, sich nicht nur die Ballnacht mit liebevollem Humor zu vergegenwärtigen, sondern die ganze Vergangenheit, als wäre sie lange Zeit im Nebel im Kreis herumgelaufen und könnte nun genau erkennen, wo das stattgefunden hatte. Denn die Art und Weise, wie sie in ihre gegenwärtige Lage geraten war, kam ihr sehr seltsam vor, und das Seltsamste daran überhaupt war, daß sie nicht gewußt hatte, wohin das alles führte. Das war das Seltsame, daß man nicht wußte, wohin man ging oder was man wollte, und blind seinem Weg folgte, dabei insgeheim so sehr litt und immer unvorbereitet und erstaunt war und nie irgend etwas wußte; eins führte jedoch zum anderen, und nach und nach war aus dem Nichts heraus etwas entstanden, und so erreichte man dann diese Stille, diese Ruhe, diese Gewißheit, und genau dieser Prozeß war gemeint, wenn die Menschen sagten: Man lebt. Vielleicht wußten ja außerdem im Grunde alle, wohin sie gingen, so wie sie es jetzt wußte; und alles ordnete sich nicht nur für sie zu einem Muster, sondern auch für alle anderen, und in diesem Muster lagen Sinn und Befriedigung. Wenn sie zurückblickte, konnte sie erkennen, daß es im Leben ihrer Tanten offensichtlich irgendeinen Sinn gab und in der Stippvisite der Dalloways, die sie niemals wiedersehen würde, und im Leben ihres Vaters ebenfalls.

Das tiefe Atemgeräusch des schlummernden Terence bestärkte sie noch in ihrer Seelenruhe. Sie war nicht schläfrig, wenn sie auch nichts wirklich deutlich sah, doch mochten die Gestalten, die die Halle durchquerten, auch immer verschwommener werden, sie war davon überzeugt, daß alle genau wußten, wohin sie gingen, und diese Gewißheit tat ihr wohl. Für den Augenblick war sie so losgelöst von allem und so fern jeglicher Bestrebung, daß sie meinte, jetzt alles hinnehmen zu können, was auf sie zukommen mochte, ohne sich im mindesten durch die Form verblüffen zu lassen, in der es eintreten würde. Was hatte sie in ihrem künftigen Leben schon Beängstigendes oder Verblüffendes zu gewärtigen? Warum sollte diese Einsicht ihr je wieder abhanden kommen? Die Welt war in Wahrheit ja so groß, so gastfrei und letztendlich so unkompliziert. »Liebe«, hatte St. John gesagt, »das scheint alles zu erklären.« Ja, doch war es nicht die Liebe zwischen Mann und Frau, Terences Liebe zu Rachel. Obwohl sie hier so nah beieinander saßen, hatten sie aufgehört, schwache getrennte Körper zu sein; sie hatten aufgehört, zu kämpfen und einander zu begehren. Es schien Frieden zwischen ihnen zu herrschen. Es mochte zwar Liebe sein, doch war es nicht die Liebe zwischen Mann und Frau.

Durch die halbgeschlossenen Lider beobachtete sie Terence, der zurückgelehnt in seinem Sessel saß, und sie lächelte, als sie sah, wie groß sein Mund war und wie klein sein Kinn und wie seine Nase geformt war, wie eine Rutschbahn, die in einem Buckel endete. Natürlich, wenn man es recht bedachte, war er faul und ehrgeizig und voller Launen und Fehler. Sie erinnerte sich an ihre Streits und insbesondere daran, wie sie sich erst heute nachmittag wegen Helen gestritten hatten, und dann dachte sie, wie oft sie sich wohl in den dreißig oder vierzig oder fünfzig Jahren streiten würden, die sie unter einem Dach verbringen, gemeinsam zum Zug eilen und sich ärgern würden, weil sie so verschieden waren. Doch das alles war nur oberflächlich und hatte nichts mit dem Leben zu schaffen, das sich jenseits der Augen und des Mundes und des Kinns abspielte, denn dieses Leben war unabhängig von ihr und unabhängig auch von allem anderen. So war sie denn, obwohl sie ihn heiraten würde und mit ihm dreißig oder vierzig oder fünfzig Jahre zusammenleben und sich mit ihm streiten und ihm so nah sein würde, unabhängig von ihm; sie war unabhängig auch von allem anderen. Dennoch war es, wie St. John behauptete, die Liebe, die bewirkte, daß sie das erkannte, denn niemals hatte sie eine derartige Unabhängigkeit, eine solche Ruhe und eine solche Sicherheit empfunden, ehe sie sich in ihn verliebt hatte, und vielleicht war das ja auch Liebe. Sie wollte nichts anderes.

Vielleicht zwei Minuten lang hatte Miss Allan ein Stückchen entfernt gestanden und auf das Paar geschaut, das so friedlich zurückgelehnt in seinen Sesseln saß. Sie konnte sich nicht entschließen, ob sie sie stören sollte oder nicht, und dann kam sie, scheinbar als erinnerte sie sich an irgend etwas, quer durch die Halle auf sie zu. Das Geräusch, das sie verursachte, als sie auf sie zutrat, weckte Terence, der sich aufsetzte und sich die Augen rieb. Er hörte Miss Allan mit Rachel sprechen.

»Ja«, sagte sie gerade, »das ist aber schön. Das ist wirklich sehr schön. Verlobungen scheinen ja groß in Mode zu sein. Das kann doch nicht oft vorkommen, daß zwei Paare, die einander noch nie zuvor begegnet sind, einander in demselben Hotel kennenlernen und zu heiraten beschließen.« Dann schwieg sie lächelnd und schien dem nichts hinzuzufügen zu haben, so daß Terence aufstand und sie fragte, ob das wahr sei, daß sie ihr Buch beendet habe. Er habe gehört, sie sei tatsächlich fertig. Ihr Gesicht hellte sich auf; sie wandte sich ihm mit ungewohnter Lebhaftigkeit zu.

»Ja, ich glaube, ich darf mit Recht behaupten, daß ich damit fertig bin«, sagte sie. »Das heißt, unter Auslassung von Swinburne – Beowulf bis Browning – die zwei Bs gefallen mir persönlich besser. Beowulf bis Browning«, wiederholte sie. »Ich glaube, das könnte genau der richtige Blickfang für den Bahnhofskiosk sein.«

Sie war tatsächlich sehr stolz darauf, daß sie ihr Buch fertig hatte, denn es ahnte ja kein Mensch, welch ungeheure Energieleistung darin steckte. Außerdem glaubte sie, daß es gut geworden war, und wenn sie bedachte, welche Sorgen sie sich wegen ihres Bruders gemacht hatte, während sie daran arbeitete, dann konnte sie nicht an sich halten und mußte ihnen einfach ein bißchen mehr darüber erzählen.

»Ich muß zugeben«, fuhr sie fort, »wenn ich gewußt hätte, wie viele Klassiker die englische Literatur aufzuweisen hat und wie sehr die besten darunter sich bemühen, ihren Wortreichtum unter Beweis zu stellen, dann hätte ich diese Arbeit niemals übernommen. Sie gestehen einem nämlich nur siebzigtausend Wörter zu.«

»Nur siebzigtausend Wörter!« rief Terence aus.

»Ja, und man muß doch über jeden etwas sagen«, setzte Miss Allan hinzu. »Das ist es, was ich so schwierig finde, über jeden etwas anderes sagen zu müssen.« Dann befand sie, sie habe nun genug von sich gesprochen, und fragte, ob sie gekommen seien, um am Tennisturnier teilzunehmen. »Die jungen Leute sind ganz erpicht darauf. Es fängt in einer halben Stunde wieder an.«

Ihr Blick ruhte wohlwollend auf den beiden, und nach kurzem Schweigen bemerkte sie, als sei ihr etwas eingefallen, das dazu dienen könnte, Rachel von anderen Menschen zu unterscheiden:

»Sie sind die bemerkenswerte Person, die keinen Ingwer mag.« Doch das gütige Lächeln in ihrem ziemlich erschöpften und dabei so tapferen Gesicht gab ihnen das Gefühl, sie habe ihnen, obwohl sie sich an sie als Individuen wohl kaum erinnern würde, soeben die Bürde der nachrückenden Generation auf die Schultern gelegt.

»Und darin bin ich ganz einer Meinung mit ihr«, sagte eine Stimme hinter ihnen; Mrs Thornbury hatte die letzten paar Worte, die den Ingwer betrafen, mitgehört. »In meiner Vorstellung verbindet er sich mit einer gräßlichen alten Tante von uns (die Arme, sie hatte Schreckliches durchzumachen, so daß es wirklich nicht nett ist, daß man sie gräßlich nennt), die uns immer welchen gegeben hat, als wir klein waren, und wir hatten nie den Mut, ihr zu sagen, daß wir ihn nicht mochten. Wir mußten ihn eben immer ins Gebüsch werfen – sie hatte ein großes Haus in der Nähe von Bath.«

Sie begannen, sich gemächlich durch die Halle zu bewegen, bis sie durch den Zusammenprall mit Evelyn aufgehalten wurden, die in sie hineinrannte, als hätte sie, während sie die Treppe hinablief, um sie einzuholen, die Kontrolle über ihre Beine verloren.

»Ja aber«, rief sie mit ihrem üblichen Überschwang und griff Rachel beim Arm, »das nenne ich phantastisch! Von Anfang an habe ich geahnt, daß das passieren würde! Ich habe gleich erkannt, daß Sie füreinander geschaffen waren. Jetzt müssen Sie mir aber sofort alles erzählen – wann es soweit sein wird, wo Sie leben werden – sind Sie nicht beide furchtbar glücklich?«

Die Aufmerksamkeit der Gruppe wurde jedoch durch Mrs Elliot abgelenkt, die auf ihre geschäftige, aber unsichere Art vorbeigeeilt kam und einen Teller und eine leere Wärmflasche in der Hand hielt. Sie wäre einfach vorbeigelaufen, doch Mrs Thornbury trat ihr in den Weg und hielt sie auf.

»Danke, Hughling geht es besser«, antwortete sie auf Mrs Thornburys Nachfrage, »aber er ist kein einfacher Patient. Er will wissen, welche Temperatur er hat, und wenn ich es ihm sage, dann ist er beunruhigt, und wenn ich es ihm nicht sage, dann wird er argwöhnisch. Sie wissen ja, wie kranke Männer sind! Und natürlich gibt es die geeigneten Mittel nicht, und obwohl er sehr willig und hilfsbereit ist« (hier senkte sie geheimnistuerisch die Stimme), »hat man nicht das Gefühl, daß Dr. Rodriguez genauso tüchtig wie ein richtiger Arzt ist. Wenn Sie ihn besuchen würden, Mr Hewet«, setzte sie hinzu, »das würde ihn ganz bestimmt aufmuntern – so den ganzen Tag im Bett zu liegen – und die Fliegen – Doch ich muß jetzt Angelo suchen gehen – das Essen hier – für einen Kranken möchte man natürlich alles immer besonders schön haben.« Und sie eilte weiter und begab sich auf die Suche nach dem Oberkellner. Das sorgenvolle Geschäft, ihren Gatten zu pflegen, hatte eine kleine Kummerfalte in ihre Stirn gegraben; sie war blaß und sah unglücklich aus und war noch hilfloser als gewöhnlich, und ihr ohnehin unruhiger Blick wanderte noch unsteter von einem Punkt zum andern.

»Die Arme!« rief Mrs Thornbury aus. Sie erzählte ihnen, daß Hughling Elliot seit einigen Tagen krank war. Der einzig verfügbare Arzt sei der Bruder des Hotelbesitzers, oder jedenfalls behauptete der Hotelbesitzer das, und man habe den leisen Verdacht, daß der vielleicht seinen Titel nicht zu Recht führe.

»Ich weiß, was für ein Elend das ist, in einem Hotel krank zu sein«, bemerkte Mrs Thornbury, die mit Rachel voranging, als sie ihren Weg in den Garten fortsetzten. »Ich habe sechs von meinen Flitterwochen mit Typhus in Venedig verbracht«, fuhr sie fort. »Trotzdem sind sie mir als eine der glücklichsten Zeiten meines Lebens in Erinnerung. Ach ja«, sagte sie und nahm Rachels Arm, »Sie halten sich jetzt für glücklich, doch das ist noch nichts im Vergleich mit dem Glück, das danach kommt. Und ich versichere

Ihnen, es fällt mir überhaupt nicht schwer, euch junge Menschen zu beneiden! Ihr habt es doch viel schöner, als wir es hatten. Wenn ich heute zurückblicke, dann kann ich fast nicht glauben, wie sehr die Dinge sich gewandelt haben. Als wir verlobt waren, durfte ich mit William nicht allein spazierengehen – immer mußte jemand mit uns im Zimmer sein – ich glaube wahrhaftig, ich mußte meinen Eltern all seine Briefe zeigen! – dabei mochten auch sie ihn sehr gern. Ja, man darf wohl sagen, sie betrachteten ihn als ihren eigenen Sohn. Es amüsiert mich«, fuhr sie fort, »wenn ich daran denke, wie streng sie mit uns waren, und wenn ich jetzt sehe, wie sie ihre Enkelkinder verwöhnen!«

Der Tisch war wieder unter dem Baum gedeckt, und während sie ihren Platz vor den Teetassen einnahm, winkte und nickte Mrs Thornbury, bis sie eine erkleckliche Anzahl von Gästen beisammen hatte, darunter Susan und Arthur und Mr Pepper, die umherschlenderten, während sie auf den Beginn des Tennisturniers warteten. Ein murmelnder Baum, ein übervoller Fluß im Mondschein – Terences Worte gingen Rachel durch den Sinn, als sie saß und Tee trank und die Worte so unbeschwert, so liebenswürdig und mit solch silbriger Glätte dahinfließen hörte. Dies lange Leben und all diese Kinder hatten sie sehr glatt gemacht; sie schienen die Zeichen der Individualität weggerieben und nur das übriggelassen zu haben, was alt und mütterlich war.

»Und was ihr jungen Menschen nicht alles zu sehen bekommen werdet!« fuhr Mrs Thornbury fort. Sie schloß alle anderen in ihre Vorausschau ein, sie schloß alle anderen in ihre Mütterlichkeit ein, obwohl zu der Gesellschaft doch auch William Pepper und Miss Allan gehörten, von denen man annehmen konnte, daß sie selbst bereits einiges vom Leben mitbekommen hatten. »Wenn ich so sehe, wie sehr sich die Welt innerhalb meiner Lebensspanne gewandelt hat«, fuhr sie fort, »dann kann ich mir wirklich nicht vorstellen, daß den Veränderungen innerhalb der nächsten fünfzig Jahre irgendwelche Grenzen gesetzt sein könnten. Ach nein, Mr Pepper, darin kann ich Ihnen ganz und gar nicht zustimmen«, lachend wies sie seine verdrießliche Bemerkung zurück, es gehe eben stetig bergab. »Ich weiß, ich sollte das so sehen, doch ich fürchte, ich tue es nicht. Es wird soviel tüchtigere Menschen geben, als wir es waren. Alles weist doch darauf hin. Wohin ich auch blicke, sehe ich Frauen, junge Frauen, die alle möglichen häuslichen Verpflichtungen haben und doch aus dem Haus gehen und Dinge tun, die wir nicht für möglich gehalten hätten.«

Mr Pepper hielt sie zwar für sentimental und irrational wie alle alten Frauen, doch ihre Art, ihn wie ein knörriges altes Baby zu behandeln, brachte ihn aus dem Konzept und entzückte ihn, so daß ihm als Antwort nichts einfiel als eine ulkige Grimasse, die eher ein Lächeln war als ein Stirnrunzeln.

»Und sie bleiben dabei Frauen«, setzte Mrs Thornbury hinzu. »Sie geben ihren Kindern sehr viel.«

Während sie das sagte, bedachte sie Susan und Rachel mit einem kleinen Lächeln. Denen gefiel das zwar nicht, daß sie in denselben Topf geworfen wurden, doch beide lächelten, ein wenig befangen, und Arthur und Terence warfen einander ebenfalls einen flüchtigen Blick zu. Sie gab ihnen das Gefühl, im selben Boot zu sitzen, und nun schauten sie die Frauen an, die sie heiraten sollten, und verglichen sie miteinander. Es war zwar unbegreiflich, wie jemand den Wunsch hegen konnte, Rachel zu heiraten, unglaublich, daß irgend jemand gewillt sein sollte, sein Leben mit Susan zu verbringen; doch so ausgefallen der Geschmack des anderen auch sein mochte, sie wollten ihm deshalb nicht übel; im Gegenteil, die Verschrobenheit seiner Wahl machte den einen dem anderen eher sympathischer.

»Ich muß Ihnen wirklich gratulieren«, bemerkte Susan, während sie sich über den Tisch beugte, um sich Marmelade zu nehmen.

St. Johns Klatsch schien, soweit er Arthur und Susan betraf, unbegründet zu sein. Sonnengebräunt und vor Gesundheit strotzend, saßen sie nebeneinander, die Tennisschläger über den Knien, und sagten zwar nicht viel, lächelten jedoch die ganze Zeit leise. Durch die leichte weiße Kleidung, die sie trugen, zeichneten sich deutlich die Linien ihrer Körper und Beine ab, die schönen Kurven ihrer Muskeln, seine Schlankheit und ihre Rundungen, und es lag nahe, sich die strammen, kräftigen Kinder vorzustellen, die sie haben würden. Ihre Gesichter waren zu wenig ausgeprägt, um als schön gelten zu können, doch sie hatten klare Augen und strahlten Gesundheit und

Ausdauer aus, denn man mußte, wenn man sie ansah, den Eindruck haben, daß das Blut niemals in seinen Adern zu fließen oder tief und satt in ihren Wangen zu ruhen aufhören würde. Im Augenblick strahlten ihre Augen heller als gewöhnlich und zeigten dabei den eigenartig erfreuten, selbstsicheren Ausdruck, den man von Athleten kennt, denn sie hatten Tennis gespielt, und sie waren darin beide erstklassig.

Evelyn hatte nicht gesprochen, hatte aber von Susan zu Rachel geblickt. Nun ja – die beiden hatten sich im Handumdrehen entschlossen, sie hatten in wenigen Wochen vollbracht, was sie, so kam es ihr manchmal vor, niemals zuwege bringen würde. Obwohl beide doch so verschieden waren, meinte sie, an beiden den gleichen Ausdruck der Zufriedenheit und der Erfüllung, die gleiche Gelassenheit im Auftreten und die gleiche Langsamkeit der Bewegungen feststellen zu können. Diese Langsamkeit war es, diese Zuversicht, diese Zufriedenheit, die sie haßte, dachte sie insgeheim. Sie bewegten sich so langsam, weil sie kein Einzel-, sondern ein Doppelwesen waren, und Susan war Arthur verbunden, und Rachel Terence, und um dieses einen Mannes willen hatten sie auf alle anderen Männer und die Abwechslung und die entscheidenden Dinge im Leben verzichtet. Alles schön und gut, die Liebe und der heimische Herd, diese Einfamilienhäuser mit ihrer Küche unten und ihrem Kinderzimmer oben, die so abgeschlossen und selbstgenügsam waren wie Inselchen im reißenden Strom der Welt; aber die wirklich wichtigen Dinge waren doch wohl die großen Ereignisse, die moralischen Feldzüge, die Kriege, die Ideale, die Dinge eben, die draußen in der großen weiten Welt stattfanden und sich unabhängig von diesen Frauen vollzogen, die sich mit so schöner Gelassenheit den Männern zuwandten. Sie musterte sie scharf. Natürlich waren sie glücklich und zufrieden, aber es mußte doch noch etwas Besseres geben als das. Ganz gewiß konnte man dem Leben näher sein, ihm mehr abgewinnen, es mehr genießen und stärker empfinden, als sie es je tun würden. Rachel insbesondere sah so jung aus – was konnte sie schon wissen vom Leben? Sie wurde unruhig, stand auf und wechselte auf die andere Seite des Tisches hinüber, um sich neben Rachel zu setzen. Sie erinnerte sie daran, daß sie versprochen hatte, ihrem Klub beizutreten.

»Das Dumme ist bloß«, fuhr sie fort, »daß ich eventuell nicht vor Oktober ernsthaft zu arbeiten beginnen kann. Ich habe gerade einen Brief von einer Freundin bekommen, deren Bruder geschäftlich in Moskau tätig ist. Die beiden möchten, daß ich sie besuchen komme, und da sie von lauter Verschwörungen und Anarchisten umgeben sind, hätte ich nicht übel Lust, auf der Rückreise dort Station zu machen. Es hört sich einfach zu spannend an.« Sie wollte Rachel begreiflich machen, wie spannend das war. »Meine Freundin kennt ein fünfzehnjähriges Mädchen, das nur deshalb auf Lebenszeit nach Sibirien verschickt worden ist, weil sie sie dabei erwischt haben, wie sie einen Brief an einen Anarchisten adressiert hat. Und der Brief war noch nicht einmal von ihr. Ich würde alles in der Welt darum geben, bei einer Revolution gegen die russische Regierung mithelfen zu können, und kommen wird sie ja bestimmt.«

Sie blickte von Rachel zu Terence. Sie waren beide ein wenig gerührt bei ihrem Anblick, weil sie daran denken mußten, daß sie gerade eben erst zugehört hatten, als schlecht über sie geredet worden war, und Terence fragte sie, was sie denn vorhabe, und sie erklärte, daß sie einen Klub gründen wolle – einen Klub, der alles Mögliche bewirken sollte, der wirklich tätig werden würde. Sie redete sich in einen wahren Feuereifer hinein, denn, so beteuerte sie, sie war sich ganz sicher, mit zwanzig Leuten – nein, zehn würden schon ausreichen, wenn sie Köpfchen hatten –, die entschlossen wären, wirklich etwas zu tun, statt nur davon zu reden, könnten sie nahezu jedem Mißstand abhelfen, der existierte. Was gebraucht wurde, war Grips. Wenn nur Leute mit Grips – natürlich würden sie auch einen Raum brauchen, einen netten Raum, vorzugsweise in Bloomsbury, wo sie sich einmal wöchentlich treffen könnten ...

Während sie sprach, entdeckte Terence die Anzeichen schwindender Jugend in ihrem Gesicht, die Linien, die das Reden und die Erregung um Mund und Augen zogen, doch er bemitleidete sie nicht; als er in jene leuchtenden, ziemlich unsentimentalen und sehr mutigen Augen blickte, erkannte er, daß sie selbst sich nicht bemitleidete und auch keinerlei Verlangen verspürte, ihr eigenes Leben gegen das geistig anspruchsvollere, geordnetere Leben solcher Menschen, wie er selbst oder St. John es waren, einzutauschen, wenn der Kampf auch mit den Jahren immer härter werden würde. Vielleicht würde sie jedoch zur Ruhe kommen; vielleicht würde sie schließlich doch Perrott heiraten. Während er zur Hälfte mit dem beschäftigt war, was sie gerade sagte, dachte er zugleich über ihr mutmaßliches Schicksal nach, und die leichten Tabakswolken halfen ihm, sein Gesicht vor ihren Augen zu verbergen.

Terence rauchte, und Arthur rauchte, und Evelyn rauchte, so daß die Luft von Dunst und Duft guten Tabaks erfüllt war. In den Gesprächspausen hörten sie in der Ferne das leise Murmeln des Meeres, wenn die Wellen sich gleichmütig brachen und eine dünne Haut von Wasser über den Strand breiteten, und sich zurückzogen, um sich erneut zu brechen. Das kühle grüne Licht fiel durch das Laub des Baumes, und auf den Tellern und der Tischdecke lagen sanftleuchtende Halbmonde und Diamanten aus Sonnenlicht. Nachdem sie sie alle eine Zeitlang schweigend beobachtet hatte, begann Mrs Thornbury, Rachel Fragen zu stellen – Wann sie denn alle zurückführen? Ach, sie erwarteten also ihren Vater. Sie freue sich gewiß darauf, ihren Vater wiederzusehen – sie müsse ihm doch eine Menge zu erzählen haben, und er (sie schaute Terence verständnisinnig an) werde sich bestimmt sehr freuen, da sei sie sich sicher. Sie erinnere sich, fuhr sie fort, Jahre sei das her, vielleicht zehn oder sogar zwanzig, da sei sie Mr Vinrace einmal auf einer Gesellschaft begegnet, und damals sei sie sehr beeindruckt von seinem Gesicht gewesen, das so ganz anders gewesen sei als die Gesichter, denen man auf Gesellschaften üblicherweise begegnete, so daß sie sich erkundigt habe, wer das denn sei, und dann habe man ihr gesagt, das sei Mr Vinrace, und sie habe diesen Namen – ein ungewöhnlicher Name sei das – im Gedächtnis behalten, und er sei in Begleitung einer Dame gewesen, einer sehr liebenswürdig aussehenden Frau, doch das sei eine von diesen gräßlichen Londoner Drängeleien gewesen, wo man nicht miteinander sprach – einander bloß anschaute – und so habe sie Mr Vinrace zwar die Hand gegeben, glaube aber nicht, daß sie irgend etwas gesagt hätten. Beim Gedanken an die Vergangenheit seufzte sie kaum merklich.

Dann wandte sie sich Mr Pepper zu, der sehr abhängig von ihr geworden war, so daß er sich stets einen Platz in ihrer Nähe suchte und aufmerksam zuhörte, wenn sie sprach, obwohl er selten selbst etwas äußerte.

»Sie, der Sie doch alles wissen, Mr Pepper«, sagte sie, »verraten Sie uns doch, wie diese wundervollen französischen Damen es schafften, einen Salon zu führen. Haben wir in England je etwas Ähnliches gemacht, oder meinen Sie, daß es Gründe dafür gibt, weshalb wir das in England nicht machen können?«

Es war Mr Pepper ein Vergnügen, ihnen mit aller Gründlichkeit auseinanderzusetzen, weshalb es in England nie einen Salon gegeben hatte. Es gebe dafür drei Gründe, und zwar sehr triftige, behauptete er. Was ihn selbst angehe, wenn er sich auf eine Gesellschaft begebe, wozu man ja, weil man niemanden vor den Kopf stoßen wolle, gelegentlich genötigt sei – seine Nichte habe beispielsweise neulich geheiratet –, dann spaziere er in die Mitte des Raumes, sage, so laut er könne »Ha! Ha!«, womit er seine Schuldigkeit getan zu haben glaube, und gehe wieder von dannen. Mrs Thornbury protestierte. Sie wollte sofort, wenn sie zurück sei, eine Gesellschaft geben, und dazu sollten sie alle eingeladen werden, und da werde sie Leute abstellen, die Mr Pepper beobachten sollten, und wenn sie erführe, daß man ihn beim »Ha! Ha!«-Sagen erwischt habe, dann werde sie – etwas ganz Schreckliches werde sie ihm dann antun. Arthur Venning schlug vor, daß sie sich zu diesem Zweck ganz etwas Überraschendes ausdenken solle – beispielsweise das Porträt einer alten Dame im Spitzenhäubchen, wohinter ein Zuber mit kaltem Wasser verborgen wäre, das Pepper auf ein Zeichen hin über den Kopf gekippt werden würde; oder sie würden für einen Stuhl sorgen, der ihn zwanzig Fuß hoch schleudern würde, sowie er sich draufsetzte.

Susan lachte. Sie war mit ihrem Tee fertig; sie fühlte sich ungeheuer wohl, einerseits weil sie glänzend Tennis gespielt hatte, andererseits weil alle so nett waren; es fiel ihr immer weniger schwer, mit allen zu reden und sich sogar im Gespräch mit sehr gescheiten Menschen zu behaupten, denn aus irgendeinem Grund machten gescheite Menschen ihr keine Angst mehr. Selbst Mr Hirst, den sie zu Beginn ihrer Bekanntschaft nicht hatte leiden können, war eigentlich gar kein übler Kerl; und dann sah der Arme auch immer so krank aus; vielleicht war er ja verliebt; vielleicht war er ja in Rachel verliebt gewesen – das würde sie durchaus nicht wundern; oder vielleicht war es ja Evelyn – die wirkte natürlich auf Männer sehr anziehend. Sie beugte sich vor und beteiligte sich an der Unterhaltung. Sie sagte, ihrer Ansicht nach seien Gesellschaften deshalb so trübsinnig, weil die Herren sich nicht dafür anziehen wollten: selbst in London, erklärte sie, sei ihr aufgefallen, daß die Leute es nicht für nötig hielten, sich abends umzuziehen, und wenn sie sich in London nicht umzögen, täten sie es natürlich auf dem Land auch nicht. Es sei wirklich eine Wonne, wenn um die Weihnachtszeit die Jagdbälle stattfänden und die Herren hübsche rote Röcke trügen, doch Arthur mache sich nichts aus Tanzen, so daß sie vermutlich nicht einmal auf den Ball in ihrem Landstädtchen gehen würden. Ihrer Meinung nach hätten Leute mit einer ausgeprägten Liebhaberei selten Sinn für eine weitere, obwohl ihr Vater da eine Ausnahme sei. Aber der sei ja sowieso in jeder Hinsicht eine Ausnahme – so etwas von einem Gärtner, und er wisse außerdem alles über Vögel und Blumen, und natürlich beteten alle alten Frauen im Dorf ihn einfach an, und gleichzeitig sei ihm ein Buch doch eigentlich das Allerliebste. Man wisse immer, wo man ihn zu suchen hatte, wenn er verlangt wurde; er sitze über einem Buch in seinem Arbeitszimmer. Höchstwahrscheinlich wäre das dann ein uraltes Buch, irgendein muffiges altes Ding, das zu lesen einem im Traum nicht einfallen würde. Sie sage ihm immer wieder, aus ihm wäre ein erstklassiger alter Bücherwurm geworden, wenn er nicht eine sechsköpfige Familie hätte ernähren müssen, und sechs Kinder, setzte sie hinzu und ihr reizendes Lächeln verriet, daß sie sicher war, auf allgemeines Verständnis zu stoßen, die ließen einem nicht die Zeit, zum Bücherwurm zu werden.

Sie sprach immer noch von ihrem Vater, auf den sie sehr stolz war, während sie bereits aufstand, denn Arthur stellte mit einem Blick auf seine Uhr fest, daß es an der Zeit war, zum Tennisplatz zurückzukehren. Die anderen rührten sich nicht.

»Sie sind sehr glücklich!« sagte Mrs Thornbury und blickte ihnen wohlwollend nach. Rachel stimmte zu; sie schienen so selbstgewiß zu sein; sie schienen genau zu wissen, was sie wollten.

»Glauben Sie, daß sie wirklich glücklich sind?« murmelte Evelyn, an Terence gewandt, mit einem Unterton, und sie hoffte, der würde sagen, er glaube nicht, daß sie glücklich seien; statt dessen sagte er jedoch, sie müßten jetzt auch gehen – nach Hause, denn sie kämen ständig zu spät zum Essen, und Mrs Ambrose, die darin sehr streng und eigen sei, die sehe das nicht gern. Evelyn hielt Rachel am Rock fest und protestierte. Warum sie denn schon gehen müßten? Es sei doch noch früh, und sie habe ihnen noch so viele Dinge zu sagen.

»Nein«, sagte Terence, »wir müssen gehen, weil wir so langsam gehen. Wir bleiben stehen und schauen alles mögliche an, und wir reden.«

»Worüber reden Sie denn?« wollte Evelyn wissen, woraufhin er lachte und erklärte, sie redeten über alles.

Mrs Thornbury begleitete sie bis zum Tor, wobei sie sich sehr langsam und sehr anmutig über Gras und Kies schleppte und unablässig von Blumen und Vögeln redete. Sie erzählte ihnen, sie habe sich seit der Heirat ihrer Tochter auf das Studium der Botanik geworfen, und es sei wunderbar, wie viele Blumen es gebe, die sie nie zuvor gesehen habe, obwohl sie ihr ganzes Leben auf dem Land gewohnt habe und mittlerweile zweiundsiebzig sei. Das sei etwas sehr Sinnvolles, eine Beschäftigung zu haben, die von anderen Menschen völlig unabhängig sei, sagte sie, wenn man alt wurde. Aber das Merkwürdige sei, daß man sich nie alt fühle. Sie habe ständig das Gefühl, fünfundzwanzig zu sein, keinen Tag mehr und keinen Tag weniger, doch könne man natürlich von anderen Menchen nicht erwarten, daß sie einem darin zustimmten.

»Es muß ganz herrlich sein, fünfundzwanzig zu sein und es sich nicht bloß einzubilden«, sagte sie und schaute mit ihrem sanften, strahlenden Blick von einem zum anderen. »Das muß ganz herrlich sein, wirklich ganz herrlich.« Lange Zeit stand sie so am Tor und sprach mit ihnen; sie schien sie nur widerstrebend gehen zu lassen.

25. Kapitel

Der Nachmittag war sehr heiß, so heiß, daß die Wellen, die sich am Ufer brachen, sich anhörten wie das wiederholte Aufseufzen eines erschöpften Lebewesens, und selbst auf der Terrasse unter dem Sonnensegel waren die Ziegel heiß, und über dem kurzen dürren Gras waberte unaufhörlich die Luft. Die roten Blumen in den Steinkübeln ließen von der Hitze die Köpfe hängen, und die weißen Blüten, die noch vor wenigen Wochen so glatt und kräftig gewesen waren, waren jetzt trocken, und ihre Ränder waren gelb geworden und rollten sich. Nur die steifen, feindseligen Pflanzen des Südens, deren fleischige Blätter auf Stacheln zu wachsen schienen, standen immer noch aufrecht und trotzten der Sonne, die alles zu Boden warf. Es war zu heiß zum Reden, und es war nicht leicht, irgendein Buch zu finden, das der Kraft der Sonne gewachsen gewesen wäre. Viele Bücher waren ausprobiert und wieder weggelegt worden, und nun las Terence Milton vor, weil, so behauptete er, dessen Worte soviel Substanz besaßen und so durchgeformt waren, daß es nicht nötig war zu verstehen, was er sagte; es genügte, sich seine Worte anzuhören; man konnte sie nahezu mit Händen greifen.

There is a gentle nymph not far from hence,

las er,

That with moist curb sways the smooth Severn stream.
Sabrina is her name, a virgin pure;
Whilom she was the daughter of Locrine,
That had the sceptre from his father Brute.[10]

Ungeachtet dessen, was Terence behauptet hatte, schienen die Wörter bedeutungsgeladen, und vielleicht war das der Grund, weshalb es wehtat, sie zu hören; sie klangen fremd; sie bedeuteten etwas anderes als gewöhnlich. Rachel jedenfalls konnte sich nicht auf sie konzentrieren, sondern verlor sich in merkwürdigen Gedankengängen, die durch Worte wie »curb« und »Locrine« und »Brute« suggeriert wurden und unabhängig von ihrer Bedeutung unerfreuliche Bilder vor ihren Augen heraufbeschworen. Infolge der Hitze und der wabernden Luft wirkte auch der Garten fremd – die Bäume standen entweder zu nah oder zu weit entfernt, und sie war sich fast sicher, daß ihr der Kopf schmerzte. Ganz sicher war sie sich jedoch noch nicht und wußte deshalb nicht, ob sie es Terence jetzt sagen oder ihn weiterlesen lassen sollte. Sie beschloß zu warten, bis er am Ende einer Strophe angelangt wäre, und wenn sie ihren Kopf bis dahin hin- und hergedreht hätte und er in jeder Stellung eindeutig schmerzte, dann würde sie ganz ruhig sagen, sie habe Kopfschmerzen.

Sabrina fair,
  Listen where thou art sitting
Under the glassy, cool, translucent wave,
  In twisted braids of lilies knitting
The loose train of thy amber dropping hair,
Listen for dear honour's sake,
  Goddess of the silver lake,
  Listen and save![11]

Doch ihr Kopf schmerzte; er schmerzte, wohin auch immer sie ihn wandte.

Sie setzte sich auf und sagte, wie sie es beschlossen hatte: »Ich habe Kopfschmerzen, so daß ich wohl besser hineingehe.«

Er war schon in der Mitte der nächsten Verszeile angelangt, ließ jedoch sofort das Buch sinken.

»Du hast Kopfschmerzen?« wiederholte er.

Ein Weilchen saßen sie Hand in Hand und blickten einander schweigend an. Währenddessen bereiteten ihm der Schreck und das Gefühl, vor einer Katastrophe zu stehen, eine fast körperliche Pein; ihm war, als hörte er ringsherum das Splittern von Glas, das zu Boden fiel und ihn im Freien sitzen ließ. Als er nach zwei Minuten jedoch merkte, daß sie sein Entsetzen nicht teilte, sondern daß ihre Augen nur noch träger und tiefsinniger blickten als gewöhnlich, fing er sich, holte Helen und fragte sie, was sie am besten täten, Rachel habe Kopfschmerzen.

Mrs Ambrose geriet dadurch nicht aus der Fassung, sondern riet ihr, sich ins Bett zu legen, und setzte hinzu, sie dürfe sich nicht wundern, daß ihr der Kopf schmerze, wenn sie den ganzen Tag in der Hitze draußen sitze, doch nach ein paar Stunden im Bett sei sie bestimmt wieder völlig in Ordnung. Auf Terence wirkten sich ihre Worte ebenso grundlos beruhigend aus, wie er einen Augenblick vorher grundlos niedergeschlagen gewesen war. Helens praktischer Sinn schien viel mit der unbarmherzig gesunden Logik der Natur gemein zu haben, die Unbesonnenheit mit Kopfschmerzen bestrafte, und wie auf diese gesunde Logik der Natur konnte man sich darauf wohl verlassen.

Rachel legte sich ins Bett; sie lag im Dunkeln, sehr lange Zeit, so schien ihr, doch als sie nach geraumer Weile aus einer Art durchsichtigen Schlafs erwachte, sah sie, daß die Fenster vor ihr weiß waren, und sie erinnerte sich, daß sie vor einiger Zeit mit Kopfschmerzen ins Bett gegangen war und daß Helen gesagt hatte, wenn sie wieder aufwachte, wäre es vorbei. Sie nahm deshalb an, daß es ihr jetzt wieder gutging. Gleichzeitig war aber die Wand ihres Zimmers von schmerzhaftem Weiß und bog sich leicht, statt gerade und eben zu verlaufen. Was sie sah, als sie den Blick zum Fenster wandte, war auch nicht beruhigender. Die Bewegung des Rouleaus, als der Wind hineinwehte und es leicht nach innen wölbte, so daß die Schnur leise über den Boden schleifte, erschreckte sie, als meinte sie, ein Tier im Zimmer zu hören. Sie schloß die Augen, und das Pochen in ihrem Kopf war so stark, daß es jedesmal auf einen Nerv zu treffen schien und ihre Stirn mit einem kleinen schmerzenden Stich durchbohrte. Es war vielleicht nicht genau derselbe Kopfschmerz, doch daß sie welchen hatte, stand außer Zweifel. Sie wandte sich von einer Seite zur anderen, in der Hoffnung, daß die Kühle des Lakens Heilung brächte und das Zimmer, wenn sie das nächstemal die Augen öffnete, wieder so wäre wie sonst. Nach einer beträchtlichen Anzahl vergeblicher Experimente beschloß sie, sich letzte Gewißheit zu verschaffen. Sie verließ das Bett und stand aufgerichtet, während sie sich an der Messingkugel am Ende des Bettgestells festhielt. Zuerst eiskalt, wurde sie bald schon so heiß wie ihre Handfläche, und als die Schmerzen in Kopf und Körper sowie der schwankende Fußboden

den endgültigen Beweis erbrachten, daß es weitaus unerträglicher war zu stehen und zu gehen, als im Bett zu liegen, legte sie sich wieder hin; doch obwohl diese Veränderung zunächst Linderung brachte, war es kurz darauf im Bett schon wieder genauso unangenehm wie außerhalb. Sie fand sich mit der Aussicht ab, den ganzen Tag im Bett bleiben zu müssen, ließ den Kopf aufs Kissen sinken und machte sich keine Hoffnung mehr auf einen glücklichen Tag.

Als Helen ein, zwei Stunden später hereinkam, mitten im heiteren Geplauder verstummte, einen Augenblick erschrocken und dann wieder übertrieben gelassen aussah, stand für sie unabweisbar fest, daß sie krank war. Diese Tatsache wurde bald schon dadurch bestätigt, daß der ganze Haushalt binnen kurzem darüber informiert wurde, was sie daraus schloß, daß das Lied, das eben noch aus dem Garten zu hören gewesen war, schlagartig verstummte, und daß Maria, als sie Wasser hereinbrachte, sich mit abgewandtem Blick am Bett vorbeistahl. Sie mußte den ganzen Vormittag hinter sich bringen und dann den ganzen Nachmittag, und von Zeit zu Zeit unternahm sie einen Versuch, in die alltägliche Welt hinüberzuwechseln, doch mußte sie feststellen, daß die Hitze und das Unbehagen eine Kluft zwischen ihrer Welt und der alltäglichen Welt aufgerissen hatte, die sie nicht überbrücken konnte. Irgendwann öffnete sich die Tür, und Helen kam mit einem kleinen dunkelhaarigen Mann herein, der – das fiel ihr besonders auf – sehr haarige Hände hatte. Sie war benommen und ihr war unerträglich heiß, und da er schüchtern und unterwürfig schien, machte sie sich kaum die Mühe, ihm zu antworten, obwohl ihr klar war, daß es sich um einen Arzt handelte. Später öffnete die Tür sich erneut, und Terence kam ungeheuer behutsam herein, und sein Lächeln war allzu anhaltend, wie sie erkannte, um natürlich sein zu können. Er setzte sich zu ihr und sprach mit ihr und streichelte ihre Hände, bis es ihr lästig wurde, noch länger in ein und derselben Stellung zu verharren, und sie sich umdrehte, und als sie das nächstemal aufblickte, war Helen neben ihr, und Terence war weg. Das machte nichts; sie würde ihn morgen sehen, wenn alles wieder in Ordnung wäre. Ihre hauptsächliche Beschäftigung im Verlauf des Tages bestand darin, daß sie sich zu erinnern versuchte, wie die Verse gingen –

Under the glassy, cool, translucent wave,
In twisted braids of lilies knitting
The loose train of thy amber dropping hair,

und es beunruhigte sie, daß es ihr nicht gelingen wollte, weil die Adjektive sich hartnäckig an die falsche Stelle setzten.

Der zweite Tag unterschied sich nicht sehr vom ersten, außer daß ihr Bett sehr wichtig geworden war und die Außenwelt sich, wenn sie an sie zu denken versuchte, deutlich weiter entfernt zu haben schien. Die gläserne, kühle, durchscheinende Welle stand ihr fast greifbar vor Augen, wie sie sich am Fußende des Bettes kräuselte, und da sie erfrischend kühl war, versuchte sie, ihr Augenmerk die ganze Zeit auf sie gerichtet zu halten. Helen war den ganzen Tag über mal hier, mal dort; mal sagte sie, es sei Zeit zum Mittagessen, mal sagte sie, es sei Zeit für den Tee; am nächsten Tag jedoch waren alle Marksteine dieser Art beseitigt, und die Außenwelt war so weit weg, daß sie die verschiedenen Geräusche, etwa die von Menschen, die draußen die Treppe hinauf- oder hinuntergingen, und die Geräusche von Menschen, die sich im Stockwerk über ihr bewegten, ihrer Ursache nur noch zuordnen konnte, wenn sie ihr Gedächtnis ungeheuer anstrengte. Die Erinnerung an das, was sie vor drei Tagen empfunden oder was sie getan und gedacht hatte, war gänzlich verblaßt. Auf der anderen Seite wurden die einzelnen Gegenstände im Zimmer und das Bett selbst und ihr eigener Körper mit seinen verschiedenen Gliedmaßen und deren unterschiedlichen Empfindungen mit jedem Tag wichtiger und wichtiger. Sie war völlig von allem abgeschnitten und außerstande, Verbindung mit der übrigen Welt aufzunehmen, ausschließlich auf sich selbst und ihren Körper verwiesen.

Stunden um Stunden vergingen auf diese Weise, ohne daß der Vormittag vorangeschritten wäre, oder aber ein paar Minuten führten aus dem hellen Tageslicht in die tiefste Nacht. Eines Abends, als das Zimmer, entweder weil es Abend war oder aber die Rouleaus heruntergezogen waren, sehr schummrig schien, sagte Helen zu ihr: »Heute nacht wird jemand bei dir sitzen. Das ist dir doch recht?«

Als Rachel die Augen öffnete, erblickte sie nicht nur Helen, sondern außerdem noch eine Krankenschwester mit Brille, deren Gesicht sie vage an etwas erinnerte, das sie irgendwann einmal gesehen hatte. Sie hatte sie in der Kapelle gesehen.

»Schwester McInnis«, sagte Helen, und die Schwester lächelte unentwegt, wie es alle taten, und erklärte, so leicht gebe es niemanden, der Angst vor ihr habe. Als sie eine Weile gewartet hatten, verschwanden sie beide, und nachdem sie sich auf ihrem Kissen umgedreht hatte, wachte Rachel als nächstes mitten in einer jener endlosen Nächte auf, die nicht mit zwölf aufhören, sondern mit zweistelligen Zahlen weitergehen – dreizehn, vierzehn und so fort, bis sie die Zwanziger erreichen und dann die Dreißiger und dann die Vierziger. Sie erkannte, daß dagegen nichts zu machen war, wenn eine Nacht es darauf anlegte. In weiter Ferne saß eine ältere Frau mit gesenktem Kopf; Rachel richtete sich ein wenig auf und erkannte mit Entsetzen, daß sie im Schein einer Kerze, die durch eine Zeitung abgeschirmt war, Karten spielte. Diese Anblick hatte etwas unsäglich Unheilvolles, und sie fürchtete sich und schrie auf, woraufhin die Frau die Karten weglegte und durch das Zimmer auf sie zukam, wobei sie die Kerze mit der Hand abschirmte. Näher und näher kam sie durch die immense Ausdehnung des Zimmers, bis sie schließlich an Rachels Bett stand und sagte: »Man ist also wach? Dann wollen wir es uns mal ein bißchen bequemer machen.«

Sie setzte die Kerze nieder und begann, das Bettzeug zu ordnen. Rachel ging auf, daß eine Frau, die die ganze Nacht in einer Höhle Karten spielte, nur sehr kalte Hände haben konnte, und sie wich vor ihrer Berührung zurück.

»Na aber – da ganz unten schaut ja ein Zeh heraus!« sagte die Frau, während sie sich daranmachte, ihre Bettdecke festzustecken. Rachel kam nicht auf den Gedanken, daß das ihr Zeh sein könnte.

»Sie müssen versuchen, still zu liegen«, erklärte sie als nächstes, »denn wenn Sie still liegen, erhitzen Sie sich weniger, und wenn Sie sich hin- und herwerfen, dann erhitzen Sie sich noch mehr, und wir wollen nicht, daß Sie sich noch mehr erhitzen, als es bereits der Fall ist.« Sie stand und blickte unendlich lange auf Rachel hinab.

»Und je ruhiger Sie liegen, desto eher geht es Ihnen wieder gut«, wiederholte sie.

Rachel hielt den Blick auf den spitz zulaufenden Schatten an der

Decke gerichtet, und ihre gesamte Energie konzentrierte sich auf den Wunsch, daß dieser Schatten weggehen möge. Doch der Schatten und die Frau schienen auf ewig über ihr verharren zu wollen. Sie schloß die Augen. Als sie sie wieder öffnete, waren zwar etliche Stunden vergangen, doch die Nacht dauerte immer noch endlos an. Die Frau spielte immer noch Karten, nur saß sie jetzt in einem Tunnel unter einem Fluß, und das Licht stand in einem kleinen Torbogen über ihr in der Wand. Sie rief: »Terence!«, und der spitz zulaufende Schatten bewegte sich abermals über die Decke, als die Frau mit einer riesenhaft langsamen Bewegung aufstand, und beide blieben über ihr stehen.

»Sie im Bett zu halten, ist genauso schwierig wie es bei Mr Forrest war«, sagte die Frau, »und der war immerhin ein so hochgewachsener Herr.«

Um diesen schrecklichen Anblick loszuwerden, der sich nicht vom Fleck rührte, schloß Rachel erneut die Augen, und nun lief sie durch einen Tunnel unter der Themse, wo kleine mißgestaltete Frauen kartenspielend in Torbögen saßen, während die Mauersteine vor Nässe troffen, die sich zu Tropfen sammelte und die Wand hinabrann. Nach einiger Zeit wurden aus den kleinen alten Frauen jedoch Helen und Schwester McInnis, die zusammen am Fenster standen und flüsterten, unablässig flüsterten.

Unterdessen gingen außerhalb ihres Zimmers die Geräusche, die Bewegungen und das Leben der anderen Menschen im Haus im gewöhnlichen Sonnenlicht weiter, und der Tageslauf war der gleiche geblieben. Als am ersten Tag ihrer Krankheit deutlich wurde, daß sie keinesfalls bis Freitag wieder auf den Beinen sein würde, denn ihre Temperatur war sehr hoch und es war jetzt Dienstag, packte Terence ein Groll nicht gegen sie, sondern gegen die von außen kommende Kraft, die sie trennte. Er zählte die Tage ab, um die sie mit ziemlicher Sicherheit betrogen werden würden. Mit einer seltsamen Mischung von Vergnügen und Verdruß erkannte er, daß er zum erstenmal im Leben so abhängig von einem anderen Menschen war, daß sein Glück in dessen Händen lag. Die Tage wurden gänzlich mit nichtigen, ungreifbaren Dingen vergeudet, denn nach drei Wochen größter Intimität und intensiven Erlebens waren sämtliche üblichen Beschäftigungen unerträglich schal und nebensächlich geworden. Die am wenigsten unerträgliche Beschäftigung war noch, mit St. John über Rachels Krankheit zu sprechen, jegliches Symptom und seine Bedeutung zu erörtern und, wenn dies Thema erschöpft war, alle nur erdenklichen Krankheiten und was sie verursachte und wie man sie heilte zu besprechen.

Zweimal täglich ging er zu Rachel hinein und setzte sich an ihr Bett, und zweimal täglich ereignete sich genau das gleiche. Wenn er ihr Zimmer betrat, das nicht sehr dunkel war und wo er die Noten herumliegen sah wie üblich und ihre Bücher und Briefe, hob sich seine Stimmung augenblicklich. Wenn er sie sah, war er vollkommen beruhigt. Sie sah nicht sehr krank aus. An ihrem Bett sitzend, erzählte er ihr dann, was er gemacht hatte, und sprach dabei so ungezwungen wie sonst auch, nur um einiges gedämpfter; doch er hatte vielleicht fünf Minuten so bei ihr gesessen, da versank er bereits in schwärzeste Mutlosigkeit. Sie war nicht wie sonst; es gelang ihm nicht, das frühere Verhältnis zwischen ihnen wieder herzustellen; doch obwohl er wußte, daß das albern war, konnte er nicht aufhören, es zu versuchen, er setzte alles dran, damit sie sich erinnerte, und wenn er keinen Erfolg damit hatte, war er verzweifelt. Jedesmal, wenn er das Zimmer wieder verließ, befand er, daß es schlimmer sei, sie zu sehen, als sie nicht zu sehen, doch im Laufe des Tages stellte sich das Verlangen, sie zu sehen, allmählich wieder ein und wurde schließlich nahezu unerträglich.

Am Donnerstagmorgen, als Terence ihr Zimmer betrat, fühlte er wie gewohnt, wie seine Zuversicht wuchs. Sie wandte sich um und bemühte sich, sich an bestimmte Tatsachen zu erinnern, die jener Welt entstammten, die so viele Millionen Meilen entfernt war.

»Du bist wohl vom Hotel heraufgekommen?« fragte sie.

»Nein; zur Zeit halte ich mich hier im Haus auf«, sagte er. »Wir haben gerade Mittag gegessen«, fuhr er fort, »und eben ist die Post gekommen. Für dich war ein ganzes Bündel Briefe dabei – Briefe aus England.«

Statt zu sagen, daß sie sie sehen wolle, was er bezweckt hatte, sagte sie eine Weile gar nichts.

»Siehst du, da sind sie wieder, gerade rollen sie den Abhang hinunter«, sagte sie plötzlich.

»Rollen, Rachel? Was siehst du denn da rollen? Da rollt doch gar nichts.«

»Die alte Frau mit dem Messer«, antwortete sie, ohne sich damit jedoch speziell an Terence zu richten und an ihm vorbeiblickend. Da sie auf eine Vase auf dem Bord gegenüber zu blicken schien, stand er auf und nahm sie herunter.

»Jetzt können die nicht mehr rollen«, sagte er in fröhlichem Ton. Trotzdem lag sie und blickte unverwandt auf denselben Fleck und schenkte ihm keine Beachtung mehr, obwohl er mit ihr sprach. Er wurde daraufhin zutiefst unglücklich, so daß er es nicht länger an ihrem Bett aushielt, sondern umherlief, bis er St. John fand, der auf der Veranda saß und die *Times* las. Er legte sie geduldig beiseite und hörte sich alles an, was Terence über das Delirium zu sagen hatte. Er war sehr geduldig mit Terence. Er ging mit ihm um wie mit einem Kind.

Am Freitag ließ sich nicht länger leugnen, daß die Krankheit kein vorübergehender Anfall war, der in ein, zwei Tagen ausgestanden wäre; es war eine richtige Krankheit, die ein beträchtliches Maß an Organisation verlangte und die Aufmerksamkeit von wenigstens fünf Personen beanspruchte, doch zur Besorgnis bestand kein Anlaß. Statt fünf Tage würde sie eben zehn Tage dauern. Rodriguez klärte sie darüber auf, daß diese Krankheit in mehreren wohlbekannten Varianten vorkomme. Rodriguez machte keinen Hehl aus seiner Überzeugung, daß er die Besorgnis, die sie dieser Krankheit gegenüber an den Tag legten, für übertrieben hielt. Seine Visiten waren von der immer gleichen Zuversicht getragen, und bei seinen Gesprächen mit Terence wischte er dessen besorgte, detaillierte Fragen stets mit einer Art Verve weg, die zu besagen schien, daß sie das alle viel zu ernst nähmen. Es schien ihm seltsam zu widerstreben, sich hinzusetzen.

»Hohe Temperatur«, sagte er, schaute sich dabei verstohlen im Zimmer um und erweckte den Anschein, als interessierten ihn die Möbel und Helens Stickarbeit mehr als alles andere. »In diesem Klima müssen Sie mit hoher Temperatur rechnen. Das braucht Sie nicht zu beunruhigen. Was uns am Leben hält, ist der Puls« (er klopfte sich auf das behaarte Handgelenk), »und der ist ausgezeichnet.«

Dann verbeugte er sich und eilte hinaus. Das Gespräch wurde von beiden Seiten unter Mühen auf Französisch geführt, und dies bewirkte, zusammen mit der Tatsache, daß er optimistisch war und Terence vom Hörensagen eine hohe Meinung vom Arztberuf hatte, daß er weniger kritisch war, als er es gewesen wäre, wenn er Rodriguez nicht in dessen Eigenschaft als Arzt begegnet wäre. Unbewußt ergriff er gegen Helen Partei für Rodriguez, die grundlos ein Vorurteil gegen ihn gefaßt zu haben schien.

Als es Samstag wurde, erwies sich, daß der Tagesablauf straffer organisiert werden mußte, als das bisher der Fall gewesen war. St. John bot seine Dienste an; er erklärte, er habe ja nichts zu tun, und so könne er ebensogut den Tag in der Villa verbringen, für den Fall, daß er sich nützlich machen konnte. Als brächen sie zu einer schwierigen Expedition auf, teilten sie die Pflichten untereinander auf, indem sie einen ausgeklügelten Stundenplan auf ein großes Blatt Papier schrieben, das an die Salontür gepinnt wurde. Der weite Weg bis in die Stadt und die schwierige Aufgabe, schwer erhältliche Dinge mit unbekannten Namen an den ausgefallensten Orten besorgen zu müssen, machte ein sehr sorgfältiges Nachdenken erforderlich, und sie fanden es unerwartet schwierig, die einfachen, aber praktischen Verstand voraussetzenden Dinge zu bewältigen, so als verlangte man von sehr großen Menschen, daß sie sich bücken und winzige Sandkörner am Boden nach einem bestimmte Muster anordnen sollten.

St. Johns Aufgabe war es, was gebraucht wurde, aus der Stadt zu holen, so daß immer Terence die ganzen langen heißen Stunden hindurch allein im Salon saß, nahe der offenen Tür, und lauschte, ob sich oben irgend etwas rührte oder Helen nach ihm rief. Ständig vergaß er, die Rouleaus herunterzulassen, so daß er im strahlenden Sonnenschein saß, was ihn störte, ohne daß er gewußt hätte, was der Grund war. Das Zimmer war schrecklich steif und unbequem. Auf den Sesseln lagen Hüte, und zwischen den Büchern standen Arzneiflaschen. Er versuchte zu lesen, doch gute Bücher waren zu gut, und schlechte Bücher waren zu schlecht, und das einzige, was er ertragen konnte, war die Zeitung, die mit ihren Nachrichten aus London über das Leben und Treiben konkreter Personen, die Abendgesellschaften gaben und Ansprachen hielten, dem, was im übrigen der reine Alptraum war, ein wenig wirklichkeitsnahen Hintergrund verlieh. Dann, wenn seine Aufmerksamkeit sich gerade auf das Gedruckte geheftet hatte, kam Helens leiser Ruf von oben, oder Mrs Chailey brachte irgend etwas herein, das oben benötigt wurde, und dann rannte er ganz leise auf Socken hinauf und stellte den Krug auf das Tischchen voller Krüge und Tassen, das draußen vor der Schlafzimmertür stand; oder wenn er Helen für einen Augenblick erwischen konnte, dann fragte er sie: »Wie geht es ihr?«

»Sie ist ziemlich unruhig . . . Alles in allem ruhiger, meine ich.«

Die Antwort konnte so oder so ausfallen.

Wie üblich, schien sie etwas zurückzuhalten, das sie nicht sagen wollte, und Terence war sich darüber im klaren, daß sie unterschiedlicher Ansicht waren und, ohne es laut zu sagen, im Grunde miteinander stritten. Doch sie war zu sehr in Eile und in Gedanken, um zu sprechen.

Dies zermürbende Lauschen und die Anstrengung, die es bedeutete, praktische Vorkehrungen zu treffen und dafür zu sorgen, daß alles reibungslos lief, nahmen Terences ganze Kraft in Anspruch. In diesen langen, düsteren Alptraum verstrickt, unternahm er keinen Versuch, darüber nachzudenken, welchem Zweck das alles diente. Rachel war krank; das war alles; er mußte dafür sorgen, daß Medizin und Milch da waren und daß die Dinge bereitstanden, wenn sie gebraucht wurden. Das Denken hatte aufgehört; das Leben selbst war zum Stillstand gekommen. Der Sonntag war eher noch schlimmer, als der Samstag gewesen war, einfach deshalb, weil der Druck mit jedem Tag ein bißchen größer wurde, obwohl sich sonst nichts verändert hatte. Die sonst deutlich voneinander geschiedenen Regungen wie Freude, Anteilnahme und Schmerz, die alle gemeinsam den Alltag ausmachen, waren zu einem einzigen immerwährenden Gefühl kläglichen Mißbehagens und abgrundtiefer Langeweile verschmolzen. Er hatte sich noch niemals dermaßen gelangweilt, seit er als Kind im Kinderzimmer eingeschlossen worden war. Das Bild Rachels, wie sie jetzt war, verwirrt und teilnahmslos, hatte das Bild von ihr, wie sie früher vor langer Zeit einmal gewesen war, fast ausgelöscht; er konnte kaum mehr glauben, daß sie jemals glücklich gewesen waren oder verlobt und heiraten wollten, denn was waren die Gefühle denn schon, was konnte man denn überhaupt noch fühlen? Verwirrung trübte die Sicht und jeden Menschen, und er hatte den Eindruck, St. John, Ridley und die paar Leute, die ab und zu vom Hotel heraufkamen, um sich zu erkundigen, durch einen Nebel zu sehen; die einzigen Menschen, die nicht hinter diesem Nebel verborgen waren, waren Helen und Rodriguez, weil die ihm etwas Konkretes über Rachel sagen konnten.

Desungeachtet verlief der Tag in den üblichen Bahnen. Zu bestimmten Zeiten gingen sie ins Eßzimmer, und wenn sie um den Tisch herum saßen, sprachen sie von belanglosen Dingen. St. John übernahm es zumeist, das Gespräch in Gang zu bringen und dafür zu sorgen, daß es nicht wieder erstarb.

»Ich habe herausgefunden, wie ich Sancho an dem weißen Haus vorbeikriege«, sagte St. John am Sonntag beim Mittagessen. »Man knistert an seinem Ohr mit Papier, dann prescht er zwar hundert Meter weit, doch danach geht er recht ordentlich.«

»Ja, doch er will Hafer. Du solltest dafür sorgen, daß er Hafer kriegt.«

»Ich halte nicht viel von dem Zeug, das sie ihm geben, und Angelo scheint ein dreckiger kleiner Gauner zu sein.«

Ein langes Schweigen trat ein. Ridley murmelte halblaut ein paar Gedichtzeilen und bemerkte dann, wie um diese Tatsache zu bemänteln: »Sehr heiß heute.«

»Zwei Grad heißer als gestern«, sagte St. John. »Ich möchte wissen, wo diese Nüsse herkommen«, bemerkte er, indem er eine Nuß von der Platte nahm, sie zwischen den Fingern drehte und sie neugierig betrachtete.

»Aus London, würde ich sagen«, sagte Terence und blickte ebenfalls auf die Nuß.

»Ein tüchtiger Geschäftsmann könnte hier im Handumdrehen ein Vermögen machen«, fuhr St. John fort. »Vermutlich hat die Hitze sonderbare Auswirkungen aufs Gehirn. Sogar die Engländer fangen ein bißchen zu spinnen an. Und sowieso sind die Leute hier nicht zum Aushalten, wenn man irgend etwas von ihnen will. Heute morgen haben sie mich in der Apotheke ohne jeglichen Grund eine Dreiviertelstunde warten lassen.«

Erneut trat ein langes Schweigen ein. Dann erkundigte Ridley sich: »Rodriguez ist offenbar zufrieden?«

»Durchaus«, sagte Terence entschieden. »Es muß einfach nur seinen Gang gehen.« Woraufhin Ridley einen tiefen Seufzer ausstieß. Alle taten ihm aufrichtig leid, doch gleichzeitig fehlte Helen ihm sehr, und die ständige Anwesenheit der beiden jungen Männer kränkte ihn ein wenig.

Sie wechselten wieder in den Salon hinüber.

»Hör mal, Hirst«, sagte Terence, »während der nächsten zwei Stunden gibt es nichts zu tun.« Er konsultierte das Blatt Papier an der Tür. »Du gehst jetzt und legst dich hin. Ich warte hier. Chailey sitzt bei Rachel, während Helen zu Mittag ißt.«

Es war sehr viel von Hirst verlangt, daß er gehen sollte, ohne Helen zu Gesicht bekommen zu haben. Diese flüchtigen Begegnungen mit Helen waren die einzigen erholsamen Unterbrechungen der ständigen Anspannung und der Langeweile, und sehr oft schienen sie ihn für alle Unannehmlichkeiten des Tages zu entschädigen, obwohl sie ihnen manchmal gar nichts zu erzählen hatte. Er hatte jedoch beschlossen, sich in jedem Falle zu fügen, da sie sich schließlich auf einer gemeinsamen Expedition befanden.

Helen kam erst mit großer Verspätung herunter. Sie sah aus wie ein Mensch, der lange Zeit im Dunkeln gesessen hatte. Sie war bleich und dünner, und ihre Augen blickten gequält, aber entschlossen. Sie aß ihr Mittagessen eilig und schien nicht darauf zu achten, was sie tat. Terences drängende Fragen wischte sie beiseite, und schließlich blickte sie ihn mit leichtem Stirnrunzeln an, als hätte er gar nichts gesagt, und erklärte:

»So geht das nicht weiter, Terence. Entweder mußt du uns einen anderen Arzt besorgen, oder du mußt Rodriguez sagen, daß er nicht mehr kommen soll, und ich nehme die Sache selbst in die Hand. Es ist sinnlos, daß er behauptet, es gehe Rachel besser; es geht ihr nicht besser; es geht ihr schlechter.«

Terence erschrak furchtbar, so wie in dem Augenblick, als Rachel gesagt hatte: »Ich habe Kopfschmerzen.« Er beruhigte sich jedoch wieder, indem er sich sagte, daß Helen überanstrengt sei, und er fühlte sich darin noch dadurch bestärkt, daß er das Gefühl einfach nicht loswurde, Helen sei hier grundsätzlich immer anderer Meinung als er.

»Glauben Sie, daß sie in Gefahr ist?« fragte er.

»Kein Mensch kann längere Zeit dermaßen krank sein –«, antwortete Helen. Sie blickte ihn an und sprach, als rege sie sich über jemanden auf.

»Na schön, ich spreche heute nachmittag mit Rodriguez«, sagte er.

Helen ging sofort wieder hinauf.

Nichts vermochte Terence jetzt mehr zu beruhigen. Er konnte weder lesen noch überhaupt stillsitzen, und seine Zuversicht war erschüttert, obwohl er an der Ansicht festhielt, daß Helen übertreibe und Rachel gar nicht so krank sei. Doch er brauchte einen Dritten, der ihn in seiner Überzeugung bestärken würde.

Sofort, als Rodriguez wieder herunterkam, erkundigte er sich: »Nun, wie geht es ihr? Finden Sie, daß es ihr schlechter geht?«

»Es besteht kein Anlaß zur Besorgnis, glauben Sie mir – nicht der geringste«, antwortete Rodriguez in seinem scheußlichen Französisch, lächelte dabei unbehaglich und zappelte die ganze Zeit nervös herum, als wollte er nur weg.

Hewet verstellte ihm entschlossen den Weg zur Tür. Er hatte sich fest vorgenommen, sich jetzt selbst ein Bild zu machen, was für eine Art von Mensch er war. Sein Vertrauen in den Mann schwand, als er ihn anschaute und seine Mittelmäßigkeit, sein schmuddeliges Äußeres, seine ausweichende Art und sein unintelligentes, behaartes Gesicht sah. Es war eigenartig, daß ihm das bislang nicht aufgefallen war.

»Sie haben doch gewiß nichts dagegen, wenn wir Sie bitten, einen weiteren Arzt hinzuzuziehen?« fuhr er fort.

Daraufhin geriet der kleine Mann sichtlich in Wut.

»Ach so!« rief er. »Sie haben kein Vertrauen zu mir? Sie sind mit meiner Behandlung nicht einverstanden? Sie wollen, daß ich den Fall abgebe?«

»Durchaus nicht«, entgegnete Terence, »doch bei schweren Erkrankungen wie dieser hier –«

Rodriguez zuckte die Achseln.

»Es ist nichts Ernsthaftes, wenn ich es Ihnen doch sage. Sie sind überängstlich. Die junge Dame ist nicht ernsthaft krank, und ich bin

Arzt. Die andere Dame ängstigt sich natürlich«, sagte er höhnisch. »Das verstehe ich durchaus.«

»Wenn Sie mir Name und Adresse des Arztes geben würden –«, fuhr Terence fort.

»Es gibt keinen anderen Arzt«, erwiderte Rodriguez mürrisch. »Alle haben Vertrauen zu mir. Passen Sie auf – ich zeige es Ihnen.«

Er holte einen Stapel alter Briefe hervor und begann, sie durchzusehen, als suchte er einen, der Terences Argwohn beschwichtigen würde. Während er suchte, fing er an, eine Geschichte über einen englischen Lord zu erzählen, der ihm vertraut hatte – ein großer englischer Lord, dessen Namen er jedoch – leider – vergessen habe.

»Es gibt keinen anderen Arzt am Ort«, schloß er, während er immer noch die Briefe durchblätterte.

»Schon gut«, sagte Terence kurz. »Ich werde mich selbst nach jemandem umtun.« Rodriguez steckte die Briefe wieder in die Tasche.

»Bitte, bitte«, sagte er. »Ich habe nichts dagegen.«

Er hob die Brauen, zuckte die Achseln, wie um nochmals zu betonen, daß sie die Krankheit viel zu ernst nähmen und es keinen anderen Arzt gebe, und gab durch die Art, wie er hinauseilte, zu verstehen, daß er sich durchaus darüber im klaren sei, daß man ihm mißtraute, und daß er das nicht auf sich sitzen lassen würde.

Danach konnte Terence nicht länger unten bleiben. Er ging hinauf, klopfte an Rachels Tür und fragte Helen, ob er die Kranke einen Augenblick sehen dürfe. Er habe sie doch gestern nicht gesehen. Helen hatte nichts dagegen einzuwenden und stand auf und setzte sich an einen Tisch am Fenster.

Terence setzte sich ans Bett. Rachels Gesicht war verändert. Sie sah aus, als konzentriere sie sich voll und ganz auf die Anstrengung, am Leben zu bleiben. Ihre Lippen waren verzerrt und ihre Wangen eingefallen und erhitzt, wenn auch ohne Farbe. Ihre Augen waren nicht ganz geschlossen, und die untere Hälfte des Weißen war sichtbar, nicht, als sehe sie, sondern als sei sie zu erschöpft, um sie zu schließen. Sie machte sie ganz auf, als er sie küßte. Sie sah jedoch nur eine alte Frau, die einem Mann mit dem Messer den Kopf abschnitt.

»Da fällt er ab!« murmelte sie. Dann wandte sie sich Terence zu und fragte ihn besorgt etwas wegen eines Mannes mit Maultieren, das er nicht verstehen konnte. »Warum kommt er denn nicht? Warum kommt er denn nicht?« wiederholte sie. Der Gedanke an den schmutzigen kleinen Mann unten in Verbindung mit einer derartigen Krankheit entsetzte ihn, und er wandte sich instinktiv Helen zu, doch die tat irgend etwas am Tisch beim Fenster und schien sich nicht darüber im klaren zu sein, wie groß der Schock für ihn sein mußte. Er stand auf, um zu gehen, denn er konnte das nicht länger mit anhören; sein Herz schlug rasch und schmerzhaft vor Kummer und Zorn. Als er an Helen vorbeiging, bat sie ihn mit unverändert erschöpfter, gezwungener, aber entschlossener Stimme, ihr neues Eis zu holen und den Krug draußen mit frischer Milch füllen zu lassen.

Als er diese Besorgungen erledigt hatte, machte er sich auf die Suche nach Hirst. Erschöpft und sehr erhitzt war St. John auf einem Bett eingeschlafen, doch Terence weckte ihn ohne Bedenken.

»Helen meint, es geht ihr schlechter«, sagte er. »Es kann keinen Zweifel daran geben, daß sie schrecklich krank ist. Rodriguez taugt nichts. Wir müssen einen anderen Arzt besorgen.«

»Aber es gibt doch keinen anderen Arzt«, sagte Hirst benommen, während er sich aufsetzte und sich die Augen rieb.

»Nun red doch keinen Blödsinn!« rief Terence. »Natürlich gibt es noch einen anderen, und wenn nicht, dann mußt du eben einen auftreiben. Das hätte schon vor Tagen geschehen müssen. Ich gehe runter und sattle das Pferd.« Er konnte nicht an einem Platz bleiben.

Binnen weniger als zehn Minuten ritt St. John bereits in der sengenden Hitze in die Stadt hinunter, um einen Arzt aufzutun, und er hatte den Auftrag, auf jeden Fall einen zu finden und hinaufzuschaffen, und wenn er mit einem Sonderzug geholt werden mußte.

»Vor Tagen hätten wir das schon tun sollen«, wiederholte Terence wütend.

Als er wieder in den Salon zurückkehrte, traf er dort auf Mrs Flushing, die kerzengerade in der Zimmermitte stand und, wie das zu dieser Zeit gang und gäbe zu sein schien, unangemeldet durch die Küche oder den Garten hereingekommen war.

»Es geht ihr doch besser?« erkundigte Mrs Flushing sich abrupt; sie machten beide keine Anstalten, einander die Hand zu reichen.

»Nein«, sagte Terence. »Wohl eher schlechter.«

Mrs Flushing schien einen Augenblick nachzudenken und schaute Terence dabei die ganze Zeit offen ins Gesicht.

»Hören Sie«, sagte sie und sprach mit ihren ruckhaften, nervösen Kopfbewegungen, »das ist immer so um den siebten Tag, daß man sich Sorgen zu machen anfängt. Garantiert haben Sie hier die ganze Zeit gesessen und sich Sorgen gemacht. Sie glauben, daß es ihr schlecht geht, doch jeder, der sie jetzt ganz unvoreingenommen betrachten würde, könnte sehen, daß es ihr besser geht. Mr Elliot hatte auch Fieber; ihm geht's jetzt wieder gut«, stieß sie hervor. »Das ist bestimmt nichts, das sie sich auf der Expedition geholt hat. Was macht das schon – ein paar Tage Fieber? Mein Bruder hatte einmal sechsundzwanzig Tage Fieber. Und binnen ein, zwei Wochen war er wieder putzmunter. Wir haben ihm nichts als Milch und Pfeilwurzelmehl gegeben –«

In diesem Augenblick kam Mrs Chailey mit einer Botschaft herein.

»Ich werde oben gebraucht«, sagte Terence.

»Sie werden sehen – es geht ihr besser«, stieß Mrs Flushing hervor, als er das Zimmer verließ. Es war ihr ungeheuer wichtig, Terence zu beruhigen, und als er wegging, ohne irgend etwas zu sagen, war sie unzufrieden und ruhelos; sie mochte nicht bleiben, doch sie brachte es auch nicht über sich, einfach zu gehen. Sie wanderte von Zimmer zu Zimmer, auf der Suche nach jemandem, mit dem sie reden konnte, doch alle Zimmer waren leer.

Terence ging nach oben, trat ins Zimmer und blieb an der Tür stehen, um Helens Anweisungen entgegenzunehmen; er blickte zu Rachel hinüber, versuchte jedoch nicht, mit ihr zu sprechen. Sie schien sich seiner Gegenwart vage bewußt zu sein, schien sie jedoch als störend zu empfinden und wandte sich um, so daß sie ihm den Rücken zukehrte.

Sechs Tage lang hatte sie die Außenwelt tatsächlich völlig aus dem Auge verloren, weil es ihre ganze Aufmerksamkeit in Anspruch nahm, den hitzigen, roten, raschen Bildern zu folgen, die unablässig vor ihren Augen vorbeizuckten. Sie wußte, es war von höchster Wichtigkeit, daß sie ihre Aufmerksamkeit auf diese Bilder richtete und hinter ihre Bedeutung kam, doch sie kam gerade immer um soviel zu spät, daß sie niemals etwas hörte oder sah, das ihr darüber hätte Aufschluß geben können. Aus diesem Grund waren die Gesichter – Helens Gesicht, das der Krankenschwester, das von Terence, das des Arztes –, die sich ab und zu ganz dicht an sie herandrängten, beunruhigend, weil sie ihre Aufmerksamkeit ablenkten, so daß sie womöglich den entscheidenden Hinweis verpaßte. Am vierten Nachmittag war sie jedoch auf einmal nicht mehr imstande, Helens Gesicht getrennt von den Bildern wahrzunehmen; ihre Lippen zogen sich auseinander, als sie sich über das Bett niederbeugte, und sie begann unverständliches Zeug zu brabbeln wie alle anderen auch. Die Bilder kreisten alle um irgendeine Handlung, irgendein Abenteuer, eine Flucht. Was sich in diesen Szenen abspielte, änderte sich von Mal zu Mal, doch steckte jedesmal eine Logik dahinter, die sie unbedingt zu begreifen versuchen mußte. Mal spielten sie unter Bäumen und Wilden, mal auf See, mal auf hohen Türmen; mal flogen sie, mal flohen sie. Doch jedesmal, wenn der Höhepunkt unmittelbar bevorstand, entzog sich irgend etwas ihrem Verständnis, so daß die ganze Mühsal von vorn beginnen mußte. Die Hitze war erstickend. Schließlich gingen die Gesichter weiter weg; sie fiel in einen tiefen Tümpel mit klebrigem Wasser, das allmählich über ihrem Kopf zusammenschlug. Sie sah nichts und hörte nichts als ein fernes Tosen, das Geräusch des Meeres, das über ihrem Kopf wogte. Während all ihre Peiniger sie für tot hielten, war sie jedoch nicht tot, sondern lag zusammengerollt am Meeresgrund. Da lag sie und sah mal Dunkelheit, mal Licht, und ab und zu drehte sie jemand auf dem Meeresboden herum.

Nachdem St. John ein paar Stunden in der Sonnenglut damit verbracht hatte, sich mit ausweichend und äußerst mürrisch antwortenden Eingeborenen abzuplagen, holte er die Information aus ihnen heraus, daß es noch einen anderen Arzt gab, einen französischen Arzt, der allerdings gerade Urlaub in den Hügeln machte. Es sei ganz unmöglich, behaupteten sie, den zu finden. Nach seinen bisherigen Erfahrungen mit diesem Land hielt St. John es für unwahrscheinlich, daß ein Telegramm auch wirklich abgeschickt werden oder seinen Adressaten erreichen würde; nachdem er aber die Entfernung zu der Stadt in den Hügeln, wo der Arzt sich aufhielt, immerhin von einhundert auf dreißig Meilen verringert und eine Kutsche und Pferde gemietet hatte, brach er umgehend auf, um den Arzt persönlich zu holen. Es gelang ihm auch, ihn zu finden, und den widerstrebenden Mann schließlich geradezu zu zwingen, seine junge Frau alleinzulassen und ihn unverzüglich zu begleiten. Sie gelangten am Donnerstagmittag an der Villa an.

Terence kam heraus, um sie zu begrüßen, und St. John fiel sofort auf, daß er in der Zwischenzeit merklich dünner geworden war; weiß war er außerdem, und seine Augen hatten einen seltsamen Ausdruck. Die knappe Redeweise und die verdrossene, herrische Art Dr. Lesages machten auf beide jedoch einen günstigen Eindruck, obwohl gleichzeitig nicht zu übersehen war, daß er über die ganze Angelegenheit ungeheuer verärgert war. Als er wieder herunterkam, erteilte er mit Nachdruck seine Anweisungen, verriet jedoch nicht mit einem einzigen Wort, welches Urteil er sich gebildet hatte, was entweder an der Anwesenheit von Rodriguez lag, der jetzt gleichzeitig kriecherisch und hämisch war, oder daran, daß er es für selbstverständlich hielt, daß sie alles Wissenswerte bereits wüßten.

»Selbstverständlich«, sagte er mit einem Achselzucken, als Terence ihn fragte: »Ist sie denn sehr krank?«

Beide verspürten sie eine gewisse Erleichterung, als Dr. Lesage gegangen war, ausdrückliche Anordnungen hinterlassen und einen weiteren Besuch binnen weniger Stunden versprochen hatte; nur verleitete diese Aufmunterung sie unglücklicherweise dazu, mehr zu reden, und indem sie redeten, stritten sie sich. Sie stritten sich wegen einer Straße, der Portsmouth Road. St. John behauptete, auf der Höhe von Hindhead sei sie geschottert, und Terence wußte, so gewiß er wußte, daß er Terence hieß, daß sie an der Stelle nicht geschottert war. Im Verlauf dieser Auseinandersetzung sagten sie einander einige sehr harte Dinge, und so verlief der übrige Teil des Abendessens schweigsam, abgesehen von einer gelegentlichen halbherzigen Äußerung Ridleys.

Als es dunkel wurde und die Lampen hereingebracht wurden, konnte Terence seine Gereiztheit nicht länger zügeln. St. John begab sich im Zustand völliger Erschöpfung ins Bett, wobei er Terence wegen ihres Streits eher herzlicher als gewöhnlich gute Nacht sagte, und Ridley zog sich wieder zu seinen Büchern zurück. Terence blieb allein und begann, im Zimmer auf und ab zu gehen. Er trat in die offene Glastür.

In der Stadt unten ging gerade ein Licht nach dem anderen an, und es war sehr friedlich und kühl im Garten, so daß er auf die Terrasse hinaustrat. Als er in der Dunkelheit stand und nur die Umrisse der Bäume durch das zarte graue Licht erkannte, packte ihn das Verlangen, alles hinter sich zu lassen, nicht mehr ständig leiden zu müssen, zu vergessen, daß Rachel krank war. Er ließ sich in einen Zustand tiefen Vergessens sinken. Als legte ein Wind, der unablässig gewütet hatte, sich mit einem Schlage, so fielen die ganze Aufregung und die Besorgnis, die auf ihm gelastet hatten, von ihm ab. Er schien in einer schmerzfreien Sphäre zu stehen, allein auf einer kleinen Insel; er war frei und immun gegen Schmerzen. Es spielte keine Rolle, ob Rachel gesund oder krank war; ob sie getrennt oder beisammen waren; nichts spielte eine Rolle – nichts. Die Wellen schlugen in der Ferne ans Ufer, und der weiche Wind strich durch die Zweige der Bäume und schien ihn in Frieden und Geborgenheit zu hüllen, in Dunkelheit und Leere. Ganz bestimmt war die Welt des Haders und der Aufregung und der Sorge nicht die wirkliche Welt, sondern dies war die wirkliche Welt, die Welt, die unter der oberflächlichen Welt lag, so daß man geborgen war, was immer auch geschehen mochte. Die Stille und der Friede schienen seinen Körper in ein feines, kühles Laken zu schlagen und jeden seiner Nerven zu beruhigen; sein Inneres schien sich wieder zu weiten und natürlich zu werden.

Doch als er eine Weile so gestanden hatte, störte ein Geräusch aus dem Haus ihn auf; instinktiv wandte er sich um und trat wieder in den Salon. Der Anblick des von Lampenlicht erleuchteten Raumes brachte so abrupt alles wieder zurück, was er vergessen hatte, daß er einen Augenblick wie gelähmt stand. Er erinnerte sich an alles, an die Stunde, selbst die Minute, den Punkt, an dem sie angelangt waren, und das, was zu erwarten war. Er verfluchte sich dafür, daß er auch nur eine Minute hatte glauben können, die Dinge seien anders, als sie waren. Die Aussicht auf die bevorstehende Nacht war jetzt noch schwerer zu ertragen als zuvor.

Außerstande, noch länger in dem leeren Salon zu bleiben, strich er wieder hinaus und setzte sich auf halber Höhe auf die Treppe, die zu Rachels Zimmer führte. Er sehnte sich danach, mit jemandem zu sprechen, doch Hirst schlief, und Ridley schlief; aus Rachels Zimmer war kein Laut zu hören. Das einzige Geräusch im ganzen Haus kam von Chailey, die in der Küche umherging. Endlich war über ihm auf der Treppe ein Rascheln zu hören, und Schwester McInnis kam herunter, machte dabei gerade ihre Manschettenknöpfe fest, und bereitete sich offensichtlich für die Nachtwache vor. Terence stand auf und trat ihr in den Weg. Er hatte bislang kaum mit ihr gesprochen, doch es war immerhin denkbar, daß sie ihn in der Überzeugung bestärken würde, an der er immer noch hartnäckig festhielt, daß Rachel gar nicht ernsthaft krank war. Flüsternd teilte er ihr mit, daß Dr. Lesage dagewesen sei und was er gesagt habe.

»Und jetzt, Schwester«, flüsterte er, »würde ich gern einmal Ihre Meinung hören. Sind Sie denn der Ansicht, daß ihr Zustand sehr ernst ist? Befindet sie sich in Gefahr?«

»Der Doktor hat gesagt –«, fing sie an.

»Ja, doch ich möchte Ihre Meinung dazu hören. Sie haben doch bestimmt einige Erfahrung mit derartigen Fällen?«

»Ich kann Ihnen auch nicht mehr sagen als Dr. Lesage, Mr Hewet«, antwortete sie vorsichtig, als könnten ihre Worte gegen sie verwendet werden. »Der Fall ist ernst, doch Sie können ganz sicher sein, daß wir für Miss Vinrace tun, was wir können.« Sie sprach mit einer gewissen berufsmäßigen Selbstzufriedenheit. Doch vielleicht merkte sie, daß der junge Mann, der ihr immer noch den Weg versperrte, dadurch nicht zufriedenzustellen war, denn sie veränderte ihre Stellung auf der Treppe ein wenig und blickte aus dem Fenster, von dem aus sie den Mond über dem Meer stehen sehen konnten.

»Wenn Sie mich fragen«, fing sie in einem merkwürdig verstohlenen Ton an, »der Mai bekommt meinen Patienten meist gar nicht.«

»Der Mai?« wiederholte Terence.

»Es mag ja eine Marotte von mir sein, doch ich sehe es gar nicht gern, daß jemand im Mai krank wird. Vielleicht ist es ja der Mond. Es heißt doch, der Mond habe gewisse Auswirkungen aufs Hirn, nicht wahr, Sir?«

Er schaute sie zwar an, war jedoch nicht imstande, ihr zu antworten; wie alle anderen, wenn man sie anschaute, so schien auch sie unter diesem Blick zusammenzuschrumpfen und wertlos, hämisch und unzuverlässig zu werden.

Sie huschte an ihm vorbei und verschwand.

Er ging zwar in sein Zimmer, war jedoch nicht einmal imstande, sich auszuziehen. Lange Zeit ging er auf und ab, und dann lehnte er sich aus dem Fenster und blickte unverwandt auf das Land hinaus, das so dunkel gegen das blassere Blau des Himmels abstach. Mit einer Mischung aus Furcht und Widerwillen blickte er auf die schlanken schwarzen Zypressen, die immer noch im Garten sichtbar waren, und hörte die unvertrauten knackenden und schabenden Geräusche, die anzeigten, daß die Erde immer noch erhitzt war. All diese Dinge, die zu sehen und zu hören waren, erschienen düster und feindselig und unheilvoll; er hatte den Eindruck, daß sie sich mit den Eingeborenen und der Krankenschwester und dem Arzt und der schrecklichen Macht der Krankheit selbst gegen ihn verschworen hatten. Sie schienen es mit vereinten Kräften darauf anzulegen, ihm soviel Leid abzupressen wie möglich. Er konnte sich an seinen Schmerz nicht gewöhnen, er war etwas gänzlich Neues für ihn. Es war ihm zuvor niemals in den Sinn gekommen, daß unter jeder Handlung, unter dem Leben jedes einzelnen Tages der Schmerz liegt, ruhig zwar, doch sprungbereit; er hatte das Gefühl, das Leiden geradezu sehen zu können, wie es, einem Feuer gleich, über die Ränder allen Tuns hinaufleckte und das Leben von Männern und Frauen aufzehrte. Zum erstenmal hatten bestimmte Worte für ihn einen Sinn, die ihm bis dahin leer vorgekommen waren: Lebenskampf, die Mühsal des Lebens. Nun wußte er selbst, daß das Leben hart und leiderfüllt war. Er blickte auf die weitverstreuten Lichter in der Stadt unter ihm und dachte an Arthur und Susan oder auch an Evelyn und Perrott, die sich ahnungslos vorwagten und sich, durch ihr Glück, ebensolchem Leiden aussetzten wie er selbst. Wie konnten sie es nur wagen, einander zu lieben, fragte er sich; wie hatte er selbst es nur wagen können, so zu leben, wie er gelebt hatte, überstürzt und unbesorgt, mal mit diesem, mal mit jenem beschäftigt, Rachel so zu lieben, wie er es getan hatte? Nie wieder würde er sich sicher fühlen;

nie wieder würde es für ihn irgendeine Verläßlichkeit im Leben geben, nie wieder würde er vergessen, welche Abgründe von Schmerz hinter einem schmalbrüstigen Glück und solchen Gefühlen wie Zufriedenheit und Geborgenheit lagen. Als er jetzt zurückblickte, schien ihm, daß ihr Glück niemals so groß gewesen war wie nun sein Schmerz. Immer war irgend etwas Unvollkommenes an ihrem Glück gewesen, irgend etwas, das sie gewollt hatten und nicht hatten bekommen können. Es war bruchstückhaft und unvollständig gewesen, weil sie so jung waren und nicht gewußt hatten, was sie taten.

Das Licht seiner Kerze flackerte über die Zweige eines Baumes vor dem Fenster hinweg, und während der Ast in der Dunkelheit schwankte, trat ihm ein Bild der ganzen Welt, die vor seinem Fenster lag, vor sein geistiges Auge; er dachte an den riesenhaften Fluß und an den riesenhaften Wald, die weiten Flächen dürrer Erde und die Ausdehnungen des Wassers, das die Erde umgab; vom Meer wiederum stieg steil und gewaltig der Himmel auf, und die Luft öffnete ihre unendlichen Fluchten zwischen Himmel und Meer. Wie weit und dunkel mußte das Meer heute nacht nicht sein, wie es da lag, dem Wind preisgegeben; und wie sonderbar mutete es angesichts dieses gewaltigen Raumes nicht an, daß es so wenige Städte gab, und wie klein die Ringe aus Licht doch waren oder die vereinzelten Glühwürmchen, die sie darstellten und die in Abständen zwischen die üppigen unkultivierten Landfalten der Welt hingestreut waren. Und in jenen Städten gab es kleine Männer und Frauen, winzige Männer und Frauen. Ach, wie lachhaft das doch war, wenn man es genau bedachte, daß man hier leidend und teilnahmsvoll in einem kleinen Zimmer saß! Was spielte das alles schon für eine Rolle? Rachel, ein winziges Geschöpf, lag krank im Stockwerk unter ihm, und hier in seinem kleinen Zimmer litt er um ihretwillen. Die Nähe ihrer Körper in diesem riesenhaften Universum und deren Winzigkeit erschienen ihm absurd und lächerlich. Nichts zählte, wiederholte er; sie hatten keine Macht, keine Hoffnung. Er lehnte an der Fensterbank und dachte nach, fast bis er Ort und Zeit vergaß. Und dennoch, obwohl er überzeugt davon war, daß es absurd und lächerlich war und daß sie unbedeutend und ohne Hoffnung waren, verließ ihn niemals das

Gefühl, daß diese Gedanken in irgendeiner Weise Teile eines Lebens waren, das er und Rachel miteinander führen würden.

Vielleicht war es ja dem Arztwechsel zu verdanken, jedenfalls schien es Rachel am nächsten Tag eher besser zu gehen. Schrecklich blaß und erschöpft, wie Helen aussah, der Wolkenschleier, der all die Tage vor ihren Augen gehangen hatte, schien sich ein wenig gehoben zu haben.

»Sie hat mit mir gesprochen«, sagte sie aus freien Stücken. »Sie hat mich gefragt, was heute für ein Wochentag sei, als wäre sie ganz sie selbst.«

Dann traten ihr plötzlich, ohne jede Vorwarnung und ohne ersichtlichen Anlaß, die Tränen in die Augen und flossen ihr stetig die Wangen hinab. Sie weinte nahezu mit unbewegtem Gesicht und ohne jeglichen Versuch, ihren Tränen Einhalt zu gebieten, als wüßte sie gar nicht, daß sie weinte. Trotz der Erleichterung, die ihre Worte in ihm auslösten, war Terence entsetzt bei diesem Anblick; war nun endgültig alles zusammengebrochen? Waren der Macht dieser Krankheit keinerlei Grenzen gesetzt? Würde sich ihr alles alles beugen müssen? Helen war ihm immer stark und entschlossen vorgekommen, und nun war sie wie ein Kind. Er nahm sie in die Arme, und sie klammerte sich an ihn wie ein Kind und weinte lange still an seiner Schulter. Dann gab sie sich einen Ruck und wischte sich die Tränen ab; es sei albern, sich so zu benehmen, sagte sie; sehr albern, wiederholte sie, wo doch gar kein Zweifel bestehen könne, daß es Rachel besser ging. Sie bat Terence, ihr ihre Albernheit zu verzeihen. Sie blieb an der Tür stehen und kehrte noch einmal um und küßte ihn ohne ein weiteres Wort.

An diesem Tag war sich Rachel in der Tat dessen bewußt, was um sie herum vor sich ging. Sie war an die Oberfläche des dunklen, klebrigen Tümpels gekommen, und eine Welle schien sie auf und ab zu schaukeln; sie hatte aufgehört, einen eigenen Willen zu haben; und sie lag auf dem Wellenkamm und verspürte Schmerz, hauptsächlich jedoch Schwäche. Die Welle wurde von einem Berghang abgelöst. Ihr Körper wurde eine schmelzende Schneewehe, über der sich ihre Knie als riesige spitze Berge aus nacktem Gebein erhoben. Es stimmte zwar, daß sie Helen und ihr Zimmer erkannte, doch alles war sehr bleich und halb durchsichtig geworden. Zuweilen konnte sie durch die Wand vor ihr hindurchsehen. Manchmal, wenn Helen wegging, schien sie sich so weit zu entfernen, daß Rachel ihr kaum mit dem Blick zu folgen vermochte. Das Zimmer besaß auch die seltsame Macht, sich auszudehnen, und obwohl sie ihre Stimme soweit wie möglich hinausstieß, bis sie manchmal ein Vogel wurde und davonflog, bezweifelte sie doch, ob sie die Person jemals erreichte, mit der sie sprach. Es gab riesenhafte Zwischenräume oder Abgründe, denn die Dinge hatten immer noch die Macht, zwischen zwei Augenblikken vor ihr sichtbar zu werden; manchmal brauchte Helen eine Stunde dazu, den Arm zu heben und die Medizin einzugießen, denn zwischen jeder ruckhaften Bewegung legte sie lange Pausen ein. Helens Gestalt, die sich herabbeugte, um sie im Bett aufzurichten, schien von riesenhafter Größe zu sein und kam auf sie herab wie die einstürzende Decke. Für lange Zeiträume lag sie jedoch nur und war sich ihres Körpers bewußt, der auf dem Bett trieb, und ihrer Seele, die in irgendeinen abgelegenen Winkel ihres Körpers getrieben worden war oder entflohen war und im Zimmer umherflatterte. Alles, was sie sah, war in gewissem Sinne eine Anstrengung, doch Terences Anblick war die größte Anstrengung, weil er sie zwang, Seele und Körper in dem Wunsch, sich an irgend etwas zu erinnern, zusammenzufügen. Sie wollte sich nicht erinnern; es störte sie, wenn die Menschen versuchten, sie in ihrer Einsamkeit zu behelligen; sie wollte einfach allein sein. Sie ersehnte sich nichts anderes auf der Welt.

Obwohl sie geweint hatte, beobachtete Terence es doch mit einer Art Triumphgefühl, daß Helen Hoffnung schöpfte; er nahm es innerhalb ihrer Auseinandersetzung als erstes Zeichen dafür, daß sie zugab, im Unrecht gewesen zu sein. Er wartete an diesem Nachmittag mit beträchtlicher Besorgnis, daß Dr. Lesage herunterkam, doch zugleich mit derselben untergründigen Gewißheit, daß er sie alle mit der Zeit zwingen würde, zuzugeben, im Unrecht gewesen zu sein.

Wie üblich war Dr. Lesage mürrisch in seinem Verhalten und kurz angebunden, wenn man ihn etwas fragte. Auf Terences Frage hin: »Es geht ihr anscheinend besser?« antwortete er, indem er ihn merkwürdig ansah: »Sie hat eine Chance, es zu überleben.«

Die Tür schloß sich, und Terence ging zum Fenster hinüber. Er lehnte die Stirn gegen die Fensterscheibe.

»Rachel«, wiederholte er für sich selbst. »Sie hat eine Chance, es zu überleben. Rachel.«

Wie konnten sie derartige Dinge von Rachel sagen? Hatte gestern irgend jemand ernsthaft geglaubt, daß Rachel im Sterben lag? Sie waren seit vier Wochen verlobt. Vor vierzehn Tagen war sie bei bester Gesundheit gewesen. Was konnten vierzehn Tage schon ausgerichtet haben, um sie aus jenem Zustand in ihren jetzigen zu bringen? Zu begreifen, was sie damit meinten, wenn sie sagten, sie habe eine Chance, es zu überleben, überstieg, angesichts der Tatsache, daß sie doch verlobt waren, sein Fassungsvermögen. Er wandte sich um, immer noch von demselben trostlosen Dunst umgeben, und ging auf die Tür zu. Plötzlich sah er alles. Er sah das Zimmer und den Garten und die Bäume, die sich im Lufthauch bewegten, sie konnten ohne sie auskommen; sie konnte sterben. Zum erstenmal, seit sie erkrankt war, erinnerte er sich genau, wie sie aussah, und an das, was sie aneinander gemocht hatten. Das große Glücksgefühl, daß sie ihm nah war, mischte sich mit einer größeren Angst, als er sie je verspürt hatte. Er durfte sie nicht sterben lassen; er konnte nicht ohne sie leben. Doch nach einem Augenblick des Kampfes fiel der Vorhang erneut, und er sah nichts und empfand nichts mehr deutlich. Es ging alles weiter – immer nur weiter, genauso wie vorher. Abgesehen von einem körperlichen Schmerz, wenn sein Herz schlug, und der Tatsache, daß seine Finger eiskalt waren, merkte er gar nicht, daß er sich wegen irgend etwas ängstigte. Er schien weder für Rachel noch für sonst irgend jemanden auf der Welt irgend etwas zu empfinden. Er traf weiter Anordnungen, besprach sich mit Mrs Chailey, schrieb Einkaufszettel, und ab und zu ging er hinauf und stellte lautlos etwas draußen auf den Tisch vor Rachels Tür. An jenem Abend schien Dr. Lesage weniger verdrießlich zu sein als üblich. Er blieb freiwillig ein paar Minuten im Haus und sagte, indem er sich gleichermaßen an St. John und Terence wandte, als erinnerte er sich nicht, welcher von beiden mit der jungen Dame verlobt war: »Ich denke, daß ihr Zustand heute nacht sehr ernst sein wird.«

Keiner von beiden ging zu Bett oder schlug vor, daß der andere es tun solle. Sie saßen im Salon und spielten Piquet bei geöffneter Tür. St. John richtete auf dem Sofa ein Bett her und bestand, als er fertig war, darauf, daß Terence sich dort hinlegen sollte. Sie fingen an, sich deshalb zu streiten, wer auf dem Sofa und wer in den beiden Sesseln mit den Wolldecken liegen sollte. St. John zwang Terence am Ende, sich aufs Sofa zu legen.

»Sei kein Dummkopf, Terence«, sagte er. »Du wirst nur krank, wenn du nicht schläfst.«

»Alter Junge«, fing er an, als Terence sich immer noch weigerte, und verstummte abrupt wieder, weil er sentimental zu werden befürchtete; er merkte, daß er den Tränen nahe war.

Er fing an zu sagen, was er schon längst hatte sagen wollen, daß es ihm leid tat für Terence, daß er ihn gern hatte, daß er Rachel gern hatte. Ob sie das wisse, wie gern er sie habe – ob sie irgend etwas gesagt, vielleicht nach ihm gefragt habe? Zu gern hätte er das gewußt, doch er hielt die Frage zurück, weil er fand, daß sie schließlich doch zu eigensüchtig sei, und was für einen Sinn hatte es, von Terence zu verlangen, daß er über solche Dinge reden sollte? Er schlief schon halb. St. John konnte jedoch nicht sofort einschlafen. Wenn doch nur, dachte er, während er im Dunkeln lag, irgend etwas geschehen würde – wenn dieser Druck doch nur endlich aufhören würde. Es war ihm ganz gleichgültig, was geschah, wenn nur diese unaufhörliche Folge grausamer und trostloser Tage endlich durchbrochen würde; es war ihm gleichgültig, ob sie starb. Er kam sich wegen dieser Gleichgültigkeit treulos vor, doch er schien einfach keine Gefühle mehr übrig zu haben.

Die ganze Nacht lang rief niemand, und es rührte sich nichts, außer daß die Tür oben einmal geöffnet und wieder geschlossen wurde. Allmählich kehrte das Licht in das unordentliche Zimmer zurück. Um sechs begannen die Dienstboten, sich zu regen; um sieben schlichen sie in die Küche hinunter; und eine halbe Stunde später fing der Tag wieder an.

Trotzdem war der Tag nicht genau wie alle vorangegangenen, wenn es auch schwierig gewesen wäre zu sagen, worin der Unterschied bestand. Vielleicht lag es daran, daß sie auf etwas zu warten schienen. Allerdings gab es weniger zu tun als gewöhnlich. Leute tauchten vorübergehend im Salon auf – Mr Flushing, Mr und Mrs Thornbury. Mit leiser Stimme erklärten sie, wie leid ihnen das alles tue, weigerten sich, Platz zu nehmen, blieben jedoch geraume Zeit im Zimmer stehen, obwohl sie nichts zu sagen hatten als »Können wir in irgendeiner Weise von Nutzen sein?« und es doch nichts für sie zu tun gab.

Terence blieb durch das alles seltsam unberührt, und er erinnerte sich, wie Helen gesagt hatte, daß die Leute sich immer auf diese Weise verhielten, wenn einem irgend etwas zustieß. Ob sie damit recht hatte? Es interessierte ihn zu wenig, um sich eine eigene Meinung darüber zu bilden. Er schob derlei Fragen beiseite, als würde er demnächst einmal darüber nachdenken, demnächst, nur nicht jetzt. Der Nebel der Unwirklichkeit war dichter und dichter geworden, bis er am ganzen Leib wie taub war. War das sein Körper? Waren das wirklich seine eigenen Hände?

Diesen Morgen hielt es auch Ridley zum erstenmal nicht mehr allein in seinem Zimmer aus. Er fühlte sich unten freilich sehr unbehaglich und war, da er nicht wußte, was vor sich ging, den anderen ständig im Weg; er wollte den Salon jedoch nicht verlassen. Da er zum Lesen zu unruhig war und sonst nichts zu tun hatte, fing er an, auf und ab zu gehen und mit halblauter Stimme Gedichte aufzusagen. Während sie mit allen möglichen Dingen beschäftigt waren – mal packten sie etwas aus, mal öffneten sie Flaschen, mal schrieben sie irgendwelche Anweisungen –, drangen der Klang von Ridleys Versen und der Rhythmus seiner Schritte Terence und St. John den ganzen Vormittag wie ein halbbegriffener Refrain ins Bewußtsein.

They wrestled up, they wrestled down,
  They wrestled sore and still:
The fiend who blinds the eyes of men,
  That night he had his will.

Like stags full spent, among the bent
  They dropped awhile to rest –[12]

»Ach, es ist nicht auszuhalten!« rief Hirst und biß sich sofort auf die Lippen, als breche er ihre Vereinbarung. Wieder und wieder stahl Terence sich halb die Treppe hinauf, für den Fall, daß sich irgendeine Neuigkeit über Rachel aufschnappen ließe. Doch die wenigen Neuigkeiten waren jetzt äußerst karg; sie hatte etwas getrunken; sie hatte ein wenig geschlafen; sie schien ruhiger. Ebenso beschränkte Dr. Lesage sich auf die Mitteilung von Details, außer einmal, als er ihnen erzählte, er sei gerade gerufen worden, um dadurch, daß er eine Pulsader öffnete, sicherzustellen, daß eine alte Dame von fünfundachtzig auch wirklich tot war. Ihr hatte davor gegraut, lebendig begraben zu werden.

»Dieser grauenhaften Vorstellung«, bemerkte er, »begegnet man im allgemeinen bei ganz alten Menschen, selten nur bei jungen.« Die beiden hörten sich das mit Interesse an; es kam ihnen sehr seltsam vor. Eine weitere Seltsamkeit im Verlauf des Tages war, daß sie alle das Mittagessen völlig vergaßen, bis zum späten Nachmittag, als Chailey sie bediente und ebenfalls seltsam aussah, da sie ein Kleid aus steifem, bedrucktem Kattun trug und die Ärmel bis über die Ellbogen aufgerollt hatte. Sie schien sich ihres Aufzuges jedoch überhaupt nicht bewußt zu sein, so als hätte man sie bei einem mitternächtlichen Feueralarm aus dem Bett geholt, und ihr sonstiges zurückhaltendes Auftreten hatte sie ebenfalls vergessen; sie sprach mit ihnen so vertraulich, als wäre sie ihre Amme gewesen und hätte sie nackt auf ihrem Knie sitzen gehabt. Unaufhörlich versicherte sie ihnen, es sei ihre Pflicht zu essen.

Auf diese Weise abgekürzt, verging der Nachmittag rascher als erwartet. Einmal öffnete Mrs Flushing die Tür, schloß sie bei ihrem Anblick jedoch sofort wieder; einmal kam Helen herunter, um etwas zu holen, blieb beim Hinausgehen jedoch stehen, um einen an sie gerichteten Brief anzuschauen. Sie verharrte einen Augenblick und drehte ihn um, und die außergewöhnliche, trauererfüllte Schönheit ihrer Haltung sprang Terence ins Auge, wie alle Dinge ihm jetzt ins Auge sprangen – als etwas, das er im Hinterkopf aufbewahren mußte, um später darüber nachzudenken. Sie sprachen kaum, und die Spannungen zwischen ihnen schienen vorübergehend beseitigt oder vergessen zu sein.

Nun, da die Nachmittagssonne nicht mehr auf die Front des Hauses fiel, ging Ridley auf der Terrasse auf und ab und sagte sich mit gedämpfter, aber immer wieder einmal laut werdender Stimme die

Strophen eines langen Gedichts vor. Fetzen des Gedichts wehten durch das offene Fenster herein, wenn er vorüberging und, kurz darauf, abermals vorüberging.

Peor and Baalim
Forsake their Temples dim,
With that twice batter'd God of Palestine,
And mooned Ashtaroth –[13]

Der Klang dieser Worte war beiden jungen Männern gleichermaßen unangenehm, sie mußten jedoch ertragen werden. Als der Abend herannahte und das rote Licht des Sonnenuntergangs weit draußen auf dem Meer funkelte, überfiel Terence ebenso wie St. John beim Gedanken, daß der Tag fast vorbei war und eine weitere Nacht ins Haus stand, dieselbe Verzweiflung. Beim Anblick der Lichter unten in der Stadt, die eins nach dem anderen aufleuchteten, verspürte Hirst abermals das schreckliche, ekelhafte Verlangen, zusammenzubrechen und zu schluchzen. Dann kam Chailey mit den Lampen herein. Sie erklärte, Maria habe sich beim Öffnen einer Flasche dummerweise böse den Arm geschnitten, sie habe ihn jedoch abgebunden; ausgerechnet jetzt müsse das passieren, wo es soviel zu tun gab. Chailey selbst hinkte zwar wegen ihres Rheumatismus in den Füßen, doch es schien ihr die reine Zeitverschwendung, das unbotmäßige Fleisch von Dienstboten auch nur zur Kenntnis zu nehmen. Der Abend schritt voran. Dr. Lesage traf unerwartet ein und blieb sehr lange oben. Einmal kam er herunter und trank eine Tasse Kaffee.

»Sie ist sehr krank«, lautete seine Antwort auf Ridleys Frage. Mittlerweile war von seiner Verärgerung überhaupt nichts mehr zu spüren, und wenn sein Auftreten auch ernst und förmlich war, so war es zugleich doch von einer Rücksichtnahme, die ihm bislang nicht eigen gewesen war. Er ging wieder hinauf. Die drei Männer saßen zusammen im Salon. Ridley war jetzt völlig ruhig, und seine Aufmerksamkeit schien aufs höchste gespannt. Von kleinen, eher unwillkürlichen Gesten und Ausrufen, die sofort unterdrückt wurden, abgesehen, warteten sie in völligem Schweigen. Es schien, daß sie endlich dem entscheidenden Augenblick entgegenharrten.

Es war fast elf Uhr, als Dr. Lesage wieder im Zimmer erschien.

Er trat sehr langsam auf sie zu und sprach nicht sofort. Er blickte erst St. John an und dann Terence und sagte dann zu Terence: »Mr Hewet, ich glaube, Sie sollten jetzt hinaufgehen.«

Terence erhob sich sofort, und die anderen beiden blieben mit dem reglos zwischen ihnen stehenden Dr. Lesage zurück.

Chailey stand draußen im Flur und sagte immer wieder: »Es ist so niederträchtig, es ist so niederträchtig.«

Terence achtete nicht auf sie; er hörte zwar, was sie sagte, doch der Sinn ihrer Worte ging ihm nicht auf. Den ganzen Weg die Treppe hinauf sagte er unablässig vor sich hin: »Das kann mir nicht passiert sein. Es ist nicht möglich, daß mir das passiert ist.«

Er blickte neugierig seine eigene Hand auf dem Treppengeländer an. Die Treppe war sehr steil, und es kam ihm vor, als brauchte er lange, um sie hinaufzusteigen. Er wußte, er hätte jetzt ganz stark empfinden sollen, doch er empfand überhaupt nichts. Als er die Tür aufmachte, sah er Helen neben dem Bett sitzen. Auf dem Tisch standen abgedunkelte Kerzen, und das Zimmer war, obwohl es voll von allen möglichen Dingen zu sein schien, sehr ordentlich. Es roch schwach und nicht unangenehm nach Desinfektionsmitteln. Helen stand auf und überließ ihm schweigend ihren Stuhl. Als sie aneinander vorbeigingen, bedachten sie einander mit einem seltsam gleichmütigen Blick; er wunderte sich über die ungeheure Klarheit ihrer Augen und die tiefe Ruhe und Trauer, die darin lag. Er setzte sich neben das Bett, und gleich darauf hörte er, wie die Tür sich sacht hinter Helen schloß. Er war allein mit Rachel, und ein schwacher Nachhall der Erleichterung, die sie immer verspürt hatten, wenn sie allein waren, ergriff ihn. Er blickte sie an. Er hatte erwartet, sie in irgendeiner Weise schrecklich verändert vorzufinden, doch sie war es nicht. Sie sah allerdings sehr schmal aus, und soweit er sehen konnte, sehr müde, doch sie war unverändert geblieben. Außerdem sah sie ihn und erkannte ihn. Sie lächelte ihm zu und sagte: »Hallo, Terence.«

Der Vorhang, der so lange zwischen ihnen gehangen hatte, verschwand sofort.

»Nun, Rachel«, sagte er mit seiner gewohnten Stimme, woraufhin sie die Augen ganz weit aufmachte und ihr vertrautes Lächeln lächelte. Er küßte sie und nahm ihre Hand.

»Es war scheußlich ohne dich«, sagte er.

Sie blickte ihn immer noch lächelnd an, doch schon bald trat ein leichter Ausdruck der Erschöpfung oder der Verblüffung in ihre Augen, und sie schloß sie wieder.

»Doch wenn wir zusammen sind, sind wir vollkommen glücklich«, sagte er. Er hielt auch weiter ihre Hand.

Da das Licht schummrig war, ließ sich in ihrem Gesicht unmöglich eine Veränderung erkennen. Ein unglaubliches Gefühl des Friedens überkam Terence, so daß er kein Bedürfnis hatte, sich zu bewegen oder zu sprechen. Die schreckliche Qual und Unwirklichkeit der letzten Tage waren vorüber, und er befand sich jetzt in einem Zustand vollkommener Gewißheit, vollkommenen Friedens. Sein Hirn begann wieder normal zu arbeiten, und zwar ganz mühelos. Je länger er dort saß, desto stärker wurde er sich des Friedens bewußt, der bis in den hintersten Winkel seiner Seele drang. Einmal hielt er den Atem an und lauschte; sie atmete noch; eine Weile dachte er weiter nach; ihm war, als dächten sie gemeinsam nach; ihm war, als wäre er ebensosehr Rachel wie er selbst; und dann lauschte er wieder: nein, sie hatte zu atmen aufgehört. Um so besser – dies war der Tod. Es war nichts; man hörte nur zu atmen auf. Es war das Glück, es war das vollkommene Glück. Sie hatten nun, was sie immer hatten haben wollen, die Vereinigung, die unmöglich gewesen war, solange sie lebten. Ohne zu wissen, ob er die Worte dachte oder sie laut aussprach, sagte er: »Nie sind zwei Menschen so glücklich gewesen, wie wir es waren. Niemand hat je so geliebt, wie wir geliebt haben.«

Es kam ihm vor, als füllten ihre vollkommene Vereinigung und ihr Glück das Zimmer mit Ringen, die sich kreiselnd immer weiter auseinanderzogen. Er hatte auf der Welt keinen unerfüllten Wunsch mehr. Sie besaßen, was man ihnen niemals würde nehmen können.

Er hatte nicht bemerkt, daß jemand ins Zimmer getreten war, doch später, Augenblicke später oder vielleicht Stunden später, fühlte er einen Arm hinter sich. Die Arme legten sich um ihn. Er wollte keine Arme um sich haben, und die geheimnisvoll wispernden Stimmen ärgerten ihn. Er legte Rachels Hand, die nun kalt war, auf die Steppdecke, stand von seinem Stuhl auf und ging zum Fenster hinüber. Die Fenster waren ohne Vorhänge und ließen den Blick auf den

Mond und eine lange silberne Bahn auf der Oberfläche der Wellen frei.

»Ach nein«, sagte er mit normaler Stimme, »seht euch den Mond an. Der Mond hat einen Hof. Morgen werden wir Regen haben.«

Die Arme, ob es nun die eines Mannes oder einer Frau waren, hatten sich erneut um ihn gelegt; sie schoben ihn sanft auf die Tür zu. Er wandte sich aus eigenem Entschluß um, schritt den Armen ohne alle Unsicherheit voran und war sich dabei bewußt, daß es ihn ein wenig belustigte, wie seltsam die Menschen sich benahmen, bloß weil jemand tot war. Er würde zwar gehen, wenn sie das wünschten, doch was immer sie tun mochten, sein Glück konnten sie nicht trüben.

Als er allerdings den Flur draußen sah und den Tisch mit den Tassen und Tellern, überfiel ihn schlagartig die Erkenntnis, daß es hier noch eine Welt gab, in der er Rachel niemals mehr wiedersehen würde.

»Rachel! Rachel!« kreischte er und versuchte, zu ihr zurückzustürzen. Sie hinderten ihn jedoch daran und drängten ihn den Flur hinunter in ein Zimmer, das weit von ihrem entfernt lag. Unten konnten sie das dumpfe Geräusch seiner Füße hören, als er sich mit Gewalt loszureißen versuchte; und zweimal hörten sie ihn brüllen: »Rachel! Rachel!«

26. Kapitel

Noch zwei oder drei Stunden länger goß der Mond sein Licht durch die leere Luft. Ungebrochen durch Wolken fiel es geradenwegs hinab und lag fast wie ein kühler weißer Reif über dem Meer und dem Land. Während dieser Stunden durchbrach nichts die Stille, und die einzige Bewegung wurde durch die Bäume und die Zweige hervorgerufen, die sich leise regten, und dann bewegten die Schatten, die über den weißen Flächen des Landes lagen, sich ebenfalls. In dieser tiefen Stille war nur ein einziger Laut zu hören, das Geräusch eines leisen, aber stetigen Windhauchs, der niemals aufhörte, wenn er auch niemals stärker wurde und niemals schwächer. Er blieb, als die Vögel von Zweig zu Zweig zu flattern begonnen hatten, und war hinter den ersten dünnen Tönen ihrer Stimmen zu hören. Er blieb während all der Stunden, als der Osten erst weiß wurde und dann rot und ein schwaches Blau den Himmel färbte, doch als die Sonne aufging, legte er sich und machte anderen Geräuschen Platz.

Die ersten Geräusche, die zu hören waren, waren kleine unartikulierte Schreie, die Schreie, so schien es, von Kindern oder ganz Armen, von Menschen, die sehr schwach oder in Bedrängnis waren. Als die Sonne jedoch über dem Horizont stand, wurde die Luft, die dünn und bleich gewesen war, mit jedem Augenblick voller und wärmer, und die Geräusche des Lebens wurden kühner und strahlten mehr Beherztheit und Bestimmtheit aus. Nach und nach begann der Rauch, in wabernden Atemstößen über den Häusern aufzusteigen, verdichtete sich langsam, bis sie rund und gerade wie Säulen aufstrebten, und statt gegen blasse weiße Jalousien zu strahlen, fiel die Sonne auf dunkle Fenster, jenseits derer es räumliche Tiefe gab.

Die Sonne war schon seit vielen Stunden aufgegangen, und der gewaltige Dom der Luft war durchwärmt und glitzerte von dünnen goldenen Sonnenlichtfäden, ehe sich im Hotel irgend jemand regte. Weiß und massiv stand es im Frühlicht, wie halb im Schlaf mit seinen heruntergelassenen Rouleaus.

Etwa um halb zehn betrat Miss Allan sehr langsam die Halle und ging sehr langsam auf den Tisch zu, wo die Morgenzeitungen ausgelegt waren, streckte jedoch nicht die Hand aus, um eine zu nehmen; sie stand reglos und dachte nach, und ihr Kopf war ein wenig zwischen die Schultern gesunken. Sie wirkte merkwürdig alt, und an der Art, wie sie dastand, ein wenig bucklig und sehr schwer, konnte man sehen, wie sie sein würde, wenn sie erst richtig alt wäre, wie sie Tag für Tag in ihrem Sessel sitzen und still vor sich hin blicken würde. Andere Menschen begannen hereinzukommen und an ihr vorbeizugehen, doch sie sagte zu niemandem etwas, ja, sie schaute sie nicht einmal an, und schließlich, als wäre es unumgänglich, irgend etwas zu tun, setzte sie sich in einen Sessel und blickte still und unverwandt vor sich hin. Sie fühlte sich an diesem Morgen sehr alt, und obendrein unnütz, als wäre ihr Leben ein Fehlschlag gewesen, als wäre es sinnlos hart und mühevoll gewesen. Sie mochte nicht weiterleben, wußte dabei jedoch, daß sie es tun würde. Sie war so stark, daß sie weiterleben würde, bis sie eine sehr alte Frau war. Sie würde wahrscheinlich achtzig werden, und da sie jetzt fünfzig war, lagen noch weitere dreißig Lebensjahre vor ihr. Wieder und wieder drehte sie die Hände in ihrem Schoß und blickte sie neugierig an; ihre alten Hände, die soviel Arbeit für sie getan hatten. Es schien nicht viel Sinn in dem Ganzen zu liegen; man machte weiter, selbstverständlich machte man weiter . . . Sie blickte auf und sah Mrs Thornbury neben sich stehen, die die Stirn in Falten gelegt und die Lippen geöffnet hatte, als wollte sie gerade eine Frage stellen.

Miss Allan kam ihr zuvor.

»Ja«, sagte sie. »Sie ist heute morgen gestorben, ganz früh, etwa um drei Uhr.«

Mrs Thornbury stieß einen kleinen Schrei aus, preßte die Lippen zusammen, und die Tränen stiegen ihr in die Augen. Durch sie hindurch sah sie die Hotelhalle an, die nun mit breiten Bahnen von Sonnenlicht ausgelegt war, und die sorglosen, zufällig zusammenstehenden Gruppen von Menschen neben den soliden Sesseln und Tischen. Sie kamen ihr unwirklich vor oder wie Menschen, die nichts davon ahnten, daß neben ihnen gleich eine gewaltige Explosion stattfinden würde. Es gab jedoch keine Explosion, und sie standen immer noch neben den Sesseln und Tischen. Mrs Thornbury sah sie jedoch nicht mehr, sondern blickte durch sie hindurch, als wären sie stofflos, und sah das Haus, die Menschen im Haus, das Zimmer, das Bett in dem Zimmer und die Gestalt der Toten, die still im Dunkeln unter dem Bettuch lag. Sie konnte die Tote beinah sehen. Sie konnte die Stimmen der Trauernden beinah hören.

»Sie haben es erwartet?« fragte sie nach einer ganzen Weile.

Miss Allan konnte jedoch nur den Kopf schütteln.

»Ich weiß nichts«, antwortete sie, »nur das, was mir Mrs Flushings Zofe erzählt hat. Sie ist heute früh gestorben.«

Die beiden Frauen schauten einander mit einem ruhigen, bedeutungsvollen Blick an, und dann ging Mrs Thornbury, die sich seltsam benommen fühlte, nach oben, als suche sie etwas, ohne zu wissen was, und wanderte ohne Eile die Flure entlang, wobei sie, wie zu ihrer Orientierung, mit den Fingern die Wand berührte. Zimmermädchen wechselten munter von Zimmer zu Zimmer, doch Mrs Thornbury ging ihnen aus dem Weg; sie sah sie kaum; sie schienen ihr einer anderen Welt anzugehören. Sie blickte nicht einmal sofort auf, als Evelyn sie aufhielt. Es war deutlich, daß Evelyn vor kurzem geweint hatte, und als sie Mrs Thornbury anschaute, weinte sie erneut. Gemeinsam zogen sie sich in eine Fensternische zurück und standen dort stumm. Abgehackte Worte bildeten sich schließlich zwischen Evelyns Schluchzern. »Es war so niederträchtig«, schluchzte sie, »es war so grausam – sie waren so glücklich.«

Mrs Thornbury tätschelte ihr die Schulter.

»Es erscheint ungerecht – sehr ungerecht«, sagte sie. Sie verstummte und blickte hinaus zum Hang des Hügels und auf die Ambrose'sche Villa; die Fenster loderten im Sonnenlicht, und sie stellte sich vor, wie die Seele der Toten aus jenen Fenstern dahingeschieden war. Etwas war aus der Welt geschieden. Sie kam ihr seltsam leer vor.

»Und dennoch, je älter man wird«, fuhr sie fort, während ihre Augen noch lebhafter zu leuchten begannen als gewöhnlich, »desto sicherer wird man, daß es einen Grund für alles gibt. Wie sollte man auch weitermachen können, wenn es keinen Grund gäbe?« fragte sie.

Sie richtete sich mit dieser Frage an jemanden, doch nicht an

Evelyn. Evelyns Schluchzen wurde ruhiger. »Es muß einen Grund geben«, sagte sie. »Es kann nicht nur Zufall gewesen sein. Denn wenn es ein Zufall gewesen wäre – es hätte niemals zu geschehen brauchen.«

Mrs Thornbury seufzte tief.

»Doch an so etwas dürfen wir gar nicht denken«, setzte sie hinzu, »und hoffen wir, daß sie es auch nicht tun. Was immer sie vielleicht noch hätten tun können, es hätte wohl auch nichts geändert. Diese schrecklichen Krankheiten –«

»Es gibt keinen Grund – ich glaube nicht, daß es den geringsten Grund für so etwas gibt!« stieß Evelyn hervor, sie zog dabei das Rouleau herunter und ließ es mit einem kleinen Schnapplaut wieder hoch.

»Warum sollen denn solche Dinge geschehen? Warum sollen die Menschen denn leiden? Ich bin aufrichtig davon überzeugt«, fuhr sie fort und senkte ein wenig die Stimme, »daß Rachel im Himmel ist, doch Terence . . .

Was für einen Sinn soll das bloß alles haben?« fragte sie.

Mrs Thornbury schüttelte kaum merklich den Kopf, antwortete jedoch nicht, und dann drückte sie Evelyns Hand und ging weiter den Flur hinunter. Von dem starken Verlangen getrieben, irgend etwas zu erfahren, wenn sie auch nicht genau wußte, was das sein sollte, steuerte sie das Zimmer der Flushings an. Als sie deren Tür öffnete, hatte sie den Eindruck, das Ehepaar bei einem Streit gestört zu haben. Mrs Flushing saß mit dem Rücken zum Licht, und Mr Flushing stand in ihrer Nähe, ereiferte sich über irgend etwas und versuchte, sie von irgend etwas zu überzeugen.

»Ah, da kommt ja Mrs Thornbury«, sagte er, und in seiner Stimme schwang Erleichterung mit. »Sie wissen es bestimmt schon. Meine Frau fühlt sich gewissermaßen schuldig. Sie hat die arme Miss Vinrace gedrängt, an unserem Ausflug teilzunehmen. Ich bin sicher, Sie sind mit mir der Meinung, daß das höchst unsinnig ist, dieses Gefühl zu haben. Wir wissen ja nicht einmal – und ich halte das im Grunde für äußerst unwahrscheinlich –, ob sie sich die Krankheit dort geholt hat. Krankheiten dieser Art – Außerdem war sie entschlossen mitzukommen. Sie wäre sowieso mitgekommen, auch wenn du sie nicht dazu aufgefordert hättest, Alice.«

»Hör auf, Wilfrid«, sagte Mrs Flushing, die sich weder rührte, noch den Blick von der Stelle am Boden hob, auf die er gerichtet war. »Was hat das für einen Sinn, darüber zu reden? Was hat das für einen Sinn –?« Sie sprach nicht weiter.

»Ich wollte Sie fragen«, sagte Mrs Thornbury und hielt sich an Wilfrid, denn es war zwecklos, sich an seine Gattin zu wenden, »ob Sie meinen, daß man irgend etwas tun könnte? Ist der Vater denn schon eingetroffen? Ob man einen Besuch machen könnte?«

Was sie sich in diesem Augenblick mehr als alles andere wünschte, war, etwas für die unglücklichen Menschen tun zu können – sie zu besuchen – ihnen Mut zuzusprechen – ihnen zu helfen. Es war schrecklich, daß man so weit von ihnen entfernt war. Mr Flushing schüttelte jedoch den Kopf; er war nicht der Meinung, daß man jetzt – später würde man vielleicht helfen können. Mrs Flushing erhob sich hier steif, wandte ihnen den Rücken zu und ging auf das Ankleidezimmer zu. Während sie das Zimmer durchquerte, konnte man sehen, daß ihre Brust sich langsam hob und senkte. Ihr Kummer war jedoch lautlos. Sie schloß die Tür hinter sich.

Als sie allein war, ballte sie die Fäuste und fing an, gegen den Rücken einer Stuhllehne zu trommeln. Sie war wie ein verwundetes Tier. Sie haßte den Tod; sie war wütend auf ihn, sie empörte sich über ihn, sie lehnte sich gegen ihn auf, als wäre er ein Lebewesen. Sie weigerte sich, ihre Freunde dem Tod zu überlassen. Sie wollte sich dem Dunkel und der Leere nicht beugen. Sie begann mit geballten Fäusten auf und ab zu gehen und machte keinen Versuch, die raschen Tränen aufzuhalten, die ihr aus den Augen stürzten. Schließlich setzte sie sich zwar hin, ergab sich jedoch nicht. Sie wirkte störrisch und stark, als sie zu weinen aufgehört hatte.

Im Nebenzimmer sprach Wilfrid nun, da seine Gattin nicht mehr dabeisaß, mit größerer Offenheit mit Mrs Thornbury.

»Das ist das Schlimmste an Gegenden wie dieser hier«, sagte er. »Die Menschen benehmen sich so, als wären sie in England, und das sind sie nicht. Ich habe keinen Zweifel daran, daß Miss Vinrace sich die Infektion oben in der Villa selbst geholt hat. Sie war wahrscheinlich ein dutzendmal am Tag unvorsichtig genug, um sich die Krankheit zu holen. Es ist lachhaft zu behaupten, sie hätte sie bei uns bekommen.«

Wenn sie ihm nicht aufrichtig leid getan hätten, wäre er ärgerlich geworden. »Pepper hat mir erzählt«, fuhr er fort, »er sei von dort weggegangen, weil er sie so nachlässig fand. Er sagt, sie hätten nie das Gemüse gewaschen, wie es sich gehört. Arme Menschen! Sie haben einen furchtbaren Preis dafür zahlen müssen. Doch es ist genau das, was ich wieder und wieder erlebt habe – die Leute vergessen anscheinend völlig, daß solche Dinge passieren können, und dann passieren sie, und sie sind überrascht.«

Mrs Thornbury stimmte ihm darin zu, daß sie sehr nachlässig gewesen waren und daß es nicht die geringte Veranlassung gab zu glauben, daß sie sich das Fieber auf dem Ausflug geholt habe; sie sprachen noch ein Weilchen über andere Dinge, und dann verabschiedete sie sich von ihm und ging traurig den Flur hinab zu ihrem eigenen Zimmer. Es mußte einen Grund dafür geben, weshalb derartige Dinge passierten, dachte sie, als sie die Tür zumachte. Nur daß man nicht auf Anhieb zu begreifen vermochte, welcher Grund das war. Es schien so seltsam – so unglaublich. Lieber Gott, vor nur drei Wochen – vor nur vierzehn Tagen hatte sie Rachel noch gesehen; wenn sie die Augen schloß, konnte sie sie beinah jetzt noch sehen, das stille, scheue Mädchen, das bald heiraten sollte. Sie dachte an all das, was sie selbst verpaßt hätte, wenn sie in Rachels Alter gestorben wäre – die Kinder, ihr Leben als verheiratete Frau, die unvorstellbaren Höhen und Tiefen, die sie, so kam es ihr rückblickend vor, Tag für Tag, Jahr für Jahr durchlebt hatte. Das Gefühl der Betäubtheit, das ihr das Denken zunächst erschwert hatte, wich allmählich der entgegengesetzten Empfindung; sie dachte sehr schnell und sehr klar, als sie ihre sämtlichen Erfahrungen Revue passieren ließ, und versuchte, eine gewisse Ordnung hineinzubringen. Es gab zwar unbestreitbar viel Leiden, viel Kampf, doch alles in allem hielt das Glück dem gewiß die Waage – gewiß behielt die Ordnung die Oberhand. Und der Tod eines jungen Menschen war eigentlich auch nicht das Schlimmste im Leben – es blieb ihnen soviel erspart; sie bewahrten sich soviel. Die Toten – sie versuchte, sich an diejenigen zu erinnern, die jung, an Unfällen, gestorben waren – waren schön; sie träumte oft von den Toten. Und mit der Zeit würde Terence selbst das Gefühl haben – Sie stand auf und begann, ruhelos im Zimmer umherzuwandern.

Für eine alte Frau ihres Alters war sie sehr unruhig, und für eine Frau von ihrem klaren, raschen Verstand war sie ungewöhnlich ratlos. Sie hatte nicht die nötige Ruhe, um sich mit irgend etwas zu beschäftigen, und so war sie erleichtert, als die Tür aufging. Sie ging ihrem Gatten entgegen, umarmte ihn und küßte ihn mit ungewöhnlicher Innigkeit, und als sie dann beisammensaßen, begann sie, ihn zu tätscheln und ihm Fragen zu stellen, als wäre er ein Baby, ein altes, müdes, verdrießliches Baby. Sie erzählte ihm nichts von Miss Vinraces Tod, denn das hätte ihn doch nur beunruhigt, und er war ohnehin bereits verstimmt. Sie versuchte herauszufinden, was ihm auf der Seele lag. Wieder die Politik? Was stellten diese gräßlichen Menschen denn nun wieder an? Sie verbrachte den ganzen Vormittag damit, mit ihrem Gatten über Politik zu diskutieren, und ließ sich nach und nach völlig von dem gefangennehmen, was sie erörterten. Nur kam ihr hin und wieder das, was sie sagte, seltsam bedeutungsleer vor.

Beim Mittagessen fiel etlichen Leuten auf, daß die Hotelgäste abzureisen begannen; sie wurden mit jedem Tag weniger. Beim Mittagessen waren sie nur etwa vierzig statt, wie bislang, sechzig. So schätzte die alte Mrs Paley, während ihre verblaßten Augen sich umschauten und sie ihren Platz an dem für sie reservierten Fenstertisch einnahm. Zu ihrer Tischgesellschaft gehörte im allgemeinen neben Arthur und Susan auch Mr Perrott, und heute aß auch Evelyn mit ihnen.

Sie war ungewöhnlich still. Nachdem die anderen ihre geröteten Augen bemerkt und die Ursache erraten hatten, gaben sie sich alle Mühe, das kunstvolle Gespräch ohne sie in Gang zu halten. Auf die Ellbogen gestützt, saß sie, ließ ihre Suppe unberührt und hörte sich das ein paar Minuten lang mit an, und dann rief sie auf einmal: »Ich weiß nicht, wie Sie das empfinden, doch ich kann einfach an nichts anderes denken!«

Die Herren murmelten verständnisvoll und setzten ernsthafte Mienen auf.

Susan antwortete: »Ja – ist das nicht einfach schrecklich? Wenn man bedenkt, was für ein nettes Mädchen sie war – gerade frisch verlobt, und dies hätte ja auch nie passieren müssen – das ist einfach allzu tragisch.« Sie blickte Arthur an, als könnte der ihr mit etwas Passenderem beispringen.

»Schwer zu verkraften«, sagte Arthur knapp. »Doch es war auch eine große Dummheit – dieser Ausflug den Fluß hinauf.« Er schüttelte den Kopf. »Das hätten sie eigentlich wissen müssen. Man kann nicht erwarten, daß Engländerinnen solche erschwerten Bedingungen aushalten wie die Eingeborenen, die akklimatisiert sind. Ich hätte sie beinahe noch gewarnt, damals beim Tee, als darüber gesprochen wurde. Es hat jedoch keinen Sinn, solche Dinge zu sagen – das macht die Leute bloß störrisch – es führt nie zu irgend etwas.«

An dieser Stelle schaltete die alte Mrs Paley, die bislang vollauf mit ihrer Suppe beschäftigt gewesen war, sich ein und sagte, indem sie die Hand ans Ohr legte, sie wüßte gern, wovon gesprochen wurde.

»Du hast doch gehört, Tante Emma, daß die arme Miss Vinrace am Fieber gestorben ist«, klärte Susan sie in sanftem Ton auf. Sie konnte vom Tod ja nicht laut oder auch nur in ihrer üblichen Lautstärke sprechen, so daß Mrs Paley kein Wort verstand. Arthur kam ihr zu Hilfe.

»Miss Vinrace ist tot«, sagte er laut und deutlich.

Mrs Paley neigte lediglich den Kopf ein wenig in seine Richtung und fragte: »Häh?«

»Miss Vinrace ist tot«, wiederholte er. Nur indem er sämtliche Muskeln um den Mund anspannte, schaffte er es, nicht laut herauszulachen und sich zu zwingen, zum drittenmal zu sagen: »Miss Vinrace ... Sie ist tot.«

Einmal abgesehen von der Schwierigkeit, jedes Wort genau zu verstehen, brauchte Mrs Paley einige Zeit, um Tatsachen, die außerhalb ihrer alltäglichen Erfahrungen lagen, in ihr Bewußtsein aufzunehmen. Eine Last schien ihr aufs Hirn zu drücken, die es am Funktionieren hinderte oder es doch darin beeinträchtigte. Wenigstens eine Minute lang saß sie mit verständnislosem Blick, bis ihr klargeworden war, was Arthur sagen wollte.

»Tot?« sagte sie unbestimmt. »Miss Vinrace tot? Meine Güte ...

das ist ja sehr traurig. Ich komme im Augenblick nur nicht darauf, wer das war. Wir haben hier anscheinend so viele Bekanntschaften geschlossen.« Sie sah Susan hilfesuchend an. »Ein großes dunkelhaariges Mädchen, beinah hübsch, mit kräftigem Teint?«

»Nein«, schaltete Susan sich ein. »Sie war –« Dann erkannte sie, daß es hoffnungslos war. Es hatte keinen Sinn, Mrs Paley zu erklären, daß sie an die falsche Person dachte.

»Sie hätte nicht sterben dürfen«, fuhr Mrs Paley fort. »Sie sah so kräftig aus. Doch die Leute wollen unbedingt das Wasser hier trinken. Ich begreife einfach nicht, warum. Es kann doch nicht so schwierig sein, sich eine Flasche Selterswasser ins Zimmer stellen zu lassen. Das ist die einzige Vorsichtsmaßnahme, die ich je ergriffen habe, und ich kann wohl sagen, daß ich überall auf der Welt gewesen bin – in Italien wohl ein dutzendmal ... Junge Leute meinen jedoch immer, alles besser zu wissen, und dann werden sie dafür bestraft. Armes Ding – es tut mir wirklich leid für sie.« Doch dann nahm die Mühe, die es ihr bereitete, in eine Schüssel mit Kartoffeln zu äugen und sich zu bedienen, ihre ganze Aufmerksamkeit in Anspruch.

Arthur und Susan hofften insgeheim, daß das Thema damit erledigt wäre, denn irgend etwas an dieser Erörterung war ihnen unangenehm. Evelyn war jedoch nicht bereit, es fallenzulassen. Warum wollten die Menschen bloß nie über die Dinge sprechen, auf die es ankam?

»Ich habe nicht das Gefühl, daß Sie das Ganze auch nur im geringsten berührt!« fuhr sie Mr Perrott wild an, der die ganze Zeit stumm geblieben war.

»Mich? Oh doch, das tut es«, antwortete er verlegen, doch offensichtlich aufrichtig. Evelyns Fragen bereiteten auch ihm Unbehagen.

»Es wirkt wie ein unfaßbarer Schlag«, fuhr Evelyn fort. »Der Tod, meine ich. Weshalb soll denn gerade sie tot sein und nicht Sie oder ich? Vor nur vierzehn Tagen war sie hier mit uns anderen zusammen. Was glauben Sie denn?« fragte sie Mr Perrott. »Glauben Sie, daß es weitergeht, daß sie noch irgendwo ist – oder glauben Sie, daß das Ganze einfach nur ein Spiel ist – daß wir zu Nichts zergehen, wenn wir sterben? Ich bin davon überzeugt, daß Rachel nicht tot ist.«

Mr Perrott hätte so ziemlich alles gesagt, was Evelyn von ihm hören wollte, doch zu versichern, er glaube an eine unsterbliche Seele, das war zuviel von ihm verlangt. Er saß und schwieg, das Gesicht noch faltiger als gewöhnlich, und zerkrümelte sein Brot.

Damit Evelyn nicht als nächstes ihn fragte, was er denn glaube, schnitt Arthur nach einem Schweigen, das gleichbedeutend mit einem Punkt war, ein gänzlich anderes Thema an.

»Einmal angenommen«, sagte er, »ein Mann schriebe Ihnen und bitte Sie, mit der Begründung, er habe Ihren Großvater gekannt, um fünf Pfund – was würden Sie dann tun? Es geht dabei um folgendes. Mein Großvater –«

»Hat einen Ofen erfunden«, sagte Evelyn. »Das weiß ich bereits. Wir hatten so einen im Gewächshaus, um die Pflanzen warmzuhalten.«

»Wußte gar nicht, daß ich so berühmt bin«, sagte Arthur. »Na schön«, fuhr er fort, entschlossen, seine Geschichte um jeden Preis endlos auszuspinnen, »der alte Knabe, der zu seiner Zeit so ziemlich der beste Erfinder war und obendrein ein tüchtiger Anwalt, starb, wie das so geht, ohne ein Testament zu hinterlassen. Nun hat Fielding, sein Anwaltsgehilfe, mit wieviel Berechtigung, weiß ich nicht, immer schon behauptet, mein Großvater habe etwas für ihn tun wollen. Der arme alte Kerl hat sich dadurch, daß er sich selbst in Erfindungen versucht hat, an den Bettelstab gebracht und lebt jetzt in Penge über einem Tabakladen. Ich habe ihn dort einmal besucht. Die Frage ist – muß ich berappen oder nicht? Wie steht's denn mit dem abstrakten Rechtsgrundsatz, Perrott? Bedenk dabei, mein Großvater hat mir nichts vermacht, und ich habe keine Möglichkeit herauszufinden, ob die Geschichte stimmt oder nicht.«

»Mit dem abstrakten Rechtsgrundsatz kenne ich mich zwar nicht aus«, sagte Susan und lächelte den anderen wohlgefällig zu, »doch eins weiß ich mit Sicherheit – er wird seine fünf Pfund bekommen!«

Da Mr Perrott als nächstes seinen Standpunkt kundtat und Evelyn ihm daraufhin vorwarf, er sei viel zu engstirnig, wie alle Anwälte, insofern er sich an den Buchstaben und nicht an den Geist des Gesetzes halte, während Mrs Paley zwischen den verschiedenen Gängen Aufklärung darüber verlangte, wovon sie denn gerade sprächen, ging das Mittagessen ohne Gesprächslücken vorüber, und Arthur beglückwünschte sich selbst zu dem Takt, mit der er die Unterhaltung in harmlose Bahnen gelenkt hatte.

Als sie den Raum verließen, traf Mrs Paleys Rollstuhl auf die Elliots, die gerade durch die Tür kamen, als sie hinauswollte. Da sie auf diese Weise für einen Augenblick zum Stehenbleiben gezwungen waren, beglückwünschten Arthur und Susan Hughling Elliot zu seiner Genesung – er war, wenn auch noch furchtbar abgezehrt, zum erstenmal wieder unten –, und Mr Perrott nutzte die Gelegenheit, um Evelyn einen Augenblick allein zu sprechen.

»Besteht denn die Chance, daß ich Sie heute nachmittag sehen kann – so etwa um halb vier? Sie finden mich im Garten am Springbrunnen.«

Die Gruppe setzte sich wieder in Bewegung, ehe Evelyn geantwortet hatte. Als sie sich in der Halle von den anderen trennten, blickte sie ihn jedoch strahlend an und sagte: »Halb vier sagten Sie? Das paßt mir gut.«

In gehobener Stimmung rannte sie die Treppe hinauf; ihre Lebensgeister regten sich, und die Erregung ergriff sie, in die die Aussicht auf eine emotionale Szene sie stets versetzte. Sie hatte keinen Zweifel daran, daß Mr Perrott erneut um ihre Hand anhalten würde, und sie war sich auch darüber im klaren, daß sie diesmal ihre endgültige Antwort würde parat haben müssen, denn in drei Tagen würde sie abfahren. Sie vermochte sich jedoch nicht recht auf diese Frage zu konzentrieren. Es fiel ihr sehr schwer, zu einer Entscheidung zu gelangen, weil sie eine natürliche Abneigung gegen alles Endgültige, unwiderruflich Erledigte hatte; sie hatte es lieber, wenn alles weiterging – immer weiter und weiter. Sie reiste ab, und so beschäftigte sie sich damit, ihre Kleider nebeneinander auf dem Bett auszulegen. Sie stellte dabei fest, daß einige sehr schäbig waren. Sie nahm die Fotografie von ihrem Vater und ihrer Mutter und hielt sie einen Augenblick in der Hand, ehe sie sie in ihren Überseekoffer legte. Rachel hatte sie angeschaut. Auf einmal überkam sie das eindrückliche Gefühl der Anwesenheit eines anderen Menschen, das die Dinge, die er besessen oder mit denen er Umgang gehabt hat, zuweilen auszulösen vermögen; sie spürte Rachels Gegenwart in ihrem Zimmer; es war, als wäre sie auf einem Schiff auf See, und das Leben um sie herum wäre so unwirklich wie das Land in der Ferne. Doch nach und nach schwand dies Empfinden der Gegenwart Rachels, und sie konnte sie sich nicht mehr vergegenwärtigen, denn sie hatte sie ja kaum gekannt. Doch bewirkte diese vorübergehende Empfindung, daß sie sich mutlos und erschöpft fühlte. Was hatte sie aus ihrem Leben gemacht? Was würde die Zukunft ihr bringen? Was war Schein und was Wirklichkeit? Waren diese Heiratsanträge und Vertraulichkeiten und Abenteuer wirklich, oder war die Zufriedenheit, die sie in Susans und Rachels Gesichtern entdeckt hatte, wirklicher als alles, was sie je empfunden hatte?

Geistesabwesend machte sie sich fertig, um hinunterzugehen, doch ihre Finger waren darin so geübt, daß sie sich dieser Aufgabe nahezu ohne ihr Zutun entledigten. Als sie dann tatsächlich auf dem Weg nach unten war, begann das Blut in ihren Adern ebenfalls ohne ihr Zutun schneller zu zirkulieren, denn sie war sehr trübsinnig.

Mr Perrott erwartete sie. Ja, er war nach dem Mittagessen geradenwegs in den Garten hinausgegangen und dort mehr als eine halbe Stunde im Zustand höchster Anspannung den Weg auf und ab geschritten.

»Ich habe mich wieder einmal verspätet!« rief sie, als sie ihn erblickte. »Doch Sie müssen mir verzeihen; ich mußte packen... Herrje! Das sieht aber sehr nach einem Unwetter aus. Und da liegt doch ein neuer Dampfer in der Bucht, oder?«

Sie blickte auf die Bucht, wo ein Dampfer gerade Anker warf, während der Rauch noch über ihm hing und ein rasches schwarzes Zittern durch die Wellen lief. »Man hat ganz vergessen, wie Regen eigentlich aussieht«, setzte sie hinzu.

Mr Perrott hatte jedoch weder Sinn für den Dampfer noch für das Wetter.

»Miss Murgatroyd«, begann er mit der ihm eigenen Förmlichkeit, »ich habe Sie, fürchte ich, aus einem sehr selbstsüchtigen Motiv hierhergebeten. Ich glaube nicht, daß ich Sie noch einmal meiner Gefühle für Sie versichern muß; da Sie jedoch bald abreisen, hatte ich das Gefühl, Sie nicht einfach gehen lassen zu können, ohne Sie zu bitten, mir doch zu sagen – habe ich irgendwelchen Anlaß zu der Hoffnung, daß ich Ihnen jemals etwas bedeuten werde?«

Er war sehr blaß und schien außerstande, noch ein weiteres Wort zu sagen.

Die kleine Aufwallung von Vitalität, die Evelyn ergriffen hatte, als sie die Treppe hinuntergelaufen war, war verebbt, und sie fühlte sich kraftlos. Sie hatte nichts zu sagen; sie empfand nichts. Jetzt, wo er sie auf seine altmodische, sanfte Art tatsächlich darum bat, ihn zu heiraten, empfand sie weniger für ihn, als sie je für ihn empfunden hatte.

»Setzen wir uns doch und unterhalten wir uns darüber«, sagte sie ziemlich ratlos.

Mr Perrott folgte ihr zu einer geschwungenen grünen Bank unter einem Baum. Sie blickten auf den Springbrunnen vor ihnen, der schon vor langer Zeit zu plätschern aufgehört hatte. Evelyn blickte immer nur den Brunnen an, statt darüber nachzudenken, was sie sagen wollte; der Springbrunnen ohne Wasser schien ihr für ihr eigenes Wesen zu stehen.

»Natürlich bedeuten Sie mir etwas«, fing sie an und stieß die Worte hastig hervor; »ich wäre ja ein Scheusal, wenn es nicht so wäre. Ich finde, Sie sind ganz bestimmt einer der nettesten Menschen, denen ich je begegnet bin, und obendrein einer der feinsten. Doch ich wäre froh . . . Ich wäre froh, wenn ich Ihnen nicht auf diese Weise etwas bedeutete. Sind Sie sich denn sicher, daß das so ist?« In diesem Augenblick wünschte sie aufrichtig, daß er das verneinen würde.

»Völlig sicher«, sagte Mr Perrott.

»Ich bin nämlich nicht so schlicht in meinen Ansprüchen wie die meisten Frauen«, fuhr Evelyn fort. »Ich glaube, ich will mehr. Ich weiß nicht genau, was ich empfinde.«

Er saß neben ihr, beobachtete sie und enthielt sich jeglicher Äußerung.

»Ich denke manchmal, ich bin nicht dazu geschaffen, daß mir nur ein einziger Mensch sehr viel bedeutet. Eine andere könnte Ihnen eine bessere Frau sein. Ich kann mir vorstellen, daß Sie mit einer anderen sehr glücklich werden könnten.«

»Wenn Sie nur die geringste Chance sehen, daß ich Ihnen eines Tages etwas bedeuten könnte, dann bescheide ich mich gern damit zu warten«, sagte Mr Perrott.

»Nun – wir haben doch keine Eile, nicht wahr?« sagte Evelyn. »Sagen wir einmal, ich könnte doch über alles nachdenken und Ihnen schreiben und meine Antwort mitteilen, wenn ich zurückkomme. Ich fahre nach Moskau; ich werde Ihnen von Moskau aus schreiben.«

Mr Perrott blieb jedoch hartnäckig.

»Sie können mir also gar nichts sagen, an das ich mich halten kann? Ich verlange nicht, daß Sie sich zeitlich festlegen ... das wäre ja höchst unsinnig.« Er verstummte und blickte auf den Kiesweg nieder.

Da sie nicht gleich antwortete, fuhr er fort.

»Ich weiß sehr wohl, daß ich nicht – daß ich Ihnen, weder was meine Person noch was meine Lebensumstände betrifft, sehr viel zu bieten habe. Und ich darf auch nicht vergessen, daß es für Sie nicht dasselbe Wunder sein kann, das es an mir bewirkt hat. Bis ich Sie kennengelernt habe, habe ich mein Leben auf meine ruhige Weise geführt – wir sind beide sehr ruhige Menschen, meine Schwester und ich – und war ganz zufrieden mit meinem Los. Meine Freundschaft mit Arthur war für mich das Wichtigste im Leben. Jetzt, da ich Sie kenne, hat sich das alles geändert. Sie scheinen alles mit soviel Leben zu erfüllen. Das Leben scheint so viele Möglichkeiten bereitzuhalten, die ich mir nie habe träumen lassen.«

»Das ist doch großartig!« rief Evelyn und ergriff seine Hand. »Jetzt fahren Sie zurück und fangen alles Mögliche an und machen sich einen Namen in der Welt; und wir werden weiter Freunde bleiben, was auch geschieht ... Wir werden doch enge Freunde bleiben, hm?«

»Evelyn!« stöhnte er plötzlich, umarmte und küßte sie. Sie nahm es ihm nicht übel, wenn es ihr auch wenig Eindruck machte.

Als sie wieder aufrecht saß, sagte sie: »Ich sehe einfach nicht ein, weshalb man nicht befreundet bleiben kann – obwohl manche es sind. Und Freundschaften sind doch ganz etwas anderes, habe ich nicht recht? Sie gehören doch zu den Dingen, auf die es im Leben ankommt?«

Er schaute sie verstört an, als begreife er nicht recht, was sie da sagte. Es kostete ihn beträchtliche Mühe, doch er gab sich einen

Ruck, stand auf und sagte: »Nun habe ich Ihnen, glaube ich, gesagt, was ich empfinde, und ich will nur noch hinzusetzen, daß ich warten kann, solange Sie immer wünschen.«

Allein gelassen, ging Evelyn den Weg auf und ab. Was war schon wichtig? Was hatte das alles zu bedeuten?

27. Kapitel

Den ganzen Abend lang zogen sich Wolken zusammen, bis sie sich völlig vor dem blauen Himmel geschlossen hatten. Sie schienen den Abstand zwischen Himmel und Erde zu verringern, so daß der Luft kein Platz mehr blieb, um sich ungehindert zu bewegen; und auch die Wellen lagen flach und dabei starr, als wären sie in ihrer Bewegungsfreiheit eingeschränkt. Die Blätter an den Büschen und Bäumen im Garten hingen dicht beieinander, und das Gefühl des Drucks und der Einschränkung steigerte sich noch durch die kurzen Zirplaute, die von Vögeln und Insekten kamen.

So seltsam muteten die Lichter und die Stille an, daß das geschäftige Stimmengesumme, das zu den Mahlzeiten gewöhnlich den Speisesaal erfüllte, deutliche Lücken aufwies, und während dieser Augenblicke des Verstummens war das Geklapper von Messern auf Tellern zu hören. Das erste Donnergrollen und der erste schwere Tropfen, der ans Fenster schlug, lösten eine leichte Unruhe aus.

»Es geht los!« hieß es gleichzeitig in vielen verschiedenen Sprachen.

Dann trat tiefe Stille ein, als hätte der Donner sich in sich selbst zurückgezogen. Die Leute hatten gerade wieder zu essen begonnen, als ein Schwall kalter Luft durch die geöffneten Fenster hereindrang, der Tischtücher und Röcke anhob, ein Licht zuckte auf und wurde unmittelbar gefolgt von einem Donnerschlag direkt über dem Hotel. Peitschender Regen begleitete ihn, und sofort waren all die Geräusche von Fenstern, die geschlossen wurden, und knallend zuschlagenden Türen zu hören, die ein Unwetter begleiten.

Der Raum wurde schlagartig um einiges dunkler, denn der Wind schien Wogen der Dunkelheit über die Erde zu treiben. Eine Weile versuchte niemand weiterzuessen, sondern alles saß und blickte, die Gabel halb erhoben, in den Garten hinaus. Die Blitze kamen jetzt gehäuft und beleuchteten die Gesichter, als würden sie gerade fotografiert, und überraschten sie bei einem angespannten, unnatürlichen

Mienenspiel. Der Donnerschlag über ihnen folgte dichtauf und heftig. Mehrere Frauen hoben sich halb von ihren Stühlen und setzten sich dann zwar wieder hin, doch das Abendessen wurde unter unbehaglichen Blicken, die auf den Garten gerichtet waren, beendet. Die Büsche draußen waren zerzaust und weiß beleuchtet, und der Wind drückte auf sie, so daß sie sich zum Boden niederzubeugen schienen. Die Kellner mußten die Aufmerksamkeit der Essenden geradezu gewaltsam auf die jeweiligen Gerichte lenken; und die Essenden mußten die Kellner ausdrücklich auf sich aufmerksam machen, denn alle waren in den Anblick des Unwetters versunken. Als der Donner keine Anstalten machte, sich zu entfernen, sondern sich unmittelbar über dem Hotel zusammenzuballen schien, während der Blitz jedesmal direkt auf den Garten zielte, löste Beklommenheit die anfängliche freudige Erregung ab.

Das Abendessen wurde rasch beendet, und dann scharten die Leute sich in der Hotelhalle zusammen, wo sie sich sicherer fühlten als an jedem anderen Ort, weil sie sich weit von den Fenstern zurückziehen konnten und den Donner zwar hörten, jedoch nichts sahen. Ein kleiner Junge wurde schluchzend in den Armen seiner Mutter weggetragen.

Solange das Unwetter andauerte, schien niemand geneigt, sich hinzusetzen, sondern alle versammelten sich in Grüppchen unter dem Oberlicht in der Mitte der Halle, wo sie in einem gelben Lichtkreis standen und zur Decke emporblickten. Ab und zu wurden ihre Gesichter weiß, wenn der Blitz zuckte, und schließlich gab es einen gewaltigen Knall, der die Scheiben des Oberlichts in den Fugen erklirren ließ.

»Ah!« riefen mehrere Stimmen gleichzeitig aus.

»Es hat eingeschlagen!« sagte eine Männerstimme.

Der Regen stürzte herab. Er schien jetzt das Blitzen und Donnern auszulöschen, und die Hotelhalle verfinsterte sich nahezu.

Eine Weile war nichts anderes zu hören als das Prasseln von Wasser auf Glas, und dann ließ das Geräusch merklich nach, und es hellte sich auf.

»Es ist vorbei«, sagte eine andere Stimme.

Schlagartig gingen sämtliche elektrischen Lichter wieder an, und man sah eine Schar von Menschen, die alle standen und alle mit recht angespannten Gesichtern zum Oberlicht hinaufsahen, die sich jedoch, als sie einander in dem künstlichen Licht erblickten, sofort abwandten und auseinandergingen. Eine Weile prasselte der Regen noch auf das Oberlicht nieder, und der Donner ließ sich noch das eine oder andere Mal vernehmen; das Hellerwerden sowie das leichte Getrommel des Regens auf dem Dach verrieten jedoch, daß der gewaltige aufgestörte Ozean der Luft von ihnen fortwanderte und hoch über ihren Köpfen mit seinen Wolken und seinen Feuerruten hinwegzog, aufs Meer hinaus. Das Hotelgebäude, das im Aufruhr des Unwetters so klein gewirkt hatte, wurde wieder so massiv und geräumig wie zuvor.

Während das Unwetter abzog, nahmen die Menschen in der Hotelhalle Platz; und angenehm erleichtert, begannen sie, einander Geschichten über gewaltige Unwetter zu erzählen, und viele wandten sich ihren abendlichen Beschäftigungen zu. Das Schachbrett wurde hervorgeholt, und Mr Elliot, der zum Zeichen der gerade erst überstandenen Krankheit eine Halsbinde statt eines Kragens trug, ansonsten aber so ziemlich der alte war, forderte Mr Pepper zu einem abschließenden Kampf heraus. Um sie herum versammelte sich eine Gruppe von Damen mit ihren Handarbeiten oder, in Ermangelung solcher, ihren Romanen, um das Spiel zu überwachen, geradeso als beaufsichtigten sie zwei kleine Jungen beim Murmelspiel. Hin und wieder warfen sie einen Blick auf das Schachbrett und richteten ermunternde Bemerkungen an die Herren.

Mrs Paley, die gleich um die Ecke saß, hatte ihre Karten in langen Leitern vor sich aufgelegt, und Susan saß in ihrer Nähe, um gegebenenfalls Anteil zu nehmen, nicht aber helfend einzuschreiten, und die Kaufleute und das bunte Gemisch der anderen, die niemals genügend aus der Anonymität herausgetreten waren, um Namen zu haben, hatten sich mit der Zeitung auf den Knien in ihren Sesseln zurückgelehnt. Die Gespräche verliefen unter diesen Umständen sehr leise, bruchstückhaft und stockend, doch der Raum war von der unbeschreiblichen Quirligkeit des Lebens erfüllt. Hin und wieder schwirrte der Nachtfalter, der jetzt graue Flügel und eine schimmernde Brust hatte, über ihre Köpfe hinweg und prallte dumpf gegen die Lampen.

Eine junge Frau ließ ihre Handarbeit sinken und rief: »Armes Tier! Es wäre barmherziger, es zu töten.« Doch niemand schien dazu aufgelegt, aufzustehen und den Nachtfalter zu töten. Sie beobachteten, wie er von Lampe zu Lampe schoß, weil sie sich wohlfühlten und nichts zu tun hatten.

Auf dem Sofa neben den Schachspielern brachte Mrs Elliot Mrs Thornbury gerade ein neues Strickmuster bei, so daß sie die Köpfe zusammengesteckt hatten und nur an der altmodischen Spitzenhaube zu unterscheiden waren, die Mrs Thornbury am Abend trug. Mrs Elliot war Strickexpertin und wies ein diesbezügliches Kompliment mit sichtlichem Stolz zurück.

»Wir sind vermutlich alle stolz auf irgend etwas«, sagte sie, »und ich bin eben stolz auf meine Strickkünste. Ich glaube, solche Dinge liegen in der Familie. Wir stricken alle gut. Ich hatte einen Onkel, der sich bis zu seinem Ende selbst die Socken gestrickt hat – und er konnte das besser als irgendeine seiner Töchter, der arme alte Herr. Was mich bloß wundert, Miss Allan, ist, daß Sie, die Sie ihre Augen doch soviel benutzen, sich abends nicht aufs Stricken verlegen. Sie würden sehen, wie wohltuend das ist – was für eine Erholung für die Augen – und die Wohltätigkeitsbasare sind so dankbar für alles.« Ihre Stimme verfiel in den glatten Fluß der geübten Strickerin, die sich ihrer Worte nur halb bewußt ist; ein Wort reihte sich sanft ans andere. »Soviel, wie ich mache, habe ich immer etwas übrig, was sehr tröstlich ist, denn so habe ich das Gefühl, meine Zeit nicht zu vergeuden –«

Miss Allan klappte, auf diese Weise angesprochen, ihren Roman zu und beobachtete die anderen friedlich eine Weile. Schließlich sagte sie: »Es ist nicht eben eine Selbstverständlichkeit, daß man seine Frau verläßt, weil sie verliebt in einen ist. Doch genau das tut – jedenfalls, wenn ich richtig verstehe – der Herr in meiner Geschichte.«

»Tzt-tzt, das hört sich nicht gut an – nein, das hört sich ganz und gar nicht selbstverständlich an«, murmelten die Strickerinnen in ihrem geistesabwesenden Ton.

»Immerhin handelt es sich dabei um die Art von Buch, das die Leute als sehr gescheit bezeichnen«, setzte Miss Allan hinzu.

»Vermutlich *Maternity* – von Michael Jessop«, warf Mr Elliot ein, denn er konnte der Versuchung niemals widerstehen zu reden, während er Schach spielte.

»Wissen Sie«, sagte Mrs Elliot nach einem Weilchen, »ich glaube nicht, daß heute wirklich gute Romane geschrieben werden – jedenfalls keine so guten wie früher.«

Niemand machte sich die Mühe, ihr darin beizupflichten oder anderer Meinung zu sein. Arthur Venning, der umherschlenderte, manchmal das Spiel verfolgte, dann wieder eine Seite in einer Illustrierten las, schaute Miss Allan an, die halb eingeschlafen war, und sagte scherzhaft: »Einen Zehner für Ihre Gedanken, Miss Allan.«

Die anderen blickten auf. Sie waren froh, daß er nicht sie angesprochen hatte. Miss Allan erwiderte jedoch ohne Zögern: »Ich dachte gerade an meinen imaginären Onkel. Hat nicht jeder so einen imaginären Onkel?« fuhr sie fort; »Ich habe einen – einen äußerst reizenden alten Herrn. Ständig schenkt er mir etwas. Mal ist es eine goldene Uhr; mal eine Kutsche mit einem Gespann; ein andermal ist es ein hübsches kleines Cottage im New Forest; manchmal ist es ein Fahrschein für den Ort, den ich am liebsten sehen möchte.«

Sie bewirkte, daß alle vage an die Dinge dachten, die sie gern haben wollten. Mrs Elliot wußte genau, was sie wollte; sie wollte ein Kind; und die übliche kleine Falte zwischen ihren Brauen vertiefte sich.

»Was sind wir doch für glückliche Menschen«, sagte sie und blickte ihren Gatten an. »Uns fehlt eigentlich nichts.« Wenn sie so etwas behaupten konnte, so teils deshalb, weil sie sich selbst davon überzeugen wollte, teils weil sie andere davon überzeugen wollte. Sie wurde jedoch dadurch daran gehindert, sich zu fragen, wie überzeugend sie geklungen hatte, daß Mr und Mrs Flushing eintraten, die Halle durchquerten und neben dem Schachbrett stehen blieben. Mrs Flushing sah verwegener aus denn je zuvor. Eine prächtige schwarze Haarsträhne ringelte sich über ihrer Stirn, ihre Wangen waren durchglüht von einem satten Blutrot, und Regentropfen hinterließen nasse Spuren darauf.

Mr Flushing erklärte, sie seien auf dem Dach gewesen, um das Unwetter zu beobachten.

»Es war ein herrlicher Anblick«, sagte er. »Die Blitze setzten sich draußen über dem Meer fort und erleuchteten die Wellen und die Schiffe in der Ferne. Sie können sich nicht vorstellen, wie wunderbar auch die Berge aussahen, bei dieser Beleuchtung und mit den gewaltigen Schatten. Jetzt ist es ganz vorüber.«

Er ließ sich in einen Sessel sinken, da ihn die letzten Züge des Schachspiels zu fesseln begannen.

»Und Sie fahren morgen zurück?« sagte Mrs Thornbury an Mrs Flushing gewandt.

»Ja«, erwiderte sie.

»Und es braucht einem ja auch nicht leid zu tun, daß man abreist«, sagte Mrs Elliot und setzte eine sorgenvoll-betrübte Miene auf, »nach soviel Krankheit.«

»Haben Sie Angst vor dem Sterben?« fragte Mrs Flushing verächtlich.

»Davor haben wir doch wohl alle Angst«, sagte Mrs Elliot würdevoll.

»Vermutlich sind wir alle Feiglinge, wenn es darauf ankommt«, sagte Mrs Flushing und rieb ihre Wange an der Rückenlehne ihres Sessels. »Ich bin es ganz gewiß.«

»Ja, aber wieso denn!« sagte Mr Flushing und wandte sich um, da Mr Pepper sich sehr lange auf seinen nächsten Zug besann. »Es ist doch nicht feige, wenn man den Wunsch hat zu leben, Alice. Es ist das ganze Gegenteil von Feigheit. Ich persönlich würde gern noch hundert Jahre weiterleben – vorausgesetzt natürlich, daß ich im Vollbesitz meiner Kräfte bleibe. Denk doch nur an all die Dinge, die noch geschehen werden!«

»So empfinde ich es auch«, stimmte Mrs Thornbury zu. »Die Veränderungen, die Verbesserungen, die Erfindungen – und die Schönheit. Wissen Sie, ich habe manchmal das Gefühl, es nicht ertragen zu können, daß ich sterben muß und die schönen Dinge um mich herum nicht mehr sehen kann.«

»Es wäre allerdings sehr ärgerlich, wenn man sterben müßte, ehe sie herausgefunden haben, ob es auf dem Mars irgendwelches Leben gibt«, setzte Miss Allan hinzu.

»Glauben Sie wirklich, daß es auf dem Mars Lebewesen gibt?« fragte Mrs Flushing und wandte sich ihr zum erstenmal mit regem

Interesse zu. »Woher wissen Sie das denn? Von jemandem, der darüber Bescheid weiß? Kennen Sie einen Mann, er heißt –«

In diesem Augenblick legte Mrs Thornbury ihr Strickzeug weg, und ein Ausdruck äußerster Besorgnis trat in ihre Augen.

»Mr Hirst ist da«, sagte sie ruhig.

St. John war gerade durch die Schwingtüre hereingekommen. Der Wind hatte ihn ziemlich zerzaust, und seine Wangen sahen schrecklich bleich, unrasiert und hohl aus. Nachdem er den Mantel ausgezogen hatte, schickte er sich an, die Halle zu durchqueren und geradewegs in sein Zimmer hinaufzugehen, doch er konnte die Anwesenheit so vieler Menschen, die er kannte, nicht einfach ignorieren, zumal Mrs Thornbury aufstand und mit ausgestreckter Hand auf ihn zukam. Doch der unvermittelte Eindruck des warmen, vom Lampenlicht erleuchteten Raumes und der Anblick so vieler fröhlicher Menschen, die behaglich zusammensaßen, nach dem dunklen Gang durch den Regen und den langen Tagen der seelischen Belastung und des Grauens verschlugen ihm die Sprache. Er blickte Mrs Thornbury an und fand keine Worte.

Alles war verstummt. Mr Peppers Hand verharrte über seinem Springer. Mrs Thornbury schob ihn irgendwie auf einen Sessel zu, setzte sich neben ihn und sagte mit Tränen in den Augen sanft zu ihm: »Sie haben alles für Ihre Freundin getan.«

Ihre Geste löste ihnen allen wieder die Zunge, so als hätten sie nie zu sprechen aufgehört, und Mr Pepper vollendete seinen Zug mit dem Springer.

»Da war nichts zu machen«, sagte St. John. Er sprach sehr langsam. »Es scheint unglaublich –«

Er fuhr sich mit der Hand über die Augen, als hätte sich ein Traum zwischen ihn und die anderen geschoben, der ihn zu sehen hinderte, wo er sich befand.

»Und dieser arme Kerl«, sagte Mrs Thornbury, während ihr wieder die Tränen die Wangen hinabrollten.

»Unglaublich«, wiederholte St. John.

»Hat er denn zu seinem Trost gewußt –?« Mrs Thornbury begann mit äußerster Behutsamkeit.

Doch St. John antwortete nicht. Er lag im Sessel zurückgelehnt und sah die anderen nur halb, hörte nur halb, was sie sagten. Er war schrecklich müde, und das Licht und die Wärme, die Gesten und die leisen mitteilsamen Stimmen taten ihm wohl; sie verschafften ihm ein eigentümliches Gefühl der Ruhe und der Erleichterung. Während er reglos saß, wurde diese Empfindung der Erleichterung zu einem tiefen Glücksgefühl. Ohne im mindesten das Gefühl zu haben, treulos gegen Terence und Rachel zu sein, hörte er auf, an die beiden zu denken. Die Bewegungen und die Stimmen schienen aus verschiedenen Ecken des Raumes zusammenzufließen und vor seinen Augen ein Muster zu bilden; er war zufrieden, still sitzen und das Entstehen des Musters beobachten zu können und anzuschauen, was er kaum sah.

Die Partie war wirklich gut, und Mr Pepper und Mr Elliot verbissen sich immer mehr in ihren Kampf. Mrs Thornbury nahm, da sie erkannt hatte, daß St. John nicht sprechen wollte, ihr Strickzeug wieder zur Hand.

»Es blitzt wieder!« rief Mrs Flushing auf einmal. Ein gelbes Licht zuckte über das blaue Fenster, und für einen Augenblick sahen sie die grünen Bäume draußen. Sie schritt zur Tür, stieß sie auf und trat halb ins Freie hinaus.

Das Licht war jedoch nur der Widerschein des Unwetters, das vorbei war. Der Regen hatte aufgehört, die schweren Wolken waren weggeblasen worden, und die Luft war dünn und rein, obwohl Dampfschwaden rasch vor dem Mond vorbeizogen. Der Himmel war wieder einmal von einem dunklen, feierlichen Blau, und die Silhouette der Erde zeigte sich am Saum der Luft, riesenhaft, dunkel und kompakt, wie sie sich zu dem spitz zulaufenden Gebirgsmassiv erhob, hier und da gesprenkelt von den winzigen Lichtern der Villen an den Hängen. Die bewegte Luft, das Rauschen der Bäume und das zuckende Licht, das die Erde hin und wieder über weite Strecken erleuchtete, erfüllten Mrs Flushing mit einem tiefen Glücksgefühl. Ihre Brüste wogten.

»Herrlich! Herrlich!« murmelte sie vor sich hin. Dann wandte sie sich der Hotelhalle zu und rief mit gebieterischer Stimme: »Komm raus und schau dir das an, Wilfrid; es ist wundervoll!«

Einige regten sich unentschlossen; einige standen auf; einige ließen ihre Wollknäuel fallen und bückten sich, um nach ihnen zu suchen.

»Schlafenszeit – Schlafenszeit«, sagte Miss Allan.

»Es war Ihr Zug mit der Königin, der Ihnen den Rest gegeben hat, Pepper«, rief Mr Elliot triumphierend, während er die Figuren mit der Hand zusammenschob und aufstand. Er hatte die Partie gewonnen.

»Was? Pepper endlich geschlagen? Da kann ich nur gratulieren!« sagte Arthur Venning, der gerade die alte Mrs Paley zur Treppe rollte.

All diese Stimmen klangen St. John wohltuend in den Ohren, als er halb schlafend, dabei jedoch voll wacher Anteilnahme an allem, was um ihn geschah, in seinem Sessel ruhte. Vor seinen Augen zog eine Prozession von schwarzen, verschwommenen Gegenständen vorüber, menschlichen Gestalten, die ihre Bücher, ihre Kartenspiele, ihre Wollknäuel, ihre Handarbeitskörbe nahmen und eine nach der anderen auf dem Weg ins Bett an ihm vorüberzogen.

Anmerkungen

1 Aus den *Lays of Ancient Rome*, einer populären Gedichtsammlung des Historikers Thomas Babington Macaulay (1842):
»Lars Porsena aus Clusium
Schwor bei neun Göttern den Eid,
Daß dem Großen Haus Tarquinium
Nie mehr geschehe ein Leid.«

2 Sehr freie Übersetzung von Wagners *Tristan und Isolde*. Auf Brangänes Fragen im zweiten Auftritt des ersten Aufzugs (»Frägst du nach Tristan, teure Frau...?«) antwortet Isolde »(sie verhöhnend): Der zagend vor dem Streiche / sich flüchtet, wo er kann, / weil eine Braut er als Leiche / für seinen Herrn gewann! / Dünkt es dich dunkel, / mein Gedicht?«

3 Gemeint ist wahrscheinlich die Klaviersonate op. 111. In einem Brief an R. C. Trevelyan vom 30. Januar 1920 bedankt VW sich für dessen Korrekturen zu *Night and Day* und fügt hinzu: »I am altering op. 112 to 111.« Die Korrektur wurde allerdings nie ausgeführt. Es gibt übrigens eine Kantate op. 112 mit dem für den Roman beziehungsreichen Titel ›Meeresstille und glückliche Fahrt‹.

4 Sophokles, *Antigone*, v. 334-7. In Hölderlins Übersetzung:
»Ungeheuer ist viel. Doch nichts
Ungeheurer als der Mensch.
Denn der, über die Nacht
Des Meers, wenn gegen den Winter wehet
Der Südwind, fähret er aus
In geflügelten sausenden Häusern.«

5 Shakespeare, *Tempest (Sturm)*, I, ii, 400: »Fünf Faden tief liegt Vater dein.«

6 Aus Shelleys Elegie auf den Tod von John Keats, *Adonais*, Strophe XL. Die Strophe heißt als ganze:
»He has outsoar'd the shadow of our night;
Envy and calumny, and hate and pain,
And that unrest which men miscall delight,
Can touch him not and torture not again;
From the contagion of our world's slow stain
He is secure, and now can never mourn
A heart grown cold, a head grown grey in vain;

Nor, when the spirit's self has ceased to burn,
With sparkless ashes load an unlamented urn.«

(»Er ist über die Schatten unserer Nacht hinausgeflogen; / Neid und Verleumdung und Haß und Schmerz, / und jene Unrast, die die Menschen fälschlich Entzücken nennen, / Können ihn nicht berühren und nicht länger peinigen; / Vor der Ansteckung durch die langsame Befleckung der Welt / Ist er sicher und kann jetzt nimmer mehr beklagen / Ein alt gewordenes Herz, ein umsonst grau gewordnes Haupt; / Und auch nicht, wenn des Geistes Innerstes zu brennen aufgehört hat, / Mit funkenlosen Aschen eine unbetrauerte Urne füllen.«)

7 Thomas Hardy, letzte Strophe des Gedichts ›He Abjures Love‹ von 1883, aus dem Band *Time's Laughingstocks*, 1909:
»Ich spreche als einer, der / des Lebens trübe Tiefe ausloten kann, / einer der klare und gewisse Ansichten / am Ende aussprechen – oder ergründen – kann. / Doch nach der Liebe, was kommt dann? / Eine Szene, die finster aussieht, / ein paar traurige leere Stunden. / Und dann: der Vorhang.«

8 Mr Bax liest Psalm 56, Verse 1 und 5, und Psalm 58, Verse 6-7. Sie werden nach dem *Book of Common Prayer*, dem Gebetbuch der anglikanischen Kirche, zitiert (Morgengebet für den 11. Tag), dessen Text sich von der authorisierten Bibel-Übersetzung (der sog. King James Bible) unterscheidet. Im Deutschen ist nach Luther zitiert, dessen Zählung um jeweils einen Vers verschoben ist.

9 Walt Whitman, ›Calamus‹, Nr. 3, aus den *Leaves of Grass*:
»Wer immer du bist, der du mich jetzt in deiner Hand hältst, / ohne das Eine wird alles zwecklos sein.« Herausgefunden von Frau cand. phil. Änne Troester.

10 Aus John Milton, *Comus, A Mask* (1637), Verse 824-7:
»Nicht weit von hier lebt eine sanfte Nymphe, / Die mit feuchtem Zügel den ruhigen Severn-Strom lenkt. / Sabrina heißt sie, eine reine Jungfrau; / Sie war weiland die Tochter Locrines, / Der das Szepter von seinem Vater Brutus erhalten hatte.«

11 Milton, *Comus*, Verse 859-66:
»Schöne Sabrina, / Höre, dort wo du sitzt, / Unter der gläsernen, kühlen, durchscheinenden Welle, / In verschlungenen Lilienflechten und / Die losen Strähnen deines ambrafarbenen hängenden Haars flichtst, / Höre um der Ehre willen, / Göttin des Silbersees, / Höre und erlöse!«

12 Aus Charles Kingsley, ›A New Forest Ballad‹:
»Sie rangen auf, sie rangen nieder, / Sie rangen äußerst heftig; / Der höllische Feind, der die Augen der Menschen blendet, / Hatte in jener Nacht seinen Willen. / Wie erschöpfte Hirsche fielen sie am Hang / Nieder, um eine Weile zu rasten«.

13 Aus Miltons Ode ›On the Morning of Christ's Nativity‹ (veröffentlicht 1645), Strophe XXII, Verse 197-200). Bei den Namen handelt es sich um heidnische Gottheiten, die Milton zu den gefallenen Engeln zählt:
»Peor und Baalim / Verlassen ihre schummrigen Tempel, / Mit jenem zweimal zerschmetterten Gott Palästinas, / Und mondgekrönte Ashtaroth«.

Nachbemerkung

Virginia Woolf begann die Arbeit an ihrem ersten Roman vor Mai 1908. Zu diesem Zeitpunkt war sie bereits als Essayistin und Rezensentin in renommierten Zeitschriften hervorgetreten und hatte eine Handvoll Erzählungen geschrieben, die allerdings unveröffentlicht blieben. Virginia Woolf hat den Roman, der zunächst *Melymbrosia* heißen sollte, viele Male umgeschrieben, mindestens siebenmal. Die äußerst verwickelte Entstehungsgeschichte ist auf Grund der Entwürfe und Typoskripte, die Virginia Woolf nur in diesem Falle fast vollständig aufbewahrte, rekonstruiert von Louisa A. DeSalvo, *Virginia Woolf's First Voyage. A Novel in the Making*, London: Macmillan, 1980. Die Jahre der Arbeit am Roman waren vielleicht die ereignisreichsten im Leben der Autorin: sie unternahm verschiedene Seereisen, hatte ein Verhältnis mit ihrem Schwager Clive Bell, erhielt einen Heiratsantrag des Homosexuellen Lytton Strachey, heiratete Leonard Woolf, brach nervlich mehrfach zusammen und machte einen Selbstmordversuch – alles hat seine Spuren im Roman hinterlassen. Jedesmal, wenn sie Delirium und Tod ihrer Heldin Rachel Vinrace umschrieb, soll sie »verrückt« geworden sein. Seit dem fünften Neubeginn, im November 1910, heißt der Roman *The Voyage Out*. Das fertige Manuskript wurde im März 1913 an den Verlag Duckworth and Company geschickt. Es folgte eine fast zwei Jahre währende Krankheit – tiefe Depressionen, Wahnvorstellungen, Essensverweigerung, Selbstmordversuch –, von der es heißt, sie sei durch die Angst, wie der Roman aufgenommen werden würde, hervorgerufen worden. Die Publikation wurde darum aufgeschoben. Der Roman erschien schließlich am 26. März 1915 bei Duckworth, in einer Auflage von 2000 Exemplaren, und wurde durchweg positiv besprochen. Für die amerikanische Ausgabe hat Virginia Woolf den Roman erneut revidiert. Die Figur der Mrs Dalloway hat sie in einem halben Dutzend Erzählungen und in einem ganzen Roman weiter beschäftigt.

K. R.

Inhalt